HEYNE <

DAS BUCH

Als das Dampfschiff sich der Insel nähert, schlägt Wemke das Herz bis zum Hals. Der weiße Sand, die kreischenden Möwen, die kargen Dünen – all das soll ihr zur neuen Heimat werden. Noch ahnt sie nicht, wie sehr ihr die herrschsüchtige Hofrätin Bartling, die mit ihrem Seebad vermögende Gäste nach Wangerooge lockt, in Zukunft das Leben zur Hölle machen wird.
Auch Jeels ist gerade erst auf der Insel eingetroffen. Vor fünfundzwanzig Jahren kam er hier zur Welt, doch bei der Geburt starb seine Mutter und nahm das Geheimnis seiner Herkunft mit ins Grab. Die Ablehnung der Insulaner trifft den hilfsbereiten jungen Arzt völlig unvorbereitet. Was geschah damals, dass ihm einige Menschen hier offenbar Böses wollen?

DIE AUTORIN

Jutta Oltmanns, geboren 1964, schreibt neben ihrer Tätigkeit bei der Wasser- und Schifffahrtsdirektion Nordwest historische Romane. Ostfriesland ist zugleich Inspiration und Schauplatz ihrer Bücher. Sie lebt mit ihren zwei Söhnen in Warsingsfehn, wo sie an ihrem nächsten großen Roman arbeitet.

Jutta Oltmanns

Das Geheimnis der Inselrose

Historischer Roman

WILHELM HEYNE VERLAG
MÜNCHEN

Gewidmet
Hans-Jürgen Jürgens, dessen Buch
Wangerooge – Zeugnisse aus alter Zeit
mich zu diesem Roman inspirierte,
und natürlich Wangerooge,
der Insel, die mich immer wieder auftanken lässt.

FSC
Mix
Produktgruppe aus vorbildlich
bewirtschafteten Wäldern und
anderen kontrollierten Herkünften

Zert.-Nr. SGS-COC-1940
www.fsc.org

Verlagsgruppe Random House FSC-DEU-0100
Das für dieses Buch verwendete FSC-zertifizierte Papier *Holmen Book Cream*
liefert Holmen Paper, Hallstavik, Schweden.

Originalausgabe 03/2010

Printed in Germany 2010
Umschlagillustration und Umschlaggestaltung: © Nele Schütz Design,
München unter Verwendung des Gemäldes © The Soul of the Rose,
1908 (oil on canvas), Waterhouse, John William (1849–1917) / Private
Collection / Courtesy of Julian Hartnoll / The Bridgeman Art Library
Satz: Greiner und Reichel GmbH, Köln
Druck und Bindung: GGP Media GmbH, Pößneck
ISBN 978-3-453-40698-8

www.heyne.de

Up 't Eiland

Tied hebben, um löss to laten.
Tied hebben, um Stillte to söken un to finnen.
Tied hebben för de Bulgenslag.
Sük weerfinnen daarin.

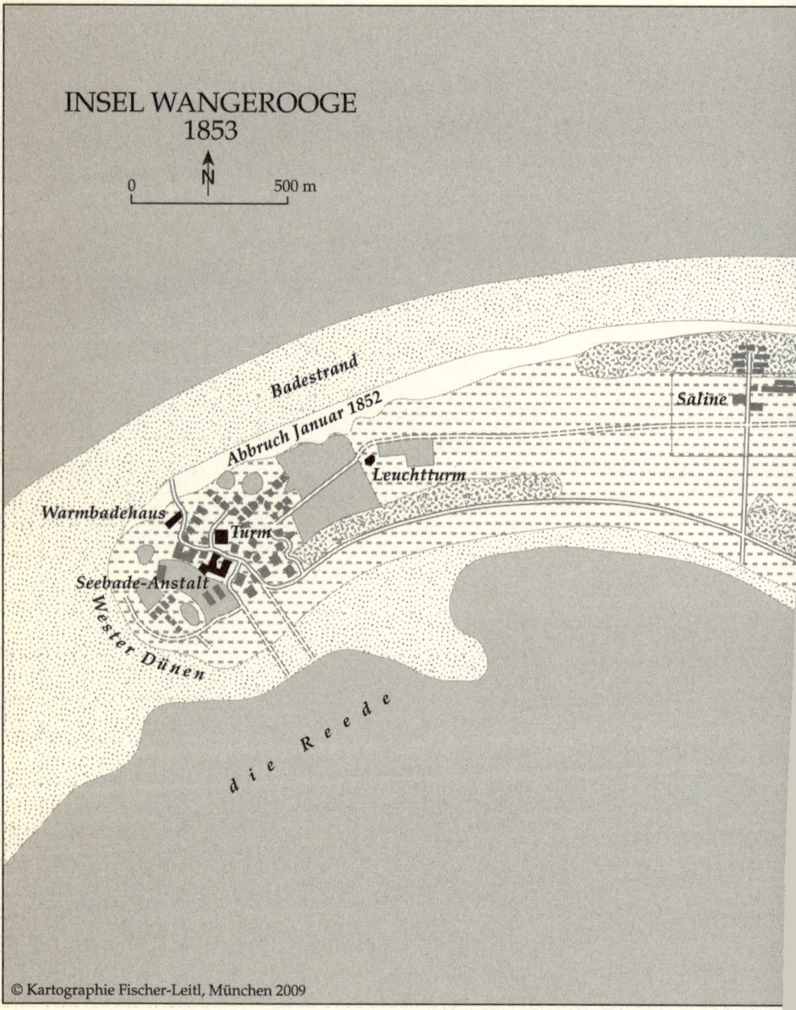
INSEL WANGEROOGE
1853
N
0
500 m
Badestrand
Abbruch Januar 1852
Saline
Leuchtturm
Warmbadehaus
Turm
Seebade-Anstalt
Wester Dünen
die Reede

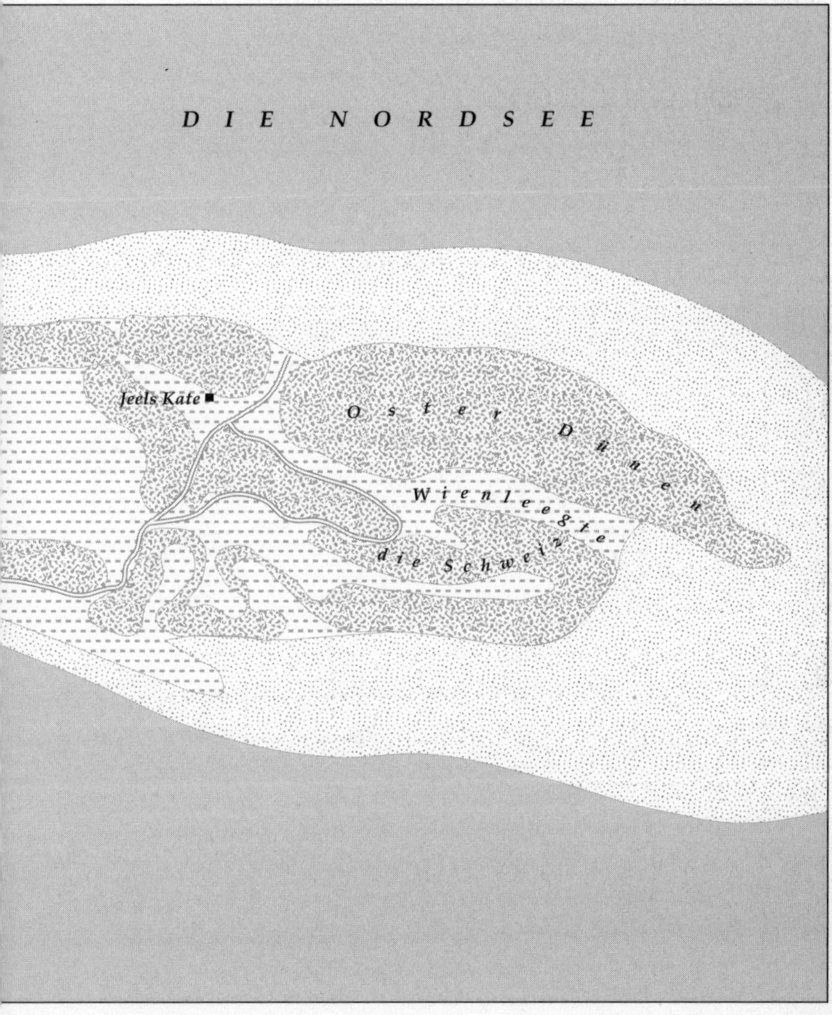
DIE NORDSEE
Jeels Kate
Oster Dünen
Wienleegte
die Schweiz

Prolog

Wangerooge, März 1829

Bei Anbruch der Nacht kam ein Sturm auf. Er beutelte und rüttelte das Haus mit der Hand eines Riesen, peitschte über das Meer und bog die wenigen Bäume der Insel wie Grashalme. Aus der Ferne klang das Tosen der See wie das Gebrüll wilder Ungeheuer.

In der kleinen Kate wütete ein anderer Sturm. Heftige Wehen kamen und gingen in schmerzhaften, schier unerträglichen Wellen. Sie zerrütteten den Geist der Gebärenden, marterten ihren Körper und ließen die Hebamme verzweifeln. Immer wieder vereinten sich die verzweifelten Schreie der Frau mit dem Stöhnen und Kreischen der Naturgewalten.

In der Schlafbutze wäre es zu eng gewesen, und so lag die Schwangere mitten im Raum auf einem Lager aus Leinen. Die Hebamme, eine gebeugte Gestalt im trüben Licht, trat einige Schritte zurück.

»Da kann doch was nicht stimmen«, murmelte sie vor sich hin, nahm einen großen Schluck aus der Flasche und wischte sich mit dem Handrücken über den Mund. Wenn sie doch nur die schmerzstillenden Arzneien aus dem Hebammenkorb verwenden könnte. Auch der starke Schnaps hätte sein Gutes haben können. Aber nein! Dieser verdammte Prediger verschlimmerte die ganze Sache noch, indem er einfach auftauchte, um sicherzustellen, dass dieses arme Weib ihr Kind nur ja unter Schmerzen zur Welt brachte. Ein Hundesohn war er!

Sie korkte mit einer entschlossenen Bewegung die Flasche zu und machte sich wieder an die Arbeit. Mit einem feuchten Schwamm wusch sie den Schweiß vom Gesicht der Gequälten und massierte mit geübten Fingern den angeschwollenen Leib.

»Kindchen, das Kleine will in die Welt. Wehr dich nicht dagegen«, bettelte sie. »Noch einmal kräftig drücken, Liebes, so fest wie möglich drücken. Komm, lass es los!«

Ihre Worte gingen im Geschrei der Schwangeren unter, das diesmal sogar den Sturm übertönte. Verzweifelt zog die Hebamme ihren Korb zu sich heran. Eine Möglichkeit gab es noch! Sie griff triumphierend nach einem verschlossenen Gefäß.

»Pfeffer! Das hat schon so manchen Pfropfen aus dem Leib gezogen. Ich streu es dir direkt unter die Nase, mein Herzchen, und bei der nächsten Wehe schön hochziehen, hörst du?«

Die Hebamme eilte zwischen die gespreizten Beine und wartete. Die Schwangere stöhnte laut, holte tief Atem und nieste so gewaltsam, dass ihr ganzer Körper erbebte. Wie hypnotisiert starrte die Hebamme auf den Geburtskanal. Als nichts geschah, richtete sie sich langsam auf.

»Ich kann dir nicht helfen«, presste sie schaudernd hervor. »Das Kind liegt so falsch wie nur was! Will unbedingt mit dem Hintern zuerst auf die Welt.« Sie fuhr sich verzweifelt mit der Hand über die Stirn. »Wir brauchen Hilfe!«

Sie betrat die Wohnkammer, wo der Pastor schon seit Stunden in der gleichen starren Haltung auf einem der Holzstühle am Feuer saß. Die Hände lagen gefaltet im Schoß.

»Sie macht der Bibel Ehre«, sagte er mit zufriedener Miene. »Unter Schmerzen sollst du deine Kinder gebären.« Er wies mit dem Finger zur Decke.

Die Hebamme schnaubte nur. Sie mochte den Prediger nicht. So ging es vielen auf der Insel. Seine strenge Frömmigkeit schreckte die Menschen ab.

»Ich schaffe es diesmal nicht alleine, Pastor. Gehen Sie diesen Fremden holen. Er soll Arzt sein. Vielleicht kann er mehr als ich.«

Der Prediger riss die Augen auf und schüttelte dann entrüstet den Kopf. »Das werde ich nicht tun! In meiner Gemeinde wird kein Mann eine Frau in ihrer Schande sehen.« Seine Stimme klang wie sonntags auf der Kanzel. »Der Geburtsschmerz ist vom Herrn auferlegt. Gott will, dass die Frauen für ihre Erbsünde büßen. Eine gerechte Strafe, wie ich finde, für das Verlocken Adams mit dem Apfel. Wir haben dadurch das Paradies verloren. Und dieses elende Geschöpf hat hier auf Erden ja wohl noch zusätzliche Schuld auf sich geladen.« Er nickte mit verkniffener Miene zur Schlafkammer hin.

Die Hebamme starrte ihn fassungslos an. Dann baute sie sich mit in die Hüften gestemmten Händen vor ihm auf. »Glauben Sie, ich weiß nicht, wer ihr das angetan hat?« Sie spuckte vor ihm auf den Boden. »Gott gäbe, dass sein Leib ein Fraß der Fische wird und seine Seele in der Hölle schmort. Wollen Sie etwa dieses arme Menschenkind elendig verrecken lassen? Ist das Gottes Wille?« Ihre gellende Stimme erfüllte die Kammer. »Das Ungeborene hat Steißlage. Verdammt, Pastor, gehen Sie Hilfe holen, und zwar schnell.«

Der Geistliche sprang auf, trat auf sie zu und erhob eine Hand wie zum Schlag. »Du wagst es zu unterstellen …«

Doch dann ließ er den Arm sinken und maß sie mit einem vernichtenden Blick. »Lauter Lügen sind das, aber ich mache mir die Hände nicht an einer Sünderin schmutzig. Kein Mann wird dieses Weib in ihrem demütigenden Zustand sehen. Ich lasse es nicht zu, und sicherlich wäre es auch nicht in ihrem Sinne!«

»Nicht in ihrem Sinne?! Glauben Sie?« Die Augen der Hebamme sprühten vor Zorn. »Na, dann fragen Sie die Arme doch selbst, was sie wünscht.« Mit Schwung riss sie die Tür auf.

Der Pastor wich entsetzt zurück und wandte schnell die Augen von der Gebärenden ab, die sich in einer erneuten Wehe unter Schmerzensschreien krümmte. Die Hebamme griff mit einem bitteren Lachen nach ihrem Umhang.

»Ich gehe ihn holen. Es geht um Leben und Tod, und jedes Wort mit Ihnen, Herr Pfaffe, ist verschwendete Zeit!«

Ohne einen weiteren Protest des Geistlichen abzuwarten, stapfte sie wütend in die Sturmnacht hinaus.

Eine knappe Stunde später erreichte die Hebamme aufatmend wieder die Kate. Der Sturm riss ihr die Tür fast aus der Hand. Es war nicht leicht gewesen, den Weg in diesem Unwetter und noch dazu bei Nacht zu bewältigen, aber sie hatte es geschafft.

Der Geistliche saß immer noch mit gefalteten Händen am Feuer.

»Der Doktor folgt mir auf dem Fuß«, verkündete sie und schüttelte erleichtert die Nässe von ihrem Umhang.

»Ich werde nicht zulassen …«, hob der Prediger wieder an, als sich die Tür auch schon zum zweiten Mal öffnete.

Der Mann, den die Inselbewohner nur »den Fremden« nannten, war klein und drahtig. Ein eisiger Blick aus scharfen Augen traf den Pastor und ließ ihn innehalten.

»Wo ist sie?« Der Fremde nahm den Hut vom Kopf und warf ihn auf einen Stuhl.

Für einen Atemzug schien es dem Geistlichen die Sprache verschlagen zu haben, doch dann betrachtete er sein Gegenüber abschätzig, sah den verschlissenen Mantel und die tiefen Furchen im Gesicht. Sein verächtlicher Blick kam auf den zitternden Händen zum Ruhen. Er schnupperte betont auffällig und rümpfte die Nase.

»Es braucht keinen Mann für diese Sache, und einen Säufer schon gar nicht.«

»Ich habe anderes gehört und nicht die Zeit, mit Ihnen zu streiten.« Der Arzt warf den Mantel ab, schob den Prediger zur Seite und betrat mit dem schwarzen Koffer in der Hand die Schlafstube. Ein markerschütternder Schrei begrüßte ihn.

»Die Schreie der Gebärenden erfreuen das Ohr des Herrn«, rief der Geistliche hinter ihm her. Die Hebamme schloss mit einem Knall die Tür.

Der Arzt erfasste sofort die Lage. Er sah die erschöpfte Frau, den zuckenden Leib und die blutverschmierten Beine. Geburt und Tod, der ewige Kreislauf des Lebens, waren ihm nicht neu. Hastig krempelte er die Ärmel seines Hemdes auf und hockte sich zwischen die Beine der Leidenden. Behutsam tasteten seine Finger nach dem Ungeborenen.

»Sie haben Recht, das Kind hat Steißlage.«

Er nahm das Nicken der Hebamme nicht wahr, spürte nur die Todesangst und die Todesnähe der Gebärenden. Rasch öffnete er seinen Koffer und entnahm ihm einige Instrumente. Vom Keuchen der Schwangeren begleitet begann er zu arbeiten. Seine Besorgnis wuchs mit jeder Bewegung. Das Kind würde sich nicht leicht drehen lassen, doch er musste es versuchen. Schweiß trat ihm auf die blasse Stirn. Mit zitternden Händen griff er nach der Flasche, die auf dem Boden stand, und nahm einen langen Zug. Seine Glieder beruhigten sich, und er wandte sich wieder dem verzweifelten Kampf zu. Der Frau schien fast die Kraft zum Atmen zu fehlen. Der Schrei, den sie bei der nächsten Wehe ausstieß, klang kaum mehr wie der eines Menschen. Dann verlor sie das Bewusstsein. Ihr Körper entspannte sich und mit einer schnellen Bewegung glitt der Arm des Arztes in den Geburtskanal. Es gelang ihm, das Ungeborene zu drehen und vorsichtig ans Licht der Welt zu bringen. Blutverschmiert lag es zwischen den Beinen seiner Mutter. Dem Arzt entfuhr ein erleichterter Seufzer, als er es hochnahm. Seine Aufmerksamkeit war nun ganz bei dem kleinen Wesen. Das Kind schrie nicht und bewegte sich kaum. Fasziniert starrte der Arzt auf das dichte rotbraune Haar.

»Es ist ein Junge«, verkündete er.

Vorsichtig durchtrennte die Hebamme die Nabelschnur. Sie wickelte das Kind in Leinentücher und legte es dem Arzt wieder in die Arme.

Ein gurgelnder Laut ließ beide herumfahren. Der Arzt stand auf, umrundete das provisorische Lager und kniete sich neben dem Kopf der Mutter auf den Boden. Erst jetzt nahm er die Frau, deren Kind er zur Welt gebracht hatte, wirklich wahr. Seine Augen weiteten sich. Er glaubte, ihr Gesicht in einem Märchenbuch gesehen zu haben, das von Meerjungfrauen erzählte. Das Haar der Frau hatte sich gelöst und umrahmte ihren Kopf wie dunkelroter Seetang. Ihre Augen waren von einem Grün, das an die Farbe des Meeres erinnerte, wenn die Sonne die Wellen koste. Wie Edelsteine funkelten sie in dem bleichen Gesicht. Diese Augen schienen ihn zu durchbohren, sein ganzes Wesen ergründen zu können. Ein sanftes Lächeln trat auf die Züge des nixenartigen Geschöpfs.

»Lass mich ihn sehen«, wisperte sie.

Behutsam legte er das kleine Bündel neben sie auf das Bett. In diesem Augenblick ließ ein Donnerschlag die Kate erbeben, und der kurz darauf folgende Blitz tauchte die Schlafkammer in gleißendes Licht. Der Säugling erschrak und riss zur Verwunderung des Arztes die Augen auf.

»Er hat meine Augen«, seufzte die Mutter. Zärtlich strich sie über das kleine Gesicht. »Und mein Haar. So wird er auch mein Schicksal haben.« Mitleidig betrachtete sie das stumme Bündel. »Wie habe ich gefleht, dass es anders kommen möge.«

Der Arzt konnte seinen Blick nicht von Mutter und Kind lösen. Doch dann zerriss der Schrei der Hebamme den Moment der Vertrautheit. »Oh Gott, nein!«

Sofort sah er es. Das Blut, das aus dem Schoß der Frau strömte, hatte in wenigen Augenblicken alle Laken durchtränkt. Einen Moment schien er unfähig, sich zu rühren. Als ob er diesen raschen Wechsel von neu geschenktem Leben zu drohendem Tod nicht fassen könnte. Doch dann griff er nach seinem Koffer. Die Hebamme versuchte verzweifelt, mit einigen Leinentüchern den Blutfluss zu stoppen.

»Scheinbar stimmt etwas mit dem Mutterkuchen nicht.« Panik schwang in der Stimme des Arztes mit, denn die Blutung ließ sich kaum stillen. Als es ihm endlich gelang, war es zu spät. Fassungslos horchte er nach Atemzügen, die nicht kamen. Das konnte, das durfte nicht wahr sein! Es war ihm, als habe er einen kostbaren Schatz gefunden, nur um ihn gleich darauf wieder zu verlieren.

»Das Kind hätte besser mit ihr sterben sollen!« Die Hebamme schloss die Augen der Toten. »Ein echter van Voss! Niemand wird ihn haben wollen. Hier auf der Insel wird er die Hölle erleben. Wenn ich gläubig wäre, würde ich jetzt zehn Vaterunser für ihn beten!«

Der Arzt schien ihre Worte nicht zu hören. Sanft nahm er das Bündel Leben in die Arme und verlor sich in der Betrachtung des kleinen Gesichts.

I

Frühjahr 1854

Das jüngste Küchenmädchen lenkte die Aufmerksamkeit der anderen auf die Anzeige im Jeverschen Wochenblatt. Mit dem Finger die einzelnen Buchstaben entlangfahrend, entzifferte sie Silbe für Silbe den Text.

»Junge Frau mit gutem Leumund und einer Ausbildung in den Schönen Künsten für eine Stellung auf der Insel Wangerooge gesucht, die absolute Bindung erfordert. Dafür wird Sicherheit und Freiheit von finanziellen Sorgen garantiert. Verschwiegenes, folgsames Wesen und gutes Aussehen notwendig. Auch Angehörige sind willkommen.«

»Wie im Märchen«, schwärmte sie mit verträumtem Blick. »Was das wohl für eine Stellung ist? Es steckt ein Geheimnis dahinter. Ich hätte nicht übel Lust …«

»Deine schönen Künste bestehen doch allerhöchstens im Schälen von Kartoffeln«, schnaubte Luise, die Köchin.

Das Mädchen sprang entrüstet auf, und ein Krug mit Milch ergoss sich über den Tisch.

Luise griff nach einem Tuch und schüttelte verärgert den Kopf. »Dir werde ich die Flausen schon noch austreiben, du ungeschicktes Ding! Hier hast du was zu tun.« Sie schob dem Mädchen eine Schüssel mit Zwiebeln zu. »Die hackst du mir jetzt ganz fein für den Kartoffelsalat. Damit du wieder auf den Boden kommst.«

Die anderen lachten, während sich das Küchenmädchen murrend fügte.

An einem langen Tisch, gedeckt mit Teegeschirr, frischem Brot, Käse, Butter und Wurst, saß das Dienstpersonal des Justizrates Remmer zum Frühstück beisammen. Zu anderer Zeit wurde auf diesem Tisch Gemüse geputzt, Fisch ausgenommen, Salat angerichtet und Süßspeise angerührt. Der hintere Bereich der Küche wurde fast völlig von einem Backofen und einem großen offenen Herd eingenommen, über dem an einem Spieß bis zu zehn Hühner auf einmal gebraten werden konnten.

Einer der Knechte kam zur Tür herein. Er zog sich einen Stuhl heran und griff begierig nach dem frisch gebackenen Brot. »Was ist denn das hier für ein Geschrei?«, fragte er. »Hat vielleicht der junge Herr höchstpersönlich sein Erscheinen in der Küche angekündigt?« Sein wissender Blick flog zwischen den beiden Küchenmädchen hin und her, die verlegen kicherten.

»Nein.« Luise schob ihm die Zeitung unter die Nase. »Die kleine Frieda wollte uns verlassen und sich bewerben. Aber es fehlt ihr an gutem Aussehen und schönen Künsten.«

Der Knecht las und pfiff dann durch die Zähne. »Das klingt ja nach einer tollen Sache. Aber keins von euch Mädchen würde doch auf einen solchen Schwindel hereinfallen, oder? Der Inserent muss verrückt sein!«

»Entweder das, oder er ist reich und bildet sich ein, auch Wesen von Fleisch und Blut kaufen zu können«, kommentierte Luise trocken. Sie goss sich eine zweite Tasse Tee ein.

»Wer weiß?« Der Knecht strich reichlich Butter auf sein Brot. »Auf den Inseln treiben die Reichen neuerdings die unglaublichsten Sachen. Wer sich mit Karren zum Baden ins Meer fahren lässt, dem trau ich es auch zu, sich auf diesem Weg eine Gespielin zu suchen.«

»Ich hab gehört, die Badeweiber dort müssen sich so schinden, dass im letzten Herbst zwei von ihnen gestorben sind«, sagte Frieda und rieb sich die brennenden Augen.

Das zweite Küchenmädchen schüttelte nur den Kopf. »Ob da was dran ist, weiß ich nicht. Aber die Insulaner sind anders als wir. Ein komisches Volk. Sie haben ihre eigenen Gesetze und akzeptieren nur den, der auf der Insel geboren ist. Und«, sie senkte die Stimme zu einem Flüstern, »sie sind furchtbar abergläubisch. Meine Cousine Jeske hat im letzten Sommer als Serviermädchen gearbeitet. Sie brachte wirre Geschichten von Wangerooge mit nach Hause. Trotz guter Bezahlung verweigert sie in diesem Jahr die Anstellung dort. Es soll einen Hexenmeister auf der Insel geben, der des Nachts mit den Fledermäusen um die Wette fliegt, und einen Mann namens Freerkohm, der mit den Ertrunkenen, den Drinkeldoden, Verbindung aufnehmen kann. Jeske erzählte die schauderlichsten Sachen. Sie war im Haus des Seemanns Hinderk Tjarks untergebracht. Und stellt euch vor, als dessen irrsinnige Schwester noch lebte, soll er sie an einer Kette gehalten haben. Man erzählt, sie sei in ihrer Jugend von einem der Soldaten Napoleons verführt und deshalb von den Insulanern ausgestoßen worden. Vor Verzweiflung habe sie dann den Verstand verloren. In lichten Momenten soll sie mit wunderschöner Stimme gesungen haben. Ich für meinen Teil«, sie tippte sich mit dem Zeigefinger gegen die Brust, »würde für kein Geld der Welt einen Fuß auf die Insel setzen.«

Luise räusperte sich missbilligend. »Nun hör aber auf mit diesen Spukgeschichten. Genug Mädchen arbeiten Sommer für Sommer auf den Inseln und kommen im Herbst heil wieder nach Hause. Aber das hier«, sagte sie und zog die Zeitung wieder zu sich heran, »das hier ist was anderes. Dafür wird sich kein vernünftiger Mensch hergeben. Wer wäre schon so dumm, sich seine Freiheit stehlen zu lassen?«

»Es gibt genug Frauen, die sich für Geld noch ganz andere

Sachen stehlen lassen«, antwortete die Wäscherin leichthin. »Für die klingt das doch nach dem Schlaraffenland.«

»Aber solche Mädchen haben selten einen guten Leumund«, kam es trocken vom Knecht.

Er wies mit dem Finger auf Wemke, die schweigend am Ende des Tisches saß. »Unser zartes Goldlöckchen da hinten, die hätte keine üblen Aussichten, diese Stellung zu bekommen.«

Wemke jedoch war ganz in ihren eigenen Gedanken versunken und hatte der aufgeregten Unterhaltung um sich herum keine Beachtung geschenkt. Heute Morgen war die alte Frau Hinrichs mit entschuldigendem Blick auf sie zugekommen. »Es geht nicht anders«, hatte sie gemurmelt. »Wir schaffen es kaum, uns selbst zu tragen. Wenn wir die Unterbringung der Kinder nicht etwas verteuern, müssen wir Ende des Jahres schließen.«

Die letzten Stunden war in Wemkes Kopf nur Raum für die Frage gewesen, wie sie die erhöhten Kosten in Zukunft aufbringen sollte. Bislang war ihr gerade genug zum Leben geblieben. Das meiste ging für die Tagesunterbringung ihrer Schwester Freya und die Miete für die winzige Dachkammer drauf. Manchmal spotteten die anderen Dienstboten über den Gegensatz zwischen Wemkes gesegnetem Appetit und ihrem zerbrechlichen Aussehen. Dass sie außerhalb des Hauses kaum etwas aß, brauchten sie nicht zu wissen. Wemke seufzte. Vielleicht würde Freya die kleine Süßigkeit, die sie ihr stets mitbrachte, nicht vermissen. Dabei war es das Einzige, womit sie ihre Schwester verwöhnte. Nur widerstrebend strich sie im Geiste das Wort »Schokolade« durch. Außerdem könnte sie noch an der Seife sparen. Es musste nicht die mit dem Rosenduft sein. Und ihre alten Strümpfe waren sicherlich noch zu flicken. Aber selbst nach Abzug all dessen fehlte ihr immer noch mehr als die Hälfte des erforderlichen Betrags.

Die plötzliche Stille um sie herum riss Wemke aus ihren Überlegungen. Jetzt erst bemerkte sie die gespannten Mienen der anderen.

»Habe ich was verpasst? Es tut mir leid, ich muss wohl geträumt haben.« Verlegen blickte sie um sich.

Der Knecht biss in sein Brot. »Wie ich schon sagte«, bemerkte er mit vollem Mund und einem Kopfnicken in Richtung der Zeitungsseite, »Wemke wäre genau die Richtige.«

»Sie traut sich das sowieso nicht«, schniefte das jüngste Küchenmädchen, dem die Zwiebeln immer noch die Tränen in die Augen trieben. »Außerdem würden die da«, sie wies mit dem Messer auf die Anzeige, »wohl dankend ablehnen. Ich mein, wegen dem Kind.«

Wemke wurde hellhörig. »Was ist mit Freya?«

»Gar nichts.« Hanne, die Wäscherin, fühlte sich beflissen, eine Erklärung abzugeben. »Es geht um diese Anzeige hier, mein Mädchen.« Sie schob ihr das Wochenblatt zu und wandte sich an die anderen. »Das ist nichts für unsere Wemke. Es wäre so, als ob sich ein Schäfchen in eine Löwengrube wagt.«

Der Knecht sah Wemke spöttisch an. »Wie war eigentlich am letzten Sonntag dein Spaziergang mit dem jungen Herrn?«

»Sehr schön!« Ihre Augen begannen zu leuchten. »Es war sehr nett von ihm, dass er mich näher kennenlernen wollte. Nicht viele Arbeitgeber kümmern sich so um ihre Beschäftigten. Und er hat so viel gefragt. Wir haben sogar einen Kaffee zusammen getrunken.« Sie lächelte bei der Erinnerung daran. »Der junge Herr ist wirklich ein sehr freundlicher Mensch.«

Die anderen prusteten vor Lachen, während die Wäscherin Wemke mit offenem Mund anstarrte. »Da brat mir doch einer einen Storch! Weißt du denn nicht, dass die Freundlichkeit dazu diente, dich zu ganz anderem zu bewegen? Ich weiß nicht, wie du es geschafft hast, seinen gierigen Fingern zu entkommen. Aber offensichtlich ist es so.«

Der Knecht nickte grinsend. »Man erzählt, selbst er sei nicht Schuft genug gewesen, um dieses holde Kind aus dem Dornröschenschlaf zu wecken.«

»Was soll das heißen?« Wemke blickte verwirrt um sich. »Wollt ihr damit etwa andeuten ...« Schamesröte stieg ihr ins Gesicht.

»Lass nur, mein Kind.« Luise tätschelte ihr die Schulter. »Es ist nur der Neid. Kaum eine kann wohl von sich behaupten, dem Schürzenjäger ablehnend begegnet zu sein und trotzdem seine Stellung behalten zu haben? Dir dagegen ist es gelungen. Vielleicht solltest du doch einen Blick auf diese Anzeige hier werfen.« Mit diesen Worten riss sie die Seite heraus und schob sie Wemke zu. Dann wandte sie sich an den Knecht. »Georg, wir brauchen noch Holz für den Herd. Aber achte darauf, dass es nicht wieder feucht ist. Beim letzten Mal hatte ich alles voller Ruß.«

»Zu Befehl!« Georg tippte sich an die Schläfe und eilte nach draußen.

Durch die geöffnete Tür fiel helles Frühlingslicht ins Zimmer. Wemke atmete den süßen Duft der Narzissen und Krokusse ein, der wie ein sanftes Parfüm in der Luft hing.

Das Dienstpersonal stob auseinander, als die Frau Justizrätin hereinschwebte. Sie ignorierte die Küchenmädchen und wandte sich sofort Luise zu, um das Essen für den nächsten Tag mit ihr zu besprechen.

Wemke faltete hastig die Zeitungsseite zusammen, schob sie in ihre Schürzentasche und ging hinaus. Sie war nur während der Mahlzeiten mit dem anderen Personal zusammen. Ihre Aufgabe bestand darin, dafür zu sorgen, dass außerhalb der Küche alles wie am Schnürchen lief. Wemkes Tage waren mit Flick- und Stopfarbeiten, Tisch decken, Betten machen, Fußböden schrubben, Fenster putzen, Staub wischen und vielen anderen Alltagsdingen ausgefüllt. Niemals nahm die Arbeit ein Ende, obwohl sie wie ein Wirbelwind durch das Haus stob.

Läutete es an der Tür, dann war sie es, die öffnen musste. Und egal, ob ihre Arme gerade in Seifenlauge steckten oder sie Silber putzte – an der Tür musste es so wirken, als habe Wemke nur auf diesen einen Gast gewartet. Sie hatte stets adrett und frisch auszusehen. Durfte sich nicht erhitzen beim Scheuern des Fußbodens. Auch Schmutzflecken auf der Kleidung nahm die Frau Justizrätin übel. Wemke hatte Glück, dass sie von Haus aus nicht ungeübt in Benimmregeln war. Ihre Herrschaft duldete weder hochgeschobene Ärmel noch nachlässig sitzende Hauben. Die Schürze hatte schneeweiß zu sein, und niemals durfte der Knicks dem Gast gegenüber vergessen werden. Natürlich musste sie stets höflich zur Seite treten, um den Besucher einzulassen, und wenn ihr jemand eine Karte reichte, so hatte sie diese unverzüglich ihrer Herrschaft zu bringen.

»Gute Dienstmädchen verstehen es, unsichtbar zu sein und trotzdem alles im Griff zu haben«, hatte die Frau Justizrätin am ersten Tag gemahnt.

Manchmal, wenn Gäste kamen, musste Wemke bis spät in die Nacht bleiben, um Jacken zu reichen und jeden einzelnen mit einem Knicks zu verabschieden. An diesen Abenden brachte sie Freya zu einer Nachbarin.

Sieben Tage die Woche dauerte diese Tretmühle. Nur der Donnerstagnachmittag gehörte vier Stunden lang ihr und natürlich der Sonntag. Allerdings durfte sie erst nach dem Abtragen des Mittagsgeschirrs gehen. Die freie Zeit verbrachte sie ausschließlich mit Freya, und nur dann war Wemke für eine kleine Weile wirklich glücklich.

An diesem Abend schloss sie schon früh die Tür zu ihrer Dachkammer auf. Sie legte ihre schlafende Schwester in das kleine Kinderbett, hüllte sich in eine Decke und holte neugierig die

Zeitungsseite hervor. Erst jetzt wurden ihr die Zusammenhänge der Unterhaltung bewusst. Beschämt ließ sie das Blatt zu Boden fallen. Dann fing Freya zu weinen an, und alles andere war vergessen. Wemke eilte zu dem leise wimmernden Kind und riss es mit bebenden Händen aus dem Bettchen. Sie kannte die Anzeichen nur zu gut.

»Still, mein Mäuschen, still. Ich weiß, dass es wehtut.«

Immer diese Blähungen! Was gaben sie ihr nur, dass der kleine Magen damit nicht zurechtkam? Seit Wochen schon jeden Abend dieses Geschrei! Manchmal gelang es ihr durch bloßes Auf- und Abgehen, das Kind zu beruhigen. Doch meistens wurde aus dem Wimmern ein Gebrüll. Die anderen Mieter hatten sich schon beschwert.

Wemke strich mit dem Finger leicht über Freyas heiße Wangen. Ob ihre Sorgen wohl jemals ein Ende finden würden? Wie fühlte es sich an, unbeschwert zu sein? Sie wusste es nicht, konnte sich nicht mehr an einen derartigen Zustand erinnern. Erschöpft wanderte Wemke mit dem kleinen Bündel im Arm im Raum umher. Wie müde sie war! Wann hatte sie zum letzten Mal ausreichend Schlaf gefunden? Vor einem Jahr? Ja, da war das Leben ein anderes gewesen. Nicht einfach zwar, aber ihre Eltern hatten noch gelebt, und die Sorgen hatten sich auf drei Schultern verteilt. Sie schloss die Augen und dachte an ihren Vater. Diesen lieben Menschen, der seine Krankheit so tapfer getragen hatte. Das ewige Husten, die langen schlaflosen Nächte. Buchhalter von Beruf, hatte er für die Familie einige Jahre lang einen gewissen Wohlstand erwirtschaftet. Ein Haus mit guter Stube und einer kleinen abgetrennten Kammer für jeden. Sie hatten sparsam, aber gut gelebt. Sonntags gab es Braten und Kuchen. Und an Weihnachten sogar Geschenke. Daran erinnerte sich Wemke mit Wehmut. Doch dann hatte das Husten angefangen. Anfangs nur hin und wieder, doch zuletzt konnte der Vater seine Arbeit nicht mehr ausüben. Wenn ihre Mutter nicht gewesen wäre, dann hätte die Kindheit anders ausgesehen. Ihr kluge Mutter. »Ich bin ganz gut im Geldverdienen«, hörte sie noch deren stolze Worte. In den Jahren, da ihr Vater krank war, hatte die Mutter sich als Lehrerin verdingt. Auch Wemke war ihre Schülerin gewesen. Sie hatte von ihr nicht nur lesen und schreiben gelernt, sondern auch singen, tanzen, zeichnen und sticken. Bald konnte sie leichte Musikstücke auf dem Klavier spielen und erteilte den jüngeren Kindern Gesangsunterricht. Das Malen bereitete ihr besondere Freude, und dann die Bücher! In wie viele ferne Länder war sie in ihrer Fantasie gereist? Und die Gedichte! Die Worte berühmter Lyriker waren wie Wein, berauschend und schwer. Wie schön das Leben gewesen war, damals, bevor die Welt eine andere wurde. Etwas geschah, das die Eltern mit Freude, aber auch mit Furcht erfüllte. Nach neunzehn Jahren sollten sie noch einmal ein Kind bekommen.

Wemke musste noch heute über die Verlegenheit lächeln, mit der sie ihr die Neuigkeit mitteilten. Wie viel Furcht in ihren Augen gelegen hatte. Furcht davor, die erwachsene Tochter könnte ein schlechtes Urteil über ihre Eltern fällen. Doch sie hatte sich ehrlich mit ihnen gefreut. Natürlich war da auch Angst um ihre Mutter im Spiel gewesen. Doch diese hatte nur abgewinkt. »Andere schaffen das doch auch spielend. Es wird schon alles gutgehen.«

Aber während der letzten Wochen der Schwangerschaft fühlte die Mutter sich häufig geschwächt und litt unter Schmerzen. Auch wenn sie sich nie beklagte, so war es ihr doch anzusehen. Besorgnis überschattete das freudige Ereignis. Und dann kam die Nacht, in der der Arzt um das Leben der Mutter kämpfte, während Wemke mit ihrem Vater hoffend und bangend im Wartezimmer saß.

Niemals würde sie sein erschüttertes Gesicht vergessen, als der Arzt schließlich mit einem traurigen Kopfschütteln zu ihnen trat und ihnen mitteilte: »Wir konnten Ihre Frau nicht retten. Aber das Kind lebt.«

In der darauffolgenden Zeit sprach der Vater kaum mehr ein Wort. Den Kampf gegen seine Krankheit gab er auf, und so musste Wemke nur kurze Zeit später einen weiteren Menschen begraben. Sie konnte nicht allzu traurig darüber sein, denn ohne die geliebte Frau war das Leben für den Vater nicht erträglich gewesen. Zum Trauern fehlte ihr ohnehin die Gelegenheit, denn da war das Kind, ihre Schwester Freya, um die sie sich kümmern musste. Für nichts anderes blieb Zeit, nicht zum Grübeln und nicht zum Verzweifeln. Nur ganz kurz überkam sie ein Gefühl der Hoffnungslosigkeit, als sie erkannte, dass durch die Krankheit des Vaters und den langen Ausfall der Mutter die finanziellen Reserven fast aufgebraucht waren. Sie musste das noch verschuldete Haus verkaufen, und danach blieb ihr nicht viel, um das Leben zu bestreiten.

Sie versuchte eine Arbeit zu finden, die es ihr erlaubte, die kleine Schwester bei sich zu behalten. Den Gedanken, Freya in ein Kinderheim zu geben, hatte sie sofort wieder verworfen. Sie hätte es nicht übers Herz gebracht. Außerdem war die Kleine die einzige Familie, die sie noch besaß.

Als Lehrerin fand sie keine Anstellung, und auch die Wohnungssuche gestaltete sich schwierig. Als sie zufällig hörte, dass im Hause der Justizrätin Remmer ein Dienstmädchen gesucht wurde, hatte Wemke spontan dort vorgesprochen. Das Anwesen lag ganz in der Nähe des Kinderhorts in Jever. Natürlich scherte es die Justizrätin nicht, dass Wemke eine bessere Ausbildung besaß. Sie brauchte ein Dienstmädchen. Wemke seufzte, als sie an ihre Arbeiten im Haus der Herrschaft dachte. Wie viel lieber würde sie anderes tun! Doch es war ein Glück, dass sie überhaupt Arbeit hatte.

Zu ihrer Erleichterung hörte Freya auf zu weinen. Wemke hielt das kleine Bündel noch eine ganze Weile im Arm und betrachtete zärtlich das geliebte Gesichtchen. Dieses Kind war alles Leid, das sie ertragen musste, wert. Sie liebte Freya von ganzem Herzen, und niemand würde sie je dazu bringen, sich von ihr zu trennen.

Sanft legte Wemke das schlafende Kind wieder in sein Bett zurück. Sie musste überlegen, wie noch Geld eingespart werden könnte. Wemke setzte sich an den kleinen Tisch, nahm einen Bogen Papier und tauchte die Feder ins Tintenfass. Sorgenvoll runzelte sie die Stirn und überhörte das erneute Wimmern des Kindes. Schon wenige Sekunden später drang lautes Schreien an ihr Ohr.

»Oh nein!« Wemke sprang auf, doch es war zu spät. Es gelang ihr nicht sofort, das Kind zu beruhigen, und erst nach langen Minuten gingen die Wehschreie in leises Klagen über.

Kurz darauf pochte es laut an der Tür. Wemke schob den Riegel zurück. Die wütende Vermieterin stand auf der Schwelle.

»Es ist genug! Ich hatte Sie gewarnt, und mein Mitleid hat jetzt ein Ende! Der alte Herr Meier hat schon gedroht auszuziehen. Ich muss auch an mein Auskommen denken.«

Röte schoss Wemke ins Gesicht. »Es tut mir so leid …«

»Mir auch«, schnitt ihr die Vermieterin das Wort ab. »Ich möchte, dass Sie in zwei Wochen ausziehen.«

»Oh, bitte nicht!« Verzweifelt rang Wemke die Hände. »Wo sollen wir denn hin?«

»Sie haben doch wohl noch irgendwelche Verwandten, die Sie mitleidig aufnehmen werden.«

Wemke wollte widersprechen, doch die Alte hob abwehrend die Hand. »Ich mag nichts mehr hören davon. Donnerstag in zwei Wochen will ich Sie hier nicht mehr sehen.«

Sie schloss mit einem Knall die Tür, und Wemke blieb sprachlos zurück. Langsam trat sie zum Bettchen, in dem die kleine Schwester jetzt friedlich schlief. Tränen stiegen ihr in die Augen. Sie setzte sich an den Tisch und vergrub das Gesicht in den Händen. Es war, als ob dieser letzte Schlag sie all ihrer verbliebenen Kraft beraubt hätte. Endlich, nach fast einem Jahr, ergab sich Wemke der Hoffnungslosigkeit, gegen die sie sich so lange gewehrt hatte.

Als keine Tränen mehr kamen, hob sie langsam den Kopf und ließ ihre Augen durch das schäbige Zimmer wandern. Die beiden alten Holzstühle, der kleine Tisch mit der bunten Decke, das Bett und die Waschschüssel unter dem Fenster. Dieser Raum war ihre Festung gewesen, ihr Zuhause. Hier hatte sie sich sicher gefühlt und immer wieder Kraft schöpfen können. Doch nun war es damit vorbei. Nichts war ihr geblieben außer der Sorge um das winzige Wesen in dem Bettchen an der kahlen Wand. Wemke ballte die Hände zu Fäusten. Sie würde sich nicht von Freya trennen, nicht um alles in der Welt!

Doch was sollte sie nur tun? Da sie nicht die Mutter war, würde man ihr die Schwester wegnehmen, wenn sie es nicht schaffte, sich und das Kind durchzubringen. Ihre verweinten Augen streiften die achtlos zu Boden geworfene Zeitungsseite. Gleichgültig hob sie das Blatt auf, und ihre Augen überflogen den Text: *Junge Frau mit gutem Leumund …für eine Stellung auf der Insel Wangerooge gesucht…absolute Bindung…Sicherheit und Freiheit von finanziellen Sorgen … Angehörige sind willkommen.* Sie stutzte und las den letzten Satz noch einmal ganz langsam. *Angehörige sind willkommen.* Den Blick fest auf die drei Worte geheftet, überschlugen sich Wemkes Gedanken. Wie im Rausch las sie die ganze Anzeige noch einmal durch. Etwas kleiner gedruckt war die Aufforderung, sich bei Interesse im Gasthaus *Zur Post* in Jever zu melden, um für den kommenden Donnerstag einen Vorstellungstermin zu vereinbaren. Wemkes Kopf schmerzte, aber sie zwang sich, den Gedanken weiterzuspinnen, der mehr und mehr Raum in ihrem Kopf einnahm. Sie trat zum Kinderbett, und ihre Hände schlossen sich so fest um das hölzerne Gitter, dass die Knöchel weiß hervortraten. Es war die einzige Lösung. Sie musste es tun. Der kommende Donnerstag, ihr freier Nachmittag. Diesmal würde sie ihn nicht mit Freya verbringen.

2

Die Frage nach der richtigen Kleidung stellte sich nicht. Ihr einziges besseres Kleid war aus blauer Baumwolle. Es hatte einen weiten Rock und schmale Ärmel. Der kleine Kragen und die Knöpfe waren in einem etwas dunkleren Blau gehalten. Dazu trug sie eine kurze helle Jacke und zierliche braune Schuhe – Erbstücke ihrer Mutter.

Sie möge sich um sechzehn Uhr im Gasthaus einfinden, hatte der Wirt ihr aufgetragen und sie mit neugierigen Augen gemustert. Wemkes Hände begannen zu zittern und ihr Herz schlug wie wild, als sie an ihr Vorhaben dachte. Auf was hatte sie sich da nur eingelassen? Unzählige Male hatte sie sich jetzt schon gefragt, ob es eine unschickliche Tätigkeit war, auf die sie sich bewarb. Aber sie durfte jetzt nicht an mögliche Nachteile für sich selbst denken, sondern einzig und allein an den großen Vorteil: Angehörige willkommen! Wenn der Inserent zu seinem Wort stand, dann würde sie sich nicht von Freya trennen müssen, und das war das Wichtigste.

Wemke betrachtete sich in dem fast tauben Spiegel und kam sich langweilig und trist vor. Ein Paar blauer Augen blickte ihr aus einem runden Gesicht entgegen. Sie hatte eine kleine spitze Nase, dafür aber einen recht großen Mund, der sich jetzt kritisch verzog. Ob jemand, der »gutes Aussehen« verlangte, überhaupt einen zweiten Blick an sie verschwenden würde? Ihr Haar, ja, das konnte sich sehen lassen. In weizenfarbenen Locken fiel es bis weit über die Schultern. Darum trug sie es heute auch offen. Obwohl viele offenes Haar für liederlich hielten. Bei der täglichen Arbeit steckte sich Wemke das Haar stets hoch. Doch so sehr sie sich auch bemühte, immer wieder lösten sich kleine Locken aus der strengen Frisur. Wemke wandte sich entschlossen vom Spiegel ab. Es war zu spät, sich Gedanken über ihr Äußeres zu machen.

Entschlossen griff sie nach ihrer Haube und eilte die Treppe hinunter, wo ihr Blick auf die Wanduhr mit dem Porzellanzifferblatt fiel. Es blieb ihr noch eine halbe Stunde!

Es hatte vor kurzem geregnet und das noch nasse Kopfsteinpflaster glänzte in den ersten zaghaften Sonnenstrahlen des Tages. Die Luft roch nach Regen und Rauch. Sie wählte den Weg am Wall entlang, vorbei an imposanten alten Bäumen und neu errichteten Häusern. Der hohe Turm des Schlosses ragte majestätisch über alle anderen Gebäude, doch Wemke hatte heute keinen Blick für ihre Umgebung. Beim Pferdehändler angekommen vermochte sie für einen Moment nicht weiterzugehen. Gerade war ihr ein Gedanke gekommen, den sie bisher völlig außer Acht gelassen hatte, und nun schnürte die Angst ihr die Kehle zu. Niemandem hatte sie von ihrem Vorhaben erzählt. Was, wenn der unbekannte Inserent sie nun entführen würde? Einem Schwall von Übelkeit gleich stieg die Furcht in ihr auf und hinterließ auf ihrer Zunge einen säuerlichen Geschmack. Wemke schloss für eine Sekunde die Augen und versuchte die bösen Gedanken abzuschütteln.

Schwerfällig ratternd holperte eine Kutsche vorbei und brachte sie in die Gegenwart zurück. Ein Windstoß ließ die alten Ledervorhänge zur Seite flattern und Wemke konnte einen Blick auf die Insassen der Kutsche erhaschen. Ein kleines Mädchen mit blonden Zöpfen winkte ihr lächelnd zu. Wemke erwiderte den Gruß und holte tief Luft. Sie musste an Freya denken und die Angst zur Seite schieben!

Kurz darauf kam sie atemlos und zitternd beim Gasthaus an

und bat den Wirt, ihrem unbekannten Gesprächspartner ihr Erscheinen mitzuteilen. Mit Beschämung nahm Wemke die verstohlenen Blicke wahr, mit denen man sie musterte. Das Gasthauspersonal schien mit den Umständen vertraut und war wohl begierig darauf, jeden in Augenschein zu nehmen, der dumm genug war, sich hier einzufinden.

Der Wirt kehrte zurück, und auf sein Zeichen hin folgte ihm Wemke mit schwankenden Schritten. Sie gingen einen mit Teppichen ausgelegten Gang entlang, an dessen Ende der Wirt stehen blieb. »Hier ist es. Viel Glück.« Er nickte ihr noch einmal zu und wandte sich dann zum Gehen. Wemke brachte kein Wort heraus, und als sie dann doch wieder sprechen konnte, war der Wirt schon verschwunden.

Zögernd stand sie vor der verschlossenen Tür. Sie hob die Hand, um anzuklopfen, doch dann verließ sie der Mut. Geschichten schossen ihr durch den Kopf, von Mädchen, die verschwunden waren und von denen niemand jemals wieder etwas gehört hatte. Kalter Schweiß brach ihr aus. Es musste einen anderen Weg geben, um ihrer Notlage zu entkommen. Fast hätte sie in letzter Sekunde die Flucht ergriffen, doch dann sah sie im Geiste Freya vor sich, als eines von vielen ärmlich gekleideten, unglücklichen Geschöpfen in einem Kinderheim.

»Du bist nicht einmal ihre Mutter«, hämmerte es in Wemkes Kopf. »Du wirst sie hergeben müssen!« Dies war Antrieb genug. Wemke atmete noch einmal tief durch und klopfte an.

Es war, als habe man schon auf sie gewartet. Keine Sekunde nach ihrem Klopfen wurde die Tür von einem Dienstmädchen geöffnet, das mit unbeteiligter Miene zur Seite glitt, um sie hereinzulassen. Wemke betrat mit einem flauen Gefühl das Zimmer. Am Fenster stand eine schlanke Gestalt, die sich jetzt umwandte und sie voller Interesse betrachtete.

»Fräulein Jacobs, nehme ich an?« Wemke brachte nur ein Nicken zustande. »Bitte setzen Sie sich doch.«

Die Dame wies auf eine Sitzgruppe, bestehend aus einem runden Tisch und zwei Sesseln. Wemke erkannte sofort, wie kostbar die Möbel und Stoffe waren. Ihre Gesprächspartnerin konnte nicht unvermögend sein, wenn es ihr möglich war, in diesem teuren Hotel zu übernachten. Außerdem schien dieses Zimmer nur einen Teil der Räumlichkeiten auszumachen, die sie angemietet hatte.

Wemke setzte sich zaghaft auf den ihr zugewiesenen Platz und nahm die Dame in Augenschein. Sie mochte vielleicht fünfzig Jahre alt sein, sah aber immer noch sehr gut aus. Die Züge des schmalen Gesichts waren fein und ebenmäßig, und das von grauen Strähnen durchzogene Haar trug sie zu einem vornehmen Knoten aufgesteckt. Dies war keine Frau, die ihre Tage mit harter körperlicher Arbeit verbrachte. Kraft und Entschlossenheit gingen von ihr aus, als sie sich mit einer eleganten Bewegung in den gegenüberliegenden Sessel gleiten ließ. Dunkle Augen blickten Wemke durchdringend an, doch dann verzog sich der schmale Mund zu einem freundlichen Lächeln. Wemkes Angst und Anspannung verflogen, als sie merkte, dass ihre Gesprächspartnerin selbst nach Worten rang. Sie lächelte ihr ermutigend zu.

»Zunächst einmal möchte ich mich Ihnen vorstellen«, begann die Fremde schließlich. »Ich bin Josefine Bartling, die Frau des Hofrates der Seebadeanstalt Wangerooge. Mein Mann bildet zusammen mit unserem sehr verehrten Herrn Badearzt Dr. Hoffmann das Direktorium.« Sie bedachte Wemke mit einem schnellen Blick. »Dies alles erzähle ich nur, falls Sie im Anschluss an unser Gespräch Erkundigungen über mich einziehen wollen.«

Wemke hob abwehrend die Hand. »Ich würde nicht im Traum daran denken …«

Die Hofrätin hob die Augenbrauen. »Es wäre aber nur natürlich. Sie kennen mich doch nicht und wissen nichts von mir außer der Tatsache, dass ich mit einer merkwürdigen Anzeige nach einem ganz bestimmten Mädchen suche. Einer Anzeige, die jeder vernünftige Mensch mit einem entgeisterten Lachen zur Seite gelegt hätte. Daher sollten Sie sich über mich erkundigen. Ich an Ihrer Stelle würde es tun. Oder wollen Sie Ihr Misstrauen bestreiten? Ich konnte es Ihnen an der Nase ablesen.«

Wemke stieg die Röte ins Gesicht. »Sie haben Recht«, gab sie zu. »Ich habe mich gefürchtet. Und auf die Anzeige nur aus einer Notlage heraus reagiert. Und natürlich wüsste ich gerne, worum es sich bei der Stellung handelt.«

»Ich werde gerne Rede und Antwort stehen, doch zunächst einmal brauchen wir etwas Gemütlichkeit. Gerlind«, rief sie nach ihrem Mädchen, »wir würden gerne eine Tasse Tee trinken und möchten auch etwas von dem Mürbegebäck.«

»Gerne, Frau Hofrätin.« Gerlind knickste und verschwand. Wemke spürte, dass das Dienstmädchen von der Bitte überrascht war. Hatte die Hofrätin mit den anderen Bewerberinnen keinen Tee getrunken? Doch es blieb keine Zeit für weitere Überlegungen. Nachdem sich die Tür hinter Gerlind geschlossen hatte, musterte die Hofrätin Wemke sehr aufmerksam. Was sie sah, schien ihre Billigung zu finden, denn ein zufriedener Ausdruck trat auf ihr Gesicht.

»So, und nun möchte ich eine ehrliche Antwort von Ihnen. Warum sind Sie gekommen? Was gab den Ausschlag? War es das Versprechen von Sicherheit? Oder waren es Geldsorgen, die Sie dazu zwangen? Sie sprachen von einer Notlage.« Die Hofrätin verzog spöttisch den Mund. »Ich habe am heutigen Tage sehr viele junge hübsche Frauen kennengelernt, die sich für Geld nur zu gerne in einen goldenen Käfig schließen lassen wollten. Sie waren alle gleich.« Sie schwieg einen Moment und legte den Zeigefinger an die Nase. »Alle gleich unpassend!«, schloss sie dann. »Doch Sie scheinen mir anders zu sein.«

Die letzten Worte drangen nicht mehr bis an Wemkes Ohr, denn ein übermächtiges Gefühl der Empörung hatte von ihr Besitz ergriffen. Die Hofrätin hielt sie für geldgierig! Am liebsten wäre sie sofort aufgesprungen und gegangen, doch ihre strenge Erziehung hielt sie zurück. »Ich habe kein Verlangen nach einem goldenen Käfig.« Ihre Stimme zitterte leicht, doch sie streckte angriffslustig das Kinn vor. »Nicht um Reichtum für mich selbst geht es mir.«

»Aha«, bemerkte die Hofrätin. »Für wen denn, wenn ich fragen darf?«

»In Ihrer Annonce stand, dass Angehörige willkommen sind.« Wemke befeuchtete die trockenen Lippen. »Ich habe eine Schwester, für die ich sorgen muss. Es ist ein wenig schwierig mit ihr, zumindest im Moment.« Wemke stockte. »Sie ist tagsüber in einem Hort untergebracht, doch nun sind die Kosten dort gestiegen und meine Wohnung wurde mir gekündigt.« Sie holte tief Atem und sah auf ihre im Schoß liegenden Hände. »Ich bin ganz ehrlich zu Ihnen. Um nichts in der Welt möchte ich mich von Freya trennen und suche daher verzweifelt einen Ort, wo ich mit ihr leben kann. Ich würde alles dafür tun, wirklich alles. Deshalb habe ich mich beworben.«

Für einen Augenblick herrschte ein unbehagliches Schweigen im Raum. Die Hofrätin schien überrascht von Wemkes Erklärung und betrachtete sie nachdenklich aus zusammengekniffenen Augen.

Die Stille wurde von Gerlind unterbrochen, die einen kleinen beladenen Teewagen ins Zimmer rollte. Während das Dienstmädchen Geschirr aufdeckte, wand sich Wemke unter dem Blick der Hofrätin. Sie fühlte sich unwohl, fast ein wenig bedroht, wie eine Maus sich fühlen musste, die von einer Eule erspäht wurde.

»So ist das also. Eine Schwester ist der Grund.« Die Stimme der Hofrätin klang zögerlich und ein wenig verwundert. »Hatte ich also doch Recht. Sie sind anders. Sie müssen verstehen, dass mich die anderen Bewerber misstrauisch gemacht haben. Jede gab zu, durch das Versprechen von finanzieller Unabhängigkeit angelockt worden zu sein. Dennoch merkte ich nur zu rasch, dass alle Tugenden, derer sie sich rühmten, so falsch waren wie die Farbe ihrer Lippen und Wangen. Ich mag älter sein, aber noch nicht weltfremd.« Sie beugte sich ganz nahe zu Wemke vor. »Und ich weiß sehr wohl, was ich will! Doch jetzt, mein Kind, wollen wir uns bei einer Tasse Tee noch einmal ganz in Ruhe unterhalten.«

Die Hofrätin goss das heiße Getränk in zarte, fast durchsichtige Tassen. Betont freundlich forschte sie nach Einzelheiten aus Wemkes Leben, durchblätterte ihre Referenzen und nickte immer wieder zufrieden. Wemke konnte sich nur schwer dem Zauber entziehen, den die Aufmerksamkeit und das Interesse der feinen Dame auf sie ausübten. Mit Begeisterung beschrieb sie ihre Kenntnisse in den Schönen Künsten. So geschickt stellte die Hofrätin es an, dass Wemke bereitwillig auch viel Persönliches aus ihrem Leben preisgab, nur über den Tod der Eltern ließ sie sich kein Wort entlocken. Wemke spürte das Wohlwollen der Hofrätin und entspannte sich zunehmend. Vielleicht hatte sie sich dieses merkwürdige Gefühl der Bedrohung nur eingebildet.

Erschrocken nahm Wemke wahr, dass die Uhr fünf schlug.

»Ich sehe, Sie werden ungeduldig«, sagte die Hofrätin lächelnd. »Dabei haben wir noch so viel zu besprechen und Sie wissen noch nicht die winzigste Kleinigkeit über Ihre Stellung.«

Wemke schnappte nach Luft. »Sie meinen …«

Die Hofrätin nickte. »Ich habe mich entschieden. Eigentlich schon in der Minute, als Sie zur Tür hereinkamen, meine Liebe. Natürlich liegt die letzte Entscheidung noch bei Ihnen.«

Völlig überrumpelt sank Wemke in ihren Sessel zurück. Erwartungsvoll richtete sie die Augen auf die Hofrätin.

»Ich will Sie nicht länger auf die Folter spannen. Es ist, wie schon in der Anzeige stand, eine Stellung auf der Insel Wangerooge. Ich brauche eine gebildete Persönlichkeit, die mit den Badegästen den Schönen Künsten frönt. Das wäre genau das Richtige für Sie. Es wird Ihnen gefallen auf Wangerooge. Eine wunderschöne Insel, wie ich Ihnen versichern kann. Vor allen Dingen gibt es dort gute Luft, und dann das gesundheitsfördernde Meerwasser! Einmal für sich entdeckt, möchte man es nicht mehr missen. Die Insulaner stellen sich recht gefällig an, sofern man sie zu nehmen weiß und ihnen genau sagt, was zu tun ist.« Sie rümpfte ein wenig die Nase. »Natürlich verfügen sie über keinerlei gesellschaftliche Talente. Zumindest die meisten von ihnen nicht. Die Einwohner pflegen ihre eigenen Sitten und Gebräuche, die sich doch sehr von unserer feinen Lebensart unterscheiden. Aber ich habe es geschafft, Kultur und vor allen Dingen eine exzellente Kochkunst auf der Insel einzubürgern.« Ihr Mund verzog sich selbstgefällig. »Alles in allem habe ich meine Entscheidung, dort zu leben – und das tue ich seit zwanzig Jahren – niemals bereut. Natürlich ist es in den Wintermonaten ein wenig trist. Von gesellschaftlichem Leben nichts zu spüren. Die Insulaner sind ja, wie schon gesagt, eher schlicht und geben nicht viel auf Theater und Gesang. Deshalb entfliehen mein Mann und ich im Winter auch immer für einige Zeit. Aber im Sommer …« Sie stieß einen genussvollen Seufzer aus. »Für die Monate Juni und Juli konnte ich in diesem Jahr ein Geigenquartett verpflichten und für den August einen Harfenmeister mit Sängerin. Mein Aufenthalt hier in Jever diente ferner dazu, verschiedene Vortragskünstler für Auftritte im Konversationshaus zu gewinnen. Zu unseren Gästen zählen Mitglieder des Oldenburger Hofes sowie andere fürstliche Persönlichkeiten. Es ist schon ein erlauchter Kreis, der Erholung und Genesung auf der Insel sucht. Und dabei soll es auch bleiben!«, schloss sie nachdrücklich, und ihre Hand, die auf der Lehne des Sessels ruhte, ballte sich zur Faust. Dann sah sie auf. »Dafür zu sorgen ist indirekt Ihre Aufgabe, meine Liebe. Es gibt da nämlich eine kleine Disharmonie.« Sie schwieg einen Moment, dann fuhr sie zögerlich fort: »Das Problem ist unser liebenswerter Badearzt Dr. Hoffmann. Er ist ledig, und nicht alle weiblichen Gäste wissen, was sich geziemt. Von ihren Ehegatten zur Erholung in meine Hände gegeben, fühle ich mich für jede Dame verantwortlich. Aber nicht wenige dieser verheirateten Frauen machen dem Badearzt Avancen. Sie scheinen weniger die Genesung von ihrer jeweiligen Unpässlichkeit im Auge zu haben, sondern vielmehr nach Abenteuern auf der Insel Ausschau zu halten. Ein unerhörtes Benehmen, aber es gibt auch in den gehobenen Kreisen liederliche Frauenzimmer. Ich habe unserem verehrten Badearzt zu verstehen gegeben, dass wir eine Lösung für dieses Problem finden müssen. Und sofern Dr. Hoffmann die Insel nicht verlassen möchte, gibt es nur einen Weg: Es müssen Tatsachen geschaffen werden, die eine Affäre mit ihm unmöglich machen. Daher habe ich mich entschlossen«, sie sah Wemke fest in die Augen, »ihm eine Frau zu suchen.«

Wemke schnappte nach Luft, doch Frau Bartling hob beschwichtigend die Hände. »Bitte bleiben Sie ganz ruhig! Bei dieser Ehe handelt es sich natürlich nur um eine rein vertragliche Angelegenheit. Sie beide helfen sich sozusagen gegenseitig. Unser Badearzt wird nicht mehr belästigt, und ich gewinne eine junge, schöne und zudem verheiratete Dame, um meine Angebote zur Zerstreuung der Gäste aufzuwerten. Als Ehefrau sind Sie keine Gefahr für die zur Genesung bei uns weilenden männlichen Gäste. Ich bin es nämlich leid, in jeder Saison eine neue Anwärterin für die Schönen Künste zu suchen. In jede der Damen, die bislang für mich gearbeitet haben, hat sich ein Gast verliebt. Es gab große Tragödien!« Die Erinnerung ließ sie verzweifelt die Hände ringen. »Und mir blieb jedes

Mal der Ärger mit den verlassenen Ehefrauen oder empörten Eltern, die eine andere Partie für den Sohn vorgesehen hatten.«

In Wemkes Kopf begann es zu dröhnen. Das war also die »absolute Bindung«, von der in der Anzeige die Rede gewesen war. Was mochte das für ein Mann sein, der sich – wenn auch nur fürs Papier – eine Braut aussuchen ließ? Wahrscheinlich litt er unter Schüchternheit und konnte sich deshalb auch nicht gegen die Avancen der weiblichen Badegäste wehren. Sie stellte sich ihn als scheuen, in sich gekehrten Charakter vor. Er wäre ihr sicher sympathisch, aber das war ja noch lange kein Grund, jemanden einfach so zu heiraten. Wie stellte die Hofrätin sich das vor? Sich für solch ein Schauspiel herzugeben war doch undenkbar! Oder etwa nicht? Wemke schloss für einen Moment die Augen. Sie sah sich und Freya zusammen am Strand. Schaumgekrönte Wellen, weißer Sand – wie wundervoll wäre es, wenn ihre Schwester dort aufwachsen dürfte. Aber um welchen Preis!

»Ihr Vorschlag, ist der wirklich ernst gemeint?« Wemkes Stimme zitterte.

»Ich scherze nicht.« Frau Bartling erhob sich. »Und ich versichere Ihnen, dass Sie die einzig Richtige sind. Aber ich verstehe auch, dass Sie Ihre Entscheidung überschlafen müssen. Daher schließen wir folgende Vereinbarung: Wenn Sie die Stellung annehmen, dann erwarten Dr. Hoffmann und ich Sie in zwei Wochen auf der Insel. Hier.« Sie streckte ihr einen Umschlag entgegen. »Die Fahrkarte und etwas Geld für Ausgaben, die sicherlich anstehen werden.«

Verwirrt schüttelte Wemke den Kopf. »Das kann ich nicht annehmen. Vielleicht komme ich nicht und dann ...«

»Dann werden Sie das Geld beim Wirt für mich zurückgeben«, beschloss Frau Bartling bestimmt und streckte Wemke die Hand entgegen. »Doch Sie werden kommen, ich spüre es!«

Wemke erhob sich mit wackligen Beinen. »Aber was wird Dr. Hoffmann von mir halten?«

Für einen Atemzug schien die Hofrätin leicht verunsichert, doch dann fing sie sich wieder. »Er wird Sie hinreißend finden und, wie immer, meiner Entscheidung zustimmen. Wissen Sie, es ist doch so, dass die Männer letztendlich froh sind über jede Lenkung und jeden Rat«, sagte die Hofrätin leicht abfällig. »Wenn ich meinen Mann nicht auf Trab halten würde, wo wären wir dann? Ich allein habe in den letzten zwanzig Jahren dafür gesorgt, dass man sich als Gast auf Wangerooge wohlfühlen kann. Was ich damit sagen will, ist, dass Dr. Hoffmann sich selbstverständlich meinem Wunsche fügen wird.«

Wemke empfand plötzlich Mitleid mit dem unbekannten Dr. Hoffmann. Dennoch konnte sie sich nicht vorstellen, einen ihr völlig Fremden einfach so zu heiraten.

Frau Bartling schien ihre Gedanken erraten zu haben. »Vielleicht schreckt der Gedanke an eine Ehe mit unserem Badearzt Sie ab. Noch dazu, wo Dr. Hoffmann nicht mehr ganz jung ist. Aber Sie hätten doch irgendwann sowieso eine Ehe angestrebt, oder etwa nicht?«

Wemke nickte. »Irgendwann, vielleicht, aber noch nicht so bald. Und vor allem nicht mit jemandem, der mir völlig fremd ist.« Sie schüttelte verwirrt den Kopf. »Wie alt ist Dr. Hoffmann überhaupt? Ich weiß ja nicht einmal, was er für ein Mensch ist.«

»Dr. Hoffmann ist Mitte vierzig und der beste Mensch, den Sie in Ihrer Lage überhaupt finden können. Was glauben Sie, welcher Mann würde die Last einer Verwandten wie Ihrer Schwester auf sich nehmen? Männer sind eigennützige Wesen, mein Kind. Nicht einmal der Liebe wegen würden sie auf ihre Bequemlichkeit verzichten. Ich stelle Sie mir in einigen Jahren vor. Verbittert, einsam und durch all die Anstrengung vorzeitig gealtert. Da wird immer die große Verantwortung für die Schwester sein und die Sorge um das nötige Geld zum Leben.«

»Das ist gemein«, stammelte Wemke.

»Aber die Wahrheit«, sagte die Hofrätin ungerührt. »Sie würden gut daran tun, meinen Vorschlag anzunehmen. Überlegen Sie es sich. Mein Angebot würde Ihnen finanzielle Unabhängigkeit sichern.« Wemke erkannte die Berechnung im Blick der Hofrätin. »Ihr Verdienst geht natürlich direkt an Sie und nicht an Dr. Hoffmann. Da es auf der Insel kaum Möglichkeiten gibt, Geld auszugeben – die Mahlzeiten werden Ihnen selbstverständlich gestellt –, käme in wenigen Jahren ein hübsches Sümmchen zusammen. Und für Ihre Schwester, da lässt sich auch was machen. Es gibt Personal bei uns, das sich den ganzen Tag um die Kinder und Säuglinge von Patienten kümmert, und natürlich auch um zurückgebliebene Angehörige.« Sie sah Wemke mitfühlend an.

Diese zuckte zusammen. Zurückgebliebene Angehörige? Sie wollte das Missverständnis aufklären und setzte an mit: »Es ist nicht so, wie Sie denken …«, doch Frau Bartling schnitt ihr das Wort ab.

»Sie müssen sich doch dafür nicht schämen, meine Liebe. Und falls Sie sich um das Wohlergehen Ihrer Schwester sorgen, kann ich Ihnen versichern, dass unser Personal wirklich ausgezeichnet geschult ist. Es gibt für uns also keinen Grund, sich länger bei diesem wenig erfreulichen Thema aufzuhalten. So, und nun gehen Sie nach Hause und denken in Ruhe über alles nach. Aber behalten Sie im Kopf, dass es für Sie wirklich nur Vorteile hätte.«

Für die Hofrätin war das Gespräch damit ganz offensichtlich beendet. Sie trat zur Tür und verabschiedete Wemke. Diese wusste später nicht mehr zu sagen, wie sie den Weg zurück in ihre Wohnung gefunden hatte. Niemals in ihrem Leben war sie verwirrter gewesen. Ganz fest umklammerte sie den Umschlag mit der Fahrkarte und dem Geld, und ihre Füße bewegten sich wie von selbst voran, während in ihrem Kopf tausend Gedanken kreisten. Die Hofrätin hatte ihr Angst gemacht mit ihrem gnadenlosen Entwurf von der Zukunft. Und dann war da natürlich noch die gegenwärtige Situation. Würde es ihr gelingen, eine neue Wohnung für sich und Freya zu finden? Seit fast einem Jahr lebten sie schon von der Hand in den Mund. Wie lange könnte sie dieses Dasein noch ertragen? Wenn Freya älter wäre und Wünsche äußerte, würde sie keinen davon erfüllen können. Und irgendwann einmal würde die Schwester sie nicht mehr brauchen, und dann bliebe ihr nur die Einsamkeit. Wäre es nicht Dummheit, den Vorschlag der Hofrätin abzulehnen? Die Vorstellung, einen völlig Fremden zu heiraten, machte ihr Angst und beschämte sie, aber andererseits war Dr. Hoffmann Arzt und somit ein gebildeter und sicher hochanständiger Mann. Niemals wieder im Leben würde sich ihr eine solche Chance bieten. Was wäre es für eine Erleichterung, die finanziellen Sorgen ablegen zu können. Und was für ein Genuss, wieder mit anderen Menschen malen und singen zu dürfen. Sie hätten ein sicheres Dach über dem Kopf, und nie wieder müsste sie Angst haben, ihre geliebte Schwester zu verlieren. Wenn sie dafür den Badearzt in Kauf nehmen musste, dann würde sie das Opfer eben bringen. Ihr blieb gar nichts anderes übrig. Außerdem bestünde die Ehe ja nur auf dem Papier.

Es gab eigentlich nichts mehr zu überlegen. Erleichterung durchströmte Wemke. Ihre Entscheidung war gefallen.

3

Gemächlich floss die Weser durch den winzigen Ort mit den alten Häusern, der langsam zum Leben erwachte. Hähne schrien, Vorhänge wurden zur Seite geschoben und die erste Kutsche des Tages holperte über die Straße. Die Morgensonne überzog den Fluss mit silbrigem Glanz und ließ die rötlichen Mauersteine des alten Herrschaftshauses an seinem Ufer leuchten. Ein trotz des sich ankündigenden Frühlings dick vermummter Spaziergänger versuchte neugierig über die große Hecke zu spähen, die das Grundstück säumte. Doch Bäume und Büsche verbargen geschickt das Haus und den Garten.

Viele beneideten Thomas Hanken, den erfolgreichen Arzt, um sein Gut und Geld. Doch es gab nur wenige, die ihn wirklich kannten. Sein Fleiß und sein Können hatten es ihm ermöglicht, sich hier niederzulassen. Ihn selbst hatte der Reichtum nicht verändert. Tag für Tag ließ er sich vom Kutscher nach Bremen fahren, um für seine Patienten da zu sein.

Doch jetzt, an diesem Sonntagmorgen, saß er auf der einfachen, harten Gartenbank vor dem Haus. Die Schuhe an seinen Füßen waren alt und ausgetreten. Der Hut, den er gegen die helle Morgensonne tief ins Gesicht gezogen hatte, war speckig und abgegriffen. Den wollenen Mantel hätte wohl mancher längst abgelegt, doch Dr. Hanken hing an dem gemütlichen Kleidungsstück. Zu seinen Füßen lag Benno, der Schäferhundrüde. Thomas Hanken stützte den Kopf in die Hände. Von fern her drang das Läuten von Kirchenglocken zu ihm herüber, doch nicht die Glocken waren es, nach denen er unruhig lauschte.

Ein Schatten schob sich vor ihn. »Soll ich ihn wecken?«

Der Arzt schüttelte den Kopf, während er die Frau in dem graublauen Baumwollkleid mit dem steifen weißen Kragen liebevoll musterte. »Lass nur, Hilde. Er hat es sich verdient, noch ein wenig zu schlafen.«

Die rundliche Haushälterin mit dem grauen Dutt arbeitete schon sehr lange für den Arzt. Sie genoss alle Vorteile, die eine Frau in ihrer Stellung haben musste und war vierundzwanzig Stunden am Tag im Dienst für die beiden wichtigsten Menschen in ihrem Leben. Sie hatte als Kindermädchen für den kleinen Jeels, den Ziehsohn von Dr. Hanken, angefangen. Das war vor fünfundzwanzig Jahren gewesen. Mittlerweile war sie selbst nicht mehr die Jüngste, doch ein Leben außerhalb des Haushaltes dieser beiden Männer konnte sich Hilde beim besten Willen nicht mehr vorstellen.

»Ich bereite schon mal das Frühstück vor«, beschloss sie resolut und ging wieder hinein. Als der Arzt die Treppe im Haus knarren hörte, stand er auf, öffnete die Tür und sah dem jungen Mann, der auf ihn zukam, entgegen. Das dunkle Holz des Geländers glänzte. Wie hatte sich Hilde immer empört, wenn Jeels als Kind darauf die Treppe hinuntergerutscht war. Dr. Hanken lächelte bei der Erinnerung daran.

»Guten Morgen«, rief er dem Jüngeren freudig zu. »Es ist gut, dass du kommst. Mir steht der Sinn nach Tee und frisch gebackenem Brot.«

»Morgen, Vater.« Jeels nickte seinem Ziehvater zu und trat für einen Moment nach draußen. Er streckte sich der Sonne entgegen, zog dann aber fröstelnd die Schultern hoch und verschwand wieder im Haus. Dr. Hanken folgte ihm.

»Ich bin froh, dass wir heute nicht in die Praxis müssen«, sagte Jeels und unterdrückte ein Gähnen.

Der Ältere klopfte ihm auf die Schultern. »Du hast dich in den letzten Tagen tapfer geschlagen. Ich habe selten so viele Patienten in einer Woche erlebt. Es muss daher rühren, dass sich deine besondere Begabung rasch herumspricht.« Er wies auf die Hände des jungen Mannes. »Es gibt keinen, der sich auf das Einrenken von Wirbeln und Gelenken besser versteht als du!«

Stolz schaute er dem jungen Mann ins Gesicht, doch dieser senkte den Kopf. Besagte Fähigkeit hatte er nicht im Studium erlernt, wie viele wohl zu glauben schienen. Sie war ein Geschenk, und Jeels wusste nicht, ob er dankbar dafür sein sollte. Das erste Mal hatte er als Kind die besondere Feinfühligkeit seiner Hände bemerkt. Während eines Gottesdienstes waren seine Finger über das aufgeschlagene Liederbuch gefahren, und er hatte ein Haar erspürt, obwohl drei Seiten Papier dazwischenlagen. Damals hatte er geglaubt, jeder Mensch wäre so empfindsam. Als ihm bewusst wurde, dass dem nicht so war, machte er ein Geheimnis aus seiner Begabung. Mit dem roten Haar und den grünen Augen in seinem runden Gesicht war er bereits mehr als genug Spott ausgesetzt. Da brauchte es nicht noch diese Besonderheit.

Ihn selbst hatte seine Fähigkeit allerdings fasziniert. Immer wieder erprobte er sie an Tieren. Mit geschlossenen Augen war er in der Lage, Entzündungen, Brüche und Nervenblockaden zu erspüren. Indem er sanft über verletzte Stellen strich, konnte er die Wege und Bahnen von Adern, Sehnen und Muskeln verfolgen und erkennen, wo sie sich nicht mehr an ihrem angestammten Platz befanden. Es gelang ihm mit der Zeit, Wirbel und Gelenke wieder einzurenken und Sehnen in die richtige Stellung zu bringen.

Später, beim Studium, war ihm sein Können eher hinderlich gewesen. Etwa wenn er Knochensplitter erspürte, die niemand sonst sehen konnte, oder ausgerenkte Gliedmaßen mit einem leichten Rucken wieder einrenkte. Derartiges hielt man in der Welt der Mediziner für Scharlatanerie, und so behielt Jeels sein Wissen und Können für sich.

Erst als er zu praktizieren anfing, nutzte er seine besondere Fähigkeit wieder mehr. Je stärker er seine Gabe zuließ, desto besser gelang es ihm, die gebrochenen Knochen und ausgerenkten Glieder seiner Patienten wieder zu richten.

Seit drei Jahren arbeitete er nun schon als Arzt in der Praxis des Vaters. Jeels liebte seinen Beruf. Während des Studiums hatte er wie ein Schwamm alles aufgesaugt, was irgendwie mit dem Beruf des Mediziners zusammenhing. Sein Denken war ausschließlich um das gekreist, was ihm in den Hörsälen, Labors und der Bibliothek der Hochschule vermittelt wurde.

Das Leben der anderen Studenten, die sich nach den Stunden so gerne im Schatten der großen Buche getroffen hatten, war nicht das seine gewesen. Ihm lag nichts an Diskussionen bei rotem Wein und langen Abenden in den Gaststuben der Stadt. Er saß lieber über den Büchern und betrachtete fasziniert das Zusammenspiel all dessen, was einen Menschen ausmachte.

Nach seinem überaus erfolgreichen Studienabschluss war Jeels nur wenig Zeit zum Atemholen geblieben. Die Frage nach dem, was er mit seinem Wissen anfangen würde, erübrigte sich, als sein Stiefvater erkrankte. Von einem Tag auf den nächsten hatte Jeels die Patienten versorgen müssen. Es war ein Sprung ins kalte Wasser gewesen. Und zu seiner großen Verwunderung stellte er fest, dass seine Tätigkeit ihn außerordentlich befriedigte. Die Menschen kamen von Krankheit gebeutelt, und er vermochte ihnen zu helfen, zumindest den meisten. Das erfüllte Jeels mit großer Dankbarkeit. Als sein Vater sich erholte und wieder mit anpacken konnte, war es beschlossene Sache gewesen. Jeels stieg in die Praxis mit ein. Sie waren ein gutes Team, doch in letzter Zeit bereitete die Gesundheit des Vaters Jeels zunehmend Sorgen. Immer schien der Ältere müde zu sein, und in der letzten Woche hatte er sich an zwei Nachmittagen früher nach Hause fahren lassen.

Forschend sah Jeels ihn jetzt an, doch das Gesicht des Vaters war entspannt, und seine Augen leuchteten. Dies brachte Jeels die lobenden Worte wieder ins Bewusstsein.

»Ich freue mich, dass ich dir eine Stütze sein kann«, sagte er schließlich lächelnd.

»Du bist viel mehr als das, und du weißt es! Ich werde alt und klapprig. Vielleicht sollte ich mir künftig an den Nachmittagen keine Patienten mehr aufladen.«

Jeels' Lächeln erstarb. »Bist du sicher, dass dir nichts fehlt? Ich mache mir schon seit einiger Zeit Sorgen um dich.«

»Das habe ich mir fast gedacht. Aber, mein Sohn, ich möchte mir an diesem Morgen nicht den Appetit verderben mit Geplauder über meinen Gesundheitszustand.« Betont munter kamen die Worte aus seinem Mund... »Wir verschieben das Gespräch auf den Abend, ja?«

»Also gut«, gab Jeels nach. »So soll es sein. Und Vater, die freien Nachmittage halte ich für eine ausgezeichnete Idee.«

Als sie das Esszimmer betraten, war der Tisch, über dem ein Kristalllüster glitzerte, bereits mit feinem Porzellan und Silberbesteck gedeckt. Aus dem großen Korb duftete es nach warmem Brot. Benno ließ sich mit einem wohligen Laut am Ofen nieder. Dr. Hanken griff nach einem Holzscheit und legte ihn auf die Glut. Nach der Kälte draußen empfand er die Wärme des Esszimmers als sehr angenehm. Eine kurze Zeit blieb er vor dem Feuer stehen, die knochigen Schultern müde nach vorne gebeugt.

Wie schnell die Zeit verflog! In den letzten Wochen waren seine Gedanken immer wieder in die Vergangenheit gewandert. Vielleicht war das ganz natürlich, wenn man das Ende des eigenen Lebens vor Augen hatte. Am liebsten erinnerte

Thomas Hanken sich an die Zeit, als Jeels noch ein kleiner Junge gewesen war. Mit Begeisterung hatte er jeden noch so kleinen Schritt des Kindes beobachtet und ihn, gemeinsam mit Hilde, liebevoll begleitet auf seinem Weg durch Schule und Studium. Ein schlaues Kerlchen war Jeels von Anfang an gewesen. Und wissbegierig wie kein zweiter. Schon als kleiner Junge hatte er ihn mitgenommen in die Häuser der Patienten. Es war eine Freude, Jeels zum Assistenten zu haben oder ihn mit kranken Tieren umgehen zu sehen. So war es keine Frage, welchen Weg sein Sohn als junger Mann einschlagen würde. Dass er diese besondere Gabe besaß, war in seinem Beruf natürlich ein zusätzlicher Segen. So lange es ging, würde er dem Jungen zur Seite stehen, doch mehr und mehr spürte er, wie seine Kräfte erlahmten. Wie lange würde er es noch verbergen können? Schon in der letzten Woche hatte er sich kaum noch in die Praxis schleppen können. In immer kürzeren Abständen musste er auf die Medikamente zurückgreifen.

Seine Lippen bebten, doch energisch verdrängte er die aufkommende Verzweiflung, griff nach dem Stuhl und setzte sich Jeels gegenüber.

Hilde kam aus der Küche und goss ihnen Tee ein. »Ich hoffe, alles ist zur Zufriedenheit?«

»Wunderbar, meine Liebe.« Dr. Hanken sah sie dankbar an.

»Gut, dann wünsche ich einen gesegneten Appetit.« Mit einem Nicken verschwand Hilde wieder. Als sie schwungvoll die Tür hinter sich zuzog, wehte der Duft von Zitrone zu ihnen herüber.

»Bist du eigentlich glücklich, Jeels?«, fragte der Ältere seinen Sohn unvermittelt.

Eine Weile schwieg der Jüngere. Er suchte offenbar nach Worten.

»Mir ist nicht ganz klar, was Glück ist, Vater«, antwortete er schließlich. »Aber ich bin zufrieden und könnte mir keinen

Platz auf der Welt vorstellen, an dem ich lieber wäre, und keinen Beruf, der mir mehr Erfüllung schenken könnte. Ich fühle mich einfach wohl hier, bei dir und Hilde und bei meiner Arbeit in der Praxis.«

»Und du vermisst nichts?«, hakte Thomas Hanken vorsichtig nach.

»Wenn es dir um eine Partnerin für mich geht, so mach dir keine Sorgen. Ich habe noch keine gefunden, die ich mir für ein ganzes Leben an meiner Seite vorstellen könnte. Und sollte ich mich irgendwann doch mit dem Gedanken tragen, dann stellt sich immer noch die Frage, ob der Auserwählten meine rote Wolle gefällt.« Jeels griff sich mit einer Hand ins Haar und verzog mit einem übertriebenen Seufzer das Gesicht.

»Liebe hat nichts mit dem Aussehen eines Menschen zu tun«, sagte sein Vater und lächelte ihn an.

»Das stimmt wohl«, gab Jeels zu. »Aber manchmal verwünsche ich diese Farbe auf meinem Kopf schon, und dann noch die Sommersprossen.«

»In Wahrheit weißt du recht gut, dass du mit deinem Aussehen zufrieden sein kannst. Wie war das noch im letzten Jahr mit der jungen Frau, die ständig bei uns an die Haustür klopfte?«, bemerkte Thomas Hanken mit einem Augenzwinkern.

Jeels errötete ein wenig. »Brigitta war wirklich lieb, und ich mochte sie auch sehr gern, doch wir hatten einfach keinerlei Gemeinsamkeiten. Das hat sich, wie du weißt, sehr schnell herausgestellt.«

»Sie sah aus wie ein Engel«, schwärmte Dr. Hanken.

»Ja, das ist wahr«, sagte Jeels. »Aber wie du schon sagtest: Gutes Aussehen hat mit Liebe noch nichts zu tun.« Seine Augen ruhten forschend auf dem Gesicht des Vaters. »Warum fragst du, ob ich etwas vermisse? Quält dich der Gedanke, dass ich ohne leibliche Eltern aufgewachsen bin? Es gibt niemanden, der sie besser hätte ersetzen können als du. Du bist der beste Vater, den ein Kind sich wünschen kann.«

Jeels stand auf, umrundete den Tisch und schloss seinen Vater in die Arme.

Die Augen wurden dem Älteren feucht, doch er fing sich wieder.

»Dann ist ja alles gut«, sagte er, und bemühte sich, seiner Stimme einen festen Klang zu geben. Nur seine Hand zitterte noch ein wenig, als er nach der Tasse Tee griff. »Und Jeels, heute Abend werden wir uns zu einem langen Gespräch zusammensetzen. Ich habe dir viel zu erzählen. Wer weiß«, er wandte den Blick ab, »vielleicht entschließe ich mich von heute auf morgen, mich aufs Altenteil zurückzuziehen, um das Leben zu genießen.« Dies sagte er leichthin, doch in Gedanken fügte er hinzu: »Für die kurze Zeit, die mir noch bleibt.«

4

Jeels hatte sich entschlossen, den freien Sonntag für eine lange Wanderung entlang der Weser zu nutzen. Benno begleitete ihn. Thomas Hanken war insgeheim froh, dass er für eine Weile alleine sein konnte. Es fiel ihm immer schwerer, die Schmerzen zu verbergen. Er zog sich in seine Räumlichkeiten zurück, schaute aus dem Fenster und sah Jeels nach, der mit einem Pfiff nach dem Hund von dannen zog.

Mit wie viel Stolz ihn der Sohn erfüllte! Unendlich lange schien es her zu sein, dass er mit diesem winzigen Wesen von der Insel gekommen war. Jeels hatte sein Leben völlig umgekrempelt. Ein gebrochener Mann war er gewesen, bevor das Kind ihn wieder zurück auf den Boden brachte. Damals hatte es auf Messers Schneide gestanden: Entweder hätte ihn der Alkohol zerstört oder die Trauer über den Tod der Schwester.

Sie war durch seinen Leichtsinn gestorben, so empfand er es zumindest, und diese Schuld lastete bis heute schwer auf ihm. Elise war verwitwet und hochschwanger zu ihm gekommen, um »in guten Händen« zu sein, wie sie es ausgedrückt hatte. Ein verächtliches Schnaufen entfuhr ihm, und er biss sich auf die Lippen. In guten Händen!

Er war auch damals schon kein schlechter Arzt gewesen, aber ein großer Egoist. In der Nähe von Köln betrieb er eine gutgehende Praxis. Zuvor hatte er eine Zeit lang in einem größeren Krankenhaus gearbeitet. Wieder und wieder musste er dort erleben, wie schlecht gerade die weiblichen Patienten von den Ärzten behandelt wurden. Sie wurden gedemütigt und ließen die Untersuchungen zumeist beschämt über sich ergehen. Viele Kranke starben lieber zu Hause, als bei einem der überheblichen Doktoren Hilfe zu suchen. Einer Eingebung folgend beschloss Thomas, gemeinsam mit einer guten Krankenpflegerin, eine Praxis speziell für Frauen zu eröffnen. Sie kamen in Scharen zu ihm! Er nahm sich Zeit für seine Patientinnen, zerstreute ihre Angst und galt bald als recht geschickt, insbesondere im Bereich der Geburtshilfe. Als Junggeselle war er ein begehrter Gast bei den Müttern unverheirateter Töchter, doch für eine Beziehung fühlte er sich damals nicht geschaffen. Es stand ihm nicht der Sinn danach, sich auf Dauer jemandem zu verpflichten. Die Verantwortung für seine Patienten genügte ihm voll und ganz. Und diese endete am Abend jedes Arbeitstages. Wenn Thomas die Tür der Praxis hinter sich schloss, dann bemühte er sich, im gleichen Augenblick alles zu vergessen, was sich hinter den Mauern des Hauses abgespielt hatte. Dabei half ihm seine große Leidenschaft, die Musik. Die Geige war seine Geliebte, und er spielte an den freien Abenden oft gemeinsam mit Musikerfreunden.

Als seine Schwester ihren Besuch ankündigte, hatte ihn das mit Freude erfüllt. Seine Familie bestand nur noch aus ihr. Thomas liebte Elise sehr, obwohl ihre wehleidige Art ihm manchmal auf die Nerven ging. Als die Schwangerschaft seiner Schwester weiter voranschritt, äußerte sie den Wunsch, bis zu ihrer Niederkunft in seiner Nähe zu bleiben. Sie verbrachten schöne Tage miteinander, und die Vorfreude auf den neuen Erdenbürger war groß.

Drei Wochen vor dem errechneten Termin hatte seine Schwester über Unwohlsein und Schmerzen in der Brust geklagt. Dies war schon öfter vorgekommen, und anfangs hatte er an solchen Tagen das Haus nicht verlassen, nicht einmal, um in der Praxis nach dem Rechten zu sehen. Doch selbst die gründlichste Untersuchung hatte keinen Aufschluss über ihr Leiden geben können. In Thomas war der Verdacht aufgestiegen, dass Elise ihn einfach nur ans Haus binden wollte. Sie war überängstlich und hasste es, in ihrem Zustand alleine zu sein.

An jenem Abend hatte er die angstvollen Bitten seiner Schwester abgetan und war dem Ruf eines Freundes gefolgt, der an diesem Tag einen begnadeten Pianisten als Gast beherbergte. Er versprach, nur kurz auszugehen. Doch als der Pianist ihn bat, bei seinen Vorträgen den Geigenpart zu übernehmen, vergaß er alles um sich herum.

Seine damalige Haushälterin war ihm schließlich mit der Kutsche gefolgt. Bei seiner Schwester hätten urplötzlich die Wehen eingesetzt, und sie habe rasende Schmerzen in der Brust. Während der Fahrt überschlugen sich in Thomas' Kopf die Gedanken. Er, der längst vom Beten abgekommen war, versprach dem Allmächtigen alles, wenn er nur Elise beschützen würde. Doch es war zu spät gewesen. Bei seiner Ankunft war Elise bereits tot.

Fassungslos hatte er auf seine Schwester gestarrt, die im Gästezimmer auf dem Bett lag und keinen Atemzug mehr tat. Wie rasend war er in seinem Bemühen gewesen, sie ins Leben zurückzuholen – doch vergeblich.

Warum genau ihr Herz aufgehört hatte zu schlagen, konnte man nicht mit Bestimmtheit feststellen. Scheinbar war es nicht ganz gesund gewesen.

Von Trauer und Schuldgefühlen überwältigt, verlor Thomas fast den Verstand. Er allein war für den Tod seiner Schwester verantwortlich. Hätte er ihre Beschwerden ernst genommen und wäre an diesem Abend bei ihr geblieben, so hätte er sie sicherlich retten können. Doch selbstsüchtig, wie er war, hatte er sie im Stich gelassen, als sie ihn am meisten brauchte. Mutterseelenallein und unter schrecklichen Schmerzen war sie gestorben.

Tagelang schloss Thomas sich im Haus ein. Die Beerdigung erschien ihm wie ein Alptraum. Nachbarn und Patienten kamen, um ihm ihr Mitgefühl auszusprechen. Alle glaubten, er habe sein Bestes getan, doch Thomas Hanken kannte die Wahrheit. Und er sah die vorwurfsvollen Augen der Haushälterin, die schwieg.

Die Erinnerung ließ ihn tief aufseufzen, und das Herz wurde ihm schwer. Doch dann zwang Thomas die Gedanken weiter. Nach dem Tod der Schwester, bei dem auch das Kind in ihrem Leib gestorben war, hatte er sich von allem getrennt, was Erinnerungen barg. Das Haus wurde verkauft, die Praxis gab er auf und ebenso das Musizieren. Niemals wieder würde er Geige spielen, das hatte er sich geschworen und das Instrument ins Feuer geworfen.

Mit zwei Koffern beladen begann er ein neues Leben. Ein Leben, das eigentlich nur eine fortwährende Reise war. Oft überkam ihn das Gefühl, hilflos auf einen Abgrund zuzutreiben. Ziellos fuhr er von Ort zu Ort, blieb manchmal eine kleine Weile, nur um dann wieder die Koffer zu packen. Es gelang ihm nicht mehr, den ehemals geliebten Beruf auszuüben, und manches Mal war er kurz davor gewesen, auch den Arztkoffer zu verbrennen. In dumpfem Vergessen verschlief er den Großteil seiner Tage, denn der Alkohol war für ihn zum einzigen Mittel gegen die Trauer geworden. Nur wenn er betrunken war, konnte er für kurze Zeit der quälenden Schuld entkommen.

An einem kalten Märztag beschloss er schließlich, seinem Leben ein Ende zu bereiten. Da er nicht schwimmen konnte, würde er ins Wasser gehen. Das Angebot einer Schiffsreise von Bremen zu den Inseln kam ihm gerade recht. Thomas trat die Überfahrt im Dunkeln und bei Nebel an. Er war überzeugt gewesen, unbeobachtet zu sein, doch er hatte die Rechnung ohne Hein Hinrichs, einen Wangerooger Fischer, gemacht.

Der Mann hatte ihn aus dem Wasser gezogen und mit auf seine Heimatinsel genommen. Dort verbrachte Hein seine Tage als Einsiedler in einer abgelegenen Fischerkate. Nachdem Thomas das Bewusstsein wiedererlangt hatte, brachte ihn der Fischer im Haus einer älteren Witwe unter.

Die Tage auf dem Eiland verschwanden in Thomas' Kopf wie unter einem Nebelschleier. Nur das Meer sah er auch heute noch in aller Deutlichkeit vor sich, das Wasser und den Strand, an dem er trotz Kälte und Regen Stunde um Stunde entlanggewandert war.

Was hatte ihn bewogen, die Insel nicht gleich wieder zu verlassen? Thomas wusste es bis heute nicht zu sagen. Damals hatte ihn ein unbestimmtes Gefühl beschlichen, als habe das Schicksal für ihn noch eine Aufgabe auf diesem Eiland vorgesehen. Und so hatte er gewartet, ohne zu wissen worauf.

Die Vermieterin war sehr gastfreundlich und überging stets geflissentlich, dass er am Abend nach Rum roch. Thomas hatte ihr Wohlwollen gewonnen, indem er in einem nüchternen Moment ihren gebrochenen Arm gekonnt geschient hatte. Daher wusste sie auch, dass er Arzt war.

Und dann kam der Tag, der sein Leben verändern sollte. An jenem Abend war ein Sturm aufgekommen. Der Anblick der aufgepeitschten See hatte Thomas lange Zeit am Strand festgehalten. Es war ihm, als sprächen seine eigene Wut und Trauer aus den Naturgewalten, und wie so oft hatte sich Thomas gefragt, was er nun mit seinem Leben anfangen sollte. Doch kaum dass er den Fuß in sein Quartier gesetzt hatte, schenkte das Schicksal ihm endlich eine Antwort. Die Hebamme der Insel kam, um ihn zu holen, und gab ihm nach langer Zeit wieder die Möglichkeit, ein Leben zu retten. Dieses neu geweckte Bewusstsein, dass er über die Fähigkeit verfügte, den Tod abzuwenden, Leben zu erhalten, entriss ihn der düsteren Umklammerung von Schuld und Todessehnsucht.

Plötzlich war da dieses winzige Geschöpf, das so leicht den Weg in seine Arme und in sein Herz gefunden hatte. Die Mutter des Säuglings, Reemke van Voss, starb, doch diesmal konnte er sich nichts vorwerfen. Es hatte nicht in seiner Hand gelegen.

»Reemke.« Lautlos formten seine Lippen den Namen. Immer wieder begegnete er dieser Frau in seinen Träumen. Und so wie er gewusst hatte, dass sein Leben mit dem Kind einen neuen Anfang nehmen würde, so wusste er auch, dass ihn mit dieser Frau etwas ganz Besonderes verband. Es war ihm, als habe sie mit ihrem Tod seine Schuld bezahlt, damit er frei sein konnte. Und sie löste nicht nur die Fesseln der Schuld, sie gab ihm auch einen Grund zum Leben: Jeels. Er nannte den kleinen Jungen nach der Großmutter, Jeelke van Voss, deren Grabstein auf dem kleinen Friedhof der Insel zu finden war. Dort, wo auch Reemkes Körper zur letzten Ruhe gebettet wurde.

Nach der Beerdigung hatte Thomas für sich das Recht erwirkt, Jeels an Kindes statt anzunehmen. Niemand hatte sich ihm entgegengestellt. Im Gegenteil: Die alte Hebamme beschwor, dass es Reemkes letzter Wille gewesen sei, und Thomas hatte ihr dankbar die Hand gereicht. Dennoch verließ er die Insel fluchtartig, und setzte niemals wieder einen Fuß auf das Eiland.

Er fing ein neues Leben an, kaufte ein Haus an der Weser, tat einen Glücksgriff mit Hilde und schwor dem Alkohol ab. In einer schwermütigen Stunde hatte er Hilde die ganze Geschichte erzählt. Sie verurteilte ihn nicht, sondern hing seitdem nur umso mehr an ihm und dem Jungen.

In Bremen kannte niemand den neuen Arzt, doch bald schon erwarb er sich einen guten Ruf. Den kleinen Jungen gab er als seinen Neffen aus, als Kind seiner Schwester Elise, die verstorben war. Diese Erklärung schien ihm die einfachste. Auch Jeels kannte die Wahrheit nicht. Nie verließ Thomas die

Angst, er könnte den Jungen verlieren. Sie lauerte bis heute in seinem Inneren. Selbst als Jeels erwachsen war, vermochte er das Geheimnis nicht zu lüften. Was, wenn sein Sohn nach Wangerooge fuhr und dort Menschen fand, zu denen er gehörte? Zu denen er *mehr* gehörte als zu ihm?

So hatte er es immer wieder hinausgeschoben, die Wahrheit ans Licht zu bringen. Und jetzt war es fast zu spät. Doch diese Selbstsüchtigkeit musste ein Ende haben! Er würde Jeels heute Abend alles sagen.

Thomas seufzte. Er fühlte sich so unendlich müde. Panik ergriff ihn. Die Krankheit war so tückisch! Was, wenn es jetzt zu Ende ginge? Wenn es zu spät wäre zum Reden?

Thomas zwang seine Gedanken zur Ruhe. Entschlossen griff er nach dem Tintenfass und einem Bogen Papier. Vielleicht wäre es eine Erleichterung, die Erinnerungen aufzuschreiben. Und ein solches Dokument mochte Jeels einmal mehr dienen als ein gesprochenes Wort.

Lange dauerte es, all das Geschehene zu Papier zu bringen. Als er es schließlich geschafft hatte, schob Thomas Hanken erleichtert den Bogen von sich. Dann zog er eine Schublade des Sekretärs auf und holte mit zittrigen Fingern einen Bund hervor, an dem drei große Schlüssel hingen. Er selbst hatte das Haus, zu dem die Schlüssel passten, nur ein einziges Mal betreten und mit dem größten Geschenk seines Lebens wieder verlassen. Einmal im Jahr wanderte dieser Schlüsselbund in die Hände eines Verwalters, der im Haus nach dem Rechten sah. Dem Haus, das Jeels' Erbe war. Würde er die Schlüssel benutzen? Würde er auf die Nordseeinsel, den Ort seiner Geburt, zurückkehren, um seine wahren Wurzeln zu erforschen?

Bevor er es sich noch einmal anders überlegen konnte, nahm Thomas Hanken entschlossen einen Umschlag zur Hand und ließ den Bogen, die Schlüssel sowie einige Papiere hineingleiten. Wenn ihm die Stimme heute Abend nicht gehorchen wollte, dann brauchte er nur nach diesem Umschlag greifen.

Thomas stand schwerfällig auf und trat ans Fenster. Die Sonne lockte ihn. Er nahm den Mantel und seinen Hut. Sein Ziel war die Bank vor dem Haus.

Als Hilde ihm einen Kaffee nach draußen brachte, klopfte er auf den freien Platz neben sich: »Gönn dir doch ruhig auch mal eine Pause.«

Hilde schüttelte den Kopf. »Lassen Sie mal gut sein. Ich habe gerade den Braten im Ofen. Wenn der Junge zurückkommt, bringt er bestimmt einen guten Appetit mit.«

Sie wandte sich zum Gehen, doch der erstickte Aufschrei des Arztes ließ sie wieder herumfahren.

Thomas Hanken war von der Bank gerutscht und lag ausgestreckt auf dem Bauch im Gras. Der speckige Hut war ihm vom Kopf geflogen.

Hilde eilte auf ihn zu und kniete an seiner Seite nieder. Der Schreck fuhr ihr durch die Glieder, als sie auf den ersten Blick kein Lebenszeichen feststellen konnte. Doch dann drang durch das Zirpen der Grillen und das Singen der Amsel der flache, schnelle Atem des Arztes an ihr Ohr. Hilde presste die Finger auf seinen Puls. Er war schwach, aber regelmäßig. Vorsichtig drehte sie den Arzt auf die Seite. Was für ein Unglück, dass der Junge nicht im Haus war!

Thomas Hanken riss die Augen auf. Er stöhnte leise und versuchte den Kopf zu heben.

»Bleiben Sie ganz still liegen«, befahl Hilde atemlos. Der Arzt gehorchte, und nach einer Weile wurde sein Atem kräftiger und das Gesicht gewann ein wenig Farbe zurück. Schließlich holte er tief Luft und richtete sich keuchend auf. Graue Haarsträhnen hingen ihm wirr ins Gesicht. Hilde fasste ihn entschlossen unter, und der Arzt stützte sich schwer auf sie. Langsam ließ er sich auf der Bank nieder.

»Es geht schon wieder.« Er lächelte zittrig.

»Was ist nur mit Ihnen los?« Hildes Stimme klang verzweifelt. »Ich mache mir schon seit Wochen solche Sorgen!«

Dr. Hanken atmete immer noch schwer. »Mir geht es nicht so gut in letzter Zeit«, sagte er leise und wich ihrem Blick aus.

»Das habe ich gemerkt. Weiß Jeels davon?«

»Noch nicht. Ich werde heute Abend mit ihm sprechen.«

Hilde musterte ihn misstrauisch. »Da waren in letzter Zeit Medikamente auf Ihrem Nachttisch. Lateinische Namen standen darauf. Ich habe geglaubt, sie seien für die Patienten. Doch es ist Ihre Medizin, nicht wahr?«

Der Arzt sank in sich zusammen. »Ich fürchte, du hast Recht. Hilde, ich sag es nicht gerne, aber ich bin sehr krank. Ein bösartiger Tumor wächst in mir.«

Hilde lehnte sich Halt suchend gegen den Apfelbaum vor der Bank. »Dr. Hanken, ich kenne die Medikamente. Meine Schwester starb nach langer Krankheit. Ein solches Präparat nahm sie ein, als es keine Hoffnung mehr gab.« Ihre Augen bohrten sich in die des Arztes und baten ihn stumm, ihr zu widersprechen.

Doch Thomas schwieg, und schließlich nickte er nur müde. »Ich kann es nicht abstreiten: Du liegst mit deiner Befürchtung leider richtig«, sagte er schwer seufzend. »Ich werde sterben, Hilde.« Er hob den Kopf und blickte sie traurig an.

Die Haushälterin stieß einen Schluchzer aus, und Tränen rannen über ihre runzligen Wangen. Bebend ließ sie sich neben ihn auf die Bank sinken.

Der Arzt legte sanft eine Hand auf ihren Arm. »Ich verberge die Erkrankung nun schon eine lange Zeit vor dir und Jeels. Was hätte es gebracht, euch beide damit zu belasten. Außerdem fehlte mir der Mut, es euch zu sagen. Doch nun läuft mir die Zeit davon.«

»Jeels muss es wissen!«, rief Hilde aus. Weinend griff sie nach seinen Händen. »Vielleicht kann der Junge Ihnen helfen. Er hat so viel gelernt während des Studiums.«

»Es gibt keine Hilfe!« Die Stimme des Arztes klang bitter. »Die Krankheit ist unheilbar. Wer sollte es besser wissen als ich.« Verzweifelt fuhr er fort: »Ich muss dem Jungen noch so viel erklären und hätte dies schon vor Jahren tun sollen. Du weißt, was ich meine. Hilde, ich bin ein feiger Mensch!«

»Sie doch nicht, Dr. Hanken!« Hildes Gesicht spiegelte Empörung wider.

Der Arzt schüttelte nur abwehrend den Kopf. »Hilde, in meinem Arbeitszimmer liegt ein Umschlag auf dem Schreibtisch. Ich habe heute alles aufgeschrieben, was Jeels wissen muss. Es hat mir gutgetan, so als ob ich eine große Last abgeworfen hätte. Und es wird mir noch bessergehen, wenn ich heute Abend mit dem Jungen gesprochen habe.« Er schloss für einen Moment die Augen. »Wenn Jeels mir aus irgendeinem Grund nicht mehr zuhören will, dann kannst du ihm später den Umschlag bringen. Dich wird er nicht zurückweisen.«

»Dr. Hanken, sorgen Sie sich nicht.« Beruhigend strich sie ihm über die Hände. »Jeels liebt Sie. Er ist ein so guter Junge und wird alles verstehen, glauben Sie mir!«

»Ich weiß es nicht, Hilde.« Sein Gesicht war grau und die Stimme brach ihm. Doch dann fasste er sich wieder. »Würdest du mir die Medikamente von meinem Nachttisch holen? Ich fühle mich noch nicht so gut, und sie werden helfen, zumindest für eine Weile. Ich werde hier ganz ruhig sitzen bleiben und mich ausruhen.«

Zögernd stand die Haushälterin auf und kehrte so rasch wie möglich mit der Medizin und einem Becher Wasser zurück. »Kann ich Sie wirklich alleine lassen?«

Thomas griff nach der kleinen Flasche. »Geh ruhig, meine Liebe. Es ist alles gut!«

Als er die Medizin eingenommen hatte, verlangsamte sich sein Herzschlag. Die Schmerzen ließen nach, und eine große Ruhe breitete sich über allem aus. Thomas sah zu den Wolken auf, die wie riesige Schiffe durch das Blau des Himmels schwebten. Für einen Augenblick wünschte er sich nichts sehnlicher, als mit ihnen tauschen zu können. Einfach all dem entfliehen, was ihn hier auf Erden quälte. Er dachte, wie schon so oft in letzter Zeit, an Reemke. Ihr Bild zog durch seine Gedanken, als sei es gestern gewesen, dass er sie gefunden und sogleich wieder verloren hatte. Sein Blick fiel auf die dunkelrote Blüte einer Frühlingsblume. Er beugte sich vor und pflückte sie. Was für ein Rot! So braunrot wie das Haar von Reemke. Er sog den süßen Duft ein und lehnte sich mit geschlossenen Augen zurück. Geräusche drangen an sein Ohr, die er sonst nur in seinen Träumen vernahm. Es war ihm plötzlich, als sei er auf die Insel Wangerooge zurückgekehrt. Ganz deutlich hörte Thomas das Rauschen der Wellen. Er konnte fast den Sand unter seinen Füßen spüren. Seine Augen suchten den Strand ab, und da war sie. Reemke! Mit ausgestreckten Armen lief sie ihm entgegen. Das rote Haar wehte im Wind und ihre grünen Augen strahlten. Sie fiel ihm in die Arme, und ein nie gekanntes Glückgefühl durchströmte ihn. Er fühlte sich, als sei er nach langer Reise zu Hause angekommen.

»Ich habe auf dich gewartet.« Ihre Stimme war nicht mehr als ein Flüstern an seinem Ohr. »Und nun bist du endlich da!«

Thomas fühlte sich plötzlich ganz leicht und schwerelos, wie die Wolken am Himmel. Nichts gab es mehr, was ihn band und auf Erden hielt. Er griff nach Reemkes Hand. Die Frühlingsblume mit der roten Blüte entglitt seinen Fingern, so wie er der Welt.

5

Viele Trauernde waren zum Begräbnis gekommen, Freunde, Patienten und Nachbarn. Jeels blickte wie betäubt auf das schreckliche dunkle Loch vor sich, das auf dem Friedhof gegraben worden war. Der Wind, der vom grauen Himmel herabstob, zerrte mit kalten Fingern an seinem dunklen Mantel.

Von der Ansprache des Geistlichen war nichts zu Jeels durchgedrungen. Jetzt traten vier starke Männer vor und packten die dicken Seile, um den Sarg mit den Messinggriffen langsam in die Erde zu senken. Jeels glaubte, den Boden unter den Füßen zu verlieren. Es war sein Vater, der hier beerdigt wurde! Am liebsten wäre er ihm gefolgt. Doch dann berührte Hilde seine Hand, sanft und liebevoll. Er tat einen tiefen Atemzug, und das Schwindelgefühl verflog.

»… von Staub bist du genommen und zu Staub kehrst du zurück«, klangen die Worte des Geistlichen zu ihm herüber.

Widerwillen regte sich in Jeels. Sein Vater war kein Staub, feinfühlig und warm war er gewesen, nicht kalt wie die Worte, mit denen er verabschiedet wurde. Es schnürte ihm die Kehle zu, doch er konnte nicht weinen. So tief der Schmerz, so hart der Verlust auch sein mochte, es wollten keine Tränen kommen. Dabei hatte es in all den Jahren seines Lebens nichts gegeben, was diesem Gefühl der Verlassenheit gleichgekommen wäre.

Hilde zupfte am Ärmel seines Mantels, und ihm wurde bewusst, dass der Prediger ihm etwas entgegenhielt. Jeels streckte die Hand aus und der Geistliche ließ Erde hineinrieseln. Jeels trat an das offene Grab. Die Erde fiel leise prasselnd auf die Holzkiste.

Jeels wandte sich um, ohne die Beileidsbekundungen der Trauernden abzuwarten, und ging mit raschen Schritten auf die Kutsche zu. Mit zittrigen Knien stieg er ein und saß starr vor Kummer da. Nach einer Ewigkeit kam Hilde und setzte sich schwer atmend zu ihm in das Gefährt.

»Entschuldige bitte, aber ich konnte einfach nicht bleiben.« Jeels schloss für einen Augenblick die Augen.

»Schon gut, mein Junge.« Sie tätschelte seine Hand. »Lass uns nach Hause fahren. Es war ein schwerer Tag für dich.«

»Für uns alle.« Jeels umarmte sie und dachte an den armen Benno, der immer noch den Garten nach seinem Herrn absuchte.

Zwei Wochen nach der Beerdigung saß Jeels auf der Bank vor dem Haus, dem Lieblingsplatz seines Vaters. Er umklammerte die Lehne mit der gleichen Verzweiflung, mit der er sich an die Trauer um den Vater geklammert hatte. Dessen Tod hatte ihn angesprungen wie ein tollwütiger Hund. Er hatte Jeels keine Zeit gelassen, sich darauf vorzubereiten oder die Worte zu sagen, die hätten gesagt werden sollen. Und jetzt würde sein Vater nie mehr zurückkehren. Er konnte es immer noch nicht fassen. Das Haus schien ihm zu groß, zu leer, zu still. In jedem Zimmer fand sich eine Erinnerung daran, wie es gewesen war. Vater war fort und der Verlust zu frisch, als dass Jeels schon wieder hätte arbeiten können. Ein Freund des alten Dr. Hanken war eingesprungen und würde die Praxis für eine Weile übernehmen.

Jeels nahm das Blatt Papier zur Hand, das neben ihm auf der Bank lag – der Brief seines Vaters an ihn, den er wieder und wieder las. Noch am Tag der Beerdigung hatte Hilde ihm den

Umschlag übergeben, und begierig hatte er danach gegriffen. Die Zeilen des Vaters trösteten Jeels ein wenig über das verpasste Gespräch hinweg. Der Brief endete mit den Worten: »Bitte verzeih mir und versuche mich zu verstehen.«

Und, bei Gott, das tat er. Warum nur hatte sich der Vater so sehr davor gefürchtet, ihm die Wahrheit zu sagen? Er musste doch gewusst haben, dass all das, was hier geschrieben stand, nichts an seinen Gefühlen für ihn änderte. Thomas Hanken würde für immer sein geliebter Vater bleiben, auch wenn die Zeilen eine Seite von ihm zum Vorschein brachten, die Jeels nicht gekannt hatte.

Mit leerem Blick starrte er in die Ferne. Er war also nicht der Sohn von Thomas' Schwester, es gab keine familiäre Bindung zwischen ihnen. Es schien so seltsam, so fremd, dies als die Wahrheit anzuerkennen. Es hatte ihm immer ein Gefühl der Zugehörigkeit vermittelt, dass er, wenn schon nicht der leibliche Sohn, so doch ein Verwandter war. Aber es gab keine Blutsbande. Dies hatte eine ganz neue Frage aufgeworfen: Wer war er?

Ein Kind der Insel. Ein Kind, das niemand hatte haben wollen, das las Jeels zwischen den Zeilen. Thomas Hanken hatte sich seiner erbarmt. Das Einzige, was der Arzt ihm von seiner Herkunft verraten konnte, war der Name seiner Mutter: Reemke van Voss.

Jeels hatte an den Abenden lange Gespräche mit Hilde geführt. Sie war mit ihm in seine Kindheit zurückgekehrt und hatte auch einiges von dem wiedergegeben, was sein Vater ihr erzählt hatte. Doch nicht auf alle Fragen hatte Jeels Antworten gefunden.

Warum hatte es auf der Insel niemanden gegeben, dem etwas an ihm lag? War seine Mutter auf der Welt denn ganz alleine gewesen? Wer war sein Vater? Warum war er hier, an der Weser, aufgewachsen und nicht auf Wangerooge? Ein Geheimnis schien über seiner Herkunft zu schweben. Ein Geheimnis, das er um alles in der Welt lüften musste. Vielleicht gab es auf diesem Eiland noch Menschen, die mit ihm verwandt waren. Vielleicht sogar jemanden, der ebenfalls seine besonderen Fähigkeiten besaß. Dann müsste er sich nicht mehr so merkwürdig einzigartig vorkommen. Es gab nur einen Weg, all das herauszufinden. Er musste nach Wangerooge fahren.

Jeels lockerte den Griff um die Holzlehne und wandte das Gesicht der Sonne zu. Warme Strahlen drangen durch das Grün des Apfelbaumes. Er spürte, wie die Kälte in seinem Inneren langsam verdrängt wurde. Zum ersten Mal seit dem Tod des Vaters konnte er wieder einen klaren Gedanken fassen. Es lag eine Aufgabe vor ihm.

»Ich dachte mir schon, dass ich dich hier finde«, drang eine Frauenstimme an sein Ohr. Hilde war vom Markt zurückgekehrt. Sie schloss die Gartenpforte hinter sich und betrachtete Jeels voller Zuneigung. Die Trauer um den alten Arzt hatte die Falten in ihrem Gesicht noch tiefer werden lassen und ihren Nacken gebeugt.

Jeels lächelte sie an. »Hilde, es wird dir vielleicht nicht gefallen, aber ich habe gerade beschlossen, nach Wangerooge zu fahren. Ich muss es einfach tun, um etwas über meine Vergangenheit herauszufinden. Und dann ist da das Haus auf der Insel, das ich mir unbedingt ansehen möchte.«

Hilde atmete scharf ein und schüttelte bekümmert den Kopf. »Das hätte deinem Vater nicht gefallen. Siehst du, dies war der Grund, warum er sich nicht getraut hat, dir die Wahrheit zu sagen.«

»Er hatte nur Angst, dass ich ihn aus meinem Leben ausschließen könnte. Was ich nie getan hätte. Aber jetzt ist Vater tot, und ich muss mein Leben in die eigene Hand nehmen.«

»Richtig«, bestätigte Hilde. »Und dein Leben findet hier statt. Die Patienten warten auf dich. Auf dem Markt haben sie mich schon gefragt, wann du endlich wieder in der Praxis sein würdest. Ich weiß, dass diese verdammte Insel deinem Vater nichts als Alpträume bereitet hat. Mein Junge, Wangerooge ist einfach nur der Ort, an dem du geboren wurdest, mehr nicht! Ich sag es nicht gerne, aber die Menschen dort wollten dich nicht. Das musst du dir vor Augen führen. Sie waren froh, als dein Vater dich mit fortnahm, verstehst du?«

Jeels war bei ihren letzten Worten zusammengezuckt. »Aber das ist es ja gerade. Diese Frage quält mich am meisten. Warum wollte mich niemand? Wenn ich schon keine Verwandten dort habe, dann muss es doch Menschen gegeben haben, die meiner Mutter nahestanden, denen sie etwas wert war.«

Hilde seufzte. »Jeels, dein Vater hat mir von der Nacht erzählt, als du geboren wurdest. Es gab mindestens einen Insulaner, der sich an den Schmerzen deiner Mutter ergötzte. Und die Hebamme bemitleidete dich schon, als du noch keine zwanzig Atemzüge getan hattest. Die Menschen dort sind offenbar ganz anders als wir, Jeels. Zumindest müssen sie es vor fünfundzwanzig Jahren gewesen sein. Von den Erzählungen deines Vaters her stelle ich sie mir primitiv und abergläubisch vor. Vielleicht hängt es mit der See zusammen, die sich immer wieder ihre Opfer unter ihnen sucht.«

»Ach Hilde.« Jeels machte eine wegwerfende Handbewegung. »Das alles ist lange her. Die Abgeschiedenheit, die die Insulaner früher vielleicht menschenscheu und abergläubisch gemacht hat, gibt es nicht mehr. Zumindest in den Sommermonaten weilen zahlreiche Gäste auf der Insel. Noch vor kurzem habe ich gelesen, dass viele Kranke auf den ostfriesischen Inseln Heilung finden durch das Wasser und die salzige Luft.«

»Und trotzdem, mein Junge, bleibe ich dabei. Du solltest lieber hier dein Glück suchen. Was willst du denn auf diesem öden Eiland anfangen? In der Kate wohnen, die dir deine Mutter hinterlassen hat? Dort gibt es nichts als Wellen und Wind!«

Jeels wollte Hilde unterbrechen, doch sie war noch nicht am Ende angelangt. »Wie willst du denn dort leben, Jeels? Du bist es gewohnt, satt zu werden. Du hast dieses schöne Haus geerbt und einen Beruf, der dich ausfüllt. Solange mich meine Beine tragen, will ich gerne hier für dich sorgen, mein Junge. Wovon glaubst du dich auf der Insel ernähren zu können? Willst du die Sommergäste behandeln, Fische fangen oder vielleicht das winzige Stück Land bei der Kate bearbeiten? Oder glaubst du etwa, die wenigen Insulaner können einen Arzt am Leben halten?«

Hilde blickte den Mann, der wie ein Sohn für sie war, gramerfüllt an. »Du kannst dir nicht einmal vorstellen, wie Hunger kneift und die Seele verdirbt! Ich habe es erlebt und wünsche es dir nicht. Darum bitte ich dich, schlag dir diesen Gedanken aus dem Kopf. Ich habe mich im Leben durchbeißen müssen, habe viel Leid erfahren und hatte zuletzt Glück, bei deinem Vater eine gute Stellung zu finden. Aber du hast es immer besser gehabt, leichter. All dies hat Dr. Hanken doch nur für dich geschaffen!« Sie machte eine Handbewegung zum Fenster hin, die das Haus und den Garten einschloss. »Und nun willst du zu dieser armseligen Kate zurück. Was soll denn aus euren Patienten werden? Sie und ich«, sie legte sich die Hand aufs Herz, »wir brauchen dich!«

Jeels liebte Hilde wie eine Mutter, und ihr Flehen tat ihm im Herzen weh. »Hilde, kannst du mich denn nicht verstehen? Ich habe das Gefühl, plötzlich am Rand eines weiten, nebelverhangenen Meeres zu stehen. Das Ufer ist mir fremd, und ich kann nichts sehen. Ich muss weitergehen, muss den Schleier lüften, um auf die offene See schauen zu können. Erst dann kann ich ein Schiff zu Wasser lassen und den mir bestimmten Weg einschlagen. Hilde, ich muss einfach wissen, wer ich bin, wo ich herkomme. Ein Leben lang habt ihr, Vater und du, mir geholfen. Aber das hier muss ich alleine schaffen. Bitte hab Verständnis!«

Jeels stand auf, trat auf Hilde zu und legte ihr einen Arm um die Schultern. »Bitte lass mich eine Weile fortgehen, und halte du die Stellung hier an der Weser.«

Die Haushälterin tat einen tiefen Atemzug. Sie liebte diesen Burschen wie nichts anderes auf der Welt. Das hatte sie mit Thomas Hanken gemeinsam.

»Habe ich dir jemals etwas abschlagen können?«, seufzte sie.

Jeels lächelte. »Habe ich dein Vertrauen oder das meines Vaters jemals enttäuscht?«

Hilde schüttelte den Kopf.

»So werde ich es auch jetzt nicht tun. Ich werde Doktor Vogtmeier fragen, ob er die Praxis übernehmen möchte, zumindest für eine Weile. Die Patienten scheinen ihn zu mögen.«

»Aber du kommst doch wieder?«, fragte Hilde besorgt.

Jeels drückte ihre Schulter ganz fest. »Entweder ich komme hierher zu dir zurück, oder du kommst zu mir.«

»Auf diese gottverdammte Insel?«, rief Hilde empört. »Niemals!«

6

Das Dampfschiff *Telegraph* pflügte sich scheinbar mühelos seinen Weg durch die Fluten. Nicht einmal einen Tag dauerte die Reise von Bremen nach Wangerooge. Jeels dachte lächelnd an die Werbung der Dampfschifffahrtsgesellschaft, wonach selbst Frauenzimmer von zarter Konstitution bei Reisen mit dem Dampfer keine Seekrankheit zu erwarten hätten. Nur in den seltensten Fällen sei bei den Fahrten zu den Inseln über das Wattenmeer mit heftigem Wind und hochgehenden Wellen zu rechnen, versprachen die Betreiber.

Heute schaukelte eine äußerst sanfte Dünung das Schiff über die See. Jeels befand sich inmitten der Menschenmenge an der Reling. Er war von Damen mit dunklen Hauben und Umhängen sowie Herren in Frack und Zylinder umgeben. Er selbst war eher unauffällig gekleidet, trug eine braune Leinenhose, ein helles Hemd mit Weste und darüber eine leichte Jacke. Es war trotz des warmen Frühlingstages an Bord noch recht frisch. Einige missbilligende Blicke hatte Benno auf sich gezogen. Vielleicht pikierte es die anderen Reisenden, dass ein Hund an Bord war, doch Hilde hatte darauf bestanden, dass ihn das Tier begleitete.

»Da weiß ich wenigstens, dass einer auf dich aufpasst«, war ihre Begründung gewesen.

Benno hatte sich während der Fahrt kaum bewegt. Ihm schien die Seereise Unbehagen einzuflößen. Jeels strich ihm über den Kopf. »Bald, mein Freund, bald ist es geschafft.«

Sie passierten eine Sandbank und mit geradezu kindlicher Neugier beobachtete Jeels mehrere Seehunde, deren glatte Köpfe aus dem Wasser lugten. Hoch über ihnen zogen Möwen am makellos blauen Himmel ihre Kreise. Einige Vögel schwammen, wie kleine Spielzeugboote, auf dem Wasser. Jeels schloss die Augen und sog die Luft tief ein. Er konnte das Salz auf seiner Zunge schmecken.

Und dann, endlich, kam Wangerooge in Sicht! Jeels beugte sich aufgeregt ein Stück über die Reling vor. Die Insel schien im Wasser zu schwimmen. Aus der Entfernung hätte man das Eiland für ein Gebirge halten können, wäre der schöne, schlanke Leuchtturm nicht gewesen.

Die Passagiere um ihn herum begannen geschäftig hin und her zu eilen. Sie ließen von den Dienstboten das Gepäck an Deck tragen und besprachen ihre weiteren Pläne. Die meisten kamen zur Erholung auf die Insel. Der Name einer gewissen Hofrätin Bartling fiel mehrfach. Offenbar wachte diese Dame über alle Einrichtungen der Badeanstalt.

»Wie ein Schießhund«, äußerte sich einer der Männer nicht unbeeindruckt.

Die Hofrätin schien alles in ihren Kräften Stehende zu tun, um ihre Gäste zufriedenzustellen. Viele kamen schon zum wiederholten Male nach Wangerooge. Die zweitwichtigste Rolle spielte scheinbar der Badearzt Dr. Hoffmann. Wie es um seine ärztlichen Fähigkeiten stand, bekam Jeels nicht heraus, nur das er ein äußerst korrekter und auf Etikette bedachter Mann sei.

Bevor sie auf Reede ankerten, unterhielt ein älterer Herr mit Backenbart und selbstgefälligem Gesichtsausdruck die jüngeren Fahrgäste lautstark mit Anekdoten über die Beschwerlichkeit früherer Reisen. »Sie hätten es erleben sollen!« Er strich sich über den Bart. »Ich preise den Fortschritt, der die Fahrt zur Insel mittlerweile zum Vergnügen macht. Wissen Sie, meine Damen«, er wippte auf und ab, »noch vor einigen

Jahren bin ich manchmal bei Ebbezeit zu Fuß über das Watt hierhergekommen. Dieser Weg war unsicher und gefährlich, aber nicht mehr als die Seereise damals. Sie dauerte Ewigkeiten. War man endlich vor Wangerooge angekommen, ließ der Kapitän in nächster Nähe den Anker werfen und hisste eine Flagge. Das diente als Signal für die Insulaner, uns mit eigens dafür gefertigten Pferdekutschen abzuholen. Diese Wagen hatten riesenhafte Räder, damit wir hoch genug saßen und nicht nass wurden. Wer eine solche Fahrt nicht bezahlen konnte, der musste im Schiff auf Ebbe warten und zu Fuß an Land gehen.«

Die Damen stießen überraschte Laute aus, aber für Jeels war diese Beschreibung nichts Neues. Er hatte Bücher über Wangerooge gelesen, in denen auch stand, dass sich jeder Gast beim Inselvogt zu melden hatte.

Die Passagiere ließen sich von den Insulanern mittels kleiner Boote übersetzen. Während sie mit Willkommensrufen, Winken und Musik empfangen wurden und nach und nach in Kutschen verschwanden, die sie zu ihren Quartieren brachten, gab es niemanden, der Jeels erwartete. Nebst Hund und Gepäck stand er eine lange Weile wie verloren am Wasser. Außer einigen Schiffen, die wohl den Insulanern gehörten, war nichts zu sehen.

Benno sah mit traurigen Augen zu Jeels auf. Er schien schon jetzt das Bremer Herrenhaus und vor allen Dingen Hilde zu vermissen. Die Suche nach dem Verstorbenen hatte er irgendwann aufgegeben. Es war, als hätte das Tier eingesehen, dass es vergebliche Mühe war. Manchmal hatte ihn Jeels unter der Bank am Haus entdeckt, mit geschlossenen Augen, den Kopf auf den Pfoten, lag er dann da, als ob er in Erinnerungen schwelgte.

Der Raddampfer zog Jeels' Aufmerksamkeit auf sich. Er vertrieb sich die Zeit damit, die pechschwarzen Rauchwolken auf ihrem Weg in den blauen Himmel zu verfolgen. Die riesigen Schaufeln des Rades wühlten das grüngraue Wasser auf, und der Geruch von Fisch und Meerespflanzen wehte zu ihm herüber. Dann, als wolle der Dampfer sich von ihm verabschieden, ertönte ein schriller Pfiff.

Seufzend wandte sich Jeels um. Was sollte er jetzt als Erstes tun? Die meisten anderen Reisenden waren längst verschwunden. Viele waren mit Kutschen abgeholt und sicherlich direkt zum Logierhaus gebracht worden. Jeels beobachtete amüsiert einige wohl schon länger hier weilende Badegäste, die die Ankunft des Dampfers beobachtet hatten. Manche waren allein, aber die meisten gingen Arm in Arm umher. Viele hatten sich auffällig herausgeputzt. Während die Herren schwarze Zylinder trugen, schützten sich die Damen durch Hüte mit Federn oder Blumen vor der Nachmittagssonne. Einige hatten weiße Schirmchen aufgespannt. Wie Paradiesvögel wirkten die Damen in ihren bunten, zum Teil gefältelten Kleidern vor dem Hintergrund aus weißem Sand und grauer See. Sie mussten immer wieder ihre Röcke raffen, um über kleine Verwehungen zu steigen.

Jeels war unentschlossen. Das Dorf lag nicht weit entfernt, aber mit seinem umfangreichen Gepäck schien es nicht ratsam, zu Fuß zu gehen. Und dann, als hätte er seine Gedanken lesen können, hielt ein Einspänner neben ihm.

»Tag auch! Soll ich Sie fahren?« Der junge Mann auf dem Bock hatte ein freundliches Lächeln. Den breitrandigen Hut trug er tief ins Gesicht gezogen. Er war von kräftigem Körperbau und fing schon an, das Gepäck einzuladen, bevor Jeels eine Antwort gegeben hatte. Benno sprang in den Wagen, und Jeels nahm dankbar neben dem Insulaner Platz.

Das Dorf lag im Westen Wangerooges. Die kleinen Häuser der Insulaner standen kreuz und quer zwischen Kartoffeläckern und Blumengärten. Sie waren rund um die viereckige

Kirche errichtet worden, die eher einem Wehrturm glich. Zwischen den Häusern verliefen schmale Wege, die fast alle versandet waren. Jeels sah neuere Backsteinhäuser, die mit Dachziegeln gedeckt waren und jeweils mehrere Schornsteine hatten, aber auch alte Inselhäuser, bei denen es keinen Rauchabzug zu geben schien. Die Wände waren weiß gekalkt oder schwarz gestrichen. Stroh oder Reet lag auf den Dächern. Die bleiverglasten Fensterscheiben waren nicht mehr als handtellergroß und in Reihen von jeweils dreien oder vieren angeordnet.

Das größte Anwesen im Dorf schien die Vogtei zu sein. Jeels konnte das lange, große Logierhaus ausmachen und einen kleinen Park, in dem ein Pavillon stand. Vor einem der Gebäude blieb der Einspänner stehen. Der Insulaner nickte mit dem Kopf zur Tür, und zögernd stieg Jeels vom Bock.

Der Vogt, oder wer auch immer dort mit der Tintenfeder in der Hand hinter dem Schreibpult saß, hob kaum den Kopf, als Jeels eintrat. Er sah sehr amtlich aus in der blauen Damastjacke mit den silbernen Knöpfen. »Sind Sie angemeldet? Wenn ja, welches Haus?«

Als Jeels verneinte, sah der andere schließlich auf und musterte ihn. »So? Na, das macht auch nichts. Es wird nicht schwer sein, noch ein Unterkommen zu finden jetzt in dieser frühen Saison. Ich bin dabei gerne behilflich.«

Jeels deutete durch das Fenster nach draußen zu dem Einspänner, der mit seinem umfangreichen Gepäck beladen war. »Ich bin kein Sommergast. Von heute an bin ich Bewohner dieser Insel.«

Der Mann riss die Augen auf. »Haben Sie hier etwa ein Haus gekauft? Mir ist nichts dergleichen bekannt. Und auch die Hofrätin hat nichts darüber geäußert.«

Jeels durchwühlte sein Handgepäck. »Es muss eine Fischerkate im Osten der Insel geben, wo schon seit fünfundzwanzig Jahren niemand mehr gewohnt hat. Mit einem Stück Land drumherum. Hier, die Besitzurkunde«, ergänzte er, als er schließlich fündig wurde.

»Ach, das Voss-Haus«, rief der Vogt. »Das haben Sie gekauft? Hin und wieder kam jemand vom Festland für einige Tage herüber und machte Ordnung. Aber in diesem Jahr hat noch niemand nach der Kate gefragt. Das Haus gehörte einmal einer Insulanerin. Äh …« Er stockte und schien einen Moment nach den richtigen Worten zu suchen. »Sie ist verstorben, soll aber einen Sohn haben. Hat er es Ihnen verkauft?« Die Neugier blitzte aus seinen Augen.

Jeels lächelte den Mann an. »Ich bin Jeels van Voss. Die Kate hat meiner Mutter gehört. Und jetzt möchte ich mein Erbe antreten, am liebsten gleich und sofort.«

»Oh. Tja.« Der Vogt nahm seine Mütze ab und kratzte sich am Kopf. Er schien nicht zu wissen, wie er mit der Situation umzugehen hatte. »Das ist ja mal ein Ding. Ich habe Ihre Mutter nicht mehr gekannt. Bin erst auf die Insel gekommen, als die Bartlings das Ruder übernommen haben. Und da stand das Haus schon leer.«

Er schob Jeels die Urkunde wieder zu. »Also, Sie können es ja mal in Augenschein nehmen. Aber soll ich Ihnen nicht doch lieber vorerst ein Quartier hier im Dorf besorgen?«

Jeels schüttelte den Kopf. »Es wird schon gehen. Ich werde mich bei der Inselbäckerei noch mit Brot eindecken, so muss ich wenigstens nicht verhungern.«

Der Verwalter hob die Hände. »Sie müssen das entscheiden. Die Kate liegt wirklich sehr weit vom Dorf entfernt und wer weiß, wie es dort aussieht. Eine Wasserzisterne hat sie, aber wie es drinnen und drumherum bestellt ist …«

»Ich werde es sehen«, sagte Jeels und wandte sich zum Gehen.

Der Vogt musste einsehen, dass seine Bemühungen zwecklos waren. »Nun denn«, lenkte er ein, »herzlichen Gruß auch an Ailt. Er weiß, wo die Kate steht. Alsdann, immer am Strand lang.« Er hob zum Abschied die Hand.

»Vielen Dank! Wir sehen uns sicher noch öfter«, erwiderte Jeels freundlich und trat aus der Vogtei in die Sonne.

Mit gerunzelter Stirn sah der Vogt ihm nach. »Leicht wird der Fremde sich hier bestimmt nicht tun«, dachte er. Um die Kate rankten sich Geheimnisse. Die alten Insulaner erzählten ihren Enkelkindern, dass in früherer Zeit eine Frau dort gelebt habe, die sich in Vollmondnächten in ein Meerweib, eine Seejungfrau, verwandelte. Sie munkelten, dass das Meerweib viele böse Taten beging, doch bei abnehmendem Mond habe sie stets Gutes vollbracht. Das Meerweib mit den Zauberhänden, so nannten die Alten sie. Doch davon hatte er dem jungen Mann lieber nichts erzählen wollen.

7

Lange fuhren sie schweigend am Strand entlang. Die schon tief stehende Sonne hatte das Meer mit roten und goldenen Farben übergossen. Kleine Wellen brachen sich schäumend am Strand. Muscheln und Quallen schillerten im Sonnenlicht, ausgespien von der See, um mit der nächsten Flut wieder eins mit ihr zu werden. Scharen von Möwen flogen kreischend über den Strand, immer auf der Suche nach Nahrung.

Mit großen Augen saugte Jeels all die neuen Eindrücke auf. Er würde es lieben! Nein, widersprach er sich, er liebte es schon jetzt. Vielleicht fühlte er sich so sehr mit dem Meer verbunden, weil alles Leben aus dem Wasser kam. Aber es mochte auch sein, dass es andere Gründe gab. Gründe, die zu erforschen er auf die Insel gekommen war.

»Da hinten ist es.« Ailt streckte den Arm aus. »Wir müssen absteigen.«

Sie verließen den Strand und Ailt führte das Pferd hinter sich her durch den Sand. Jeels folgte ihm, während Benno neugierig vor ihnen her stromerte. Lange mussten sie laufen, bis endlich ein Haus mit Strohdach in Sicht kam, das zwischen den Dünen hervorlugte. Inselgras und stacheliges Gestrüpp umwucherten die Kate.

»Das sieht ja gar nicht mal so wild aus«, rief Jeels optimistisch. »Ich hätte es mir schlimmer vorgestellt.«

Sie ließen den Karren stehen und schulterten das Gepäck.

Ein hoher Zaun mit breiten Querlatten, von denen viele herausgerissen oder morsch geworden waren, verlief rund um das Haus und den kleinen Garten. Das Tor hing lose in den Angeln und ließ sich nur schwer öffnen. Die Kate selbst sah alles in allem recht gut aus. Die Lehmwände waren weiß gekalkt, und es gab drei Türen, je eine nach Norden, Süden und Südosten. Sie hatten genau wie die Fensterrahmen einen grünen Anstrich. Im Gegensatz zu den Häusern im Dorf besaß dieses sogar einen Schornstein.

»Sehr gut«, dachte Jeels zufrieden, »da muss der Rauch nicht zur Tür hinaus.«

Mitten in dem vernachlässigten Garten stellte Jeels seine Koffer ab. Er holte drei Schlüssel aus der Tasche und betrachtete sie liebevoll. »Die wurden von meinem Vater lange in Ehren gehalten. Nur einmal im Jahr schickte er sie dem Verwalter«, erklärte er Ailt. »Ich bin gespannt, ob sich die Türen noch öffnen lassen.«

Mit ernstem Gesicht schob er den ersten Schlüssel ins Schloss. Ein wenig widerstrebte die Tür, doch nach leichtem Druck ließ sie sich aufschieben. Der Hausflur war dämmrig und kühl. Jeels ging hinein und zog den Eingang zur Südseite auf. Helles Licht flutete ihnen entgegen. Der Wohnraum war weiß gekalkt, zwar klein, aber gemütlich. An den Wänden befanden sich zwei Schlafkojen, die hinter verstaubten karierten Vorhängen verborgen waren. Auch die Wanduhr war von einer so dicken Staubschicht bedeckt, dass man auf ihr die Zeit nicht mehr ablesen konnte. Es gab im Raum zwei Bänke und einen Tisch. Jeels bemerkte, dass die Tischdecke aus gleichem Stoff war wie die Alkovenvorhänge. Er trat an eins der Fenster und begutachtete den schmalen Kamin mit den Delfter Kacheln, der daneben an der Wand stand. Ein frei stehender Schrank mit geschliffenem Glas und ein Ofen vervollständigten das Mobiliar.

Benno schien sich in dem Raum nicht wohlzufühlen. Er blieb knurrend vor einer der Butzen stehen, doch Jeels, der darauf brannte, das ganze Haus in Augenschein zu nehmen, zog ihn mit fort in die Küche. Auch in diesem Raum befand sich eine Schlafkoje. Mit Spinnweben verhangene binsengeflochtene Stühle standen um einen Holztisch.

»Na, da werden Sie zumindest kochen können.« Ailt wies zufrieden auf ein aus Stein gefertigtes längliches Viereck mit einer Öffnung für das Feuer. Oben auf der Kochstelle waren zwei Töpfe eingemauert. Die Küche war mit buntem Porzellan und Steingut, Töpfen und Pfannen, die auf Borden aufgestellt waren, ausgestattet. Alles schien noch so zu sein wie wohl schon zu Zeiten seiner Mutter.

Jeels drängte es nach draußen. Er stellte fest, dass sich an der Nordseite des Hauses, wo das Dach tief herunterreichte, ein kleiner Stall befand. Die Decke war so niedrig, dass man sie im Stehen mit der Hand berühren konnte. Oben im Giebel des Hauses entdeckte Jeels eine Tür, über der eine Rolle angebracht war.

»Mit Glück ist noch Torf auf dem Boden«, rief Ailt ihm zu.

Doch das würde Jeels heute nicht mehr erforschen. Er bezahlte seinen hilfsbereiten Begleiter und ging in die Wohnkammer zurück, wo er sich auf der Bank beim Ofen niederließ und tief durchatmete.

Wahrhaftig angekommen! Und es ließ sich leben hier. Heute wollte er auspacken, morgen dann aufräumen und saubermachen. Einen Vorrat an Lebensmitteln musste er von Land ordern. Doch jetzt wollte er eine Weile ausruhen. Jeels legte die Arme auf den Tisch und ließ den Kopf darauf sinken. Als die Stille um ihn herum greifbar wurde, hörte er das dumpfe Knurren des Hundes. Abrupt hob er den Kopf, und Bennos Anblick jagte ihm einen Schrecken ein. Das Tier saß mit aufgestellten Ohren und gebleckten Zähnen da, und sein Knurren wurde immer lauter. Außerdem war da noch ein anderes Geräusch. Es schien aus einer der Butzen zu kommen und klang wie … wie ein Schnarchen! Jeels sprang auf. Deshalb war Benno so aufgebracht. Irgendjemand lag ganz offensichtlich hinter dem Vorhang und schlief!

Leise schlich Jeels zum Vorhang und riss diesen mit Schwung zur Seite. Auf dem Strohbett lag ein Ungetüm von einem Mann. Dicke Strähnen wirrer Haare hingen ihm in die breite Stirn. Der krause Bart war fettig und verklebt, und aus dem zerrissenen Hemd quoll struppige Brustbehaarung hervor wie Stroh aus einem aufgeplatzten Kissen. Von einer Sekunde auf die nächste öffnete er die Augen und setzte sich ruckartig auf.

»He, was suchst du hier, Freundchen?« Seine Stimme klang wie ein Nebelhorn. »Hau ab, aber fix. Das ist mein Quartier.«

Der unsichere Ausdruck in den kleinen verschlagenen Augen strafte den forschen Ton Lügen. Der Bär war bei etwas Verbotenem ertappt worden, das merkte man ihm an.

»Wohnst du hier?«, fragte Jeels ruhig.

»Das geht dich nichts an!« Herausfordernd musterte der Koloss Jeels. »Was willst du eigentlich? Dich etwa mit mir messen? Das versuche nur! Ich strecke einen Arm aus, und du fliegst in die Ecke.«

Mit Schwung sprang er aus dem Alkoven und richtete sich zu seiner vollen Körpergröße auf. Seine zotteligen Locken berührten fast die Decke. Der Kerl war bullig wie ein Ochse, nur die Augen blickten klein und verschlagen aus dem runden Gesicht.

Eines schien der Riese allerdings übersehen zu haben: den Schäferhund, der hinter Jeels stand und dessen Augen zwischen seinem Herrchen und dem Fremden hin und her wanderten. Er wartete nur auf den Befehl zum Angreifen.

»Es geht mich sehr wohl etwas an, ob du hier wohnst«, erwiderte Jeels mit fester Stimme. Dann drehte er sich einfach um und begann in aller Seelenruhe mit einem Tuch den Staub von der Wanduhr zu wischen.

In diesem Moment bemerkte der bärige Kerl den wütend knurrenden Schäferhund. »Nimm dein Vieh weg!«, rief er aus. Der erschrockene Tonfall wollte so gar nicht zu seiner riesenhaften Statur passen.

Jeels warf seinem ungebetenen Gast einen Blick zu, der besagte, dass dies ganz sicher das Letzte wäre, was er tun würde.

»Also, nun erzähl mal«, fragte er ganz ruhig. »Wer hat dir erlaubt, hier zu wohnen?«

Abschätzig sah der Riese auf Jeels und den knurrenden Hund herab. »Erlaubt, was heißt hier erlaubt? Das Haus stand leer. Es wollte keiner hier wohnen, und ich brauchte ein Dach über dem Kopf. Ist ein gutes Haus. Und daher«, er betrachtete Jeels listig, »werde ich es auch nicht so leicht aufgeben!«

Mit einem Satz war er bei Jeels und stieß ihn grob zu Boden.

»Benno!«, rief dieser noch im Fallen.

Darauf hatte der Hund nur gewartet. Knurrend fuhr er dem Angreifer an die Wade.

»Verdammtes Mistvieh!«, heulte der auf und hielt sich das Bein. Zwischen Bennos Zähnen hing ein Stück Stoff.

»So!« Jeels rappelte sich wieder hoch. »Ich hoffe, es ist nun geklärt, wer hier wohnen darf. Außerdem gehört mir dieses Haus!« Er sah seinem Gegner fest in die Augen.

Wütend blickte der Riese ihn an. »Wenn der Köter nicht wäre, dann würde ich dich Winzling aus den Schuhen fegen.«

»Aber Benno hört nun einmal auf mein Kommando«, sagte Jeels ruhig. »Und das nächste Mal hat er sicher nicht nur Stoff im Maul. Außerdem wird mein Hund dich nicht aus dem Zimmer lassen, bis du mir erzählst, wer du bist und was du hier zu suchen hast. Und beeil dich, es wartet noch Arbeit auf mich.«

»Wenn's denn sein muss«, murrte der Fremde. »Ich heiße Krischan. Arbeit hab ich nicht, und ein Dach über dem Kopf braucht halt jeder. Das Haus hier stand leer, so lange ich denken kann. Also bin ich rein.«

»Und weiter?« Jeels tippte ungeduldig mit dem Fuß auf den Boden.

Krishan zuckte mit den Schultern. »Na ja, wenn dir diese Hütte wirklich gehört, dann muss ich mir wohl was anderes suchen.«

Er wollte schon gehen, doch Jeels zog ihn an der Jacke zurück. Dunkle Augen funkelten ihn böse an. »Ich kann dir nichts bezahlen, wenn es das ist, was du willst. Niemand gibt mir Arbeit, also habe ich auch kein Geld.«

»Nicht so schnell«, sagte Jeels. »Du suchst Arbeit?«

»Ich habe gesagt, es gibt mir keiner Arbeit!«

»Warum nicht?« Jeels zog die Augenbrauen zusammen.

Krischan begann seine Decke zusammenzulegen. »Du bist nicht von der Insel, sonst wüsstest du das.«

»Dann erklär es mir!«

Unbehaglich zog Krischan die Schultern hoch. »Nun … Ich bin halt zu nichts nütze. Was man mir aufträgt, das führe ich nicht zufriedenstellend aus. Ich bin außerdem faul. Auf der Insel traut mir keiner über den Weg. Hier bin ich bekannt wie ein bunter Hund – der Strandstreicher Krischan eben.« Seine Stimme war immer lauter geworden. »Bist du jetzt zufrieden?«, zischte er abschließend.

Jeels musste ein Schmunzeln unterdrücken. »Na, du malst aber wirklich kein gutes Bild von dir. Warum traut dir denn keiner?«

»Muss ich hier jetzt die Beichte ablegen, oder was?«, empörte sich Krischan. Als Benno zu knurren begann, gab er klein bei. »Wenn du es genau wissen willst: Ich stehle, ich lüge, ich verschlafe meine Zeit, und wenn ich mal pünktlich bin und arbeite, dann versaufe ich das bisschen Geld danach im *Ankerplatz.*«

»Wann hast du es denn zum letzten Mal so richtig versucht? Mit arbeiten, meine ich?«

Mit schmutzigen Fingern kratzte Krischan sich das Brusthaar. »Kann sein, dass es schon zehn Jahre her ist. Damals hat mich dieses Teufelsweib, die Geheime Hofrätin Bartling«, er verdrehte die Augen, »oder besser gesagt die *Gemeine* Hofrätin dabei erwischt, wie ich am Strand schlief, während ein Badegast darauf wartete, dass ich die Kutsche wieder aus dem Wasser zog. Bin einfach eingeschlafen. Kann einem ja passieren in der Mittagssonne, nicht wahr? Die Kleider des Badegastes hatte ich vorsichtshalber mit an Land genommen. Na ja, der Herr musste dann über zwei Stunden warten, bis er wieder festen Boden unter den Füßen hatte. Das hat die Hofrätin mir übelgenommen«, sagte er schulterzuckend. »Und danach mochte keiner mich mehr beschäftigen. Weißt du, wen die Frau Bartling ausgesondert hat, der ist bei allen unten durch. Seitdem ist mir alles misslungen. Zuletzt haben die Insulaner mir sogar einen Diebstahl in die Schuhe geschoben. Aber ich war's nicht, das schwöre ich.« Er sah Jeels fest in die Augen, bevor er trotzig hinzufügte: »Das ist alles. Kann ich jetzt vielleicht gehen?«

Jeels überlegte kurz. »Ich will es mit dir versuchen«, sagte er schließlich. »Viel Lohn kann ich dir nicht zahlen. Butzen zum Schlafen sind genug da, und fürs Essen will ich wohl sorgen. Zu stehlen gibt's bei mir nichts und wenn du mich anlügst, merk ich das sofort. Die Arbeit verschlafen wirst du nicht, dafür sorge ich.«

Als ob es beschlossene Sache sei, wandte sich Jeels seelenruhig seinen Koffern zu.

»Aber du kannst doch nicht einfach einem wie mir Arbeit geben«, stammelte Krischan verwirrt. »Da bist du gleich unten durch bei all den anderen Insulanern. Die kennen mich.« Er schüttelte den Kopf. »Ich bring nur Unglück. Das kann nicht gutgehen!«

»Na, das lass nur meine Sorge sein«, antwortete Jeels gelassen. »Und was die anderen denken, daraus habe ich mir noch nie etwas gemacht.«

Krischan biss sich auf die Lippe. Dann ballte er die Hände zu Fäusten. »Wenn du mich hochnehmen willst …«

»Willst du nun Arbeit von mir oder nicht?«, schnitt Jeels ihm das Wort ab.

Krischan ließ sich ganz langsam auf die Bank beim Ofen sinken. Unschlüssig starrte er vor sich hin, doch dann überzog ein Lächeln sein Gesicht. Er warf den Kopf in den Nacken.

»Warum eigentlich nicht? Ich tu's!«

»Das freut mich aber!« Jeels' grüne Augen blitzten. Als er seinem zukünftigen Angestellten die Hand entgegenstreckte, sprang Krischan auf. Jeels reichte ihm nicht einmal bis zur Schulter. »Auf gute Zusammenarbeit, Krischan. Ich heiße Jeels. Und das ist Benno.« Er nickte zu dem Rüden hin, der das Knurren eingestellt hatte.

Mit festem Griff umfasste der Riese Jeels' Rechte. »Was meinst du, wird er mich auch mögen?«

»Wer gut zu mir ist, gegen den hat Benno nichts. Und jetzt packe ich aus. Vielleicht hilfst du mir dabei?«

Keine Stunde später fühlte sich Krischan wie ein neuer Mensch. Stolz schaute er um sich und durchschritt aufrecht die Räume der kleinen Kate. Er durfte hier zu Hause sein, und das machte ihn froh. Sogar eine eigene Butze hatte er! Mit glänzenden Augen schob er den Vorhang zur Seite, nahm die Strohmatratze heraus und begann diese draußen abzustauben. Niemand würde ihn vertreiben. Was für ein Gefühl! Und all dies verdankte er dem kleinen rothaarigen Fremden. Es musste ein ungeheurer Mut in diesem Mann wohnen, dass er es wagte, ihn bei sich aufzunehmen. Krischan schämte sich dafür, ihn angegriffen zu haben, und nahm sich vor, dem bewundernswerten kleinen Mann gute Dienste zu leisten und hart zu arbeiten. Die Entscheidung würde ihm nicht leidtun müssen. Und sollte nur einer der Insulaner es wagen, die Hand gegen Jeels zu erheben, dann würde er, Krischan, seine Faust dagegenstellen. Und Benno seine Zähne – das wusste er ja nun.

Jeels war indessen damit beschäftigt, die Fenster zu inspizieren. »Bis auf eines sind alle noch in Ordnung«, rief er Krischan zu. »Ich bin dafür, dass du morgen als Erstes ins Dorf gehst und Nägel, Hammer, Schmalz und Brot besorgst. Kennst dich ja aus da.«

»Ich soll was kaufen und bar bezahlen?«

»Ja, schenken werden sie dir wohl weder Werkzeug noch Brot«, erwiderte Jeels grinsend.

Krischan nestelte an seinem Hemd. »Die werden sich fragen, woher ich das Geld hab.«

»Dann sagst du ihnen, dass ich dein Arbeitgeber bin«, beschloss Jeels und wandte sich wieder den Schiebefenstern zu.

»Wenn sie dich sehen, wirst du zu hören kriegen, dass ich stehle. Und Jeels, der *Ankerplatz* liegt direkt neben der Bäckerei.«

»Krischan«, seufzte Jeels und richtete sich auf. »Wollen wir nicht einfach abwarten, bis du mir morgen das Wechselgeld vorzählst? Dann sehe ich ja, wer Recht hat. Morgen werden wir als Erstes die Tür reparieren, durch die du immer hier ins Haus gekommen bist. Dann kannst du dir die Stühle vornehmen. Damit wir in der Küche essen können.«

Das entlockte Krischan ein Lachen. Das Abendbrot hatten sie im Wohnzimmer auf der Ofenbank eingenommen. Die Holzstühle waren so wackelig, dass sie ihn nicht trugen.

Schließlich fand Jeels, dass der Tag lang genug gewesen war. »Ich gehe noch einmal an den Strand und dann ins Bett.

Wenn du willst, leg dich schon hin, Krischan. Morgen stehen wir früh auf.«

Benno begleitete seinen Herrn zum Strand. Im Sand, der eine ähnliche Färbung hatte wie sein Fell, wirkte er fast unsichtbar. Jeels warf mit Stöckchen, und der Hund hatte seine helle Freude daran, diese wieder einzusammeln.

»Wie ist es nur möglich, dass ich mich so rundum wohlfühle?«, dachte Jeels. »Das Abendessen hat nur aus Brot und ein wenig Schmalz bestanden. Kein Wein, sondern nur Wasser war im Glas.«

Und doch fühlte er sich wie ein König. Jeels lachte laut auf und warf die Arme in die Luft. »Es ist schön hier«, seufzte er, und Benno bellte zustimmend, als hätte er seine Worte verstanden. Versonnen blickte Jeels auf die Wellen, die in der untergehenden Sonne rot und orange funkelten. Das Rauschen des Meeres war selbst in der Kate zu hören. Heute Nacht würde es ihn in den Schlaf wiegen, das wusste Jeels, und er hätte sich kein besseres Wiegenlied wünschen können.

8

Wenn du willst, komme ich mit zum Friedhof. Dann brauchst du dir nicht die Augen aus dem Kopf zu suchen«, erbot sich Krischan. Er sah Jeels dabei nicht an, sondern konzentrierte sich auf seine Malerarbeit.

»Lass nur«, erwiderte Jeels. »Ich werde alleine gehen. Du hast mir den Weg ja gut beschrieben. Den Benno lass ich dir auch hier. Ihr seid ja mittlerweile die besten Freunde, nicht wahr?«

»Wie man's nimmt!« Krischan verzog den Mund zu einem schiefen Grinsen. »Solange ich dir kein Härchen krümme, lässt der Benno mit sich reden.«

Jeels lächelte und strich dem Hund über den Rücken. Dieser riss das Maul auf und gähnte herzhaft. Am frühen Morgen hatten sie gemeinsam die nähere Umgebung erkundet. Dazu war gestern keine Zeit gewesen. Auf Jeels' Weisung hin hatte Krischan am Vortag Nägel und Werkzeug besorgt und auch einen Zimmermann bestellt.

»Der Kaufmann hat Mund und Ohren aufgesperrt, als ich bar bezahlt hab«, hatte Krischan ihm gleich bei seiner Heimkehr stolz berichtet.

Jeels lächelte in sich hinein. Vor sich sah er noch das Wechselgeld, sorgfältig von Krischan der Größe nach aufgestapelt. Wie feierlich er es ihm vorgezählt hatte. Als ob ihm gleich ein Orden verliehen würde!

Und dann waren sie gemeinsam an die Arbeit gegangen. Es

hatte Freude bereitet, das Inventar der Kate wieder herzurichten. Was ihnen nicht gelang, das war von dem Zimmermann repariert worden, der bis in den Abend hinein gewerkelt hatte. Nach seinem Aufbruch waren die beiden Männer wie tot in ihre Alkoven gefallen.

Aber heute, das hatte Jeels sich am Morgen geschworen, heute musste Zeit für anderes bleiben. Nach einem sehr frühen Spaziergang mit Benno hatte er den bärtigen Riesen mit einem üppigen Frühstück überrascht und ihm dabei so einiges über sich erzählt. Auch, dass er hier auf Wangerooge geboren war und nach seinen Wurzeln forschen wollte. Krischan hatte, entgegen seiner sonstigen Gewohnheit, zu allem eine Bemerkung abzugeben, einfach nur zugehört.

Jetzt musterte er Jeels aus den Augenwinkeln. »Wirst enttäuscht sein, das sag ich dir! Vom Friedhof, meine ich. Da gibt es nichts außer ein paar Hügelchen.«

»Ich will mehr über meine Mutter erfahren, Krischan, und irgendwo muss ich ja anfangen.«

Jeels machte Anstalten zu gehen, doch der Riese zog ihn am Ärmel. »Wenn du am Strand entlang willst, ist jetzt nicht die richtige Zeit. Bei Flut baden die Gäste, und es ist verboten, sich am Wasser blicken zu lassen. Im Dorf haben sie sogar eine Polizeiverordnung aufgehängt.« Krischan schnaubte verächtlich. »Die Mamsell und ihr Gefolge ziehen an ihren Fäden, und wir tanzen! Besser gesagt, sie hissen die Flagge am Leuchtturm, und wir machen uns dünne. Erst wenn diese eingezogen wird, dürfen wir armen Insulaner auch wieder Sand und Wasser unter den Füßen spüren. Na ja.« Er zuckte mit den Schultern. »Was mich angeht, so hält sich das Verlangen in Grenzen, die Frau Geheime und Ihresgleichen wie von Gott geschaffen zu bewundern.« Er machte ein schmerzerfülltes Gesicht. »Mir reicht immer schon ihr Mundwerk.«

»Mich macht die Vorstellung schon neugierig.« Jeels schmunzelte. »Die Gäste baden also bei Flut. Dann müssen die Badezeiten ja täglich wechseln.«

»Jau«, bestätigte Krischan nickend, und sein Pinsel strich auf und ab, als gelte es, das ganze Haus an einem Tag zu streichen. »Dr. Hoffmann, der unser Badearzt ist, prüft jeden Morgen mit seinem Thermometer gewissenhaft die Temperatur des Wassers und entscheidet dann, wann und ob die Baderei für wen erlaubt ist. Du kannst dir nicht vorstellen, was für ein Theater darum gemacht wird.« Er verdrehte die Augen. »Hat schon Heulen und Zähneklappern gegeben deswegen. Die festgelegten Badezeiten von Herrn Hoffmann sind Gesetz! Sogar die Mahlzeiten der Gäste richten sich danach. Erst nach dem Meerbad dürfen die Leutchen zu Mittag. Da lässt der Doktor nicht mit sich spaßen. Die Badeweiber erzählen, dass schon so mancher Magen lauter geknurrt habe, als die Wellen singen.«

Jeels lachte. »Aber was auf den Tisch kommt, das bestimmt doch sicher die Hofrätin, oder?«

»So ist es. Sie soll die feinsten Sachen anbieten, heißt es. Hat sich extra Köche vom Festland kommen lassen und jede Menge Lakaien, die denen zur Hand gehen. Da ist nichts mit Milchbrei am Morgen, Fisch zu Mittag und abends die Reste vom Tag. Ein ganzes Kochbuch voller Rezepte hat die Frau Geheime zusammengestellt, und danach haben sich die Köche zu richten. Ach, was sag ich!« Er machte mit dem Pinsel in der Hand eine wegwerfende Bewegung. »Nicht nur die Köche, alle haben sich in allem nach der Hofrätin zu richten. Sogar die Gäste müssen nach ihrer Pfeife tanzen. Wenn die Frau Geheime beim Abendessen mit den Füßen scharrt, dann sind auf einmal alle satt und springen auf. Also, ich möchte nicht Gast sein bei der!« Seine Zungenspitze lugte aus einem Mundwinkel hervor, während er sorgfältig den Pinsel an einer schwierigen Stelle ansetzte.

Er arbeitet für drei, dachte Jeels und schmunzelte in sich hinein. Es hatte ihm noch keinen Moment leidgetan, den Strandstreicher angestellt zu haben. Krischan wusste alles, und seltsamerweise konnte er auch fast alles. Es war nicht zu verstehen, wie die Insulaner sich so in einem Menschen hatten täuschen können.

Heute Nachmittag würde er einige von ihnen kennenlernen. Die Einladung in den Gasthof *Zum Ankerplatz* war gestern vom Zimmermann ausgesprochen worden. Mit gemischten Gefühlen sah Jeels dem Zusammentreffen entgegen. Wie würden die Insulaner ihm begegnen?

Um sich abzulenken schaute er zum Fenster hinaus auf die Dünen. Es war ein schöner Tag, und die Sonne schien von einem fast makellos blauen Himmel. Der stetige Wind trieb ein paar einsame Wolken wie Schäfchen vor sich her. Das Rauschen der Wellen war ihm schon heute so vertraut, dass er es kaum mehr wahrnahm.

Jeels löste die Augen von der Landschaft und gab sich einen Ruck. Da war noch etwas, das er wissen musste.

»Krischan, du lebst ja nun schon so einige Jährchen hier auf der Insel, scheinst alle Insulaner zu kennen und die Insel selbst wie deine Westentasche. Ich hab mich bisher nicht zu fragen getraut, aber ich muss es wissen: Hast du eigentlich meine Mutter gekannt?«

Der Hüne ließ den Pinsel sinken und seufzte. »Hab mir schon gedacht, dass diese Frage noch kommt.« Er nahm die Arbeit wieder auf und erwiderte, ohne Jeels anzuschauen: »Richtig gekannt hab ich sie nicht. Aber wer sie war, das wusste ich wohl. Hatte rotes Haar, genau wie du, und auch solche Augen. Hab sie ab und zu im Dorf gesehen. Obwohl sie ja mehr für sich blieb. Hatte mit den anderen Frauen nicht viel gemein. Sie war eben anders.«

Jeels sah ihn forschend an. »Wie meinst du das, anders?«

»Tja.« Krischan kratzte sich am Kopf. »Sie lebte eben ganz allein hier in ihrer Kate, mit dem bisschen Vieh. Mit den andern Insulanern hatte sie nicht viel zu schaffen. Mensch, Jeels, du weißt es doch sicher von dir selbst. Wenn man rote Wolle auf dem Kopf hat und außerdem so merkwürdig grüne Augen, dann reicht das doch eigentlich schon, um von den andern komisch angeschaut zu werden, nicht? Aber sie wusste auch noch viele Dinge, die eigentlich kein Mensch wissen konnte.« Er rang nach den richtigen Worten. »Sie wusste viel. *Zu viel*, wenn du verstehst, was ich meine.«

Jeels runzelte die Stirn. »Nein, das versteh ich nicht.«

Krischan fühlte sich sichtlich unwohl in seiner Haut. »Na ja, sie wusste mehr, als gut für sie war.« Er warf die pinsellose Hand in die Luft. »Konnte sagen, wann das Wetter sich änderte, wann Sturm aufzog und die Fluten hoch wurden. Aber auch ob und wann das Vieh Nachwuchs bekam. Die Frauen gingen heimlich zu ihr, wenn sie keinen Mann finden konnten oder sich kein Kind einstellen wollte. Dann wusste sie am besten, wie damit umzugehen war. Sie hatte Kräuter und holte sich auch Sachen aus dem Meer. Und die halfen dann manchmal tatsächlich. Und, ob du es glaubst oder nicht«, er flüsterte nun fast, »sie konnte Kranke heilen. Nur mit ihren Händen und ganz ohne Messer und Blut. Tja, und all das zählen die Leute zusammen. Und – eins, zwei, drei – kommt eine Teufelei dabei heraus.« Er schwieg eine Weile, bevor er in eindringlichem Ton ausstieß: »Die Menschen hier hatten Angst vor ihr, so einfach ist das!«

Jeels verdrehte die Augen. »Was du aufgezählt hast, das sind alles Dinge, die man erklären kann. Das ist doch wohl nicht Grund genug, einen Menschen zu meiden. Meine Mutter war sicherlich ein ganz gewöhnlicher Mensch mit der gleichen Sehnsucht nach Gemeinschaft wie alle anderen auch. Mit dem einzigen Unterschied, dass sie einige Gaben besaß, die ihr ohne ihr Zutun in die Wiege gelegt wurden.«

»Die Insulaner hatten Angst vor ihr«, beharrte Krischan. »Und das war Grund genug, deiner Mutter aus dem Weg zu gehen. Für mich jedenfalls, und sicherlich auch für die meisten anderen. Außerdem«, er stockte kurz, und brachte den Satz dann schnell zu Ende, »war da ja noch die Sache mit dem Vollmond.«

»Was für eine Sache?«, fragte Jeels misstrauisch.

Der Hüne seufzte. »Das mag ich eigentlich nicht erzählen.«

»Krischan!«, rief Jeels vorwurfsvoll aus.

»Ist ja gut!«, lenkte dieser ein. »Wie ich dich kenne, wirst du ja doch nicht lockerlassen.« Er warf einen Seitenblick auf Benno, der Jeels zu Füßen lag.

Letzterer sah ihn nur auffordernd an.

Krischan ließ den Pinsel sinken und wandte sich zum Fenster. »Zauberei«, stieß er dann aus. »Die Insulaner glaubten, dass deine Mutter ein Meerweib war und zaubern konnte. Die Meerweiber können das!«

»Aber Krischan!« Jeels wusste nicht, ob er weinen oder lachen sollte. »Meerjungfrauen haben Flossen und leben im Wasser.«

»Nicht alle!« Krischan hatte sich zu ihm umgedreht. Er sah ihn ernst an und senkte die Stimme zu einem Flüstern. »Einige verwandeln sich nur in Vollmondnächten in Meermenschen. Viele alte Insulaner schwören, deine Mutter in solchen Nächten gesehen zu haben. Sie ging weit hinaus ins Meer und tauchte unter.« Der Blick, den er Jeels zuwarf, besagte, dass er dies allein schon als äußerst verwunderlich empfand. »Die Männer erzählten, dass sie nur noch eine Schwanzflosse aus dem Wasser ragen sahen und dass deine Mutter weiter und immer weiter hinausgeschwommen sei. Du musst zugeben, freiwillig in tiefes Wasser zu gehen ist alles andere als gewöhnlich. Außer den verrückten Scheinkranken der Frau Geheimen tut das niemand. Wir Insulaner«, er tippte mit dem Zeigefinger auf seine Brust, »wir kennen die See und fürchten sie.« Er runzelte die Stirn. »Wo war ich stehengeblieben? Ach ja. Also, deine Mutter schwamm als Fischweib ins Meer hinaus und kehrte mit den ersten Sonnenstrahlen als Mensch wieder zurück. Auf zwei ganz gewöhnlichen Beinen! In der Zeit des abnehmenden Mondes, so sagten die Leute, tat sie Gutes. Doch wenn er sich wieder rundete, dann geschahen manchmal schlimme Dinge. Und auch die sprach man deiner Mutter zu. Damals sagten die Leute: ›Wenn du Reemke aufsuchst, dann sieh zuerst, wie der Mond steht‹«

»Das ist doch alles Aberglaube«, rief Jeels aus und schlug mit der Faust so hart auf den Tisch, dass Krischan zusammenzuckte. »Wie können die Menschen so etwas nur für bare Münze nehmen? Meine Mutter konnte vielleicht schwimmen und liebte es, im Meer zu sein. Mag sein, dass sie es von ihrer Mutter gelernt hatte. Und es mag auch sein, dass sie es verheimlichen wollte, um die Kluft zwischen sich selbst und euch Insulanern nicht noch größer werden zu lassen.«

»Die Menschen hier glauben was anderes.« Krischan zuckte entschuldigend die Schultern. »Sie glauben sowieso nur, was sie wollen, die lassen sich nichts erklären. Du musst vielleicht einmal mit Tedamöh sprechen. Sie ist schon alt und hat zu Zeiten deiner Mutter als Hebamme gearbeitet. Sie war die Einzige, die deine Mutter ab und an besucht hat. Und, ob du es nun wahrhaben willst oder nicht«, er beugte sich zu Jeels vor und legte ihm eine Hand auf den Arm, »deine Mutter konnte wirklich zaubern. Ich habe es als Kind selbst gesehen. Sie hat einem Lahmen, der seit Jahren nicht gehen konnte, wieder auf die Beine geholfen.«

»Ach Krischan«, seufzte Jeels. »Das ist keine Zauberei, glaub mir. Ich werde dir in einer stillen Stunde davon erzählen. Aber jetzt ist genug mit Reden.« Er schob entschlossen den Stuhl zurück. »Es ist Zeit. Ich mache mich auf den Weg zum Friedhof.«

9

Tief in Gedanken versunken schritt Jeels am Wasser entlang. Einer Regung folgend bückte er sich, krempelte die braune Leinenhose auf und streifte seine Schuhe ab. Er zuckte zunächst vor dem kalten Nass zurück, ließ seine Füße dann aber mit wachsender Begeisterung vom Salzwasser umspülen. Es war ein eigentümliches Gefühl, von der rauen See gestreichelt zu werden, und es weckte in Jeels den Wunsch, ganz in das Wasser einzutauchen. Vielleicht hatte seine Mutter ähnlich empfunden. Vielleicht hätte sie ihm das Schwimmen beigebracht. Etwas, das nur wenige Menschen konnten. Vielleicht … Jeels ließ den Kopf hängen. Sie hatte ihm nichts beibringen können. Durfte ihn nicht einmal kennenlernen, und er sie nicht. Diesen Menschen, den er Zeit seines Lebens schmerzlich vermisst hatte. Ob er seiner Mutter hier, auf der Insel, nahekommen würde?

Aus Krischans Erzählungen war deutlich geworden, dass er vieles mit ihr gemeinsam hatte. Sie war, genau wie er, misstrauisch beäugt worden. Doch im Gegensatz zu ihr kannte er Menschen, die ihn liebten. Warum nur war sie nicht fortgegangen? Was hatte sie gehalten auf diesem Eiland? War es die Liebe zum Meer gewesen? Zu den Menschen ja wohl kaum! Doch einer der Insulaner musste ihr nahgekommen sein, im Guten oder im Bösen. Denn kein Kind entstand ohne Zutun zweier Menschen, da mochten die Insulaner noch so sehr an Zauberei glauben.

Für einen Moment verharrte er mit geschlossenen Augen am Strand. War es richtig gewesen, auf diese Insel zu kommen? Was erwartete er? Seine Mutter war tot und begraben. Plötzlich traf ihn der Verlust mit ganzer Wucht. Diese Insel riss ihm Wunden, die er zuvor nicht gehabt hatte. Und dabei schmerzte ihn die Trauer um den Vater noch so sehr! Er fragte sich, ob er all dies würde ertragen können.

Um sich von seinen finsteren Gedanken zu befreien, öffnete Jeels die Augen und verlor sich in der schier endlos scheinenden Weite des Wassers.

»Das Meer ist unendlich«, schoss es ihm durch den Kopf, »aber wir sind es nicht. Wir sind nur Wassertropfen, die, wenn es Zeit ist, von der Sonne fortgetragen werden.«

Seine Mutter war fort. Doch vielleicht wartete irgendwo auf dieser Insel noch ein Schatten von ihr auf ihn. Darauf wollte er hoffen.

Mit den Schuhen in der Hand setzte Jeels sich wieder in Bewegung. Der Strand war menschenleer, und der Sand schimmerte goldgelb im Licht der Sonne. Ein paar Fischerboote trieben gemächlich auf die ruhige See hinaus. Schwärme von Möwen umkreisten sie. Trotz der Kühle an seinen Füßen wurde es Jeels warm. Durch das Wasser zu schreiten und die Füße dabei immer wieder dem Sog des Sandes zu entziehen, kostete Mühe. Die Sonne schien hier auf der Insel mehr Kraft zu besitzen als auf dem Festland. Jeels war dankbar für den breitrandigen Hut, den Krischan ihm geborgt hatte.

Und dann kam vor ihm der Damenbadestrand beim Leuchtturm in Sicht. Kutschen warteten, wie Soldaten in einer Reihe aufgestellt, schon auf den nächsten Einsatz. Ein verwaistes Häubchen wurde vom Wind durch den Sand getrieben. In den Dünen konnte Jeels ein Zelt ausmachen. Aufgeschlagen, damit sich die Frauen, geschützt vor Sonne und Wind, zwischen den Bädern ausruhen konnten.

Jeels' Blick wanderte zu dem Weg, der vom Strand fortführte. Er seufzte, zog sich die Schuhe wieder an und wandte langsam, fast zögerlich, dem Meer den Rücken zu. Er passierte das Zelt in den Dünen und gelangte kurz darauf zu einem umzäunten Anger, auf dem Schafe weideten. An einen Holzpfosten gelehnt blieb er stehen und betrachtete den Leuchtturm, an dessen eine Seite sich ein Steinhäuschen schmiegte. Das Kupfer der Kuppel glänzte im Sonnenlicht. Krischan hatte erzählt, dass man oben, von der Galerie des Turms aus, bei gutem Wetter bis nach Helgoland schauen konnte.

Endlich erreichte er den von Strauchwerk umgebenen Friedhof. Er lag in einer Mulde zwischen grün bewachsenen alten Dünen. Kein Baum sorgte für Schatten. Das befremdete ihn. Die Friedhöfe, die er kannte, waren alle von Bäumen umsäumt. Das war ihm immer seltsam tröstlich erschienen. Vielleicht legte sich deshalb so etwas wie Beklemmung um Jeels' Herz. Zögernd trat er durch den von einigen Trittsteinen markierten Eingang. Sein Blick fiel auf eine eingeebnete Fläche mit alten Gräbern. Einige verwitterte Steine bildeten die einzigen Überreste. Ein anderer Teil des Friedhofs war neu belegt. Denkmäler aus Holz oder Stein, einige kunstvoll gefertigt, die meisten jedoch eher schlicht gehalten, zierten die Grabstellen.

Jeels schaute sich suchend um und fand schließlich das von Gras und Strandflieder überwucherte Grab seiner Mutter. Als Grabmal diente eine lange schmale Holztafel. *Reemke van Voss*, las Jeels, und sein Blick saugte sich an dem eingravierten Todestag fest. Sein Geburtstag! Er musste schlucken. Wie gerne hätte er sie gekannt. Obwohl es ihm bei seinem Ziehvater an nichts gefehlt hatte, hatte ihn als Kind oft die schmerzhafte Sehnsucht nach einer Mutter, wie die anderen Kinder sie hatten, geplagt. Doch erst hier auf der Insel wurde ihm bewusst, was ihr Tod tatsächlich für ihn bedeutete. Niemals würde er seine Mutter, den Menschen, mit dem ihn mehr verband als mit jedem anderen, kennenlernen können. Die Erkenntnis war in diesem Moment fast mehr, als Jeels ertragen konnte.

Er ging in die Hocke, um die Schnitzarbeit unter der Schrift näher zu betrachten. Während die anderen Grabtafeln zumeist mit Schiffen oder Kreuzen versehen waren, hatte der Künstler bei seiner Mutter Hände abgebildet. Seltsamerweise waren diese nicht zum Gebet gefaltet, sondern zu einer Schale geformt. Und gefüllt waren sie mit großen Muscheln. Jeels stutzte. Hände! Wenn er an das Gespräch mit Krischan dachte, dann war dies sicherlich kein Zufall. Seine Mutter hatte ohne Zweifel genau wie er heilende Hände gehabt. Dies war ihm ein Trost. Es verband sie miteinander. Still dankte er ihr für diese Gabe, die sie an ihn weitergereicht hatte.

Jeels erhob sich. Ob es noch mehr Gräber gab, deren Grabtafeln Hände zierten? Er schaute sich suchend um. Schmetterlinge, Engel, Schlangen, aber keine Hände. Doch plötzlich sprang ihm der Name *van Voss* ins Auge. Aufregung erfasste ihn, und er trat näher. Die Zeichen auf dem Holz waren kaum mehr auszumachen. Jeels bückte sich und ließ seine Finger über die Buchstaben gleiten.

»Jeelke van Voss«, murmelte er leise. Es musste das Grab seiner Großmutter sein. »Nach dir bin ich benannt.«

Dankbar dachte er an seinen geliebten Ziehvater, der diesen Namen gewählt hatte. Auch die Beerdigung seiner Mutter hatte er damals bezahlt.

»Ich wollte, dass sie sanft ruht. Es war mir ein Bedürfnis!«, gingen ihm die Worte aus dem Brief durch den Kopf.

Und dann fand Jeels auf dem alten Teil des Friedhofs noch ein Grab, in dem ein *van Voss* zur letzten Ruhe gebettet lag. Den Vornamen und die Daten konnte Jeels nicht mehr entziffern. Hier auf der Insel verwendete man sehr lange Grabtafeln, um sie tiefer einrammen zu können, wenn der untere Teil in der feuchten Erde vermodert war. So kurz und verwittert, wie die Holztafel vor ihm war, musste dieses Grab wahrlich alt sein. Auch die Schnitzarbeit war nur noch schwer zu erkennen. Wieder waren Hände abgebildet, aber diesmal enthielten sie keine Muscheln. Jeels kniff die Augen zusammen. Die Hände waren mit Wasser gefüllt! Und da war noch etwas. Es sah aus wie ein im Wasser liegender Dreizack. Was hatte das zu bedeuten? Jeels legte beide Hände an das Holz und versuchte, anhand des Reliefs die Buchstaben zu erspüren. Es könnte Ude heißen, oder Udo. Wer war dieser unbekannte *van Voss*? Einer seiner Vorfahren? Er musste es herausfinden.

In Gedanken versunken hielt Jeels die Stehle lange umfasst. Dann richtete er sich seufzend auf. Wie hieß noch die alte Insulanerin, von der Krischan gesprochen hatte? Ach ja, Tedamöh. Vielleicht wusste sie mehr über seine Mutter und über den geheimnisvollen van Voss, der zu seinen Füßen ruhte. Vielleicht konnte sie ihm auch die Abbildungen auf den Grabdenkmälern erklären.

Er würde diese alte Frau aufsuchen, aber nicht mehr heute. Ihm fiel ein, dass er wohl auch am morgigen Tag keine Zeit dafür finden würde. Montags kam das Schiff mit den Lieferungen vom Festland nach Wangerooge, und er musste seine Bestellungen abholen. Es gab wohl einen Kaufmann auf der Insel, der alleine das Privileg hatte, Waren anzubieten. Doch nach Auskunft von Krischan war dieser selten gut bestückt und beileibe nicht immer gewillt, jedem alles, was er sich wünschte, zu verkaufen.

»Im letzten Winter hat uns dieser scheinheilige Geizkragen eine unfreiwillige Fastenzeit beschert«, hatte sich Krischan bitter beklagt. »Seine Vorräte waren angeblich aufgebraucht. Aber ich kann dir sagen, er selbst und seine Freunde lebten wie die Maden im Speck. Der Wirt und einige andere hitzköpfige Insulaner haben sich schon mehrfach bei der Obrigkeit darüber beklagt, doch zur Zeit der Eisblockade, als wir hungerten, drang keine Klage bis ans Festland, und zu anderen Zeiten sind solche Beschwerden wirkungslos.«

Und so hatte Jeels beschlossen, sich lieber auf die Belieferung durch den Dampfer zu verlassen. Dieser brachte zweimal wöchentlich nicht nur Gäste, sondern nahm auch Bestellungen entgegen und lieferte Waren aus. Im Stall hatte Jeels zwei Handwägelchen entdeckt, mit denen sich der Einkauf bequem zur Kate bringen ließe.

Schließlich wandte sich Jeels vom Friedhof ab und dem Dorf zu. Er wollte sich mit Krischan bei der Gaststube *Zum Ankerplatz* treffen. Die nun schon tiefer stehende Sonne hatte an Kraft verloren. Jeels stemmte sich entschlossen gegen den auffrischenden Wind. Nach allem, was Krischan ihm erzählt hatte, war ihm beim Gedanken an die Einheimischen nun noch mulmiger zumute. Würden die Insulaner in ihm den Sohn der Mutter erkennen?

10

Die Gaststube *Zum Ankerplatz* war ein großer gemütlicher Raum, in dem es an den Sonntagnachmittagen lebhaft zuging. Die meisten Männer waren auf See. Sie heuerten im Frühjahr an und kehrten erst im Herbst wieder zurück. Doch die verbliebenen Insulaner trafen zusammen, um Karten zu spielen oder sich einfach nur ein gutes Bier zu gönnen. Es roch appetitlich nach der Suppe, die die Wirtin, eine rundliche Frau mit weißer Schürze, ihren hungrigen Gästen anzubieten hatte. Heute stand sie hinter dem Tresen und schaute verdrießlich drein. Ihre Augen durchsuchten den Raum. Wo nur der Wiltert wieder steckte? Da hatte man einen Sohn mit Händen zum Zupacken, doch wenn man ihn brauchte, war der Kerl nirgends zu sehen. Die Wirtin seufzte. Selbst beim Sommerfest, wo doch nun wirklich jede Hand gebraucht wurde und das Bier in Strömen floss, verstand er es meisterhaft, sich vor der Arbeit zu drücken. So wie jetzt! Schlich sicher wieder hinter Weiberröcken her. Das war sein liebstes Vergnügen. Und mit keiner meinte er es ernst. Sie konnte die Mädchen allesamt nur bedauern, die auf seine schöne Fassade hereinfielen. Falsch wie Katzengold war der Kerl.

Erschrocken legte sie eine Hand aufs Herz, als ihr auffiel, wie schlecht sie über den Sohn dachte. Er war wütend gewesen am Mittag, als ihm der Vater den Kopf gewaschen hatte. »Wohin mag das bloß führen?«, dachte die Wirtin, die es plötzlich mit der Angst zu tun bekam. Wenn ihn die rechte

Wut packte … Dabei war Wiltert ein so liebes Kind gewesen. Verändert hatte er sich erst später, als der Einfluss des Pastors auf ihn zugenommen hatte. Die Wirtin presste die Lippen fest zusammen. Dieser Mann hatte nichts als Unglück über ihr Leben gebracht.

Sie öffnete die Tür zur Küche. »Wiltert«, rief sie halblaut, doch niemand gab Antwort. Resigniert wandte sie sich wieder den Bierkrügen zu. Sorgfältig strich sie den Schaum ab, setzte die Getränke auf ein Tablett und trat damit zu einem der Tische, an dem Karten gespielt wurde.

Hannes, der Wirt, kahlköpfig und mit einem Bauch so rund wie ein Fass, saß derweil mit einigen Gästen an einem anderen Tisch zusammen.

»Na«, fragte er mit neugierigem Blick. »Seid ihr alle von der Frau Geheimen gut mit Gästen eingedeckt worden?«

»Ich kann nicht klagen«, sagte der Schmied und hob seine prankengroßen Hände. »Sie hat mir für drei Wochen zwei ältere Schwestern zugesteckt. Die eine ist etwas schwerhörig, und so bekommen wir fast alle Gespräche zwischen den beiden Damen mit. Aber solange die Bezahlung stimmt …«

»Und, stimmt sie?«, fragte Hannes lauernd.

»Der Mietvorschlag der Frau Geheimen lässt mich zufrieden sein«, meinte der Schmied zurückhaltend. »Aber es ist auch alles frisch gestrichen, und mein holdes Weib hat überall so feine Häkelarbeiten ausgelegt.« Stolz sah er in die Runde. »Da war die Hofrätin mehr als angetan.«

Der Schuhmacher, dessen Größe und gebeugte Haltung ihm den Spitznamen »Hungerhaken« eingebracht hatte, machte ein betrübtes Gesicht. »Du Glücklicher! Uns hat sie Vorhaltungen gemacht. Wir müssten uns endlich um freistehende Bettstellen bemühen. Ich habe weniger Miete zugesprochen bekommen als im letzten Sommer.« Er verstummte und schien noch ein wenig mehr in sich zusammenzusinken.

Der Wirt schlug ihm auf die Schultern. »Aber du bist immer noch besser dran als einige andere.« Er wandte sich an alle. »Habt ihr es noch nicht gehört? Gestern hat die Frau Geheime der alten Tedamöh die Vermietung für dieses Jahr verboten.«

»Was?« Der Schuhmacher reckte den langen Hals.

Der Wirt nickte bekräftigend. »Jawohl! Ihr kennt Tedamöh doch. Hat nicht geknickst, als die Hofrätin ihr beim letzten Mal einen Gast brachte, weder vor ihm noch vor der Hofrätin. Und nun hat die Frau Geheime beschlossen, dass Tedamöh erst einmal gute Manieren lernen muss, bevor sie wieder jemanden beherbergen darf.«

»Oh Gott.« Der Bäcker, ein großer Mann mit blassem Gesicht, legte erschrocken eine Hand an die Wange. »Wovon will die Alte denn nun leben? Von drei Hühnern und einer Kuh? Noch dazu, wo sie diesen Nichtsnutz von Enkel durchbringen muss. In ihrer Lage kann man nicht aufmüpfig sein. Wenn ich im Frühjahr meine gute Stube räume und in die Küche ziehe und die Hofrätin uns einen Gast bringt, dann katzbuckele ich, bis mir der Rücken wehtut. Und wenn die Frau Geheime sich umgedreht hat, dann strecke ich ihr die Zunge raus!«

»So ist es recht.« Hannes klopfte ihm auf die Schulter. »Nach außen hin tun wir lammfromm, aber insgeheim …« Er ließ den Satz unvollendet ausklingen.

»Ein Gutes hat es ja.« Der Schmied verzog das Gesicht zu einem bitteren Lächeln. »Keiner von uns kommt in die Versuchung, seine Gäste zu prellen. Wir sind alle gleich klein vor den Augen der Frau Geheimen.«

»Aber solange wir katzbuckeln und uns nur heimlich auflehnen, kann die Frau Geheime uns weiterhin dem Diktat ihrer Gunst unterwerfen«, sagte der Schuhmacher.

»Willst du dich etwa bei der Obrigkeit beschweren und riskieren, im nächsten Sommer leer auszugehen?«, polterte der Wirt los. »Du weißt doch, wie es Georg ergangen ist. Sein

Gesuch auf Selbstbestimmung ist im letzten Jahr abgeschmettert worden, und wie hat ihn die Hofrätin dafür leiden lassen! Wenn wir wirklich etwas verändern wollen, dann müssen wir uns alle einig sein.«

»Aber was, wenn die Frau Geheime dann das Handtuch wirft?«, gab der Schmied zu bedenken. »Ihr könnt nicht bestreiten, dass sich unter ihrer strengen Hand in den letzten Jahren vieles zum Vorteil verändert hat. Wir verdienen alle an den Gästen, die sie hierherdirigiert und empfängt wie eine Königin. Und wie sie alle betüdelt! Also ich könnte und wollte das nicht. Und denkt an den ganzen Hofstaat, die Musikanten, Sänger, die Tanzabende, das Personal, der ganze Betrieb mit Meer-, Regen- und Warmwasserbädern, die Unterbringung der Gäste – wer würde das alles so gekonnt führen wie die Frau Geheime? Sie ist und bleibt die Herrscherin unseres Badereichs. Und ihr könnt sagen, was ihr wollt, sie nötigt mir Respekt ab.« Seine Miene drückte widerwillige Anerkennung aus.

Für einen Moment hingen die Männer stumm ihren Gedanken nach. Der Schmied griff nach seinem Krug und nahm einen langen Schluck. Der Schuhmacher saß am Fenster und zwirbelte mit spitzen Fingern seinen Backenbart.

»Wer ist denn das?«, fragte er plötzlich in die Stille hinein und wies auf einen Mann, der sich langsamen Schrittes auf den Gasthof zubewegte.

Der Wirt blickte nun auch aus dem Fenster und zuckte die massigen Schultern. »Den hab ich hier noch nie gesehen. Ist keiner der Leute von der Frau Geheimen. Nicht schick genug, wenn ihr versteht, was ich meine.«

»Stimmt«, sagte der Schmied.

Mit zusammengekniffenen Augen beobachtete der Wirt den Ankömmling. »Der sieht nach nix aus, nach reinweg gar nix!«, stellte er schließlich fest. Und damit war über den Fremden das Urteil gesprochen.

»Er bewohnt das Voss-Haus«, warf der Bäcker ein, der froh war, auch etwas zur Unterhaltung beisteuern zu können. »Hat sich vor zwei Tagen mit Brot bei mir eingedeckt. Und stellt euch vor«, er dämpfte die Stimme, »der Krischan arbeitet bei dem.«

»Der Krischan? Na, dann wird er sein Geld schneller los sein, als er gucken kann.« Verächtlich schnaubte der Wirt. »Ich glaube, der Kerl will uns besuchen. Na, dann beweg ich mich mal hinter den Tresen. Vielleicht verdien ich noch was an ihm.«

Hinrich Luts, der einzige Zimmermann Wangerooges, saß ganz hinten am Tisch. Er war klein und drahtig. Helles Haar lockte sich auf seinem Kopf, und er trug einen Vollbart. Hinrich sprach sonst kaum ein Wort und widmete sich lieber seinem Bier. Auch heute hatte er sich aus allem herausgehalten, doch die Beurteilung des Wirts und das nachfolgende Gespräch veranlassten ihn dazu, sich jetzt zu Wort zu melden.

»Das ist ein ganz feiner Kerl«, sagte er laut. »Will sich heute bei uns vorstellen. Ich hab ihm erzählt, dass wir uns sonntags im *Ankerplatz* treffen und ihn eingeladen. Er möchte die Männerrunde verstärken, damit die Weiber uns nicht völlig unterkriegen.«

Dann wurde ihm plötzlich klar, dass er mit seinem Urteil über Jeels eine andere Meinung ausgesprochen hatte als der Wirt, dessen Wort für die Insulaner maßgebend war. Prompt trafen ihn strafende Blicke. Hinrich Luts' Gesicht rötete sich und er schaute betrübt hinab in seinen Bierkrug.

Hannes hatte sich schon erhoben, hielt nun aber in der Bewegung inne. »Woher weißt du das alles, Hinrich? Kennst du den Mann etwa näher?«

Der Zimmermann zog verlegen den Kopf ein. »Nein, nicht so richtig. Aber ich habe gestern für ihn gearbeitet. An der Kate war noch einiges zu richten.« Ein Lächeln schlich sich auf sein Gesicht. »Es war nett da. Der Rothaarige konnte ganz genau erklären, wie er alles haben wollte. Hat was übrig für feine Schnitzereien und gutes Material. Ihm gefielen meine Arbeiten sehr.« Stolz straffte er die Schultern. »Und dann hat er mich auch gleich ausbezahlt. Sogar etwas mehr hat er gegeben, weil ich bis in den Abend hinein gearbeitet hab.«

»Ach«, stieß der Wirt abfällig aus, »der hat es doch nur schlau angestellt und sich deine Zuneigung mit schönen Worten und Geld erschlichen. Wusste wohl, dass du gern einen nimmst«, stichelte er mit Blick auf Hinrichs Bierkrug.

Eine Zornesfalte erschien auf der Stirn des Zimmermanns. »Nein, so einer ist das nicht«, sagte er heftig. Er hasste es, im Mittelpunkt des Geschehens zu stehen. »Er ist einfach ein guter Mensch, so will es mir zumindest scheinen. Er ist zwar klein, doch innen drin«, er legte die Hand aufs Herz, »ist er irgendwie stattlich.«

Die anderen lachten laut auf, doch der Zimmermann fuhr unbeirrt fort. »Der Mann hat so was Ruhiges an sich. Und seine Augen, die meinen es gut mit einem. Außerdem ist nichts an dem unlauter. Der Ailt hat erzählt, dass er sich ganz vorschriftsmäßig bei der Vogtei gemeldet hat. Und eine Urkunde habe er dabei gehabt. Das Haus gehört ihm wohl tatsächlich.«

Zum Glück für Hinrich öffnete sich in diesem Moment die Tür des Wirtshauses, und die Aufmerksamkeit der anderen richtete sich auf den rothaarigen Mann, der sich bedächtig und mit einem offenen Lächeln im Gesicht auf den Tresen zubewegte.

Freundlich hob der Mann die Hand zum Gruß, doch weder Hinrich noch die andern Männer am Wirtshaustisch kamen dazu, ihn zu erwidern, denn aus der Küche schallte in diesem Moment lautes Geschrei. Mit einem Fluchen wandte sich Hannes von seinem Gast ab. Die Küchentür flog auf und die Wirtin erschien mit hochrotem Kopf. Am Ohr gefasst hielt sie einen mageren, etwa dreizehnjährigen Jungen, der wie am Spieß schrie.

»Erwischt haben wir dich!«, rief die Wirtin.

»Lass mich los! Ich habe nichts getan«, kreischte der Junge. Sein rotes Haar stand vom Kopf ab wie die Borsten einer Bürste. Seine Kleidung bestand aus geflickten Hosen, Holzklumpen und einem fleckigen Hemd, das wohl einmal weiß gewesen war. Er war so dünn, dass nur die von der Sonne gebräunte Haut seine Knochen zusammenzuhalten schien. Verzweifelt versuchte der Junge sich dem Griff zu entwinden, doch als es ihm endlich gelang, trat noch jemand aus der Küchentür und eine Hand packte mit stahlhartem Griff seinen Arm.

Die Hand gehörte zu einem großen und breitschultrigen Mann. Er hatte ein markantes Gesicht, helles Haar und blaue Augen, aus denen jetzt die Wut blitzte. »Du hast Geld aus der Kasse genommen, gib's zu!«, herrschte er den Jungen an und verdrehte ihm den Arm, worauf dieser ein weiteres Mal laut aufschrie.

»Hast du das wirklich beobachtet, Wiltert?«, fragte die Wirtin streng. »Er ist ein Tunichtgut, aber ob er stiehlt?«

»Ich hab es genau gesehen. Und sieh mal, die hab ich ihm abgenommen.« Triumphierend hielt der Blonde eine Münze hoch.

»Das ist nicht wahr«, schrie der Junge. Der Wirtssohn packte ihn so fest, dass er nur noch stöhnte.

»Wer soll denn sonst das Geld genommen haben? In letzter Zeit fehlt uns doch immer wieder was.«

Vor Schmerz verzerrte sich das Gesicht des Jungen. »Ich hab kein Geld genommen, ich nicht! Du warst es!«

Langsam erhob sich der Wirt und trat näher. Die anderen Männer folgten ihm. Auf den Gesichtern zeichnete sich Neugier, aber auch Missbilligung ab.

Wem diese galt, konnte Jeels nicht ermitteln. Er bewegte

sich wie magisch angezogen auf den Kreis der Streitenden zu. Vielleicht waren es die Augen des Jungen, die ihn heranlockten. Jeels meinte sich selbst darin wiederzufinden, die Ängste seiner Kindheit darin zu lesen. Er hatte oft den Sündenbock spielen müssen. Kinder mit rotem Haar schienen dafür wie geschaffen.

»Du wagst es!«, schrie der Wirtssohn und schlug dem Jungen mit solcher Wucht ins Gesicht, dass dessen Kopf zur Seite flog. »Sag noch einmal, dass ich gestohlen habe und ich schlag dich tot!«

»Lassen Sie sofort den Jungen los.« Jeels zitterte am ganzen Körper, doch seine Stimme klang ruhig und eiskalt. Das augenblicklich einsetzende Gemurmel nahm er gar nicht wahr.

»Wer bist du denn, dass du dich hier so aufspielst?« Verächtlich musterte der Wirtssohn ihn von Kopf bis Fuß.

»Ich habe gesagt, Sie sollen das Kind loslassen!« Jeels machte einen Schritt vorwärts und blieb dicht vor dem Wirtssohn stehen.

»Du hast mir gar nichts zu sagen!« Jeels' Worten zum Trotz schlug er dem Jungen ein weiteres Mal ins Gesicht.

Da holte Jeels mit dem Fuß aus und trat seinem Gegenüber mit aller Kraft gegen das Schienbein. Völlig überrascht lockerte Wiltert seinen Griff und der Junge kam frei. Er rannte in Richtung Tür, wo er jedoch von einem massigen Körper gestoppt wurde, der kurz nach Jeels die Gaststube betreten hatte.

»Mach Platz, Krischan, bitte!«, flehte das Kind.

»Nicht so schnell, Onno.« Krischan packte den Jungen am Arm und eilte zu seinem Freund. Der Wirtssohn hatte sich mittlerweile von seinem Schreck erholt und wollte auf Jeels losgehen, doch die Wirtin fuhr dazwischen. Wiltert sah seine Mutter an wie ein unliebsames Insekt und wandte sich dann hasserfüllt Jeels zu.

»Mutter duldet keine Schlägerei im Haus. Aber glaub mir, das wird dir noch leidtun!«

Ein kühler Blick aus grünen Augen traf ihn. »Ich möchte mich bei Ihnen für den Tritt entschuldigen. Niemand hat das Recht, einen anderen zu verletzen. Ich konnte das einfach nicht mit ansehen, und zu meiner Schande muss ich gestehen, dass mir außer Treten nichts anderes eingefallen ist, um Sie am Schlagen zu hindern«, sagte Jeels ruhig.

»Pah«, fauchte der Wirtssohn. »Was soll dieses Gewäsch?«

Aus seinen Worten sprach Verachtung, doch dann, ganz plötzlich, wich er mit erhobenen Händen zurück. Seine Augen weiteten sich erschrocken, als hätte er gerade einen Geist gesehen.

Die anderen Gäste verfolgten das Geschehen wie gebannt. Sie raunten einander zu, und so manch gespannter Blick flog zwischen den Männern hin und her. Der Wirtssohn hatte sich wieder gefasst, doch er schien sich in seiner Haut nicht mehr wohlzufühlen. Er drehte sich den Gästen zu.

»Was glotzt ihr denn so?«, rief er. »Ich habe das Recht, den Onno zu schlagen, bis er die Wahrheit sagt. Er hat mich schließlich bestohlen!«

»Du schlägst hier niemanden mehr«, mischte sich nun die Wirtin ein. »Und wenn hier jemand bestohlen wurde, dann dein Vater und ich.« Sie warf ihrem Sohn einen Blick zu, der ihn zusammenzucken ließ. Er ballte die Hände zu Fäusten, als wollte er so verhindern, dass sie einem der Anwesenden ins Gesicht flogen.

»Ihr werdet euch eines Tages noch alle wundern, besonders dieser rothaarige Teufel da!« Er drehte sich um und schlug die Tür mit einem Krachen hinter sich zu.

Jeels hatte sich inzwischen zu Krischan gesellt, in dessen Griff immer noch der Junge zappelte. »Bist du wirklich unschuldig?«, fragte er.

Als der Junge schwieg, schüttelte Krischan ihn leicht. »Sofort gibst du Antwort, Onno. Sonst kriegst du es mit mir zu tun!«

»Kennst du ihn?«, wandte Jeels sich an seinen Freund.

»Aber sicher kennt er mich«, rief der Junge aus. »Doch so sauber, wie er jetzt aussieht, und so ordentlich gekleidet hätte ich *ihn* fast nicht erkannt!«

»Halt du dich mal still«, knurrte Krischan. »Musst du dich eigentlich immer in Schwierigkeiten bringen, du Bengel? Irgendwann schlagen sie dich hier nochmal tot. Und nun sagst du die Wahrheit. Und wage es ja nicht, diesen Herrn hier anzulügen.«

»Aber Krischan!« Die Stimme des Jungen klang vorwurfsvoll. »Ich dachte, wir wären Freunde.«

»Das hat damit nichts zu tun. Du sagst jetzt die Wahrheit. Hast du das Geld genommen?«

»Nein.« Der Junge senkte den Kopf. »Ich habe mir nur ein Stück von dem Kuchen holen wollen, der auf der Fensterbank zum Abkühlen stand.« Seine Augen glitten furchtsam zum Gastwirt. »Dabei habe ich gesehen, wie Wiltert Geld aus der Kasse genommen hat!«

Alle im Raum Anwesenden hatten die Worte des Kindes vernommen, und für einen Herzschlag war es totenstill. Dann brach ein Donnerwetter über das Kind herein.

»Das ist ja wohl die Höhe!«, wetterte Hannes. »Erst bestiehlt dieser Tölpel uns, und nun verbreitet er auch noch Lügen über meinen Sohn.«

»Der Junge ist so harmlos wie ein junger Seehund im Wasser«, dröhnte Krischans Donnerstimme durch die Gaststube. »Und das wisst ihr auch alle! Was man ihm vorwerfen kann, ist Neugier, das nicht zu knapp, und natürlich der Hunger, der ihn immer treibt. Ihr wisst ja wohl auch, dass seine Großmutter kaum je genug hat, um ihn satt zu kriegen.«

»Na, Krischan«, warf einer der Gäste mit erhobenem Zeigefinger ein, »mit dir hat der Junge ja gerade den richtigen Fürsprecher.«

Diese Anspielung auf seinen schlechten Ruf ließ Krischans Gesicht rot anlaufen, doch dann sah er den anderen fest in die Augen. »Ich sag euch nur, wie es ist.«

Onno war während Krischans Rede sichtlich in sich zusammengesunken. Jetzt fing er leise an zu weinen.

Jeels beugte sich zu ihm hinab. »Ist es so schlimm für dich?«

Der Junge schüttelte den Kopf. »Mein Arm tut mir nur so weh! Ich merk erst jetzt so richtig, wie es darin pocht. Ich glaub, der Wiltert hat mir was gebrochen.«

Jeels zögerte, doch dann zuckte er die Schultern. Es war ihm egal, was die anderen dachten. Aufgefallen war er ohnehin schon genug. Da kam es auf ein bisschen mehr auch nicht mehr an.

»Können Sie mir ein wenig Speiseöl bringen?«, fragte er die Wirtin.

Diese machte ein verblüfftes Gesicht, nickte dann aber und eilte in die Küche.

»Zieh dein Hemd aus«, forderte Jeels den Jungen auf.

»Was?«

»Ich will mir deinen Arm anschauen.«

Der Junge gehorchte. Jeels sah die Neugier in den Gesichtern der Umstehenden, doch er zwang sich, sie nicht zu beachten. Stattdessen richtete er seine Aufmerksamkeit auf den Arm des Kindes, der seltsam verdreht war.

»Setz dich dort auf den Stuhl.«

Unter den Umstehenden kam Getuschel auf, doch Jeels ignorierte es. Er konzentrierte sich nun ganz auf das Gespür in seinen Fingerspitzen, die er in das Speiseöl tauchte. Vorsichtig und mit geschlossenen Augen fuhr er ganz sanft über den verletzten Arm. Es war ein Gefühl, als ließe er seine Finger durch ein milde fließendes Gewässer gleiten. Für ihn waren die Muskeln, Sehnen, Adern und Knochen wie Wasserpflanzen. Doch diesmal musste er sie nicht entflechten, nicht Sehnen von Steinen und Astwerk befreien. Es war um ein Vielfaches einfacher. Er spürte sofort die Stelle, wo das Gelenk sich nicht mehr in der richtigen Position befand.

»Was hast du vor?«, wisperte der Junge unruhig.

»Sei unbesorgt, gleich geht es dir besser. Ich hab es schon.« Die letzten Worte murmelte er mehr zu sich selbst. Ein leichtes Rucken, ein sanftes Drücken, und das Gelenk schob sich zurück an seinen Platz.

»Aua«, schrie der Junge erschrocken. Dann bewegte er vorsichtig seinen Arm und sprang verblüfft auf.

»Krischan, dein Freund ist ein Zauberer! Es tut gar nicht mehr weh!«, rief er aus und warf die Arme in die Luft. Dann machte er eine winzige Verbeugung vor Jeels. »Vielen Dank! Vor dir würde sogar meine Oma einen Knicks machen!«

Jeels hob fragend eine Augenbraue, doch die Umstehenden lachten. Die Worte des Jungen schienen ein Kompliment zu sein. Jeels, der bislang mit dem Rücken zu den Männern gestanden hatte, drehte sich verlegen um.

»Es ist natürlich keine Zauberei. Manchmal kann ich mit meinen Händen erspüren, ob etwas verstaucht ist oder gebrochen. Es ist keine große Sache«, spielte er sein Können herunter.

Die Männer machten ungläubige Gesichter. Die meisten schienen dem Wirtssohn den Fußtritt gegönnt zu haben und Onno zu mögen. Doch was von dem Fremden zu halten war, wussten sie offenbar noch nicht so ganz. Da riss einer von ihnen, ein alter Seebär mit grauem Bart und Pfeife, plötzlich die Augen auf.

»Das ist doch nicht möglich!«, stieß er hervor und stützte sich schwer auf den Tisch. »Ein van Voss ist auf die Insel zurückgekehrt.«

Jeels zuckte zusammen, doch dann nickte er. »Das stimmt. Ich bin Jeels van Voss.« Er streckte dem Alten seine Hand entgegen, die dieser nur zögernd ergriff. Er konnte seine Augen kaum von Jeels' Gesicht und vor allen Dingen seinem Haar lösen.

»Ein van Voss«, murmelte er vor sich hin. »Mit rotem Haar und Zauberhänden.«

Geraune setzte ein. Die Stimmung schlug plötzlich um. Sie war jetzt getränkt von Misstrauen und Unbehagen. Jeels wollte sich schon zur Tür wenden, als der Zimmermann Hinrich Luts die Stimme erhob.

»Also, wenn ich mal ein Gebrechen habe, dann komme ich gerne zu Jeels van Voss«, sagte er mit fester Stimme.

Jeels nickte ihm erleichtert zu. »Und ich werde dir gerne helfen!«, erwiderte er mit fester Stimme.

Das schien den Zimmermann zu ermutigen. Er musterte den Gastwirt aus den Augenwinkeln und lächelte.

»Wer hat denn nun eigentlich das Geld genommen?«, fragte er und lenkte so die Aufmerksamkeit von Jeels weg.

Die Wirtin schien genug von der ganzen Angelegenheit zu haben. Sie stemmte die Arme in die Seiten und sagte in resolutem Ton: »Wir wollen mal das Beste annehmen und davon ausgehen, dass Onno es nicht war.« Ihr Gesicht war betont gleichgültig, aber in ihren Augen spiegelte sich etwas, das wie Furcht wirkte. »Außerdem wissen wir gar nicht genau, ob überhaupt Geld gestohlen wurde. Ich hab den Wiltert gebeten, mir ein wenig Hartgeld zu bringen. Der Onno hat dann vielleicht gesehen, wie er es aus der Kasse nahm. Da sich Onno bislang außer Streichen nichts hat zuschulden kommen lassen, will ich ihn nicht anklagen. Das könnte ich der alten Tedamöh auch kaum antun, wo sie doch Sorgen genug hat.« Sie sah den Jungen fest an. »Onno, du gehst jetzt schleunigst nach Hause. Und ich will dich hier in nächster Zeit nicht sehen, hast du verstanden?«

Das brauchte sie dem Kind nicht zweimal zu sagen. Er sprang im Nu zur Tür, wo er sich noch einmal umdrehte.

»Und Wiltert hat das Geld doch gestohlen«, rief er. »Es stand ihm ins Gesicht geschrieben!«

Die Wirtin zuckte zusammen, ging aber nicht noch einmal auf die Worte des Kindes ein. Sie wandte sich Jeels zu.

»Und Ihnen vielen Dank, dass Sie sich meinem manchmal etwas aufbrausenden Sohn entgegengestellt haben. – Wozu dir ja wohl die nötige Klugheit gefehlt hat«, sagte sie tadelnd an ihren Mann gerichtet.

Der Wirt machte ein betretenes Gesicht, und die anderen Männer wandten sich verlegen wieder ihren Karten und den Getränken in den Krügen zu. Das ein oder andere Wort wurde noch über die Sache verloren, doch dann fanden sich neue Gesprächsthemen. Hannes blickte Jeels an, der immer noch unentschlossen im Raum stand.

»Wollen Sie sich nicht zu uns setzen? Ich glaube, alle möchten Sie näher kennenlernen.«

Jeels bemerkte, dass sie von den anderen Tischen aus beobachtet wurden.

»Sehr gerne«, erwiderte er. »Aber ich bin nicht allein hier.« Er wies auf Krischan, der konzentriert auf seine Fußspitzen starrte. »Vielleicht können wir für Krischan noch einen Stuhl dazustellen.«

Die Männer machten fassungslose Gesichter. Jeels konnte ihre Gedanken förmlich hören: Mit dem Strandstreicher sollten sie sich an einen Tisch setzen? Der Wirt schien schon aufbrausen zu wollen, doch dann zwangen ihn Jeels' Augen, seine Wut hinunterzuschlucken.

»Setzen Sie sich endlich«, stieß er mit zusammengepressten Lippen hervor. Jeels schüttelte entschieden den Kopf. »Ich will niemanden kränken, doch ohne Krischan setz ich mich nirgends hin. Er arbeitet viel und gut für mich. Da würde ich gern an unserem freien Nachmittag ein Bier mit ihm trinken.«

Der Zimmermann stand auf und holte einen zweiten Stuhl.

»Na gut.« Das Zugeständnis fiel dem Wirt ganz offensichtlich schwer. »Setz dich, Krischan.«

Der massige Mann ließ sich mit gesenktem Kopf auf den Stuhl fallen. Mit einer kleinen Verbeugung in Richtung der anderen Männer ließ sich nun auch Jeels nieder. In seinem Gesicht standen weder Schadenfreude noch Triumph.

Der Zimmermann, der inzwischen ebenfalls auf seinen Platz zurückgekehrt war, senkte seine Nase tief in den Bierkrug. Er war vielleicht der Einzige, den die Szene zum Lachen reizte. Dem Fremden war es gelungen, den störrischen Insulanern ganz sanft seinen Willen aufzuzwingen, und Hinrich gönnte ihm seinen Sieg. Wie hatten sich die anderen über ihn lustig gemacht! Und nun steckte er sie alle in die Tasche. Das gefiel ihm. Das gefiel ihm sogar sehr gut! Wenn es so weiterging, dann würde selbst die Frau Geheime vor diesem Mann die Waffen strecken.

II

Wemke stand mit Freya im Arm an Deck und sah zu, wie das Land langsam entschwand. Kleiner und immer kleiner wurden der grüne Deich, die Bäume dahinter, die Häuser und Mühlen, deren sich drehende Flügel nicht größer wirkten als Blumenstängel. Freya strahlte und winkte aufgeregt mit ihren kleinen Ärmchen, doch in Wemke stiegen Tränen auf. Warum verspürte sie keine Erleichterung darüber, alles hinter sich zu lassen? Am liebsten wäre sie sofort wieder von Bord gegangen und zu ihrem sorgenvollen, aber vertrauten Leben zurückgekehrt. Doch es war zu spät.

Wemke überdachte zum zigsten Mal die Ereignisse der vergangenen Tage. Keinem hatte sie die Wahrheit darüber gesagt, warum sie Jever verließ. Alle glaubten, es hätten sich nun doch noch Verwandte gefunden, die dem Kind und ihr eine Heimat geben würden, und sie hatte diese Vermutung nicht abgestritten. Der Abschied war ihr nicht schwergefallen, denn mit keinem Menschen verband sie eine besondere Freundschaft. Wie merkwürdig, dass die Frau Justizrätin, die sie nur verärgert und ungeduldig kannte, ihr auf einmal geschmeichelt hatte, ja sie sogar zum Bleiben hatte überreden wollen. Doch sie konnte ihre Entscheidung nicht mehr rückgängig machen. Außerdem hatte sie keine Wohnung mehr. Die Vermieterin war erleichtert über ihren Auszug gewesen, und am Ende hatte Wemke es kaum erwarten können, endlich an Bord zu gehen.

Nun aber, da das Schiff sie weit weg von allem trug, stiegen

Verzweiflung und Schuldgefühle in ihr auf. Der neue Anfang, ihr neues Leben, hatte einen hohen Preis. War ihr Vorhaben wirklich richtig? Konnte es überhaupt richtig sein? Heiraten sollte man nur aus Liebe und nicht zum eigenen Vorteil. Wie hatten die anderen Dienstmädchen stets auf Männer geschimpft, die sich um Macht und Geld willen reiche Frauen nahmen. Und genau so handelte sie jetzt auch! Musste nicht ein Unglück daraus erwachsen?

Die lange zurückgedrängte Tränenflut drohte hervorzubrechen, doch Wemke riss sich zusammen. Bebend nahm sie einen tiefen Atemzug und straffte die Schultern. Bei ihr war es anders! Es war keine Berechnung im Spiel. Sie nahm diese Heirat in Kauf, weil sie es tun musste. Und sie tat es nicht für sich alleine. Vielleicht war das der große Unterschied. Liebevoll betrachtete Wemke das Kind in ihren Armen. Sie setzte Freya in den kleinen Korbwagen und gab ihr einen Holzring zum Spielen.

Sie würde jetzt nicht jammern und Vergangenes betrauern. Es war zu spät. Sie musste sich mit ihrem Schicksal anfreunden. Warum nicht jetzt gleich damit beginnen?

Seufzend schloss Wemke die Augen und überließ sich dem Schaukeln der Wellen. Das Schiff trug sie in ein neues Leben, alle alten Ketten waren gelöst. Für die Zeit der Überfahrt war sie niemandem verpflichtet außer sich selbst. Wann war sie das letzte Mal so ungebunden gewesen? Was für ein Gefühl! Wemke versuchte, es tief in sich aufzunehmen, die Freiheit bis ins Letzte auszukosten. Sie hob das Gesicht der Sonne entgegen und ließ sich vom Wind liebkosen.

Doch allzu schnell war die Überfahrt vorbei. Wangerooge kam in Sicht, und der Anblick beschwor die bangen Fragen wieder herauf. Wemke versuchte Ruhe zu bewahren und gesellte sich zu den anderen Reisenden an die Reling. Möwen kreisten über der Insel. Wemke erkannte einen hohen Turm, um den sich mit Ziegeln gedeckte Häuser gruppierten. Aus der Entfernung glich Wangerooge einer kleinen auf dem Wasser schwimmenden Stadt.

Von weitem schon sah Wemke eine aufgeregt gestikulierende Menschenmenge. Auf einer nahe gelegenen Düne befand sich ein Pavillon, in dem Musiker standen. Es gab keinen Zweifel, die neuen Gäste wurden erwartet.

Wemkes Herz begann zu hämmern. Gleich würde sie nicht nur der Geheimen Hofrätin gegenüberstehen, sondern auch dem Mann, dessen Braut sie sein sollte! Ihre Augen suchten die Reihen der Wartenden ab, doch sie konnte die Hofrätin nicht entdecken.

Wemke nahm Freya hoch und drückte das schläfrige Kind eng an ihre Brust. »Schau, das ist die Insel Wangerooge, unser neues Zuhause, mein Schatz«, raunte sie ihr mit mehr Freude ins Ohr, als sie empfand.

Als ob die Kleine ihre Worte verstanden hätte, erstrahlte das runde Gesicht vor Glück. Auf beiden Seiten des kleinen Mundes tauchten Fältchen auf, die zu Grübchen wurden. Freya brabbelte unverständlich vor sich hin, und ihre kurzen Finger fuhren liebevoll über Wemkes Gesicht.

Wangerooge kam immer näher, und schließlich hielt das Dampfschiff *Telegraph* auf der Reede vor der Insel. Wemke konnte einige Fischerboote ausmachen, die im Wasser dümpelten. An Land warteten schon Pferdekutschen auf die Anreisenden. Sie waren mit Kränzen, Blumen und Girlanden geschmückt, und der größte Wagen trug zudem ein Banner, auf dem »Herzlich willkommen« stand. Sogar die Pferde waren bekränzt. Gewichtig hatten sich die Kutscher neben den Wagen aufgebaut. Sie hatten Schirmmützen auf dem Kopf, und die Knöpfe an ihren blauen Jacken glänzten blankpoliert.

Die wartenden Inselgäste sahen den Ankömmlingen neugierig entgegen. Sie trugen allesamt Kleidung, die eher für eine

Festlichkeit geeignet schien. Wemke konnte Inselbewohner im guten Zwirn, aber auch andere in Arbeitskleidung ausmachen. Und plötzlich entdeckte sie inmitten der wartenden Menge die Hofrätin, die mit zusammengekniffenen Augen nach etwas Ausschau hielt.

»Sie sucht nach mir«, wurde es Wemke schlagartig bewusst, und in ihr wuchs der Wunsch, sich zu verstecken.

Neben der Hofrätin stand ein großer, schlanker Mann. Er war auf eine strenge Weise gut aussehend, mit einem langen, schmalen Gesicht und an den Schläfen ergrautem Haar. Wemkes Unbehagen stieg. Sollte das der Mann sein, den sie heiraten würde? Oder war es etwa der dickere Herr im Gehrock mit dem roten Stiernacken und dem Zylinderhut? Eine große runde Knollnase prangte in seinem Gesicht. Immer wieder fuhr er sich mit einem Tuch über die schweißnasse Stirn.

Unwillkürlich trat Wemke einige Schritte zurück. Die anderen Fahrgäste dagegen wurden unruhig und drängten sich darum, als Erste das Schiff verlassen zu dürfen. Kleine Boote der Insulaner holten sie ab, und während sie auf das Ufer zuruderten, begann die Kapelle zu spielen. Aus der Menge wurden Hurra-Rufe laut. Hüte wurden gelüftet und Hände geschüttelt.

Lange verharrte Wemke noch auf dem Dampfer, doch schließlich gab es keinen Grund mehr zu bleiben. Sie verließ als eine der letzten das Schiff. Ihre Koffer und sogar Freyas Korbwagen waren längst von Bord gebracht worden.

Wemke atmete tief durch, ließ sich aus dem Boot helfen und nahm mit einem unwirklichen Gefühl ihre kleine Schwester auf den Arm. Sie betrat zaghaft die Insel, wo die Ankömmlinge immer noch begeistert begrüßt wurden. In ihrem ganzen Leben hatte Wemke noch nicht so viele Verbeugungen gesehen und gegenseitige Komplimente gehört. Die Gäste wurden wie Königskinder hofiert und lobten ihrerseits die Hofrätin und ihr Gefolge über den grünen Klee. Wemke empfand dieses übertriebene Katzbuckeln als unangenehm. Sie wusste nicht, wie dem zu begegnen war. Deshalb hielt sie sich im Hintergrund, senkte den Blick und beobachtete das Treiben unauffällig.

Der korpulentere Mann mit dem Stiernacken spielte den Witzbold. Er zog die Gäste auf und rief: »Was wollen Sie eigentlich alle hier? Uns die Ruhe rauben, Ihr Geld unter das Volk bringen? Oder glauben Sie wirklich, dass ein wenig Salzwasser Ihre sämtlichen Gebrechen lindern wird?«

Die Menge lachte gutmütig über seine Worte. Von anderer Seite aber wurde er getadelt. »Ach, musst du denn immer deine Scherze treiben?« Die Hofrätin wandte sich entschuldigend ihren Gästen zu. »Achten Sie nur ja nicht auf sein Gerede! Das ist die Art meines holden Gatten, Sie alle aufs Herzlichste willkommen zu heißen«, erklärte sie mit ausladender Geste.

»Finchen, Finchen«, spöttelte seinerseits ihr Ehemann. »Du verstehst es, mir das Wort im Munde umzudrehen. Diese meine Gattin, Josefine Bartling«, er nahm sie kurzerhand in den Arm, was die Hofrätin nur widerwillig über sich ergehen ließ, »regiert hier das ganze Inselvolk, die Gäste und mich dazu. Und das, obwohl ich gut fünfzehn Jahre älter bin als sie! Da mag man es mir zugestehen, das ein oder andere Wort des Widerspruchs zu äußern. Die Heilkraft der See vermag ich aber tatsächlich nicht zu beurteilen, da ich sie noch nie in Anspruch genommen habe.«

»Sie leben hier auf der Insel und waren noch nie im Meer?«, kam es ungläubig aus der Menge.

»Wer die meiste Zeit des Tages dem Schlaf widmet und in der übrigen isst oder Karten spielt, dem entgeht das wahre Leben«, kam es spitz von der Hofrätin.

»Hab ich nicht das Alter auf meiner Seite, das solches rechtfertigt, meine Liebe?«, verteidigte sich ihr Gatte. »Sollte ich morgen sterben, so wird man sagen, er hatte genug an Jahren. Warum dann all die Dinge, die mir das Leben versüßen, aufgeben, nur um unnütze Zeit in kaltem Wasser zu verbringen?«

Die Hofrätin funkelte ihn böse an, doch dann seufzte sie ergeben und machte eine abfällige Handbewegung.

Wemke fühlte Erleichterung in sich aufsteigen, weil der stiernackige Mann sich als Gatte der Hofrätin herausgestellt hatte. Sie drehte sich zum Wasser, um den scharfen Augen der Hofrätin noch für einen Moment zu entgehen, und bemerkte einen Mann mit rotem Haar, der sich etwas abseits hielt. Er beobachtete mit einem belustigten Gesichtsausdruck das Spektakel. Ihm zur Seite stand ein hünenhafter Kerl, der mit dem Finger auf einzelne Personen wies. Ein Schäferhund strich ungeduldig um die Beine der Männer.

In dem Moment trafen sich Wemkes Augen und die des Rothaarigen. Der junge Mann sah ihr voller Neugier ins Gesicht, und auch sie vermochte den Blick nicht abzuwenden. Sie spürte, wie eine leichte Röte sich auf ihre Wangen schlich, obwohl sie nicht hätte sagen können, was sie eigentlich in Verlegenheit gebracht hatte. Dann verzogen sich die Lippen des Fremden zu einem Lächeln, und er nickte ihr zu. Er schien, genau wie sie, dem Trubel nichts abgewinnen zu können. Seine Augen waren grün und funkelten wie das Meer, wenn Sonnenstrahlen auf die Wellen trafen. Noch nie zuvor hatte Wemke solche Augen gesehen. Der Blick des Fremden wärmte sie, und plötzlich wich das Gefühl der Verlorenheit, das seit der Ankunft ihr Herz umklammert gehalten hatte.

Wemke erschrak. Was tat sie hier eigentlich? Es war unschicklich, einen anderen Menschen so lange anzustarren, noch dazu einen fremden Mann. Abrupt senkte Wemke den Blick, und als sie den Kopf wieder hob, vermied sie es, in Richtung des Rothaarigen zu schauen. Sie ließ ihre Augen ganz bewusst zu den vor Anker liegenden Fischerbooten der Insulaner wandern. Ihre stählernen und hölzernen Rümpfe hoben und senkten sich mit dem Spiegel des Wassers.

Wemke nahm ein Tuch und wischte sich über das Gesicht. Ihre dunkle Haube schien die ungewöhnlich warme Frühlingssonne geradezu auf ihren Kopf zu lenken. Sie fühlte sich mittlerweile am ganzen Körper verschwitzt. In dem Batisthemd, den knöchellangen Unterhosen, dem Unterrock mit den zwei Volants und dem hellblauen Kleid glaubte sie ersticken zu müssen. Den Umhang hatte sie sich über den freien Arm gehängt.

Als sich die allgemeine Aufregung etwas gelegt hatte, wandte sich Wemke erneut der Hofrätin zu. Die Gäste waren mittlerweile alle zu den Pferdekutschen geleitet worden und befanden sich auf dem Weg zu den Quartieren. Die geheime Hofrätin entdeckte Wemke, und ein Strahlen breitete sich auf ihrem Gesicht aus.

»Ah, da sind Sie ja!«, rief sie. »Nun kommen Sie doch näher, meine Liebe!« Sie winkte Wemke zu sich heran und wandte sich dann dem schlanken Mann an ihrer Seite zu. »Wie ich es gesagt habe, Dr. Hoffmann, das versprochene Goldkind ist da!« Sie klatschte in die Hände. »Und ist sie nicht eine Augenweide?«

Doch der Mann zu ihrer Rechten blickte nur starr auf das Kind in Wemkes Armen. Jetzt erst bemerkte auch die Hofrätin Freya. Das Strahlen in ihrem Gesicht erlosch. Es spiegelte sich zunächst Verblüffung, dann Fassungslosigkeit und schließlich Entsetzen in ihrer Miene. Dann färbte sich das Gesicht der Hofrätin rot. Sie machte den Mund auf und zu wie ein Fisch auf dem Trockenen, doch es kam kein Wort heraus.

»Sie haben ja ein Kind!«, presste sie schließlich hervor. Ihre Stimme bebte, und sie sah Freya an, als sei diese ein besonders hässlicher Käfer.

Wemke konnte sich das Verhalten nicht erklären.»Ich habe

Ihnen doch von ihr erzählt.« Sie strich Freya zärtlich über den blonden Schopf.

Die Hofrätin schüttelte entschieden den Kopf und trat näher an die beiden heran. »Nein! Sie haben mir von einer zurückgebliebenen Schwester erzählt!«

Wemke runzelte die Stirn. »Das haben Sie missverstanden. Ich wollte den Irrtum noch korrigieren, doch …«

»Das ist nicht wahr!« Die Stimme der Hofrätin klang schrill, und man konnte förmlich sehen, wie es hinter ihrer Stirn arbeitete.

Beruhigend strich der Hofrat seiner Gattin über den Arm. »Finchen, meine Liebe, lass die junge Frau doch ausreden!«

Sie wischte seine Finger ungeduldig weg und baute sich vor Wemke auf. Angewidert musterte sie ihr Gegenüber von oben bis unten. Und dann entlud sich ein so gewaltiges Donnerwetter über Wemke, dass diese wie vom Blitz getroffen dastand und kaum mehr wagte zu atmen.

»Das ist ja wohl die größte Unverschämtheit, die mir je untergekommen ist! Sie haben es als ledige Mutter gewagt, die von mir angebotene Stellung anzunehmen. Sie haben mich getäuscht und lächerlich gemacht, und das willentlich. Aber ich werde mir Derartiges nicht bieten lassen. Glauben Sie nur ja nicht, dass ich mich von dem Kind auf Ihrem Arm erweichen lasse und Sie in Stellung nehme! Nichts davon. Gehen Sie mir aus den Augen und dorthin zurück, wo Sie hergekommen sind. Sie Lügnerin, Sie Betrügerin!«

Um sie herum war es vollkommen still geworden. Neugierig reckten einige verbliebene Insulaner die Hälse.

Wemke wurde schneeweiß im Gesicht. Sie schüttelte den Kopf. »Ich habe Sie nicht getäuscht, bestimmt nicht! Es ist nicht wahr, dass Freya…«

Die Hofrätin Bartling schnitt ihr mit einer Handbewegung das Wort ab. »Sie sind doch ledig, oder etwa nicht?«

»Ja, aber …«

»Nichts aber! Schweigen Sie still! Ich glaube Ihnen kein Wort mehr.« Sie drehte sich zu der kleinen Menschenmenge um. »Ist ihr das Gör nicht wie aus dem Gesicht geschnitten?«

Etliche nickten eilfertig.

»Und der Vater, wo ist der?« Die Frage der Hofrätin kam wie ein Pistolenschuss.

»Er ist tot«, sagte Wemke leise und ihre Stimme drohte zu brechen. Inmitten der Erniedrigung, der Bloßstellung und der Anschuldigung, eine Lügnerin zu sein, war die Erinnerung an ihren verstorbenen Vater der grausamste Schlag von allen. Ihr Herz schwoll bis zum Bersten an, als sie gegen die Tränen kämpfte. Doch dann konnte sie sie nicht mehr zurückhalten.

»Weinen Sie um den Mann, der Sie verlassen hat, oder darüber, dass Ihre Täuschung keinen Erfolg hatte?«, fragte die Hofrätin spitz.

»Er starb«, korrigierte Wemke leise schluchzend.

»Na, ob ich Ihnen das nun glauben soll?« In der Stimme der Hofrätin lag keine Spur von Mitleid. »Ich denke eher, er ist auf und davon. Auf jeden Fall habe ich Sie durchschaut. Von wegen zurückgebliebene Schwester! Ich habe doch Augen im Kopf und lasse mir nichts vormachen. Eine bodenlose Unverschämtheit ist es, sich als gefallenes Mädchen diese Stellung erschleichen zu wollen. Aber nicht mit mir!«

»Und mit mir schon gar nicht!« Der korrekt gekleidete Mann an ihrer Seite hieb mit seinem Spazierstock dreimal auf den Boden. Er beugte sich zur Hofrätin vor und sagte leise: »Ich werde mich doch nicht mit einer gebrauchten Braut vermählen lassen!« In seine Augen trat ein triumphierender Ausdruck. »Nicht einmal von Ihnen, sehr verehrte Frau Hofrätin. Na, da haben Sie sich mit Ihrer Menschenkenntnis ja wohl zum ersten Mal im Leben getäuscht.« Er setzte seinen seidenen Hut auf und wandte sich zum Gehen. »Ich habe nicht um eine

Braut gebeten. Und anerkannt hätte ich bestenfalls eine Dame mit einem einwandfreien Leumund. Ich lasse mir doch keinen Kuckuck ins Nest legen. Es tut mir leid, aber Sie müssen verstehen, dass ich unter diesen Umständen nicht gewillt bin, mich an Ihrem Spielchen zu beteiligen.«

»Lieber Dr. Hoffmann. Sie brauchen sich selbstverständlich mit diesem Geschöpf nicht abzugeben«, schnurrte die Hofrätin entschuldigend. »Ich werde sie sofort wieder zurückschicken, uns aus den Augen. Ach, wie bedauerlich das alles ist. Diese Enttäuschung!«

Die Hofrätin streckte dem Badearzt bittend beide Hände entgegen, dieser wandte sich jedoch abrupt um und stolzierte davon.

»Finchen, nun erreg dich doch nicht gleich so!«, versuchte ihr Gatte sie zu beruhigen. »Vielleicht klärt sich noch alles auf.« Beschwichtigend griff er nach ihrer Hand, doch sie entzog sie ihm.

»Nichts klärt sich!«, sagte sie entschieden. »Und was Sie angeht«, die Hofrätin sah Wemke an, als hätte sie eine ansteckende Krankheit, »so hat unsere Vereinbarung natürlich keine Gültigkeit mehr. Für ledige Mütter gibt es bei mir keine Arbeit. Die männlichen Badegäste würden Sie doch nur als Freiwild betrachten, und vor derlei Gedanken gilt es die Herren zu schützen. Solches dulde ich in meinem Badebetrieb nicht! Der Dampfer wird sie wieder mit zurücknehmen.«

Wemke fühlte ein Zittern in sich aufsteigen. War ihr vor kurzem noch heiß gewesen, so breitete sich nun eine Eiseskälte in ihr aus. Wie zum Schutz presste sie Freya ganz fest an sich. Das Kind begann daraufhin zu weinen.

»Ich kann nicht wieder zurück«, sagte sie mühsam die Tränen zurückdrängend. »Ich habe alle Brücken hinter mir abgebrochen. Bitte, es ist alles ein Missverständnis! Lassen Sie es mich aufklären«, flehte sie.

Die Hofrätin schnaubte empört und wandte sich zum Gehen.

Wemke schloss für einen Atemzug die Augen. Was geschah hier eigentlich? Was unterstellte man ihr? Sie hatte nichts verbrochen, nicht einmal gelogen. Musste sie sich das gefallen lassen? Was erlaubte sich die Hofrätin eigentlich? Wut stieg in ihr auf und brachte die Tränen zum Versiegen. Sie würde sich diese Beleidigungen nicht länger anhören. Wenn sie nur zurück nach Jever könnte! Aber das Geld für die Rückfahrt hatte sie nicht.

»Also gut, ich werde wieder abreisen«, sagte sie schließlich gefasst. »Wenn Sie so von mir denken, dann kann ich sowieso nicht bleiben. Aber ich muss mir das Geld für die Rückfahrt verdienen. Bitte geben Sie mir wenigstens Arbeit. Das sind Sie mir schuldig. Ich werde mir auch für nichts zu schade sein.«

»Ich soll Ihnen etwas schuldig sein?« Die Stimme der Hofrätin überschlug sich fast. »Na, das wird ja immer schöner. Von mir bekommen Sie keinen Lohn. Wer mich hintergeht, dem werfe ich nicht auch noch Perlen hinterher. Sie werden auf der ganzen Insel weder Arbeit noch Unterkommen finden, dafür sorge ich.« Sie wandte sich den umstehenden Insulanern zu. »Habt ihr das gehört? Ich verbiete euch, diesem Frauenzimmer Kost und Logis zu gewähren.«

Sie wandte sich wieder Wemke zu, und ein triumphierendes Lächeln umspielte ihre Züge. »So! Das wäre geklärt. Und nun gehen Sie mir aus den Augen, aber schnell!«

»Bitte!« Das Wort kam nur noch als ein Flüstern über Wemkes Lippen. Das Verhalten der Hofrätin hatte sie wie ein Schlag ins Gesicht getroffen. Diese Dame hatte offenbar das Sagen über sämtliche Inselbewohner. Was sollte sie nur tun, wenn sie sich nicht erweichen ließe?

Plötzlich nahm sie eine Regung hinter sich wahr. Der Mann mit dem roten Haar bahnte sich einen Weg durch die Menge.

Sein hünenhafter Begleiter folgte ihm auf dem Fuße. Beide trugen einfache Kleidung, aber Wemke erkannte sofort, wer von ihnen das Sagen hatte. Der Kleinere strahlte eine Größe aus, die nichts mit seiner äußeren Erscheinung zu tun hatte.

»Ich habe das jetzt lange genug mit angehört«, stieß er aufgebracht aus und bedachte die Hofrätin mit einem vernichtenden Blick. »Sie haben ihr keine Chance gegeben, sich zu der Angelegenheit zu äußern, haben sie erniedrigt und als Lügnerin abgestempelt. So springt man nicht mit seinen Mitmenschen um! Sie werden nicht einfach gehen, sondern dieser Frau jetzt die Gelegenheit geben, alles zu erklären!« Er wandte sich Wemke zu. »Denn es gibt eine Erklärung, oder irre ich mich?«

Wemke brachte ein schwaches Nicken zustande, doch bevor sie etwas sagen konnte, mischte sich die Hofrätin erneut ein.

»Die Sache hier geht Sie nichts an«, giftete sie. »Wer sind Sie denn überhaupt?« Dann, als ginge ihr plötzlich ein Licht auf, musterte sie abschätzig das rote Haar. »Ach, jetzt weiß ich es. Der Kerl, der in der Kate von dieser … dieser Hexe wohnt. – Nein, diesem Meerweib, so nannten die Alten sie immer! Sie haben die Kate von dem Meerweib gekauft.«

»Das ›Meerweib‹ war meine Mutter«, erwiderte der junge Mann mit eiskalter Stimme. »Und Sie sind – auch wenn Sie hier auf der Insel vielleicht eine hohe Stellung bekleiden – in meinen Augen nicht mehr als ein eingebildetes, hochnäsiges Frauenzimmer, und Sie haben nicht das Recht, andere zu beleidigen, ob sie nun tot sind oder lebendig!«

Die Hofrätin schnappte nach Luft. Sie setzte zu einer Erwiderung an, doch anstelle von Worten verließ ein gellender Schrei ihren Mund. Ihre zur Faust geballte Hand fuhr gen Himmel, während sie mit der anderen hektisch ihren Kopf betastete.

Der bärengleiche Hüne erfasste die Situation als Erstes. »Die Möwen wissen, was sich gehört«, rief er. »Sie zielen nur auf die,

die es verdient haben!« Mit schallendem Lachen deutete er auf den Vogel, der über dem Kopf der Hofrätin kreischend seine Kreise zog. Diese wiederum versuchte vergeblich, mit einem Tuch das, was der Vogel zielgenau über ihr hatte fallen lassen und was sonst als Dung der Insel zugutekam, von ihrem Hut zu entfernen.

Der Rothaarige ignorierte die Unterbrechung. »Wenn Sie es auch satthaben, sich all dies bieten zu lassen, dann kommen Sie!« Er streckte Wemke die Hand entgegen. »Mir gefällt die Gesellschaft nicht!«

»Halt!«, rief die Hofrätin fassungslos aus. »Sie können doch nicht einfach …«

»Was?«, unterbrach er sie scharf. »Von Ihnen lasse ich mir zumindest nichts verbieten. Weder bin ich auf die Zuteilung von Gästen angewiesen, noch stehe ich in Ihren Diensten!«

Er wollte sich schon auf dem Absatz umdrehen, doch als Wemke die ausgestreckte Hand nicht ergriff und an Ort und Stelle stehen blieb, hielt er inne.

»Ich kann diese Anschuldigungen nicht einfach so ignorieren und mit Ihnen gehen«, sagte sie, und ihre Augen baten ihn um Verständnis.

»Dann sprechen Sie!« Ermutigend nickte er ihr zu. »Und Sie werden einfach nur zuhören«, ergänzte er an die Hofrätin gewandt.

Wemke hob stolz den Kopf. »Das Kind auf meinem Arm ist meine Schwester Freya, ob Ihnen das nun gefällt oder nicht! Ich habe eine Geburtsurkunde, aus der das eindeutig hervorgeht. Außerdem habe ich Ihnen von ihr erzählt, auch wenn Sie sich vielleicht irrtümlich ein falsches Bild gemacht haben. Freya ist der einzige Grund, warum ich überhaupt auf Ihren Vorschlag eingegangen bin, hierher auf die Insel zu kommen.« Sie sah die Hofrätin eindringlich an. »Wir beide haben eine Vereinbarung getroffen, und ich für meinen Teil halte mich an die Abmachung. Ich bin hier, wie von Ihnen gewünscht, und wenn Sie Ihren Part nicht erfüllen wollen oder können, dann sind Sie es mir schuldig, einen Ausweg zu schaffen, und sei es eine Stellung auf der Insel für eine begrenzte Zeit.«

Wemkes Worte hatten die Hofrätin sichtlich in Verlegenheit gebracht. »Nun gut«, stieß sie zwischen zusammengepressten Zähnen hervor. »Es mag sein, dass ich mich geirrt habe und Ihre Angaben der Wahrheit entsprechen. Wer hätte denn vermuten können, dass Sie eine so junge Schwester haben. Da muss man ja auf falsche Gedanken kommen, nicht wahr?« Zustimmung heischend schaute sie um sich, bevor ihre Augen auf Freya zum Ruhen kamen. »Herrje! Wie alt war Ihre Mutter denn, als sie dieses Kind gebar? Das alleine grenzt ja schon an Unschicklichkeit.«

Wemke sah sie mit versteinertem Gesicht schweigend an.

»Tja, Finchen, dass ich solches noch erleben darf!«, schmunzelte ihr Mann und rieb sich die Hände. »Meine unfehlbare Gattin trifft einmal nicht ins Schwarze. Oho!« Er wandte sich den atemlos lauschenden Insulanern zu. »Damit werd ich mein Frauchen noch eine lange Zeit ärgern können!« Der geheime Hofrat verbeugte sich belustigt vor Wemke. »Vielen Dank!«

»Ach, lass doch deine dummen Bemerkungen«, fuhr seine Frau ihn an. »Mein Urteil hat nicht getrogen. In meinem Herzen wusste ich, dass diese junge Frau unbescholten ist. Aus eben diesem Grund habe ich sie ja in Jever auch ausgewählt. Es war nur das Kind und die Ähnlichkeit. Jeder andere hätte auch angenommen…« Sie brachte den Satz nicht zu Ende, sondern schüttelte nur stumm den Kopf. Dann wandte sie sich mit einem aufgesetzten Lächeln Wemke zu. »Meine Liebe, wollen wir diesen kleinen Disput nicht einfach vergessen? Ich entschuldige mich in aller Form dafür, voreilige Schlüsse gezogen zu haben. Bitte seien Sie nachsichtig mit mir. Und natürlich auch mit unserem verehrten Herrn Doktor.« Die Hofrätin war nun wieder ganz die Alte. Für sie schien die Angelegenheit erledigt. Sie winkte dem Badearzt zu, der das Geschehen aus einiger Entfernung verfolgt hatte. »Kommen Sie, mein Lieber, es hat sich alles aufgeklärt«, rief sie. Hinter vorgehaltener Hand flüsterte sie Wemke zu: » Es wird alles gut, und ich denke, nun steht unserem Handel nichts mehr im Wege.«

Der Fremde hatte die leisen Worte der Hofrätin offenbar verstanden und mischte sich nun in das Gespräch ein. »Was auch immer das für ein Handel ist, Sie brauchen ihn nicht zu erfüllen«, sagte er mit gedämpfter Stimme zu Wemke. »Wenn es um Geld oder Unterkunft geht, so steht Ihnen mein Haus jederzeit zur Verfügung.«

Die Hofrätin schnaubte verächtlich. »Es geht um mehr als das, was Sie zu bieten haben. Kommen Sie, meine Liebe!« Sie griff nach Wemkes Arm. »Ich sehe, dass Dr. Hoffmann auf uns wartet. Überbringen wir ihm die Neuigkeiten.«

Sie legte eine Hand auf Wemkes Rücken und schob sie vorwärts. Zögernd nur entfernte diese sich von dem rothaarigen Fremden, der ihr so unerwartet zur Seite gestanden hatte. Obwohl sie nichts über ihn wusste, wäre sie tausendmal lieber mit ihm gegangen als mit der Hofrätin. Aber so etwas war natürlich undenkbar.

Der Badearzt erwartete sie mit verstörtem Gesicht. Als sein Blick Wemkes traf, sahen beide schnell wieder zur Seite.

»Dr. Hoffmann ist ein höchst anständiger Mensch«, flüsterte die Hofrätin. »Er wird sich sicherlich für sein vorschnelles Urteil genauso entschuldigen wie ich.«

Nach allem, was Wemke bisher von dem Badearzt mitbekommen hatte, bezweifelte sie das.

»Mein Lieber!« Aufgeregt umflatterte die Hofrätin den Arzt. »Es war alles ein dummes Missverständnis. Dieses liebe Mädchen ist so rein wie gefallener Schnee.« Sie versuchte durch ein unbekümmertes Lächeln und die Verwendung weniger Worte die prekäre Angelegenheit für alle zu erleichtern, doch Wemke hob unbehaglich die Schultern. Sie fühlte sich wie eine Ware, über die verhandelt wurde. Und im Grunde war es ja auch nicht mehr und nicht weniger! Unbewusst verglich sie den Arzt mit dem rothaarigen Fremden. Während dieser schlank und drahtig war, wirkte Dr. Hoffmann kantig und ausgemergelt. Seine Haut war von einer durchscheinenden Blässe, die die meisten sicherlich als vornehm bezeichnet hätten. Der Mund war schmal, und seine Augen blickten klug und durchdringend.

Zu ihrer Verwunderung las Wemke nun eine Bitte um Entschuldigung darinnen. Zögerlich trat der Badearzt einen Schritt auf sie zu. »Ich konnte nicht umhin, das Gespräch zu verfolgen«, setzte er an und verbeugte sich leicht vor ihr. »Verzeihen Sie meine ruppigen Worte. Ein solches Verhalten ist eigentlich nicht meine Art, und ich muss mich bei Ihnen entschuldigen. Aber sehen Sie, die Sache ist diese: Ich bin nun schon recht lange Junggeselle, und das auch gerne. Und bis vor wenigen Stunden wusste ich noch nichts davon, dass mir eine Frau fehlt.« Er stockte und Wemke sah, dass die Hofrätin ihm am liebsten ins Wort gefallen wäre.

»Frau Bartling hat mich heute Morgen von der Notwendigkeit einer Heirat unterrichtet, da ich als lediger Mann eine Versuchung für ihre weiblichen Badegäste darstelle. Wenn ich mich nicht fügte, seien meine Tage hier auf Wangerooge gezählt. Als Asthmatiker brauche ich jedoch aus gesundheitlichen Gründen die Inselluft, und so sah ich mich gezwungen, dem *Handel*«, der Arzt betonte das Wort bewusst, »zuzustimmen, und erklärte mich bereit, Sie zu unser aller Nutzen zu heiraten. Ich habe mir viele Gedanken darüber gemacht, welche Art Person sich auf die Anzeige der Frau Geheimen nur gemeldet haben mochte. Und als alles gegen Sie zu sprechen schien, habe ich vorschnell ein Urteil über Sie gefällt, meine

Liebe, und nach dem letzten Strohhalm gegriffen, um der Vermählung doch noch zu entgehen.« Er bedachte Wemke mit einem entschuldigenden Lächeln. »Dabei haben Sie, wie ich unschwer erkennen kann, Ihre eigenen Gründe, die für eine Vermählung mit mir sprechen. Und es steckt keine Geldgier dahinter. Das ist sehr beruhigend für mich.«

Wemke lächelte Dr. Hoffmann zu und hob Freya in die Luft. »Diese junge Dame hier ist mein alleiniger Grund. Wir beide suchen ein Zuhause.«

Dr. Hoffmann strich dem Kind über die Wange. Dann nickte er und räusperte sich. »Ich kann Sie verstehen.« Seine Züge sahen jetzt viel entspannter aus. »Die Kleine ist wirklich entzückend.«

Über Freyas Lippen kam ein gurrender Laut, und sie griff nach seiner Hand. »Freya scheint ihn zu mögen«, dachte Wemke verwundert.

»Sie sollten mich Konrad nennen«, sagte Dr. Hoffmann und streckte ihr die Hand entgegen. »Ich denke, das wäre unter den Umständen wohl angebracht.«

»Konrad«, murmelte Wemke mit unsicherer Stimme. »Und mein Name ist Wemke.«

Scheu musterte sie den Arzt, der sie seinerseits stumm und mit einer tiefen, nachdenklichen Falte auf der Stirn ansah. Sie konnte nicht ausmachen, was in seinem Kopf vorging. Musste sie sich trotz seines sanften Gebarens vielleicht doch vor ihm und vor allem, was noch kommen sollte, fürchten? Plötzlich überkam sie der Wunsch, einfach davonzulaufen. Sie wandte sich hilfesuchend um, doch der rothaarige Fremde war verschwunden.

Der Arzt schien ihr die Bedenken vom Gesicht abzulesen. »Sie brauchen sich nicht zu ängstigen.« Er seufzte und verzog gequält den Mund. »Was haben wir beide uns da nur eingebrockt? Oder besser gesagt, was haben *Sie* uns da nur eingebrockt!« Grimmig betrachtete er die sonst so wortgewandte Hofrätin, die sich zu Wemkes großer Verwunderung während des Gesprächs schweigend im Hintergrund gehalten hatte. Auch schien sie nicht auf die Vorwürfe des Badearztes eingehen zu wollen.

»Wir werden das Beste daraus machen«, sagte Wemke schließlich mit fester Stimme, und Dr. Hoffmann nickte zustimmend.

»Frau Hofrätin, Sie waren sich Ihrer Sache ja sehr sicher und haben bestimmt schon alles vorbereitet, nehme ich an?«, sagte er nun spitz.

Diese ignorierte seinen Tonfall und nickte. »Die Kleine und ihre Ersatzmama werden zunächst in einem der Gästezimmer im Logierhaus unterkommen.« Mit betont fröhlicher Miene strich sie Freya über die runden Ärmchen. »Nach der Hochzeit können die beiden dann zu Ihnen ins Badehaus übersiedeln, Herr Doktor. Wie versprochen erhält Wemke ihre eigenen Räumlichkeiten, die an Ihre angrenzen.«

Bei der Erwähnung der Hochzeit musste Wemke schlucken, und abermals stieg ein beklommenes Gefühl in ihr auf. Dem Badearzt schien es ähnlich zu gehen. Er nickte nur ergeben, und die Hofrätin machte ein zufriedenes Gesicht.

»Alle Kutschen sind nun schon unterwegs. Aber ich denke, wir können den kurzen Weg ins Dorf auch zu Fuß gehen.« Ohne eine Antwort abzuwarten, marschierte sie los.

Ihr Mann hatte sich zwischenzeitlich unaufgefordert zu ihnen gesellt. »Ihr Gepäck, meine junge Dame, wird Ailt, einer unserer Kutscher, ins Logierhaus bringen«, verkündete er Wemke. Er hatte seine liebe Mühe, dem schnellen Schritt seiner Frau zu folgen. »Finchen, Finchen, wie machst du das nur, dass schließlich doch alles so kommt, wie du es willst?«

»Weil ich mich nicht, wie manch anderer, damit abfinde, auf das Schicksal zu hoffen, sondern selbst die Zügel in die

Hand nehme. Das Glück will herausgefordert werden, nicht wahr, Dr. Hoffmann?«

Dieser schwieg. Seine Aufmerksamkeit war bei Wemke und Freya, und als er merkte, wie schwer es Wemke wurde, das Kind zu tragen, streckte er ohne ein Wort die Hände nach der Kleinen aus. Freya legte vertrauensselig ihre Ärmchen um seinen Hals und stieß einen zufriedenen Seufzer aus.

»Nun, er ist offenbar tatsächlich nicht so kalt und hochnäsig, wie der erste Eindruck es vermuten ließ«, dachte Wemke. »Schüchtern und zurückhaltend ist er wohl, aber im Innern scheint er ein fürsorglicher Mensch zu sein. Und auch ihn zwingt eine Notlage dazu, auf die Hochzeit einzugehen.« Aus den Augenwinkeln beobachtete sie, wie er Freya sanft über den Rücken strich. Dass die Kleine ihn offenbar jetzt schon liebgewonnen hatte, sprach am meisten für ihn.

All diese Gedanken brachten sie dem Mann an ihrer Seite näher. Erleichterung wogte in Wemke auf. So gab es also doch noch eine Chance für sie, auf dieser Insel, wenn schon nicht das Glück, so doch Geborgenheit und Frieden zu finden.

Nun, da nicht mehr Freya ihre ganze Aufmerksamkeit galt, sah sie sich neugierig und aufgeregt um. Hier sollte also ein völlig neues Leben für sie beide beginnen! Weiß Gott, es könnte keinen schöneren Ort dafür geben. In der Luft lag der salzige Geruch des Meerwassers. Die untergehende Sonne vergoldete die Wellen. Der Leuchtturm erinnerte Wemke an einen schlanken stolzen Soldaten, der auf die Menschen der Insel achtgab.

Einige Dorfbewohner begegneten ihnen und hoben die Hände zum Gruß. Schon schien sich die Szene am Anleger herumgesprochen zu haben, denn Neugier blitzte in ihren Augen. Wemke jedoch nahm nicht so sehr die Menschen um sich herum wahr. Die Insel selbst faszinierte sie.

»Es ist herrlich hier«, entfuhr es ihr. »Niemand außer Gott könnte einen so wundervollen Ort schaffen.«

Dr. Hoffmann sah sie erstaunt an. Dann lächelte er zustimmend. Das Lächeln veränderte seine Züge. Es wischte all die Strenge und Verbissenheit fort. Verblüfft beobachtete Wemke die Verwandlung, und dann durchfuhr sie ein warmes Gefühl. Es würde alles gut werden!

12

Wemke saß ganz still auf dem Stuhl, während Gerlind munter plaudernd um sie herumhuschte. Frau Bartling hatte das Dienstmädchen geschickt, damit es der Braut beim Einkleiden und Frisieren half. Zum letzten Mal hielt sich Wemke in dem Zimmer auf, das für eine kleine Weile ihr Zuhause gewesen war. Sie sah fast wehmütig um sich. Alles war hell und freundlich. Blumen standen in jeder Ecke, und aus der Ferne hörte sie das Rauschen des Meeres. »Mir wird das alles fehlen«, dachte Wemke, »doch vielleicht ist es in dem anderen Haus genauso schön.«

»Sie werden sich wohlfühlen beim Herrn Doktor«, sagte Gerlind, als ob sie Wemkes Gedanken gelesen hätte. »Er ist ein so guter Mensch und will immer nur das Beste. Und wenn ich sehe, wie er die Kleine vergöttert! Es ist nicht zu fassen. Wir haben immer alle geglaubt, er mache sich nichts aus Kindern. Ich denke wirklich, Sie haben das große Los gezogen!«

Gerlind, mit ihrer schlanken Gestalt und dem rabenschwarzen Haar, der Stupsnase und den Sommersprossen, war eine lebhafte kleine Person. Wie ein Schwälbchen umflatterte sie Wemke und schwatzte auf sie ein. Sie sprach, wie ihr der Schnabel gewachsen war, und übersah dabei leider manchmal die Gefühle der anderen.

»Sie haben doch sicherlich vor lauter Aufregung heute Nacht kein Auge zugetan«, mutmaßte sie jetzt und musterte Wemke aus neugierigen Augen. »Ich sage Ihnen, das wird ein Spießrutenlaufen werden! Machen Sie sich nur ja nichts aus den abschätzigen Blicken. Das ist nur der Neid darauf, dass sie den Badearzt abbekommen. Nach dem Spektakel am Anleger haben sich natürlich alle das Maul zerrissen. Es hat sich in Windeseile herumgesprochen, dass sich die Frau Geheime erdreistet hat, dem Herrn Doktor eine Braut zu besorgen, und dass sie ihm mit Entlassung gedroht hat, wenn er nicht heiratet. Die Hofrätin hat ja schon so manches fertiggebracht, aber dies schlägt dem Fass wahrlich den Boden aus! ›Wie in drei Teufels Namen hat sie das nur wieder angestellt‹, hör ich die anderen um mich herum fragen.« Gerlind beugte sich zu Wemke hinab und flüsterte vertraulich: »Ich sag kein Wort! Dabei hätte ich das Geheimnis natürlich lüften können. Weiß ja, dass Sie sich auf die Anzeige hin gemeldet haben. Wenn ich noch an all die anderen Damen denke!« Sie schüttelte sich übertrieben. »Wie die herausgeputzt waren. Und das auf eine ganz billige Art. Wie Käufliche sahen sie aus, und einige waren wohl auch von der Sorte. Sie dagegen wirkten so frisch und natürlich. ›Gerlind‹, hab ich bei mir gedacht, ›diese wählt die Frau Geheime oder keine‹. Und nun sitzen Sie hier vor mir als Braut.« Sie seufzte zufrieden, als sei dies allein ihr Verdienst, und fing an, ein Liedchen zu summen.

Wemke hing derweil ihren eigenen Gedanken nach. Natürlich war ihr bewusst, dass heute das gesamte Inselvolk auf den Beinen sein würde. Einige, weil sie sich dem Badearzt verpflichtet fühlten, aber die meisten würden aus Neugier der Hochzeit beiwohnen. Die Frau Geheime hatte in der Gaststube einen Umtrunk ausrichten lassen. Niemand hatte es ihr ausreden können. Wemke biss die Zähne zusammen. Was war das alles doch für ein Schauspiel – mit ihr, und natürlich ihrem Bräutigam, in der Hauptrolle. Doch jetzt, in diesem Augenblick, wollte sie nicht daran denken. Diese kurze Zeit wollte sie nutzen, um Kraft zu schöpfen für das, was kommen mochte.

Wemke schloss die Augen, ignorierte die summende Gerlind und spazierte in Gedanken auf versteckten Pfaden zum Strand. Sie sah die Wellen vor sich, hörte die Schreie der Möwen und ergötzte sich am Farbenspiel der Sonne, die vor ihrem geistigen Auge aufging. Allmählich ergriff eine tiefe Ruhe Besitz von ihr. So war es immer, wenn sie all das, was Wangerooge ausmachte, in sich aufnahm und Teil davon wurde. Sie war hier auf dieser Insel, die sie jetzt schon liebte. Und wenn sie heute den Badarzt heiratete, dann würde dieses Eiland für sie zu einem Zuhause werden. Das war es, was sie ersehnte. Ein Zuhause für sich und Freya. Konnte es etwas Besseres geben im Leben? Was die anderen dachten, durfte sie nicht kümmern.

Für einen Moment nahm, wie schon so oft in den letzten Tagen, das Bild eines Menschen in ihrem Kopf Gestalt an. Sie sah den rothaarigen Fremden vor sich, der bei ihrer Ankunft für sie Partei ergriffen hatte.

Immer wieder schlich sich dieser Mann in ihre Gedanken! Sie hatte allen Grund, ihm dankbar zu sein, doch innerlich hegte Wemke einen unbestimmten Groll gegen ihn. Oder war es ein Groll gegen sich selbst? Bedauerte sie es etwa, nicht seine Hand ergriffen zu haben, nicht mit ihm geflohen zu sein? Ihr ging es doch gut, so wie es war. Was hatte dieser Fremde an sich, dass sie ihm, wenn es nach ihrem Herzen ginge, einfach gefolgt wäre? Sie kannte ihn doch gar nicht!

Wemke schüttelte den Kopf über sich selbst und vertrieb die Gedanken. Als wollte sie dem Anblick des Rothaarigen etwas entgegensetzen, formten ihre Lippen lautlos einen Namen: Konrad. Es fiel ihr schwer, den fünfundzwanzig Jahre älteren Badearzt so zu nennen. Doch sie würde sich schon noch daran gewöhnen. Die geheime Hofrätin hatte veranlasst, dass er in den vergangenen Tagen von seinen Pflichten weitestgehend entbunden war, und so hatten sie gemeinsam die Insel erkunden können. Welche Gefühle Wemke auch immer für oder gegen die Frau Geheime hegte, dieses Entgegenkommen war eine gute Tat gewesen. Wemke hatte den Mann an ihrer Seite schätzen gelernt, und da er ihr nun nicht länger fremd war, fürchtete sie sich auch nicht mehr vor ihm. Und Freya? Wemke lächelte. Innerhalb dieser wenigen Tage hatte das Kind eine große Zuneigung zu dem Arzt entwickelt. Sie begrüßte ihn jedes Mal mit glucksenden Lauten der Freude und streckte, schelmisch gurgelnd, die Arme nach ihm aus. Wemke vermutete fast, dass Konrad es der Frau Geheimen nur wegen Freya verzieh, ihm hinter seinem Rücken eine Braut ausgesucht zu haben.

Vor zwei Tagen hatte Konrad ihr den Kirchenraum gezeigt, in dem die Trauung stattfinden würde. Er befand sich im alten Turm, der inmitten des Dorfes stand. Den Kopf im Nacken hatte Wemke bewundernd hochgeschaut. Der Turm war fünfstöckig, hatte zwei gleichförmige Spitzen und eine weitere, die zwischen den beiden anderen hoch emporwuchs.

Über dem Erdgeschoss, das wahlweise als Eiskeller und Aufbewahrungsort für Strandgut genutzt wurde, befand sich im ersten Stockwerk die Kirche. Sie war durch eine in der westlichen Mauer ausgesparte Treppe zugänglich. Genau vierundzwanzig steinerne Stufen mussten sie hinaufsteigen. Wemke war Konrad mit gemischten Gefühlen in den Raum gefolgt, in dem die Trauung stattfinden würde. Entgegen ihrer Befürchtung war alles sehr hell gewesen. An jeder Seite des Kirchenraums befand sich eine Fensteröffnung. Das meiste Licht fiel von Süden direkt auf den Altar und die sich dahinter befindende Kanzel. Die anderen Fenster waren teilweise von davor angebrachten Logen verdeckt. Gegenüber dem Altar befand sich eine kleine Orgel. Außer den Sitzplätzen auf den Bänken und Logen gab es noch zwei Emporen, auf denen im Stehen dem Gottesdienst beigewohnt werden konnte.

Als sie die Treppe wieder hinabstiegen, erklärte Konrad ihr, wofür die drei über dem Kirchenraum liegenden Geschosse genutzt wurden. Eines war als Wohnung eingerichtet, die früher dem Lampenwärter gedient hatte. Heute wurden manchmal Arbeiter vom Festland für einige Zeit darin untergebracht. Während im Erdgeschoss das besonders sperrige Strandgut lagerte, verwahrten die Insulaner im dritten und vierten Stockwerk alles Übrige. Mit einer außen am Turm befindlichen Winde wurden die Sachen emporgezogen. Die Kirchenglocke befand sich hoch oben in einer Mauernische an der Ostseite des Turms. In Kürze würde diese Glocke die Gäste zum Gottesdienst einladen.

»Haben Sie eigentlich kein Heimweh?«, drang Gerlinds Stimme in ihre Gedanken. Wemke hatte keinen Moment mehr an ihr altes Leben zurückgedacht und schüttelte nur den Kopf. Gerlind nickte zustimmend. »So ist es recht! Man darf nicht zurückschauen. Ich bin nun schon im dritten Jahr hier bei der Frau Geheimen auf Wangerooge, und mir ist Heimweh fremd. Es ist immer so viel Arbeit für mich da, dass ich gar keine Zeit habe, an meine Familie auf dem Festland zu denken. Alle sind stolz darauf, dass ich das Dienstmädchen der Frau Geheimen bin.« Sie richtete sich kerzengerade auf. »Die beiden Mädchen vor mir mussten jeweils nach einem Jahr gehen. Sie hatten sich einen Liebsten zugelegt. Aber ich bin klüger und lass mich nicht mit Männern ein. Außerdem gibt es hier sowieso nichts Gescheites! Der Bademeister ist schon unter der Haube, vom Gesinde ist mir keiner gut genug, und die Männer von der Insel bekommen wir kaum zu Gesicht. Sie haben alle über die Sommermonate auf Schiffen angeheuert. Mit wem also bitte schön sollte ich mich schon einlassen? Etwa mit dem Rothaarigen, der jetzt in der alten Kate der Meerhexe wohnt? Über ihn wird übrigens auch getratscht. Er hat sich wohl schon so einige Feinde gemacht hier auf der Insel. Und wie er mit der Frau Geheimen umgesprungen ist …« Sie schnalzte missbilligend mit der Zunge. »Das wird ihm noch einmal leidtun. An ihr kommt keiner vorbei.«

Wemke war bei der Erwähnung des rothaarigen Fremden zusammengezuckt. Gerlind bezog dies auf ihre Bürstenstriche und fuhr nun vorsichtiger durch die blonden Locken. In einer Schale lagen Inselblumen, die sie in das Haar flocht. Vorsichtig schob sie eine Locke, die sich befreit hatte, in das Kunstwerk zurück. Dann war die Frisur fertig, und das Dienstmädchen trat stolz einen Schritt zur Seite. »Ach, wie wunderschön«, rief sie begeistert und klatschte in die Hände.

Wemke stand auf und betrachtete sich zögernd in dem großen Spiegel. Verwundert schaute sie auf die junge Frau, die ihr ganz fremd vorkam. Sie strich über das neue Leinenmieder und staunte wieder einmal über den leichten, weichen Stoff. Ihre Augen wanderten hinunter zu dem gefältelten Rock, der fast bis zum Boden reichte. Das Hochzeitskleid war aus dunklem Tuch, auf dem winzige helle Blüten verstreut waren. Für den Alltag war es zu edel, aber sie würde es zu den Gottesdiensten tragen können. Mit den Blumen im Haar schien es, als ob der Himmel ein Blütenmeer über ihr ausgeschüttet hätte. Wemke griff nach einem dunklen Jäckchen und zog es über. Beim Gehen raschelte der spitzenbesetzte weiße Unterrock und streifte streichelnd ihre Beine. Sie schlüpfte in die neuen Schuhe und drehte sich langsam vor dem Spiegel.

»Keine Braut könnte schöner sein«, sagte Gerlind bewundernd.

Wemke dachte an die Frau Geheime, die veranlasst hatte, dass dieses Kleid in aller Schnelle für sie gefertigt wurde. Man konnte der Frau Hofrätin viel nachsagen, aber geizig war sie nicht. Niemals zuvor hatte Wemke ein so teures Gewand besessen. Und sie fühlte sich wohl darin. Für einen Moment zögerte Wemke noch, dann straffte sie die Schultern und trat entschlossen vor die Tür.

Konrad ergriff Wemkes Hand und gemeinsam stiegen sie die vierundzwanzig Stufen zum Eingang der Kirche hinauf. Wemke fühlte sich zittrig und ihr Herz raste.

»Wenn die Glocke nicht läuten würde, könnte Konrad es sicherlich schlagen hören«, dachte sie und legte eine Hand auf ihre Brust. Für einen winzigen Moment verharrten sie an der geöffneten Tür. Die Bänke, die Logen, selbst die Stehplätze waren besetzt. Ganz vorne konnte Wemke Gerlind ausmachen, die Freya auf dem Schoß hielt. Wemke schloss die Augen und dachte an die Kleine. In dem neuen rosa Kleidchen sah das Kind aus wie ein Engel. Das waren Konrads Worte gewesen, als er Freya darin sah. Auch das Kleid seiner Braut schien ihm zu gefallen. Er hatte am Turm auf ihre Ankunft gewartet, und als sie aus der Kutsche stieg und auf ihn zuschritt, waren seine Augen vor Bewunderung ganz groß geworden. Wemke hätte sich darüber freuen sollen, doch plötzlich durchzuckte sie Verzweiflung, und Tränen stiegen in ihr auf. Jedes Mädchen träumte von seinem Hochzeitstag; davon, seinem Liebsten das Ja-Wort zu geben. Aber sie und der Mann an ihrer Seite liebten sich nicht. Daran ließ sich nichts beschönigen.

»Nur eine ist heute glücklich«, dachte Wemke. »Die Frau Geheime kann sich freuen, dass sie ihren Willen wieder einmal durchgesetzt hat.« Doch dann biss sie die Zähne zusammen und ermahnte sich streng: »Hör auf, dich wie ein verwöhntes Kind zu benehmen. Was erwartest du denn? Es ist ein Handel, und dieses ganze Drum und Dran dient doch nur dazu, die Geschichte glaubwürdig aussehen zu lassen. Hast du etwa erwartet, dass Konrad und du euch plötzlich in die Augen sehen und ineinander verlieben würdet? Er muss heiraten, und du brauchst ein Zuhause – das ist alles. Die wenigsten Ehen werden aus Liebe geschlossen und noch weniger enden in Liebe. Heirate diesen Mann und sei zufrieden!« Mit einer energischen Geste wischte sie sich die Tränen aus den Augen.

Dann klang die Glocke zum letzten Mal. Unmittelbar darauf setzte das Orgelspiel ein und Konrad zog sie mit sich fort.

Unruhig ließ Wemke ihre Augen durch den Raum schweifen. Als ihr klarwurde, dass sie unbewusst nach dem rothaarigen Fremden Ausschau hielt, zwang sie ihren Blick nach vorne. So musste sie wenigstens den sensationslüsternen Blicken der Gottesdienstbesucher nicht begegnen. Zwei vergoldete Leuchter zierten den mit einem roten Tuch bedeckten Altar. Die Wachskerzen warfen ein warmes Licht auf das Ölgemälde mit dem Abbild Jesu.

Zwei Stühle standen davor für sie bereit, und der Pastor erwartete sie. Er hieß Johannes Wurpts, und Wemke hatte ihn gestern kennengelernt. Pastor Wurpts war ein großer, schlanker Mann mittleren Alters. Auf der flachen Nase trug er ein Augenglas, das ihm ständig nach vorne rutschte. Überschwänglich begrüßte er das Brautpaar und die Gäste, um dann, unterbrochen von einigen Liedern, die Trauung vorzunehmen. Wemke blieb von allem nicht viel in Erinnerung. Einzig die Predigt von der Liebe Gottes und der der Liebenden untereinander ließen ihr vor Verlegenheit die Röte ins Gesicht steigen. Die Worte hätten bei diesem Hochzeitshandel unpassender nicht sein können. Doch der Pastor meinte es sicherlich gut. Er lächelte dem Brautpaar zu und zeigte dabei seine ungewöhnlich großen Vorderzähne. Wemke lächelte gequält zurück.

Nach der Trauung schoss sofort die Hofrätin auf sie zu. »Was für ein wunderschönes Paar«, rief sie ein ums andere Mal.

Auch der Pastor überbrachte den Frischvermählten seine Glückwünsche. »Welch eine strahlende Braut«, sagte er lächelnd zu Wemke, die prompt errötete. »Was für ein wundervoller Tag für eine Hochzeit, Doktor Hoffmann.« Er klopfte dem Badearzt auf die Schulter. Dieser betastete verlegen das eng sitzende Halstuch und murmelte etwas Unverständliches.

Wemke spürte fast körperlich die vielen neugierigen Augen in ihrem Rücken. Sie holte tief Luft. Dann drehte sie sich strahlend um, wie man es von einer frischgebackenen Braut erwartete, und betrachtete die Menschen. Die meisten waren ihr fremd, doch diese Insulaner würden nun ihre Nachbarn werden, vielleicht sogar Freunde. Die Bäckersfrau mit ihren drei Kindern, der drahtige rothaarige Junge mit dem spitzbübischen Gesicht, die alte Insulanerin in ihrer Tracht. Der rothaarige Fremde war nicht gekommen. Wemkes Lächeln erlosch und sie schaute zu Boden. Wieso bloß bekam sie sein Bild nicht aus dem Kopf und hielt sogar heute, an ihrem Hochzeitstag, nur nach ihm Ausschau? Ohne dieses Zusammentreffen am Hafen wäre sie jetzt vielleicht nicht der glücklichste Mensch auf der Welt, aber immerhin zufrieden. Doch die Begegnung mit ihm hatte etwas in ihr wachgerüttelt.

»Er hat irgendwie etwas Weises an sich«, dachte Wemke bei sich. »So eine beruhigende Art, die einen unwillkürlich in ihren Bann zieht. Vielleicht lässt er mich deshalb nicht los.«

Doch ihr Herz wusste es besser und ließ sich nicht länger verleugnen. Plötzlich verstand Wemke, dass es das war, wovon der Pastor in seiner Predigt gesprochen hatte. Liebe. Auch wenn sie den Mann kaum kannte, eine andere Wahrheit gab es nicht. Der rothaarige Fremde hatte einen Weg in ihr Herz gefunden. Doch sie war nun nicht mehr frei.

13

Die Insel war ihm vertraut geworden. Die Endlosigkeit des Meeres, das Auf und Ab der Dünenkette, der karge Bewuchs und die vereinzelten Häuser an den versandeten Wegen. Er hatte auch das nächtliche Seufzen und Wispern lieben gelernt, und morgens erwachte er lächelnd mit dem Meeresrauschen im Ohr. Es wehte ein frischer Wind, und Jeels genoss es, sich ihm entgegenzustellen. Während der Schäferhund immer einige Schritte vorauseilte, hing Jeels seinen Gedanken nach. Sie gingen unweigerlich zu der Fremden, die vor nicht allzu langer Zeit auf die Insel gekommen war, um den Badearzt zu heiraten.

Wie gut, dass er nicht zu der Trauung gegangen war. Er hätte es nur schwer ertragen. Diese Frau brachte Unruhe in sein Herz, das sich doch gerade erst wieder von der Trauer um den Vater erholte.

Jeels presste die Lippen zusammen. Er hatte sich in den letzten Jahren manches Mal eine Partnerin gewünscht. Da war die Sehnsucht in ihm nach einem Menschen, dem er voll und ganz vertrauen konnte. Der Traum von einer Gleichgesinnten, bei der man wusste, dass alles, was man sagte, verstanden würde, und bei der man sich geborgen fühlte. Und nun war es ihm, als sei sie, diese Fremde, der Mensch, den er ersehnt hatte.

Sicher nur eine Verrücktheit von ihm, geboren aus der Einsamkeit, die ihn fern von allem Vertrauten hier umgab. Er kannte diese Frau überhaupt nicht, wusste nicht, was sie dachte und fühlte. Seine Empfindungen waren einfach lächerlich! Außerdem war sie für ihn jetzt ohnehin unerreichbar.

Jeels stöhnte leise auf und fuhr sich mit der Hand durchs Haar. War sie jemals erreichbar gewesen? Wieder und wieder stellte er sich diese Frage. Hatte er eine Chance vertan?

»Worin hätte die Chance denn wohl bestehen sollen?«, fragte eine zynische Stimme in ihm. »Hättest du sie etwa anflehen sollen, ihr Tun zu überdenken, mit dir zu kommen, statt dem Badearzt zu folgen? Sie hätte dich für verrückt gehalten!«

Sein Herz schlug jetzt so heftig, dass er meinte, das Geräusch müsste die Brandung übertönen, die auch in den Dünen noch zu hören war. Jeels blieb stehen und sah lange zu den Wolken am Himmel auf. Gleichmütig glitten sie dahin und ließen ungerührt das Land unter sich zurück. Langsam beruhigte er sich. Sein Verstand gewann wieder die Oberhand. Was auch immer hätte sein können – es war zu spät! Warum also noch grübeln, warum das Herz quälen? Je eher er sich damit abfand, desto besser.

Jeels zwang sich, die verwirrenden Gedanken zur Seite zu schieben und sich auf das zu konzentrieren, was heute sein Anliegen war. Seine Augen suchten nach Benno. Dieser schien sich als Anführer zu fühlen und drehte ihm ungeduldig den Kopf zu. Es war nicht so einfach, dem Hund zu folgen, der trotz seiner Größe elegant durch das Inselgestrüpp glitt. Die Vegetation bestand hier größtenteils aus niedrigem Gebüsch. Aber bald schon konnte Jeels wieder freier schreiten. Der kaum sichtbare Pfad mündete nach einiger Zeit in eine kleine Lichtung, an deren hinterem Rand eine Hütte kauerte. Die Wände des alten Hauses waren weiß gekalkt. Reet lag auf dem Dach, und helle Gardinen zierten die kleinen Fenster. Weit ab von den anderen Häusern stand die Kate in den Dünen. Eine schwache Rauchfahne, die in den tiefblauen Himmel aufstieg, war das einzige Zeichen dafür, dass das Häuschen bewohnt war.

Benno war an der Haustür angelangt und setzte sich abwartend auf die Schwelle. Mit seinen goldgelben Augen blinzelte er in die Sonne. Beim Näherkommen bemerkte Jeels, dass die Tür der Kate offen stand. Gut. Dann war zumindest jemand daheim. Er bückte sich, um unter das tiefe Reetdach zu gelangen. Gerade als er durch die Tür treten wollte, stieß er mit einer Frau zusammen. Sie wich keinen Schritt zurück, so dass er wieder ins Freie trat.

»Nanu?« Die Ältere musterte ihn von oben bis unten. »Wer hat denn dich hierhergezaubert?«

Das Gesicht der Insulanerin bestand aus vielen tausend Falten. Um den Kopf gebunden trug sie ein Tuch und aus dem gleichen dunklen Stoff ein Kleid, das schon an zahlreichen Stellen gestopft worden war. Ihre Füße steckten in derben Lederschuhen, die vielleicht einmal einem Mann gehört haben mochten. Das Gesicht der Alten wurde von einem kräftigen Kinn beherrscht, das sich kampfbereit in die Welt zu recken schien. Über dem schmalen Mund saß eine beachtliche Nase. Zwei stahlgraue Augen wanderten neugierig zwischen Mann und Hund hin und her.

»Ich wünsche Ihnen einen guten Tag«, sagte Jeels höflich und nahm die Mütze vom Kopf.

Die Augenbrauen der Alten flogen in die Höhe, als sie sein rotes Haar sah. »Ah«, murmelte sie leise und seufzte schwer. »Tage mit Überraschungen sind selten gut. Also, was willst du von mir?«

»Ich habe gehört …« Jeels stockte und sah hinab auf die Mütze in seinen Händen. Die Unfreundlichkeit der alten Frau verunsicherte ihn. »Ich bin Jeels van Voss. Sie sollen meine Mutter gut gekannt haben.«

Die Alte nickte kaum merklich. »Das stimmt wohl. Reemke. Sie war ein merkwürdiges Mädchen, immer schon. Na ja, wen wundert es? Aber mir machte das nichts.«

»Ich bin bei meinem Ziehvater aufgewachsen. Er ist gestorben, und ich habe jetzt erst erfahren, dass ich hier, auf Wangerooge, geboren wurde«, erklärte Jeels. »Von meiner Mutter weiß ich auch erst seit kurzem. Ich möchte so gerne mehr über sie erfahren. Doch niemand scheint Umgang mit ihr gehabt zu haben.« Er blickte die Alte flehend an. »Krischan hat mich zu Ihnen geschickt.«

»Krischan.« Sie verzog den Mund. »So ein kluger Kopf, aber verbringt seine Tage damit, sich als Strandstrolch verhöhnen zu lassen, anstatt den anderen zu zeigen, was er wert ist.«

»Ich glaube, er ist dabei, es den anderen zu zeigen. Jetzt, da er für mich arbeitet«, warf Jeels zaghaft ein.

»Dann stimmt es also.« Sie sah ihn prüfend an. »Mein Enkelsohn hat mir davon erzählt. Und außerdem auch, dass du ihm aus der Patsche geholfen hast. Deshalb will ich mich erweichen lassen. Schließlich habe ich dazu beigetragen, dich zur Welt zu bringen. Du hast dich mächtig herausgemacht, mein Junge. Nur dieses rote Kraut ist unverändert.« Sie wies auf seinen Haarschopf.

Die Alte trat ins Haus und kehrte mit einer Schale Wasser für den Hund zurück. Dann bat sie Jeels in ruppigem Ton herein. Er folgte ihr zögernd. Obwohl es Sommer war, lag ein beißender Brandgeruch in der Luft. Der ganze Raum schien durchdrungen davon. Durch die kleinen Fenster fiel Sonnenlicht herein und warf unförmige Schatten an die gegenüberliegende Wand. Jeels schaute sich um. Mitten im Raum standen ein Tisch und eine Bank, bei der Feuerstelle zwei Stühle, ein derber aus Holz sowie ein breiter, mit Leder bezogener. Auf ersteren hatte sich seine Gastgeberin fallen lassen, auf letzteren wies sie jetzt. Zu Jeels' Füßen lag der Balg eines Tieres. Bei näherer Betrachtung erkannte er, dass es das Fell eines Seehundes war. Seine Augen weiteten sich, wanderten dann aber neugierig weiter. An der hinteren Wand stand eine riesige Truhe, über der ein Gobelin in verblichenen Tönen hing. Auch auf ihm waren Seehunde zu erkennen. Im Hintergrund lagen Männer auf der Lauer, bereit, sich auf die Tiere zu stürzen.

Direkt vor ihm bei der Feuerstelle waren allerlei Behälter aus Keramik und Zinn in verschiedenen Formen aufgereiht. Bündel mit Kräutern hingen von der Decke.

»Setz dich endlich«, befahl die alte Frau. »Maulaffen feilhalten kannst du später noch.«

Obwohl man der Alten kaum Höflichkeit nachsagen konnte, folgte Jeels ihrer Aufforderung. Die Frau nahm zwei Schalen, füllte sie und streckte ihm eins der Gefäße entgegen.

»Willkommen, van Voss, auf der Insel. Ich bin Tedamöh, aber damit erzähl ich dir sicherlich nichts Neues.« Sie prostete ihm zu.

Jeels nickte. »Ich weiß, dass Sie meinem Stiefvater geholfen haben, damals nach meiner Geburt.« Er neigte leicht den Kopf in Tedamöhs Richtung, wie um ihr zu danken. »Und jetzt sind Sie so gütig, mich zu bewirten.« Er hob seinen Becher und lächelte leicht verschmitzt. »Fast könnte man Sie für freundlich befinden.«

»Freundlichkeit rechnet sich nicht«, erwiderte Tedamöh knapp. »Ich bin es nur im allerhöchsten Notfall, und selbst dann nützt es mir wenig.« Sie verzog das Gesicht und nickte mit dem Kopf zur Wand. »Dahinter befindet sich ein wunderschönes Quartier, das leider in diesem Jahr unvermietet bleiben wird. Die allerwerteste Frau Hofrätin hat sich an meinem Benehmen gestoßen.«

»Ich hörte davon«, sagte Jeels bedauernd.

Tedamöh machte eine wegwerfende Handbewegung. »Es fällt mir einfach zu schwer, mich zu verstellen. Doch genug davon.« Sie verengte die Augen, atmete scharf ein und musterte Jeels prüfend. »Du bist also zurückgekehrt.« Ihre Augen schienen ihn zu durchbohren. Schließlich stieß die Alte die

Luft aus und entließ ihn aus ihrer Musterung. Sie schnalzte mit der Zunge und sagte leise: »Meine Augen sehen natürlich nur die äußere Hülle. Doch ich will wissen, wie dein Wesen ist und ob du«, sie zögerte einen Moment, »die Gabe hast. Wenn ja, wofür nutzt du sie?«

Jeels sank ein wenig in sich zusammen. Doch dann straffte er die Schultern. Es gab nichts, wofür er sich schämen musste. »Ja, ich habe eine außergewöhnliche Gabe«, sagte er fest, »und ich nutzte mein Können, um Menschen zu helfen.« Jeels erzählte der Alten, dass er Arzt war. Zu seinem eigenen Erstaunen breitete er sein ganzes Leben vor ihr aus. Mit unbewegter Miene hörte sie ihm zu.

»Ist dein Können eine schwere Bürde für dich?« Ehrliches Interesse sprach aus ihrer Frage.

Jeels schüttelte den Kopf. »Ich sehe es eher als ein Geschenk und habe niemals daran gedacht, es zu meinem eigenen Vorteil zu nutzen. Die Gabe macht mich sehr empfänglich für Spannungen und Gefühle zwischen den Menschen. Und manchmal brennt es höllisch in meinen Händen. Aber ich hatte das Glück, unter liebevollen Augen aufzuwachsen, und so mit meinem Können umgehen zu lernen. Niemals habe ich etwas verbergen müssen vor meinem Ziehvater.«

Tedamöh nickte nachdenklich. »Das hoffte ich damals, als ich dich in seine Hände gab. Dieser Mann besaß ein großes Herz, auch wenn er es zu dem Zeitpunkt unseres Kennenlernens vielleicht noch nicht wusste. Ich bin froh zu hören, dass ich mich nicht getäuscht habe. Ich glaube dir, dass du Gutes tust.« Die Insulanerin schaute ihn wohlwollend an und ließ sich in ihren Stuhl zurücksinken. »Da ist so was in deinen Augen. Weißt du, es gab genug von deiner Art, die ganz anders waren …« Ihr Blick schweifte ab ins Leere.

Jeels hatte sich angespannt aufgerichtet und umschloss die Armlehnen des Stuhls mit beiden Händen. »Erzählen Sie mir davon, bitte. Von meiner Mutter, meinen Vorfahren. Wer waren sie, und woher kam meine Familie?«

»Familie?«, entgegnete sie abschätzig. »Eine Familie gab es für keinen van Voss. Auch für deine Mutter nicht.« Sie beugte sich zu ihm vor. »Doch mein Jungchen, eines vorweg: Wenn du dich mit mir unterhalten willst, dann lass mal das höfliche Getue beiseite. Ich bin Tedamöh und keine Hochgestellte, die man siezen muss.«

Jeels nickte ergeben, bevor seine nächste Frage aus ihm heraussprudelte. »Du sagst, es gab keine Familie für uns?« Verwirrung spiegelte sich auf seinem Gesicht. »Es muss doch Eltern und Kinder gegeben habe, Großeltern …«

»Nein.« Nur dieses eine Wort. Dann schwieg Tedamöh eine Weile. »Lass es uns anders angehen«, sagte sie schließlich. »Ich werde dir von dem ersten van Voss erzählen, damit du begreifst, was ich meine. Sein Aussehen wird dir bekannt vorkommen, denn auch er verfügte über jene auffälligen Merkmale, die alle van Voss seit jeher gemein haben. Er war ein Mann von kleinem Wuchs, doch gleichwohl stolzer Haltung, mit rotem Haar und einer Augenfarbe so grüngrau wie das Meer. Von welchem Geschlecht er abstammte, weiß niemand zu sagen. Er sei hier gestrandet, erzählen die Alten. Aus dem Meer gekommen, sagen sie. Kein Schiff war in der Nähe und niemand hatte etwas von einem Unglück vernommen. Dein Vorfahre wusste angeblich selbst nicht mehr, wer er war und woher er kam. Und so nannten ihn die Insulaner van Voss, vom Fuchs, wegen der roten Haare. Es kam das Gerede auf, er entstamme einer fremden Art, er sei ein Meermann, verstoßen von seinem Volk. Das rote Haar und die ungewöhnlichen Augen verstärkten die Vermutung noch.

Andere glaubten, der Teufel habe ihn geschickt, und in dessen Auftrag übe er seine unheimlichen Fähigkeiten aus. Denn dein Vorfahre vermochte wahrhaft Seltsames. Der Mann konnte Dinge erspüren, die kein Auge sah. Er konnte Heilung bringen, wo es keine Hoffnung mehr gab. Aber auch Unglück verbreiten und Menschen und Tiere zu Krüppeln werden lassen.

Der erste van Voss machte eine große Sache aus seiner Gabe. Fragte man ihn um Hilfe, so bedurfte es dreier brennender Kerzen und vieler Beschwörungsformeln, bevor er sein Tun begann. Und glaub nicht, dass er jedem nur half! Im Gegenteil! Es wird erzählt, dass er Vergeltung suchte, indem er durch kräftiges Händeschütteln Gliedmaßen ausrenkte, oder seinen Feinden Verwünschungen an den Kopf warf, die sich erfüllten. Wasserstellen versiegten, Häuser wurden Opfer des Sturms, Tiere verendeten. All dies rechnete man ihm zu.

Der erste van Voss genoss die Macht, die er besaß, und schürte den Aberglauben der Insulaner. Er sprach selbst davon, mit dem Teufel im Bunde zu sein. Am Ende fürchtete sich jedermann vor ihm, und so war dein Stammesvater wohl mächtig, aber, wie jeder van Voss nach ihm, auch einsam. Es wird erzählt, dass er im Alter zusammenschrumpfte, irgendwie kleiner wurde und breiter. Garstig und wundersam anzusehen. Viele glaubten, er werde nun dem Teufel immer ähnlicher. Aber wie ich am eigenen Leibe erfahren muss, werden wir alle älter und schrumpfen zusammen.« Sie zuckte resigniert die Schultern. »Ob dein Stammesvater also tatsächlich mit dem Teufel im Bunde war, das weiß niemand so genau. Es ist zu bezweifeln.« Sie beugte sich verschwörerisch zu Jeels vor. »Ich, mein Sohn, glaube im Grunde meines Herzens gar nicht an den Teufel, sondern halte ihn für eine Erfindung der Menschen. Es muss ja einen Sündenbock für alles und jedes geben. Besonders wenn man für die eigenen Missetaten nicht geradestehen will. Und die Prediger halten den Teufelsglauben doch nur so hoch, damit sie uns Angst einjagen können und wir sie ebenfalls fürchten und achten. In Wahrheit will ich nur zu gerne den Teufel verleugnen und lieber an einen gütigen Gott glauben. An einen, der den Menschen barmherzige Liebe entgegenbringt. Tatsache ist und bleibt jedoch, dass dein Vorfahre viele geheimnisvolle Dinge konnte.«

Jeels hatte Tedamöh schweigend gelauscht. Jetzt beugte er sich zu ihr vor. »Ich war auf dem Friedhof. Auf den Grabtafeln meiner Vorfahren finden sich Muscheln und ein Dreizack. Weißt du, was das zu bedeuten hat?«

Tedamöh nickte. »Bei deiner Mutter sind es mit Muscheln gefüllte Hände. Bei uns auf Wangerooge sagt man, dass große Muscheln ein Geschenk der Nixen sind. Die Meerfrauen wollen mit dieser Gabe Abbitte leisten für das Böse, das die Meermänner den Menschen antun. Und mit diesen Meermännern wurden die Van-Voss-Männer verglichen. Deshalb wurde auf deren Grabtafeln häufig der Dreizack als Motiv verwendet. Er ist nicht nur die Waffe des Meeresgottes Neptun. Oftmals wird auch der Teufel mit einem Dreizack dargestellt.

Du siehst also, die Menschen hier werden glauben, dass auch du mit dem Teufel gemeinsame Sache machst. Nicht alle, aber einige. Besonders die Älteren, die dem Aberglauben noch stärker anhängen. So wie deine Mutter für sie eine Zauberin war. Und daher wird dir hier so mancher mit Misstrauen begegnen.« Sie nahm bedächtig einen langen Schluck aus ihrer Schale. Dann griff sie nach dem Krug und füllte beide Becher wieder auf.

Es herrschte eine eigentümliche Stimmung zwischen ihnen, die sich Jeels nicht erklären konnte. Wäre da nicht ihre Unfreundlichkeit gewesen, er hätte es Vertrautheit genannt.

»Du sagst, mein Vorfahre sei einsam gewesen. Niemand wollte etwas mit ihm zu tun haben. Aber er hat Nachfahren in die Welt gesetzt. Er muss sich eine Frau gesucht haben …«

Tedamöh unterbrach ihn seufzend. »Er hat sich eine Frau *genommen,* so ist es gewesen. Keine wäre freiwillig bei ihm geblieben.«

Jeels zuckte zusammen.

»Es war die Tochter des Pastors, die er sich erwählte, so erzählt man sich. Vielleicht, um das Grauen noch zu schüren. Einer, der des Teufels ist, nimmt sich etwas Göttliches. Er schwängerte dieses arme Mädchen, und danach wandten sich alle von ihr ab. Sie soll sich nach der Geburt des Sohnes das Leben genommen haben. Man sagt, aller Lebenswille verließ sie angesichts des roten Haars und der grünen Augen.

Weißt du, die Männer deines Blutes haben sich schon immer genommen, was sie wollten. Und meistens wurden die Frauen an ihrer Seite nicht alt. Wenn man keine Liebe empfängt, sondern nur Besitz ist, dann hängt man nicht am Leben.

Deine Großmutter dagegen, Jeelke van Voss, war anders. Sie hat es lange ausgehalten an der Seite ihres Mannes. Eine Tochter, deine Mutter, hat sie ihm geboren. Und dieses Kind gab ihr die Kraft, neben ihrem Mann zu leben. Tede hieß er. Ich habe ihn gut gekannt. Er war dem ersten van Voss nicht unähnlich. Deiner Großmutter hat er es zum einen angekreidet, dass sie ihm nur eine Tochter gebar, und zum anderen schürte es seine Wut, dass diese auch noch die Gabe geerbt hatte. Tede hielt nichts von Frauen. Jeelke hatte unter seiner Wut und Boshaftigkeit schwer zu leiden.

Reemke verabscheute den Mann, der ihr Vater war. Sie allein hatte den Mut, sich gegen ihn zu stellen. Immer wieder versuchte sie, die Mutter vor der Brutalität des Vaters zu schützen. Wie oft habe ich das Haus, in dem du jetzt wohnst, aufgesucht, um Jeelkes Wunden zu versorgen. Und wie oft fand ich Reemke vor Wut rasend vor. Dabei war sie im Grunde ihres Herzens die Sanftmut selbst. Ich habe dieses Mädchen von Geburt an gekannt. Sie war ein bescheidenes und liebreizendes Kind und wurde später dann eine kluge Frau, die sich vor nichts und niemandem fürchtete. Auch nicht vor mir. Beharrlich stand sie auf meiner Schwelle und wollte von mir lernen.

Und so weihte ich sie in all mein Wissen ein, während deine Großmutter ihr Lesen und Schreiben beibrachte.

Als Tede starb, wisperten die Insulaner, Reemke habe ihren Vater eigenhändig umgebracht. Doch das glaube ich nicht. Niemand weiß, wie Tede van Voss ums Leben kam. Eines Tages fand man ihn unweit vom Strand tot auf. Keine zehn Tage später starb deine Großmutter. Es war, als sei mit dem Tod des Mannes all ihr Lebenswille erloschen. Reemke bestand darauf, dass die Mutter nicht neben ihrem Mann beerdigt werden sollte, und sie verweigerte dem Vater die Holztafel mit den persönlichen Daten. Nichts sollte an ihn erinnern, nichts von ihm bleiben.«

Jeels erhob sich. Die Worte der Alten hatten ihn aufgerüttelt. Ruhelos ging er zum anderen Ende des Raumes, um schließlich wieder zu seinem Platz zurückzukehren. In seinem Kopf überschlugen sich die Gedanken.

Als die Stille zu lange anhielt, sagte Tedamöh leise: »Du fürchtest dich vor dem Schlechten in deinem Blut?«

»Sollte ich das nicht, nach allem, was du erzählt hast?« Jeels lachte freudlos. »Ich habe die Gabe. Sie wird von Generation zu Generation vererbt und das, wenn man deinen Worten Glauben schenken darf, ohne Ausnahme. Wer weiß, was noch in mir schlummert?«

Tedamöh nickte bedächtig. »Ja, du hast die Gabe. Aber trägst du sie nicht mit Würde? Du hast deine Fähigkeiten als Geschenk angenommen und nie missbraucht. Wir Menschen haben immer die Möglichkeit, zwischen Gut und Böse zu wählen. Und du hast dich für das Gute entschieden. So wie deine Mutter, die ich niemals etwas Schlechtes habe tun sehen. Auch wenn die Insulaner ihr viel Übles zusprechen.«

Jeels versuchte, die Beklommenheit abzuschütteln. »Gut, dass mein Stiefvater über meine Herkunft nichts wusste«, presste er schließlich hervor. »Vielleicht hätte es ihn abgeschreckt.«

Wieder nickte Tedamöh ernst. »Hier auf der Insel hätte dich niemand aufgenommen. So wie niemand bereit war, Jeelke und Reemke zur Seite zu stehen, als ich sie darum bat. Alle fürchteten das Böse. Es war ein Segen, dass der Fremde dich mit sich nahm, fort von Wangerooge.«

Jeels dachte an den Mann, der sein Vater geworden war, und unversehens schossen ihm die Tränen in die Augen. Tedamöh legte eine Hand auf seinen Arm. Als Jeels sich wieder gefasst hatte, holte er tief Atem. Er musste sich zwingen, die Frage zu stellen, die ihm seit Beginn des Gesprächs auf den Lippen gelegen hatte.

»Tedamöh, wer war mein Vater?«

Die Alte spitzte die Lippen. »Ich weiß es nicht mit Gewissheit. Und was man nicht ganz genau weiß, das sollte man lieber für sich behalten.«

»Aber du hast eine Vermutung.« Jeels beugte sich zu ihr vor. Sie nickte nur. »Dann sag es. Ich muss es einfach wissen.«

Tedamöh schüttelte den Kopf. »Es würde nichts nützen. Der Mann ist tot.« Sie schlug die Augen nieder. »Und Jeels, du solltest nicht zu tief in der Vergangenheit graben. Das führt zu nichts Gutem.«

Jeels betrachtete sie nachdenklich. Warum machte sie ein solches Geheimnis um ihren Verdacht? Was steckte dahinter?

»Eines muss ich dir noch erzählen«, unterbrach Tedamöh seine Gedanken. »In der Nacht, als du geboren wurdest, da hat mir Reemke in ihrer schwersten Stunde von Gold und Schmuck erzählt, welchen sie dir zu vererben habe. Sie schien zu spüren, dass es vielleicht kein gutes Ende nehmen würde mit ihr, und bat mich, einen Beutel für dich aufzubewahren. Als dann das Schreckliche geschah und sie starb, da habe ich ihre Bitte völlig vergessen. In mir war nur noch Trauer und außerdem die Sorge um dich und deinen Verbleib. Später dann bin ich in die Kate zurückgekehrt, um dein Erbe an mich zu nehmen. Doch an dem Platz, den sie mir genannt hatte, fand ich nichts außer einigen Haushaltsgegenständen.« Sie zuckte die Schultern. »Vielleicht war Reemke im Augenblick des größten Schmerzes nicht mehr sie selbst und wusste nicht, was sie sagte. Ich kann es mir anders nicht denken. Wie soll das Menschenkind auch zu Geld gekommen sein? Aber so weißt du zumindest, dass sie selbst in dem Moment, als der Tod schon seine Finger nach ihr ausstreckte, nur um dein Wohl besorgt war.«

Tedamöh stützte sich auf die Armlehnen des Stuhls und stand auf. »Und nun ist es genug mit Fragen und Antworten. Eine alte Frau wie ich ermüdet schnell. Ich brauche jetzt einen Happen zu essen und meinen Mittagsschlaf. Du solltest zusehen, dass deine Füße den Heimweg finden.«

Jeels lächelte über diesen groben Hinweis und stand auf. »Darf ich noch einmal wiederkommen oder dich zu einem Gegenbesuch einladen? Es gibt so vieles, was ich noch wissen möchte.«

Tedamöh wackelte nur unbestimmt mit dem Kopf. »Wir werden sehen.«

Von draußen war eine Stimme zu hören. »Ja wenn das nicht der Hund vom Zauberer ist! Du bist aber ein Lieber!«

»Ach«, seufzte Tedamöh, »das ist Onno, mein Enkel.«

Jeels nickte. »Ich habe ihn schon kennengelernt.«

»Seine Mutter ist bei seiner Geburt gestorben und sein Vater, mein Sohn, auf See geblieben. Seitdem lebt Onno bei mir.« Ihre Stimme klang gleichmütig, aber Jeels sah die Trauer in ihren Augen. Dann stieß sie unvermittelt ein liebevolles, meckerndes Lachen aus. »Er ist genauso wenig zu bändigen wie seine alte Großmutter.«

Die Tür flog auf. »Oma, da ist ein Hund draußen, der gehört …« Der Junge verstummte und riss die Augen auf. Dann verbeugte er sich strahlend. »Herzlich willkommen, Herr Zauberer.« Wie eine Trophäe schwenkte er den ehemals verletzten Arm vor und zurück.

Jeels musste gegen seinen Willen lachen. Dieses Kind war auf so charmante Weise spitzbübisch, man konnte ihm einfach nicht böse sein. Seinen Augen schien nichts zu entgehen, und immer erfassten sie sofort das Wesentliche.

»Wenn du mir einen Dienst erweisen willst, Onno, dann nenne mich bitte niemals wieder einen Zauberer.« Er streckte dem Jungen die Hand entgegen. »Wir haben uns zwar schon kennengelernt, aber nicht mit Händedruck. Ich heiße Jeels!«

Stolz schüttelte Onno ihm die Rechte. »Meine Oma hast du auch schon kennengelernt, wie ich sehe.« Er trat nahe an Jeels heran. »Sie ist nicht so kratzbürstig, wie es den Anschein hat«, raunte er ihm zu.

»Ich verstehe«, wisperte Jeels lächelnd zurück.

»Es gehört sich nicht zu flüstern, Onno. Du gehst jetzt in den Stall und holst die Eier, damit ich uns was zu essen machen kann. Und danach kannst du mir mit den Tieren helfen.«

Onno murrte, verschwand aber gehorsam.

»Er ist nicht verkehrt, auch wenn die Leute es sagen.«

»Ich wäre stolz, solch einen Sohn zu haben«, sagte Jeels. Die Alte wandte darauf den Kopf leicht zur Seite, doch wenn ihn nicht alles täuschte, dann sah Jeels, wie sich ihr Mund in dem Moment zu einem breiten Lächeln verzog.

Benno kam ihm schwanzwedelnd entgegen, als er vor die Türe trat. Tief atmete Jeels die frische Meerluft ein, und ihm wurde leicht ums Herz. Es schien, als hätte er auf der Insel weitere Freunde gefunden.

14

Hell stand der Mond am Himmel. Der wichtigste gesellschaftliche Anlass des Tages, das gemeinsame Abendessen, war vorbei. Frau Bartling hatte die Tafel aufgehoben, und alle Gäste nahmen widerspruchslos Abschied von den angebotenen Delikatessen und dem Wein. Sie folgten der Hofrätin zum Pavillon im Park, wo an diesem milden Abend ein Geigenspieler sein Können zum Besten gab. Er wurde begleitet von einem Pianisten, der seinem Instrument Töne entlockte, die wie Regentropfen klangen.

Bei der Errichtung des Pavillons schien ein griechischer Tempel als Vorbild gedient zu haben. Eigens vom Festland georderte dicke Eichenstämme bildeten die Säulen, kunstvoll arrangierte Fichtenbalken die Wände. Oft war der Pavillon Treffpunkt der Badegäste. Nach dem Morgenbaden, zum Kaffee am Nachmittag und – wie jetzt – an den Sommerabenden zum Tanz. Dort oder auch im Logier- und Konversationshaus sorgten mehr als fünfzig Bedienstete über den Tag verteilt für das Vergnügen und die Verköstigung der Gäste. Da gab es Kammerdiener und Badeweiber, Kellner und Köche, Serviermädchen, Wäscherinnen und Garderobenfrauen. Ganz zu schweigen von den Dekorationsmalern, Rechnungsführern und Musikern.

Alleine jetzt eilten sieben Diener umher, um Getränke zu verteilen. Kaffee und Tee wurden gereicht. Die Herren nahmen jedoch zumeist stärkere Getränke zu sich. Die ersten Paare drehten sich auf der Tanzfläche zu den Klängen der Musik.

»Würden Sie mir die Ehre zuteilwerden lassen?« Ein junger Badegast streckte Wemke mit einer leichten Verbeugung die Hand entgegen.

Diese schüttelte den Kopf. »Es tut mir leid, mein Herr. Diesen Tanz habe ich schon meinem Gatten versprochen«, sagte sie mit fester Stimme.

Der junge Mann zuckte bedauernd die Schultern. Wemke eilte zu Konrad. Er stellte seinen Kaffee zur Seite und ließ sich auf die Tanzfläche ziehen. In seinen Armen atmete Wemke auf. Es war am besten, jegliche Annäherungsversuche der männlichen Badegäste im Keim zu ersticken. Nicht in allen Fällen war ihr Trauschein auch eine Garantie dafür, nicht belästigt zu werden. So einfach, wie die Hofrätin sich das vorgestellt hatte, war es nicht. Das hatte Wemke in den letzten Tagen zur Genüge erfahren.

Sie schloss die Augen. Nach einem langen Arbeitstag und weiteren zweieinhalb Stunden in der Gesellschaft der Badegäste war Wemke mit ihrer Geduld allmählich am Ende. Ihr Kiefer schmerzte vom obligatorischen Lächeln, und in ihren Schläfen pochte es. Sie war es leid! All diese sinnlosen, oberflächlichen Gespräche. All diese Menschen mit ihren mehr oder weniger eingebildeten Erkrankungen. Zugegeben, es waren einige darunter, denen die Inselluft tatsächlich zu helfen schien. Asthmatikern wie Konrad beispielsweise. Aber die meisten der Badegäste kamen hierher, um dem zu frönen, was sie am liebsten taten: dem Müßiggang. Es war der schiere Luxus, der ihnen hier auf Wangerooge geboten wurde. Die Mehrzahl der Gäste war im Logierhaus untergebracht. Daran angrenzend befand sich das Konversationshaus, wo auch die Speisen gereicht wurden. Die Gebäude lagen inmitten eines wunderbaren Parks im Westen der alten Vogtei. Im Logierhaus, einem großen, langgezogenen Gebäude mit fünfundvierzig Zimmern, war ein Raum weitläufiger und eleganter als der nächste. Bis zu neun Reichstaler kostete die Unterbringung pro Tag. Ein Betrag, von dem eine Wangerooger Familie nur träumen konnte. Die Gäste, die Hofrätin Bartling den Einheimischen zuteilte, zahlten nur einen Bruchteil dessen. Wer als hochrangig gelten wollte, ließ sich den Aufenthalt auf der Insel etwas kosten. Und von diesen Leuten gab es jede Menge. Für einige von ihnen war der Inselurlaub etwas Gewohntes, Alljährliches, für andere ein neues exotisches Abenteuer.

Anfangs war es Wemke eine Freude gewesen, wieder mit Menschen zusammen zu sein, die ihre Leidenschaften wie Singen, Lesen und Malen teilten, die sich gerne von ihr anregen und schulen ließen. Doch der ständige Umgang mit diesen ach so gebildeten Gästen nagte an ihr. Es gab kein Entkommen vor ihnen, und Wemke konnte es schon bald kaum mehr erwarten, wenigstens für einige Momente alleine zu sein. Die Tage wurden ihr lang, und Freya sah sie nur selten. Es war ein Trost, dass die Kinderfrau so gut für die Kleine sorgte. Die Hofrätin erwartete, dass sich Wemke tagsüber ganz ihren Aufgaben widmete und abends am gesellschaftlichen Leben teilnahm. Wenn Wemke endlich frei hatte, dann schlief das Kind meist schon, und sie selbst fiel todmüde ins Bett. Sie seufzte tief.

»Hast du Sorgen, Liebes?« Konrad strich über ihren Arm, und Wemke rang sich ein Lächeln ab.

»Nein. Mir wird es nur manchmal zu viel, mich Tag und Nacht auf die Fremden einzulassen.«

»Es ist nicht immer so«, beruhigte Konrad sie. »Im Herbst kommen viele Gäste, die eher für sich sein wollen. Und im Winter sind nur noch Einheimische auf dem Eiland. Dann wirst du Zeit für dich haben, für Freya und wir vielleicht füreinander.« Er lächelte sie fragend an. Wemke drückte dankbar seine Hand, wich jedoch seinem Blick aus, während er sie sanft, aber bestimmt über die Tanzfläche führte. Konrad war das Beste, was ihr hätte passieren können. Das sagte sie sich immer wieder. Einen rücksichtsvolleren Mann gab es nicht. Auch nach der Hochzeit waren sie lediglich Freunde geblieben. Ihre Ehe bestand auf dem Papier, und nur dort – so wie er es ihr versprochen hatte. Dafür war Wemke dankbar, denn sie mochte Konrad zwar, aber sie liebte ihn nicht. Deshalb bereitete es ihr Sorgen, dass er scheinbar nach und nach begonnen hatte, mehr für sie zu empfinden.

Nach dem Tanz nahm Konrad sie mit zu seinem Gesprächspartner. Doch bald waren die beiden Männer so vertieft, dass sie nicht bemerkten, wie Wemke sich entfernte. Sie schlenderte langsam an bekannten Gesichtern vorbei, von denen sie bislang aber nur wenigen Namen zuordnen konnte. Es war eine bunte Mischung von Menschen, die hier aufeinandertrafen: Kaufleute und Bankiers in gesetzter Kleidung, reiche Bauern und Pensionäre, würdevolle Beamte und schneidige junge Männer in sportlichen Anzügen und mit seidenen Halstüchern. Die Damen liebten pompöse Abendgarderobe. Eng anliegende Oberteile, mit Rüschenkragen, Schleifenbändern und Unmengen von Spitze verziert, gingen in weite, von Reifen unterstützte Röcke über. Wemke wusste, dass sie in dem blauen Leinenkleid mit den Puffärmeln und dem runden Ausschnitt sehr schlicht aussah. Aber es war zumindest luftig, und sie fühlte sich wohl darin.

Wemke eilte zur Rückseite des Pavillons. Wege zweigten hier in verschiedene Richtungen ab. Zwei elegant gekleidete Damen schwebten an ihr vorbei und bedachten sie mit abschätzigen Blicken.

Der Hofrat kam winkend auf sie zu. Wemke fühlte sich ertappt und errötete. »Sie fliehen also auch, meine Liebe! Na, mich macht diese Strafe des Plauderns mit den Gästen ebenfalls regelmäßig verrückt. Ich kann es manchmal nicht mehr aushalten!« Er fächerte sich, trotz des schon späten Abends, mit seinem breitkrempigen Hut Luft zu. »Wie können so viele

Menschen zusammen nur so wenig sagen? Und wir müssen zu alledem auch noch verständnisvoll nicken.«

Wemke lächelte ihm verlegen zu. »Mein Kopf schmerzt ein wenig, daher wollte ich mich für eine kleine Weile an den Strand zurückziehen.«

»Na, dann will ich Sie nicht auch noch mit meinem langweiligen Gewäsch aufhalten!« Der Hofrat wandte sich zum Gehen.

Wemke beeilte sich, ihm zu widersprechen. »Aber Herr Hofrat, sich mit Ihnen zu unterhalten ist nun wirklich …«

»Lassen Sie nur, meine Liebe«, winkte er ab. »Gehen Sie zum Strand und genießen die Stille. Ich werde den Pöbel«, er nickte in Richtung Pavillon, »derweil ablenken und davon abhalten, Ihnen zu folgen.« Leicht schwankend, denn er nahm schon sehr früh am Abend von dem schweren Wein, stürzte er sich der Menge entgegen.

Wemke wählte einen der wenig begangenen Wege, um ans Meer zu gelangen. Immer wieder behinderten kleine Sandverwehungen ihr Vorankommen. Wemke schaute sich verstohlen um, und als kein Mensch zu sehen war, streifte sie erleichtert zuerst die Schuhe und dann die Strümpfe von den Füßen. Welch ein Gefühl der Freiheit! Wemke grub ihre Zehen in den Sand.

Verlassen lag der Strand vor ihr. Wemke trat auf das Wasser zu. Das Meer zog sie magisch an. Es wirkte wie ein Freund, und einladend lockten die Wellen sie, noch näher zu kommen.

Wemke war dankbar für die Einsamkeit. Sie atmete tief durch und legte den Kopf in den Nacken, um zu den Sternen aufzusehen. Es war eine ungewöhnlich klare Nacht. Der volle Mond schwebte, wie von unsichtbaren Fäden gehalten, am Himmel. Die Sterne hatte er um sich geschlungen wie eine unendlich lange Kette. Zum Greifen nah hingen die glitzernden Perlen am wolkenlosen mattschwarzen Firmament. Abgesehen vom Wellenrauschen, dem Rascheln der Dünengräser und einem gelegentlichen leisen Vogelschrei herrschte völlige Stille. Die ruhige See kräuselte sich im silbrigen Mondlicht. Wemke setzte sich auf einen großen, vom Wasser umspülten Stein und tauchte die Fußspitzen in die heranrollenden Wellen. Sie schob den Rock hoch und öffnete einige Knöpfe ihres Kleides. Einem Impuls folgend zog sie die Nadeln aus ihrer Hochsteckfrisur und schüttelte ihre Locken aus. Welch ein Genuss, den kühlen Wind auf der Haut zu spüren, seine sanften Finger in ihrem Haar. Wemkes Augen schweiften zum Horizont. In der mondhellen Nacht schienen die Entfernungen endlos und unermesslich.

Mit der nächtlichen Einsamkeit überkam Wemke ein Gefühl von süßer Wehmut. Erinnerungen regten sich, Bilder formten sich in ihrem Kopf. Vor ihrem inneren Auge sah sie den Obstgarten, der zu dem kleinen Zuhause ihrer Kindheit gehörte, die benachbarte Koppel, über der an Sommertagen der würzige Geruch von frischem Heu hing. Geburtstage wehten mit dem Duft von frisch gebackenem Kuchen durch ihre Gedanken, und Erinnerungen an Nächte wie diese wurden wach. Lange Spaziergänge hatte sie an warmen Sommerabenden mit den Eltern unternommen. Der Geruch von Lindenblüten, Geißblatt und regennassem Gras stieg ihr in die Nase. In solchen Nächten hatte sie ihre Mutter verstanden, die hinter allem, was geschah, einen großen Plan sah und sich selbst als Teil davon. Wemke musste schlucken. Über das Meer von Einsamkeit hinweg fühlte sie sich auf wundersame Weise wieder mit den Menschen, die sie liebte, verbunden. Wie schön es wäre, sie noch an ihrer Seite zu haben!

Der Kloß in Wemkes Hals wuchs. Selbstmitleid drohte sie plötzlich zu überrollen, so wie die Wellen den Sand. Warum musste sie ganz alleine mit der großen Verantwortung um ihre Schwester auf der Welt stehen? Und was um alles in der Welt tat sie hier auf dieser Insel? All ihre Vorstellungen von einem wundervollen Leben und Geborgenheit hatten sich in Luft aufgelöst. Es gab keine langen Spaziergänge mit Freya und keine heile kleine Welt, die sie sich selbst aufbauen konnten. Sie war gefangen in dem großen Schachspiel der Inselregentin. Eine unwichtige Bauernfigur nur.

Überwältigt von Verzweiflung und Einsamkeit fing Wemke an zu weinen. Lange Zeit ließ sie den Tränen freien Lauf, bis sie sich schließlich die Wangen trockenwischte und tief durchatmete. Längst schon wurden ihre Füße nicht mehr von den Wellen gestreichelt, weil sich das Wasser zurückzogen hatte. Plötzlich spürte Wemke, dass sie nicht mehr alleine war.

Sie sprang auf und sah im ersten Augenblick niemanden. Doch ihre gesträubten Nackenhaare sagten ihr, dass ihr Gefühl sie nicht trog. Und dann erblickte sie ihn. An einen der Badekarren gelehnt stand ein blonder, nicht mehr ganz junger Mann. Er war groß, muskulös und mit seinen markanten Zügen in gewisser Weise gut aussehend. Mit dem zielstrebigen Gang eines Tigers, der Beute wittert, kam er auf sie zu. Seine Augen blitzten und wanderten von ihren nackten Füßen ihre Beine hinauf.

»Na, vor einigen Tagen noch eine glückliche Braut und jetzt schon so verzweifelt?«, fragte er gedehnt.

Wemke fühlte sich nackt unter seinen Blicken. Hastig stand sie auf und zog das Kleid zurecht.

»Guten Abend.« Ihre Worte besaßen nicht den leichten Klang, den sie ihnen hatte geben wollen. »Mir ist nur etwas ins Auge geraten. Ich hatte Kopfschmerzen und habe mich von der Gesellschaft kurz zurückgezogen. Jetzt ist schon alles wieder gut. Aber man wird mich drüben sicherlich bereits vermissen.« Sie wies in Richtung Pavillon. »Ich muss jetzt gehen.«

Als sie sich umwandte, hielt der Fremde sie am Arm zurück. »Nicht so hastig. Wir haben uns einander doch noch gar nicht richtig vorgestellt.« Seine Augen huschten über die geöffneten Knöpfe ihres Kleides. Er fuhr sich mit der Zunge über die Lippen. »Ich bin Wiltert, der Sohn des Gastwirts vom *Ankerplatz*.« Er ließ ihren Arm los und verbeugte sich mit einer großspurigen Geste. »Hier auf der Insel kennt mich jeder. Insbesondere die Frauen.« Er zwinkerte Wemke zu. »Stets zu Ihren Diensten!«

Abrupt griff er nach Wemkes Hand und führte sie an seine Lippen. Zu ihrem Entsetzen spürte sie seine Zungenspitze über ihre Haut gleiten. Mit einem empörten Laut entriss sie ihm ihre Hand.

Wiltert lachte spöttisch. »Bin ich zu forsch? Aber wozu Zeit verschwenden? Wir wissen doch beide, worum es geht.«

Wemke wusste nicht, worauf dieser Mann hinauswollte, aber er machte ihr Angst. Sie griff nach ihren Schuhen, die neben ihr im Sand lagen. Sie musste weg von hier. Sofort!

»Nun hab dich doch nicht so. Grad hast du dir doch die Augen aus dem Kopf geheult, weil der Kurpfuscher zu alt für dich ist. Ich hab's doch gesehen. Du bist heiß und willst Hände auf der Haut spüren. Wir beide hätten viel Spaß miteinander.« Vielsagend zog er eine Augenbraue hoch. »Komm, Mädchen, lass mich dich trösten!« Er fasste sie beim Arm.

Wemke widersetzte sich, doch Wiltert packte nur noch fester zu. »Warum denn so eilig, meine Süße?«

Panik stieg in Wemke auf. Sie spürte, dass ihr Widerwille ihn bloß noch anstachelte. Sie musste einen Weg finden, ihm zu entkommen.

»Weißt du nicht, dass viele Frauen sich danach sehnen, mit mir alleine in einer mondhellen Nacht am Strand zu sein.« Verschwörerisch beugte sich der Gastwirtssohn vor. »Ich bin nicht unerfahren. Es gibt viele weibliche Badegäste, die nur zu gerne einem wilden Hengst ihre Gunst erweisen. Sie lassen es sich sogar etwas kosten. Es gibt da eine kleine Kate, wo wir uns unbemerkt treffen können …«

»Andere mögen sich mit Ihnen treffen wollen«, stieß Wemke gehetzt hervor, »aber mir liegt nichts daran. Ich kenne Sie nicht ...«

»Du kennst mich nicht?« Er verzog gespielt ungläubig das Gesicht. »Das müssen wir unbedingt ändern.« Er lockerte seinen Griff, und Wemke nutzte die Gelegenheit, ihm ihren Arm zu entreißen und loszurennen. Wiltert hatte sie schnell eingeholt. Er gab ihr einen Stoß mit der flachen Hand, die Schuhe entglitten ihren Händen, und Wemke fiel taumelnd in den Sand. Keuchend sah sie zu ihm hoch.

»Dieses Spiel soll es also sein«, lachte er höhnisch. »Die sich am meisten widersetzen, wollen es am liebsten. Ich mag so wilde Katzen wie dich!«

»Bitte lassen Sie mich gehen!«, jammerte Wemke. Sie rappelte sich auf, doch Wiltert stieß sie wieder zu Boden.

»Aber wir lernen uns doch gerade erst näher kennen!« Er hockte sich neben sie und griff ihr ins Haar. Sein Gesicht war ihrem sehr nahe, und seine Augen glitzerten. »Du falsche Katze! Erst lockst du mich mit geschürztem Rock, offenem Haar und bloßen Füßen. Mit deinem Körper, der sich räkelt und ›nimm mich‹ schreit. Und jetzt willst du die Unnahbare spielen. Das ist wohl so deine Art, oder? Macht dir das Lust?«

»Ich wusste doch überhaupt nicht, dass mich jemand beobachtet«, krächzte Wemke. Ihre Kehle war staubtrocken. »Ich wollte niemanden locken, sondern wähnte mich ganz alleine.«

Wiltert kniff die Augen zusammen. »Mach mir doch nichts vor! Keine anständige Frau entblößt sich am Strand. Was glaubst du, wozu die Badekarren gut sind? Und keine anständige Frau geht des Nachts alleine ans Meer. Du wusstest, dass ich da war, und wolltest, dass ich was zu sehen bekomme! Und es hat mir gefallen«, lachte er geifernd. »So gut, dass ich jetzt gerne mehr sehen würde!« Seine Hände griffen nach den

Knöpfen ihres Kleides und zerrten daran. »Du bist eine hübsche kleine Hexe. Viel zu jung und wild für den alten Arzt.«

»Nein!« Wemke schlug um sich. »Lassen Sie mich los.«

»Aber warum denn? Der Spaß fängt doch gerade erst an.« Mit einem schnellen Griff umfasste er ihr Handgelenk mit der Linken und schob seine rechte Hand in den Ausschnitt ihres Kleides. Wemke spürte, dass ihre Angst ihm unbändige Freude bereitete. Verzweifelt versuchte sie, seinen tastenden Fingern zu entkommen, doch Wiltert lachte nur. Gegen seine Kraft konnte sie nichts ausrichten.

»Ich will nach Hause zu meinem Mann. Es wird Sie teuer zu stehen kommen, wenn er erfährt, was hier vorgefallen ist.«

»Zu deinem *Mann* willst du!«, zischte ihr Peiniger verächtlich. »Erzähl mir doch nichts. Im Dorf wispern sie, dass du eine ausgesuchte Braut bist. Und wenn dieser Kurpfuscher nicht einmal Manns genug ist, sich seine Frau selbst zu suchen, dann ist er wahrscheinlich auch noch nicht zu dir ins Bett gekrochen. Deshalb auch das Geheul am Strand. Na, diese Sehnsucht kann ich stillen.« Die derben Worte und die Vorstellung, die sie in seinem Kopf offenbar heraufbeschworen hatten, schienen den Blonden noch mehr anzustacheln. Entsetzt spürte Wemke, wie er ihren Rock hochschob. Sie hörte ihr eigenes Wimmern, als seine gierigen Finger über ihre Haut krochen.

»Bitte nicht…«, schluchzte sie. Übelkeit stieg in ihr auf. Verzweifelt schlug sie mit der freien Hand auf ihn ein.

Wiltert packte sie an beiden Armen und hielt sie fest. Er lächelte in sich hinein. Ursprünglich hatte er sich vorgenommen, dieses schöne Kind langsam und behutsam für sich zu gewinnen. Er hatte geglaubt, sie gehöre zu der Art Frauen, die umworben werden wollten. Wenn es nötig war, dann konnte er seinen Charme spielen lassen, oh ja! Und eine Frau mit Gewalt zu nehmen, das war eigentlich nur ein wenig erstrebenswerter Ausweg. Das hatte er nicht nötig. Doch es gab Frauen, deren Lust erst durch die faszinierende Mischung aus Gewalt und Unterwerfung geschürt wurde. Und auch wenn er es nicht geglaubt hatte, diese kleine Hexe schien zu ihnen zu gehören. Noch dazu – das konnte er nicht leugnen – steigerte gerade dieses Spiel um Macht seine eigene Lust ins Unermessliche. Es stachelte ihn an, bis er kaum noch an sich halten konnte. Er fühlte das Blut in seinen Ohren rauschen. Ja, er wollte diese Hexe, und zwar hier und jetzt. Niemand würde sie stören. Die Insulaner fürchteten die See in der Dunkelheit, und die Gäste der Hofrätin hatten Besseres zu tun. Sie waren sicher schon trunken vom Wein.

Dieses Weib war unerwartet stark, und sie war jetzt wütend, das spürte er. Sie bäumte sich auf und biss ihn in den Arm, dass er aufstöhnte. Er schubste sie zurück in den Sand. Viele Mädchen wurden willig, wenn sie einmal erregt waren. Sie kämpfte stumm und verbissen. Wemke stieß einen verzweifelten Schrei aus. Wiltert legte die Hand auf ihren Mund, doch es war zu spät. Wemkes Schrei war nicht ungehört verklungen.

Jeels war, wie jeden Abend, zu einem Spaziergang am Strand aufgebrochen. Schon von weitem sah er die beiden Menschen, die sich im Sand wälzten. Benno kam mit gespitzten Ohren zu ihm und drängte seinen Kopf an Jeels' Knie. Dieser beschloss umzukehren. »Nur ein Liebespaar, Benno. Da wollen wir nicht stören.«

Der Hund rührte sich jedoch nicht von der Stelle. Sein Nackenhaar war gesträubt. Jeels fragte sich, was den Hund nur so aufregen mochte. Da konnte etwas nicht stimmen, denn so verhielt Benno sich nicht ohne Grund.

Dann hörte er den Schrei und fing an zu rennen.

Aus der Nähe sah Jeels sogleich, was vorging. »Benno, fass!«, befahl er dem Hund noch im Laufen. Er selbst streckte die Hand aus und zog an Wilterts Hemdskragen, dass diesem die Luft abgeschnürt wurde, während Benno nach den Beinen schnappte. Wie ein Berserker fuhr der Gastwirtssohn herum. Er ließ von Wemke ab und in seine Augen trat ein irres Leuchten, als er Jeels erkannte.

»Du schon wieder! Dich hätt ich mir schon vor Tagen schnappen sollen!« Er wollte aufspringen, doch Benno hatte sich an seiner Hose festgebissen. Wie ein unliebsames Insekt versuchte Wiltert den Hund abzuschütteln, fiel jedoch immer wieder in den Sand zurück.

Jeels war unbeschreiblich wütend. So wütend, dass er alles um sich herum vergaß. Es gab nur noch ihn und diesen Schuft. Seine Wut brachte einen Ausdruck in sein Gesicht, der Wiltert aufzurütteln schien und zurückfahren ließ. Die Augen des blonden Mannes weiteten sich, und er hob abwehrend die Hände.

»Tu mir nichts«, wimmerte er zitternd, und seine Stimme klang jetzt wie die eines kleinen Jungen. »Verfluche mich nicht. Tu mir nichts Böses, es war alles nur ein Spaß!«

Jeels starrte die klägliche Gestalt vor sich mit vor Zorn funkelnden Augen an. Er traute seinen Ohren nicht. Was war hier gerade geschehen? Mit diesem winselnden Wurm konnte er nichts anfangen, er wollte einen ebenbürtigen Gegner. Jeels, der bislang jedem Kampf aus dem Weg gegangen war, konnte kaum noch an sich halten.

Benno, durch das Verhalten seines Herrn irritiert, ließ von Wiltert ab. Dieser kam hoch und verlegte sich nun aufs Betteln. »Schlag mich, wenn du willst, um deine Wut zu kühlen. Aber setze deine Kräfte nicht ein! Mein Freund, sie ist es nicht wert. Sie ist nur eine kleine Hure.«

Und dann schlug Jeels zu. Er, der noch niemals in seinem

Leben handgreiflich geworden war, holte mit dem Arm aus und traf ein ums andere Mal den Schuft vor sich, bis dieser wie ein nasser Sack zu Boden sank.

Wemke war mittlerweile wankend aufgestanden. Sie versuchte schreiend, ihren Retter zur Räson zu bringen, doch als keiner der Männer sie beachtete, griff sie verzweifelt nach Jeels' Arm. »Hören Sie auf, bitte!«

Schwer atmend ließ Jeels von seinem Gegner ab. Angewidert betrachtet er Wiltert, der zu seinen Füßen lag und sich das Blut aus dem Mundwinkel wischte.

»Verschwinde hier, und zwar sofort«, sagte er atemlos. »Und wenn du dich noch einmal an irgendjemandem vergreifst, dann Gnade dir Gott!«

Wiltert rappelte sich auf und hastete davon.

Jeels schlug die Hände vor das Gesicht. Wie hatte er sich nur so vergessen können? Was war nur in ihn gefahren? Wie ein Tier hatte er sich benommen, unkontrolliert und zerstörerisch. Dabei hätte seine Aufmerksamkeit Wemke gelten müssen. Langsam ließ er die bebenden Hände sinken. »Wie geht es Ihnen?«, fragte er mit rauer Stimme. »Hat er Ihnen etwas angetan?«

Wemke hatte ihm den Rücken zugewandt. Sie hielt die Arme um ihren Oberkörper geschlungen. »Nein, das hat er nicht«, sagte sie zittrig. Ihre Schultern bebten. »Danke, dass Sie mir geholfen haben. Sie haben anscheinend die Angewohnheit, immer dann zu kommen, wenn ich Sie brauche.«

»Bitte weinen Sie nicht mehr. Es ist vorbei.« Sanft fasste Jeels Wemke an den Armen und drehte sie zu sich herum.

Sie holte tief Luft. »Ich weine nicht. Nicht wirklich jedenfalls. Nicht über das, was mir geschehen ist. Dieser Kerl ist keine Träne wert. Ich weine, weil ich es nicht mit ansehen konnte, wie Sie ihn geschlagen haben. Er hat es wirklich verdient, aber …« Sie schwieg einen Moment lang. »Ich weine, weil er Sie dazu gebracht hat!«

Jeels schloss die Augen. »Ich bedaure es, die Beherrschung verloren zu haben.« Er fuhr sich unsicher mit der Hand durchs Haar. »Niemals zuvor in meinem Leben ist mir solches passiert, das müssen Sie mir einfach glauben. Und es wird auch nicht wieder vorkommen!« Er ballte die Hände zu Fäusten. »Es hatte mit Ihnen zu tun. Ich konnte nicht mit ansehen…« Er stockte und senkte den Blick. »Wissen Sie, ich hätte ihn umbringen können, so groß waren mein Hass und meine Wut. Bitte verzeihen Sie mir.«

»Ich verstehe«, murmelte Wemke. Und das tat sie tatsächlich. Es ließ ihr Herz erbeben, dass die Angst um sie diesen unbekannten Mann so hatte außer sich geraten lassen. Diesen Unbekannten … War er das wirklich für sie? Hatte sie nicht seit ihrer ersten Begegnung gewusst, dass ihre Herzen sich schon lange nacheinander sehnten? Sie biss sich auf die Lippen. So viel war geschehen an diesem Abend, dass dieses Wissen nun kaum mehr zu ertragen war. Hätte es sie nur niemals auf diese Insel verschlagen.

Das Bellen des Hundes lenkte Wemke ab. Sie beugte sich zu ihm hinunter und streichelte seinen Kopf. »Danke, mein Lieber.«

Jeels drehte sich um und sah gerade noch, wie Wiltert hinter einer Düne verschwand. Er atmete auf. »Hoffentlich habe ich diesem Burschen einen Denkzettel verpasst, den er nicht so schnell vergisst.« Er wandte sich wieder dem Meer und Wemke zu. »Ich glaube, Sie kennen noch nicht einmal meinen Namen«, sagte er mit einem zaghaften Lächeln. »Ich bin Jeels van Voss.«

»Wemke Jacobs.« Sie runzelte die Stirn und verbesserte sich dann: »Jetzt natürlich Wemke Hoffmann.«

»Ich weiß«, sagte Jeels knapp. »Vielleicht sollten wir uns duzen nach diesem gemeinsamen Abenteuer.«

Er umschloss ihre Hand mit seiner und trat dann einen Schritt zurück.

»Ich muss gehen«, sagte Wemke. Insgeheim hoffte sie darauf, dass er sie zurückhielt.

Doch Jeels nickte nur. »Ja, das musst du. Ich werde dich noch ein Stück begleiten.«

Als Wemke den ersten Schritt tun wollte, durchfuhr sie ein stechender Schmerz. Jeels sah, wie sich ihr Gesicht verzog. Sie presste eine Hand auf den Rücken und sank in die Knie. Scheinbar hatte sie sich beim Stürzen verletzt.

»Ich kann nicht auftreten«, presste sie hervor.

Jeels beugte sich zu ihr hinab, legte vorsichtig beide Hände an ihre Seiten und versuchte sie aufzurichten. Er bemerkte, wie sie die Zähne in die Unterlippe bohrte, um nicht aufzuschreien, und ging umso behutsamer vor.

Es gelang ihm, sie auf die Beine zu stellen. Wemkes linker Arm war zerkratzt, und auch von den nackten Beinen rann das Blut. Die Steine am Strand hatten ganze Arbeit geleistet. Doch Wemke schien die kleinen Verletzungen kaum zu bemerken. Sie hielt nur ihren Rücken. Langsam rollte eine dicke Träne über ihre Wange, und sie warf Jeels einen verlegenen Blick zu. »Nun weine ich schon wieder! Was musst du nur von mir denken?«

»Ich will versuchen, dir zu helfen«, sagte Jeels ernst. »Meine Finger sind gute Wünschelruten und können erspüren, woher der Schmerz rührt. Bleib ganz still stehen und vertrau mir.«

Er stellte sich hinter sie und strich mit den Händen über ihren Rücken. Wemke überließ sich seinen tastenden Fingern. Ihr Herz pochte so wild, dass sie glaubte, Jeels müsse es hören. Sie zwang sich, seine Berührungen gelassen hinzunehmen. Ein Teil des jähen Schmerzes war mit ihren Tränen davongeflossen. Als Jeels sich mit einem leisen triumphierenden Laut wieder aufrichtete, streckte Wemke sich langsam und atmete kräftig durch. Vorsichtig tat sie einige Schritte. Ja, es ging wieder! Der Schmerz war zwar nicht verschwunden, aber immerhin konnte sie sich wieder bewegen.

»Ganz langsam. Du solltest es nicht gleich übertreiben.« Jeels führte sie zu einem der Badekarren. Sie setzte sich gehorsam hin, und Benno, der ihnen gefolgt war, legte sich ihr zu Füßen.

Jeels betrachtete Wemke von der Seite. Sie war keine Schönheit auf den ersten Blick, keine von der Sorte, die mit aufreizender Kleidung und schwerem Duft seine Studentenkollegen umworben hatten. Ihre Haut war feinporig, und sie duftete nach der Sonne des Tages und frischer Luft. Ihre klugen blauen Augen wiesen auf einen gesunden Menschenverstand hin. Ihre Glieder waren schlank und etwas Feines haftete diesem Mädchen an. Sie hatte nichts Derbes, wie viele der Insulanerinnen.

Je länger Jeels die Frau neben sich ansah, desto mehr Schönheit konnte er entdecken. Wemke bekam von seinen verstohlenen Blicken nichts mit; sie kämpfte immer noch mit dem Schmerz, der ihren Rücken durchzog. Mit der Schulter lehnte sie wie selbstverständlich an seiner Brust.

»Es tut mir leid, dass ich nicht früher gekommen bin«, sagte Jeels bedauernd.

Langsam wandte Wemke ihm das Gesicht zu. Ihr Blick streifte das im Mondlicht schimmernde Haar und wanderte zu seinen Augen, in denen ein warmherziger Ausdruck lag. Immer noch stützte seine Hand ihren Ellenbogen.

Benno erhob sich und schüttelte den Sand aus seinem Fell. Er baute sich vor den beiden auf, als wollte er sagen, dass es Zeit sei zu gehen. Wemke musste lachen.

»Er ist vernünftiger als ich. Ich muss wirklich zurück. Die anderen werden sich sonst um mich sorgen.« Eine Spur von Bedauern lag in ihrer Stimme. »Ich fürchte, an dieses Abenteuer wird mein steifer Rücken mich noch tagelang erinnern.«

»Ich danke Gott dafür, dass alles gut ausgegangen ist«, sagte Jeels ernst. »Bis zum Logierhaus werde ich dich noch begleiten.«

Schweigend schritten sie nebeneinander her, während Benno ihnen voraustrabte. Schließlich wies Wemke auf den Pfad, der zu den Unterkünften führte.

»Den Rest schaffe ich alleine. Ich danke dir«, sagte sie mit belegter Stimme. Sie hätte noch ewig so mit ihm am Strand entlangspazieren können. Der Schmerz war wie weggeblasen. Nur eine seltsame Steifheit spürte sie noch in ihren Gliedern.

»Gute Nacht!« Sie streckte Jeels die Hand entgegen.

Er nahm sie und hielt sie in der seinen. »Einen angenehmen Schlaf und gute Besserung wünsche ich dir.«

Wemke spürte, dass seine Finger klein und kräftig waren. Harte Schwielen drückten gegen ihre weiche Haut. Sie wartete und wusste doch nicht, worauf.

»Wenn du möchtest …« Er zögerte. »Vielleicht magst du mich einmal besuchen kommen. Ich bewohne das alte Voss-Haus. Dann kann ich mich davon überzeugen, dass es dir wieder gutgeht. Du kannst auch gerne das kleine Mädchen mitbringen.«

»Freya heißt sie«, sagte Wemke und strahlte beim Gedanken an das Kind. Doch dann fiel ihr Konrad ein. Auch Jeels schien sich erst jetzt wieder an ihren Mann zu erinnern, denn er vervollständigte seine Einladung schnell.

»Dein Mann ist natürlich auch herzlich eingeladen.«

Er ließ ihre Hand los, als habe er sich verbrannt, und wandte sich zum Gehen.

Wemke seufzte leise, während sie ihm nachsah. Diese Begegnung, das Gespräch mit ihm, kamen ihr wie ein Geschenk vor. Dieser Mann war so anders als alle, die sie bislang kennengelernt hatte. Er war klein und nicht unbedingt schön zu nennen. Doch es ging eine innere Wärme und Größe von ihm aus, die selbst sein Jähzorn bei der Begegnung mit ihrem Angreifer nicht schmälern konnte.

Wemkes Füße liefen wie von selbst, während ihre Gedanken

nur um Jeels kreisten. Bevor sie den Strand hinter sich ließ, wandte sie sich noch einmal um. Sie sah, wie Jeels die Hand hob und winkte. Als sie den Gruß erwiderte, durchlief Wemke ein warmer Schauer.

Wiltert hatte lange hinter der Düne gelegen und das Treiben am Strand beobachtet. Er sah, wie der Rothaarige das Mädchen umfasste. Dieser Teufel! Wilder Zorn stieg in ihm hoch. Und diese Hure! Ihm erlaubte sie, was er sich nicht hatte nehmen dürfen. Aber dafür würden die beiden büßen! Dies war nicht die einzige offene Rechnung, die er mit dem Fremden noch zu begleichen hatte.

Wiltert schlug mit der Faust in den Sand. Seine Angst war einer unbändigen Wut gewichen. Warum hatte er den Kampf gegen diesen Mann nicht aufgenommen? Er war doch kein Kind mehr, wie damals, das sich fürchten musste! Aber dieser Fremde hatte etwas Teuflisches an sich, das hatte er in seinen Augen gelesen. So wie seine Vorfahren. Er kannte diesen Ausdruck, hatte erlebt, wie der damalige Inselpastor unter den Schlägen von Tede van Voss fast gestorben wäre. Wiltert schloss die Augen und sah wieder die Narbe vor sich, die der Geistliche bei dem Kampf davongetragen hatte. Damals, nach Tedes Tod, hatten sie geglaubt, nun für immer von der Bestie befreit zu sein. Doch jetzt war durch Jeels van Voss der für immer gebannt geglaubte böse Geist seiner Vorfahren auf die Insel zurückgekehrt.

Wiltert fluchte. Die Jüngeren würden ihm nicht glauben. Aber die Älteren …

Er biss die Zähne zusammen. Schade, dass der alte Pastor nicht mehr lebte. In ihm hätte er einen Verbündeten gehabt. Er wusste, wie man mit Menschen vom Schlage des Fremden umging und wie man Weiber richtig anfasste. Wiltert hatte das als Knabe so manches Mal beobachten dürfen. Ihn überlief ein wohliger Schauer bei der Erinnerung. Der Geistliche war sich nicht zu schade gewesen, die Weiber eigenhändig zu züchtigen. Er hatte es als seine Aufgabe angesehen, sich besonders der jungen Mädchen anzunehmen, die sich noch durch die Rute leiten ließen.

Wiltert lachte auf, als ihm bewusstwurde, dass er den Mann in Gedanken Pastor genannt hatte und nicht Vater. Denn das war er gewesen: sein Vater. Nicht dieser versoffene Wirt vom *Ankerplatz.* Wiltert wusste es besser. Hatte es immer gewusst. Es gab da diesen untrüglichen Beweis. Er trug das gleiche Zeichen wie der Gottesmann: ein sternförmiges, ungewöhnlich großes Muttermal auf dem rechten Oberarm.

Am Fenster hatte er den Pastor beim Umkleiden beobachtet und die Übereinstimmung entdeckt. Schon als kleiner Junge hatte er geahnt, was dies zu bedeuten hatte. Noch dazu übte der Geistliche diese merkwürdige Anziehungskraft auf ihn aus, so dass er immer wieder dessen Nähe gesucht hatte.

Eines Tages würde er es der Mutter auf den Kopf zusagen. Doch noch war es zu früh. Er wollte sein Erbe nicht gefährden. Doch nach dem Tod des Wirtes … Er freute sich schon darauf. Alles würde ans Tageslicht kommen, und dann wäre Zeit, auch das andere Erbe anzutreten. Er allein wusste, wo der Pastor das Vermögen versteckt hatte. Und wehe dem, der versuchen würde, es ihm streitig zu machen.

Aber eins nach dem anderen. Wiltert straffte die Schultern. Zunächst musste er diesen rothaarigen Teufel von der Insel schaffen. Das war er seinem Vater schuldig.

Jeels ging nicht geradewegs nach Hause zurück. Rastlos wanderte er am Strand entlang und versuchte seine Gedanken zu ordnen. Seine Reaktion Wiltert gegenüber hatte eine neue Seite in ihm zum Vorschein gebracht, die ihn beunruhigte.

Und was geschah mit ihm und Wemke? Jeels war, als wären

sie zwei Teile, die zu einem Ganzen gehörten. Er wusste, dass es die Angst um sie gewesen war, die seinen Jähzorn geweckt hatte. Die Wut auf Wiltert war so allumfassend gewesen, dass es ihn noch im Nachhinein erschreckte. Niemals wieder durfte er sich so vergessen! Er musste lernen, mit dieser Seite seines Wesens umzugehen.

Schließlich hielt Jeels inne und schaute zum Mond auf. Er stand ganz still, während der Schäferhund ihn fragend ansah.

»Was soll ich nur tun, Benno?« Er beugte sich hinunter, um seinen treuen Gefährten hinter den Ohren zu kraulen. Dann atmete er tief ein und seufzte schwermütig. »Ich glaube, ich liebe sie. Vielleicht sollte ich lieber fortgehen von hier. Weit weg von ihr. Es hat ja doch alles keinen Sinn und ist nur Qual.«

Er wandte sich mit schwerfälligen, erschöpften Schritten vom Meer ab. Wie von selbst fanden seine Füße den Weg zurück zur Kate, die ihm jetzt schon so vertraut war wie sein Zuhause auf dem Festland. Sollte er all dies wirklich schon wieder hinter sich lassen? Er war doch gerade erst angekommen und es gab noch so vieles, was er ergründen musste. So stark seine Gefühle für Wemke auch waren, er würde lernen müssen, damit umzugehen.

15

Erst als es bereits Morgen wurde, fand Jeels Schlaf, und so fühlte er sich wie zerschlagen, als er wenig später aufstand. Mit Anbruch des neuen Tages war starker Wind aufgekommen, der sich heulend gegen Fenster und Mauern drängte. Das Haus ächzte und stöhnte unter seinen Angriffen. Der schwarze Himmel ließ es kaum hell werden.

Die beiden Männer wuschen sich am Brunnen, wobei Jeels nicht umhin kam zu bemerken, dass er bei weitem die schlechtere Figur abgab.

»Krischan, du bist aber auch ein Bär von einem Kerl. Da kann ich nicht mithalten. Aber mit dir an meiner Seite und Benno als Wachhund fühl ich mich sicher wie in Abrahams Schoß.«

Krischan schüttelte das Wasser von sich wie Benno, wenn er sich zu weit in die See gewagt hatte. »Weißt ja: viele Muskeln, wenig Hirn«, brummte er. »Obwohl ich nicht ganz so dumm bin, wie einige zu glauben scheinen. Gestern hat Harm Weets, der Bäcker, mich ausgefragt. Wollte wissen, was du so vorhast mit dem Haus und auch, womit du dein Geld verdienst. Was, glaubst du, hab ich ihm erzählt?«

Jeels zuckte die Schultern.

»Na dass du überlegst, eine Bäckerei aufzumachen. So hartes Brot wie der Harm könntest du allemal backen. Machst dir kein Bild davon, wie der das Maul aufgerissen hat.« Krischan lachte bei der Erinnerung daran laut auf.

Fröhlich pfiff er vor sich hin. Der Wind, der Jeels zittern ließ, machte ihm nichts aus.

Nach wie vor tappte Krischan völlig im Dunkeln, was den Beruf seines Arbeitgebers anging. Es wäre ihm auch unfein und undankbar vorgekommen, danach zu fragen. Wenn es Zeit war, dann würde Jeels ihm davon erzählen. Denn dass sein Freund ein gebildeter und kluger Herr war, daran hegte Krischan keinen Zweifel.

Sie hatten sich viel vorgenommen für den heutigen Tag. Der kleine Stall an der Nordseite des Hauses sollte in Augenschein genommen werden. Die Räumlichkeiten waren früher für das Vieh genutzt worden. Über den Stallungen lag ein Dachboden, der mit Hilfe einer Leiter zu erreichen war. Vielleicht lagerte noch genug Brennbares dort, um die kalte Zeit zu überstehen. Ansonsten würde Jeels für den Winter Torf und vielleicht auch Holz vom Festland zukaufen müssen.

Krischan machte sich daran, den morgendlichen Tee aufzugießen. In der Küche roch es nach frischem Brot. Ein einfaches, aber gutes Frühstück. Für den Hünen bedeutete das Leben an Jeels' Seite einen ungeheuren Aufstieg. Er besaß endlich das, wovon er in den letzten Jahren geträumt hatte: ein Dach über dem Kopf, regelmäßiges Essen und eine Arbeit, die ihm Freude machte. Krischan kaute mit vollen Backen. Welch ein Leben! Er würde Jeels schon zeigen, was er wert war, damit das auch so blieb.

Jeels hing derweil seinen eigenen Gedanken nach. Schon beim Aufwachen hatte er als Erstes Wemkes Gesicht vor Augen gehabt, und nun überlegte er, wie es ihr gehen mochte. Hoffentlich ließ der Kerl sie zukünftig in Ruhe. Wie jedes Mal, wenn er an den Gastwirtssohn dachte, stieg Wut in ihm hoch. Zu anderen Zeiten wäre er einem Mann wie ihm aus dem Weg gegangen. Nichts hatte er gemein mit solchen Weiberhelden. Nun hatte er sich diesen Kerl auch noch zum Feind gemacht.

Und das nicht erst seit der gestrigen Begegnung. Was mochte sich daraus ergeben? Es blieb abzuwarten, ob und mit welchen Mitteln dieser Schuft ihnen das Leben schwermachen würde.

Jeels seufzte und zwang seine Aufmerksamkeit auf die Aufgabe des Tages: den Stall. Sicherlich war er zu Zeiten seiner Mutter noch genutzt worden.

»Sind die Tiere der Insulaner eigentlich schon immer auf den Anger im Südosten getrieben worden?«, fragte er Krischan.

Sein Freund nickte. »Ist die einzige Wiese hier«, nuschelte er mit vollem Mund. Er griff nach seiner Tasse und spülte die Brotkrumen hinunter. »Alle treiben ihr Vieh dorthin. Solange die Witterung gut ist, bleiben die Tiere im Freien. Die Obrigkeit wollte die Inselwiese schon vor mehr als dreißig Jahren auf einzelne Insulaner verteilen. Die glaubten, dass das Weideland nicht so versanden würde, wenn jeder sein eigenes Stück durch einen Wall sicherte. Aber die Leute hier haben einfach weitergemacht wie bisher. Und so ist der Anger bis heute für alle da. Das Hüten übernehmen die halbwüchsigen Kinder der Familien und auch die Versorgung mit Wasser. Warum fragst du? Wirst du noch eine Kuh kaufen oder Schafe?«

»Ich glaube nicht«, erwiderte Jeels. Gestern noch hatte er überlegt, die Insel zu verlassen. Die Entscheidung zu bleiben war gefallen, doch konkrete Pläne für die Zukunft zu schmieden, dazu war er noch nicht bereit.

»Mal abwarten, was ich für einen Eindruck vom Stall gewinne. Es lässt sich sicher noch etwas damit anfangen. Vielleicht könnte ich das Gebäude umbauen und vermieten«, meinte er vage.

»Mensch, Jeels, an wen willst du denn vermieten? Bei der Frau Gemeinen bist du doch unten durch!« Krischan betrachtete ihn kopfschüttelnd. »Glaub nicht, dass sie dir einen einzigen Gast zuteilen wird. Und nur so läuft das hier, du weißt es ja!«

Der Wind hatte noch zugenommen und riss ihnen fast die Tür aus der Hand, als sie sich ans Werk machten. Eilig liefen die Männer über den Hof. Krischan ruckelte an der Stalltür, die sich knirschend öffnete. Geisterhafte Schatten tanzten über die steinernen Wände. Eine Maus huschte an ihnen vorbei und verschwand hinter einem Heuhaufen. In einer Ecke des Raumes stand ein großer Weidenkorb mit Holzscheiten. Zweige und Stroh lagen überall verteilt.

Langsam durchschritt Jeels den Raum. Er bot Platz für zwei Tiere und hatte einen abgetrennten Bereich für Schweine. Einen kleinen Auslauf für Hühner gab es auch. Vielleicht sollte er sich von Tedamöh einiges an Federvieh kaufen. Dann hätten sie morgens frische Eier.

Vorsichtig stieg Jeels über halbe Baumstämme, Schiffsplanken und anderes Holz. Vom Meer angeschwemmtes Brennmaterial, das zum Trocknen hier lagerte. Auf der Insel selbst gab es kaum Holz. Die Bäume, die hier wuchsen, blieben klein und nahmen oftmals bizarre Formen an. So wurde jedes kleinste Stück Brennbares von den Insulanern dankbar aufgesammelt.

»Verflucht noch eins, hier kommt man ja fast ums Leben!« Krischan wäre beinahe über den Rest eines Bootsmastes gestolpert. »Ich glaube, hier war seit Jahren kein Mensch mehr drin.«

»Diesen Bereich hat der Verwalter wohl ausgespart«, stimmte Jeels zu.

»Guck mal!« Krischan zog einen großen Gegenstand aus einer dunklen Ecke. »Hast du so was schon mal gesehen?« Unter einer alten Decke kam ein hölzerner Seehund auf Kufen hervor. Lustige Knopfaugen blickten ihnen freundlich entgegen. Um den Hals des Tieres hingen Bänder, an denen sich der Reiter festhalten konnte. Noch im Verfall war der Seehund ein prächtiges Tier. Er war fast so groß wie ein übliches Schaukelpferd und musste einmal grau gestrichen gewesen sein.

Krischan gab dem Schaukelseehund einen Schubs. »An so einem Tierchen würde jeder kleine Fratz seine wahre Freude habe. Es ist eine Schande, dass es hier steht und verkommt. Einen Pinsel voller Farbe, und das Spielzeug ist wie neu.«

Jeels strich ehrfürchtig über das glatte Holz. »Wer wohl darauf geritten ist?«

Krischan zuckte die Schultern. »Weiß nicht. Die sind sicherlich schon alle tot und können den Mund nicht mehr aufmachen.« Neugierig sah er sich um. »Hier liegt noch mehr merkwürdiges Zeug.«

Er wies auf Steinkrüge und Gartengeräte. Es gab eine Schubkarre mit Holzrädern und eine Sammlung von Steinen in allen Größen.

An die Wand gelehnt stand eine Leiter, mit Hilfe derer die Männer auf den Dachboden gelangten. Krischan stieß die Giebeltür auf. Da die Sonne nun endlich doch die Wolken durchbrochen hatte, war der Bodenraum mit Licht durchflutet.

»Jeels, hier oben ist nichts außer Heu, einer kleinen Menge Torf und einer ollen Holzkiste. Die könnten wir nach unten schaffen, zu dem anderen Brennmaterial. Sie ist wurmstichig und fällt fast auseinander.« Krischan wies auf eine Truhe, die unter einem Haufen von Seilen zum Vorschein kam.

»Lass mal sehen.« Jeels kniete nieder und löste vorsichtig die Lederriemen. Seine Neugier war geweckt. Die Scharniere ächzten, als der Deckel nach hinten gegen die Wand schlug. Jeels schnappte nach Luft. Vor seinen Augen lagen Kleider, die noch aus dem vorigen Jahrhundert zu stammen schienen.

Krischan stieß einen Pfiff aus. »Welche reichen Pinkel mögen das wohl getragen haben?«

Jeels hob Stück für Stück die fein säuberlich gefalteten Kleider heraus, strich mit den Fingern darüber und untersuchte sie genau. Feinste Leinenblusen, Kleider mit schneeweißer Spitze an Kragen und Rocksaum, zarte Unterwäsche, denen ein Duft von Lavendel anhing. Jedes Teil einzeln in Seide eingeschlagen.

»Mein Gott«, keuchte er. »Das sind keine Lumpen, Krischan.«

»Das will ich meinen!« Auch sein Freund war schwer beeindruckt. »Ich habe hier auf der Insel noch niemanden so was Wertvolles tragen sehen. Wem das wohl gehört hat?«

»Ich weiß es nicht. Kannst du den Weidenkorb von unten holen? Dann können wir die Kleider mit ins Haus nehmen. Die Truhe ist tatsächlich nur noch Brennholz.«

Krischan stieg die Leiter hinunter.

Jeels zog eine Seidenbluse aus der Truhe und drückte sie an sein Gesicht. Parfüm schien ihn zu umwehen. Er schloss die Augen und versuchte, sich die Trägerin vorzustellen. Als Krischan mit dem Korb kam, legte er die Bluse sanft hinein. Ein Kleidungsstück nach dem anderen holten sie aus der Kiste, bis diese so gut wie leer war.

»Sieh mal, es gibt sogar noch passendes Fußzeug.« Krischan hielt zierliche Damenschuhe in der Hand. »Das war's dann aber auch. Ganz unten liegt bloß noch ein dicker Holzklotz.«

Er wollte die Truhe zuschlagen, doch Jeels hielt ihn zurück. Zögernd griff er tief in die Holzkiste und hob seinen Fund ans Licht. Er hielt keinen Holzklotz in Händen, sondern ein Buch.

Jeels wischte mit seinem Ärmel den Staub beiseite und schlug es auf. Mit bebenden Fingern strich er über die Seiten. Sie waren vergilbt und voller Stockflecken. Ein paar Blätter hatten sich gelöst. Jeels' Augen konnten sich nicht von dem Namen lösen, der auf dem Deckblatt eingetragen war.

»Mensch, Krischan! Es ist das Tagebuch meiner Mutter.« Seine Stimme zitterte. »Hier steht es.«

Er schlug mit bebenden Fingern den Buchdeckel auf. »Es beginnt im März 1823 und endet im Jahr meiner Geburt.«

Jeels blätterte die Seiten um. War die Schrift anfangs hoch

und steil gewesen, so hatte sie sich später dann gefestigt und war schwungvoll geworden.

»Na, dann hast du ja wirklich einen Schatz gefunden«, sagte Krischan. Dann fügte er besorgt hinzu: »Aber willst du wirklich darin lesen? Kann sein, dass dir nicht gefällt, was da drin steht, dass es vielleicht besser ist, die Vergangenheit ruhen zu lassen. An dem, was passiert ist, kannst du ja doch nichts mehr ändern.«

Jeels schüttelte nur den Kopf. Während Krischan den Weidekorb mit der Kleidung nach unten trug, saß er in sich versunken da und presste den Fund fest an sich. Es war ihm, als spürte er die Anwesenheit der Mutter, und dieses Empfinden war so stark, dass er alles um sich herum vergaß. Er war nicht umsonst auf die Insel gekommen! Es gab eine Brücke zur Vergangenheit. Und er hielt sie in den Händen!

»Jeels? Alles in Ordnung mit dir? Oder brauchst du nach der Aufregung vielleicht einen Schnaps?«, klang es von unten zu ihm herauf.

Widerstrebend kehrte Jeels in die Realität zurück. »Alles ist gut, Krischan. Ich komme schon. Die Kiste lasse ich erst mal hier oben stehen.«

Er verschloss die Riemen der Truhe, nahm seinen wertvollen Fund wieder an sich und stieg die Leiter hinunter. Der Gedanke an das Tagebuch ließ ihn während des ganzen Tages nicht los.

Sie hatten den Stall ausgekehrt, das Stroh aufgeschichtet und die Steine in eine große Kiste umgelagert. Nachdem alle Reparaturarbeiten erledigt waren, hatte Krischan es sich nicht nehmen lassen, dem Seehund einen neuen Anstrich zu geben. Am Nachmittag war Jeels ins Dorf gegangen, um die Vorräte aufzufüllen.

Jetzt, nach einem Nachttrunk aus warmer Milch mit Honig,

löschte Krischan das Licht in der Küche, wo er schlief. »Wird Zeit für mich. Der Morgen kommt immer so schnell! Du siehst auch erschöpft aus, wenn ich das so sagen darf. Gehst du noch mit Benno raus?«

Jeels schüttelte den Kopf. »Heute nicht. Vielleicht lese ich ein wenig in dem Tagebuch.«

Krischan gab ein missbilligendes Schnalzen von sich. »Solltest auch besser in deine Butze kriechen.« Dann wünschte er ihm eine gute Nacht und schnarchte kurz darauf bereits friedlich.

Jeels zog sich in den Wohnraum zurück. Es war gut, dass die Schlafkojen sich in verschiedenen Räumen befanden. So störte es Krischan nicht, wenn er später zu Bett ging oder noch las.

Jeels trat ans Fenster. Es war während des Tages immer stürmischer geworden. Das Ächzen der Balken und das Klirren der Fenster übertönten fast Krischans lautes Schnarchen. Zum ersten Mal fühlte Jeels sich vom Wüten der See bedroht. Die Unruhe der Elemente übertrug sich auf ihn. Vielleicht war es wirklich keine so gute Idee, das Buch zu lesen.

Vom Fenster aus konnte er im Halbdunkel die Konturen des Stalls ausmachen. Er drehte sich um und ließ seine Augen durch den Raum wandern. All das gehörte ihm. Dieser Grund und Boden auf der Insel, dieses Haus, abgeschieden vom Dorf. Das Erbe seiner Mutter! Das Wissen darum, dass auch sie hier gelebt hatte, machte ihm das Haus vertraut. Er gehörte hierher, aber Heimat würde ihm Wangerooge erst werden, wenn er wusste, was vor seiner Zeit geschehen war. Er musste sich auf eine Reise in die Vergangenheit begeben, um hier wirklich und wahrhaftig ankommen zu können.

Jeels setzte sich seufzend an den neuen Sekretär, den der Tischler ihm angefertigt hatte, stützte die Ellenbogen auf die Schreibplatte und verbarg das Gesicht in den Händen.

Bennos leises Bellen ließ ihn aufschrecken. Bittend sah der Hund von seinem Lager, das aus einer Wolldecke bestand, zu ihm auf. Doch Jeels schüttelte nur den Kopf. Nein, heute würden sie nicht an den Strand gehen. Der Drang, das Tagebuch zu lesen, war größer.

16

Jeels zündete eine zweite Lampe an und griff nach dem Tagebuch. Er schloss die Augen, und seine Hände strichen liebkosend über den Buchdeckel aus dunklem Leder. Als er sich auf seinem Stuhl zurücklehnte, war ihm, als dringe leise eine alte, schwermütige Melodie an sein Ohr. Ein Schauer lief ihm über den Rücken. Er hatte plötzlich das sichere Gefühl, nicht allein im Zimmer zu sein. Erschrocken riss er die Augen auf – doch der Raum war leer.

»Lächerlich. Die Fantasie geht mit mir durch«, sagte er laut zu sich selbst. Er musste sich zusammennehmen.

Jeels schlug die erste Seite auf und das Licht der Lampe fiel auf die dunklen Zeichen. Das Blatt war bedeckt mit der anfangs noch steilen Schrift. Die dicht aneinandergesetzten Buchstaben vermittelten den Eindruck von drängender Eile. Vielleicht hatte seine Mutter in dem Tagebuch nur heimlich schreiben können. Die Tinte war kaum verblasst, so als wäre der Eintrag erst gestern vorgenommen worden. Er bemerkte das Datum: 25. März 1823. Seine Mutter musste damals dreizehn Jahre alt gewesen sein. Jeels begann zu lesen.

Ich stehe am Fenster und sehe hinaus, bis meine Augen in Gedanken beim Meer angekommen sind. Noch weht ein eisiger Wind über die Insel, aber bald schon wird es Frühling werden. Der Himmel ist voll von grauen Wolken. Mutter meint, es könnte schneien heute Abend, aber ich glaube nicht daran. Die Vögel er-

zählen etwas anderes. Hier auf Wangerooge braucht man nur die Augen aufzuhalten, dann weiß man, wie das Wetter wird.

Ich würde am liebsten zum Meer hinuntergehen und Strandgut sammeln. Ich könnte es wagen. Es ist Mittwoch, und der Lehrer ist vom Festland gekommen. Die anderen werden in der Schule sein und mich in Ruhe lassen.

Vielleicht kann ich bis zum Damenbadestrand laufen und bekomme mit eigenen Augen die Prinzessin aus Weimar zu sehen. Mutter hat erzählt, dass sie, gemeinsam mit einigen Angehörigen des Oldenburgschen Hofes und ihrem Gefolge, das ganze Logierhaus gemietet hat. Der Vogt ist ganz furchtbar aufgeregt wegen der Prinzessin. Alles dreht sich nur noch um sie. Wie mag sie aussehen? Sicherlich hat sie weder rotes Haar noch grüne Katzenaugen, so wie ich.

Aber nun muss ich mich eilen, damit ich am Strand bin, bevor die Schule aus ist …

Sie hatte die Jungen nicht kommen hören. In Reemkes Ohren war nur Raum für das Wellenrauschen gewesen, das sie in fremde Welten trug. Wie von selbst hatten ihre Hände nach dem Strandgut gegriffen und den Korb gefüllt.

Der erste Stein traf sie am Hinterkopf. Das Mädchen schreckte auf, rappelte sich hoch und begann zu laufen, als sie das Johlen hörte. Fort vom Strand, durch den Sand hinauf zu den Dünen. Sie musste das Haus erreichen. Nur dort war sie in Sicherheit.

Ihre nackten Füße jagten über den Sand. Sie schnitt sich an den Muscheln, ohne es zu merken. Reemke rannte und rannte, doch das Schreien und die Pfiffe wurden nicht leiser. Ihr Atem ging keuchend. Sie musste es schaffen. Weiter, nicht stehen bleiben!

Steine flogen ihr um die Ohren. Einer traf Reemke an der Schläfe, doch sie spürte den Schmerz nicht. Die Angst war schlimmer. Oh Gott, lass sie mich nicht erwischen. Nicht noch einmal. Sie hatte es so satt, gejagt zu werden.

Reemke erreichte die Dünen und hastete an graugrünen Büschen vorbei. Stachelige Ranken rissen ihr die Beine auf. Möwen schrien gellend, als wollten sie das Mädchen zu noch größerer Schnelligkeit antreiben.

Das Blut rauschte in ihren Ohren. Sie konnte nicht mehr, und das Johlen kam näher. Oh Gott, diesmal würden sie sie bestimmt totschlagen!

Die erste Hand griff nach ihr. Reemke schüttelte sie ab, doch dann holten auch die anderen sie ein. Sie landete auf dem Boden und kniff fest die Augen zu. Nur nichts sehen. Wenn sie doch auch das Fühlen ausschalten könnte und das Hören. Hände packten sie wie ein Beutetier und rissen an ihren Kleidern. Keuchen um sie herum und triumphierendes Gejohle.

»Haben wir dich, du Satansbrut. Sollst sehen, was wir mit den Kindern des Teufels anfangen. Eine schwarze Katze haben wir nicht gefunden, aber mit einem toten Kaninchen wird es auch gehen. Du wirst uns nicht wieder den Fischfang verderben und den Sturm herbeisingen! Und deinen Vater, den kriegen wir auch noch.«

Es waren die älteren Jungen des Dorfes, die jetzt ans Werk gingen. Als sie von ihr abließen und verschwanden, kroch Reemke zu dem Inselgestrüpp vor ihren Augen und kauerte sich darunter nieder, wie ein Tierchen in seinem Versteck. Anfangs war der Schmerz stärker als alle anderen Gefühle. Sie presste die Faust vor den Mund, um nicht zu schreien.

Die Haut brannte von den Schlägen und Blut rann über ihre Arme. So konnte sie sich nicht nach Hause wagen. Mutter würde es nicht überleben. Reemke rollte sich ganz klein zusammen. Sie hörte den eigenen Herzschlag donnern wie die Kanonenschüsse, mit denen die Gäste begrüßt wurden. Bitte lass nicht zu, dass jemand mich findet. Nicht jetzt, nicht so.

Übelkeit stieg in ihr auf. Sie musste zum Meer, um sich zu waschen. Das Salzwasser würde die Wunden reinigen, so dass sie heilen könnten.

Die Jungen hatten ihr die Kleider vom Leib gezerrt, das Kaninchen aufgeschlitzt und sie mit dem Blut und den Eingeweiden besudelt. Einer von ihnen hatte ein Messer gezogen und ihr ein Kreuz in den Oberarm geritzt. Es hatte Reemke all ihre Kraft gekostet, aber sie hatte keinen Ton von sich gegeben. Dafür waren Burschen um so lauter gewesen.

»Hau ab von hier, du Satansbrut, sonst war dies nicht das letzte Mal. Scher dich zum Teufel, wo du hingehörst!«

Dann waren sie triumphierend davongestoben.

Reemke kroch mühsam aus ihrem Versteck und sah sich verstört um. Sie wünschte, sie hätte die Augen nicht aufgemacht, als Harm ihr das Kreuz einritzte. Sie hatte seinen schnellen Atem gehört, das Blut an seiner Halsschlagader pulsieren sehen. Da war dieser Ausdruck auf seinem Gesicht gewesen, den sie nie würde vergessen können. Dieser Junge hielt sie wirklich und wahrhaftig für verflucht! Er glaubte, dass es richtig war, was sie taten. Notwendig. Und es hatte ihm gefallen, sie niederzuzwingen. Diesen Ausdruck hatte sie auch schon auf dem Gesicht des Pastors gesehen, wenn er sie anschaute. Etwas Gewalttätiges ging dann von ihm aus, so als könne er sich nur mühsam davon abhalten, sie zu schlagen. So als sei sie ein Ungeziefer, das vernichtet werden musste.

Reemke stand ächzend auf. Sie griff nach ihrer Kleidung und schleppte sich langsam zum Meeressaum. Bluse, Rock und Unterwäsche legte sie in den Sand, um dann unbeirrt ins Wasser zu schreiten. Hierher würde ihr niemand folgen! Im Meer war sie in Sicherheit. Alle auf der Insel fürchteten die See. Kaum jemand konnte schwimmen. Reemke hatte es schon in ganz jungen Jahren von ihrer Mutter gelernt. Die anderen Bewohner Wangerooges hielten die Lust am Wasser für etwas Absonderliches. Deshalb schwamm Reemke nur heimlich. Manchmal, an heißen Sommerabenden, konnte sie es kaum abwarten, dass die anderen Insulaner den Strand verließen. Dann lag sie oben in den Dünen und ging erst ins Wasser, wenn es fast schon dunkel wurde.

Doch es war etwas anderes, ob man zum Vergnügen in die sommerlichen Fluten stieg oder in eisige Märzwellen tauchte, um sich Blut und Gedärme vom Körper zu waschen. Die Kälte des Wassers verschlug ihr den Atem. Reemkes Zähne klapperten aufeinander. Dennoch watete sie weiter hinein, bis die Wellen gegen ihre Oberschenkel klatschten. Es kostete sie große Überwindung, doch dann ließ sie sich langsam bis zu den Schultern ins Wasser sinken. Wieder und wieder fuhr sie mit den Händen über ihre Haut, bis von den Innereien des toten Tieres und dem Blut nichts mehr an ihr klebte.

Schauer liefen über Reemkes Rücken, und ein leiser Schluchzer entstieg ihrer Kehle. Doch dann straffte sie die Schultern und streifte die Demütigungen ab. Sollten die Wellen sie zusammen mit dem Schmutz mit sich fortnehmen. Sie würde sich nicht unterkriegen lassen! Es sollte ihnen nicht gelingen, sie von hier zu vertreiben. Wohin hätte sie auch gehen sollen? Wangerooge war ihre Heimat, das einzige Zuhause, das sie kannte. Und sie liebte diese Insel. Jeden Halm, jeden Strauch, den Sand und vor allen Dingen das Meer. Sie würde hierbleiben, koste es, was es wolle.

Mit energischen Bewegungen wusch Reemke sich das Haar und wrang es mit den Händen aus. Kein Zweifel, diese schändliche Tat war lange vorbereitet worden. Alle Jungen hatten zusammengearbeitet. Die Wunden brannten immer noch wie Feuer, aber Reemke beachtete den Schmerz nicht. In ihrem Kopf kreisten die Gedanken. Sie konnte die Quälereien der anderen nicht länger hinnehmen. Es war genug. Sie musste handeln.

Aber was könnte sie nur tun, um ihnen zu entgehen? Sie war den anderen ausgeliefert. Es gab einfach kein Entkommen.

Als ob sie nicht alles versucht hätte, um eine von ihnen zu werden. Doch das war sinnlos. Sie und ihr Vater waren dazu verdammt, als Satansbrut verschrien, gedemütigt und gemieden zu werden. So wie alle van Voss in den Generationen zuvor. Rotes Haar und Zauberhände! Dabei hatte sie selbst ihre Fähigkeit nie vor den Augen anderer angewandt. Nicht einmal die Mutter wusste, dass auch sie die Gabe besaß. Aber vielleicht war das genau der falsche Weg gewesen.

Reemke spürte eine unbändige Wut auf die Jungen, auf all ihre Peiniger, in sich aufsteigen. Sie schloss die Augen und ballte die Hände zu Fäusten. Was hatte sie denn getan? Niemand konnte sich den Vater aussuchen. Aber wenn die Insulaner es so wollten, sie so oder so für böse hielten, dann gab es nur eine Möglichkeit. Dann blieb ihr nur, die gereichte Waffe auch zu nutzen. Die Jungen hatten es herausgefordert. Sie würde ihnen den Teufel auf den Hals hetzen. Vielleicht gaben sie dann endlich Ruhe.

Entschlossen wandte sich Reemke wieder dem Strand zu und schritt langsam aus dem Wasser. Mit der getroffenen Entscheidung überkam sie eine große Gelassenheit. Sie würde einsam sein. Aber war sie das nicht immer gewesen? Genügte ihr nicht die Mutter – der einzige Mensch, den sie liebte –, um zufrieden zu sein? Das Meer konnte sie nicht missen, und Reemke wollte nur eins: in Frieden hier leben.

Dass ein Augenpaar sie von ferne beobachtete, wusste das Mädchen nicht. In den Dünen hockte ein Mann, der ihr mit zusammengekniffenen Augen beim Bad zugeschaut hatte. Er leckte sich die Lippen, als Reemke aus dem Wasser stieg.

»Sieh einer an«, murmelte er. »Dacht ich's mir doch! Die

ganze Brut kommt aus dem Meer, auch diese kleine Larve. Den bösen Fluten und dem Satan haben sie sich verschrieben. Wer würde wohl sonst bei dieser eisigen Kälte die Nähe des Wassers suchen? Und wie schändlich dieses junge Blut es treibt! Bietet sich dem Bösen nackt an. Was für eine Sündtat!« Ein zischender Laut kam über seine Lippen. Mit fahrigen Händen machte er sich an seiner Hose zu schaffen.

Schluss! Es musste ein Ende damit haben. Es ging nicht an, dass die guten Christenmenschen hier auf der Insel solch einer Versuchung ausgesetzt waren. Diese rothaarige Hexe, kaum dem Kindesalter entwachsen, konnte einem schon jetzt das Blut in Wallung bringen. Er sah, dass die jungen Männer begannen, sie mit den Augen zu verschlingen, spürte selbst die Anziehungskraft, die Verderbtheit dieses Wesens. Glühte nicht in diesem Augenblick sein Körper vor Verlangen?

Der Mann schlug mit der zur Faust geballten Hand in den Sand. Das durfte nicht sein!

»Satan will durch sie alle ehrbaren jungen Männer und selbst mich in Versuchung führen. Aber solange ich hier auf der Insel etwas zu sagen habe, wird das Böse nicht die Oberhand gewinnen. Wehret den Anfängen. Diesem Mädchen muss Einhalt geboten werden!« Die gemurmelten Worte klangen wie eine Drohung.

Reemke zog ihre Kleider wieder an. Langsam kehrte die Wärme in ihren Körper zurück. Sie suchte nach dem Korb mit den gesammelten Steinen und Hölzern und sah, dass er leer war. Die Jungen hatten die Ausbeute des Morgens ins Meer geworfen. Reemke griff nach dem leeren Korb und hastete davon. Jetzt, wo das Meer sie nicht mehr schützte, kam die Furcht zurück. Fort, nur fort. Sie musste nachdenken. In ihrem Kopf begann ein Plan Gestalt anzunehmen.

Sie schritt durch die Dünen bis hin zum umzäunten Gärtchen des Hauses. Um die Kate herum gelangte sie zum Stall und schob leise die Tür auf.

Die Kühe muhten ihr entgegen und aus dem Schweinestall kam Gegrunze. Reemke griff nach der Leiter und kletterte hoch zum Heuboden. Niemand würde sie hier oben vermuten. Sie stieß die Außenluke einen Spalt auf, um Licht in den Raum zu lassen.

Ganz in der Ecke, verborgen unter einem Haufen von Seilen und alten Lumpendecken, stand die Truhe. Mutters Kleider und Schuhe, die sie nicht mehr trug, lagen darinnen. Dazwischen Säckchen mit Blumenblättern und mild duftende Seifen. Reemke liebte all diese Dinge, so wie dieses Versteck im Heu. Sie schob die Taue zur Seite, breitete eine der Decken auf dem Boden aus und öffnete die Truhe. Dann wählte sie, wie schon so oft zuvor, eines der Kleider aus. Sie ließ sich auf der Decke nieder und hüllte sich in das Gewand. Tief atmete sie seinen Duft ein.

Nach kurzem Überlegen beugte sich das Mädchen noch einmal über die Truhe. Ein schneller Griff und sie hatte das lose Brett des doppelten Bodens angehoben. Vorsichtig nahm Reemke die kleine Schatulle heraus. Sie strich sanft über das Kästchen und ließ dann den Verschluss aufschnappen.

Auf rotem Samt lag ein Medaillon. Es war schon etwas angeschlagen und abgewetzt, aber immer noch wunderschön. Das goldene Schmuckstück hatte die Form einer Blume und war kunstvoll gearbeitet. Man konnte es öffnen, aber die winzigen Scharniere waren für das unwissende Auge nicht zu sehen. Reemke hatte nur durch Zufall das Geheimnis entdeckt. Sie drückte vorsichtig auf den großen Edelstein ganz am Rand, der die Blüte darstellte, und das Medaillon schnappte auf. Drinnen war eine winzige Zeichnung verborgen. Sie stellte einen Mann dar, der dem Betrachter entgegenlächelte. Er hatte lockiges Haar und fröhliche Augen.

Wie immer beruhigte es Reemke, das Bildnis zu betrachten. Sie kannte es schon seit Jahren. Dieser Mann war ihr Prinz, ihre Zuflucht, ihr Traumgebilde. Sie schloss das Medaillon und presste es fest ans Herz. Der süße Duft des Heus und des feinen Kleids umwehte sie und für einen Moment verloren alle Geschehnisse ihre Schrecken.

»Hast du mich gerufen?« Reemke trat ins Haus und sah die Mutter fragend an. Jeelke schaute von dem Butterfass vor sich auf und fuhr sich mit der Hand über das straff zurückgekämmte weizenfarbene Haar. Ihr sonst blasses Gesicht war von der anstrengenden Arbeit gerötet. Die grünen Augen betrachteten liebevoll die Tochter. Sie glättete mit einer energischen Bewegung die Schürze und zeigte auf den Brotteig, der geknetet werden wollte.

»Hier gibt es Arbeit für dich, mein Herz. Später können wir noch ein wenig Schreiben und Rechnen üben. Ich weiß ja, dass dir das mehr Freude bereitet. Tedamöh hat mir ein Buch gebracht.« Ihre Augen funkelten jetzt vor Freude. »War es schön am Strand?« Sie wandte sich wieder dem Inhalt des Butterfasses zu.

Reemke betrachtete verstohlen die Mutter, die die gelbliche Masse mit zwei Holzlöffeln bearbeitete, als ginge es um ihr Leben. Dann senkte sie den Blick.

»Ich habe meine Zeit vertan«, antwortete sie leise.

Die Mutter sah auf und seufzte still. Mit hängenden Schultern stand die Tochter vor ihr. Das arme Kind. Reemke hatte es schwer hier auf der Insel. Und es würde noch schlimmer werden, je älter sie wurde. Wer wusste das besser als sie selbst? Mitleid für ihr Kind wallte in ihr auf.

Jeelke liebte Reemke, aber nicht mit der gleichen Intensität, mit der sie ihren Erstgeborenen geliebt hatte. Und manchmal fragte sie sich verzweifelt, warum dieses Mädchen leben durfte, während der Sohn hatte sterben müssen. Warum nur hatte Gott, in seinem allmächtigen Rat, nicht die Tochter genommen? Es wäre ein Gnadenakt gewesen. Sie würde doch nur Leid erfahren auf diesem verdammten Eiland.

Der Sohn war ein Wunder gewesen. Gezeugt von dem einzigen Mann, der jemals ihr Herz besessen und ihr im Gegenzug seine Liebe geschenkt hatte. Für diese Liebe hatte sie einen hohen Preis bezahlt.

Ein bitteres Seufzen kam über die Lippen der Mutter. Ihr Gesicht hatte einen harten Ausdruck angenommen. Mit heftigen Bewegungen schlug sie die Butter. Sie hatte gesündigt und war bestraft worden. Nein, verbesserte sie sich, sie wurde immer noch bestraft, jeden Tag, jede Stunde. Aber, bei Gott, sie bereute nichts. Diese wunderbare Liebe war es wert gewesen.

Sie hatte Friedrich angebetet. Von Heirat und einer Familie, von Reichtum und Ansehen hatte sie geträumt. Und in ihren Träumen waren diese Wünsche wahr geworden. Gegen den Willen des Vaters hatte sie sich mit dem Geliebten getroffen. Als Napoleon die Regentschaft übernahm und selbst hier, weit entfernt von Frankreich, die Männer zu den Waffen rief, da hatten sie einen süßen Abschied gefeiert. Doch der, dem ihr Herz gehörte, war nicht wieder heimgekehrt. Sie war alleine zurückgeblieben, mit einem Faustpfand unter dem Herzen.

Ihr Vater war außer sich gewesen, als die Schwangerschaft ans Licht kam. Nie hätte sie geglaubt, dass er sie, sein einziges Kind, würde fallenlassen. Er, der stets bemüht gewesen war, ihr jeden Wunsch von den Augen abzulesen. Doch dann hatte er sich von ihr abgewandt und sie mit dem Erstbesten vermählt, der willig war. Ein rothaariger Bursche, der einen Sommer lang auf einem seiner Schiffe gefahren war. Das Geld musste den Mann gelockt haben, und vielleicht auch ihr junger Körper. Den besaß er nun, so oft es ihm gefiel, doch ihr Herz gehörte immer noch Friedrich.

Der rothaarige Fremde hatte sie hierhergebracht, in die Einsamkeit. Er gab ihr seinen Namen, aber sonst nichts. Kein freundliches Wort, nur Befehle und Schläge. Von Anfang an war Jeelke nicht besser behandelt worden als eine Magd. Vielleicht hätte sie in ihrer Verzweiflung den Tod gewählt, wenn da nicht die Kinder gewesen wären. Zunächst der Sohn, in dem sie das Ebenbild Friedrichs erkannte. Er war immer schwächlich gewesen und dann, kaum drei Winter nach seiner Geburt, an einer Kinderkrankheit gestorben. Nur kurz konnte sie sich in die Trauer zurückziehen, dann drängte ihr zweites Kind auf die Welt. Der Säugling forderte sein Recht. Und so hatte Reemke sie wieder ins Leben zurückgeholt.

Dankbar war Jeelke der Tochter nicht dafür. Und sie würde auch nur so lange bleiben, bis Reemke sie nicht mehr brauchte, das hatte sie sich geschworen. Denn außer der Tochter gab es auf dieser verdammten Insel niemanden für sie. Keiner sprach mit ihr oder nahm überhaupt Notiz von ihr. Die Inselbewohner taten, als gäbe es sie überhaupt nicht. Einmal hatte Jeelke sich ein Herz gefasst und war am Sonntag in die Kirche gegangen. Nicht, dass sie besonders christlich wäre, aber es hatte sie gedrängt, wieder einmal unter Menschen zu sein. Der Pastor war bei ihrem Anblick blass geworden. Stumm hatte er zur Tür gewiesen, und man hatte sie fortgejagt wie eine Bettlerin. Seit diesem Tag wusste sie auch, warum ihr Mann hier keine Frau hatte finden können. Alle van Voss waren Geächtete.

Wie hatte sie gehungert nach einem guten Wort. Ohne Zuwendung war man wie lebendig begraben. Außer mit Tedamöh, der Hebamme, die auf die Meinung der anderen nichts gab, hatte sie bis heute mit keiner Seele Umgang. Und nun teilte die Tochter ungewollt dieses Schicksal mit ihr. Sie beide hatten keine Zukunft hier auf Wangerooge. Wenn sie doch nur fort könnten!

Jeelke betrachtete die Tochter und das Herz wurde ihr

schwer. »Wo bist du eigentlich gewesen? Ich habe dich schon vor einer Stunde vom Strand kommen sehen.«

Reemke nickte zum Stall. »Ich war oben auf dem Heuboden. Die Burschen aus dem Dorf haben mich geärgert, und da wollte ich eine Weile alleine sein.«

In den Augen der Mutter flackerte die Angst auf. »Was haben sie schon wieder von dir gewollt?«

Reemke schüttelte abwehrend den Kopf. »Lass nur. Es war das Übliche, du weißt es. Ich will nicht darüber sprechen.« Dann fügte sie mit Nachdruck hinzu: »Es wird nicht wieder vorkommen.«

Die Mutter zog eine Augenbraue hoch. »Wie willst du verhindern, dass sie dir auflauern? Selbst der Pastor wettert gegen uns. Dein Vater hat ihnen wer weiß was angedroht, deshalb meiden sie die Nähe des Hauses und vergreifen sich nicht an mir. Aber du bist vor ihnen nicht sicher.«

Reemke lachte bitter und imitierte die Stimme des Vaters. »Weh euch, wenn ihr Hand an mein Haus und mein Weib legt!« Sie schnaubte. »Mich hat er in seine Drohung nicht miteingeschlossen. Ich bin ja nur die Tochter, Freiwild für andere! Warum hasst Vater mich so?« Ein leiser Schluchzer stieg aus ihrer Kehle empor.

Die Mutter legte ihr den Arm um die Schultern. »Er hasst dich nicht. Du bist ihm einfach nur gleichgültig. Er bestraft dich dafür, dass du nicht der Sohn bist, den er sich gewünscht hat. Er hält mir bis heute vor, dass ich ihm nur ein Kind und noch dazu eine Tochter geboren habe. Und dann hast du auch noch das Aussehen geerbt, das in seinen Augen ausschließlich den männlichen van Voss zusteht.«

»Ihm ist es ganz egal, was sie mir antun. Vielleicht freut er sich sogar, wenn ich leide.« Reemkes Stimme zitterte.

»Ach Kind«, seufzte Jeelke. »Ich wünschte, ich könnte dir etwas anderes sagen. Aber ich glaube, Tede spürt nur Leben in sich, wenn er andere leiden sieht. Tedamöh hat mir erzählt, dass seine Mutter schon im Kindbett gestorben ist und sein Vater ihn aufwachsen ließ wie ein Tier. Weißt du, wer nie Liebe gekannt hat, dessen Herz verkommt. In deinem Vater ist nur noch die Rachsucht zu Hause. Er gibt der ganzen Welt die Schuld an seinem Leben, das keines ist. Nicht, dass dadurch gerechtfertigt ist, was er uns jeden Tag antut.« Ihr Gesicht verzog sich voller Abscheu.

Reemke hob stolz den Kopf. »Es ist mir egal, warum er so geworden ist. Ich sehe nur, wie er uns behandelt. Hilfe kann ich von ihm nicht erwarten, und deshalb werde ich mir selbst helfen. Vater hält die anderen mit Drohungen und Zaubersprüchen auf Abstand. Ich bin auch eine van Voss, und die Leute fürchten mich. Kann ich es da nicht ebenso machen?«

Die Farbe war aus Jeelkes Gesicht gewichen. »Aber dein Vater, er kann wahrhaftig Dinge, die ihnen Angst machen und sie in Schach halten«, flüsterte sie.

Reemke beugte sich vor und sah die Mutter eindringlich an. »Was meinst du, wie viele Vögel wieder fliegen, nur weil ich ihre Flügel gerichtet habe. Und die Ziege im letzten Winter. Hast du geglaubt, es sei Vater gewesen, der ihr geholfen hat?«

Jeelkes Augen blickten die Tochter ungläubig und unendlich traurig zugleich an. »Das warst du?« Sie legte den Löffel aus der Hand und strich Reemke einige zerzauste Strähnen aus der Stirn. »Bei Gott, ich hatte so sehr gehofft, du hättest nur das rote Haar geerbt.«

»Ich bin froh, dass es nicht nur das Haar ist.« Reemke warf den Kopf zurück. »Vaters Hilfe brauche ich nicht. Ich werde alleine mit ihnen fertig.«

»Wenn du den Insulanern Angst machen willst, dann gelingt dir das nicht mit guten Taten. Sie wollen ja das Böse in dir sehen. Und ich kenne dich, mein Kind. Du wirst dich nicht überwinden können, Schlechtes zu tun.«

»Das ist wohl wahr«, gab Reemke zu. »Aber du bist die Einzige, die mich wirklich kennt. Wenn ich es klug anstelle, dann werden sie trotzdem an das Teuflische in mir glauben. Und das wird mein Schild sein. Das Fürchten will ich sie lehren.« Sie warf den Brotteig mit Wucht auf die Holzplatte des Tisches.

Eine Weile arbeiteten sie schweigend. Schließlich hielt Reemke inne. »Ich weiß zwar, dass du nie darüber sprechen willst. Aber die Kleider in der Truhe auf dem Boden …« Sie sah, wie ihre Mutter zusammenzuckte. »… die haben doch dir gehört. Wann hast du sie getragen?«

»In einer anderen Welt«, antwortete die Mutter tonlos. »Mein Kind, ich mag mich nicht daran erinnern. Es gibt Dunkelheit und Licht im Leben eines jeden Menschen. Und wenn man sich im Dunkeln wähnt, dann bringt die Erinnerung an das Licht einen zum Weinen. Und mir ist es schwer genug ums Herz.«

»Ich will dich nicht traurig machen.« Reemke umarmte die Mutter kurz und fest.

Diese seufzte. Sie schob für einen Moment das Butterfass zur Seite und setzte sich an den Tisch. »Vielleicht muss ich mich endlich überwinden und dir alles erzählen. Du bist alt genug, um es zu erfahren. Weißt du, Liebes, ich habe nicht immer hier gelebt. Aufgewachsen bin ich an einem anderen Ort, an der Küste. Mein Vater war ein reicher Mann. Er ließ Schiffe bauen und verdiente viel Geld damit. Meine Mutter starb, als ich vierzehn Jahre alt war. Von da an waren Vater und ich eine eingeschworene Gemeinschaft.« Sie schloss die Augen und verharrte reglos. »Er verwöhnte mich mit schönen Kleidern und wertvollem Schmuck. Er las mir jeden Wunsch von den Augen ab. Doch dann …« Sie biss sich auf die Lippen. Nach einer Weile sprach sie weiter. »… dann heiratete ich deinen Vater und kam hierher auf diese Insel.«

Reemke hatte mit zur Seite geneigtem Kopf gelauscht. »Warum hast du das getan? Ich meine, ihn geheiratet? Wo du es doch so gut hattest bei deinem Vater?«

»Weil ich mich verliebt hatte.«

Eine steile Falte grub sich in Reemkes Stirn. »Das glaube ich dir nicht. Nicht in ihn!«

Die Mutter strich ihr über den Kopf. »Nein, nicht in ihn. In einen jungen Mann mit lockigem Haar und sanften Augen.« Sie blickte träumerisch in die Ferne.

»Sein Bild ist in dem Medaillon«, sagte Reemke leise.

Ihre Mutter riss den Kopf herum. »Woher weißt du …«

»Ich habe das Versteck entdeckt. Schon vor langer Zeit.« Reemke sah sie entschuldigend an. »Aber sei ganz beruhigt. Niemand außer mir weiß davon. Wem hätte ich es auch erzählen sollen?« Ihre Stimme klang bitter.

»Ach Kind, ich wusste nicht, wo ich den Schmuck verstecken sollte. All das andere Geschmeide hat mir dein Vater sofort nach unserer Heirat abgenommen und verkauft. Doch das Medaillon wollte ich um keinen Preis der Welt hergeben. Und so verbarg ich den Anhänger unter dem losen Brett. Die Truhe und ihr Inhalt sind das Einzige, was von meinem früheren Leben übrig geblieben ist.«

»Wer ist der Mann auf dem Bild?«

»Mein Geliebter. Sein Name war Friedrich. Wir wollten heiraten. Doch dann kam der Krieg. Er starb, und ich war damals schwanger. Dein Vater nahm mich auf.«

»Weil dein Vater dich nicht mehr wollte«, ergänzte Reemke.

»So ist es. Ich bekam einen kleinen Sohn. Du weißt ja, dass dein Bruder gestorben ist, bevor du auf die Welt kamst.« Ihre Augen umwölkten sich vor Trauer. »Manchmal, wenn es mir ganz schlechtging, dann habe ich das Bild in dem Medaillon betrachtet und mir vorgestellt, was hätte sein können. Fast vermeinte ich dann, Friedrichs Lippen wieder auf meinen zu spüren und die Liebe zu fühlen, die uns umgab. Und wenn ich glaubte zu zerbrechen vor lauter Schmerz, überkam mich eine große Ruhe und Ergebenheit. Die Liebe zu ihm half mir, dies alles zu ertragen. Und natürlich du, mein Kind!« Sie lächelte der Tochter traurig zu. »Aber Gnade uns Gott, wenn dein Vater das Medaillon findet. Dann fällt er nur wieder in Raserei.« Als sei alles gesagt, wandte sie sich wieder der Butter zu. »Und nun möchte ich niemals wieder darüber sprechen. Es tut zu weh, sich vor Augen zu halten, was man verloren hat.«

Stumme Tränen rannen über die Wangen der Mutter, und Reemke griff nach ihrer Hand. »Ich habe dich lieb«, flüsterte sie. Die Mutter nickte nur und drückte das Mädchen fest an sich.

»Warum wird hier nicht gearbeitet?«

Keine der beiden hatte gemerkt, dass der Vater nach Hause gekommen war. Stets registrierte sein scharfer Blick in Sekundenschnelle alles, was um ihn herum vorging. Er hatte diese Angewohnheit, die auch Raubtieren zu eigen ist: immer auf der Hut und allzeit zum Angriff bereit zu sein.

»Ich bin bei der Butter, und das Kind kümmert sich um den Brotteig«, sagte die Mutter ruhig.

Ohne ein Wort setzte Reemkes Vater sich an den Tisch. Der Stuhl knarrte unter seinem Gewicht. Trotz der geringen Größe war Tede van Voss ein sehr schwerer Mann. Er hatte enorme körperliche Kräfte und liebte es, sich mit anderen zu messen. Zu kämpfen war das Einzige, was dieser Mann kannte. Sein ganzes bisheriges Leben war ein Kampf gewesen. Allein gegen die Welt. Beim Kämpfen brachen alles Aufgestaute, aller Zorn und alle Enttäuschung aus ihm heraus. Dies und dazu seine unglaubliche Kraft und Wendigkeit machten ihn zu einem unberechenbaren Gegner. Man erzählte sich, dass er für den Tod etlicher Männer verantwortlich sei. Es könne nicht mit rechten Dingen zugehen, dass er immer Sieger blieb, wisperten die Dorfbewohner. Und so legte sich kaum jemals ein Wangerooger mit ihm an.

»Ich brauch was zu essen, aber schnell.« Sein Ton verriet, dass er keinen Aufschub mehr dulden würde.

Die Mutter holte eilig Löffel und Messer herbei. Dann brachte sie einen Krug mit Bier und einen mit Wasser. »Der Eintopf ist schon über dem Feuer.«

Sie füllte ihm eine Schale. Der Vater aß und trank, als seien die beiden Frauen gar nicht da.

Als Kind hatte Reemke den Vater mehr als alles auf der Welt gefürchtet. Manche Nacht war sie zitternd aufgewacht, wenn die Angst vor ihm zum erstickenden Grauen wurde. Mit kalter Stimme hörte sie ihn der Mutter, die er tagsüber kaum beachtete, drohen. Ihr kleiner Körper erstarrte. Denn nach den Worten kamen die Schläge und die unterdrückten Schreie der Mutter. Ihr verzweifeltes Flehen griff nach Reemkes Herz.

Manchmal hielt sie es nicht mehr aus und schrie, bis der Vater kam und sie auch geschlagen wurde.

An den Morgen danach waren die Schrecken der Nacht nur noch gedämpft spürbar. Niemals sprach die Mutter mit ihr darüber. Es war eine stille Vereinbarung, dass der Vater kaum jemals erwähnt wurde. Die Folgen der Nacht erkannte Reemke dann an dem Schal, den die Mutter trotz Sommerhitze eine Woche lang trug, oder an den Verbänden mit Ringelblumensalbe. Das waren die Tage, an denen Tedamöh sie besuchte. So sehr Reemke die Verletzungen verabscheute, so sehr liebte sie Tedamöh. Sie hing an der ruppigen Hebamme wie ein Schoßhündchen – und das bis heute.

Die Furcht vor dem Vater war mit den Jahren einem Gefühl kalter Wut gewichen. Er hatte die Mutter nur des Geldes wegen geheiratet und damit sie das Haus in Ordnung hielt, die Tiere hütete und kochte. Eine Magd hätte ihn mehr gekostet.

Sie, Reemke, war etwas, das er niemals hatte haben wollen. Das wusste sie schon lange. Reemke verzehrte sich nicht nach seiner Liebe oder Anerkennung, aber sie wollte beachtet werden. Sie war ein Mensch mit Gefühlen und kein Ding oder Tier. Dass Tede alle anderen Menschen auf der Insel mit derselben Gleichgültigkeit behandelte, war ihr kein Trost.

Während der Vater mit gesenktem Kopf den Eintopf in sich hineinschaufelte, klopfte es an der Tür. Erschrocken fuhr Reemke aus ihren Gedanken hoch.

Draußen stand Henrietta, eine der ruhigeren Frauen des Dorfes, mit ihrem halbwüchsigen Sohn Gerd. Sein Vater war im vorigen Jahr bei einem Schiffsunglück ums Leben gekommen. Der Junge machte einen benommenen Eindruck. Sein Gesicht war weiß wie frisch gefallener Schnee und der linke Arm stand in einem ungewöhnlichen Winkel vom Körper ab. Er trug einen Verband, der vom Blut rot gefärbt war.

Es geschah nicht oft, dass einer der Insulaner den Weg zur Kate fand. Und wenn, dann war es, um Tede van Voss um Hilfe zu bitten, so wie jetzt.

Der Vater sah kaum auf, doch Reemke wusste, dass er für diese Momente lebte. »Sonst bin ich nur Dreck, aber dann kommen sie angekrochen, damit ich ihnen helfe«, hatte er eines Abends verächtlich gesagt. »Da macht es mir besondere Freude, sie zappeln und mir das Helfen gut bezahlen zu lassen.«

»Er ist vom Stalldach gesprungen.« Henriettas Stimme zitterte. »Eine Mutprobe.«

Reemkes Vater verzog geringschätzig das Gesicht.

»Bitte, werter Meister van Voss, hilf ihm. Richte seinen Arm, dass er nicht Zeit seines Lebens ein Krüppel bleibt.«

»Was hab ich davon?« Reemkes Vater schob den Teller zurück und stand auf, um sich an den Dörflern vorbei aus der Tür zu schieben. Doch Henrietta hielt ihn zurück. »Ich habe dir wahrhaft gute Dinge mitgebracht: Schinken und Speck. Dazu einen edlen Tropfen. Sag, was das Zusammenflicken kostet. Am Geld soll es nicht scheitern.«

»Zeig her!«

Mit flinken Fingern legte sie die Gaben vor ihm auf den Tisch.

»Aber du hast doch selbst kaum genug zum Leben, seit dein Mann tot ist.« Reemkes Mutter wandte sich ihrem Mann zu. »Bitte, Tede, hilf dem Jungen umsonst.«

»Halt den Mund«, befahl dieser barsch. »Und nun, alle Sachen vom Tisch.« Mit mitleidlosen Augen blickte er den Jungen an, der vor Angst und Schmerzen zitterte. »Wollen mal sehen, wie wir dich zurichten können.«

Geschickt wickelte Tede den Verband ab und schnalzte mit der Zunge. »Sieht gut aus. Ist alles nur oberflächlich. Nur kleine Abschürfungen, das ist schnell wieder verheilt.«

Er befingerte und betastete den verdrehten Arm, so dass Gerd zusammenzuckte und stöhnte.

Tede funkelte ihn an. »Du kleiner Hosenscheißer! Mutprobe, dafür bist du Manns genug. Aber jetzt ist es vorbei mit dem Schneid, was?«

»Wird es wehtun?«, fragte die Mutter ängstlich.

»Natürlich.« Reemkes Vater lachte. »Kannst ja nach draußen gehen, wenn es dir zu viel ist.«

Er griff mit beiden Händen nach dem verletzten Arm und machte eine ruckartige Bewegung. Ein lautes Knacken war zu hören. Der Junge schrie auf, aber der Arm sah wieder gerade aus.

»Na also!« Reemkes Vater rieb sich die Hände. »Und jetzt schaff mir den Hosenscheißer aus den Augen. Ich mag keine Dummköpfe, die sich willentlich die Knochen zerspringen.«

So schnell die Füße sie trugen, hasteten Mutter und Sohn zur Tür.

»Halt!«, schrie der Vater. »Wo ist das versprochene Geld?«

Henrietta schob ihm einen Beutel zu.

Reemkes Vater lachte hinter ihnen her. Dann griff er nach der Flasche.

»Ich will heute meine Ruhe haben«, schnauzte er die beiden Frauen an und verschwand.

Den ganzen Tag sahen wir ihn nicht wieder. Doch in der Nacht vergriff er sich, betrunken wie er war, an meiner armen Mutter. Ich hasse ihn von ganzem Herzen! Wäre er doch nur tot! Einen Trost gibt es: Bald wird er wieder zur See fahren. Und dann werden wir für eine Weile befreit sein von seiner Anwesenheit. Für diese Tage leben wir, Mutter und ich.

Langsam tauchte Jeels aus Reemkes Geschichte auf. Seine Hände zitterten. Was hatten seine Mutter und seine Großmutter nur erleiden müssen! Das Tagebuch hatte ihm bewusstgemacht, dass die Insel nicht für jeden gleichbedeutend mit Freiheit war und dieses Haus, das er so liebte, nicht nur für Geborgenheit stand. Er hatte die Angst seiner Mutter geradezu gespürt, ihre Schreie gehört und teilgehabt an dem Gefühl der Verlassenheit und Hilflosigkeit. Was für ein hartes Leben! Wie hatte sie es nur überstanden?

»Vorbei«, wisperte es in ihm. »Das alles ist längst vorbei. Nichts kannst du mehr ändern. Nichts kannst du mehr tun, um ihr zu helfen.«

Die Erkenntnis trieb ihm die Tränen in die Augen. Als er das Buch zuklappte, fragte er sich, wann aus dem verletzlichen Mädchen die stolze junge Frau geworden war, die Tedamöh beschrieben und die ihm das Leben geschenkt hatte. Reemke hatte es angekündigt und musste gelernt haben, sich zu wehren. Er ahnte es: Die noch folgenden, bislang ungelesenen Seiten bargen Antworten auf alle Fragen. Doch sie würden warten müssen. Mehr konnte er heute nicht ertragen. Sowohl sein Geist als auch sein Körper verlangten nach Ruhe.

Jeels richtete sich auf und verzog das Gesicht. Sein Rücken schmerzte, seine Schultern waren steif. Er streckte sich und sah durch das Fenster hinaus in die Dunkelheit. Die Nacht würde kurz werden. Jeels schüttelte das Kissen in seinem Alkoven auf und glitt zwischen die kühlen Laken. Er versuchte zu schlafen, doch das Gelesene wollte ihn nicht loslassen. So lag er lange wach, und seine Finger berührten das Buch, das er neben sein Kissen gelegt hatte. Als er endlich die Schwelle zum Schlaf überschritt, hörte er leise Musik, wie aus einem fernen Leben. Der feine Duft von Lavendel stieg ihm in die Nase, und fast glaubte er die streichelnden Hände seiner Mutter zu spüren. Diesmal glitten sie nicht über das Medaillon, sondern umfingen sein Gesicht.

17

Bis vor kurzem hatte es auf Wangerooge so viele oder so wenige Unglücksfälle gegeben wie auch an anderen Orten. Manchmal ging ein Stall in Flammen auf, wenn dessen Eigentümer mit der Lagerung des Heus für das Vieh nicht vorsichtig gewesen war. Es kam vor, dass bei Sturmfluten Brunnen durch Salzwasser verdarben oder Gemüsegärten durch Flugsand unbrauchbar wurden. Doch ernstlich in Not gerieten die Insulaner eher selten, und bislang hatte man den Unglücksfällen immer eine Ursache zuordnen können. Blitzschlag oder eine Unvorsichtigkeit mit den Lichtquellen, Sturmfluten und Überschwemmungen.

Doch das war seit einigen Wochen anders. Es hatte bislang dreimal gebrannt – zu oft, als dass es Zufall hätte sein können. Ohne Grund waren zwei kleine unbewohnte Hütten in den Dünen in Flammen aufgegangen, und vor drei Tagen hatte es eine bewohnte Kate getroffen. Die alte Gesche, die dort ganz alleine gehaust hatte, war den Flammen nur entgangen, weil sie nicht im Haus gewesen war. Ohne ein Dach über dem Kopf hatte sie nicht auf der Insel bleiben können und war zu ihrer Tochter aufs Festland gezogen.

Die Insulaner hielten die Augen auf. Sie besprachen die Brandfälle, und immer wieder fielen zwei Namen: Krischan und Onno.

Krischan, der Strandstreicher, der so sehr an der Insel hing, dass er sie selbst dann nicht verlassen hatte, als ihm niemand auch nur den Zipfel einer Wurst anvertraute, und Onno, der ohne Vater aufwuchs und aus diesem Grund allein schon missraten sein musste. Dessen Großmutter ja auch immer das Maul aufriss und sich gegen alles und jeden stellte.

Wiltert hatte noch eine dritte Person ins Spiel gebracht: Jeels van Voss. Sah dieser mit seinem roten Haar nicht schon aus wie ein Feuerteufel? Es lag den van Voss doch außerdem im Blut, dass sie Übles wollten. Und hatten die Brände nicht erst angefangen, seit dieser Mann auf der Insel weilte? Wiltert hatte die Erinnerung an Jeels' Mutter und vor allen Dingen seine männlichen Vorfahren wachgerufen.

Einer von den dreien musste verantwortlich sein. Die Angst ging unter den Inselbewohnern um. Bislang hatte man niemanden auf frischer Tat ertappt. Wer wusste schon, was sich der Übeltäter als Nächstes ausdachte und wen es erwischen würde? Noch war kein Mensch ums Leben gekommen. Aber das schien nur eine Frage der Zeit zu sein.

Wer willentlich Menschen und Tiere in Gefahr brachte, war in den Augen der Insulaner ein Verbrecher. Nicht, dass die Wangerooger nicht an Todesfälle gewohnt gewesen wären. Schließlich toste um sie herum das Meer, und immer wieder ertranken Insulaner. Doch mit der See verhielt es sich anders. Sie forderte zwar auch Menschenleben und nagte mit gierigen Fingern an der Insel, sicherte den Bewohnern aber andererseits auch ihr Auskommen. Für die Hinterbliebenen war es ein hartes Los, wenn wieder ein Mann auf See blieb.

In den letzten Jahren hatten viele Witwen als Badeweiber gearbeitet. Das Vergnügen der einen war die Plage der anderen. Für die ausgelassene Schar der weiblichen Gäste betätigten sich die von oben bis unten vermummten Insulanerinnen als dienstbare Geister. Sie trugen lange, hochgeschlossene weiße Leinenblusen, Kopftücher und dunkle Röcke, die bis zu den Knöcheln reichten.

Die Badeweiber zogen die Karren, in denen sich die Badegäste entkleideten, ins Wasser und halfen beim Umkleiden. Sie unterstützten die Frauen auf Wunsch beim Baderitual, das zumeist ausschließlich auf das Eintauchen in die Fluten beschränkt war. Die Badekutschen waren ziemlich geräumig, mit Segeltuch überzogen und oben mit einem Schirmdach versehen. Innen gab es Bänke sowie Haken und Netze zum Aufhängen von Kleidungsstücken. Am hinteren Ende der Kutsche gab es eine Tür zum Ein- oder Ausstieg ins kalte Nass. Vorne war eine unbewegliche Deichsel, mit der das Gefährt rückwärts in die Fluten geschoben und dann wieder herausgezogen werden konnte. Stundenlang mussten die Badeweiber in sengender Hitze am Strand stehen. Für sie hielt man, im Gegensatz zu den Gästen, keine kühlen Getränke bereit. Wurde eine Kutsche frei, so wartete schon der nächste Gast auf sein Bad.

Heute, an einem der letzten Juniabende, dachte kein Mensch an die Unglücksfälle der vergangenen Wochen, und die Badeweiber vergaßen ihre anstrengende Arbeit. Die geheime Hofrätin veranstaltete das alljährliche Strandfest, zu dem auch die Insulaner eingeladen waren. Oder besser gesagt, für das man sie mit Aufgaben betraut hatte.

In der Nähe des Damenstrandes war ein riesiges Zelt aufgebaut und mit Fähnchen und Blumen geschmückt worden. Bunt gefärbte Lampen hingen draußen und drinnen. Schon am Morgen hatte man Bänke und Tische aufgestellt. Es gab eine festgestampfte Fläche, auf der später auch getanzt werden sollte.

Der Wirt vom *Ankerplatz* übernahm es, Gäste und Insulaner mit Getränken zu versorgen. Die geheime Hofrätin war eigens bei einem renommierten Brauhaus vorstellig geworden und hatte reichlich Bier bestellt. Es war gestern schon mit dem Fährschiff *Telegraph* in Fässern angeliefert worden. Auch an herrlichen Speisen fehlte es nicht. Frau Bartlings Köche hatten den ganzen Tag damit zugebracht, eine Vielfalt an Köstlichkeiten zu zaubern, an denen sich ausnahmsweise auch die Insulaner würden laben dürfen. Angestellte der Hofrätin standen parat, um die Speisen aufzutragen. Einige Einheimische, wie der Wirt und auch der Bäcker, hatten alle Hände voll zu tun, während andere das Treiben neugierig und mit einer gewissen Scheu beobachteten. Viele waren den ganzen Tag auf den Beinen gewesen, hatten beim Zeltaufbau mitgeholfen oder den Blumenschmuck arrangiert.

»Wiltert!«, rief die Wirtin. Ihrer Stimme war die Verärgerung anzuhören. Obwohl es noch sehr früh war, gab es schon Berge von Bierkrügen, die gespült werden wollten. Allein war das kaum zu schaffen. Doch ihr Sohn scharwenzelte gerade mit einem weiblichen Badegast und ignorierte die Rufe seiner Mutter. Die Augen der jungen Frau hingen hingerissen an dem gut aussehenden Wirtssohn.

Unvermittelt packte Hannes seinen Sohn am Arm. »Gehst du nun deiner Mutter zur Hand, oder muss ich dir erst Beine machen?« Der Fremden nickte er entschuldigend zu.

»So was«, murmelte diese kopfschüttelnd und stand auf.

Missmutig begann Wiltert, die Krüge zu spülen. Wer genau hinsah, bemerkte, dass er nicht bei der Sache war. Seine Augen weiteten sich, als Badearzt Dr. Hoffmann mit seiner jungen Frau das Zelt betrat. Neugierig starrte Wiltert die Blonde an. Etwas Besonderes umgab sie, das hatte er nicht nur an dem Abend am Strand gespürt. Es gab schönere Frauen auf der Insel, doch es gab keine, die so unnahbar wirkte. Im Grunde war sie unerreichbar für ihn, doch gerade das reizte Wiltert. Er würde sein Glück heute Abend erneut bei ihr versuchen. Das wäre doch gelacht, wenn diese Madame bei ihm nicht anbeißen würde.

»Du bist so schnell wie ein lahmer Gaul«, zischte die Wirtin ihm missbilligend zu. »Da sind ja die Kellner der geheimen Hofrätin noch schneller.«

Giftig starrte Wiltert sie an. Dann schürzte er verächtlich die Lippen. Na, die würde sich auch noch wundern, wenn sie erfuhr, was er wusste. Wenn er die Gaststube erst übernahm, dann würde er sie aufs Altenteil schicken. Fleißig war seine Mutter ja, aber es regte ihn auf, von ihr gegängelt zu werden. Immer schon war sie bei allem, was er tat, so schrecklich besorgt gewesen und hatte jeden seiner Schritte mit Argusaugen beobachtet. Das hatte ihm in jungen Jahren den Spott der anderen Inselkinder eingebracht. Später, als Wiltert die Wahrheit über seine Herkunft entdeckt hatte, da war ihm klargeworden, dass nicht Liebe hinter der übermäßigen Sorge der Mutter steckte. Offenbar fürchtete sie, dass jemand bemerken könnte, wer sein wahrer Vater war. Er wusste, dass sie den Pastor gehasst hatte. Daher wollte sie wohl sichergehen, dass keine Ähnlichkeiten zwischen ihnen beiden zu erkennen waren. Immer schaute sie ihn so forschend an. Je älter er wurde, desto weniger konnte er es ertragen.

Auch jetzt wich er ihrem Blick aus. Seine Augen wanderten stattdessen wieder zur Frau des Badearztes. Jetzt war noch nicht so viel los. Da könnte er einen Versuch starten, sich mit ihr auszusöhnen. Wiltert füllte einen der Krüge und setzte sich mit einem gewinnenden Lächeln in Bewegung.

Während das Strandfest seinen Anfang nahm, war Krischan noch bei der Arbeit. Der bärtige Hüne schwitzte in der Abendsonne und dachte an die große Feier. Er kannte das Fest aus anderen Jahren. Seine braungebrannten Arme schleuderten mit kräftigem Schwung Berge von Heu, die Jeels sich hatte anliefern lassen, in den Stall. Sein Freund hatte nun doch zwei Kühe gekauft, die gemeinsam mit dem anderen Vieh auf der

Weide waren. Und jetzt besserte er den Auslauf für die Hühner aus, die Tedamöh ihm versprochen hatte.

Sehnsüchtig lauschte Krischan den Geräuschen, die von ferne herüberdrangen. Seine Zunge fuhr über die ausgetrockneten Lippen. Er dachte an das Bremer Bier, das Hannes ausschenken würde.

»Na, Krischan, denkst wohl an einen guten kühlen Krug?«, neckte ihn Onno, der schon den ganzen Nachmittag half. »Meine Oma hat gesagt, sie tut sich das nicht an, aber ich würde gerne hingehen.« Ein sehnsüchtiger Klang lag in seiner Stimme.

»Ich auch, das kannst du mir glauben.« Krischan arbeitete schnell, und noch ehe Jeels mit dem Einzäunen des Auslaufes für die Hühner fertig war, stellte er die Heugabel in die Ecke.

»Man kann es kaum fassen, aber du arbeitest für drei«, sagte Jeels.

Das verschwitzte Gesicht des Hünen strahlte.

»Und mit dir bin ich auch sehr zufrieden.« Jeels nickte Onno wohlwollend zu.

»Ich würde am liebsten jeden Tag kommen, doch da lässt meine Oma nicht mit sich reden. Sie glaubt, es nützt was, wenn ich dreimal in der Woche zur Schule gehe.« Er verzog das Gesicht. »Nur gut, dass der Schullehrer nicht jeden Tag vom Festland übersetzen kann. Außer seinen Rohrstock habe ich im Unterricht nicht viel kennengelernt.«

»Vielleicht solltest du dich ein bisschen mehr anstrengen.« Jeels kramte in seiner Geldbörse und drückte dem Jungen einige Münzen in die Hand. »Als Dank für deine Arbeit. Du willst ja sicherlich gleich zum Strandfest.«

Onno starrte hingerissen auf die Münzen. Dann begann sein Gesicht zu glühen. »Natürlich. Jeder, der Beine hat, geht hin. Was ist denn mit euch? Vielleicht können wir zusammen …«

Krischan fiel Onno ins Wort. »Kann sein, dass es dir nicht gefällt, Jeels.« Er machte ein besorgtes Gesicht. »Ich weiß noch vom letzten Jahr, wie es dort zugeht. Solange die Hofrätin ihr Auge darauf hält, benehmen sich alle noch, aber später dann … Weißt ja, ist die Katze aus dem Haus, tanzen die Mäuse auf dem Tisch.«

Er dachte an legendäre Prügeleien, handfeste Auseinandersetzungen zwischen Insulanern und Gästen, von denen die Hofrätin nichts mitbekam. Manchmal glaubten die männlichen Kurgäste nämlich, die Insulanerinnen seien Freiwild. Mit jedem Krug Bier schienen die Gesichter der Weiber schöner und die Männer draufgängerischer zu werden. Aber das konnte er Jeels so natürlich nicht sagen.

Dieser wandte sich Onno zu. »Und du sagst, alle Insulaner sind heute Abend dabei?«

Der Junge nickte eifrig. »Jawohl. Nur meine alte Oma, die hat dafür nichts übrig.«

»Was hör ich da? Meine alte Oma!?«, schallte es entrüstet vom Haus herüber. »Aber zum Essenkochen für Rotzlöffel wie dich bin ich jung genug, was?«

Tedamöh kam schnaubend um die Ecke, und Onno zog den Kopf ein. Benno lief ihr schwanzwedelnd entgegen. Er schien einen Narren an der alten Frau gefressen zu haben.

»Guten Abend, Tedamöh«, grüßte Krischan die schwer bepackte Alte und verbeugte sich leicht. »Du bringst wohl die Hühner.«

Tedamöh bedachte die breite Gestalt des ehemaligen Strandstreichers mit einem prüfenden Blick. »Treibst dich also immer noch in fremder Leute Häuser herum, Krischan«, sagte sie lauernd. »Wundert mich, dass Jeels dich nicht gleich zum Teufel gejagt hat.«

Krischan wurde rot bis unter die dichten Locken. Doch dann fing er sich und reckte das Kinn. »Im Gegenteil. Er hat mir Arbeit gegeben. Kannst ihn ruhig fragen – ich mach meine Sache gut.«

»Das tut er.« Jeels klopfte dem Freund auf die Schulter, wobei er sich aufgrund dessen Größe auf die Zehenspitzen stellen musste. Dann streckte er der Besucherin die Hand entgegen.

»Du hast einen guten Zeitpunkt gewählt. Ich habe das Gehege gerade fertig. Doch nun komm erst einmal mit ins Haus.«

Tedamöh streckte ihrem Enkel eine große Weidenkiepe entgegen. »Da hast du gleich was zu tun, Onno. Es sind drei Legehennen und ein Hahn. Gib den Tieren auch zu fressen.«

»Zu Befehl!« Onno tippte sich an die Stirn. »Und Jeels, nun musst du der Oma versprechen, bei jedem Gackern der Hühner an sie zu denken. Das freut dann so einen alten Menschen.«

Tedamöh schlug nach ihm, aber um ihre Lippen spielte ein Lächeln. Jeels führte sie lachend ins Haus.

Drinnen sah sich die alte Frau neugierig um. Ihre Augen streiften den neuen Sekretär und die übrige Einrichtung. Sie spähte auch in die Küche, nahm den großen Holztisch und die Stühle in Augenschein und nickte zustimmend. »Ich hatte es unwohnlicher in Erinnerung. Du hast was daraus gemacht, Jeels. Das hätte deiner Mutter gefallen. Wenn du magst, dann nähe ich dir noch Gardinen für die Fenster.«

Jeels neigte dankend den Kopf. »Ich würde mich freuen.«

Er bezahlte das Federvieh, für das Tedamöh einen äußerst niedrigen Preis nahm und sich auch nicht umstimmen ließ. »Ich freue mich, wenn etwas von mir hier herumläuft.«

»Darf Onno uns gleich zum Strandfest begleiten?«, fragte Jeels, während er einen Schwung Tassen aus dem Schrank holte.

Die Alte spitzte die Lippen. »Wenn du ein Auge auf ihn hast, dann sag ich nicht nein. Der Junge schafft es ja irgendwie immer, in Schwierigkeiten zu geraten.«

»Ich werde ihn hüten wie meinen Augapfel.« Jeels lächelte ihr zu und goss ihnen einen Tee auf. Als sie sich gestärkt hatten, geleitete er die Alte hinaus. Onno begleitete seine Großmutter nach Hause und versprach, in einer halben Stunde frisch gewaschen und mit sauberer Kleidung wieder da zu sein.

Auch Krischan hatte es jetzt eilig, ins Haus zu kommen. Er war zwar ein massiger und riesiger Mann, doch wenn er ging, waren seine Bewegungen weich und geschmeidig wie die eines Bären. Und wie ein Bär, so konnte auch Krischan sehr schnell sein. Während er zum Haus lief, fuhr er sich mit allen fünf Fingern durch den krausen Haarschopf, als wolle er Ordnung in seine Locken bringen.

Jeels musste grinsen. Er mochte Krischans Art. Als beide sich umgezogen hatten, schob er dem Freund einen Stapel Münzen zu. »Hier, für das ein oder andere Bier. Du hast es dir wahrlich verdient.«

Krischan fingerte verlegen an seinem Hemd herum. »Lass nur, Jeels. Du musst ja im Moment für so viele Dinge Geld ausgeben. Die Tiere und das Heu, dazu das Baumaterial für die Kate und unser Essen. Es ist ja schier ein Fass ohne Boden. Ich brauch nichts von dir. Später, wenn mal was über ist, dann will ich gerne Geld annehmen.«

»Red keinen Unsinn und nimm es!«, befahl Jeels. Er trug eine dunkle Leinenhose und ein helles Hemd. Um den Kragen hatte er ein breites Band aus schwarzer Seide geschlungen und locker gebunden. Wie Feuer hob sich das rote Haar gegen den dunklen Stoff ab. Jeels trug das Haar jetzt etwas länger als zu Bremer Zeiten. Dies ließ ihn ein bisschen verwegen wirken.

Mit einem gemurmelten Dank strich Krischan das Geld ein. Das krause Haar wallte um seinen mächtigen Schädel. Es ließ sich nicht bändigen, und Krischan schaffte es trotz der neuen Hose und dem hellen Hemd nicht, den Eindruck von Wildheit abzuschütteln.

Onno war schneller als erwartet wieder zur Stelle. Seine Hose war ein wenig zu kurz, aber das schien den Jungen wenig zu stören. Er summte vor sich hin und trieb die beiden Männer zur Eile an. Seine Augen blitzten voller Vorfreude.

»Mensch, habt ihr euch fein gemacht. Jeels, du siehst aus wie der Seeräuber Rotbart, von dem der alte Krienohm mir immer erzählt. Muss ein toller Kerl gewesen sein. Der hatte an jedem Finger ein Schätzchen, sagt Krienohm.« Onno grinste. »Sicherlich wollen alle Frauen heute Abend mit dir tanzen.«

Jeels machte ein ungläubiges Gesicht, während Krischan nur missbilligend mit dem Kopf schüttelte. »Die Jugend heutzutage. Als ich in deinem Alter war, wusste ich noch nicht einmal, was ein Schätzchen ist. Nun aber schnell, sonst geht dem Hannes noch das Bier aus, bevor wir überhaupt da sind.«

Benno würden sie zu Hause lassen, doch das schien dem Hund nichts auszumachen. Er gähnte ausgiebig und rollte sich auf seinem Lager zusammen.

Die wenigen Männer, die nicht auf See waren, trugen zur Feier des Tages ihre Sonntagshüte. Sie waren breitrandig und schwarze Seidenbänder hingen an ihnen herab. Die meisten Insulaner waren mit dunkler Jacke und brauner Hose bekleidet. Hinderk Tjarks, der alte Kapitän, trug sein gutes altes Damastjackett mit den silbernen Knöpfen und weiße Hosen aus Leinen, die nur knapp übers Knie reichten. Seine Aufmachung stammte noch aus der Zeit Napoleons.

Die älteren Frauen erkannte man an ihrer Kopfbedeckung, den Käppchen. Einige trugen ihre Sonntagsbetjacken mit langen Schößen, andere dunkle Leinenkleidung mit hellen Schürzen darüber. Die jungen Mädchen ließen ihr Haar im Wind wehen.

Insgesamt standen die Einheimischen natürlich in keinem Vergleich zu den pompös ausgestatteten Gästen der geheimen

Hofrätin. Die Männer waren allesamt im Frack, trotz der rustikalen Umgebung, und die Damen trugen Abendroben.

»Es ist schon recht so, der Unterschied muss allen bewusst bleiben«, dachte die Hofrätin, während ihre Augen zufrieden über die bunte Schar glitten.

Eingeladen waren auch die Arbeiter aus dem Salzsiedewerk. Ungefähr auf halbem Wege zwischen dem Dorf und dem Ostende der Insel hatte der Kaufmann Christian Renken aus Oldenburg 1832 eine Salzsiederei errichtet. Arbeitskräfte fand er nur auf dem Festland, denn die Insulaner sahen sich selbst ausschließlich als Fischer oder Schiffer. Die Lage der Insel und der Mangel an fruchtbarem Boden hatte diese Tradition schon vor ewiger Zeit begründet. Die Männer nahmen ihre Berufung schon mit der Muttermilch auf, und daher war kein Insulaner dazu zu bewegen, in der Salzsiederei zu arbeiten.

Die Seefahrer unter den Insulanern beteiligten sich am Heringsfang bei Helgoland, sie heuerten auf großer Fahrt an oder verdienten mit der Robbenjagd ihr tägliches Brot.

Sicher, da gab es den einen oder anderen Handwerker auf der Insel. Das Brot musste gebacken und die Schuhe besohlt werden. Aber auch hier galt die Tradition: wie der Vater, so der Sohn.

Den Mitarbeitern der Salzsiederei begegneten die Einheimischen, wie allem Fremden, mit einer gewissen Zurückhaltung. Doch zur alljährlichen Feier gehörten die Männer dazu. Auch das hatte Tradition.

Wemke saß mit Konrad an einem der Holztische und betrachtete müde das Treiben um sie herum. Wieder einmal hatte sie die kleine Schwester in die Hände des Kindermädchens geben müssen. Das Strandfest war ein gesellschaftliches Vergnügen der besonderen Art, und sie musste präsent sein. Auch wenn diesmal die luxuriöse Umgebung und die Kapelle fehlten und nur ein Geiger zum Tanz aufspielen würde.

»Wir beziehen die Insulaner jedes Jahr mit ein«, hatte die geheime Hofrätin erklärt. »Sie fühlen sich sonst ausgeschlossen. In meiner Seebadeanstalt will ich sie nicht. Um Gottes willen! Das einfache Inselvolk und meine hochgestellten und gutbürgerlichen Gäste – das passt einfach nicht zusammen. Aber bei dieser Veranstaltung können sie eine Rolle spielen. Sie müssen schließlich bei Laune gehalten werden. Ich brauche ihre Mitarbeit, allein schon, wenn es um passable Unterkünfte geht. Von den fünfzig Häusern auf der Insel sind vielleicht dreißig als Quartiere für meine Erholungsreisenden geeignet, und für die nächsten Monate haben sich bereits sehr viele Gäste angemeldet. Die kann ich, weiß Gott, nicht alle im Logierhaus unterbringen. Vielleicht muss ich diesmal sogar für die Mahlzeiten auf die Insulaner zurückgreifen. Na, da werde ich ihnen die schlechten Manieren von wegen Branntwein und Sirup mit eingebrocktem Kuchen wohl austreiben müssen. Auch gekochte Grütze mit Pflaumen kann für die Gäste nicht angehen.« Sie rümpfte die Nase. »Aber da lassen die Frauen sicherlich mit sich reden. Die Gäste werden das heutige Strandfest als schlichte Abwechslung schätzen. Ich gestalte ihnen ja schließlich sonst den Aufenthalt so luxuriös und angenehm wie möglich.«

Der Tag hatte schon am Morgen mit einer besonderen Attraktion begonnen. Die Geheime Hofrätin war mit den Gästen zu einer Wallfahrt aufgebrochen, deren Ziel die »Sandgletscher der Wangerooger Schweiz«, wie sie es nannte, war. Esel und ihre Treiber hatten den Auftakt gebildet. Sie waren vorausgeschickt worden, um während der Wanderung eine Vielzahl von Delikatessen bereitzuhalten. Den Abschluss hatte die Unternehmung vor dem Pavillon gefunden. Dort war den müden Gästen von den Kindern der Insel ein Reigen von Liedern gesungen worden. Der Pastor hatte sie mit ihnen einstudiert. Nachdem sich alle erholt und ausgeruht hatten, war es im großen Marsch zum Strand gegangen.

Nun hatten sich alle Gäste und Insulaner beim Zelt versammelt. Nach der Feier würde es am Ende des Abends noch eine ganz besondere Attraktion geben: Der Stabswachtmeister hatte sich bereiterklärt, eine mächtige Salve abzufeuern. Dann sollte ein Turm von alten Körben, den die jungen Leute des Dorfes aufgeschichtet hatten, angezündet werden und unter Feuerflammen zusammenstürzen. Und zur Krönung des Abends wartete auf die Feiernden das große Feuerwerk, mit aufsteigenden Raketen und funkensprühenden Feuerrädern.

Doch noch war es nicht so weit. Wemke schloss ergeben die Augen. Sie sehnte das Feuerwerk herbei, damit der Abend endlich zu Ende ginge. Hoffentlich wachte Freya nicht von all dem Lärm auf. Es hatte sich eingebürgert, dass Gerlind an Abenden wie heute auf die Kleine achtgab. Wemke wünschte sich, selbst schon friedlich im Bett liegen zu können. War es im Haushalt der Justizrätin in Jever schon anstrengend gewesen, so stellte das Seebad dies noch in den Schatten. Alles drehte sich nur um die Gäste, und deren Ansprüche waren grenzenlos. Zum Schluss sehnte das gesamte Personal das Ende der Saison herbei.

Erst wenige Male waren Wemke und Freya am Strand gewesen. Der Kleinen tat der Aufenthalt hier auf Wangerooge ausgesprochen gut. Sie hatte zugenommen und war voller Tatendrang. Das Meer hatte es ihr angetan und vor allen Dingen die Muscheln. Die Kleine lief lange Strecken an Wemkes Hand und bückte sich immer wieder, um ein besonders schönes Exemplar aufzuheben. Wie eine Zange griffen Zeigefinger und Daumen nach den Meeresgaben, und jeder Fund entlockte ihren Lippen ein entzücktes ›Oh‹. Wieselflink landete so manche der Muscheln in ihrem Mund. Der Sand, der daran haftete, schien Freya nichts auszumachen. Sie wollte alles ganz genau untersuchen. Außerdem liebte sie das Wasser und plantschte zu gerne mit ihren kleinen Füßen durch die Wellen.

Wenn Wemke mit ihr über die Insel ging, dann konnte sie den Blick nicht vom Himmel und den Wolken abwenden. Sie liebte das Eiland mit all seinen Farben, aber der Himmel übte eine besondere Anziehung auf sie aus. Doch es war viel zu selten Zeit und Muße, den Zauber Wangerooges zu genießen.

An den wenigen gemeinsamen freien Tagen war Konrad mit ihnen gekommen. Er ging völlig darin auf, mit Freya zu spielen und schien dabei immer wieder in seine eigene Kindheit zurückzukehren.

Wemke seufzte, als sie an den gestrigen Nachmittag dachte. Konrad hatte wieder einmal darauf angespielt, dass sie eine *richtige* Familie sein sollten. Freya bräuchte andere Kinder um sich herum, mit denen sie gemeinsam aufwachsen könnte. Er selbst habe sich immer nach einer Frau wie ihr gesehnt. Sie waren verheiratet, nach seinem Wunsch bräuchte dies nicht nur auf dem Papier Ausdruck finden.

Wie jedes Mal war Wemke vor Verlegenheit heiß und kalt geworden. Sie mochte Konrad, so wie man einen guten Freund mag. Doch mehr Gefühle brachte sie ihm nach wie vor nicht entgegen. Das hatte sie versucht, in Worte zu fassen. Konrad war verständnisvoll. Sie hätte alle Zeit der Welt, sich mit dem Gedanken anzufreunden.

Doch im Grunde ihres Herzens wusste Wemke, dass sich ihre Gefühle für Konrad nie ändern würden. Denn insgeheim sehnte sie sich nach einem ganz anderen Menschen. Unbewusst hielt sie Ausschau nach Jeels van Voss. Doch weder ihn noch seinen großen Freund konnte sie entdecken. Wemke wusste nicht, ob sie erleichtert oder enttäuscht sein sollte.

»Du bist verheiratet«, hielt sie sich ärgerlich vor. »Dein Mann ist anständig und von Grund auf gut. Du hast vor Gott gelobt, ihm eine treue Partnerin zu sein. Reiß dich um Himmels willen zusammen!«

Es nützte nichts. Wemke schloss gequält die Augen. Die

Liebe zu Jeels van Voss würde immer ihr Geheimnis bleiben müssen. Nur die Sehnsucht konnte sie sich nicht verbieten.

Wemke zwang sich, den Gedanken an Jeels fallenzulassen. Vorsichtig sah sie sich nach Wiltert um und stellte erleichtert fest, dass er nicht im Zelt war. Über ihn hatte sie sich gleich nach ihrer Ankunft hier geärgert. Da glaubte dieser Kerl doch, ein Krug Bier würde reichen, um sie seinen Angriff am Strand vergessen zu lassen. Konrad hatte sie fragend angeschaut, als der Wirtssohn am Tisch auftauchte und dessen ausgestreckte Hand mit dem Krug von ihr ignoriert wurde. Wemke konnte sich nicht überwinden, ihrem Mann von dem Vorfall zu erzählen. Nachdem sie sein Friedensangebot lange genug stur missachtet hatte, war Wiltert mit wutschäumender Miene abgezogen und Wemke hatte erleichtert aufgeatmet.

Der Wirt hatte eine andere Meinung zur Abwesenheit seines Sohnes. Immer noch wurde hinter dem Ausschank jede helfende Hand dringend gebraucht, und er fragte sich nun schon seit einer ganzen Weile verärgert, wohin Wiltert verschwunden war. Ihm troff der Schweiß von der Stirn. Immer wieder wischte er sich mit dem fleischigen Handrücken über die Augen. So heiß wie heute war es das ganze Jahr noch nicht gewesen. Gebeugt wie Hannes dastand, wirkte sein Hals so kurz, dass es aussah, als sei der Kopf unmittelbar zwischen die Schultern gebettet.

Die Hände der Wirtin arbeiteten flink und unaufhörlich. Sie rannte hin und her und bediente die Gäste. Hannes nickte ihr dankbar zu. Ein bitterer Zug lag um ihren Mund: Seine Frau ärgerte sich über den Sohn. Wiltert hatte es natürlich wieder einmal nicht nötig, sich anzustrengen. Er war die ganze Zeit so lahm wie eine Schnecke gewesen. Fast konnte man glauben, er überließe es mit Absicht den Alten, sich abzurackern, als hätte er seine Freude daran. Und ausgerechnet heute, wo sie sich endlich auch einmal eine goldene Nase verdienen konnten. Aber nein. Der liebe Herr hatte damit zu tun, die Damen anzustarren. Und jetzt war und blieb er schon seit einer Stunde verschwunden. Dabei waren Gäste wie auch Insulaner durstig wie selten.

»Hannes, hast du eine Ahnung, wo der Wiltert wieder steckt?«, zischte seine Frau, als sie mit zwei leeren Krügen zurück zur Theke kam.

Der Wirt schüttelte nur müde den Kopf. »Hab ich dir ja gleich gesagt, dass du mit ihm nicht rechnen kannst. Kein Verlass ist auf diesen Kerl.«

Sie nickte bestätigend. »Die Arbeit hat der nicht erfunden. Und jetzt hat ihn auch noch die Wut gepackt. Weißt ja, immer wenn er so richtig in Fahrt ist, dann lässt er alles stehen und liegen und ist weg. Aber dass es ausgerechnet heute wieder so weit sein muss!«

»Worauf ist er denn wütend?«, fragte der Wirt mit gerunzelter Stirn.

Sie nickte mit dem Kopf verstohlen zur Bank herüber, auf der sich der Badearzt niedergelassen hatte. »Die Frau von ihm, weißt ja, die vom Festland, hat Wiltert abblitzen lassen. Nicht, dass er was mit ihr anfangen wollte«, fügte sie erklärend hinzu. »Hat ihr nur unaufgefordert einen Krug Bier hingestellt und dabei geguckt wie ein Hund, der gestreichelt werden will.«

»Was sollte das denn bedeuten?«

Die Wirtin hob die Schultern. »Weiß nicht. Auf jeden Fall hat die junge Frau ihn wie Luft behandelt. Bei der braucht es wohl mehr als ein hübsches Gesicht, um sich die Freundschaft zu sichern. Na, du kannst dir denken, wie das unserem Frauenheld geschmeckt hat. Es bringt ihn ja immer in Rage, wenn die Mädchen nicht so wollen wie er. Ach Hannes, käme doch nur die Richtige, die ihn zu nehmen weiß. Dann wäre vielleicht doch nicht Hopfen und Malz verloren. Das Alter zum Heiraten hat er doch schon längst, aber Wiltert turtelt ja lieber mit vielen Frauen gleichzeitig herum, als es mit einer ernst zu meinen. Manchmal mache ich mir wirklich Sorgen.« Sie kam nicht dazu, mehr zu sagen. Rufe ertönten. Durstige Gäste wollten bedient werden.

Ihr Mann hielt sie noch einmal zurück. »Denk nicht zu viel nach. Was das Erbe angeht, da kann keiner dem Wiltert das Wasser reichen. Wie viele Mädchen haben schon die Hände nach ihm ausgestreckt. Sieht ja auch gut aus, der Bursche.«

»Sieht gut aus, steckt aber nichts dahinter. Und verheiratet ist der noch lange nicht!«, beschloss die Wirtin das Gespräch.

Der Badearzt strich sich mit spitzen Fingern über das Kinn. Obwohl um ihn herum der größte Trubel herrschte, entging ihm nichts.

»Ah«, er nickte zum Eingang des Zeltes, »da ist dieser van Voss, den wir bei deiner Ankunft kennengelernt haben.«

Wemke, die vor sich hin geträumt hatte, hob erschrocken den Kopf. Jeels wurde gerade von Hinrich Luts, dem Zimmermann, begeistert begrüßt. Dieser ging mit Krischan zur Theke, um Bier zu besorgen, während Jeels und Onno am Tisch Platz nahmen.

Jeels' Augen wanderten durch den Raum, und ihre Blicke trafen sich. Wemke spürte, wie schwer es ihm fiel, die Augen von ihr zu lösen. Nur Sekunden hatten sie sich angesehen, doch das hatte gereicht, um ihr Innerstes zum Beben zu bringen. Ihm schien es nicht anders zu gehen. Trotz der Menschenmenge war da ein Zaubermantel, der nur sie beide umgab. Gewoben aus etwas, das man nicht mit Händen greifen konnte. Freundschaft vielleicht, Verbundenheit, aber auch Leidenschaft.

Wemke biss sich auf die Lippen, doch ihre Gedanken wollten sich nicht zügeln lassen. Es schien, als ob sie sich all die

Jahre aufeinander zubewegt hatten, ohne voneinander zu wissen. Nur um dann hier, auf Wangerooge, anzukommen und sich zu erkennen.

»Ich denke, wir sollten den jungen Mann an unseren Tisch bitten«, beschloss Konrad Hoffmann gerade laut und riss Wemke damit aus ihren Gedanken. »Was meinst du, mein Liebes, wir sind ihm doch schließlich etwas schuldig, nicht wahr?«

Er wartete ihre Antwort nicht ab, sondern winkte Jeels mit einer Geste, die dieser einfach nicht übersehen konnte, zu sich. Wemke spürte, wie Wärme in ihre Wangen stieg. Hätte er ihr die Gelegenheit gelassen, dann hätte sie Konrad sein Vorhaben ausgeredet, doch nun war es zu spät. Es würde ihr schwerfallen, Jeels so nah und doch so fern zu sein. Wemke riss sich zusammen. Sie durfte sich nicht gehenlassen!

Jeels stand zögernd auf und kam mit fragendem Ausdruck auf dem Gesicht näher.

»Wollen Sie sich nicht zu uns setzen?« Konrad lächelte ihn gewinnend an. »Ich, oder besser gesagt, wir«, er nickte zu Wemke herüber, »würden Sie gerne näher kennenlernen.«

Im Gegensatz zu Wemke schien Jeels ganz ruhig zu sein. Er überlegte kurz und sagte dann: »Tut mir leid, Dr. Hoffmann. Ich würde Ihr Angebot gerne annehmen, aber es warten schon drei andere Herren auf meine Gesellschaft.« Mit einer entschuldigenden Geste wies er auf Onno, Krischan und Hinrich Luts. »Ich möchte meine Freunde nicht kränken, indem ich Sie und Ihre Frau vorziehe.« Er machte eine leichte Verbeugung in Wemkes Richtung. »Es findet sich sicherlich im Laufe des Abend noch Gelegenheit zum näheren Kennenlernen.«

Die Menschen um sie herum starrten Jeels verblüfft und mit offenen Mündern an, und auch in den Augen des Badearztes blitzte es überrascht auf. Es gab viele hier auf der Insel, die sich die Finger nach einer solchen Einladung leckten. Konrad Hoffmann war ein zurückhaltender Mann und kannte seine Vorrangstellung genau. Selten bat er jemanden um seine Gesellschaft, und wenn doch, so hatte ihm dies noch nie eine Abfuhr eingebracht.

Dr. Hoffmann zuckte die Schultern. »Wie Sie wünschen.«

Wemke war blass geworden. Einerseits schmerzte es sie, dass Jeels sich der Einladung verweigert hatte, andererseits fand sie es berührend und bewundernswert, dass er sich auf so unmissverständliche Art zu den Menschen bekannte, die ihm am Herzen lagen.

Onno sah ihm mit offenem Mund entgegen, als Jeels zu ihrem Tisch zurückkehrte. »Mensch, was du dich alles traust«, flüsterte er. »Und das nur für Kerle wie uns.« Seine Augen leuchteten stolz.

Krischan, der von alledem nichts mitbekommen hatte, kam mit zwei Humpen Bier zurück. »Hier kommt was gegen den Durst. Onno, für dich bringt Hinrich Holunderblütensaft mit.«

»Bäh! So ein Zuckerwasser. Also wirklich, Krischan, das ist doch nichts für Männer, die den lieben langen Tag schwer geschuftet haben.«

»Männer! Du bist ja noch nicht mal trocken hinter den Ohren. Hast wohl gedacht, es gäbe für dich auch ein Bier, was? Bürschlein, da musst du schon noch ein paar Jährchen warten.« Krischan zerzauste ihm die Haare. »Deine Oma hat uns genaue Anweisungen gegeben!«

Onno seufzte. »Bevor der Holundersaft mir zu Kopf steigt, gehe ich dann lieber nochmal hinters Zelt zum … na, ihr wisst schon.«

Jeels nickte ihm zerstreut zu. Er konnte den Gesprächen um sich herum kaum folgen. Was hatte es für eine Kraft gekostet, dem Badearzt und vor allen Dingen Wemke unverkrampft gegenüberzutreten. Er war von Herzen froh gewesen, die Einladung ausschlagen zu können, und wünschte sich jetzt, nicht mit zum Fest gegangen zu sein. Es war ihm nicht bewusst gewesen, wie sehr es ihn schmerzen würde, sie neben ihrem Mann zu sehen, vor Augen geführt zu bekommen, dass seine Liebe zu ihr unerfüllbar war. Sie war alles, was er sich immer vorgestellt und gewünscht hatte. Er konnte sich die Gefühle für sie nicht einfach aus dem Herzen reißen.

Ein leichter Rippenstoß von Hinrich Luts, der mittlerweile mit Saft und Bier zu ihnen gestoßen war, riss Jeels aus seiner Versenkung.

»Wir können ja schon mal einen ersten Schluck nehmen.«

Doch die Männer kamen nicht mehr dazu, ihr Vorhaben in die Tat umzusetzen.

»Feuer!«, schrie jemand am Eingang des Zeltes. »Sibos Haus brennt!«

Jäh verstummten alle Gespräche. Für einen Moment herrschte Totenstille, doch dann brummte das Zelt wie ein Bienenkorb. Alle sprangen entsetzt auf und schrien durcheinander. Mit angsterfüllten Mienen drängten sich die Menschen hinaus und rannten in Richtung Dorf. Sibo, ein alter Korbflechter, allen voran. In Windeseile war das Zelt leer.

Die Wirtin blieb allein zurück und ließ sich auf eine Bank sinken. Nur wenige Sekunden später betrat ihr Sohn das Zelt.

»Hab mich draußen eine Weile mit einem der Köche vom Festland unterhalten. Aber jetzt bin ich wieder hier und kann dir kräftig unter die Arme greifen.« Er schaute sich erstaunt um, als bemerkte er erst jetzt die leeren Tische und Bänke. »Nanu, wo sind denn all die Gäste geblieben?«

»Es hat wohl wieder einen Brand gegeben«, sagte seine Mutter mit bebenden Lippen. »Deshalb ist hier jetzt nichts zu tun. Brauchst mir also nicht zu helfen.«

Sofort sprang Wiltert auf. »Na, dann geh ich schnell und schau nach, ob ich draußen was tun kann.«

Ohne ihre Antwort abzuwarten, rannte er dem Zeltausgang zu.

Seine Augen suchten den Himmel ab, doch es fand sich kein rotes Feuerzeichen. Wiltert runzelte die Stirn. Eigentlich müsste das Haus schon lichterloh brennen. Die anderen Hütten hatten schneller Feuer gefangen. Diese ersten Brände waren nur ein kleines Vorspiel gewesen, um den Verdacht auf Jeels van Voss und seine Kumpane zu lenken. Er hatte eigentlich nicht vorgehabt, Sibos Haus gerade heute anzustecken. Das Verhalten des hochnäsigen Weibsbildes hatte ihn dazu gebracht. Er würde es ihr und diesem van Voss schon zeigen.

Wiltert war ein guter Läufer und kannte viele Schleichwege. Schnell holte er die anderen ein, stieß zu Sibo vor und erreichte mit ihm als einer der ersten die Kate. Aus dem hinteren Teil des Hauses, wo im Winter die Tiere des Korbflechters untergebracht waren, stieg eine dünne Rauchfahne in die Luft. Es roch stark nach Brand, doch Funken waren nicht zu sehen.

Vom Haus her stürzte ihnen eine Gestalt entgegen. »Es ist nicht viel passiert. Ich habe das Feuer erstickt. Hab schnell meine Jacke daraufgeschmissen. Du hast weniger Schaden als ich, Sibo.« Onno schwenkte das zusammengeschrumpfte Kleidungsstück wie eine Trophäe. »Das wird meine Oma nicht freuen.«

Sibo starrte ihn mit offenem Mund an. Er konnte das Gesagte noch gar nicht fassen.

Wiltert aber griff blitzschnell nach dem dünnen Arm des Jungen. »Du willst also den Brand verhindert haben. Ich frag mich allerdings, was du hier überhaupt zu suchen hattest!«

Es konnte doch wohl nicht angehen, dass dieser Bengel mal wieder alles vermasselt hatte! Hass auf den Jungen wallte in Wiltert auf. Er schüttelte Onno so heftig, dass dessen Kopf hin und her flog wie eine rote Blüte auf einem dünnen Stängel.

»Gib mir sofort Antwort, oder ich breche dir alle Knochen. Wie kommt es, dass du bei Sibos Kate warst?«

»Ich wollte nur mal für kleine Wassermänner, da hat mir der Wind den Brandgeruch in die Nase geweht«, keuchte Onno.

Aus der Menge, die die beiden umringte, rief einer: »Frag den Rotzbengel doch mal, wo er zu der Zeit war, als das Feuer gelegt wurde.«

»Ich schwöre es euch«, rief Onno nun voller Panik. »Mit dem Brand habe ich nichts zu tun. Habe nur ›Feuer‹ geschrien, als ich's gerochen hab, und bin dann gleich zum Löschen gerannt. Nicht mal erleichtern hab ich mich können. Und wenn du mich jetzt nicht sofort loslässt, Wiltert, dann passiert hier auf der Stelle vielleicht noch ein zweites kleines Unglück.«

Kein Mensch lachte über Onnos Scherz. Stattdessen starrten ihn versteinerte Mienen unerbittlich an.

Mit kräftigen Armbewegungen bahnte sich der Inselvogt einen Weg durch die Menge. Ihm auf dem Fuß folgte die geheime Hofrätin.

»Ja was geht denn hier vor?« Ein herrischer Ausdruck lag auf ihrem Gesicht. »Lassen Sie sofort den Jungen los«, fuhr sie Wiltert an.

Dann wandte die Frau Geheime sich zum Vogt um. »Dies hier ist Ihre Angelegenheit. Wenn einer das Recht und die Pflicht hat, Anschuldigungen zu erheben, dann Sie, und nicht dieser gewalttätige Klotz!«

Wiltert schoss die Zornesröte ins Gesicht, und unwillig ließ er Onno frei. Dieser rieb sich den schmerzenden Arm.

»Nun sag dem Vogt, ob du mir das Haus angesteckt hast«, mischte sich Sibo ein. Er zitterte am ganzen Leib und sah aus, als würde er gleich ohnmächtig werden.

»Aber Sibo, wie kannst du das nur von mir glauben?« Frust und Enttäuschung klangen aus Onnos Stimme. »Wo ich dir doch immer geholfen habe, wenn deine Finger nicht mehr so richtig wollten. Und wie oft habe ich Brot für dich vom Bäcker geholt. Ich schwöre«, er legte eine Hand auf sein Herz, »dass ich damit nichts zu tun habe.«

Onno sah an den Mienen der anderen, dass sie ihm nicht glaubten. Sie *wollten* ihm nicht glauben. Erneut überkam den Jungen Panik. Wer konnte sagen, was noch geschehen mochte! Seine Augen flogen hin und her und suchten nach einem Fluchtweg. Er wollte nur noch weg. Als ob die Menge es ahnte, trat sie dichter zusammen und bildete einen Kreis um die kleine Gruppe.

»Feuerteufel!«, schrie plötzlich einer. Zustimmendes Gemurmel erhob sich.

»Der brennt uns noch das ganze Dorf nieder. Onno ist der Feuerteufel«, kam es aus den hinteren Reihen.

»Oder dieser Jeels van Voss«, warf Wiltert schnell ein. »Hat er nicht auch das rote Teufelshaar?« Seine Worte gingen im allgemeinen Lärm unter. Der Kreis um den Inselvogt und Onno wurde enger.

Die Hofrätin versuchte gegenzusteuern, doch kein Mensch hörte auf sie. Onno begann am ganzen Leib zu zittern. Sie meinten es ernst. Die glaubten wirklich, dass er der Feuerteufel war! Plötzlich wusste Onno, wie sich ein in die Enge getriebenes Tier fühlen musste. Angstschweiß bildete sich auf seiner Stirn.

Doch plötzlich brach der Kreis auf. Mit rudernden Bewegungen schob Krischan die Menschen auseinander.

»Wenn es einer wagen sollte, ihn anzurühren, kriegt er es mit mir zu tun«, drohte er mit Donnerstimme, als er neben Onno angekommen war.

Die Hofrätin musterte ihn geringschätzig von oben bis unten. »Leute wie Sie haben hier nun weiß Gott nichts zu melden.«

Krischan sah die Frau Geheime seinerseits von oben herab

an. »Na, bis Sie Zippeltrine sich überlegen, dem Jungen den Kopf zu retten, hat diese Horde hier den Onno längst gemeuchelt.«

»Da hört sich ja wohl alles auf!« Die Hofrätin wandte sich entrüstet an den Vogt. »Dass der Junge einen solchen Freund hat, wirft kein gutes Licht auf ihn!«

»Na was denn?«, polterte Krischan und baute sich zu seiner vollen Größe auf. Der Vogt legte ihm beruhigend eine Hand auf den Arm. »Niemand will Onno was tun«, sagte er. »Krischan, es ist meine Aufgabe rauszufinden, ob der Junge gezündelt hat.«

Der Hüne sah ihn von oben herab an. »Sieht gerade eher so aus, als sei es deine Aufgabe, ihn vor den anderen zu schützen. Sonst kannst du ihn vielleicht nie mehr fragen. Außerdem darf man gespannt sein, ob du die Wahrheit herausfindest. Die Wangerooger glauben schließlich bis zum heutigen Tag, ich hätte diese reiche Dame, die bei unserer hochverehrten Hofrätin Gast war, um ihr Geld erleichtert. Ich muss heute noch darunter leiden, obwohl ich unschuldig bin.«

»Sie und unschuldig, pah!« Die Hofrätin wies mit dem Finger auf Krischan. »Wer soll das Geld denn sonst genommen haben? Mein Personal etwa?« Sie hob die Nase in die Luft.

Der Vogt verschränkte die Arme vor der Brust. »Schluss jetzt! Darum geht es schließlich gar nicht. Du, Krischan, lässt mich nun meine Arbeit tun, sonst sperr ich dich gleich mit dem Jungen ein.« Dies war wohl eher als letzter Versuch zu werten, seine Autorität zu wahren, doch in Onnos Augen trat ein banger Ausdruck. Zuerst die wütende Meute und nun die Aussicht darauf, eingesperrt zu werden.

Der Vogt wandte sich ihm wieder zu. »Also, Bengel, wo warst du in der Zeit, bevor das Feuer ausbrach?«

Onno begann zu zittern. Er sprach kein Wort und machte den Eindruck eines Schuldigen, der auf frischer Tat ertappt worden war. Dabei schnürte es ihm nur vor Angst die Kehle zu. Immer wieder setzte er an, doch es brachte nichts. Sein Mund wollte einfach keine Worte hervorbringen. Schließlich ließ er resigniert den Kopf auf die Brust sinken.

»Herrgott nochmal, nun sag doch was, Onno!« Krischan tippte ihn an. »Ich weiß doch genau, dass du es erklären kannst. Warst doch die ganze Zeit mit mir zusammen.«

»Hört, hört«, rief Wiltert und wies mit dem Finger auf Krischan. »Da deckt ein Verbrecher den anderen. Was fragst du den verstockten Feuerteufel überhaupt noch, Vogt? Buchte ihn ein und fertig!«

Dem Vogt schien nun die Hutschnur zu platzen. Er baute sich drohend vor Onno auf. »Du sagst nun endlich, wo du warst, oder ich vergesse mich.«

Er hob die Hand zum Schlag, doch in dieser Sekunde schob sich Jeels, der die ganze Szene beobachtet hatte, zwischen ihn und den Jungen. Er trat zum Vogt und riss dessen Arm herunter. In seinen Augen war ein gefährliches Leuchten. »Sie werden sich nicht vergessen, dafür sorge ich!«

»Was soll das heißen?«, rief der Vogt.

»Sie als Vogt dieser Insel sollten wissen, dass Schläge nicht dazu führen, dass jemand die Wahrheit sagt. Auch die Obrigkeit hat dazu kein Recht. Im Gegenteil. Ihre Aufgabe ist es herauszufinden, was sich wirklich abgespielt hat, und nicht, jemanden schuldigzusprechen, nur weil die Menge es so wünscht.« Die Umstehenden fühlten sich unbehaglich unter Jeels' prüfenden Augen. Auch Wiltert zuckte zusammen. Er wich noch einen Schritt weiter zurück, obwohl er nicht hätte sagen können, warum.

Jeels wandte sich an die geheime Hofrätin. »Und Sie sind dem Vogt nach allem, was ich mitbekommen habe, ja wohl auch keine große Hilfe.«

»Was fällt Ihnen ein, in diesem Ton mit mir zu sprechen!«

Frau Bartling bekam einen puterroten Kopf. »Das muss ich mir nicht gefallen lassen, junger Mann. Warum mischen Sie sich eigentlich immer in Angelegenheiten, die Sie nichts angehen?«

»Dies hier geht mich sehr wohl etwas an. Der Junge ist ein Freund von mir«, gab Jeels kühl zur Antwort.

Sibo, der Korbflechter, riss den Vogt ungeduldig am Arm. »Was soll dieses ganze Hin und Her. Ich will sofort von dem Jungen wissen, ob er's getan hat. Sonst find ich keine ruhige Minute mehr.«

Jeels wandte sich vom Vogt ab und dem Korbflechter zu. »Geben Sie dem Jungen einen Augenblick Zeit, um sich zu fassen. Er muss erst begreifen, dass ihm niemand etwas antun wird.«

Die Umstehenden sahen, wie der alte Korbflechter unter Jeels' scharfem Blick blass wurde. Er wankte ein paar Schritte zurück, dann schluckte er schwer und wandte sich an den Vogt. »Wenn er es so will, dann lass den Jungen laufen«, sagte er und zeigte mit zitterndem Finger auf Jeels. »Sonst ziehen wir vielleicht noch viel schlimmeres Unglück auf uns.«

Jeels starrte ihn an. »Was meinen Sie?« Dann verstand er und Röte stieg ihm ins Gesicht. »Das ist doch blanker Unsinn.« Er schüttelte fassungslos den Kopf. »Ich will nur, dass die Wahrheit herausgefunden wird, sonst nichts.«

Der Vogt hatte sich mittlerweile wieder beruhigt. Mit vor der Brust verschränkten Armen fragte er Jeels: »Führen Sie hier jetzt das Kommando?«

Jeels sah den Mann mit einem leichten Lächeln an. »Ich habe nicht die Absicht, Ihnen ins Handwerk zu pfuschen. Aber dieser Bursche dort kann unmöglich etwas mit dem Brand zu tun gehabt haben.« Er wies auf Onno, dem immer noch die Knie zitterten und das Wasser auf der Stirn stand. »Das kann ich beschwören. Er war die ganze Zeit mit mir zusammen, hat schon seit dem frühen Nachmittag für mich gearbeitet. Und bis wenige Minuten vor dem Brand waren wir zusammen im Festzelt.«

»Na, wenn das wahr ist, dann kann er es ja wohl tatsächlich nicht gewesen sein.« Mit ratlosem Gesicht schaute der Vogt in die Menge. Wiltert warf Jeels einen hasserfüllten Blick zu. Onnos Augen hingegen hingen voller Bewunderung an dem rothaarigen Mann, dem es auf wundersame Weise gelungen war, den Vogt zu überzeugen.

Jeels wandte sich zum Gehen. »Kommt, Freunde, mir reicht es!«

Krischan schob Onno vor sich her. »Bloß weg hier. Sonst finden die womöglich doch noch was, dass sie dir oder mir anhängen können. Menschenskind, wenn wir den Jeels nicht im Rücken hätten, was?«

»Aber der Fall ist doch noch gar nicht geklärt«, wetterte die Hofrätin. »Wer hat denn nun die Kate angezündet?«

Jeels wandte sich mit blitzenden Augen dem Vogt zu. »Das herauszufinden ist Ihre Aufgabe!«

Nur zögernd löste sich die Runde auf. Dann strömten die Menschen lautstark diskutierend zum Zelt zurück. Sie fragten sich, ob man dem Rothaarigen wohl glauben könne und wer denn nun wirklich der Feuerteufel sei. Doch Antworten fanden sich keine.

18

Jeels fühlte sich wie betäubt nach dem anstrengenden Abend. Zuerst die Begegnung mit Wemke und dann die Anschuldigungen, gegen die er sich hatte zur Wehr setzen müssen. Nicht nur die gegen Onno, sondern letztendlich auch gegen ihn. Der alte Korbflechter hatte regelrecht Angst gehabt. Jeels stöhnte auf bei dem Gedanken daran. Angst vor ihm, der er keiner Fliege etwas zuleide tun konnte!

Doch dann fiel ihm die Begegnung mit Wiltert am Strand ein. Er hätte diesen Kerl am liebsten erschlagen, und vielleicht wäre es auch so gekommen, hätte Wemkes Stimme ihn nicht zur Räson gebracht. So viel zu dem Gedanken, niemand bräuchte Angst vor ihm zu haben. Jeels setzte sich an den Sekretär und barg das Gesicht in den Händen.

In den letzten Tagen hatte er es vermieden, an das Tagebuch zu denken, genauso wie er den Gedanken an Wemke verdrängt hatte. Doch durch die Angriffe der Insulaner fühlte er sich seiner Mutter wieder sehr nahe. Der einzige Ausweg, den sie gesehen hatte, um die Menschen auf Abstand zu halten, hatte darin bestanden, deren Angst noch zu schüren. Was sollte er tun? Er hatte sich bemüht, freundlich mit ihnen umzugehen. Es gab ja auch Menschen hier, denen er sich verbunden fühlte. Aber die meisten begegneten ihm misstrauisch.

Jeels seufzte schwer. Er sehnte sich plötzlich nach dem alten Herrenhaus in Bremen und vor allen Dingen nach Hilde, der treuen Seele. Sie würde sich unbändig freuen, ihn wiederzusehen. Vielleicht hatte sie Recht gehabt, und es war ein Fehler gewesen, hierherzukommen.

Krischan war, nach dem langen Arbeitstag und dem turbulenten Abend, schnell in seiner Butze verschwunden, doch Jeels wusste, dass er selbst keinen Schlaf finden würde. Und so griff er zögerlich nach dem Tagebuch unter seinem Kissen und trug es zu dem kleinen Sekretär.

Er hatte nach dem Medaillon gesucht, das seine Mutter in ihren Aufzeichnungen beschrieb. Doch das Schmuckstück war unauffindbar. Sogar die Bretter, die den doppelten Boden der Holztruhe verbargen, hatte er angehoben. Doch dort fand sich nur der Staub von Jahrzehnten. Es hätte ihm viel bedeutet, den Schmuck in Händen zu halten, etwas Greifbares zu finden, das ihn der Mutter noch näherbrachte.

Jeels' Gedanken wanderten zu der Zeit vor seiner Geburt. In seinem Inneren hatte er sich ein verschwommenes Bild von Reemke gemacht. Doch solche Vorstellungen entsprachen ja häufig nicht der Wirklichkeit. Wie mochte sie tatsächlich ausgesehen haben? Gab es außer dem roten Haar noch Ähnlichkeiten zwischen ihnen?

Jeels nahm die Lampe und trat zum Spiegel über dem Waschtisch in der Ecke. Im Licht wirkten seine Augen übergroß. Er stand lange dort und sah sich an, versuchte vor seinem geistigen Auge das Bild einer Frau mit leuchtendem Haar, blasser Haut, um die Nase gesprenkelt mit Sommersprossen, und dem gleichen eindringlichen Blick heraufzubeschwören. Schließlich drehte er seufzend den Docht der Lampe herunter. Ein letzter blauer Lichtfunke flackerte auf und erlosch.

Das Kerzenlicht auf dem Sekretär brannte noch. Jeels zog den Stuhl zurück und ließ sich darauf sinken. Einen Augenblick saß er reglos da. Dann griff er mit leicht zitternden Händen nach dem Tagebuch. Er fühlte sich plötzlich nur noch elend. In dem Buch zu lesen fiel ihm so unsagbar schwer. Dabei müsste er doch begierig darauf sein zu erfahren, was darin geschrieben stand. Andererseits befürchtete er, dass auch die noch folgenden Einträge ihn so schmerzen und mitleiden lassen würden wie der erste. Reemkes Beschreibungen hatten ihn tagelang nicht losgelassen.

Entschlossen schlug Jeels das Buch an der Stelle auf, wo das Bändchen die Seiten teilte. Er runzelte die Stirn. Dem Datum nach zu urteilen, hatte seine Mutter das Tagebuch lange nicht angerührt. Der neue Eintrag war mit dem 20. April 1827 überschrieben – ganze vier Jahre später! Dies waren jetzt die Aufzeichnungen einer siebzehnjährigen jungen Frau. Jeels atmete tief durch und begann zu lesen.

Immer wenn ich künftig etwas Unangenehmes oder Schweres werde tun oder erdulden müssen, dann will ich an die Ereignisse der vergangenen zwei Wochen denken. Die Erinnerung daran wird mir Kraft geben, alles zu überstehen, stark zu sein. Deshalb ist es mir auch so wichtig, die Geschehnisse hier festzuhalten.

Mein Leben hat einen Teil seines Schreckens verloren, doch im Gegenzug musste ich das hergeben, was ich am meisten auf der Welt liebte.

Es blieb mir keine Wahl. Manchmal geht das Schicksal seltsame Wege, und wir müssen hinnehmen, was es für uns vorgesehen hat. Mir bleibt die Hoffnung, dass sowohl Mutter als auch ich nun unseren Frieden finden werden.

»Hier, mein Mädchen. Reib Willem das Knie damit ein.« Tedamöh drückte Reemke einen Tiegel mit Ringelblumensalbe in die Hand, die sie am Morgen mit Schmalz angerührt hatte.

Obwohl der Alte sie missmutig anstarrte, machte sich Reemke an die Arbeit. Der Fischer streckte sein Bein aus, und es knackte vernehmlich in den Gelenken. Er stöhnte leise auf.

»Nun muss ich mir diese Zaubersalbe auch noch von der

Teufelsgöre auftragen lassen. Da kann doch gar nichts Gutes bei rauskommen«, moserte er. Dabei tat er, als ob Reemke gar nicht da sei.

Tedamöh verpasste ihm unwirsch einen Klaps. »Red keinen Unsinn. Das ist keine Zaubersalbe, sondern nur ein Heilmittel. Und das Kind hat geschickte Hände, sonst ist nichts Besonderes an ihr.«

Der alte Willem schnaubte ungläubig. Mit zusammengekniffenen Augen betrachtete er Reemke. »Sie ist ein Teufelskuckucksei, und du weißt das. Warum gibst du ihr Arbeit und lässt sie in deinem Haus aus und ein gehen? Wer weiß, ob dir das nicht nochmal leidtun wird!«

Reemke verspürte den Wunsch, ihre Finger tief in die Wunde des Fischers zu krallen, gab dem Gefühl aber nicht nach. Stattdessen sah sie ihn ernst an und sagte:

»Überlege dir gut, was du sagst, alter Mann. Du willst doch, dass deine Netze auch weiterhin gefüllt bleiben. Und das Vieh deines Sohnes – was wäre, wenn die Tiere keine Milch mehr gäben? Vielleicht solltest du noch einmal überdenken, wie du über mich sprichst.«

Der Alte zuckte zusammen, und für einen Moment glaubte Reemke, er werde aufspringen. Dann zog er den Kopf ein und erwiderte kleinlaut: »Hab's nicht so gemeint. Ist ja nur, dass man sich halt fürchtet, wenn du einem hilfst.« Auf das letzte Wort legte er eine merkwürdige Betonung.

Tedamöh schüttelte den Kopf. »Dieses Mädchen schadet niemandem. Doch ihr Torfköppe wollt das ja nicht begreifen.« Sie wandte sich Reemke zu. »Und dass du diesen Aberglauben auch noch schüren musst!«

Diese biss die Zähne zusammen. Sie hatte mit der alten Frau häufig genug darüber gesprochen. Es blieb ihr nichts, als den Menschen, mit denen sie auf der Insel lebte, Angst einzujagen. Die Furcht, die sie vor ihr empfanden, war ihr Schutzschild.

Tedamöh beugte sich über das geschwollene Knie und drückte einmal kräftig zu. Der Fischer stöhnte vor Schmerzen auf. »Vorsicht, Weib. Ich bin ein alter Mann.«

Die Hebamme griff nach einem Tiegel und öffnete ihn. Misstrauisch tunkte Willem den Zeigefinger in die Masse und roch daran.

Tedamöh rollte die Augen. »Blüten und Fett, sonst nichts.« Manchmal war diesen Insulanern wirklich nicht zu helfen.

Als Reemke sich auf den Weg nach Hause machte, wurde es ihr schwer ums Herz. Es war April, und immer noch hatte sich der Vater nicht um Arbeit bemüht. Was, wenn er in diesem Jahr auf keinem Schiff anheuerte? Wie sollten sie das Leben überstehen ohne die Sommerzeit, in der sie frei waren? Reemke begann zu zittern. Wie lange würde sie es noch ertragen, neben diesem Mann zu leben? Wie lange würde sie dem, was er der Mutter antat, noch zuschauen können? Da half es auch nichts, dass diese sie anflehte, sich nicht einzumischen. Reemke merkte mehr und mehr, wie ihre Wut auf den Vater zum Ausbruch drängte. Sie spürte, wie das Blut in ihren Ohren zu rauschen begann.

Reemke konzentrierte sich auf die Geräusche der Brandung und den Gesang der Seevögel, und es gelang ihr, ihre innere Ruhe zurückzugewinnen. In diesem Sommer würde sie gemeinsam mit der Mutter einen Plan schmieden. Bald würde der Vater fortgehen, sagte sie sich. Er musste einfach!

Reemke bog vom Strand ab und steuerte auf die Dünen zu. Inselgäste flanierten am Wasser, und sie hatte keine Lust, ihnen zu begegnen. Das Logierhaus bei der Vogtei war schon jetzt, so früh im Jahr, fast ausgebucht. Im Jeverschen Wochenblatt, das durch Tedamöh den Weg in ihre Kate fand, wurde für den Inselaufenthalt geworben. Der Anbau des Konversationshauses mit Saal hatte Wangerooge für die Gäste noch interessanter gemacht. Mehr und mehr begannen auch die Insulaner, im Sommer ihre Häuser für Gäste herzurichten. Sie selbst zogen auf den Dachboden oder nächtigten in der Küche, um die Wohnstuben für Gäste frei zu haben. Manch einer hatte schon seine Alkoven gegen feststehende Betten getauscht, damit die Besucher sich wie zu Hause fühlen konnten. Natürlich blieben einige Insulaner auch weiterhin lieber unter sich. Dazu gehörte selbstverständlich auch der Inselpastor, der gerade durch die Dünen auf sie zukam.

Reemke sah ihm mit abweisendem Gesicht entgegen. Er war, neben dem Vater, ihr größter Feind. Die anderen Wangerooger mieden sie. Selbst die jungen Männer, die sonst jedes junge Mädchen als Herausforderung betrachteten, machten einen weiten Bogen um Reemke. Aber der Pastor ließ keine Gelegenheit aus, den van Voss zu zeigen, was er von ihnen hielt. Tede schüttelte ihn ab wie ein Hund die Flöhe, doch Reemke zitterte jedes Mal vor Wut, wenn er seine Tiraden losließ. Warum nur musste sie ihm ausgerechnet heute begegnen?

Der Pastor war nicht viel größer als sie und von hagerer Gestalt. Das schon ergraute Haar bedeckte ein Hut. Sein Gesicht hatte wie stets einen sauertöpfischen Ausdruck, der von den missbilligend zusammengekniffenen Lippen noch unterstrichen wurde. Seine stechenden Augen blickten sie unter den dichten Brauen hervor böse an.

Als sie auf gleicher Höhe waren, zischte der Gottesmann: »Neige den Kopf, Mädchen! Weißt du nicht, dass man einem Diener Gottes mit Gehorsam und Ehrfurcht begegnen muss?«

Reemke blieb stehen und verschränkte die Arme. »Sind Sie denn wirklich Gottes Diener? Ich könnte schwören, dass er mit manchen Ihrer Taten nicht einverstanden ist.« Sie wusste, dass diese Antwort unklug war, aber sie konnte nicht anders. Ihr war heute nicht nach heucheln.

Der Pastor sog hörbar den Atem ein. »Klein ist jede Bosheit

neben der eines Weibes!« Reemke sah die Zornesader an seinem Hals anschwellen. »Du – eine van Voss! – wagst es also, mir zu unterstellen, mein Tun sei nicht in Gottes Sinn? Teuflisch seid ihr alle. Bei Gott, du bist meine Strafe, ein Übel und Unglück besonderer Art. Schlimmer noch als die anderen Weiber. Dabei ist es kein Wunder, dass das schwache Geschlecht, schuldbeladen noch dazu, dem Bösen eher nachgibt. Wie oft muss ich eine Ehe schließen, nachdem das Weib einen Mann verführt hat. Dann tritt sie, sich die Lippen leckend wie eine Katze, mit geschwollenem Leib vor den Altar. Schändlich! Aber die Weiber sind ja von Natur aus gierig nach den Versuchungen des Fleisches und locken so die Männer. Unvollkommene Tiere, wie ich manchmal meine. Es fehlt ihnen an Verstand. So gelingt es dem Teufel immer wieder, die Oberhand über ein Weib zu gewinnen. Und die Männer lassen sich blenden. Aber du bist die Versuchung schlechthin und mehr noch als die anderen Weiber der Begehrlichkeit des Fleisches erlegen.«

Reemke sah ihn fassungslos an. »Ich? Wie soll ich denn der Begehrlichkeit des Fleisches erliegen!« Sie war unsagbar wütend auf den Pastor. Und das nicht nur wegen seiner unverschämten Worte ihr gegenüber. Schon bei Tedamöh hatte sie sich über diesen Mann aufregen müssen. »Begehrlichkeit des Fleisches!« Sie schrie ihn fast an. »Mit mir will doch, weiß Gott, kein Mann etwas zu tun haben. Die Angst der Burschen ist viel zu groß. Und womit soll ich denn locken? Mit dem verdammten roten Haar vielleicht?« Sie schnitt dem Gottesmann eine Grimasse. »Gehen Sie mir jetzt aus dem Weg. In Ihre ach so fromme Kirche darf ich nicht, und diese bösen Reden hier unter Gottes Himmel will ich nicht.«

Auf dem Gesicht des Pastors machte sich ein schwer zu deutender Ausdruck breit. Was war es? Befriedigung? Selbstgefälligkeit? Reemke meinte plötzlich so etwas wie Gier in seinen

Augen aufblitzen zu sehen. Es stachelte ihn offenbar an, sie mit Beschimpfungen zu quälen. Ihr lief ein Schauer über den Rücken.

»Ein Weib ist schlimmer noch als der Tod«, wetterte der Gottesmann unbeirrt weiter. »Jede Sünde kann bereut und vergeben werden, doch die Verführung durch eine Frau beraubt uns dieser Gnade Gottes. Weiber sind wie Rosen. Unter der duftenden Versuchung warten die stechenden Dornen. Durch die Sünde mit einer Frau werden wir, genau wie sie, des Teufels.«

Auch innerlich raste der Pastor. Immer wieder reizte ihn dieses Mädchen. Er musste ihrer Herr werden. Warum wollte es ihm nicht gelingen? Sogar in seinen Träumen ließ ihn diese Teufelsgespielin nicht in Ruhe. Seine Augen streiften ihre Brust, die sich jetzt heftig hob und senkte. Bei Gott, der Körper eines Weibes war eine Falle für jeden Mann. Haare wie Seide. Rot wie Feuer. Rotes Haar auf nackter Haut, auf ihren wogenden Brüsten. Fast konnte er ihren unbekleideten Leib vor sich sehen, ihre schneeweißen Schenkel, die runden Hüften, der Ursprung aller Sünde …

Schweiß trat ihm auf die Stirn. Sein Atem ging immer schneller. Schluss! Er umklammerte das Kreuz um seinen Hals wie einen Rettungsanker.

Reemke keuchte vor Empörung. »Ich höre mir das nicht länger mit an. Ihre Worte sind schändlich. Jetzt ist schon nicht einmal mehr Tedamöh vor Ihren Hetzreden sicher. Dabei sollten Sie und die anderen Insulaner froh sein, dass eine Hebamme auf der Insel arbeitet.«

Der Pastor hatte sich wieder etwas gefangen. Als die Rede auf Tedamöh kam, schnaubte er verächtlich. »Die Hebammen sind besonders anfällig für alles Böse. Sie sehen die Weiber in der Schande der Geburt. Kommen mit dem Unreinen, den Geburtssäften in Berührung. Dem, das sonst die Männer anlockt. Die Hebammen fallen Gott in den Rücken. Versuchen, den Gebärenden Beistand zu leisten, die Geburt zu erleichtern, wo doch Gott die Schmerzen bei der Niederkunft wohlweislich für die Weiber vorgesehen hat. Eine kleine Strafe für ihre Wollust.« Sein Blick glitt an Reemke hinunter. »Und dir müsste die Wollust mit der Peitsche ausgetrieben werden. Geh, dass ich nicht in Versuchung gerate!«

Reemke wich zurück, denn sie spürte seine Erregung nun fast körperlich.

»Es heißt, das beste Geschenk bei der Geburt eines Kindes sei ein Prügelstock. Gilt dies nicht mehr noch für ein Weib wie dich? Jeden Tag unter der Knute, dann wäre vielleicht das Teuflische im Zaum zu halten. Und nun schlag deine unkeuschen Augen nieder, sonst vergesse ich mich noch.«

Mit wehenden Schößen stürmte er an ihr vorbei. Reemke sah ihm wütend nach. Wie gut, dass sie seinen Predigten nicht jeden Sonntag lauschen musste. Sie holte tief Luft und setzte mit festem Schritt ihren Heimweg fort.

Im Dunstschleier, der über der Insel lag, konnte Reemke die Kate kaum ausmachen. Es sah aus, als wolle das Haus sich verstecken.

Schon von weitem hörte Reemke die Stimme der Mutter, die aus einem geöffneten Fenster drang. Sie war lauter als sonst, eindringlicher.

»Ich habe das Geld nicht«, sagte sie.

»Wo ist es?« Die Stimme des Vaters klang auf schauerliche Weise beherrscht. »Gib es mir, sofort, du verdammtes Luder!«

»Ich habe es nicht.« Belastende Stille breitete sich aus.

»Tede!«, erklang dann erneut Jeelkes flehende Stimme. »Ich habe ihr das Bezahlen erlassen. Stine muss hungern, wenn wir das Geld von ihr nehmen. Der Sohn hat noch nicht das Alter, um etwas zu verdienen. Sie tut, was sie kann, aber es ist nicht genug. Und uns geht es doch gut. Wir brauchen das Geld nicht. Kannst du nicht einmal gütig sein und das Einrenken für einen freundlichen Gedanken verschenken?«

»Ich hole mir jetzt das Geld von dem Weib und dann …« Er ließ den Satz unbeendet und stürzte hinaus. Die Tür schlug mit einem lauten Knall gegen die Mauer, und fast wäre der Vater mit Reemke zusammengestoßen. Er hielt kurz inne und bedachte sie mit einem Blick aus flammenden Augen. Dann stürmte er an ihr vorbei, dem Strand zu, und Reemke eilte ins Haus.

»Ich habe Angst.« Reemkes Hände trommelten unruhig auf den Tisch. »Wir könnten zu Tedamöh gehen oder …«

»Nein.« Die Mutter lächelte ihr gezwungen zu. »Du kennst ihn doch. Er wird sich auch wieder beruhigen. Arme Stine, nun muss sie ihm doch noch ihr letztes Geld geben. Ich werde mit Tedamöh sprechen. Vielleicht kann ich Stine mit ihrer Hilfe heimlich das ein oder andere zustecken.«

Sie griff nach den Bohnen auf dem Tisch und begann diese zu bearbeiten. Doch Reemke spürte die innere Unruhe der Mutter. Es lag etwas Bedrohliches in der Luft. Der Vater war so aufgebracht gewesen, noch schlimmer als sonst.

Als er keine Stunde später wieder auf der Schwelle stand, hatte sich seine Wut nicht gelegt. Polternd betrat er das Zimmer. Obwohl Tede nicht groß war, schien seine Gestalt den ganzen Raum auszufüllen. Die Mutter hob kaum den Kopf.

»So, das wäre erledigt«, stieß er hervor. »Für dieses Pack tu ich nichts, aber auch gar nichts umsonst.« Er lachte heimtückisch auf, und Reemke roch sogar vom Tisch aus den Alkohol in seinem Atem.

»Und jetzt zu dir!«, sagte er an die Mutter gewandt. Reemke

beachtete er gar nicht. »Es hat dich nicht zu kümmern, wie es irgendeinem von den anderen geht!« Seine Stimme war laut und furchteinflößend. »Hat jemals einer gefragt, wie wir zurechtkommen? Wie kannst du es wagen, Geld zu verschenken, das ich verdient habe?« Er trat auf die Mutter zu und gab ihr eine schallende Ohrfeige.

Reemke sprang auf. »Nein!«

Ihr Vater drehte seinen Kopf zu ihr. Es schien, als nehme er die Tochter jetzt erst wahr. »Was willst du?«, fragte er verächtlich. »Mir sagen, was ich zu tun habe?« Während die Mutter sich noch die Wange hielt, schlug Tede ein zweites Mal zu. Reemke warf sich zwischen ihn und die Mutter, doch er stieß sie grob zur Seite.

»Lass sie.« Die Stimme der Mutter war nur ein Flüstern. »Kind, geh nach draußen.« Mit den Augen flehte sie Reemke an.

Doch diese dachte gar nicht daran, der Bitte Folge zu leisten. Sie schritt auf den Vater zu. Diesmal flog seine Faust in ihre Richtung, doch Reemke duckte sich. Das brachte das Fass zum Überlaufen.

Tede stieß ein Wutgeheul aus. »Weiber, die nicht gehorchen, muss man lehren, wer das Sagen hat!«

Er stürzte sich auf sie und prügelte blindlings auf sie ein. Als sie zu Boden fiel, packte er Reemke an den Haaren und zerrte sie brutal auf die Füße. Reemke unterdrückte einen Schrei. Sein Gesicht war jetzt ganz dicht vor ihrem.

»Du dreckiges kleines Balg!«, zischte er und schüttelte sie wie eine Katze. Dann ließ er ihre Haare los und holte gleichzeitig mit dem rechten Arm aus. Ein Fausthieb traf Reemke in der Seite. Der Schmerz war so heftig, dass Reemke der Atem stockte. Die Wucht des Schlages brachte sie zu Fall, und sie streckte instinktiv den Arm aus, um sich abzustützen. Vom Boden sah sie in das verzerrte Gesicht des Vaters auf: Er war vollkommen in Raserei verfallen. Seine blutunterlaufenen Augen funkelten wie irre. Er war nicht mehr bei Sinnen und würde auf sie einschlagen, bis sie tot war. Verzweifelt versuchte Reemke sich aufzurichten und wegzukriechen, doch es gab kein Entrinnen.

Reemke hatte jedes Gefühl für ihre Umgebung verloren, als sie unter dem schützend erhobenen Arm hervor plötzlich die Mutter erkennen konnte. Sie stand wie ein Racheengel über dem Vater. In den Händen hielt sie einen Schürhaken. Tränen liefen ihr über die Wangen, als sie ihn mit voller Wucht hinabsausen ließ.

Die Schläge hörten abrupt auf. Reemke sah die Augen des Vaters glasig werden. Er schwankte, um dann neben ihr zusammenzubrechen. Doch die Mutter hielt nicht inne. Wie rasend hieb sie auf ihren Mann ein. Als er sich nicht mehr regte, drehte sie sich um, warf den Schürhaken von sich und wankte hinaus.

Reemke rappelte sich mühsam hoch. Brennender Schmerz durchzog sie. Reemke wich vor dem Körper des leblos daliegenden Vaters zurück und stolperte nach draußen, der Mutter hinterher. Diese war in den Stall geflohen und umfing die Tochter mit ausgebreiteten Armen. Lange verharrten sie eng umschlungen. Um sie herum war es vollkommen still. Nichts rührte sich. Endlich löste sich die Mutter vorsichtig von Reemke. Sie trat zögernd aus dem Stall und ging zum Haus zurück. Durch die geöffnete Tür sah Reemke, wie sich der Rauch vom Ofen langsam aus dem Schornstein schlängelte. Alles schien wie immer, und doch war nichts wie zuvor. Zitternd setzte sie sich in Bewegung.

Der Vater lag mit dem Gesicht nach unten auf dem Boden. Das Blut hatte die Steine und seine Kleidung dunkel gefärbt.

Die Mutter klammerte sich krampfhaft an der Tischplatte fest. »Er ist tot«, flüsterte sie. »Mein Gott, ich habe ihn umgebracht!«

Sie standen beide wie erstarrt da und starrten auf den Leichnam. In der Stille wuchs jeder Laut ins Unermessliche. Reemke spürte ihr Herz pochen. Der Wind strich laut raschelnd durch die Sträucher, und die Schreie der Möwen drangen schrill an ihr Ohr.

Plötzlich kam ein irres Lachen über die Lippen der Mutter. »Ich habe ihn wahrhaftig getötet! Dabei bin ich als Kind immer davongelaufen, wenn ein Tier geschlachtet werden sollte. Ich konnte die Schreie nicht ertragen, den Todeskampf.« Ihre Augen wanderten zu der reglosen Gestalt am Boden. »Aber ich konnte nicht zulassen, dass er dich totschlägt.« Sie schlang wieder die Arme um ihre Tochter. »Und er hätte es getan!«

Reemke blickte in das Gesicht der Mutter. Es glühte in grimmigem Stolz. Die Mutter bedauerte ihre Tat nicht. Sie hatte Rache genommen für viele entsetzliche Jahre. Schweigend sahen sie einander an, und Reemke begriff zum ersten Mal, dass sich hinter der sanften Stimme und dem lieblichen Aussehen der Mutter eine Stärke verbarg, von der niemand etwas ahnte.

»Ich hätte ebenso gehandelt«, sagte sie mit fester Stimme. Als Wut und Benommenheit verschwanden, kehrte der Schmerz zurück. Ihre Knie begannen zu zittern, und sie setzte sich stöhnend auf einen Stuhl. Jetzt erst nahm sie ihre Verletzungen bewusst wahr. Um sie zu versorgen, blieb jedoch keine Zeit.

»Reemke«, sagte die Mutter leise, aber bestimmt. »Wir müssen ihn fortschaffen, so schnell wie möglich. Niemand darf ihn hier finden. Wenn sie uns fragen, dann behaupten wir, er sei seit gestern verschwunden.«

Reemkes Gedanken überschlugen sich. »Am besten werfen wir ihn ins Meer. Das Wasser wird alle Spuren verwischen, und mit Glück ist er beim Anschwemmen schon so aufgedunsen, dass nicht einmal mehr die Todesursache zu erkennen ist.«

»Aber wie sollen wir ihn dorthinschaffen? Du bist verletzt.«

»Es geht schon. Wir wuchten ihn auf den Karren und ziehen ihn zum Wasser«, sagte Reemke entschlossen.

Ihre Mutter nickte. »Und dann schwimmen wir weit hinaus und übergeben ihn der See. Später werden wir hier alle Spuren beseitigen.« Sie wies auf den blutgetränkten Steinboden.

Reemkes Bewunderung wuchs. Nie hätte sie gedacht, dass die Mutter so sein könnte.

Während diese den Handwagen holen ging, beschloss Reemke, dem Vater die Kleidung auszuziehen. Die blutdurchtränkten Sachen würden sie verbrennen. Voller Ekel knöpfte sie die Jacke auf. Als sie dem Toten die Hosen auszog, schlug ihr etwas gegen das Knie. Vorsichtig löste sie einen mit Schnüren verschlossenen Beutel vom Gürtel der Hose. Mit bebenden Händen öffnete sie ihn. Gold und Schmuck kamen zum Vorschein. Das Miniaturbild eines kleinen Mädchens in einem mit Perlen besetzten Goldanhänger, ein kostbarer Diamantring, ein goldenes Amulett, aber vor allem jede Menge Goldmünzen.

Als die Mutter zurückkehrte, hielt Reemke ihr den Fund mit ausgestreckten Händen entgegen.

»Du lieber Gott, ich glaube, er hat ein Vermögen gehortet«, flüsterte sie.

Die Züge der Mutter wurden für den Bruchteil einer Sekunde weich. »Das Mädchen auf dem Bildnis bin ich. Das ist mein Schmuck, und das Gold meines Vaters. Er hat nichts davon verkauft.« Dann verhärtete ihre Miene sich wieder. »Wirf jetzt den Beutel zur Seite«, befahl sie. »Wir haben keine Zeit dafür. Schnell, mein Kind. Fort mit ihm.«

Reemke beugte sich nieder, fasste den toten Mann bei den Schultern und zog. Er war schwer, trotz der geringen Größe, und sie fühlte sich plötzlich sehr schwach. Wenn sie es nun nicht schafften, ihn auf den Karren zu wuchten? Doch die

Mutter schien mehr Kraft zu haben, als Reemke ihr jemals zugetraut hatte. Ächzend wuchteten sie den Toten auf den Räderwagen.

Dann verbargen sie ihn unter einer Decke und warteten auf die Dunkelheit.

Das Meer schien sie willkommen zu heißen. Das Rauschen der Wellen klang wohlwollend in Reemkes Ohren. »Wir werden euch von ihm befreien«, raunte es um sie herum.

Sie rollten den Wagen bis weit ins Wasser, dann warf Reemke die Decke zur Seite, und beide Frauen griffen nach einem Bein. Reemkes Verletzungen, denen sie kaum noch Beachtung geschenkt hatte, schmerzten im salzigen Wasser so sehr, dass sie mit den Zähnen knirschte. Mit aller Anstrengung zog sie. Auch die Mutter ließ sich mit vollem Gewicht nach vorne fallen, bis der tote Körper endlich ins Wasser klatschte.

»Der Wagen«, wisperte die Mutter. »Wir dürfen nicht vergessen, auch ihn zu säubern.«

Ohne sich noch einmal umzudrehen, wateten die Frauen weiter und immer weiter ins Meer. Das ablaufende Wasser zog an ihnen. Ja, sie hatten eine Gabe für die fordernden Hände! Als Reemke den Vater losließ, überkam sie eine große Erleichterung. Es war vorbei. Jetzt würde ihr Leben neu beginnen. Sie waren frei!

Über den Toten sprachen wir nie mehr. Schweigend verwischten wir alle Spuren des Kampfes und machten nach zwei Tagen Meldung, dass Vater verschwunden sei. Da er im Laufe der Jahre schon öfter ohne ein Wort gegangen und erst wiedergekommen war, wenn es ihm gefiel, wurde die Nachricht achselzuckend hingenommen.

Mutter und ich schmiedeten Pläne für die Zukunft, doch wir hatten die Rechnung ohne das Schicksal gemacht. Seit der Nacht, in der wir ins Meer gehen mussten, waren erst wenige Tage vergangen, da griff ein Fieber nach ihr. Innerhalb kürzester Zeit war Mutter so geschwächt, dass es mir nicht einmal gelang, ihr Tee oder Suppe einzuflößen.

Tedamöh kam, um zu helfen. Doch als ich sie hinausbegleitete, schüttelte sie nur den Kopf. Meine Mutter würde nicht wieder gesund werden.

»Es ist nicht nur die Krankheit. Ihr Lebenswille ist erschöpft«, sagte sie mir. »Die anderen glauben, sie sterbe aus lauter Verzweiflung über das Verschwinden deines Vaters. Diese Narren. Sag selbst, niemand ist glücklicher als deine Mutter, dass er fort ist, oder?«

Ich brachte nur ein Nicken zustande. Eine tiefe Traurigkeit hatte mich erfasst. Doch abends, als ich neben dem Alkoven saß und nach Mutters Händen griff, beruhigte sie mich.

»Nicht, dass du glaubst, ich würde sterben, weil ich diesen Mord begangen habe, mein Kind. Kein Geist steht auf und sucht mich in den Nächten heim. Mich überfällt kein Grauen, ich verspüre keine Gewissensbisse bei dem Gedanken an meine Tat. Gut, dass die Insulaner mich nur als ein hilfloses, weiches Weib kennen.« An dieser Stelle lächelte sie grimmig. »Hoffentlich bleibt er noch lange im Meer. Ich habe alle Feigheit meines Lebens abgeschüttelt und die Knute dieses Mannes dazu. Nun muss ich mich nicht mehr sorgen, dass er dir etwas antun könnte. Du bist sicher. Ich habe getan, was mir auf der Erde zugedacht war, und nun will ich endlich heimkehren zu meinem Liebsten. Kind, du musst nicht auf dieser verdammten Insel bleiben. Nimm das Gold und den Schmuck, und geh fort von hier. Suche dir einen guten und freundlichen Mann und werde irgendwo glücklich. Versprich es mir!«

Ich lächelte und streichelte ihre Hand, doch das von ihr geforderte Versprechen konnte ich nicht geben. Niemals werde ich von hier fortgehen. Die Insel ist mein Zuhause, sie gehört zu mir und ich zu ihr. Ich kann nicht leben ohne das Rauschen des Meeres, das Schreien der Möwen und den immerfort wehenden Wind. Sand will ich unter den Füßen spüren und Wasser vor Augen haben.

Aber all das verschwieg ich Mutter. Keine fünf Tage später war sie tot, und nun weiß ich, was Einsamkeit wirklich bedeutet…

»Oh Gott«, entfuhr es Jeels mit rauer Stimme. Mit zitternden Fingern schob er das Tagebuch ein Stück von sich fort, so als müsse er Abstand gewinnen zu dem, was er gerade erfahren hatte. Seine Augen brannten. Er wusste nicht, wie spät es war. Wie lange hatte er hier gesessen und gelesen? Zeit und Raum schienen jede Bedeutung verloren zu haben.

Jeels hob den Kopf und stieß einen leisen Schmerzenslaut aus. Er schien in immer gleicher Haltung gesessen zu haben. Der Rücken tat ihm weh, sein ganzer Körper war verspannt.

Jenseits des Fensters sah er nur dunkle Schwärze. Es war kühl im Raum, und Jeels fühlte sich matt und schwach. Er barg den Kopf in den Händen. Er konnte nicht mehr weiterlesen. Mehr vermochte er nicht auszuhalten.

Unendliches Mitleid für seine Mutter schnürte ihm die Kehle zu. Was für ein Schicksal! Wie hatte sie das alles nur ausgehalten?

»Sie hat die Insel geliebt«, gab eine Stimme in seinem Inneren zur Antwort. Und Jeels wusste, dass es so gewesen war. Diese Liebe hatte ihr Kraft gegeben. Seine Mutter war nicht bereit gewesen, sich von Wangerooge vertreiben zu lassen. Und er?

Jeels schloss die Augen und ballte die Hände um die Lehnen des Stuhls. Liebte er Wangerooge nicht auch? Seine Mutter hätte gewollt, dass er bliebe! Jeels atmete aus und löste die verkrampften Finger vom Holz.

Nur langsam gelang es ihm, die feste Umklammerung der Vergangenheit abzuschütteln. Das Tagebuch gab ihm Antworten, aber es warf auch neue Fragen auf. Er wusste nun, dass es den Beutel mit Gold und Schmuck, von dem Tedamöh erzählt hatte, sehr wohl gegeben hatte. Wo mochte er nur geblieben sein?

Mit einer entschlossenen Bewegung stand Jeels auf und reckte die steifen Knochen.

Er würde danach suchen – aber nicht mehr heute Nacht.

19

Wemke hatte sich in den Leseraum des Konversationshauses zurückgezogen. Freya schlief noch und sie wollte die Zeit nutzen, um die Zeitungen der letzten Tage durchzuschauen. Unbewusst suchte sie aber auch nach einer Möglichkeit, der Gegenwart Konrads zu entfliehen. Seit Wochen schon suchte er immer öfter ihre Nähe. Ein Drängen stand in seinen Augen und mittlerweile hatte Wemke das Gefühl, keine Minute ihres Lebens mehr allein zu sein.

Am schönsten war für Wemke stets die Abendstunde, wenn sie an Freyas Bett saß und ihr Geschichten erzählte. Die Brandung klang zu ihnen herüber, und die Gestalten in den Sagen und Märchen schienen lebendig zu werden. Mucksmäuschenstill lag die Kleine und lauschte. Sie schien der einzige Mensch ihrer kleinen Familie zu sein, der wirklich glücklich war. Das Kind hing an Konrad und auch an dem Kindermädchen, das sie tagsüber betreute. Sie liebte die Spaziergänge mit Wemke am Strand und konnte, an sie gekuschelt, stundenlang aufs Wasser schauen. Und genauso gerne hörte sie abends ihren Erzählungen zu.

Wenn das Kind eingeschlafen war, zog Wemke sich noch eine kleine Weile mit einem Buch in ihr eigenes Zimmer zurück. Es war ein großer Raum mit hoher Decke, dessen eine Wand von einem riesigen Kleiderschrank aus Walnussholz eingenommen wurde. Ein hochbeiniges, geschnitztes Bett und eine kleine Anrichte vervollständigten das Mobiliar. Vom Fenster aus konnte man die Dünen sehen. Wemkes letzter Blick, bevor sie am Abend eines langen Arbeitstages müde auf ihr Lager fiel, galt immer dem Nachthimmel.

Im Lesezimmer war kein Mensch. Auch der Damensalon schien verwaist. Das Wetter war nach langer Zeit wieder einmal herrlich und die vielen Gäste, die trotz des schon herbstlichen Septembers hier auf der Insel weilten, flanierten am Strand. Nur aus dem Herrensalon drangen Stimmen zu ihr herüber. Einige der Männer trafen sich dort regelmäßig, um gemeinsam zu trinken, Pfeife zu rauchen und zu diskutieren. Während Wemke eher wahllos das Jeversche Wochenblatt aufschlug, wurde sie ungewollt Zeuge ihres Gespräches. Oberstudienrat Gehrmann aus Jever unterhielt gerade die anderen Männer mit einer Schilderung der Badeweiber, die Wemkes Abneigung ihm gegenüber noch verstärkte.

»Es sind wirklich merkwürdige Erscheinungen. Mager und starkknochig von Gestalt. Zumeist auch noch mit unbedeckten Armen. Und dann die zerfetzten Kleider, das struppige Haar und die von der ständigen Arbeit in der Sonne braun geröstete Haut …« Wemke konnte sich lebhaft vorstellen, wie er angeekelt das Gesicht verzog. »Und die roten Gesichter, wenn sie die Badekarren ins Wasser und wieder herausziehen. So stelle ich mir Hexen vor, meine Herren. Dazu passen die ängstlichen Gesichter der weiblichen Gäste und die entsetzten Schreie der Kinder, die von ihnen untergetaucht werden und sich verzweifelt wehren.«

Wemke ließ empört die Zeitung sinken. Woher wusste er das alles nur? Die Männer durften doch weder den Damenbadestrand noch den der Kinder betreten. Wahrscheinlich versteckte sich der Kerl mit einem Glas in den Dünen vor dem Damenbadestrand. Manch einer tat dort anderes, als Seehunde auf den Sandbänken zu beobachten. Zuzutrauen wäre es ihm.

Dieser Mann war ein unangenehmer Zeitgenosse und ein

Schürzenjäger ersten Grades. Jetzt sinnierte er über die körperliche Beschaffenheit des von ihm bevorzugten Frauentyps.

»Die ideale Silhouette einer Dame gleicht einer sich schlängelnden Schlange: Stattlicher Busen, ausladendes Hinterteil, flacher Bauch. Das Dekolleté am liebsten tief.«

Wemke verzog den Mund. Wenn der Oberstudienrat sich hier auf Wangerooge über eines nicht beklagen konnte, dann über mangelnden Augenschmaus. Die Damen liebten es, sich herauszuputzen und ihre körperlichen Vorzüge zur Geltung zu bringen. Frau Bartling hatte schon oft betont, dass selbst am Oldenburgischen Hof keine schöneren Kleider zu finden seien, als sie die Gäste hier vorführten.

Es gab kaum einen größeren Kontrast als den zwischen den Gästen in ihren königlichen Roben und den Insulanern, deren Sorge um das tägliche Brot all ihr Denken in Anspruch nahm. Seit Generationen führten die Wangerooger ein karges Dasein. Kleidung und Aussehen war eher nebensächlich. Sie kämpften ums Überleben! Wemke fragte sich, was in ihnen vorgehen mochte angesichts des Reichtums, den sie täglich vor Augen hatten. Ihre Kinder liefen bis zum heutigen Tag zumeist barfuß, weil das Geld für Schuhe fehlte.

Die Stimme des Oberstudienrates drang wieder in ihre Gedanken. »Mit den Damen hier ergeht es mir ähnlich wie zu Knabenzeiten mit Torten. Eine brennende Sehnsucht überfiel mich immer, wenn solch ein Backwerk, von dem ich nichts bekommen sollte, offen an mir vorbeigetragen wurde. Jetzt überfallen mich dieselben Gefühle, wenn ich die modisch entblößten Damen vorbeiflanieren sehe. Ich sage Ihnen, die Frauen wollen uns verlocken, unseren Appetit wecken. Und, ganz im Vertrauen, ich bin in den letzten Jahren, in denen ich zur Sommerfrische hier weilte, voll auf meine Kosten gekommen.«

Missbilligendes Gemurmel wurde laut. Nicht allen Männern schien zu gefallen, was der Oberstudienrat von sich gab.

»Was für ein Lustmolch«, dachte Wemke angewidert, als sie die Zeitung von sich schob. Sie würde nicht länger bleiben und sich Derartiges anhören.

»Natürlich lässt sich die Erfüllung der eigenen Wünsche nicht auf alle Damen ausweiten«, fuhr der Oberstudienrat lauthals fort. »Wenn ich so an die junge Frau von Dr. Hoffmann denke … Mmh, die würde ich ja zu gerne einmal …« Er ließ den Satz unvollendet ausklingen. »Aber das geht natürlich nicht. In solchen Fällen kann man dann eben nur in seiner Fantasie die Zweisamkeit genießen.«

»Das geht jetzt aber wirklich zu weit!«, rief eine tiefe Männerstimme. Ein Stuhl wurde scharrend zurückgeschoben.

»Meine Herren, bevor es zum Streit kommt, lassen Sie uns lieber über die anstehende Seehundjagd plaudern.« Der beruhigende Bass gehörte dem Kaufmann Teeling aus Oldenburg.

Wemke war bei den Worten des Oberstudienrats abwechselnd rot und blass geworden. Mit entschlossenen Schritten verließ sie das Zimmer.

Auf dem Rückweg zu ihren Räumlichkeiten verblasste der Zorn ein wenig. Es würde immer wieder Gäste geben, die ihr unsympathisch waren. Das ließ sich nicht verhindern. Und Oberstudienrat Gehrmann wusste zumindest, wo seine Nachstellungen ihre Grenzen hatten. Ganz im Gegensatz zu einem anderen Mann. Wemke lief ein Schauer über den Rücken, als sie an den Gastwirtssohn dachte. Nie wieder war sie seit der Begegnung am Strand abends alleine unterwegs gewesen.

Warum nur stellten ihr hier die Männer nach? Das war ihr doch früher nicht passiert. Doch dann fiel Wemke der Sohn der Justizrätin in Jever ein. Auch er hatte ihr schöne Augen gemacht. Sie hatte es nur nicht bemerkt. Es hatte ihr damals an Lebenserfahrung gemangelt, und die Sorgen um die Zukunft waren zu groß gewesen, um den Aufmerksamkeiten junger Männer Beachtung zu schenken. Hier auf Wangerooge ging es ihr in finanzieller Hinsicht gut. Und das war viel wert. Sie mochte nicht mehr an die vor Sorge durchwachten Nächte in Jever denken.

»Dafür bin ich hier allerdings der Willkür der Hofrätin ausgeliefert«, dachte Wemke. Bei diesem Stichwort wanderten ihre Gedanken zu dem zum Schluss von Kaufmann Teeling angeschnittenen Gesprächsthema: der Robbenjagd. Wie sie diese possierlichen Tiere liebte! Es war ihr unvorstellbar, einer Jagd auf sie beizuwohnen. Und doch bestand die Hofrätin darauf, dass sie bei dieser besonderen Veranstaltung, die in wenigen Tagen stattfinden sollte, anwesend war.

»Ich werde Sie für diesen Tag sogar vom Dienst befreien«, hatte die Frau Geheime gnädig beschlossen, »damit Sie an der Jagd auf die Flossensäuger teilnehmen können. Jeder, ob Mann oder Frau, muss so etwas gesehen haben! Ich habe eigens eine besondere Jagdkleidung für die Gäste fertigen lassen. Wissen Sie, meine Liebe, manch eifriger Jäger wählt den Aufenthalt auf meiner Insel nur, um unsere fremdartigen Seeungeheuer zu erlegen.« Ihre Augen hatten stolz gefunkelt. »Und viele von ihnen nehmen sich als Trophäe ein Seehundsfell mit. Das ist doch mal was anderes, als in Bergwäldern auf Rehe und Hirsche zu lauern oder im offenen Feld Hasen und Füchse zu schießen. Und gerade für uns Frauen, die wir sonst von derartigen Vergnügungen ausgeschlossen werden, will ich eine Lanze brechen.«

Für diese Lanze war Wemke nicht dankbar. Sie hatte versucht, zwingende Gründe zu erdenken, die ihre Teilnahme an diesem Ereignis unmöglich machten, aber es war ihr nicht gelungen, die Hofrätin von ihrem Vorhaben abzubringen.

Konrad konnte sie gut verstehen. »Meine Freude an der Jagd war schon nach dem ersten Erlebnis getrübt«, hatte er ihr anvertraut. »Als junger Mann glaubte ich, die Jagd ähnelte einem grandiosen Kampf mit gleichwertigen Gegnern. Doch die

Wirklichkeit ist entsetzlich. Es hat mich gegraust mit anzusehen, wie sich jeder Jäger auf einen Seehund warf, um ihn mit Hieben zu töten. Die Tiere sahen so wunderschön aus mit ihren großen Augen, und waren den Angreifern hilflos ausgeliefert. Und dann die Jungtiere, die wimmernd zu den erschlagenen Müttern krochen. Wemke, ich werde mir etwas einfallen lassen, um dir den Anblick dieser Schlächterei zu ersparen.«

Er hatte für sie vorgesprochen, sogar ärztliche Argumente zur Hand genommen, doch die Frau Geheime ließ keine Widerworte gelten. Wemke hatte bei dem Vergnügen dabei zu sein, und damit basta. Weder Konrad noch irgendein anderer konnte sich gegen diese eiserne Dame durchsetzen. Und wenn doch, dann nur unter Inkaufnahme von Schaden für sich selbst.

Erst gestern hatte die Hofrätin ohne mit der Wimper zu zucken zwei Dienstboten entlassen, die gegen ihre Vorschriften verstoßen hatten. Georg, einer der Diener, und Marita, ein Zimmermädchen, waren hier auf der Insel ein Paar geworden. Lange hatten sie es geheim halten können, doch letztendlich war die Neuigkeit der Hofrätin doch zugetragen worden. Sie hatte die beiden vor die Wahl gestellt, ihre Beziehung zu beenden oder die Insel zu verlassen. Die jungen Leute hatten an ihrer Liebe festgehalten.

Wemke war, wie viele andere, Zeuge einer letzten Unterhaltung zwischen ihnen und der Frau Geheimen geworden.

»Ich lasse mir von Ihnen nicht länger vorschreiben, was ich zu tun und zu lassen habe. Sie behandeln uns Diener wie Sklaven!«, hatte der junge Mann wütend geschrien. »Es hängt mir schon lange zum Hals heraus zu sehen, wie Sie die Reichen hier hofieren, uns und auch die Insulaner hingegen wie den letzten Dreck behandeln.«

Mit in die Hüften gestemmten Händen hatte die Hofrätin sich drohend vor Georg aufgebaut.

»»Soll ich meinem Personal neben dem guten Lohn etwa auch noch ein tägliches Bad garantieren? Es gibt eben gewisse Unterschiede. Sie, mein Lieber, sind im falschen Bett geboren worden. Geben Sie Ihren Eltern die Schuld, die es zu nichts gebracht haben, und nicht mir. Sie sind ein Mensch, der Stiefel putzt und nicht trägt! Wer sich hier nicht seiner Stellung entsprechend zu verhalten weiß, der muss gehen. Ich habe Regeln aufgestellt, und eine davon lautet: kein Techtelmechtel unter der Dienerschaft!«

Marita war vor Wut das Blut ins Gesicht geschossen. Sie wäre vielleicht auf die Hofrätin losgegangen, wenn ihr Geliebter sie nicht entschlossen weggezerrt hätte. »Komm, wir haben hier nichts mehr verloren. Andererorten finden wir mit Sicherheit eine Arbeit, bei der einem nach pausenloser Plackerei nicht auch noch privat die unglaublichsten Vorschriften gemacht werden.«

»Fort mit euch!«, hatte die Hofrätin geschrien. »Die Saison ist sowieso bald vorbei, was stört es mich da, wenn ihr schon vorzeitig die Segel streicht. Querulanten kann ich hier in meinem Badeetablissement nicht gebrauchen!«

Am Nachmittag beklagte sich Frau Bartling dann bitterlich bei Wemke darüber, dass das Personal immer unverschämter werde. Wemke hatte sich jeder Äußerung enthalten, doch in Wahrheit konnte niemand Marita und ihren Liebsten besser verstehen als sie. Die beiden hatten ihre Arbeit zu aller Zufriedenheit erledigt. Ihre Liebe war Privatangelegenheit.

Und da lag der Hase im Pfeffer. Frau Bartling maßte sich an, über alles zu entscheiden. Sie war die Königin, der alle gehorchen mussten – ohne Ausnahme. Und mit diesem Gedanken war Wemke wieder bei der Seehundjagd angelangt. Ein Laut der Verbitterung stahl sich über ihre Lippen. Allmählich war das Maß voll. Sie wusste nicht, wie lange sie die Gängelei noch aushalten würde.

20

Die Jagd auf den Seehund gehört mit zu den Hauptvergnügungen leidenschaftlicher Jäger. Darum werde ich sie Ihnen natürlich nicht vorenthalten«, erklärte die Hofrätin und sah freudestrahlend in eine Vielzahl erregter Gesichter.

Etliche Gäste hatten sich von ihrer Begeisterung anstecken lassen. Wemke verfolgte das Geschehen mit Unbehagen. Sie befanden sich in der Nähe einer Sandbank, die mit der Ebbe trockenlief. Hier sonnten sich die Meerestiere häufig oder schwammen im Wasser herum.

Der kalte Wind der letzten Tage hatte aufgehört. Die Luft war frisch und leicht. Schon am Morgen hatte die Sonne das karge Grün der Insel in glänzendes Licht getaucht. Jetzt beschien sie die grau in grau gekleidete Jagdgesellschaft der Frau Geheimen. Alle trugen lange Seestiefel, graue Hosen und gleichfarbene Jacken mit Kapuzen. Sie sahen in diesem Aufzug aus wie Gäste eines merkwürdigen Maskenballs. Erwartungsvoll umringten die Damen und Herren die Hofrätin.

»Die Jagd ist keineswegs einfach und erfordert einiges an Wissen über die Robben und ihre Lebensgewohnheiten«, fuhr die Frau Geheime fort. »Ein ungeübter Jäger schafft es nur selten, ein Tier zu erlegen. Seehunde sind wachsam und schlau und wissen scheinbar ganz genau, wann sie untertauchen müssen.«

»Hoffentlich«, dachte Wemke.

Einige Einheimische waren ihnen bei der Wanderung zu

diesem Teil der Insel begegnet. Die Erwachsenen hatten nur verständnislos die Köpfe geschüttelt, während die Kinder sich vor Lachen ausgeschüttet hatten. Besonders der Hofrat war ein Opfer ihrer Hänseleien gewesen. Mit ausgestreckten Fingern zeigten sie auf ihn, bliesen die Backen auf und imitierten die Laute der Seehunde. Der Hofrat bot aber auch einen ganz besonderen Anblick. Sein massiger Körper schien jeden Augenblick den Jagdanzug sprengen zu wollen. Er machte einen sehr unglücklichen Eindruck.

»Finchen, Finchen, was verlangst du nur von mir!« Prustend wie ein Walross lief er hinter seiner Gattin her, wandte sich dann aber den anderen Gästen zu. »Ich habe mein Frauchen auf Knien angefleht, fernbleiben zu dürfen, aber sie hat auf meine Anwesenheit bestanden. Mal ehrlich: Wurden Sie etwa auch zu dieser Veranstaltung gezwungen? Wir sind Versuchstiere für diese neue Attraktion meiner Gattin, nicht mehr und nicht weniger. Wenn die Seehunde uns auffressen oder auch nur beißen, dann wird dieser Ausflug künftig von der Angebotsliste meiner holden Herrin gestrichen. Ach, ach, was man alles für die Liebe erdulden muss.«

Die anderen Teilnehmer lachten, während die Frau Geheime für ihren Mann nur ein abfälliges Schnalzen übrighatte.

»Lass das Jammern. An dir würde sich selbst ein Seehund die Zähne ausbeißen. Wenn ich dich so sehe, dann fällt mir auf, dass du einfach zu dick bist.« Sie hatte auf seinen vorstehenden Bauch gewiesen, der die Knöpfe des Anzugs spannen ließ. »Die frische Luft wird dir guttun. Einige Stunden ausgiebigen Jagdsports werden auch die Pfunde zum Schmelzen bringen, und dann passt dir der Anzug vielleicht besser. Ich spreche einmal mit Doktor Hoffmann. Er soll ein Programm mit vielen körperlichen Ertüchtigungen für dich ausarbeiten.«

»Aber Finchen, ich bin ein Mann besten Aussehens. Eine stattliche Figur macht doch einen Mann erst aus«, rief der

Geheimrat weinerlich und strich sich gekränkt über seinen Bauch.

»Mein Lieber, nimm es mir nicht übel, aber wir haben wahrlich Wichtigeres zu erörtern als dein Aussehen.« Damit war die Diskussion beendet gewesen.

Wemkes Aufmerksamkeit wurde jetzt von einem kleinen, drahtigen Insulaner in Anspruch genommen, der mit einem Karren auf sie zueilte.

»Ah, da ist er ja«, rief die Hofrätin. »Meine sehr verehrten Damen und Herren, hiermit stelle ich Ihnen den langjährigen, erfolgreichen Robbenjäger Dodo Lammerts vor. Er wird unsere Expedition leiten. Es gibt da noch so einige Dinge, die geklärt werden müssen, bevor wir aufbrechen.« Auffordernd blickte sie den Seehundjäger an.

Die Bekleidung des Mannes ähnelte der der Jagdteilnehmer, nur dass seine Jacke vielfach geflickt und die Farbe kaum noch eindeutig zu benennen war. Die Kapuze hatte er trotz der wärmenden Sonne in die Stirn gezogen. Ein zottiger Bart bedeckte Wangen und Kinn, und unter einem Paar blauer Augen ragte eine große Hakennase hervor. Die Hosen, die er aufgekrempelt trug, waren zerschlissen, seine Füße, im Gegensatz zu denen der Gäste, nackt.

Der Mann schien sich äußerst unwohl zu fühlen. Verlegen kratzte er sich am Kopf. Wemke überlegte, wie viel Geld ihm die Frau Geheime wohl geboten hatte, damit er ihnen zur Verfügung stand.

Als der alte Jäger bemerkte, dass außer der Hofrätin auch weitere Frauen der Jagdgesellschaft angehörten, weiteten sich seine Augen erschrocken. Das hatte er sichtlich nicht erwartet.

Verwirrt wandte er sich an Frau Bartling. »Also mit auf die Jagd gehen, das tun natürlich nur die Herren. Ich meine wohl, dass die Frauensleute lieber hier am Strand stehen und alles beobachten sollten.«

Die Hofrätin schüttelte vehement den Kopf. »Wie Sie unschwer erkennen können, habe ich alle Damen mit entsprechender Kleidung ausstatten lassen. Wir Frauen sind nicht weniger mutig als die Männer und wollen unter allen Umständen dabei sein.« Beifallheischend schaute sie die Damen an und zustimmendes Gemurmel setzte ein.

Der Gedanke schien den Seehundjäger nicht gerade zu begeistern. »Ist aber eine blutige Angelegenheit. Die Weiber hier von der Insel reißen sich nicht darum. Hab noch nie von einer Seehundjägerin gehört.« Er wartete kurz. Als keine Reaktion kam, ließ er resigniert die Schultern hängen. »Ja nun, wenn es denn so sein soll. Aber ich hab wenig Lust, neben den toten Tieren auch ohnmächtige Weibsleute von der Sandbank zu schleppen.«

»Wir sind alle unerschrocken und haben zudem unser Riechsalz dabei«, erwiderte die Hofrätin, doch Wemke konnte den anderen Damen ansehen, dass ihnen nun doch Bedenken kamen.

Dodo Lammerts hatte sich scheinbar mit der Situation abgefunden und begann mit seinen Erläuterungen. »Die verehrten Herrschaften müssen wissen, dass die Seehunde nicht so dumm sind, wie sie vielleicht ausgucken. Sie machen uns nur zu gerne was vor und verstellen sich auch. Da meint so manch ein schlauer Jäger, er hat einen Seehund vor sich, und schießt. Doch dann ist es nur ein treibender Baumstamm oder'n Haufen Seetang, und das Tierchen hat den Kopf längst unter Wasser. Was ich mein, ist, dass wir es schlau anfangen müssen. Darum sollen Sie auch noch was lernen, bevor es losgeht. Aber das kommt gleich. Erst mal was zum Ablauf der Jagd. Es ist nu halbe Ebbe.« Er deutete auf fünf Boote, die im Sand lagen. »Hiermit fahren wir zu der Sandbank rüber, wo die Tiere gern in der Sonne liegen. Im Wasser schwimmen sie einzeln rum, aber an Land sind sie oft zu mehreren beieinander. Das ist wie bei den Weibern, die auch immer anfangen zu schwatzen und sich zusammentun, wenn sie nichts zu arbeiten haben.«

»Also wirklich«, rief die Frau Geheime entrüstet aus, doch Dodo fuhr unbeirrt fort. »Das mit den Seehunden kann nur klappen, wenn wir alle ganz leise sind.« Mahnend betrachtete er insbesondere die Frauen. »Sonst ist nämlich nichts mit Robbenschießen. Dann sind die Gesellen schneller weg, als wir gucken können. Wenn wir bei der Sandbank ankommen, dann steigen wir aus den Booten und marschieren ohne viel Aufhebens gegen den Wind auf die Tiere zu.« Er hob den Zeigefinger. »Wie ich schon sagte, sind sie nicht dumm, darum müssen wir uns verstellen und sie täuschen. Wir müssen selbst zu Seehunden werden.« Einige Frauen begannen zu kichern und ernteten missbilligende Blicke von Dodo Lammerts. »Dazu legen wir uns auf den Sand und stützen uns mit übereinandergeschlagenen Armen auf die Ellenbogen. Dann rutschen wir mit erhobenem Kopf und durch Bewegen von Knien und Ellenbogen näher an die Tiere ran. Wir Seehundjäger nennen es Huckseln. Ich mach das mal eben vor.«

Er ließ sich auf den Boden fallen und imitierte die Vorwärtsbewegung der Meeresbewohner auf dem Land. Zunächst schauten die Gäste unentschlossen zu, doch dann machte Frau Bartling den Anfang und robbte Dodo Lammerts hinterher durch den Sand. Mit Ausnahme des Hofrates und Wemke folgten die anderen Gäste ihrem Treiben. Einige Damen kamen vor lauter Lachen nicht vorwärts, während andere die Bewegungen sehr gekonnt übernahmen.

»Mein holdes Finchen, ich kann nicht«, entschuldigte sich Herr Bartling mit gespielt zerknirschtem Gesicht. »Bin ich unten, dann komme ich in dieser Pelle nicht wieder hoch.« Er zupfte an dem Jagdanzug. »Außerdem glaube ich nicht, dass mich ein Seehund für seinesgleichen halten würde, egal, wie kräftig ich hucksele. Ich eigne mich nicht als Lockvogel!«

Wemke dagegen sah das auffordernde Winken der geheimen Hofrätin wohl, konnte sich aber nicht zum Mitmachen überwinden. In ihr sträubte sich alles gegen diese Jagd.

»Die Schützen müssen natürlich vorsichtig sein. Sie haben ja auch noch das Gewehr bei sich«, warnte der Seehundjäger. »Die sollen lieber ganz gebückt laufen und den Kopf hoch und runter bewegen. Wir anderen huckseln. Wenn wir nahe genug dran sind, dann müssen wir noch eine Weile ganz ruhig liegen bleiben. Es soll so aussehen, als ob wir uns auch in der Sonne aalen. Die Schützen können die Gewehre in Anschlag bringen. Auf mein Zeichen huckseln die übrigen dann noch weiter nach vorne. Nun mag es sein, dass die Seehunde ins Wasser springen. Aber das macht nichts. Die jungen Tiere, die mit dem weichen Fell, sind immer besonders neugierig. Und, was für uns von Vorteil ist, auch dumm. Sie wissen ja noch nichts vom Jagen. Die schwimmen dann meistens auch ganz dicht an die Jäger ran. Nur ein Kopfschuss erledigt die Tiere.«

Er schwieg und überlegte. Wemke sah förmlich, wie es in ihm arbeitete. Dann streckte er das Kinn vor und sah die Hofrätin mit einem unnachgiebigen Ausdruck im Gesicht an. »An die Gewehre lasse ich aber nur die Mannsleute. Kommt noch so weit, dass ein Schuss der Weiber danebengeht und uns die ganze Jagd verdirbt. Wenn Sie das nicht einsehen, komm ich nicht mit. Da will ich dann auch wohl auf das Geld verzichten.«

Die Hofrätin schüttelte empört den Kopf. »Was denken Sie denn? Wir wollen ein Abenteuer erleben, aber das Töten überlassen wir gerne den Herren.« Sie wandte sich den Frauen zu. »Wir sind allesamt Hucksleriunen.«

Vereinzelt wurde gelacht, doch Wemke dachte bei sich, dass die Frauen insgesamt eher eingeschüchtert wirkten.

Erleichtert fuhr Dodo Lammerts fort. »Ist der Seehund durch einen abgegebenen Schuss noch nicht tot, dann muss man ihn mit einem Schiffshaken zu sich heranziehen und vollends erledigen. Das klappt am besten durch einige Schläge auf die Nase. Das können sie nämlich nicht ab und sind schnell ganz hin. Die erlegten Seehunde verfrachten wir dann in die Boote. Vielleicht müssen wir mehrmals fahren. Hier an Land werde ich den Tieren sogleich die Haut abziehen. Vielleicht sind die Herren so gut und helfen dabei. Denn das gehört nun mal dazu. Die Haut muss aufgespannt in der Sonne trocknen. Die dicke Speckschicht wird erst später abgelöst, und die Weiber kochen Tran davon. Acht Liter gibt ein mittleres Tier. Wenn die Damen wollen, gebe ich gerne was vom Tier für eine Mahlzeit ab. Der Rücken des Seehunds, einige Tage in Essig eingelegt, ist gebraten gut zu essen, und auch die gekochte Leber eines Seehunds kann man ohne Schläge verdrücken. Aus den Fellen der Tiere lassen sich dann später schöne Bettvorleger machen. Sie können es auch gerben und daraus Rolltaschen für den Kautabak arbeiten lassen. So, und nun kann es ja wohl losgehen. Oder ist noch eine dabei, die nicht alles von dem verstanden hat, was ich so erzählt hab?« Er schaute wieder ausschließlich die Frauen an, als seien diese besonders begriffsstutzig.

»Wir sind ja nicht dösig«, erwiderte eine der Damen aus der Menge und imitierte dabei Dodos Tonfall. Der Robbenjäger schien das nicht zu bemerken. »Alsdann kann es ja losgehen.«

Während die anderen zu den Booten eilten, hielt sich Wemke etwas abseits und blieb zurück. Dodos Beschreibung der Seehundjagd hatten Wemkes Abneigung noch gesteigert. Sie wollte um nichts in der Welt an dieser Abschlachtung teilnehmen. Auch wenn sie sich dafür Ärger mit der Hofrätin einhandeln würde.

Nach und nach stiegen die Gäste in die Boote. Dodo Lammerts teilte sie entsprechend ihrem Gewicht und ihren Erfahrungen mit der Jagd ein. Zwischendurch gab er immer wieder

Order, wie sie sich während der Fahrt zu verhalten hätten. Als der Geheimrat in das letzte Boot stieg, begann es gefährlich zu schaukeln, was einen Heiterkeitsausbruch der Mitfahrenden zur Folge hatte. Der Robbenjäger allerdings fand keinen Spaß an der Sache. Mit gerunzelter Stirn wanderten seine Augen von dem schwankenden Boot zu Wemke, die noch am Strand stand, und blieben schließlich an der geheimen Hofrätin hängen.

»Die da kann nicht mehr mitfahren«, sagte er und zeigte auf Wemke. »Wird sonst zu schwer.«

»Oh, das macht mir gar nichts aus. Ich werde hier warten und alles von Land aus beobachten«, rief Wemke ihm rasch zu.

Die Frau Geheime hatte schon den Mund zu einer Entgegnung geöffnet, als sich der Hofrat einschaltete. »Da ich für das Hückseln, oder wie es heißt, zu stattlich bin, ist es wohl eher an mir hierzubleiben.« Er streckte demonstrativ seinen enormen Bauch vor und machte Anstalten, wieder aus dem Boot zu steigen.

»Nichts da, du kommst mit!«, befahl seine Gattin. »Ewig überlässt du mir alles, kümmerst dich nur um dein leibliches Wohl und gibst deinen Schlafbedürfnissen nach. Heute werde ich mich einmal durchsetzen.«

Wie ein gerügtes Kind ließ sich der Hofrat ergeben auf seinen Sitz zurückfallen.

Wemke jubelte innerlich, versuchte aber nach außen einen zerknirschten Eindruck zu erwecken.

»Mein liebes Kind, Sie müssen hier nicht auf uns warten, sondern können langsam am Strand zurückwandern«, sagte die Hofrätin entschuldigend. »Die Jagd wird wohl etwas länger dauern. Ach herrje, wie ärgerlich! Es ist mir gar nicht recht, eine junge Frau alleine zurückzulassen. Und dass Sie um dieses einmalige Erlebnis gebracht werden, ist doch wirklich zu schade.« Dieser Vorwurf zielte auf den Seehundjäger, doch dieser zuckte nur mit den Schultern.

»Bitte gehen Sie geradewegs zurück zur Badeanstalt. Der Tag steht natürlich, wie abgemacht, zu Ihrer freien Verfügung«, rief die Hofrätin noch, während die Boote ablegten.

Dodo stieß das letzte Boot an, so dass es knirschend ins Wasser glitt. Mit einem Satz sprang der Seehundjäger hinein und griff nach den Rudern. Die Gäste winkten noch einmal und wandten sich dann der Sandbank zu.

Eine Weile sah Wemke den Booten nach, dann machte sie sich mit einem Gefühl ungeheuerer Erleichterung auf den Weg.

21

»Wie herrlich«, dachte sie. »Ein geschenkter Tag, den ich ganz für mich alleine habe. Vielleicht kann ich am Nachmittag mit Freya zum Strand.«

Vormittags gab es für die Kinder ein festes Programm, das nur in Ausnahmefällen unterbrochen werden durfte.

Es blies ein schwacher Wind, der die Wellen an den Meeressaum tänzeln ließ. Die See schien heute noch zu schlafen, doch die Sonne drang schon kräftig durch das Himmelsdach.

Die dicken Seestiefel drückten und kurz entschlossen bückte Wemke sich und zog sie aus. Wie befreiend, Luft und Wasser auf der Haut zu spüren. Träumerisch verharrte sie, dann jedoch ließ ein dumpfes Geräusch sie erschreckt hochfahren. In nächster Nähe fuhr ein Fischerboot am Strand vorbei. Geisterhaft senkten sich die Fangnetze ins Meer und griffen in der Tiefe nach den Gaben der See. Wemke hörte leise die rauen Stimmen der Fischer und sah sie geschäftig auf Deck herumeilen.

»Eine winzige Welt für sich auf Planken aus Holz«, dachte sie.

Während die Sonne immer höher stieg, verschwand das letzte Grau des Morgens. Es versprach noch einmal ein warmer Tag zu werden. Vielleicht einer der letzten dieses Jahres.

Wemke wandte sich, entgegen der Anweisung der Hofrätin, den Dünen zu. Auf halbem Weg blickte sie sich noch einmal um. Das glatte blaue Meer lag mit einem leuchtend weißen

Brandungskranz um die grüne Insel. Am Himmel zogen Perlenketten schwarzer Tauchenten gen Süden.

Wie wunderschön es hier war! Wemke beobachtete verträumt die in der Sonne flimmernden Vogelleiber, bis nur mehr winzige Punkte übrig blieben. Wo Meer und Himmel fast verschmolzen, konnte sie in der Ferne ein prächtiges Schiff ausmachen. Im funkelnden Licht sah es aus, als ob es über dem Wasser schwebte.

»Ob es wohl Seide und Tee aus China geladen hat?«, überlegte Wemke. »Oder vielleicht Gewürze und Kaffee aus Java und Arabien. Und welche Waren wird das Schiff nach dem Löschen wieder mitnehmen in ferne Länder?«

Wie es wohl wäre, die Welt zu bereisen? Fühlte man sich frei, so wie die Vögel am Himmel? Sie vermeinte deren grenzenlose Freiheit zu spüren und fühlte sich in diesem Augenblick losgelöst von allem. Was konnte es Schöneres geben, als sich von dem lauen Wind treiben zu lassen, um sich herum den Duft der Inselblumen und über sich den Horizont aus Fluten von Blau, auf denen weiße Schäfchenwolken trieben.

Wemke beschattete die Hand mit den Augen und sah sich mit einem glücklichen Lächeln um. Sie war allein und dieser Tag gehörte ihr! Ihre Augen wanderten vom Himmel zum Meer und zurück zum Grün der Insel, um dann zu verharren. Was war denn das?

Zuerst hielt sie den sich bewegenden Punkt für ein Tier, doch dann erkannte Wemke voller Schrecken, dass ein Mensch auf sie zukam. Sollte sie die Flucht ergreifen? Wenn es nun wieder dieser grässliche Wiltert war? Er schien immer in ihrer Nähe herumzuschleichen. Doch dann erkannte sie den Hund an der Seite des Mannes und ihr Herz tat einen Sprung. Es war Jeels!

Vielleicht sollte sie sich lieber schnell umwenden und vortäuschen, ihn nicht bemerkt zu haben. Doch ihre Füße schienen ein Eigenleben zu führen und blieben fest auf dem Fleck stehen.

»Guten Morgen«, rief Jeels schon von weitem. Seiner Stimme war die Freude anzuhören, sie zu treffen. Er reichte ihr die Hand und seine fragenden Augen wanderten über den Jagdanzug.

Wemke zupfte verlegen an ihrer Jacke, zog sich dann aber mit einem Lächeln die Kapuze über den Kopf. »Hübsch, nicht wahr? Es fehlen nur noch die Ohren, dann sehe ich aus wie ein großer Hase. Aber eigentlich soll ich ein Seehund sein. Zumindest wünscht das die Frau Geheime. Nur dass ich heute ausnahmsweise ihrem Wunsch nicht Folge leisten brauche. Und daran ist ihr Herr Gemahl schuld.«

Sie erzählte ihm die ganze Geschichte und Jeels stimmte in ihr Gelächter mit ein.

»Das nenne ich Glück gehabt«, bemerkte er.

»Ich muss die ganze Zeit an die armen Seehunde denken«, seufzte Wemke. »Es sind so schöne Tiere mit ihren klugen, schwarz glänzenden Augen. Ich weiß nicht, was geschehen wäre, wenn man mich zum Mitkommen gezwungen hätte. Mir ist jede Art von Jagd verhasst.«

»Warte es lieber ab. Vielleicht ist die Aktion nicht von Erfolg gekrönt. Ich habe heute Morgen viele Vögel bei der Sandbank gesehen. Sie lassen sich vom Heranschleichen der Seehundjäger nicht täuschen und verscheuchen mit ihren Warnrufen und ihrem Geflatter vielleicht auch die Tiere.«

Wemke seufzte. »Ach, ich will jetzt einfach nicht mehr an die Jagd denken. Ich bin hier an Land, und ein geschenkter Tag liegt vor mir. Was kann es Schöneres geben?«

Jeels betrachtete sie lächelnd von der Seite. Wemke hatte die Kopfbedeckung wieder abgestreift. Sie trug das helle Haar zu einem Knoten hochgesteckt, doch einige widerspenstige Locken hatten sich gelöst. Der Wind spielte mit ihnen. Ihre

Wangen waren gerötet und ihre Augen leuchteten. Sie sah so jung und unbeschwert aus, wie sie sich fühlte.

»Wenn du willst, dann zeige ich dir meine Lieblingsplätze auf der Insel«, schlug Jeels vor.

Wemke nickte freudig und folgte ihm, ohne lange zu überlegen. Sie verdrängte die Weisung der Hofrätin, auf schnellstem Weg zur Badeanstalt zurückzukehren. Verdrängte auch den Gedanken an Mann und Kind. Dieser Tag gehörte ihr ganz alleine. Heute, dieses eine Mal, wollte sie nicht vernünftig sein!

Lange schritten sie schweigend durch die Dünenlandschaft. Benno lief voraus. Er schien den Weg schon zu kennen.

Schließlich blieb Jeels stehen und winkte Wemke zu sich heran. »Schau nur, ist das nicht fantastisch?«

Wemke trat neben ihn. Der Blick reichte über den niedrigen Kamm der letzten Dünenkette bis zum Meer. Ab und zu wehte der Wind einige Halme des hohen Dünengrases ins Bild, aber sie hinderten nicht die Sicht.

»Wunderschön!« Wemke wandte sich mit leuchtenden Augen zu Jeels um. »Dieser Anblick hat etwas von Unendlichkeit.«

Jeels nickte. »Genau. Niemals zuvor im Leben habe ich solche Weite gekannt und nie derartiges Licht. Lange habe ich geglaubt, Wasser und Himmel voneinander trennen zu müssen. Meine Augen wollten Grenzen sehen. Doch wenn man zulässt, dass das Blau des Himmels sich sanft mit dem Grau des Meeres verbindet, dann erkennt man grenzenlose Weiten.«

»Wenn man sich darauf einlässt, dann geschieht es fast wie von selbst.« Wemkes Stimme war so aufgeregt wie die eines Kindes. »Die Farben fließen ineinander, und plötzlich werden sie eins.«

Jeels lächelte ihr zu. »Mit diesem Anblick beginne ich häufig den Tag. Und während ich noch mit dem Körper auf Erden bin, die Füße im Sand, erspähen meine Augen die Grenzenlosigkeit.«

Sie gingen weiter und wählten einen Weg zurück zum Strand. Wemke lief vor Jeels her. Er sah ihr nach und freute sich an ihren leichtfüßigen Bewegungen. Der Oberkörper bog und drehte sich sanft, die Schultern wiegten sich vor und zurück. Fein und zart wirkte sie in der Fülle des Lichts. Ihr Haar leuchtete golden in der Sonne. Der unscheinbar graue Seehundanzug sah an ihr sogar vorteilhaft aus; er unterstrich Wemkes eigene Farben.

Am Strand wurden sie von Scharen grell schreiender Austernfischer mit leuchtend roten Schnäbeln begrüßt, die aufflogen und sie umkreisten. Die Vögel tauchten unter, kamen wieder hoch, übersprudelt von Seewasser, und schwammen, leicht wie Federn, auf den Wellen.

Die Unbeschwertheit der Tiere schien Wemke anzustecken. Wie ein Kind tänzelte sie am Wasser entlang. Sie winkte Jeels zu, ihre Augen leuchteten.

Er fühlte sich in ihrer Gegenwart wie verzaubert. Diese Frau hatte so viele Facetten. Sie wirkte immer wieder anders. Bei der Begegnung mit Wiltert war sie voller Angst gewesen, später dann hatten Schmerzen ihr Gesicht verzerrt und sie verletzlich wirken lassen. Auf dem Strandfest waren ihre Züge von Anspannung gezeichnet gewesen. Doch jetzt schien eine eigenartige Leichtigkeit auf ihnen zu liegen. Sie schien genau hierher ans Meer zu gehören. Die Luft um sie herum schien zu flimmern und zu glänzen.

Jeels versuchte sie nicht anzustarren. Sie durfte nicht merken, wie sehr er sich zu ihr hingezogen fühlte. Doch er konnte den Blick nicht lösen von ihrem Haar, in dem nun wieder der Wind spielte, und von den Rundungen ihres Körpers, die die enge Kleidung preisgab. Wie nahe sie einander waren, und doch auch so fern.

Wie konnte es nur sein, dass sein Körper und sein Herz sich nach etwas sehnten, von dem der Verstand wusste, dass es unerreichbar war? Diese Frau brachte Begehrlichkeiten in ihm zum Vorschein, von dessen Vorhandensein er bisher nichts geahnt hatte und die seiner Kontrolle zu entgleiten schienen. Das machte ihm Angst. Er war nach Wangerooge gekommen, um Antworten zu finden. Doch je länger er hier auf der Insel weilte, desto mehr Rätsel taten sich auf. Er erkannte sich selbst kaum wieder.

Wemke spürte Jeels' Augen auf sich. Die Spannung zwischen ihnen war so groß, dass sie den Eindruck gewann, sogar das Licht habe sich verändert. Sie glaubte Jeels' Arme um sich zu spüren. Ihre Hände zitterten. Unbewusst tat sie einen Schritt auf ihn zu. Dann jedoch wurde ihr bewusst, was sie tat, und sie senkte erschrocken die Lider. Der Gedanke, sie könnte tatsächlich dem Sehnen ihres Herzens nachgeben, das Versprechen Konrad gegenüber brechen, erschreckte sie mehr als alles andere. Es stand gegen alles, woran sie glaubte. Die Leichtigkeit fiel von ihr ab, die ausgelassene Freude verschwand aus Wemkes Zügen. Ihr Gesicht nahm einen verschlossenen, fast schon ablehnenden Ausdruck an.

Jeels biss sich auf die Lippen. Was hatte er denn erwartet? Dass sie sich einfach in seine Arme stürzen würde? Wemke war gebunden. Warum nur ging diese Tatsache nicht in seinen Kopf? Da gab es einen Mann an ihrer Seite, auch wenn er dies ständig zu vergessen schien. Und vielleicht hatte der Badearzt ja sogar ihr Herz gewonnen. Was wusste er denn schon von dieser Frau? Vielleicht war sein aufdringliches Starren ihr unangenehm gewesen. Nur weil sie ihm freundlich begegnete, hieß dies noch lange nicht, dass Wemke die gleichen Gefühle für ihn hegte wie er für sie.

Mit angespanntem Kiefer starrte Jeels auf das Meer. Er sah plötzlich vollkommen verloren aus, und sein Anblick entlockte

Wemke ein schmerzliches Lächeln. Sie sollte nicht hier, nicht mit ihm zusammen sein. Das hätte ihr gleich klar sein müssen. Es war dumm und gefährlich. Wemke vergrub die Hände im Stoff des Anzugs. Sie konnte und durfte diesem Mann nicht mehr sein als eine Freundin. Sie hatte sich entschieden. Es gab kein Zurück. Sie hatte ein Versprechen gegeben und musste es halten. Das musste sie auch Jeels unmissverständlich klarmachen. Wenn es nur nicht so wehtäte …

Wemkes spürte, wie sie innerlich bebte. Bei Konrad fühlte sie sich sicher und gut versorgt, aber Jeels brauchte sie nur ansehen und ihr Herz flog ihm entgegen. Wemke tat einen tiefen Atemzug und riss sich zusammen.

»Es ist schön, diesen Tag mit einem Freund zu verbringen«, sagte sie leise, und eine leichte Röte überzog ihr Gesicht.

Traurig lächelte Jeels sie an. »Ich hoffte, hier auf Wangerooge ein Zuhause zu finden. Jetzt habe ich zumindest schon einen Freund gewonnen.«

»Sicherlich mehr als einen«, antwortete sie und dachte an Krischan.

»Einen Freund habe ich mir ja selbst mitgebracht.« Jeels pfiff nach Benno, und sie setzten ihre Wanderung am Strand fort.

Für eine Weile schien der intensive Moment, den sie geteilt hatten, zwischen ihnen zu stehen. Sie sprachen kein Wort.

Jeels war tief in Gedanken versunken. Unbewusst nur nahm er den salzigen, frischen Geruch des Meeres wahr. Die See schien Klarheit in seine Gedanken zu bringen. Er wollte nicht, dass sie sich voneinander entfernten. Nicht durch seine Schuld. Er wollte um alles in der Welt, dass sie Freunde blieben. Diese Sprachlosigkeit musste ein Ende haben.

Und so begann Jeels, ihr Dinge zu zeigen und zu erzählen. Über auf der Insel vorkommende Tierarten, die Sonne, das Meer, Ebbe und Flut. »Die Tiden haben den Menschen in alter Zeit Rätsel aufgegeben. Schon die Griechen kannten jede

Menge Fabeln darüber. Plato, der ein Denker und weitgereister Mann war, glaubte, dass es im Inneren der Erde von Wasser durchflutete Höhlen gäbe.«

»Aber Pytheas, ein Seefahrer aus Griechenland, der schon vierhundert Jahre vor Christus lebte, kam dem Geheimnis damals auf die Spur«, ergänzte Wemke mit einem Lächeln. »Seine Reisen führten ihn bis zur Bernsteinküste, und er kam zu dem Schluss, dass der gute alte Mond hinter Ebbe und Flut stecken könnte.«

»Andere wiederum meinten, dass die Sonne das Wasser in sich aufnähme und dann gesäubert und entsalzt wieder zur Küste zurückschickte. Tedamöh, eine alte Hebamme hier auf der Insel, hat mir erzählt, dass manche Insulaner immer noch glauben, der Wassergott Neptun sei Herr über das Meer. Wenn er den Dreizack schwingt und das Wasser zurückruft, dann ist Ebbe. Und wenn er sich ausruht, weil ja auch ein Gott nicht unendlich viel Kraft hat, dann ist Flut. Aber wehe Neptun ist zu erschöpft und schläft länger als üblich! Dann laufen die Wellen mit gewaltigem Tosen immer höher und höher auf und überschwemmen die Insel.« Jeels' Augen funkelten. »Es ist natürlich ein Ammenmärchen. So wie auch der Meeresgott nur der Fantasie entspringt. Man sollte nicht meinen, dass die Menschen hier seit Jahrhunderten Christen sind. In ihren Köpfen leben die alten Götter immer noch. Vielleicht glauben sie deshalb auch, meine Vorfahren seien dem Meer entstiegen.«

Wemke schaute ihn fragend an. Die Anspannung zwischen ihnen war verschwunden. Und während sie langsam am Wasser entlangschritten, erzählte Jeels ihr die Geschichte des ersten van Voss. Dann sprach er von seinem Vater und wie er selbst den Weg hierher auf die Insel gefunden hatte. Auch seinen Beruf als Arzt und seine besonderen Fähigkeiten sparte er nicht aus.

Wemke schien nichts Absonderliches daran zu finden. »Es ist ein Geschenk des Himmels«, sagte sie. »Gibt es nicht Musiker, die ein absolutes Gehör haben, und begabte Maler, deren Können unnachahmlich ist? Deine besondere Fähigkeit ist eben eine andere. Aber sie hat doch nichts Teuflisches an sich.«

Es erleichterte ihn, dass sie so dachte. Er sprach mit ihr auch über die Brände der letzten Zeit und über den Verdacht, den die Insulaner zu hegen schienen.

Wemke legte nachdenklich einen Finger an die Nase. »Ich denke, die Menschen brauchen einen Sündenbock, und von ihnen selbst soll es natürlich möglichst keiner gewesen sein. Dir, Krischan und Onno gegenüber sind sie ohnehin voreingenommen. Vielleicht klärt sich die ganze Sache ja noch auf.«

»Das hoffe ich«, erwiderte Jeels seufzend. »Aber nun ist es genug mit Grübeln. Der Tag ist zu schön für schwere Gedanken.«

Sie setzten sich in den warmen Sand.

»Hast du schon einmal in den Nächten das Meer leuchten sehen?«

Wemke schüttelte den Kopf.

»Es geschieht manchmal nach Gewittern oder schwülen Tagen. Dann tragen, mitten in der Dunkelheit, die Kämme der heranrollenden Wellen einen hellen Schein. Als ob die Lichter aufgereihter Fackeln auf einmal gemeinsam aufflammen. Es scheint dann, als tauche eine feurige Seeschlange aus dem Meer auf, um ans Ufer zu gelangen. Ein ganz besonderer Anblick.«

Wemke lauschte mit geschlossenen Augen. Jeels' warme, ruhige Stimme umspülte sie wie sanfte Wellen. Sie hätte ihm stundenlang zuhören können. Als Jeels schwieg, öffnete sie die Augen und blickte lange Zeit auf das Wasser. Dann erhob sie sich, und sie wanderten weiter. Ein kleiner Krebs krabbelte vor ihren Füßen vorbei. Jeels bückte sich und hob eine Muschel auf. »Schau nur, ein Engelsflügel.«

Und wirklich, der Sandfund sah aus wie ein einzelner Flügel

eines Himmelsboten. »Du musst den zweiten, den passenden finden. Dann wird ein Engel dir drei Wünsche erfüllen.«

»Wenn es doch nur so wäre«, dachte Wemke. Sie wünschte sich nichts sehnlicher, als ewig so mit Jeels am Wasser entlangzulaufen. Sie wünschte sich, es gäbe nur sie beide, dazu den blauen Himmel und das weite Meer. Und natürlich Benno und Freya!

»Eigentlich müsste ich jetzt Angst um Benno haben«, sagte Jeels und zeigte auf den Hund, der seine Schnauze in den Schaum steckte, den die Wellen an den Strand rollten. »Krischan hat mich gleich zu Anfang davor gewarnt. Er glaubt, der Meerschaum könne Tollwut verursachen.« Beim Gedanken an den Freund musste er lächeln.

Benno lief durch das seichte Wasser auf eine Möwe zu, die sich natürlich nicht fangen ließ und schimpfend in die Luft stieg.

Jeels schüttelte lachend den Kopf. »Er versucht es immer wieder, dabei hat es noch nie geklappt.«

Sie verließen den Strand und hatten schnell wieder Dünengras unter den Füßen. Wemke ließ sich in dem hohen Helmgras nieder. Sie sah einer einzelnen weißen Wolke nach. Ihr Kopf war angenehm leer, und sie spürte nur noch die Nähe des Mannes an ihrer Seite. Wohlig warm beschien die Septembersonne ihren Körper. Eine Brandgans im schwarzweißen Gefieder sah neugierig zu ihnen herüber. Der glutrote Schnabel des Vogels leuchtete. Er lauschte und reckte den Hals, entschied dann jedoch, dass von ihnen wohl nichts zu befürchten war.

»Warum bist du hierher nach Wangerooge gekommen?«, fragte Jeels.

Wemke griff nach einem Grashalm und drehte ihn zwischen den Fingern. Dann setzte sie sich auf und begann mit leiser Stimme zu erzählen. Von ihrer Kindheit, dem Tod der Eltern und der Verantwortung für die Schwester. Ganz zum Schluss von ihrer Zeit in Jever und der Verzweiflungstat, die sie hierher nach Wangerooge geführt hatte.

»Und doch war es richtig, was ich getan habe«, schloss sie und sah Jeels in die Augen. »Konrad ist ein so guter Mensch.«

Jeels senkte den Blick. »Es muss dich viel Mut gekostet haben, dieses Wagnis einzugehen.«

»Es war das Einzige, was mir übrigblieb! Ich weiß, wie hart das Leben sein kann, und deshalb bin ich nicht undankbar. Obwohl ich mich manchmal sehr störe an den ständigen Gängeleien der Hofrätin. Aber damit werde ich wohl leben müssen.«

Lange lagen sie im Gras. Doch schließlich, als die Sonne schon hoch stand, setzte sich Wemke auf.

»Ich werde mich bald auf den Heimweg machen.« Bedauern schwang in ihrer Stimme mit.

»Bleib noch eine Weile«, bat Jeels sie. »Ich möchte einen Rat von dir.«

Er erzählte Wemke von dem Tagebuch der Mutter. Von allem, was er seit seiner Ankunft über sie erfahren hatte. »Stell dir vor, da habe ich mir so sehr gewünscht zu wissen, wie sie ausgesehen hat, und gestern kommt Hinderk Tjarks zur Tür herein und bringt mir eine Zeichnung von ihr.« Auf Wemkes fragenden Blick hin fügte er erklärend hinzu: »Hinderk ist der alte Kapitän, dem das größere Haus etwas östlich des Dorfes gehört. Er ist einer der wenigen Insulaner, mit denen meine Mutter Kontakt hatte. Hinderk mochte sie sehr. Zumindest sagt er das. Sie hat sich wohl hin und wieder um seine Schwester, die nicht ganz gesund war, gekümmert. Eines Tages, so erzählte mir der Alte, sei Reemke mit verweinten Augen in sein Haus gekommen und habe ihn unter Tränen gebeten, etwas für sie zu vernichten. Sie selbst wäre nicht in der Lage dazu. Es war eine Zeichnung, ein Bildnis von ihr. Hinderk hat es nicht übers Herz gebracht, Mutters Bitte zu erfüllen. Bis zum gestrigen Tag lag das Bild auf dem Boden des Kapitänshauses. Auf der Rückseite der Leinwand hat der Maler den Titel des Bildes vermerkt: *Die Inselrose.*«

Jeels hielt für einen Moment inne. »Seit gestern habe ich wieder und wieder die Zeichnung betrachtet. Der Künstler hat meine Mutter inmitten der Dünen gemalt. Sie schaut ihn an und scheint alles um sich herum vergessen zu haben. Reemke, so nenne ich sie in Gedanken, trägt ein Kleid aus blauer Seide und im Haar ein weißes Band, das zur Schleife gebunden ist. Sonnenlicht fällt auf ihr Gesicht und hebt die Wölbung von Stirn und Nase hervor. Eine Kette aus winzigen Inselblumen schmückt ihren Hals. Die Wildrosenbüsche im Hintergrund blühen, und man glaubt fast, ihren Duft riechen zu können. Weißt du, Wemke«, er stützte die Ellenbogen auf und legte den Kopf in die Hände. »Meine Mutter ist eine wirklich schöne Frau gewesen. Sie hatte langes rotes Haar, von einem dunkleren Rot als meines, und grüne Augen. Auf dem Bild strahlt aus ihnen das pure Glück. Der Maler muss großes Talent gehabt haben oder aber ...« Er biss sich auf die Lippen. »Oder er hat sie geliebt und nur deshalb diesen besonderen Moment einfangen können.« Jeels griff nach Wemkes Hand. Aufgeregt fuhr er fort: »Wenn er nun mein Vater gewesen ist! Ich hatte immer die entsetzliche Ahnung, dass meine Eltern sich nicht geliebt haben. Es schien ein furchtbares Geheimnis um meine Herkunft zu geben. Ein Geheimnis, das ich wohl gar nicht unbedingt lüften will. Darum konnte ich mich bislang auch nicht überwinden, die letzten Eintragungen im Tagebuch meiner Mutter zu lesen. Doch seit gestern, seit ich die Zeichnung besitze, drängt es mich wieder dazu. Aber vielleicht ist diese Vorstellung von Liebe auch nur ein Wunschtraum.« Er seufzte tief auf und sah sie an. »Was rätst du mir? Soll ich weiterlesen oder die Vergangenheit ruhen lassen?«

»Natürlich musst du weiterlesen!« Alles andere schien für

Wemke außer Frage zu stehen. »Bist du nicht eigens hierhergekommen, um die Wahrheit herauszufinden? Du willst erfahren, wer du bist. Damit ist die Entscheidung doch schon getroffen. Mit den Konsequenzen musst du leben. Auch damit, dass dir vielleicht nicht alles gefallen wird, was du herausfindest.«

Jeels bedachte sie mit einem schiefen Lächeln. »Danke für deine ehrliche Antwort. Im Grunde meines Herzens weiß ich, dass das Tagebuch zu Ende gelesen werden will. Ich würde sonst keine Ruhe finden.«

Später, als sie sich auf den Heimweg machten, war die Welt um sie herum in ein ungewöhnliches blaues Licht getaucht. Die Luft war erfüllt von den Gerüchen des warmen Septembertages.

Schließlich blieb Wemke widerstrebend stehen. »Es ist wohl besser, wenn ich den restlichen Weg alleine gehe«, sagte sie mit belegter Stimme. »Vielen Dank, dass du mir deine Lieblingsplätze gezeigt hast.«

»Ich habe dir zu danken für die schönen Stunden.« Er lächelte zurück. »Was für ein Geschenk, dieser Tag mit dir. Und morgen werde ich mir ein Herz fassen und mich meiner Vergangenheit stellen.«

Sie nickte ihm zu. »Ich wünsche dir die nötige Kraft.«

Dann ging sie mit festen Schritten alleine weiter. Jeels' Augen folgten Wemke, bis sie hinter den Dünen verschwunden war.

Er stand immer noch im Dünengras, als die Sonne unterging. Das Abendrot färbte den Horizont. Benno stupste ihn mit der Schnauze an, und schließlich fanden seine Füße den Weg nach Hause.

22

Jeels schob die Vorhänge des Alkovens zur Seite. Die ersten Sonnenstrahlen drangen durch das Fenster und wärmten ihm das Gesicht. Einen Moment lang kniff Jeels die müden Augen vor dem grellen Licht zusammen.

Gestern Abend hatte er noch stundenlang wach gelegen und den dunklen Himmel hinter dem Fenster beobachtet. Das Murmeln des Meeres war zu ihm gedrungen, aber lauter noch war das Pochen seines Herzens gewesen. Jedes Wort, das er mit Wemke gewechselt hatte, war ihm durch den Kopf gegangen.

Heute erschienen die gemeinsam verbrachten Stunden wie ein Traum. Er mochte nicht darüber nachdenken, dass es nur gestohlene Zeit gewesen war. Jeels schloss die Augen und seine Wunschvorstellungen nahmen Gestalt an. Er sah Wemke inmitten der Dünen vor sich sitzen, hörte ihre vertraute Stimme und blickte in ihr Gesicht. Ihr Lachen drang an sein Ohr. Sie umschlang seine angezogenen Beine mit den Armen und lehnte ihr Gesicht an seine Knie. Jeels seufzte. Er hätte für die Erfüllung dieser Vorstellung seine Seele verkauft.

Doch dann schüttelte er die unerfüllbaren Träume ab und streckte sich der Morgensonne entgegen. Er fühlte sich erfrischt, trotz der schlaflosen Stunden. Es war Sonntag. Ein freier Tag ohne Arbeit und Aufgaben. An solchen Tagen wanderten seine Gedanken häufig zum Vater. Für einen Augenblick rief er sich ganz bewusst das Bild des verstorbenen Thomas Hanken vor sein geistiges Auge. Es würde in seinem Inneren lebendig bleiben, auch wenn der Schmerz sich mit jedem Tag verringerte. Die Trauer um den Toten war ein wenig in den Hintergrund gerückt, und das war gut so. In Vorträgen während des Studiums war dieser Prozess Thema gewesen, aber Jeels hatte nicht daran geglaubt, dass die menschliche Seele so schnell damit begann, sich selbst zu heilen. Sicher halfen auch all die neuen Erlebnisse und Eindrücke, die hier auf der Insel seine Aufmerksamkeit gefangennahmen.

Krischan schlief noch, und Jeels rief nach Benno. Am Strand kam gerade die Flut. Silbrig glänzende Wellen scheuchten Wolken schreiender Seevögel auf, die über ihnen hinweg den Dünen zuflogen. Jeels legte den Kopf in den Nacken, als er eine Kette von Wildgänsen vor dem porzellanfarbenen Himmel entdeckte. Ihre rhythmisch schlagenden Flügel flimmerten im hellen Morgenlicht. Ruhig und entschlossen glitten sie über ihn hinweg, wie gehalten von Fäden, die man nicht sah. Das Geschrei der Vögel brachte Wehmut in sein Herz. Ihr zielstrebiger Flug hatte etwas Schicksalhaftes an sich. Ein Urinstinkt schien die Vögel fortzuziehen, und sie konnten nicht anders, als dem Ruf zu folgen. Dabei war es noch früh in der Zeit.

Gab es für ihn auch ein vorbestimmtes Schicksal, dem er nicht entrinnen konnte? Wurden seine Schritte von unsichtbaren Fäden geführt? Wenn dies so war, dann wollte er entgegen besserem Wissen auf einen gnädigen Gott hoffen, der einen gemeinsamen Weg für Wemke und ihn finden würde.

Wieder zu Hause angekommen frühstückte Jeels mit Krischan. Sein Freund wusste über die Robbenjagd der Hofrätin zu berichten, denn er hatte am gestrigen Abend nach dem Melken der Kühe den Seehundjäger getroffen.

»Dodo hat gesagt, er macht das nie wieder mit! So was ist nicht mit Geld zu bezahlen, meint er. Mit allen Mann haben die gestern insgesamt nur einen Seehund geschossen. Kannst du dir das vorstellen!« Er wischte sich mit dem Handrücken die Milch vom Mund.

Jeels schmunzelte. Er dachte an Wemke und freute sich. Seinethalben hätte die Gesellschaft auch gerne ganz ohne Beute bleiben können.

»Dabei schwammen anscheinend viele Robben dicht bei der Plate und warteten auf das Trockenfallen, um sich auf der Sandbank auszuruhen«, fuhr Krischan fort. »Die Truppe um die Frau Gemeine hat, nachdem das Wasser abgelaufen war, am Rande der Sandbank gelagert. Die Seehunde sind in nächster Nähe aufgetaucht, aber als sie sich gerade daran machten, an Land zu kommen, hat einer der sogenannten Jäger voreilig einen Schuss abgegeben. Der ist dann auch noch zwei Zoll hinter dem Kopf des Tieres aufs Wasser aufgeschlagen. Die anderen Seehunde sind natürlich sofort geflüchtet. Es sei eine Schande, meint Dodo. Alle Jäger hätten eine Robbe vor der Flinte haben können. Der Schütze hat natürlich später die Schuld auf die unbequeme Lage für Knie und Ellenbogen geschoben. Die Anspannung für seine bereits seekranken Nerven sei zu groß gewesen. Vom Seehundfieber unversehens gepackt habe er mit zitternden Armen die Ellenbogen fest in den Sand gestützt und Feuer gegeben. Der Schuss hätte getroffen, wenn nicht seine Gliedmaßen immer tiefer in den lockeren Sand gesunken wären.« Krischan zog die Augenbrauen hoch und tippte sich mit dem Finger gegen die Stirn.

»Sind allesamt Maulaufreißer ohne was dahinter, meint Dodo. Der einzige Schuss, der fing, stammte dann wohl auch von ihm selbst. Das Glück wollte es, dass der Wind günstig stand, und er sah aus der Ferne einen einzelnen Seehund auf die Sandbank zusteuern. Hat die anderen angewiesen, sich still zu verhalten. Wenn Dodo in Fahrt ist, dann kann man richtig Angst vor ihm bekommen. Jedenfalls haben die anderen Männer sich zusammengerissen. Als in fünfzig Schritt Entfernung der Kopf des Tiers aus dem Wasser auftauchte, hat Dodo das Gewehr schussfertig gemacht. Mit einem Mal ist der Seehund ganz nah bei ihm gewesen. Hat mit seinen großen Augen wohl verwundert auf den dicken Geheimrat Bartling gestarrt. Als dieser zu huckseln anfing, ist der Seehund noch näher gekommen. Und dann hat Dodo draufgehalten. Das obenauftreibende Tier brauchte er nur noch mit dem langen Haken aus dem Wasser ziehen. Sie haben den Seehund als Lockvogel auf die Plate gelegt und gewartet, aber die anderen Tiere haben sich nicht täuschen lassen. Irgendwann hat dann wohl der Geheimrat ›Schluss‹ gerufen, er könne nun nicht mehr länger stillliegen, sondern bräuchte seinen Mittagsschlaf.«

»Da konnte dann ja wohl niemand was sagen – dem Geheimrat ist es ja offensichtlich zu verdanken, dass überhaupt ein Tier erlegt wurde«, schmunzelte Jeels.

»Genau«, bestätigte Krischan. »Die Frau Gemeine ist wohl erst ein bisschen enttäuscht gewesen, aber als die Boote am Strand angelangten, hätten die Weiber schon wieder ein Lied geträllert, sagt Dodo. Allesamt wären sie zu dem erlegten Seehund gestiefelt und hätten ihn gestreichelt und bedauert. Als ob er eine kuschelige Katze sei und gleich zu schnurren anfangen würde. Jede von ihnen habe sich ein Stückchen vom Fell gewünscht, zum Andenken an das mühselige Jagdabenteuer.« Krischan verdrehte die Augen. »Also solche Weiber, die würde ich nicht geschenkt haben wollen. Als es dann darum ging, das Fell abzuziehen und das Fett auszubraten, da seien sie ganz flink verschwunden gewesen.«

Krischan bestrich sich noch ein Brot mit Butter, und eine Weile aßen sie schweigend. Schließlich erhob sich Jeels mit einer Tasse Tee in der Hand und griff nach dem Tagebuch seiner Mutter.

»Ich habe mir vorgenommen, den Schluss zu lesen.«

Krischan runzelte nachdenklich die Stirn, schwieg einen Moment und nickte dann. »Musst du wohl tun, denk ich. Aber lass es dir nicht zu schwer werden.«

Jeels zog sich in den Schatten des Hauses zurück. Er stellte seine Tasse auf einem winzigen Holztisch ab und schob sich einen Stuhl heran. Der Wind wehte den leichten Duft der Strandnelken zu ihm herüber.

Er dachte wieder an Wemke. Der Jagdausgang würde ihr gefallen. Als der gestrige Tag noch einmal vor seinem geistigen Auge vorüberzog, vermeinte er fast ihre Nähe zu spüren. Sie dachte an ihn, jetzt, in diesem Moment. Da war er sich ganz sicher.

Mit einem Seufzer schlug Jeels das Buch auf. Über ein Jahr war seit dem letzten Eintrag vergangen.

Dass Einsamkeit so wehtun kann! Manchmal sehe ich Tag und Nacht keinen einzigen Menschen. Wenn es Tedamöh nicht gäbe, dann müsste ich wohl verrückt werden. Gestern habe ich mich dabei ertappt, wie ich mit einer Möwe ein Gespräch begann. Hätte ich doch nur einen Menschen, der zu mir gehören würde …

Aber da ist niemand, und die trüben Gedanken werden das nicht ändern. Ich habe das Meer und den Strand, das Himmelsblau und die Vögel als Freunde. Das ist genug, um dankbar zu sein. Und, wenn mich nicht alles täuscht, dann wird morgen bestimmt Tedamöh auftauchen und meine Hilfe benötigen. Ich spüre es. Regines Kind wird bald zur Welt kommen …

Es war später Abend. Die Badegäste der geheimen Hofrätin waren schon lange zum Konversationshaus zurückgekehrt. Trotzdem wählte Reemke eine Stelle weit entfernt vom Badestrand, um ins Wasser zu gehen. Sie hatte das grüne Leinenkleid in den Dünen abgelegt und ihr langes rotes Haar mit zwei Nadeln hochgesteckt. Mit nackten Füßen rannte sie durch den Sand bis zum Meeressaum.

Obwohl ablaufendes Wasser war, musste sie einfach ins Meer steigen. Der Tag war so heiß gewesen, dabei war erst Juni. Den ganzen Tag lang hatte sie sich auf diesen Moment gefreut. Da konnten die Insulaner noch so sehr gegen das Schwimmen wettern.

»Ertrinken ist ein Gottesurteil«, sagten die Alten. »Wenn es für einen vorgesehen ist, dann sollte man sich nicht auch noch dagegen wehren. Wer nicht schwimmen kann, hat es leichter.«

Reemke hat das Schwimmen sehr früh schon von der Mutter gelernt und diese wiederum von ihrem Vater. Er hatte moderne Ansichten vertreten und, da sie an der Küste wohnten, um sein einziges Kind gefürchtet. Für die Mutter hatte eine besondere Freiheit darin gelegen, sich ins Wasser zu begeben. Und Reemke schwamm schon als Kind so sicher, als sei sie im Meer geboren worden. Sie war froh darüber, diese Kunst zu beherrschen.

Ein Freudenschrei entfuhr Reemke, als ihre Füße vom Wasser umspült wurden. Die einzigen Geräusche um sie her waren das Rauschen der Brandung und die klagenden Schreie der Möwen. Welch ein Geschenk nach den anstrengenden Stunden! Sie hatte Tedamöh den ganzen Tag bei einer Geburt unterstützt. Das Kind hatte auf die Welt gedrängt, doch die Mutter war sehr eng gebaut, und so brauchte es seine Zeit, bis es das Licht erblickt hatte. Zum Glück war alles gutgegangen.

Ein Lächeln glitt über Reemkes Gesicht, als sie an den neuen Erdenbürger dachte. Wie weich die Haut des Säuglings gewesen war. Es hatte eine Seite in ihr berührt, die sie noch nicht kannte. Wie es wohl wäre, die Verantwortung für solch einen kleinen Menschen zu tragen, seine Liebe zu spüren? Eine schmerzhafte Sehnsucht durchströmte Reemke. Sie würde weder Mann noch Kind haben und immer alleine sein. Doch daran wollte sie nicht denken, nicht jetzt, nicht hier.

Reemke stürzte sich in die Wellen und schwamm ins Meer

hinaus. Nach der Hitze des Tages war das Wasser herrlich erfrischend. Immer weiter entfernte sie sich vom Strand, verausgabte sich, bis die Anstrengung alle anderen Gefühle ausschaltete. Sie tauchte unter hohen Wellen hindurch, glitt geschmeidig durch das Wasser und überließ sich dem Gefühl, schwerelos zu sein, ein Teil des Meeres.

Endlich, als ihre Kräfte vorerst erschöpft waren, tauchte sie prustend auf und wischte sich das Wasser aus den Augen. Sie war außer Atem, und in ihren Ohren rauschte das Blut. Eine Weile ließ sie sich auf dem Rücken treiben. Es tat gut, sich einfach nur auszuruhen. Gleich würde sie umkehren müssen.

Jetzt, da sie sich entspannte, kehrten die Gedanken zurück. Nachts glaubte sie manchmal am Alleinsein zu ersticken. Tagsüber war es leichter zu ertragen. Ab und zu kam Tedamöh, um sie zu besuchen, aber auch, um Hilfe zu erbitten, so wie heute. Wie gut, dass sie so vieles von ihr gelernt hatte. Sie kannte fast alle Heilkräuter und hatte schon an vielen Krankenbetten gesessen. Tedamöh kannte Arzneien gegen jedes nur denkbare Übel. Bei Husten und Fieber wurde sie gerufen, bei Kinderkrankheiten, Magenschmerzen und Reißen in den Gliedern. Die Insulaner murrten, wenn Tedamöh Reemke bei ihren Besuchen mitbrachte.

»Entweder ihr lasst uns beide ins Haus, oder ich geh wieder«, sagte die Heilkundige dann.

Tedamöh war eine gute Seele. Und dann gab es noch Feeke, die ab und zu ihre Hilfe brauchte. Hinderk Tjarks, Feekes Bruder, hatte sich überwunden und Reemke gebeten, ihn zu unterstützen, wenn es der Schwester schlechtging. Feeke war ein liebenswerter, sanftmütiger Mensch. In jungen Jahren hatte sie sich in einen französischen Soldaten verliebt. Als der Mann ohne Abschied nach Frankreich zurückkehrte, da hatte es ihr schier das Herz gebrochen. Wie ein Geist lebte Feeke seit diesem Tag an der Seite des Bruders. Sie versorgte ihn gut und hielt das Haus in Ordnung. Nur sprach sie kaum und manchmal, wenn die Schatten der Vergangenheit nach ihr griffen, dann versank sie in tiefe Dunkelheit.

An solchen Tagen war es nötig, auf Feeke aufzupassen. Nie durfte man sie aus den Augen lassen, denn sie hatte schon einige Male versucht, sich im Meer zu ertränken. Die Insulaner mieden Feeke. Sie fürchteten, dass Gefahr für das eigene Seelenheil von ihr ausging.

Der Pastor unterstützte seine Schäfchen noch in diesem Glauben. »Selbstmörder sind die größten Sünder, die auf Erden wandeln und werden keine Gnade vor Gottes Augen finden«, hatte Reemke ihn einmal wettern gehört.

Hinderk war der Verzweiflung nahe gewesen, als er zu Reemke kam. Er konnte nicht Tag und Nacht an Feekes Seite sein. Und so gab es eine neue Aufgabe in ihrem Leben. War Feeke auch sonst schweigsam wie ein Grab, wenn die Dunkelheit sie umhüllte, dann sang sie mit ihrer wunderschönen Stimme Liebeslieder, die einem ans Herz griffen. Manche Stunde hatte Reemke an ihrer Seite ausgeharrt. Feeke stand ihr besonders nahe, weil auch Jeelke ihr Herz an einen Mann verloren hatte, der für Napoleon kämpfen musste. Und weil auch sie nach dem Krieg alleine zurückgeblieben war. Ach, wäre Mutter doch noch am Leben! Aber alles Grübeln half nichts.

Entschlossen begann Reemke zurückzuschwimmen. Erst jetzt merkte sie, wie weit die Wellen sie vom Strand fortgetrieben hatten und wie stark der Sog des Wassers war. Fast so stark wie damals, als sie den Vater ins Meer geworfen hatten. Dankbar waren sie damals gewesen für die gierigen Hände der See. Doch jetzt stieg Angst in ihr auf. Warum nur war sie nicht schon eher umgekehrt? Reemkes Beinmuskeln begannen zu zittern, als sie gegen die starke Strömung ankämpfte. Das Schwimmen war so anstrengend und sie so müde. Der Strand wollte und wollte nicht näher kommen. Wie weit noch? Sie konnte die Entfernung nicht genau ausmachen. Immer wieder spülten hohe Wellen über ihren Kopf und drängten sie zurück.

Und dann war da plötzlich ein stechender Schmerz in ihrer Wade. Reemke stöhnte auf und zog das krampfende Bein an. Die Wellen schlugen über ihr zusammen, und sie schluckte Wasser. Als Reemke wieder auftauchte, rang sie nach Luft. Tränen schossen ihr in die Augen. Die Schmerzen in ihrem Bein wollten einfach nicht nachlassen.

Welle um Welle peitsche ihr ins Gesicht. Das Wasser zog sie mit sich fort, weg vom Strand. Reemke rief nach Hilfe, aber es war sinnlos. Niemand würde sie hier draußen hören. Und selbst wenn – welcher Fischer würde schon sein Boot aufs Meer hinauslenken, um sie zu retten? Verzweiflung überkam sie, und wieder drang Wasser in ihre Lunge. Alle klaren Gedanken verflüchtigten sich. Mit klammen Fingern griff die See nach ihr.

Doch plötzlich tauchte ein dunkler Schatten neben Reemke auf. Ein kräftiger Arm umfasste sie. Reemke spürte eine Hand unter ihrem Kinn, die sie nach oben zog, raus aus dem Wasser an die Luft. Keuchend rang sie nach Atem, und Erleichterung überkam sie. Doch dann überrollte der Schmerz in der Wade sie erneut. Panisch begann Reemke um sich zu schlagen. Einige ihrer Schläge trafen den Mann, der sie festhielt. Er redete auf sie ein, doch sie nahm nichts mehr wahr außer dem schrecklichen Schmerz.

»Still, Sie müssen stillhalten. Dann wird es vergehen.« Endlich drangen seine Worte zu ihr durch. »Wir müssen zurückschwimmen, sonst wird der Sog zu stark.«

Vor Reemkes Auge tanzten helle Nebelschwaden. Sie glaubte das Bewusstsein zu verlieren. Und dann, langsam, ganz langsam, ließen die Schmerzen nach und wurden erträglich.

Das Meerwasser, das sie anfangs als erfrischend empfunden hatte, ließ Reemke jetzt vor Kälte zittern. Sie biss die Zähne zusammen, um nicht zu wimmern.

Für einen Moment schloss sie die Augen, und erst jetzt wurde ihr bewusst, dass der Mann sie immer noch umklammert hielt.

»Es geht mir wieder gut. Wir können zurückschwimmen«, sagte sie mit zittriger Stimme.

»In Ordnung. Ich zieh Sie jetzt langsam zum Strand zurück. Lassen Sie sich einfach treiben.«

Benommen spürte Reemke seinen starken Arm, der sie von hinten umschlang. Nach und nach kamen sie der Insel näher.

»Jetzt müssten Sie schon Boden unter den Füßen haben.« Der Mann hielt inne.

Reemke versuchte aufzutreten, verzog aber schmerzverzerrt das Gesicht.

»Probieren Sie es noch einmal. Ich glaube, es ist ganz gut, die Muskeln wieder zum Arbeiten zu bringen. Wenn sie sich lockern, dann hört der Schmerz auf.« Der Fremde legte ihr einen Arm um die Taille und schob sie langsam vorwärts.

Als sie eine Pause einlegten, sah sie flüchtig zu dem Mann auf. Wasser rann von seinem hellen Haar und lief ihm über das Gesicht und den nackten Oberkörper. Die Augen hatte er vor Anstrengung zusammengekniffen. Der Mann war nicht viel größer als sie selbst. Sein Gesicht sah intelligent aus, aber seine Züge waren für einen Mann zu weich und verträumt, um wirklich reizvoll zu sein. Als der Fremde die Augen öffnete, sah Reemke, dass sie blaugrau waren.

»Ich versuche es jetzt alleine«, sagte Reemke schnell und wandte den Blick ab. Das Wasser war schon viel flacher. Sie verlagerte vorsichtig das Gewicht auf den rechten Fuß. Es schmerzte, war aber auszuhalten. Sie stolperte aus dem Wasser und ließ sich in den Sand fallen.

»Ich muss mich einfach nur kurz ausruhen«, sagte Reemke verlegen. »Ich bin Ihnen wirklich sehr dankbar.«

Der Mann setzte sich neben sie in den Sand. Endlich entspannte sich ihr Beinmuskel, und Reemke probierte vorsichtig, das Bein zu bewegen.

Sie lächelte dem Fremden zu. »Würden Sie mir mein Kleid und die Schuhe aus den Dünen holen?«

Als er zurückkam, stand Reemke auf und bemühte sich, das Leinenkleid schnell über ihre dünne Wäsche zu ziehen. Doch ihre Hände zitterten so sehr, dass der Fremde ihr zur Hilfe kam. Er hielt das Kleid so, dass sie mit den Armen hineinfahren konnte. Seine Finger streiften ihren Rücken und verharrten kurz auf ihren Schultern.

Reemke zuckte zusammen. Niemals zuvor war sie einem Mann so nahe gewesen. Sie schlug die Augen nieder und wich vor ihm zurück.

»Das da draußen war äußerst gefährlich«, sagte der Fremde mit einem Kopfnicken zum Meer hin. »Machen Sie öfter so riskante Schwimmübungen?«

Reemke schüttelte den Kopf. »So etwas ist mir noch nie passiert. Ich bin eigentlich eine gute Schwimmerin. Aber heute war ich erschöpft und unaufmerksam. Das wird nie wieder vorkommen«, schloss sie mit fester Stimme.

Das unverhohlene Interesse des Mannes verwirrte Reemke. Er beobachtete sie, seit wieder fester Boden unter ihren Füßen war, und das machte sie unsicher. Unter anderen Umständen hätte Reemke sich schon längst verabschiedet, aber dieser Mann hatte ihr das Leben gerettet.

Sie versuchte, von sich abzulenken. »Wer sind Sie eigentlich?«

Der Fremde antwortete nicht. Er sah sie nur an, trat dann einen Schritt auf sie zu und strich mit der Hand über ihr Haar. Die Nadeln hatten sich längst im Wasser gelöst, und es hing in schweren Strähnen bis weit über die Schultern. Reemkes Körper versteifte sich.

»Ich habe noch niemals solches Haar gesehen.« Das Lächeln, das jetzt um seine Lippen spielte, veränderte ihn. Es verwischte die Weichheit seiner Züge und machte ihn attraktiv. Seine Augen wanderten über ihr Gesicht und glitten dann langsam über ihren Körper. Hastig schloss Reemke die oberen Knöpfe des Kleides.

Der Mann trug nur eine helle Hose, aus der das Wasser troff, doch das schien ihn nicht im Geringsten zu stören. Er wirkte völlig entspannt.

»Wollen Sie mir nicht sagen, wer Sie sind?« Reemke konnte das Beben in ihrer Stimme nicht ganz unterdrücken. »Ich möchte gerne wissen, wem ich mein Leben verdanke.«

»Michael Stammwitz, zu Ihren Diensten.« Er verbeugte sich leicht und lächelte spöttisch. »Von Beruf Genießer und in seiner Freizeit Maler. Zurzeit Gast der Insel Wangerooge mit feudaler Unterbringung in der Seebadeanstalt der geheimen Hofrätin. Mein Herr Vater hat weder Kosten noch Mühen gescheut, um sich seinen einzigen Sohn für eine Weile aus den Augen zu schaffen. Er hat Besonderes mit mir vor, welches noch einiger Vorbereitung bedarf. Und so suche ich nun hier auf diesem Eiland Zerstreuung.«

Reemke wusste nicht, was sie von dieser Auskunft halten sollte. Es hatte so viel Bitterkeit in der Stimme des Mannes gelegen.

»Und Sie sind die junge Dame, die in der Van-Voss-Kate wohnt, nicht wahr? Ich habe Sie schon oft von weitem beobachtet. So wie zum Glück auch heute Abend.«

Reemke lief ein Schauer über den Rücken. Der Fremde hatte sie beobachtet? Das wollte ihr nicht gefallen. Doch dann dachte sie wieder an die Rettung aus dem Meer.

»Ich bin Reemke van Voss«, sagte sie und streckte ihm eine Hand entgegen, die er ergriff und festhielt.

»Sie sind mir etwas schuldig, oder?« Seine Augen funkelten.

Reemke nickte zögernd. »Das könnte man so sagen.«

»Ich würde Sie gerne malen.«

»Mich?« Ihre Verwirrung hätte nicht größer sein können.

»Sie sind wunderschön. Eine Verkörperung der Ursprünglichkeit dieser Insel und der Rastlosigkeit des Meeres. Dazu dieses Geheimnisvolle, das Sie umgibt, und natürlich dieses besondere Haar.« Er griff wieder nach ihren nassen Locken. Dann glitten seine Finger zu ihrem Hals, und er strich mit dem Daumen über ihre Haut. »Ja, ich würde Sie gerne malen«, wiederholte er mit belegter Stimme.

Reemke zitterte, obwohl seine Berührung ihren Körper mit Wärme durchflutet hatte. Dieser Mann brachte sie aus dem Gleichgewicht. Sie brachte nicht den Mut auf, seine Hand fortzuschieben. Und wollte sie das überhaupt?

Michael nahm ihr Gesicht in beide Hände und betrachtete es. »Es wird mir eine Freude sein, diese Lieblichkeit festzuhalten. Morgen werden wir anfangen. Ich hole Sie am Nachmittag ab.«

Und dann küsste er sie ganz sanft auf die Stirn, griff nach seinem Hemd, das im Sand lag und ging mit langen Schritten davon. Reemke sah ihm mit klopfendem Herzen hinterher. Noch nie zuvor in ihrem Leben hatte ihr jemand gesagt, dass sie schön sei.

Als Michael sie das erste Mal abgeholt hatte, war Reemke erstaunt gewesen über sein Gepäck: einen flachen Kasten, eine Leinwand und ein zusammengeklapptes Holzgestell. Er hatte ein viel zu großes Hemd getragen, das im Wind flatterte, während sie einen geeigneten Standort suchten. Das Hemd war mit lustigen bunten Tupfern übersät gewesen.

Mittlerweile kannte Reemke seine Arbeitskleidung und wusste längst, was die einzelnen Utensilien zu bedeuten hatten. Das erste Bild hatte Michael ihr geschenkt. Sie erkannte sich darauf kaum wieder, doch er behauptete steif und fest, sie sei in

Wahrheit noch tausendmal schöner. Michael hatte das Gemälde ›Die Inselrose‹ genannt. Inmitten der Dünen, umrahmt von wilden Rosen, hatte er Reemke mit unzähligen Pinselstrichen zum Leben erweckt. Um sie herum das Grün der Insel und in weiter Ferne das blaue Meer.

Wenn Michael malte, dann vergaß er alles um sich herum. Das Zeremoniell begann mit dem Aufbauen des Gestells. Danach klappte er seinen Holzkasten auseinander, steckte sich ein dünnes Holzbrett auf den Daumen und verteilte Farben darauf. Mit dem Pinsel breitete er die Farben auf dem weißen Leinen aus. Während alledem sprach er kein Wort, sondern tänzelte vor und zurück und spielte mit den Varianten des Lichts.

Es gab mittlerweile etliche Bilder von Reemke, und eines hatten alle gemeinsam: aus Reemkes Augen strahlte das Glück. Die Bilder verrieten dem Betrachter, dass sie verliebt war.

Michael wusste darum und hatte seine Freude daran. Reemke hatte ihm in langen Stunden von ihrer Einsamkeit erzählt. Ihm war es in Wahrheit nicht besser ergangen. Doch jetzt würde alles anders werden. Michael wusste ganz genau, wie seine Zukunft aussehen sollte. Gemeinsam mit Reemke wollte er durch das Leben gehen, und sie würden glücklich sein. So wie hier auf der Insel, jeden Tag, jede Stunde. Vater musste das einfach einsehen. Wünschte nicht jeder Vater für seinen Sohn nur das Beste? Und Reemke war das Beste für ihn! Noch wusste sie nichts von den Plänen, die sein Vater eigentlich mit ihm hatte. Die Tage waren zu kostbar, um sie mit Grübeln und düsteren Gedanken zu verbringen. Doch er musste ihr davon erzählen, und das bald. Eine Woche blieb ihnen noch, bis Vater aus Hamburg kommen würde, um ihn abzuholen. Reemke würde auch ihn verzaubern und im Handumdrehen für sich gewinnen, daran glaubte Michael ganz fest.

Aber heute wollte er nicht zulassen, dass irgendetwas ihr

Glück trübte. Lachend schlenderten sie durch Täler von weiß blühenden Wildrosenbüschen und amethystblauen Stranddisteln. In den Dünen war es warm. Manchmal zog Michael Reemke in eines der Sandtäler. Versteckt hinter Kriechweide und Sanddornbüschen beobachteten sie Brandenten, deren schwarz-weißes Gefieder in der Sonne glänzte. Manchmal scheuchten sie die Möwen auf, die sie dann mit Alarmrufen umflatterten und von ihren Nistplätzen zu vertreiben suchten.

Als sie erschöpft waren, ließ sich Reemke lachend in eine der Mulden fallen und aalte sich in der Sonne. Michael klemmte sich einen breiten Halm zwischen Daumen und Zeigefinger und blies darauf. Es gab einen schnarrenden Laut, wie der Lockruf des Fasans.

»Gleich kommt eine Fasanenhenne«, neckte sie ihn und er zog sie an sich. Sie pustete ihm Halme und Sand vom Gesicht. Michael kitzelte sie, bis Reemke um Gnade flehte.

Keuchend und lachend fiel sie ins Dünengras zurück, und er streckte sich neben ihr aus. »Sieh nur, die Wolken. Sie fliegen wie riesige Schiffe über uns hinweg. Ach Reemke, könnten wir nur mit ihnen reisen.«

Michael drehte sich auf die Seite und griff nach ihrer Schulter. Er konnte der Versuchung, sie zu berühren, einfach nicht widerstehen. Schon während des Malens hatte er sich vorgestellt, wie es wäre, sie zu streicheln. Er war betört von dieser rothaarigen Inselschönheit. Sie glich in nichts dem spröden Wesen, das auf dem Festland auf ihn wartete. Er spürte, dass eine große Leidenschaft in ihr schlummerte.

Als die Sonne verschwand, zitterte Reemke in der Abendluft. Es war Zeit zu gehen, doch sie konnte sich nicht entschließen. Ein Tag an der Seite dieses Mannes war schöner als der andere. Er liebte sie. Es musste einfach so sein. Warum nur sagte er es nicht? Brauchte er ein Zeichen von ihr? Wie dumm sie war in solchen Dingen!

Michael begann wieder ihren Arm und ihre Schulter zu streicheln. Seine Hände brachten die Wärme der Sonne zurück. Die Gänsehaut verschwand. Als er sie ansah, lag große Zärtlichkeit in seinem Blick. Er hob die Hand und strich ihr das lockige Haar aus der Stirn. Dann streichelten seine Finger ihre Wangen.

»Du bist so wunderschön«, sagte er mit heiserer Stimme. »Hat dich schon einmal ein Mann geküsst?«

Reemke schüttelte verschämt den Kopf, worauf er sie näher zu sich heranzog. »Ich würde dich gerne einmal küssen.«

Sie antwortete nicht, schaute ihn aber unverwandt an. Er beugte sich über sie und seine Lippen berührten sanft ihren Mund. Der erste Kuss war süß und zart. Dann wurden Michaels Berührungen drängender. Wieder und immer wieder küsste er sie. Reemke spürte jeglichen Widerstand erlahmen. Sie, die so wenig menschliche Nähe erfahren hatte, konnte seiner Zärtlichkeit nicht widerstehen.

Als Michael schließlich den Kopf hob, sah er, dass Reemke die Augen geschlossen hatte. Es lag so viel Unschuld und Liebe auf ihrem Gesicht, dass er tief gerührt war. Zärtlich streichelte er über ihre Wangen, ihren Hals, ihre Schultern. Dann glitt seine Hand sehnsüchtig weiter. Jetzt öffnete sie die Augen, und er sah das Zögern in ihnen. Michael hielt den Atem an und betrachtete sie gespannt. Er sehnte sich danach, sie zu lieben.

»Ich liebe dich.« Kaum hörbar kamen die Worte über ihre Lippen.

Er nahm sie in den Arm und küsste ihre Stirn. Sein Herz klopfte wie wild. »Ich will dir ganz nahe sein. Es ist nichts Unrechtes dabei. Ich würde dir nie etwas Böses antun. Und gehören wir nicht ohnehin zusammen?«

Die Liebe in Michaels Augen überwältigte Reemke. Wie konnte dieser Mann ihr nur so viel bedeuten? Sie seufzte leise und sehnsüchtig, als sie seine Hände auf ihrem Körper spürte.

Es war so schön, sich dieser unendlich sanften Berührung hinzugeben. Sie konnte und wollte sich nicht länger gegen ihre Gefühle wehren. Michael küsste Reemke erneut. Ihr Herz schlug schneller. Sie spürte, wie sein Mund, seine Hände, sein ganzer Körper sie umfing, bis ein wilder Strudel aus Gefühlen beide mit sich fortriss. Reemke fühlte sich emporgehoben in den Himmel, schwerelos und wie in einem Traum. Sie klammerte sich an Michael. Ihre Bewegungen waren voller Harmonie. Ein grenzenloses Gefühl der Wärme überkam sie, umhüllte sie ganz, und Reemke glaubte vor Glück und Wonne zerspringen zu müssen.

Getragen von einer süßen Mattigkeit hielt das unwirkliche Gefühl noch lange danach an. Reemke schmiegte sich an den Geliebten. Endlich war da jemand, der sie liebte, dem sie sich voll und ganz anvertrauen konnte. Sie war nicht mehr allein! Dieses Wissen bedeutete ihr alles.

Reemke pflückte eine der wilden Blumen und steckte sie sich ins Haar. Mit einem Lied auf den Lippen tanzte sie durch die Dünen. Michael wollte in ihrem geheimen Versteck auf sie warten, so wie jeden Tag.

Seit acht Wochen war der Maler nun auf Wangerooge, und Reemke konnte sich ein Leben ohne ihn nicht mehr vorstellen. Der Sommer hatte nicht nur auf der Insel, sondern auch in ihr selbst Einzug gehalten. Sie war aufgeblüht wie eine Rose. Michael war zur Sonne ihres Lebens geworden.

Heute würde sie seinen Vater kennenlernen. Er war gestern vom Festland gekommen, um einige Tage auf der Insel zu verbringen und dann gemeinsam mit dem Sohn nach Hause zurückzukehren. Doch die beiden Männer würden nicht alleine reisen. Sie und Michael hatten lange über alles gesprochen. Reemke würde die Insel verlassen, obwohl es ihr fast das Herz brach. Doch für den Geliebten war sie dazu bereit. Michael sprach von einer Wohnung in dem großen Haus seines Vaters, von Bediensteten, die sich um alles kümmerten, und einer hellen Zukunft.

Sie wusste nun auch von der fremden Frau, die Michael eigentlich heiraten sollte. Beide Väter hatten die Ehe arrangiert. Doch Michael hatte sich gesträubt und war deshalb für einige Zeit hierher auf die Insel verbannt worden. Dass er nun ausgerechnet auf Wangerooge der Liebe seines Lebens begegnen würde, damit hatte sein Vater nicht rechnen können. Reemke lächelte in sich hinein. Der arme Mann! Er hatte den Sohn aus dem Weg haben wollen, um ihn bei seiner Rückkehr vor vollendete Tatsachen stellen zu können. Der Hochzeitstermin hatte schon vor Michaels Abreise festgestanden, und während seiner Abwesenheit sollte die ganze Feier organisiert werden. Und nun würde alles anders kommen. Michael hatte sich selbst eine Braut ausgesucht und war fest entschlossen, sie mit nach Hause zu bringen.

»Es ist richtig so. Ein Kind braucht seinen Vater«, flüsterte Reemke, um sich die Entscheidung zu erleichtern. Sie würden ein Kind haben. Lange hatte Reemke es nur vermutet, doch jetzt wusste sie es mit Gewissheit. Da war die Übelkeit am Morgen, und auch alle anderen Zeichen stimmten. Wenn sie es nicht deuten konnte, wer dann? Michael würde sich freuen. Er hatte von Kindern, von einer Familie gesprochen. Sie sehnte sich schon jetzt nach dem kleinen Wesen unter ihrem Herzen. Heute würde sie es ihm sagen. Was für ein Geschenk!

Reemke lächelte beim Gedanken daran. Fast war sie schon bei ihrem kleinen Versteck, einer dicht bewachsenen Stelle in den Dünen. Niedrige Bäume und Sträucher umringten die Senke wie ein kleines Wäldchen. Reemke lächelte. Sie würde Michael überraschen. Leise, ganz leise, schritt sie an dem dichten Buschwerk vorbei. Nur nicht auf einen Zweig treten! Das Knacken könnte sie verraten. Im Schutz eines stacheligen

Rosenstrauchs ging Reemke in die Hocke. Voller Vorfreude schlich sie näher an die Senke heran. Sicherlich aalte sich Michael schon, einen Grashalm zwischen den Zähnen, in der Sonne.

Als Reemke den Rand der Mulde erreichte, hörte sie erregte Stimmen. Sie wollte sich bemerkbar machen, doch die Worte, die zufällig an ihr Ohr drangen, schnürten ihr den Hals zu. Wie versteinert blieb Reemke hocken, atemlos, eine Hand vor den Mund geschlagen.

»Mag sein, dass es kindisch und unüberlegt war, doch ich habe mich in Reemke verliebt und ich möchte sie heiraten«, sagte Michael. Er klang aufgeregt. »Sie wird mit uns kommen.«

»Was für ein Unsinn«, antwortete eine zweite Stimme schroff.

»Das ist es nicht. Du wirst sie gleich kennenlernen. Vater, ich liebe dieses Mädchen.«

»Meine Einwilligung bekommt ihr niemals!« Unerbittlich klangen die Worte. »Michael, Klara wartet auf dich. Es ist alles organisiert. Du bist ihr versprochen!«

»Doch nur, damit Geld zu Geld kommt. Ihr habt mich gezwungen, der alte Warnecke und du. Ich liebe diese gestrenge Mamsell nicht, und ich kann sie nicht heiraten. Das ist mir hier auf der Insel in aller Deutlichkeit bewusstgeworden. Seit ich Reemke kenne, weiß ich erst, was Liebe ist.« Verzweiflung hatte sich in Michaels Stimme geschlichen.

»Junge, mach dich nicht unglücklich!«, gab der Vater zurück. »Was willst du mit diesem Mädchen anfangen? Es ist nicht von unserem Stand, kann wahrscheinlich nicht einmal lesen und schreiben. Eine Frau aus dem Dorf, nicht besser als unsere Dienstmägde. Der Klassenunterschied ist zu groß.«

»Das lässt sich alles ändern. Die richtige Kleidung, eine erfundene vornehme Familie. Eine gute Ausbildung – all das wird Wunder wirken. Vater, sie ist ein so intelligentes Mädchen und schön dazu. Es gibt Möglichkeiten, sie annehmbar zu machen.«

»Es wird nicht gehen, weil ich es nicht zulasse«, erwiderte der Ältere scharf. »Wir brauchen mehr als eine schöne Larve. Ich will auch mein Vermögen mehren. Du tust es ja nicht. Solltest du an dieser Verrücktheit mit der Dorfschönheit festhalten, dann wirst du dein Erbe verlieren. Das ist mein letztes Wort.«

»Das ist nicht recht!«, begehrte Michael auf.

»Es bleibt an mir, dies zu entscheiden.« Die Worte klangen so kalt, dass Reemke zu zittern begann. »Also, bist du bereit, mit diesem Mädchen in Armut zu leben? Von deiner eigenen Hände Arbeit? Überlege es dir gut. Du hast noch niemals einen Finger krumm gemacht und dein Leben lang von meinem Geld gelebt. Ich habe dir bislang alle Unannehmlichkeiten erspart. Michael, du bist und bleibst ein Träumer. Von der Kleckserei lässt sich ja wohl keine Familie ernähren.«

Reemke krallte ihre Finger in den Boden. Sie spürte weder die Dornen der Wildrosen an ihren Wangen noch die Ranken, die sich in ihrem Kleid verfangen hatten. Jetzt! Jetzt würde Michael seinem Vater sagen, dass er nur zu gerne bereit wäre, für sie allem Reichtum zu entsagen. Dass er so nicht mit sich reden ließe und sofort gehen würde – zu ihr! Reemkes Herz schlug schneller. Sie lauschte angestrengt, doch es dauerte lange, bis Michael sprach.

Ganz leise kamen seine Worte. »Ich habe ihr geschworen, sie niemals zu verlassen.«

»Das kann ich mir denken«, sagte der Vater herablassend. Er sprach zu dem Sohn wie zu einem uneinsichtigen Kind. »Und ich finde es schändlich von dir. Denn wenn du ganz ehrlich bist, dann war dir von vornherein klar, dass diese Liebe keine Zukunft haben kann. Warst du jemals entschlossen, alles, wirklich alles, für diese Frau aufzugeben?«

Reemke spürte, wie ihr schwindelig wurde. Übelkeit überkam sie. Nicht jetzt! Furcht kroch in ihr Herz und sie war nur zu einem einzigen Gedanken fähig: Sag ja! Du bist entschlossen, alles für mich aufzugeben. Schrei es diesem widerwärtigen Kerl ins Gesicht!

»Also, wirst du auf dein Erbe verzichten und hier in einer Kate hausen?«, fragte der Vater noch einmal.

»Ich …« Michaels Stimme brach, und Reemke hörte die Pein darin. »Vater, bitte stelle mich nicht vor diese Entscheidung. Wovon sollten wir hier auf dieser Insel denn leben? Du weißt genau, dass ich auf deine Unterstützung angewiesen bin. Bitte! Du kannst mich glücklich machen. An der Seite dieser kalten Klara, die du mir ausgesucht hast, werde ich erfrieren. Ich habe so sehr gehofft, du würdest mich verstehen und mir erlauben …«

»Du hast gehofft. Das tust du immer. Vor wie vielen falschen Hoffnungen habe ich dich schon bewahrt? Mensch, Junge, werde endlich erwachsen! Du hast dieses Kind verführt, ohne nachzudenken.«

»Bitte lass doch mit dir reden, Vater«, flehte Michael. »Wenn du mir nur erlauben würdest …«

»Das kann und werde ich nicht tun! Du musst ihr sagen, dass aus eurem gemeinsamen Leben nichts wird. Klara hast du dein Wort gegeben. Sie wartet auf dich. Das Kind ist zwar keine Schönheit, aber sie steht mit beiden Beinen fest auf dem Boden. Sie wird dir die Träumereien austreiben. Ihr Erbteil ist beachtlich, und da verlieren Äußerlichkeiten an Bedeutung, das musst du einfach einsehen. Ich habe dir Zeit deines Lebens alles durchgehen lassen. Und du hast bislang nichts, aber auch gar nichts dazu beigetragen, unser Vermögen zu mehren. Im Gegenteil. Du bist mir diese Heirat schuldig.«

Ein erstickter Laut kam aus Michaels Mund. »Gott im Himmel, wie soll ich es ihr nur sagen? Ich kann es nicht.«

»Du kannst und du wirst. Und jetzt gehe ich zurück in die Zivilisation. Hier ist ja nichts außer Sand, Gestrüpp und Getier. Dazu das ewige Schreien der Möwen. Ich bin froh, dass wir diese öde Insel morgen wieder verlassen.«

Die letzten Worte des Vaters erreichten Reemke nicht mehr. Um sie herum schwankte die Welt. Michael hatte sie verraten. Sie biss sich auf die Lippen, um nicht zu schreien. Ihr Verstand weigerte sich zu glauben, was gerade geschehen war. Hatte Michael sie überhaupt geliebt? Sie spürte wieder die Übelkeit in sich aufsteigen. Ihr Kind, das arme Wesen. Solch ein Feigling von Vater. Was hatte er ihr alles versprochen! Wie sanft seine Stimme gewesen war, wie lockend die streichelnden Hände. Und dabei hatte er niemals wirklich vorgehabt, sie zu seiner Frau zu machen. Sie hatte ihm alles gegeben, hatte ihm grenzenlos vertraut. Sogar ihrem geliebten Wangerooge hätte sie für ihn den Rücken gekehrt.

Sie würde ihm nichts sagen von dem Kind. Wozu auch? Michael hatte sich entschieden. Das Wissen darum stach ihr ins Herz wie ein Dolch. Reemke brauchte all ihre Selbstbeherrschung, um nicht zu weinen. Doch dann stieg die Wut wie Galle in ihr auf, und sie empfand plötzlich nur mehr Verachtung für Michael.

Sie richtete sich auf und warf den Kopf in den Nacken. Dann trat sie durch die Büsche. Michael war alleine zurückgeblieben. Mit dem Rücken zu ihr stand er da. Er hatte die Hände vor das Gesicht geschlagen, und seine Schultern bebten.

»Du hast mir etwas zu sagen.« Fast hätte Reemke ihre eigene Stimme nicht erkannt, so kalt klang sie.

Michael zuckte zusammen und wandte sich ihr erschrocken zu.

»Reemke!« Er streckte die Arme nach ihr aus, und sie sah die Sehnsucht in seinen Augen. Dann jedoch ließ er die Hände wieder sinken. »Es ist alles aus. Reemke, ich kann dich nicht heiraten. Wenn ich hier bei dir bleibe, dann enterbt mich mein Vater.«

»Ich habe alles gehört«, sagte Reemke. Es gelang ihr, beherrscht zu klingen, obwohl sie an den Worten fast zerbrach. »Wenn du dein altes Leben für mich nicht aufgeben kannst, dann ist es an der Zeit, Lebwohl zu sagen.«

»Reemke, du …«

»Geh jetzt«, fiel sie ihm ins Wort. »Lass mich allein. Ich will dich nie mehr wiedersehen.«

»Ich reise schon morgen ab«, murmelte Michael mit gesenktem Blick.

Reemke glaubte Erleichterung in seinen Worten zu hören. Erleichterung darüber, dass das Gespräch mit ihr vorbei war. Er konnte es offenbar gar nicht abwarten, die Insel und vor allen Dingen sie hinter sich zu lassen. Hatte sich schon abgefunden mit dem, wozu der Vater ihn zwang. Alle Gefühle für Michael wichen in diesem Moment einer großen Enttäuschung. Er war schwach und hatte kein Rückgrat. Warum erkannte sie das erst jetzt? Jetzt, wo es zu spät war! Reemkes Knie begannen zu zittern. Der Duft der Wildrosen war betäubend süß, und ihr wurde schwindlig. Dieser Mann dort vor ihr widerte sie an. Sie musste fort von ihm.

Reemke drehte sich um. Langsam und mit erhobenem Kopf setzte sie einen Fuß vor den anderen, aufrecht und stolz. Dieser Stolz überdeckte all die Wut und all den Schmerz, an dem ihr Herz zu zerbrechen drohte.

Plötzlich hörte sie ihn hinter sich rufen: »Reemke, bitte warte! Wir können doch nicht so auseinandergehen. Mir tut das alles so furchtbar leid. Ich liebe dich! Ich habe wirklich an eine gemeinsame Zukunft geglaubt. Mein Leben wird schrecklich leer sein ohne dich an meiner Seite, das musst du mir glauben!«

Reemke aber ging, ohne sich ein einziges Mal umzuschauen. Es war zu spät. Nichts, was er noch sagte, könnte seinen Verrat lindern, ungeschehen machen. Sie wankte durch die Dünen bis ans Meer. Ihre grünen Augen glitzerten in bitterer Entschlossenheit. Niemals wieder würde sie so leichtgläubig ihr Herz verschenken. Reemke warf die Schuhe von den Füßen und schritt ins Meer. Und dann, als die Wellen ihre Fesseln umspülten, beruhigte sie sich allmählich wieder. Sie sah wieder klar die Farben vor sich, die sie liebte: Das Blau des Himmels, das Grau des Meeres und das Grün der Insel. Die Sonne tauchte alles in ein goldenes Licht.

»Wangerooge«, flüsterte Reemke und spürte den Trost in diesem einen Wort. Diese Liebe war ihr geblieben. Sie würde an ihrer Verzweiflung nicht zerbrechen.

Nach dem heißen Sommer schien der Winter den Herbst zu überspringen. Die Büsche verloren ihr Laub, kaum dass es sich verfärbt hatte. Der Wind wehte heftig und kalt. Schon im November lag die ganze Insel wie begraben unter einer endlosen Schneedecke.

Für die Menschen auf Wangerooge begann eine entbehrungsreiche Zeit. Zwar lagen sie nachts unter dicken Decken, doch der kalte Wind drang durch die Fensterritzen ins Haus, und sie froren. Das Essen wurde einseitiger. Es gab noch Eier und Milch, aber immer öfter nur Brot und Wasser.

Viele Insulaner erkrankten in der kalten Jahreszeit, und Reemke und Tedamöh hatten alle Hände voll zu tun. Doch es kamen auch freudige Ereignisse auf sie zu. An einem Freitag wurden die beiden Frauen zum Haus des Inselvogts gerufen. Seine Frau Gesine lag in den Wehen. Tedamöh freute sich. Immer öfter arbeitete sie, ohne Lohn zu erhalten, denn die Menschen hatten nichts mehr, was sie geben konnten. Doch heute würde es anders sein.

»Wenn der Vogt uns nicht bezahlen kann, wer dann?«, frohlockte sie und rieb sich die Hände.

Es war keine einfache Geburt. Während Reemke den winzigen Säuglingskörper badete und in ein weiches Tuch wickelte, musste sie daran denken, dass sie selbst bald gebären würde. Hoffentlich würde zumindest Tedamöh ihr zur Seite stehen. Sie hatte sich bislang nicht überwinden können, ihr von der Schwangerschaft zu erzählen. Was, wenn die Freundin sie dann auch verdammte, so wie alle anderen. Mochte Gott geben, dass es so nicht kommen würde.

Vorsichtig brachte Reemke das kleine Bündel zu seiner Mutter.

»Es ist alles an der Kleinen dran«, sagte sie lächelnd und hielt das Kind so tief, dass Gesine es betrachten konnte.

Die Frau des Inselvogts griff nach dem Säugling. Sie riss Reemke das Neugeborene fast aus den Händen, so als wolle sie es vor deren bösem Blick bewahren.

Tedamöh schnalzte mit der Zunge und schüttelte missbilligend den Kopf. »Ohne Reemke hätte es schlecht ausgesehen. Und so dankst du es ihr.«

Gesine drehte den Kopf zur Wand. »Lukas wird sie bezahlen.«

Reemke sah, dass die Frau vor Angst zitterte. »Es ist schon gut«, sagte sie mit einem resignierten Seufzer. Niemals im Leben würde sich etwas an der Einstellung der Menschen zu ihr ändern. Sie musste mit dieser Bürde leben.

Es schneite leicht, als die Frauen das Haus des Vogtes verließen. Reemke zog den Schal enger um sich und blies warme Luft in ihre Hände. Tedamöh schritt in Gedanken versunken neben ihr her. Sie schien etwas auf dem Herzen zu haben. Dann, als habe sie sich erst einen Ruck geben müssen, stieß sie ihre Frage hervor. »Du wirst auch bald ein Kind haben, oder?«

Reemke zuckte zusammen und senkte verlegen den Blick. »Ja«, antwortete sie schließlich kaum hörbar.

Sie schwiegen beide.

»Wer …«

»Bitte frag mich nicht«, sagte Reemke schnell und biss sich auf die Lippen. Sie wollte nicht darüber sprechen, nicht einmal mit Tedamöh. In langen Nächten hatte sie diesem schwachen Mann vergeben, der ihrer Liebe nicht wert gewesen war. Sie war ihm dankbar für das Kind unter ihrem Herzen. Dieses Wesen würde sie mit jeder Faser ihres Herzens lieben können. Ihre Schwangerschaft ließ sich jetzt kaum noch verbergen, und es wunderte sie fast, dass Tedamöh sie nicht schon früher darauf angesprochen hatte. Die Leute redeten schon darüber. Sie erzählten von einem Meermann, denn wie sonst hätte sie, mit der sich niemand abgab, zu einem Kind kommen sollen? Reemke belächelte dieses abergläubische Geschwätz. Ihr war es egal, was die anderen dachten. Sie lebte nur noch für das Kind. Jeden Tag hielt sie Zwiesprache mit ihm. Nichts und niemand würde sich zwischen sie stellen können.

»Ich werde dir bei der Geburt helfen«, sagte Tedamöh in ihre Gedanken hinein. »Und auch sonst. Wenn etwas sein sollte, wenn du jemanden zum Zuhören brauchst …« Sie brachte den Satz nicht zu Ende.

»Danke.« Reemke griff nach der Hand der Hebamme. »Hab Dank für deine Freundschaft, die keine Antworten braucht.«

»Ich habe da so meine Vermutung.« Tedamöh zog die Stirn kraus. »Und vielleicht kann ich zumindest erreichen, dass dir kein weiteres Leid geschieht.«

»Mir wird schon nichts zustoßen.« Reemke zog die Ältere an sich. »Ich habe genug gelitten und denke, dass Gott jetzt ein Einsehen hat mit mir. Tedamöh, ich freue mich so sehr auf das Kind. Es ist ein Geschenk des Himmels!«

Lange hielten die Frauen sich umfangen, dann löste sich Reemke mit einem Seufzer von der Hebamme. Für eine kleine Weile standen sie schweigend da und betrachteten die weiße Landschaft.

»Ich habe die Insel noch nie so früh verschneit gesehen«, sagte Reemke. »Sieh nur, die Früchte leuchten wie Feuer in dem Weiß.« Sie wies auf einen Sanddornbusch. Dicht an dicht saßen die Beeren zwischen den dornigen Stielen. »Der Sanddorn weiß sich zu verteidigen, nicht wahr? Ich werde mir einen Zweig mit ins Haus nehmen. Er wird mir ein Stück vom Sommer zurückbringen. Obwohl ich nicht weiß, ob ich überhaupt an den Sommer erinnert werden möchte.« Sie seufzte leise.

»Kind, es kommt sowieso alles, wie es kommen muss. Es nützt nichts, zu fragen und zu zweifeln. Darum gräme dich nicht über das, was gewesen ist oder hätte sein können. Schau immer nur nach vorne. Man muss das Vergangene loslassen können, um frei zu sein für einen neuen Anfang.« Es begann wieder zu schneien, und Tedamöh klatschte in die Hände. »Nun aber los! Lass uns schauen, wie es dem alten Freerk Peters geht, bevor wir hier noch einschneien.«

Sie bogen in einen kleinen Sandweg ein, an dessen Ende das Haus des Fischers stand. Eine dicke Mütze aus Schnee zierte das Dach.

Der alte Seemann lag in seinem Wandbett und stöhnte vor Schmerzen. »Endlich! Ich dachte schon, ihr würdet mich sterben lassen.«

»Junges Leben auf die Welt zu bringen ist wichtiger, als sich um so einen alten Knochen wie dich zu kümmern. Außerdem stirbt man an so einer kleinen Sache nicht, das lass dir gesagt sein.«

Tedamöh trat zum Fußende der Bettstatt und entfernte den kalten Wickel um den Knöchel des Mannes. Sie pfiff zufrieden durch die Zähne. »Das sieht gut aus. Die Schwellung ist endlich zurückgegangen. Reemke, vielleicht kannst du schon was erfühlen.«

In Freerks Augen stand Ablehnung. Reemke sah ihm an, dass er ihre Hilfe gerne von sich gewiesen hätte. Wie die anderen Insulaner hatte er Angst davor, was ihm geschehen könnte, wenn er sich in ihre Hände begab. Aber Tedamöh zu widersprechen traute sich kaum einer. Zu sehr waren die Wangerooger auf ihre Hilfe angewiesen.

Reemke schloss die Augen und tastete mit ihrer Hand vorsichtig am Knochen des alten Mannes entlang. Behutsam untersuchte sie das Gelenk mit den Fingerspitzen, um herauszufinden, was unter der Schwellung verborgen lag.

»Ah.« Ihre angespannten Züge lösten sich. Es war ganz offensichtlich. »Ich kann es richten.«

Tedamöh nickte ihr zu. »Dann leg los. Und du, Freerk, mach dich auf was gefasst.«

Der Fischer biss die Zähne zusammen, und Reemke wappnete sich innerlich. Sie umfasste den Fuß des alten Mannes mit beiden Händen und zog kräftig. Freerks schmerzerfüllter Aufschrei ließ ein flüchtiges Lächeln um ihre Lippen spielen. Sie hatte es geschafft.

»Und diese Hexe lacht auch noch«, knurrte Freerk, als der Schmerz etwas nachließ.

»Diese *Hexe* hat dich davor bewahrt, ein Krüppel zu bleiben«, stellte Tedamöh richtig. Sie schnaubte und bohrte dem Alten einen Finger in die Brust. »Ich lasse dir was zum Einreiben da, und du musst dich unbedingt noch schonen. Wenn etwas sein sollte, dann schicke jemanden nach mir.«

Sie begann in ihrem Korb zu kramen. »Ach verdammt!«, rief sie aus und schlug sich mit der Hand vor die Stirn. »Ich habe die Salbe zu Hause vergessen.«

»Ich kann sie holen«, erbot sich Reemke.

»Lass nur, ich geh.« Tedamöh hatte die Türklinke schon in der Hand. Sie bedachte die Freundin mit einem liebevollen Blick. »Schone dich und lass dir in der Zwischenzeit von diesem undankbaren Bruder den Lohn zahlen. Ich bin gleich wieder da, und dann können wir beide einen Tee zusammen trinken. Dieser Griesgram wird uns schätzungsweise nicht einladen.«

Mit einem meckernden Lachen schloss sie die Tür hinter sich. Freerk ging mit keinem Wort auf ihre Anspielung ein.

Als er nach der Geldbörse unter seinem Kissen griff, ging die Tür auf und der Pastor trat ein. Er begrüßte den alten Fischer und sah dann missbilligend zu Reemke herüber.

»War Gottes Hilfe nicht genug?«, fragte er Freerk mit einem Kopfnicken in Reemkes Richtung.

»Ich arbeite mit Gottes Hilfe«, erwiderte diese und hob stolz den Kopf.

Der Pastor schenkte ihren Worten keinerlei Beachtung. Stattdessen betrachtete er mit zusammengekniffenen Augen ihren sich wölbenden Leib.

»Sieh an, du bekommst ein Kind«, schnarrte er. »Natürlich in Sünde gezeugt! Wer ist der Vater?«

Reemke zuckte unter seinen Worten zusammen. Verbissen schwieg sie und ignorierte die boshaften Blicke des Gottesmanns.

»Glaub ja nicht, dass ich das Balg taufe«, keifte er und trat näher an sie heran.

Reemke zog die Nase kraus. Der Pastor stank schlimmer als manch ein alter Mummelgreis.

Mit ruhiger Stimme erwiderte sie: »Ich würde mich auch dagegen wehren.«

Der Pastor sog scharf die Luft ein. »Du … du …« Er verschluckte sich fast an seinen Worten. »Du Hure. Ich könnte dich an den Haaren zum Meer schleifen und ertränken. Wie kannst du es wagen, mir in diesem Zustand unter die Augen zu kommen!«

Alle Farbe wich aus Reemkes Gesicht. »Sie sind ein schlechter Mensch. Ich verfluche den Tag, an dem Sie hierher auf die Insel kamen.« Sie spuckte vor ihm aus.

Der Pastor hob die Hand und schlug ihr mit Wucht ins Gesicht. Dann griff er nach Reemkes Arm. »Raus hier, sofort.«

Reemke versuchte, seine Hand abzuschütteln, doch der Pastor besaß mehr Kraft, als sie ihm zugetraut hätte. Er zerrte sie hinaus in die Kälte und zum Stall.

»Ich werde dich lehren, mich zu verfluchen.« Reemke spürte die kolossale Wut hinter den Worten des Mannes. »Schon einmal hat ein van Voss mich verflucht und mehr noch, mich sogar angegriffen. Siehst du das hier?« Er schob sich das lange strähnige Haar aus der Stirn und wies auf eine feuerrote Narbe. »Fast hätte dein Vater mich umgebracht. Gott in seiner Gnade hat ihn gestraft. Bei dir dagegen muss ich dies wohl selbst in die Hand nehmen.« Der Geistliche griff mit der freien Hand nach einem Stock, der an der Stallwand lehnte. In seinen Augen war ein irres Leuchten, das Reemke mehr erschreckte als der Prügel.

»Sie sind ja verrückt. Lassen Sie mich los, sofort!« Sie konnte die Angst nicht aus ihrer Stimme verbannen. Er durfte sie nicht schlagen! Was, wenn er nun das Kind träfe! Es gelang ihr, sich loszureißen. Sie duckte sich und hielt schützend die Arme um ihren Leib. Mit einem Satz war der Pastor bei ihr. Er stieß sie zu Boden und stellte sich breitbeinig über sie.

»Steh auf, du liederliches Frauenzimmer, oder ….«

Drohend schlug er mit dem Stock in seine freie Hand.

Reemke kam zitternd auf die Beine. Die eine Hand des Pastors war zum Schlag erhoben, die andere schob sich blitzschnell unter ihr Gewand und legte sich auf ihre Brust. Er kniff zu, und der Schmerz ließ Reemke aufschreien. In blinder Panik versuchte sie, sich ihm zu entwinden, schlug auf ihn ein, flehte ihn an aufzuhören. Sie roch seinen fauligen Atem ganz nah an ihrem Gesicht. Er keuchte schwer. Wie eine Klaue legten sich seine Finger jetzt um ihren Oberarm, während er sich mit der Hand, die immer noch den Stock hielt, an ihren Röcken zu schaffen machte. Ein Geräusch ließ ihn abrupt innehalten.

»Was geht hier vor?«

Die Worte klangen wie Donnerschläge. Erschrocken wandte der Pastor sich zur Stalltür um, in der Tedamöh sich drohend aufgebaut hatte. In ihrer rechten Hand schwang sie einen Schürhaken.

»Dacht ich mir's doch! Du Hundesohn tust dies nicht das erste Mal!« In blinder Wut stürmte sie auf ihn zu. »Glaubst du, ich kann zwei und zwei nicht zusammenzählen? Lass Reemke sofort los!«

Sie holte aus, und der Schürhaken sauste mit Schwung auf den Arm des Pastors hinab. Er schrie auf.

Reemke stand einen Moment wie erstarrt da, doch dann kam Leben in sie. Nein! Es durfte nicht geschehen, nicht noch einmal.

»Halt ein, bitte«, flehte sie die Hebamme an.

Mit einem abfälligen Laut trat diese von dem Pastor zurück, der sich langsam, Schritt für Schritt, zur Tür schob.

»Du hast Recht! Er ist es nicht wert, zum Mörder zu werden.«

Die Augen des Geistlichen sprühten Feuer. Sein Gesicht verzerrte sich in blindem Hass. »Das wirst du bereuen, du Pfuscherin. Ich werde gegen dich wettern, bis dein letztes Stündlein geschlagen hat. Was du auch tust, immer werden meine Augen es sehen. Und wenn es nicht im Sinne der Kirche ist, dann werde ich dafür sorgen, dass du der Teufelei angeklagt wirst. Alle deine Kräuter werde ich inspizieren. Ich habe die Macht …«

Tedamöh schnitt ihm das Wort ab: »Komm Kind, hier haben wir nichts mehr verloren.« Damit wandte sie dem geifernden Mann den Rücken zu, ergriff Reemkes Hand und zog sie hinaus ins neu einsetzende Schneegestöber.

Die Stimme des Pastors schrie hinter uns her, doch wir beachteten ihn nicht. Tedamöh schnaubte nur wütend. Sie fürchtet sich vor nichts und niemandem. Aber ich habe Angst! Es schlägt mir hier auf der Insel so viel Hass entgegen. Und nun habe ich auch noch Tedamöh mit hineingezogen. Vielleicht sollte ich doch fortgehen. Aber nicht jetzt. Erst wenn das Kind da ist. Gut, dass ich das Gold und den Schmuck habe. Damit können wir einen neuen Anfang wagen. Ich werde Tedamöh von dem Versteck erzählen. Sollte mir irgendetwas geschehen, so kann ich meinem Kind, wenn auch nicht meine Liebe, so doch zumindest finanzielle Sicherheit bieten.

Es war heiß, sogar hier im Schatten des Hauses. Und das, obwohl der Sommer schon in den Herbst übergegangen war. Möwen segelten am Himmel wie seit ewigen Zeiten. Jeels fühlte sich so losgelöst von der Erde wie die Vögel. Ihm war, als sei er in eine andere Zeit gereist, und er brauchte eine Weile, um wieder in der Gegenwart anzukommen.

Der Tee in seiner Tasse war längst kalt geworden und die Sonne stand schon hoch. Jeels' Gedanken kehrten noch einmal zu seiner Mutter zurück. Wie mutig sie gewesen war! Eine starke Frau, und sie hatte ihn, den Sohn, sehnsüchtig erwartet! Ein warmes Gefühl durchströmte ihn. Durch das Tagebuch war ihm mehr geschenkt worden, als er jemals zu träumen gewagt hatte.

Jeels starrte in den Hitzedunst hinaus und ihm war, als könne er weit hinten in den Dünen eine schlanke Gestalt erkennen. Das lange rote Haar flatterte im Wind. Sie winkte ihm wie zum Abschied zu, als wollte sie ihm sagen, dass er nun in die Zukunft schauen und sein eigenes Leben führen müsse. Das Tagebuch war ausgelesen, und die Vergangenheit konnte endlich ruhen.

Erschöpft schloss Jeels die Augen, und als er sie wieder

öffnete, war das Trugbild verschwunden. Er hatte viele Antworten bekommen, doch einiges würde wohl für alle Zeit ein Geheimnis bleiben. Zum Beispiel die Frage, was aus dem Gold und dem Schmuck der Mutter geworden war? Jeels lehnte sich auf seinem Stuhl zurück. Sollte es ruhig ein Geheimnis bleiben! Es verlangte ihn nicht nach Geld und Gut. Er hatte mehr als das gefunden.

Das Rätsel um seine Vergangenheit war gelüftet. Eigentlich gab es hier jetzt nichts mehr für ihn zu tun. Er könnte die Insel verlassen. Hilde hat schon mehrfach geschrieben. Sie erwartete ihn sehnsüchtig zurück.

Aufgewühlt überließ sich Jeels seinen Gedanken. Sein Verstand riet ihm zu gehen, doch er beschloss, noch eine Weile zu bleiben. Und im Grunde seines Herzens wusste er auch, warum. Er wollte dort sein, wo *sie* war. Obwohl er wusste, dass sich nicht erfüllen konnte, was er sich wünschte, und dass es klüger wäre, Wangerooge zu verlassen, bevor er an seiner Sehnsucht zerbrach.

Die Tür ging knarrend auf, und Krischan trat ins Freie.

»Mensch, Jeels, gemütlich Teetrinken ist ja 'ne feine Sache, aber stundenlang? Und du hast ja das gute Nass nicht einmal angerührt!«

Jeels legte eine Hand auf das zugeschlagene Tagebuch. »Dies hier hat mich abgelenkt. Aber es hat sich gelohnt.« Ein Lächeln erhellte seine Züge. »Und weißt du was, mein Freund, jetzt setzen wir einen neuen Tee an und trinken ihn gemeinsam. Und dabei will ich dir erzählen, was ich in den Jahren, bevor ich auf die Insel kam, getrieben habe.«

23

Es war kalt geworden. Der Herbst hielt nun wirklich Einzug auf der Insel. Die männlichen Gäste der geheimen Hofrätin verbrachten ihre Tage mit Kegeln, Whist- und Pharaospielen, und wurden zu wahren Billardhelden im speziell dafür angelegten Salon. Sie spazierten in der manchmal noch warmen Mittagssonne mit den Damen am Strand, schossen in Begleitung des alten Harm Willems Vögel und ließen sich abends zum Tanzen bewegen.

Die Damen dagegen zogen sich gerne in ruhigere Räume zum Lesen politischer und belletristischer Schriften oder zum Diskutieren über Lyriker, Dichter und Denker zurück. Die Leihbibliothek war stets sehr gut besucht, aber auch das Studierzimmer, in dem aktuelle Zeitungen und Zeitschriften in großer Auswahl bereitstanden.

Wemkes Tage waren ausgefüllt mit Kursen, die sie den Gästen anbot. Man konnte unter ihrer Anleitung besondere Tänze einstudieren, aufwändige Stickarbeiten fertigen, in unterschiedlichen Maltechniken arbeiten oder gesanglich aktiv werden. Es gab einige ältere Damen, die sich in ihren Räumlichkeiten von Wemke regelmäßig vorlesen ließen oder einfach nur um ihre Gesellschaft baten.

Den ganzen Sommer über hatte Wemke die Arbeit als sehr anstrengend empfunden und sich nach mehr freier Zeit gesehnt. Doch jetzt war sie dankbar dafür, dass die von Konrad prophezeite ruhige Phase auf sich warten ließ. So blieb ihr zumindest keine Zeit, um über ihre Gefühle für Jeels nachzugrübeln. Da es keine Zukunft für sie beide geben konnte, wagte Wemke es nicht, ihre Gefühle für diesen Mann als Liebe zu bezeichnen. Im Gegenteil. Sie versuchte jeden Gedanken an Jeels aus ihrem Kopf zu verbannen und Begegnungen mit ihm zu vermeiden. Der letzte warme Septembertag, den sie gemeinsam verbracht hatten, schien endlos lange her zu sein. Wie ein Traumbild aus einer fernen Zeit. Manchmal schoben sich einzelne Bilder oder Worte in Wemkes Bewusstsein, und sie verdrängte die Erinnerungen dann schnell.

Freya half ihr dabei. Sie entwickelte sich prächtig und sprach jetzt erste Wörter. Das allererste war »Wemma« für Wemke gewesen. In der wenigen Zeit, die sie gemeinsam verbringen konnten, waren die beiden am liebsten am Strand. Wenn Freya sah, dass die Schwester nach dem Mantel griff, dann rief sie schon voller Vorfreude: »Dada Wasser«. Es konnte ihr nicht schnell genug gehen, ans Meer zu kommen. Sie rief nach Schuhen und Jacke, und fand kaum die Geduld, sich anziehen zu lassen. Dann rannte sie fast den ganzen Weg auf ihren kurzen Beinchen und klatschte vor Freude in die Hände, wenn sie die geliebten ›Mö‹, die Möwen, erblickte und das Wasser sah. Sie haschte nach den Vögeln und lockte sie mit »komm« – eine Aufforderung, der diese natürlich nicht nachkamen.

In den Sommermonaten war es ihr das Liebste gewesen, in die Wellen zu waten und sich einfach mitten hineinzusetzen. Konrad hatte versucht, ihr dieses Vergnügen auszutreiben, doch ohne Erfolg. Während die Kinder der Insulaner Angst vor dem nassen Element zeigten, konnte Freya nicht genug davon bekommen. Ihre Augen blitzten und sie forderte mit Küssen und Gurren das Meer auf, noch näher an sie heranzukommen. Um ins Wasser zu gehen, war es um diese Jahreszeit jedoch schon zu kühl, und nach einigen nassen Erlebnissen war es Wemke auch gelungen, dies dem Kind klarzumachen.

Auch die Gäste suchten jetzt im Herbst ausschließlich das in einiger Entfernung vom Strand liegende Badehaus auf, um in erwärmtes Seewasser einzutauchen. Schon 1820 war die alte Kaserne aus der Franzosenzeit zum Warmbadehaus umgebaut worden. In früherer Zeit war das Meerwasser mittels besonders dazu eingerichteter Wagen herbeigeschafft worden. Vor einigen Jahren hatte man dann eine Wasserleitung gelegt. Das Seewasser wurde durch metallene Röhren mit einem am Strand stehenden Druckwerk in ein speziell dafür angelegtes Bassin getrieben und floss von dort in einen Dampfkessel, wo es erwärmt und anschließend in die Badewannen geleitet wurde.

Die hölzernen und mit Ölfarbe angestrichenen Wannen standen in Badekabinen und waren zum bequemen Ein- bzw. Ausstieg etwas in den Boden versenkt. Durch zwei Röhren mit Messinghähnen konnte warmes, aber auch kaltes Seewasser eingelassen werden. Im Badewasser schwammen Thermometer aus Kork, die es den Gästen ermöglichten, die von Konrad vorgeschriebene Temperatur zu halten. Auch die Dauer des Aufenthalts im Wasser legte er exakt fest.

Wemke hatte den Verdacht, dass einige Gäste ganz bewusst die kältere Jahreszeit zum Inselaufenthalt wählten, um den Beschwerlichkeiten des Badens im Meer zu entgehen. Sie zog fröstelnd die Schultern hoch und war froh, heute Morgen das kornblumenblaue Kleid aus leichter Wolle angezogen zu haben. Seit Tagen regnete es ununterbrochen. Wemke saß mit einigen anderen Damen beisammen, von denen jede eine Stickarbeit in Händen hielt.

»In den letzten Tagen nur Regen und wieder Regen«, schimpfte gerade Frau Pastor Lübben. »Wenn nicht die tägliche Stunde im Badehaus wäre, könnte man hier einfach nur melancholisch werden.«

»Na, wir haben es ja zumindest schön warm und sind in bester Gesellschaft«, besänftigte sie eine Freundin.

Wemke fiel es heute sehr schwer, sich auf ihre Aufgaben zu konzentrieren. Sie sehnte sich nach Freya und machte sich zudem Sorgen um Konrad. Er fühlte sich schon seit Tagen nicht wohl. Sein Gesicht war am Morgen kalkweiß gewesen. Er hatte über Appetitlosigkeit geklagt und das Frühstück ausfallen lassen. Das gefiel ihr ganz und gar nicht.

Als die Glocke endlich das Mittagessen ankündigte, atmete Wemke erleichtert auf. Sie sprang ungeduldig zur Tür und hastete zum Speisesaal. Schon von weitem sah sie die Hofrätin im Gang stehen und wild gestikulieren. Es schien, als wolle die Frau Geheime ihr bedeuten, nicht näher zu kommen. Wemke blieb verblüfft stehen.

»Sie können da nicht hinein!«, rief die Hofrätin ihr zu.

»Wie bitte?« Befremdet runzelte Wemke die Stirn. Sie hatte jetzt keine Zeit für neue Anweisungen und kindische Vorhaltungen der Hofrätin. Sie wollte zu Konrad.

»Kommen sie, meine Liebe«, sagte die Hofrätin, hielt aber gleichzeitig abwehrend die Hände vor sich. »Folgen Sie mir möglichst unauffällig und in einigem Abstand zu Ihren Räumlichkeiten.«

Mit den Räumlichkeiten meinte sie Konrads und ihre gemeinsame Wohnung. Die Frau Geheime weigerte sich standhaft einzusehen, dass Wemke dort ihr eigenes Zimmer besaß und auch nutzte. In ihren Augen hatte sich das Ehearrangement als ein voller Erfolg erwiesen.

In dem Zimmer, wo Konrad seine Patienten empfing, fand Wemke eine völlig aufgelöste Gerlind vor. Diese schien auf Freya aufgepasst zu haben, die zu Wemkes Erstaunen nicht im Konversationshaus war, sondern auf dem Boden saß und Holzklötze zu einem bedenklich schwankenden Turm aufstapelte. Als das Kind Wemke sah, rappelte es sich hoch, rief »Arm kommen« und rannte freudestrahlend auf die Schwester zu.

Wemke fing das Mädchen auf und sah die Hofrätin verwirrt an. »Aber was ist denn nur geschehen? Warum ist Freya nicht bei den anderen Kindern?«

Wie auf Signal fing Frau Bartling an zu jammern und die Hände zu ringen. »Ach herrje, was für ein Elend! Sie müssen sofort dieses Haus verlassen, meine Liebe. Am besten wäre es, wenn Sie noch heute zum Festland zurückkehren.«

»Wie bitte?« Wemke glaubte sich verhört zu haben.

»Ja, ja – Sie müssen alle fort. Vor allen Dingen Ihr Gemahl!« Die Hofrätin griff sich an die Stirn, als habe sie unerträgliche Kopfschmerzen.

Wemke starrte sie entgeistert an. »Was ist mit Konrad?«

»Er …«, die Hofrätin stockte und ließ sich auf einen Stuhl sinken. »Er ist furchtbar krank«, sagte sie schließlich.

Gerlind wischte sich mit dem Ärmel über die nassen Augen, fasste sich dann aber und hob, da die Hofrätin dazu scheinbar nicht in der Lage war, zu einer weiterreichenden Erklärung an. Sie nahm wie immer kein Blatt vor den Mund und tischte Wemke die Wahrheit schonungslos auf.

»Der Doktor wird wohl sterben müssen. Hubert hat ihm heute Morgen die geputzten Stiefel gebracht und gesehen, dass er die Pocken hat. Er selbst hat einen Bruder durch die Krankheit verloren und weiß Bescheid. Hubert sagt, er hat es dem Doktor auf den Kopf zugesagt, und dieser soll nur genickt haben. Seit gestern trägt er die Zeichen und ist ja heute auch nicht zum Essen rübergegangen.«

»Vielleicht haben Sie und das Kind sich auch schon angesteckt!« Als sei ihr die Gefahr gerade wieder bewusstgeworden, stand die Hofrätin ruckartig auf und wich einen Schritt zurück. »Herr im Himmel, vielleicht werden wir alle daran sterben.« Sie wurde erst rot, dann blass im Gesicht. »Gerlind, ich brauche mein Riechsalz, sofort!«

Während Gerlind brachte, was die Hofrätin erbat, starrte

Wemke die beiden Frauen fassungslos an. »Konrad selbst hat bestätigt, dass er die Pocken hat?«, vergewisserte sie sich mit leiser Stimme. Alle Farbe war aus ihrem Gesicht gewichen.

Die Hofrätin brachte kein Wort heraus, aber Gerlind nickte heftig. »Hubert hat gesagt, wie's aussieht, und er hat es nicht abgestritten. Wie soll er auch? Wo doch die Zeichen schon zu sehen sind!«

Wemke schloss für einen Moment die Augen. Konnte das wahr sein? Die Pocken! Der schwarze Tod! Aber wenn Konrad es selbst diagnostiziert hatte, dann musste es stimmen.

Eine lähmende Angst überfiel sie. Fest presste Wemke das kleine Mädchen an sich. Gestern noch hatte Freya bei ihm auf dem Schoß gesessen. Wemke biss sich auf die Lippen. Es durfte ihr einfach nichts passieren!

Vor ihren Augen erschienen Bilder, die sie vor Furcht erstarren ließen. Sie selbst hatte den Ausbruch der Krankheit noch nie miterlebt, aber ihr Vater hatte oft von den mit Pusteln übersäten Leichen erzählt, die aus den Häusern auf die Straßen geschleift und in Massengräbern außerhalb der Ortschaften verscharrt wurden. In seiner Jugendzeit waren viele Menschen an der Krankheit gestorben. So viele, dass man sie nicht mehr standesgemäß und mit Würde beerdigen konnte. Teilweise seien der Seuche ganze Familien zum Opfer gefallen.

Wemke riss sich zusammen und straffte die Schultern. »Konrad ist ein sehr vorsichtiger Mensch. Vielleicht vermutet er nur, dass es sich um die Pocken handeln könnte und will niemanden gefährden«, sagte sie ruhig und mit fester Stimme. »Deshalb hat er sich auch zurückgezogen. Es mag sein, dass er Unrecht hat. Vielleicht ist es eine ganz andere Krankheit, etwas Harmloses. Ich gehe jetzt zu ihm und beratschlage, was geschehen soll. Wenn er wirklich krank ist, dann braucht Konrad Hilfe.«

»Er kann auf keinen Fall hierbleiben«, rief die Frau Geheime hysterisch. Sie schob in wilder Hektik die Ärmel ihres Kleides zurück und musterte die nackte Haut. »Gerlind, siehst du schon was? Ich war in seiner Nähe. Vorgestern noch habe ich mit ihm getanzt und gestern, beim Mittag, reichte er mir das Salz. Vielleicht habe ich mich schon angesteckt. Ach wie schrecklich das alles ist. Und die armen Gäste!« Sie schlug eine Hand vor den Mund. »Wir müssen alle Stillschweigen bewahren. Nichts von alledem darf ans Licht kommen! Es ist nur gut, dass es nicht in der Hochsaison passiert ist. Sie müssen gehen, alle miteinander. Ich bestehe darauf!«, schrie sie und scheuchte Wemke und das Kind von sich.

Der Ausbruch ließ Wemke zusammenzucken. »Schluss jetzt!«, sagte sie mit eisiger Stimme. »Sie erschrecken Freya noch zu Tode.« Das verängstigte Kind barg den Kopf an Wemkes Schulter, und sie strich dem Kind besänftigend über das Haar. »Es ist alles gut, mein Engel.«

Wemke schüttelte den Kopf. Wie konnte die Hofrätin sich nur so gehenlassen? Wie eigensüchtig es war, in solch einer Lage ausschließlich an das eigene Leben und das der Gäste zu denken. Und dabei war Konrad all die Jahre fast Tag und Nacht für die Badeanstalt im Einsatz gewesen. Alles andere hatte er hintangestellt. Ihn hatte keine noch so schwere Erkrankung abgeschreckt. Und das war nun der Dank. Die Hofrätin warf sie einfach hinaus!

Mit Freya auf dem Arm wandte Wemke sich entschlossen von den beiden Frauen ab und ging. Es gab jetzt Wichtigeres, als sich über die Hofrätin zu ärgern. An der Tür drehte sie sich noch einmal um. »Wir werden gehen – so oder so. Ihr Verhalten wird Konrad zutiefst erschüttern und enttäuschen. Aber ich kenne einen Ort, wo wir Aufnahme finden werden. Zumindest hoffe ich es.«

Die Hofrätin machte große Augen. »Hier auf der Insel? Aber wohin wollen Sie denn gehen? Niemand wird Sie …«

Mit einem lauten Geräusch schloss Wemke die Tür hinter sich und beendete so das Gezeter der Frau Geheimen.

Auch von der Tür aus nahm Wemke die Blässe in Konrads Gesicht wahr. Er hatte darauf bestanden, dass sie in genügendem Abstand zu ihm stehen blieb. Es erschütterte Wemke, ihn so krank und verzweifelt zu sehen.

»Du und die Kleine, ihr müsst das Haus verlassen.« Konrads Worte waren kaum zu verstehen. »Versprich es mir! Ich komme schon zurecht. Stell mir einen Krug Wasser vor die Tür und ein wenig zu essen. Noch ist es mir nicht ganz klar, um welche Krankheit es sich handelt. Doch es sieht, wie Hubert schon richtig vermutet hat, nach den schwarzen Pocken aus. Ich muss Gewissheit haben, und dafür braucht es Zeit. Ich würde, weiß Gott, gerne von hier fortgehen. Aber es ist mir nicht möglich. Ich bin einfach zu schwach. Und wer würde uns auch schon aufnehmen. Ich kann nur auf einen gnädigen Gott hoffen, der zumindest euch verschont.«

Wemke schüttelte den Kopf. »Ich lass dich hier nicht alleine zurück. Niemand wird sich um dich kümmern.«

»Doch«, sagte eine entschlossene Stimme hinter ihr. Der Hofrat war ins Zimmer getreten und legte seine Hand auf Wemkes Arm. »Gehen Sie unbesorgt, meine Liebe. Ich werde persönlich über Ihren Gemahl wachen. Die unglaubliche Angst vor dieser ansteckenden Krankheit scheint meiner Gattin ja schier den Verstand geraubt zu haben. Aber Finchen soll es nur ja nicht wagen, den Kranken aus dem Haus zu werfen. Dann wird sie einmal im Leben meinen Widerstand zu spüren bekommen.« Er lächelte so grimmig, dass Wemke ihm einfach glauben musste. Erleichtert atmete sie auf. Sie hätte es der Hofrätin zugetraut, dass sie Konrad in ihrer Abwesenheit kurzerhand auf das nächste Schiff verfrachten ließ.

»Danke«, sagte sie leise. »Ich gehe jetzt zu Jeels van Voss. Er ist Arzt, und wenn mich nicht alles täuscht, dann wird er innerhalb kürzester Zeit hier auftauchen, um nach Konrad zu sehen. Und Gnade der Hofrätin Gott, wenn sie ihn nicht zu meinem Mann vorlässt!«

Der Hofrat blickte sie erstaunt an. Solche Worte war er von den Bediensteten nicht gewohnt. Doch dann nickte er ihr zu und versprach, dass Jeels alle Türen offen stehen würden.

»Wemke«, mischte Konrad sich jetzt wieder in das Gespräch ein. Seine Stimme klang völlig entkräftet. »Jeels van Voss braucht mir nicht zu helfen. Das ist viel zu gefährlich. Aber der Fremde hat schon damals angeboten, dass du bei ihm stets Zuflucht suchen könntest. Ich habe seine Augen gesehen. Er ist ein guter Mensch und wird dir helfen. Bleibe für einige Zeit dort. Und wenn du es nicht für dich tun magst, so tu es für das Kind«, flehte er. Es rührte Wemke, wie sehr er an Freya hing. Das kleine Lächeln, das bei der Nennung ihres Namens seine Mundwinkel hob, war herzzerreißend. Sie liebte diesen Mann nicht, empfand aber eine tiefe Zuneigung und Verbundenheit. Es tat ihr in der Seele weh, Konrad so leiden zu sehen.

»Mach dir keine Sorgen, uns wird nichts geschehen«, antwortete sie mit bebender Stimme. »Ich werde jetzt Freya von hier fortbringen, wie du es dir wünschst.«

24

Krischan sah schon von weitem die junge Frau mit dem Kind auf ihrem Arm. Auf dem Rücken trug sie eine Kiepe. »Wir bekommen Besuch«, verkündete er Jeels.

Dieser trat zum Fenster. »Es ist Wemke!«, rief er erstaunt.

Krischans Augenbrauen fuhren in die Höhe. »Die Frau von dem Badearzt. Hab heute Morgen gehört, dass der ziemlich krank sein soll. Wurde beim Bäcker erzählt. Soll schlecht um ihn stehen.«

Jeels' Herz schlug einen schnelleren Rhythmus, als er Wemke näher kommen sah. Was mochte geschehen sein? Seit Wochen schon hatten sie einander nicht mehr gesehen. Wemke schien ihn zu meiden.

»Komm, wir gehen ihr entgegen.« Krischan hatte die Türklinke schon in der Hand. Als sie vors Haus traten, fing Wemke an zu rennen. Sie schien innerlich so aufgewühlt, dass sie Jeels kaum wahrnahm. Er hörte ihr zu und fühlte eine große Dankbarkeit in sich aufsteigen. Sie war in ihrer Not zu ihm gekommen!

Wemke war es, als ob sie eine große Last abgelegt hätte. Mit erleichtertem Gesicht saß sie in dem gemütlichsten Sessel in der Küche und verdrängte für einen Augenblick alle Sorgen. Liebevoll betrachtete sie die Schwester, die ganz in sich versunken auf dem Boden spielte.

War das Kind am Anfang ihrer Begegnung mit den beiden

Männern noch befangen und zurückhaltend gewesen, so schafften es Krischan und Jeels schnell, das kleine Mädchen für sich zu gewinnen. Schon beim Teetrinken, als alle um den Küchentisch versammelt saßen, lachte Freya und griff nach Krischans kleiner Flöte, die er aus einer Holztruhe hervorgezaubert hatte.

»Mit Kindern umzugehen, das braucht man nicht lernen«, meinte der Bärtige stolz. Er spielte eine fröhliche Melodie, und die Kleine wiegte sich dazu. Sie griff nach dem Instrument und war für eine Weile beschäftigt.

Benno hatte ihr am Anfang einen Schrecken eingejagt. Nachdem Wemke sie vor der Kate auf den Boden gestellt und Krischan die Kiepe gereicht hatte, war der Hund wie aus dem Nichts aufgetaucht. Bei seinem Anblick ließ die kleine Person sich erst einmal überrascht ins Dünengras plumpsen. Der Rüde trat zu ihr und stupste sie mit der Nase an. Sein Atem musste Freya wohl am Ohr gekitzelt haben, denn sie fing an zu kichern.

»Muh, Muh«, machte sie, obwohl Benno nun weiß Gott keine Kuh war, und zog sich an seinem Fell hoch, was das geduldige Tier sich ohne Widerstreben gefallen ließ. Sehr zum Erstaunen der anderen. Überhaupt schien es nichts zu geben, was Freya bei ihm nicht durfte.

»Fehlt nur noch, dass er sich reiten lässt«, meinte Jeels lächelnd.

Gleich nach der Begrüßung hatte Wemke von dem schrecklichen Verdacht Konrads erzählt. Es war die richtige Entscheidung gewesen, sich Jeels anzuvertrauen. Er strahlte eine Art ruhiger Besonnenheit aus und Wemke fühlte sich beschützt und geborgen in seiner Nähe. Es gab keine Spannungen zwischen ihnen, wie sie befürchtet hatte. Ernst hatte Jeels sich ihre Sorgen angehört und darauf bestanden, dass Wemke und Freya seine Gastfreundschaft in Anspruch nähmen.

Krischan hatte ohne viel Federlesens Tassen auf den Tisch gestellt und begonnen, Wasser zu kochen. Tee war hier auf Wangerooge das Allheilmittel gegen jegliche Form von Angst und Sorgen.

Jeels nahm sich kaum die Zeit, eine Tasse zu trinken. »Ich werde mich gleich auf den Weg machen. Mit den schwarzen Pocken habe ich mich während des Studiums intensiv auseinandergesetzt. In der Praxis allerdings ist mir die Krankheit noch nicht untergekommen.«

»Aber das kann ich nicht von dir verlangen.« Wemkes Stimme zitterte. »Du könntest dich anstecken!«

»Was wäre ich für ein Arzt, wenn ich diese Herausforderung nicht annehmen würde?« Jeels lächelte ihr beruhigend zu. »Im Übrigen glaube ich, dass sich alles als harmlos herausstellen wird. Die Pocken ziehen stets eine Spur nach sich. Und ich habe in letzter Zeit weder auf der Insel noch auf dem Festland von einem einzigen Fall gehört.«

Wemke schloss die Augen. Was war es für eine Erleichterung, die Sorgen mit jemandem teilen zu können. Noch dazu mit einem Jemand, der so verständnisvoll und tatkräftig reagierte und ihr damit eine gewaltige Last von den Schultern nahm.

»Du und die Kleine, ihr bleibt erst einmal hier«, fuhr Jeels fort. »Krischan und ich werden es uns nebenan im Schuppen bequem machen. Während ich fort bin, könnt ihr euch schon mal einrichten, und du, Krischan, kannst uns ein Lager bereiten.«

»Aber ich kann doch nicht von euch Männern verlangen …«

»Ich bestehe darauf. Und nun will ich keine Zeit mehr verlieren.« Jeels sprang auf und griff nach seiner Tasche.

Wemke sah ihm mit Tränen in den Augen nach. Sie betete, dass alles gutgehen möge!

Wie so oft lenkte Freya sie von ihren sorgenvollen Gedanken ab. Das kleine Mädchen strahlte, rief: »Put, put«, und wies auf die Hühner, die vom Fenster aus zu sehen waren.

»Ich werde jetzt den Korb holen, und dann kann diese kleine Dame hier die Eier vom Federvieh einsammeln.« Krischan stupste mit dem Zeigefinger an Freyas Nase. »Danach wollen wir mal sehen, ob du auch reiten kannst. Wir haben hier nämlich einen Schaukelseehund, der seit Jahren keinen Auslauf gehabt hat.«

Wemke lächelte ihm dankbar zu. Wie liebevoll sich der Hüne um Freya kümmerte. Krischan mochte aufgrund seiner massigen Gestalt unbeholfen wirken, doch das war er nicht. Seine Hände schienen zu groß und kräftig für zierliche Arbeiten zu sein, doch die kleine Flöte hatte Wemke vom Gegenteil überzeugt.

Krischan nahm Wemkes Hand in seine und drückte sie kurz. »Machen Sie sich mal keine Sorgen wegen dem kranken Doktor. Der Jeels, der kann was!« Dann trat er mit Freya auf den Hof hinaus.

Wemke blieb alleine zurück. Sie ließ sich auf einen der Holzstühle beim Fenster sinken und stützte den Kopf in die Hände. Wie anstrengend Warten sein konnte! Wäre Jeels nur erst zurück, damit sie Gewissheit hätten. Was für eine verrückte Situation. Hier saß sie nun also, im Haus des Mannes, zu dem ihre Gedanken ständig wanderten. Und sie hoffte darauf, dass er dem Mann half, der sie beide voneinander trennte.

Und endlich sah sie, wie er sich von weitem dem Haus näherte. Jeels rannte förmlich. Als er sie am Fenster entdeckte, überzog ein Lachen sein ganzes Gesicht und er winkte ihr, den Arztkoffer schwenkend, zu. Wemke stürzte zur Tür hinaus, ihm entgegen. Ihr wurde es leicht ums Herz. Es mussten gute Nachrichten sein!

»Es sind die Windpocken«, rief er freudestrahlend.

Tränen der Erleichterung liefen Wemke aus den Augen, als

sie schwer atmend vor ihm stehen blieb. Beinahe hätte sie sich, einem Impuls folgend, in seine Arme geworfen.

»Und, denk dir nur, die Hofrätin hat sich auch angesteckt.«

Wemke lachte unter Tränen, während Jeels fortfuhr. »Die Arme leidet fürchterlich. Sie hat starke Kopfschmerzen, und der ganze Körper tut ihr weh. Dagegen hat es Dr. Hoffmann nur leicht erwischt. Seine Haut juckt natürlich wahnsinnig, aber er erträgt es tapfer. Dass es nicht die Pocken sein können, habe ich relativ schnell erkannt. Dein Mann ist bedeckt von nässenden Bläschen. Die ersten juckenden Stellen sind schon getrocknet und verkrustet. Daneben haben sich neue Pusteln gebildet. Die Pocken dagegen verlaufen nie schubweise und sie zeigen niemals verkrustete Blasen neben frischen. Im Anfangsstadium war das für Konrad natürlich nicht zu erkennen. Deshalb konnte er die Pocken nicht ausschließen.«

»Gott sei Dank«, seufzte Wemke erleichtert. »Was bin ich froh! Ich hatte schon solche Angst.«

»Ja, alle waren froh. Was mir ein wenig Sorge bereitet, ist, dass dein Mann recht kurzatmig zu sein scheint. Ich hoffe, dass die Windpocken ihn im Hinblick auf seine Lungenerkrankung nicht zu sehr belasten. Aber da müssen wir abwarten. Natürlich hat sich, kaum dass ich angekommen war, sofort herumgesprochen, dass ich Arzt bin. Etwas, das ich eigentlich nicht an die große Glocke hängen wollte. Etliche Gäste sind sogleich mit ihren Wehwehchen bei mir vorstellig geworden. Darum hat es auch etwas länger gedauert, bis ich den Heimweg antreten konnte.« Wie ein Wasserfall sprudelten die Worte aus Jeels' Mund. Auch ihm war die Erleichterung anzumerken. »Der Hofrat hat mich gebeten, Dr. Hoffmann vorerst zu vertreten. Eine Bitte, die dein Mann selbst übrigens auch ausgesprochen hat. Ich soll dich, und vor allen Dingen auch Freya, grüßen. Frau Bartling wünscht sich bei dir zu entschuldigen und bittet um deine baldige Rückkehr.«

Wemke verzog das Gesicht.

»Sag mal, hast du schon die Windpocken gehabt?«, wechselte Jeels rasch das Thema.

»Schon als ganz kleines Kind.« Wemke lachte und zeigte ihm eine verbliebene Narbe am Handgelenk. Dann wurde ihr Gesicht wieder ernst. »Alles in mir sträubt sich, zu Frau Bartling zurückzukehren. Für sie zu arbeiten ist die reinste Sklaverei. Mir bleibt keine Sekunde Zeit für Freya. Wir entfremden uns, und das ist das Letzte, was ich mir wünsche. Außerdem war das Verhalten der Frau Geheimen so unmöglich, dass ich überhaupt keine Lust habe, wieder unter ihrem Dach zu wohnen.«

»Zunächst einmal bleibt ihr beiden einfach hier bei uns. Das hält auch dein Mann für das Beste. Er ist wirklich ein kluger und verständiger Mensch. Man merkt, dass ihm sehr viel an dir und Freya liegt.« Jeels hatte einen betont heiteren Ton angeschlagen, doch bei seinen Worten verkrampfte sich Wemkes Magen. Jeels hatte Recht. Konrad war so gut zu ihnen. Und doch schlug ihr Herz vor Freude höher bei der Aussicht, noch einige Tage in Jeels' und Krischans Kate verbringen zu dürfen.

»Also gut. Ich nehme dein Angebot gerne an«, entschied sie. »Aber einen Krankenbesuch werde ich Konrad noch heute abstatten. Ich möchte mich mit eigenen Augen davon überzeugen, dass es ihm gutgeht.«

»Dann geh gleich, bevor es dunkel wird«, schlug Jeels vor. »Krischan und ich kümmern uns um Freya. Wo ist sie eigentlich?«

»Dein Freund hat sie mitgenommen zum Strand.«

Jeels lächelte. »Ich glaube, deine kleine Schwester hat ihn ganz schön um ihren Finger gewickelt.«

»Da hast du uns aber einen Schrecken eingejagt.« Wemke ließ sich neben Konrad auf das Bett sinken und griff nach seiner

Hand. Er wirkte schmal und blass, wie er so in den Kissen lag. Seine Augen waren rot umrändert und vor Fieber glänzend.

»Wemke, ich danke dir. Auch dafür, dass du Dr. van Voss zu mir geschickt hast. Dieser Arzt ist wirklich ein ganz besonderer Mensch. Ruhig und besonnen hat er mich untersucht und meine Bedenken abgewehrt. Ich glaubte tatsächlich, mein letztes Stündlein hätte geschlagen. Wie bin ich ihm dankbar! Vor lauter Sorge um dich und das Kind wäre ich fast gestorben. Und dann die wild gewordene Hofrätin. Ihre Stimme drang bis in meine Schlafkammer. Sie hätte uns drei am liebsten sofort von der Insel gejagt! Ich habe nachgedacht und befunden, dass es genug ist. Dies wird mein letztes Jahr hier auf Wangerooge sein. Ich streiche die Segel und werde mich in den Ruhestand versetzen lassen. Wir finden schon eine andere Insel, auf der ich mit meiner Erkrankung gut aufgehoben bin. Das Gängeln der Frau Geheimen habe ich so satt. Ihre einzig richtige Entscheidung war es, mir eine Frau zu suchen.« In seinen Augen blitzte der Schalk. Etwas, das Wemke von diesem sonst so ernsten Mann nicht kannte.

In ihrer Kehle bildete sich ein Kloß. Einerseits strebte alles in ihr fort von der Hofrätin, andererseits wollte sie die Insel nicht mit Konrad verlassen.

»Dr. van Voss hat zugesichert, mich zu vertreten«, sagte Konrad. Das Sprechen schien ihm schwerzufallen. In seinem Mundwinkel klebten einige verkrustete Blutstropfen. Seine Schleimhäute waren entzündet und die Bläschen mussten höllisch wehtun. Wemke schenkte ihm Wasser aus dem Krug ein. Sie wollte nicht über Jeels sprechen und begann schnell, von Freya zu erzählen. Ihre Geschichten über das Kind brachten Konrad zum Lachen, welches in einem Schmerzenslaut endete. Mit dem Tuch tupfte er sich Blutspuren vom Mund.

»Ich kann nicht lachen, dann reißen die Bläschen um meinen Mund auf. Also, bitte ganz ernst bleiben.« Er griff nach ihrer Hand und streichelte sie sanft. »Wemke, wenn wir dies alles hinter uns gelassen haben, dann werde ich Himmel und Hölle in Bewegung setzen, damit du mit mir glücklich wirst. Ich liebe dich!«

Wemke wich seinem Blick aus. Sie konnte ihm nicht in die Augen sehen und wusste auch nicht, was sie erwidern sollte. So deutlich hatte er seine Gefühle für sie noch nie geäußert, und sein Versprechen lud ihr eine große Bürde auf. Himmel und Hölle würden nichts nützen, denn ihre Sehnsucht galt einem anderen. Aber das konnte sie Konrad nicht sagen.

Langsam ging sie den Weg zurück, den sie vor einer Stunde entlanggerannt war. Das Meer murmelte so leise, dass sie zum ersten Mal das Rascheln des Dünengrases bewusst wahrnahm. Die Abendsonne schien ihre Glieder weich werden zu lassen. Wemke kniete nieder und vergrub die Finger im sandigen Boden.

Sie wollte nicht von der Insel fliehen. Sie wollte hierbleiben, und sie wollte mit Jeels zusammen sein. Eine seltsam prickelnde Erregung durchfuhr sie beim Gedanken an ihn. Wemke wusste, dass sie sich schuldig fühlen sollte, doch da war nur diese große schmerzliche Sehnsucht in ihr.

Als sie zur Kate zurückkehrte, war es dort sehr still. Kein Lachen schallte ihr entgegen, kein Flötenton erklang. Jeels nickte ihr nur zu und wies stumm auf eine der Butzen, aus der ein Jammern klang.

»Windpocken«, sagte er leise. »Als Krischan mit Freya nach Hause kam, da ging es ihr schon nicht gut. Und das Fieber steigt noch.«

Wemke schob sacht den Vorhang zur Seite und schaute in das glühende Gesicht ihrer kleinen Schwester, die in diesem Moment die Augen öffnete.

»Arm«, sagte sie leise und streckte sich Wemke entgegen.

Die hob das kleine Bündel auf und drückte es fest an die Brust. Alle Sorgen wurden klein gegen die um das Kind.

»Bleib hier, bis es ihr wieder bessergeht«, bat Jeels, und Wemke nickte nur.

Am liebsten würde ich mein ganzes Leben lang hierbleiben, dachte sie. Dann wandte sie verlegen den Blick ab. Sie hatte Angst, dass die Gefühle ihr ins Gesicht geschrieben standen.

25

Zwei Tage lang war Jeels fast Tag und Nacht unterwegs gewesen. Die Windpocken hatten rasend schnell um sich gegriffen und keinen Unterschied gemacht zwischen arm und reich, Gästen und Insulanern.

Erkrankt waren hauptsächlich Kinder, aber es hatte auch einige Erwachsene getroffen. So wie die Hofrätin. Sie war eine ungeduldige Patientin und brachte sowohl ihren Mann als auch das Personal fast um den Verstand. Frau Bartling hatte darauf gedrängt, dass Jeels sich Tag und Nacht ihrer und der anderen Kranken in der Badeanstalt annahm, doch er ließ sich nicht zwingen. Für ihn waren die erkrankten Wangerooger nicht weniger wichtig als die verbliebenen Gäste der Frau Geheimen.

Tedamöh hatte angeboten, Jeels zu assistieren, und er war ihr dankbar für die Hilfe. Da so viele Kinder erkrankt waren, wurde der Unterricht vorerst eingestellt, was Onno gerade recht kam. Er verbrachte die meiste Zeit bei Krischan und ging ihm zur Hand, während Wemke die kranke Schwester versorgte.

Auf einen vielversprechenden Morgen, der einen kalten, ruhigen Novembertag verheißen hatte, folgte ein stürmischer Nachmittag. Am Vormittag war der Himmel noch klar und die See glatt gewesen, und es hatte ein schwacher Wind geweht. Wer hätte ahnen können, dass es sich nur um ein friedliches Zwischenspiel handelte.

Mittlerweile war keine einzige Möwe mehr zu sehen, obwohl sie doch sonst scharenweise den Himmel bevölkerten und der Tisch für sie jetzt reichlich gedeckt war. Immer wieder griffen starke Böen nach Tedamöh und Jeels, die sich völlig erschöpft auf dem Heimweg befanden. Der Regen fiel in Sturzbächen vom Himmel, der mit dunklen Wolken verhangen war, und der Schaum auf den Wellenkämmen spritzte hoch in die Luft.

Als die beiden schließlich erleichtert Jeels' Kate erreichten, riss ihnen der Wind fast die Tür aus der Hand.

»Mein Gott, bin ich froh, zu Hause zu sein.« Jeels warf die tropfnasse dicke Überjacke von sich und griff dankbar nach dem Handtuch, das Wemke ihm reichte.

Benno kam und stupste Jeels freundschaftlich gegen das Bein. Nachdem er die erhoffte Streicheleinheit erhalten hatte, trottete der Hund wieder zurück zu seinem Lager und verbarg den Kopf zwischen den Pfoten.

»Na, habt ihr alle Pockigen versorgen können?«, neugierig blickte Onno von Jeels zu Tedamöh. Er hatte schon als kleiner Junge die Windpocken gehabt und fühlte sich dadurch den Kranken haushoch überlegen.

»Ich denke, wir bekommen die Sache langsam in den Griff«, nickte Jeels. »Ohne deine Großmutter allerdings hätte ich es kaum schaffen können.«

Tedamöh machte eine wegwerfende Handbewegung. »Wer helfen kann, dem ist es eine Pflicht.«

Krischan fasste die Alte unter und begleitete sie zu einem Stuhl in der Nähe des Feuers, auf den sie sich ächzend fallen ließ. Sie beugte sich vor und rieb ihre Hände gegeneinander. »Himmel noch eins, bin ich durchgefroren! Tückisches Wetter! Streut uns am Morgen Zucker aufs Brot, um uns am Abend die Peitsche doppelt spüren zu lassen. Dieses Nasskalte ist nichts für meine alten Knochen. Krischan, wie sieht's aus mit etwas Heißem? Kannst mir auch ruhig eine ordentliche Portion Branntwein reintun.«

»Ach, ich wusste noch gar nicht, dass Branntwein gut für die Knochen ist«, sagte Onno mit scheinheiligem Gesicht.

»Bengel, lass dein altkluges Geschwätz sein, sonst setzt es gleich was«, drohte Tedamöh. »Jeels und ich waren den ganzen Tag auf den Beinen, da ist ein Schuss Branntwein genau das Richtige. Sag mal, warst du dem Krischan wenigstens eine Hilfe heute?«

»Jau«, bestätigte der Hüne. Er machte sich daran, Wasser zu wärmen, und holte den Branntwein aus dem Schrank. »Onno hat sich um Hund und Hof gekümmert, während ich Wemke hier im Haus zur Hand gegangen bin.«

Sein Gesicht wurde ernst, und er warf Wemke einen fragenden Blick zu. Diese schüttelte nur leicht den Kopf.

»Wie geht es Konrad?«, fragte sie Jeels.

»Er hat das Schlimmste schon überstanden. Das Fieber ist gesunken und die Gliederschmerzen sind erträglich. Natürlich wird es noch dauern, bis er das Bett verlassen kann. Der Geheimrat lässt ihn gut versorgen.« Ein anerkennendes Lächeln flog über Jeels' Gesicht. »Dieser alte Knabe nötigt mir Respekt ab. Er hat es geschafft, trotz etlicher Ausfälle den Badebetrieb aufrechtzuerhalten und die Leute zu beruhigen. Kaum ein Gast hat die Flucht ergriffen.«

»Und wie geht es den anderen Kranken? Hat sich die Lage im Dorf etwas entspannt?«

»Es steht eigentlich insgesamt ganz gut. Die Insulaner nehmen die Windpocken gelassen hin. Bedenklich steht es eigentlich nur um Dina, eins der Badeweiber. Sie hat ein Herzleiden und wohl schon während der Saison Mühe gehabt, ihre Arbeit überhaupt durchzustehen. Und nun belasten die Windpocken sie noch zusätzlich.« Jeels' Mine verdüsterte sich. »Ich habe ihr versprochen, morgen wieder vorbeizuschauen. Allerdings kann ich ihr kaum helfen, sondern nur die Krankheitsbeschwerden lindern und hoffen, dass sie in ihrem schwachen Zustand alles gut übersteht.«

Ein leises Wimmern aus dem Nebenzimmer ließ Wemke aufspringen.

»Geh du man gleich hinterher, Jeels«, drängte Krischan mit besorgter Miene und nickte zur Wohnkammer. »Wemke wollte nicht mit der Tür ins Haus fallen, wo du doch schon so erschöpft bist, aber Freya geht es gar nicht gut. Wir haben ihr den ganzen Tag kalte Wickel gemacht, doch das Fieber will nicht sinken.«

Freya lag in dem Wandbett in der Wohnkammer. Die blauen Vorhänge waren an beiden Seiten zusammengerafft und in der Dunkelheit dahinter konnte man ein blasses kleines Gesicht ausmachen. Das Fieber trieb den Atem in Stößen aus dem Mund des Kindes. Freya keuchte und ihre Hände wanderten über die Bettdecke, als suchten sie einen Halt.

Wemke stand mit angstvoll geweiteten Augen am Butzenbett, die Hand auf Freyas Stirn. »Ach Jeels! Sie glüht förmlich und scheint gar nicht bei sich zu sein. Es wird immer schlimmer. Dabei habe ich wieder und wieder die kühlenden Tücher gewechselt. Ich habe solche Angst um sie!« Tränen rannen Wemke über die Wangen.

Sanft schob Jeels sie zur Seite und trat näher an das Bett. »Magst du eine Lampe aus der Küche holen, damit ich besser sehen kann?«

Lange und gründlich untersuchte er Freya, die unruhig weiterschlief.

»Du hast Recht«, sagte er schließlich zu Wemke, »sie hat immer noch hohes Fieber. Ansonsten kann ich aber nichts Ungewöhnliches feststellen. Die Krankheit hat sie besonders schlimm erwischt. Wir können nicht viel mehr tun, als auch weiterhin zu versuchen, die Temperatur zu senken. Ich werde

Freya jetzt noch etwas einflößen, damit sie ruhiger schläft. Wechsel du die Wickel und lege ihr auch ein kühles Tuch auf die Stirn.«

Als sie den Wohnraum wieder betraten, kam Krischan gerade zur Tür herein.

»Es sieht nicht so aus, als ob das Wetter besser wird.« Er blickte ernst von Tedamöh zu Onno. »Ich meine wohl, dass ihr beiden heute Nacht besser hierbleiben solltet.«

»Ich könnte dann im Notfall auch sofort auf deine Hilfe zurückgreifen«, ergänzte Jeels an die alte Hebamme gewandt.

»Juchhu!«, freute sich Onno, doch seine Oma machte ein saures Gesicht.

»Altes Gewächs schläft im eigenen Bett am besten«, murrte sie.

Doch Jeels ließ keine Widerrede gelten. »Krischan und ich schlafen ja schon seit einigen Tagen in der Scheune. Ich denke, dass Wemke heute Nacht bei Freya in der Wohnkammer Wache halten wird. Somit kannst du, Tedamöh, den Alkoven in der Küche haben, und für Onno bauen wir ein Schlaflager auf dem Fußboden.«

Gerade wollte Tedamöh zu einem erneuten Protest ansetzen, da ließ ein gewaltiger Platzregen sie verstummen.

»Ist ja schon gut«, sagte sie schließlich ergeben. »Wenn es denn sein muss!«

Später, nach einem Branntweingrog und einer heißen Suppe, saßen die Freunde in warme Decken gehüllt in der Küche versammelt. Ein Feuer knisterte anheimelnd. Von der Feuerstelle zog ein feiner würziger Rauch durch den Raum.

Das Kind im Zimmer nebenan war in einen unruhigen fiebrigen Schlaf gefallen. In regelmäßigen Abständen gingen Wemke und Jeels herüber, um nach ihr zu sehen und etwas gegen das Fieber zu tun.

»Sag mal, Tedamöh«, setzte Jeels an. Seine Augen blickten neugierig zu der Alten, die in einem großen Holzstuhl ganz nah beim Feuer saß und genüsslich ihren Grog schlürfte. »Ich habe mich heute so manches Mal gefragt, woher du eigentlich so viele Dinge weißt. Und erzähle mir nicht, dass man auf einer Hebammenschule lernt, dass Rübenöl bei Erkältungen hilft und Wurzelsamen in Bier gegen steife Knochen. Es gab heute kein Krankheitsbild, das du nicht auf Anhieb erkannt hast und keinen Patienten, gegen dessen Erkrankung dir nicht ein Mittelchen eingefallen wäre. Während meiner Praxisjahre habe ich einige Hebammen kennengelernt, aber du bist bei weitem die Klügste von allen. Du weißt Dinge, von denen selbst ich noch niemals gehört habe.«

»Brauchst mir keinen Honig ums Maul schmieren, Jeels. Ich komme so oder so morgen wieder mit und helfe dir«, erwiderte Tedamöh ruppig.

Über Jeels' erschöpftes Gesicht zog ein Schmunzeln. »Ich bin wirklich neugierig. Komm, spann uns nicht auf die Folter. Woher weiß ein Inselkind Dinge, die man sonst nur in klugen Lehrbüchern findet?«

Tedamöh spitzte den Mund und sagte schließlich: »Das meiste lernt man beim Tun. Und ich habe, was Krankheiten und Geburten angeht, weiß Gott eine ganze Menge gesehen. Bin ja schließlich schon ein bisschen länger auf der Welt.« Dann verfiel sie wieder in Schweigen.

»Oma«, sagte Onno ungeduldig. Wie ein kleiner Kobold hockte der Junge auf einem großen Holzstuhl. Er hatte seine Schuhe abgestreift und die Füße nah an den Körper gezogen. »Warum erzählst du den anderen nicht von meinem Urgroßvater?«

Tedamöh kniff die Lippen zusammen und schaute ihn strafend an. Ihrer Miene konnte man entnehmen, dass sie sich lieber wieder dem Grog gewidmet hätte. Doch als die anderen sie weiterhin fragend betrachteten, fing sie seufzend an zu erzählen.

»Also gut. Du fragst dich, Jeels, warum eine alte Frau Ahnung von Dingen hat, die eigentlich nur Gelehrte wissen können. Schuld daran war mein Vater. Als ich ein Kind war, fuhr er jeden Sommer wie all die anderen Männer zur See. Dann waren meine Mutter und ich für Monate alleine auf Wangerooge. Wir hielten das Haus in Ordnung, bauten Gemüse an, versorgten das Vieh und taten all die Dinge, die getan werden mussten. Ich glaubte damals, dass es kein anderes Leben gäbe. Für mich gehörte der Sommer meiner Mutter und der Winter meinem Vater, der dann wieder mit großem Gepolter in unser Leben trat.

Meine Mutter war anders als die anderen Frauen. Nicht verdreht im Kopf oder dusselig, falls ihr das denken solltet. Sie war nur viel stiller als die meisten, sprach kaum mal, und wenn doch, dann über Dinge, die niemand hören wollte oder verstand. Die Weiber gingen ihr aus dem Weg. Da hatte sie was gemeinsam mit deiner Mutter, Jeels. Mit dem Unterschied allerdings, dass die Insulaner keine Angst vor ihr hatten. Sie hielten Mutter einfach nur für verrückt. Der Seebär und seine verrückte Kirsten – damit waren meine Eltern gemeint.« Tedamöh nahm einen tiefen Schluck aus ihrem Krug und schien für einen Moment in Gedanken versunken. Dann fuhr sie fort: »Ich wusste es besser. Meine Mutter war nicht verrückt. Sie sprach viel mit sich selbst, zumindest glaubten das die anderen. Dabei waren es Tiere oder Pflanzen, die Sonne oder der Mond, mit denen sie ein Schwätzchen hielt. Mutter glaubte, dass alles und jedes eine Seele hätte. An den Sommerabenden bekam ich Geschichten zu hören, die ihr angeblich die Schwalben aus dem Süden mitgebracht oder die Tiere im Stall ausgeplaudert hatten. Sogar Tische und Stühle konnten in ihrer Vorstellung reden, und natürlich das Meer. Es erzählte ihr vom Getier im Wasser und von den Meerweibern.« Sie bedachte Jeels mit einem Lächeln. »Vielleicht habe ich deshalb niemals Angst vor den van Voss gehabt. Zum einen glaubte ich nicht an die Gerüchte, die über sie umgingen. Zum anderen kannte ich ja die Meerwesen schon lange aus vielen Geschichten.

Mutter wollte immer nur lauschen, aber mir genügte das bald nicht mehr. Ich war ein wildes Kind und wollte selbst was erleben. Mit dem, was den anderen Mädchen Freude machte, wusste ich allerdings wenig anzufangen. Mir lag weder Sticken noch Strümpfe stricken, nicht Backen noch Kochen. Lieber kletterte ich mit den Jungen auf das höchste Dach der Insel, sprang über breite Priele und kehrte mit Körben voller Möweneier und Krabben wieder heim.

Meine Mutter ließ mich gewähren. Nie fiel ein hartes Wort, was immer ich auch tat. Manchmal enttäuschte mich das. Ich suchte ihren Widerspruch, wurde immer waghalsiger. Doch sie hielt mich nicht zurück. Abends weinte ich heiße Tränen und glaubte, ihr wären die Möwen wichtiger oder das Vieh im Stall, so wenig beachtete sie mich. Doch das war nicht gerecht. Ich weiß es heute. Mutter konnte nicht anders. Sie liebte mich, so wie ich war. Es lag ihr nichts daran, mich zu verändern. Ich liebte sie auch. Doch als Mutter mehr und mehr Zeit in ihrer eigenen Welt verbrachte, gab es kaum noch Raum für mich und die Wirklichkeit.« Tedamöh blickte ins Feuer und seufzte. »Das war schwer zu ertragen. Ich war deshalb immer besonders glücklich, wenn mein Vater während der kalten Monate nach Hause zurückkehrte.« Tedamöhs Augen leuchteten. »Er sah aus wie ein Bär, war ungewöhnlich groß und breitschultrig und hatte den tapsigen Gang des Pelztieres. Mit ihm streifte ich stundenlang über die Insel. Wir gingen fischen, beobachteten Seehunde und schrien den Wildgänsen hinterher, die über uns hinwegzogen.

Vater sah in mir wohl den Sohn, den er gerne gehabt hätte. Meine Mutter wurde ihm mit der Zeit fremd. Zwar saßen meine Eltern gemeinsam an einem Tisch, doch waren sie weit voneinander entfernt. Mutter ließ sich noch tiefer in ihre Traumwelt fallen, wenn Vater bei uns war. Dabei wusste er so spannend vom wahren Leben zu erzählen. Sie starb schließlich an einem tief verschneiten Wintertag. Sie hatte ihr Leben lang ein schwaches Herz gehabt.«

Im Raum war es ganz still, nur das Holz im Feuer knisterte. Seufzend fuhr die Alte fort. »Als Vater wieder zur See fahren musste, da hätte er mich am liebsten mitgenommen. Aber das ging natürlich nicht. Ich, eine Seefahrerin – das blieb ein Traum meiner Kindertage. Aber andere Wünsche gingen in Erfüllung. Ich wollte unbedingt mehr als nur lesen und schreiben lernen. Mir reichte der Unterricht, den wir Inselkinder regelmäßig erhielten, nicht.« Ihr Blick traf Onno, der schmerzlich das Gesicht verzog. »Tja, mein Söhnchen, es gibt tatsächlich Kinder, die lernen *wollen*! Und so lehrte mein Vater mich an den Winterabenden jeweils eine Kerze lang alles, was er wusste. Ich lernte leicht, und es machte ihm wohl Freude. Wenn die Kerze abgebrannt war, saßen wir oft noch lange im Dunkeln, und er erzählte mir von fernen Ländern und abenteuerlichen Reisen. Wie es sei, tagelang über Wasser zu fahren und kein Ende zu finden.

Vater kam in den Häfen mit den verschiedensten Menschen zusammen. Eines Abends, als er nicht mehr ganz nüchtern war, da gestand er mir, dass er sich auf einer Reise in eine Hebamme verliebt habe. Fast hätte er ihretwegen Mutter und mich verlassen, hatte es dann aber doch nicht übers Herz gebracht. Die Frau muss ihn mächtig beeindruckt haben. Sie war schon in jungen Jahren Witwe geworden, hatte alleine drei Kinder großgezogen und sich als Hebamme durchgeschlagen. Den meisten Frauen an ihrer Stelle wäre nur der Weg ins Hurenhaus geblieben.

In Vater wuchs die Angst, mir könnte Ähnliches passieren.

Von einer seiner Seereisen brachte er mir medizinische Lehrbücher mit. Sie waren natürlich gebraucht und völlig abgegriffen – neue wären ja unbezahlbar gewesen –, doch sie wurden zu meinen größten Schätzen und leisten mir auch jetzt noch manches Mal gute Dienste.

Als ich alt genug war, schickte Vater mich für drei Monate auf eine Hebammenschule. Fern von der Insel plagte mich ganz schrecklich das Heimweh, aber schließlich war der große Tag da, und ich erhielt den Berechtigungsschein, der mir erlaubte, mein Handwerk auszuüben.

Da ich nicht von Wangerooge lassen kann, blieb ich, auch als mein Vater starb, auf der Insel. Es sprach sich herum, dass ich nicht nur eine gute Wehmutter bin, sondern auch sonst nicht mit Dummheit geschlagen, was das Medizinische angeht. Das brachte mir Arbeit und Brot.

Ich bin meinem Vater dankbar für seine Weitsicht, denn der Herrgott hielt es für richtig, dass ich schon in jungen Jahren den Mann und später auch den Sohn verlieren sollte.« Ein Schatten zog über ihr Gesicht. »Geblieben ist mir einzig mein Enkelkind.« Der Blick, mit dem sie den Jungen jetzt bedachte, war ausnahmsweise fast zärtlich. »Seine Mutter ist bei der Geburt gestorben. Ich habe ihn aufgezogen und versuche nun, einen halbwegs anständigen Menschen aus ihm zu machen.« Sie zwinkerte Onno zu.

»Du versuchst es?«, rief Onno empört. »Bin ich denn nicht ein Prachtexemplar von einem Enkelsohn und ein außerordentlich anständiger Mensch?«

Jeels klopfte ihm lächelnd auf die Schulter. »Das bist du, mein Junge. Nach dir wird sich noch manche Schwiegermutter die Finger lecken.« Er hielt dem Jungen den Korb mit winterfesten Äpfeln entgegen, und Onno griff gerne zu. Krachend biss er hinein und betrachtete zufrieden kauend die Menschen um sich herum.

»Was für ein Glück für die Wangerooger, dass du auf dem Eiland geblieben bist«, sagte Wemke lächelnd zu Tedamöh.

»Glaub nicht, dass es immer leicht war. Als Jeels' Mutter noch lebte, hatten wir einen ganz entsetzlichen Pastor hier auf der Insel. Er hielt von Frauen nicht viel und von Hebammen rein gar nichts. Fast hätte er es geschafft, die anderen gegen mich aufzuhetzen. Aber wenn ein Mensch krank wird, dann ist ihm alles egal. Hauptsache es hilft jemand. Und dagegen konnte der Pastor nicht an.«

Eine Windböe heulte ums Haus und ließ die Scheiben klirren. Krischan griff nach seinem gefüllten Krug, führte ihn aber nicht zum Mund.

«Das klingt fast wie bei Sturmflut auf See«, murmelte er, und seine Stimme zitterte leicht. Er sah aufgewühlt aus...

Tedamöh runzelte die Stirn. »Was weißt du schon von Stürmen, die man auf See erlebt? Du hast doch zeitlebens keinen Fuß auf Schiffsplanken gesetzt.«

»Habe ich doch.« Die drei Worte kamen ganz leise aus Krischans Mund, aber alle hatten ihn gehört und wandten sich ihm neugierig zu. Der Hüne sah mit einem entrückten Ausdruck im Gesicht ins Feuer.

»Sag bloß!«, bemerkte Tedamöh verblüfft. Sie kniff die Augen zusammen. »Der Strandstreicher ist also zur See gefahren. Ich habe immer gewusst, dass es ein Geheimnis um dich gibt, Krischan. War wohl vor deiner Zeit auf Wangerooge, hä?«

Krischan nickte. Er starrte auf die Tischplatte. »Das ist lange vorbei. War in einem anderen Leben, ist alles einem anderen Krischan passiert. Ich dachte, ich hätte es vergessen. Und jetzt, ganz plötzlich, ist alles wieder da. Wie das nur sein kann?« Er warf Tedamöh von der Seite einen Blick zu, als habe sie Schuld daran. »Dabei habe ich mir damals geschworen, niemals wieder daran zu denken.« Verzweiflung lag jetzt in seiner Stimme.

»Was ist denn passiert? Ist dein Schiff abgesoffen oder haben euch Piraten gekapert? Was war so schrecklich auf See, dass du dich nicht daran erinnern magst?« Onno brannte vor Neugier.

Krischan jedoch machte eine abwehrende Handbewegung. »Lass man gut sein, Onno. Die See hat es sich ein für alle Mal mit mir verdorben. Von der Insel aus will ich dem Wasser gerne zuwinken, aber freiwillig auf ein Schiff? Niemals wieder!«

»Darum also bist du niemals mit den Fischern rausgefahren.« Tedamöh hob ihren Krug und Jeels schenkte nach. »Mehr als einer hat dich gefragt. Und ich glaubte, du seiest zu faul oder dir wäre die Arbeit nicht gut genug.«

»Nun komm schon, Krischan. Erzähl uns von deinen Erlebnissen mit dem Meer«, drängte Jeels.

»Ich weiß nicht, ob ich's tun soll. Hab noch nie darüber gesprochen.«

»Was du uns auch erzählst, wir können schweigen!«, sagte Tedamöh in verschwörerischem Ton.

»Ich hab nichts verbrochen, wenn es das ist, was du glaubst!« Der Bärtige funkelte Tedamöh an. Die Alte schmunzelte zufrieden vor sich hin. Sie hatte Krischan da, wo sie ihn haben wollte.

»Na gut. Ihr habt es so gewollt. Und glaubt ja nicht, dass es Seemannsgarn ist, was ihr zu hören kriegt.« Nun führte Krischan den Krug doch zum Mund und nahm einen langen Schluck. »Meine Wiege stand in Dornum«, begann er. »Außer dass meine Mutter früh starb, hab ich es eigentlich ganz gut getroffen gehabt. Eine Tante hat mich großgezogen. Mein Alter fuhr im Sommer zur See und kehrte winters zu mir zurück. So wie bei Tedamöh und ihrem Vater. Das hat wohl auch die Bilder von damals wieder in meinen Kopf gebracht. Auch ich habe immer nur auf den Winter gewartet. Nur dass Vater mir nichts beibringen konnte, ich meine, nicht schreiben und lesen. Und darum hab ich's auch nicht gelernt. Er sagte immer, zum Arbeiten helfe es sowieso nichts. Aber Geschichten erzählen, das konnte Vater wohl.

Als die alte Tante starb, da war ich dreizehn Jahre alt und wollte nichts lieber, als mit ihm zur See fahren und was erleben. Und so wurde ich Schiffsjunge auf der *Margarete.* Mein Vater war Matrose dort. Dass das Seemannsleben kein Herrenleben ist, fand ich schneller raus, als mir lieb war. Doch um nichts in der Welt hätte ich stattdessen den Kuhstall eines Bauern ausmisten wollen.

Im zweiten Sommer heuerten Vater und ich zusammen mit vierzig anderen Seeleuten auf einem Grönlandfahrer an, um den Wal zu jagen. Das auch nur, weil wir gemeinsam sonst kein Unterkommen fanden. Was beschwor Vater mich, dieses eine Mal an Land zu bleiben! Er hatte Schlimmes vom Walfang gehört. Doch ich war ein junger unvernünftiger Bursche und wollte raus in die Welt. Wasser unter den Füßen haben und später ordentlich Geld in der Tasche. Schweren Herzens gab mein Alter schließlich nach.

Die Arbeit war hart, mehr noch als auf der *Margarete.* Noch bevor es raus auf See ging, wurde mir eingeschärft, dass ich als Schiffsjunge zu gehorchen und das Maul zu halten hätte.

Während die meisten Männer der Besatzung es sich noch gutgehen ließen, trug ich schon Körbe mit Torf aufs Schiff, der in der Kombüse als Brennstoff gebraucht wurde, und füllte den Bauch des Walfängers mit Fanggerätschaften. Außerdem musste der Proviant an Bord gebracht werden. Ihr würdet nicht glauben, wie viel vierzig Seeleute auf solch einer Reise für den Wanst brauchen! Fleisch und Brot, Tonnen voller Erbsen und Bohnen. Es wollte kein Ende nehmen. Nie war ich schnell genug, und immer gab es neue Arbeit, die auf mich wartete. Das änderte sich auch nicht, als wir auf See waren. Abends fiel ich todmüde in die Hängematte, mein Schlafplatz auf dem Schiff. Die Matrosen teilten sich jeweils zu dritt zwei

Kojen. Das ging ganz gut, denn einer von ihnen war immer auf Wache.

Als wir in Grönland angekommen waren, verfluchte mein Vater die Reise. Da waren die eisige Kälte, in der wir knüppeln mussten, und die ständige Angst wegen dem unberechenbaren Treibeis. Über allem ein Nebel, der sich niemals auflöste. Selbst ein guter Kapitän hatte Schwierigkeiten, dort seinen Kahn zu steuern. Die Segel ließen sich kaum bergen oder setzten, denn der Frost machte sie hart und fest.

Nachts kriegten wir kaum mal eine Mütze Schlaf. War es einem auf Deck tagsüber schon unheimlich mit all dem Eis, das barst und krachte, so wurde es unten, in den Schlafkojen und Hängematten, noch schlimmer. Wir fühlten uns wie im tiefsten Keller eingesperrt. Um uns herum ächzte und stöhnte das Holz des Schiffes, dazu das Bersten der Eisschollen. Ich hab mir manchmal sogar meine Socken in die Ohren gestopft, aber es half nicht. Es war, als ob die ganze Welt auseinanderbrechen wollte. Und zu alledem pfiff der Wind unheimliche Liedchen. Wer das erlebt hat, der weiß, wie es in der Hölle zugeht.

Ich habe in diesen Nächten gestandene Männer weinen gehört. Und wer vorher nicht an Götter und Riesen geglaubt hatte, der tat es nun. Eisiges Wasser tropfte durch die Ritzen des undichten Decks, unter dem wir schliefen. Die Pfützen auf dem Boden stanken zum Himmel. Manchmal zündeten wir vor dem Einschlafen Lampen an, doch das herunterrieselnde Wasser löschte nur zu schnell die Funzeln.«

»Aber Krischan, es muss doch aufregend gewesen sein, auf Walfang zu gehen!«, unterbrach Onno ihn.

Krischan schnaubte verächtlich. »Aufregend? Knochenarbeit war es, von den kleinen Schaluppen und Eisschollen aus zu jagen. Außerdem bekam ich schnell heraus, dass es mir keine Freude machte, Wale zu töten.« Er schüttelte traurig den Kopf. »Da habe ich mir an Land was vorgemacht, Onno. Ich sah mich als stolzen Jäger im Eismeer. Träumte davon, die riesigen Tiere alleine zu erlegen und dafür Ruhm und Bewunderung zu ernten. Aber Pustekuchen! In Wahrheit tat mir das Herz weh, wenn Blut aus dem Blasloch des getroffenen Wals sickerte und das Meerwasser rot färbte. Und bald schon wünschte ich mir nur noch eines: nach Hause zu fahren!« Er nahm einen Schluck und wischte sich mit dem Ärmel über den Mund. »Und dann, endlich, war es so weit. Die Ausbeute konnte sich sehen lassen. Vater und ich fielen uns um den Hals und versprachen einander, dass wir für kein Geld der Welt jemals wieder einen Fuß auf solch einen Walfänger setzen würden.

Ich freute mich wie ein Schneekönig und zählte die Tage, bis wir wieder zu Hause an Land gehen würden. Doch dann wurde Vater krank. Bei der letzten Jagd hatte ein Wal sein Boot zum Kentern gebracht, und Vater war ins Eismeer gefallen. Er hat sich zwar auf eine Eisscholle retten können, fing sich aber eine dicke Erkältung ein. Das Fieber stieg, und schließlich konnte er nicht mehr aus der Koje.

Das Schiff hatte schon Heimatwasser unter den Planken, da ließ eine hohe Dünung bei ganz ruhigem Wetter uns die Farbe aus dem Gesicht weichen. Die Zeichen deuteten auf einen schweren Sturm hin. Der Kapitän ließ die oberen Segel bergen, und wir banden den Proviant und die Wasserfässer an Deck fest. Am Mittag konnten wir vor lauter schwarzen Wolken die Sonne nicht mehr sehen. Nacht wurde es, mitten am Tag. Das Meer fing an zu tanzen! So was hatte ich im Leben nie nicht gesehen. Wellen, hoch wie Berge, und das, wo kein bisschen Wind ging. So unheimlich war es, dass der Smutje allen Ernstes das Schiff nach einem Klabautermann abzusuchen begann. Dabei fing die See ihr Spiel mit uns erst an! Sie warf den Kahn so fürchterlich hin und her, dass die Balken krachten und ich Angst bekam, die Masten würden brechen. In unserer Not warfen wir alle Kanonen und einen Teil der Ladung über

Bord. Aber nichts half. Wir schlugen leck und begannen wie verrückt Wasser aus dem Schiff zu pumpen. Und dann, endlich, kam doch noch eine Brise auf. Was waren wir erleichtert! Segeln war zwar nicht drin, aber vom Wind gestützt lag das Schiff ruhiger auf dem Wasser.

In der Nacht wurde aus der Brise ein Sturm. Wir banden uns Taue um den Bauch, knoteten diese an den Masten fest. Selbst Vater kroch aus seiner Koje. Die See räumte das Deck ab, griff nach Wasserfässern und Proviant. Irgendwann, nach Stunden, sagte der Kapitän was von Segel setzen.« Krischan seufzte tief. »Jeder macht mal einen Fehler. Das Schiff drehte sich mit einem Mal wie ein Kreisel, Wind fiel von vorn in die Segel, die Masten brachen und stürzten krachend auf das Deck. Einige Männer kamen um unter dem Holz, drei stürzten ins Wasser. Einer von ihnen war mein Vater.«

Krischan räusperte sich und fuhr mit der Hand über seine Augen. Dann, als müsse er sich erst Mut antrinken, nahm der Hüne erneut einen Schluck aus seinem Krug. »Wir konnten keinen der Männer retten. Der Kapitän ließ die Takelage kappen und alles mit den Masten ins Meer werfen. Ich war wie vom Donner gerührt. Als Leben in mich kam, flehte ich den Kapitän an, nach meinem Vater suchen zu lassen. Ich versprach ihm meine Seele dafür, doch er wies nur kopfschüttelnd auf die irre See. Niemand hätte ihr entkommen können. Nicht in dieser Stunde. Ich wollte das nicht begreifen, schäumte vor Wut über und schlug dem Mann ins Gesicht. War auch damals schon ein kräftiger Kerl, müsst ihr wissen. Hatte mein Mütchen noch nicht so richtig gekühlt. Doch der Kapitän schüttelte mich einfach ab. Der Orkan trieb uns immer weiter. Fort von meinem Vater. Ich war drauf und dran, mich selbst in die Fluten zu stürzen, schließlich trug ich die Schuld. Denn ich war es gewesen, der Vater zu dieser Unglücksfahrt erst überredet hatte. Ich habe ihn auf dem Gewissen.«

Krischan schloss die Augen, und die Bilder, die vor seinem geistigen Auge vorbeizuziehen schienen, malten Verzweiflung auf seine Züge. Niemand sprach ein Wort. Endlich öffnete der Bärtige seufzend wieder die Augen. Aus Vergangenem, Vergessenem schaute er auf wie ein Mensch, der aus tiefem Schlaf erwacht.

»Über Sandbänke und Riffe hinweg wurde unser Schiff schließlich auf den Wangerooger Strand geworfen. Mannschaft und Ladung konnten gerettet werden. ›Schipp up Strand‹ wurde ausgerufen, und bald schon kamen die Insulaner mit Beil, Strick und Sack, um beim Bergen zu helfen. Ist ja heut noch so, dass wir vom Gesetz her dazu verpflichtet sind, auch wenn einige meinen, alles behalten zu können. Der Kapitän hat auf seinem Recht bestanden, und später haben sie das Schiff dann auch wieder flottgemacht und in den Heimathafen zurückgebracht. Die Insulaner bekamen Bergelohn, die Mannschaft hat sich in alle Winde verstreut. Ich aber habe mir geschworen, niemals wieder meinen Fuß auf ein Schiff zu setzen. Und so konnte ich nur hier auf der Insel bleiben. War nicht schlechter als anderswo, und nach Dornum wollte ich einfach nicht zurück. Zu viele Erinnerungen, versteht ihr?

Vaters Tod machte mir so zu schaffen, dass ich mich lange Zeit zu gar nichts aufraffen konnte. Bin einfach immer nur am Strand entlang. Am liebsten bei ablaufend Wasser, wenn das Meer Seetang, Muscheln und totes Getier auf den Sand wirft. Wertlosen Plunder verschenkt die See gerne, aber nach meinem Vater habe ich mir vergeblich die Augen ausgeguckt. Aus dem ausgespuckten Strandholz, das ich in die Dünen schleppte, zimmerte ich mir eine kleine Hütte. In den Sturmnächten gab es besonders viel am Meer zu finden. Dann packte es mich! Trotz größter Kälte, trotz gewaltigen Sturmes und heftigem Regen bin ich hinaus an den Strand. Nachsehen, was die See mir zugedacht hatte.

Mir war schon klar, dass die Insulaner mich misstrauisch beobachteten. Ich war nicht beim Dankgottesdienst, den der Psalmendreher abgehalten hatte, weil doch unsere Mannschaft und das Schiff gerettet werden konnten. Die Einheimischen hielten mich für undankbar und natürlich auch für faul. Ein gesunder kräftiger Bursche, der keinen Finger rühren wollte.

Später dann versuchte ich es mit Arbeit, doch nichts wollte mir so recht gelingen. Irgendwie hatte ich immer das Gefühl, man könnte mir ansehen, dass ich den eigenen Vater auf dem Gewissen habe. Das machte mich unsicher, und mit den Gedanken war ich immer anderswo. Bald traute ich mir selbst nichts mehr zu. Und da ich nicht mit zur See fahren wollte und auch sonst den Menschen nicht geheuer war, ließ sich keiner mit mir ein. Irgendwann war ich eben nur noch Krischan, der Strandstreicher. Zu nichts zu gebrauchen, von niemandem gern gesehen. Im Herzen verstockt und tieftraurig. Denn glaubt nicht, dass mir dieses Leben gefiel. Doch ich nehm mal an, dass es die gerechte Strafe dafür war, den Vater ins Unglück gestürzt zu haben. Im Herzen allerdings hab ich mich immer danach gesehnt, wieder ein Mensch sein zu dürfen und kein Strandstreicher.« Er klopfte sich mit seiner großen Pranke auf die Brust.

Atemlose Stille folgte seinen Worten. Nur das leise Hecheln des Hundes war zu hören.

»Und, was denkt ihr jetzt, wo ihr alles wisst?« Der Bärtige schaute sich mit zusammengekniffenen Augen um. Für einen Augenblick konnte man wieder den trotzigen, innerlich zerrissenen Krischan erkennen.

»Ich denke, dass du genug gelitten hast«, sagte Wemke und legte ihm ihre Hand auf den Arm. »Am Tod deines Vaters trägst du keine Schuld. Ich glaube, das weißt du eigentlich auch. Jeder Mensch auf Erden hat sein Schicksal. Lass den alten Krischan, den übermütigen Burschen, wieder frei. Und wenn dir das nicht gelingt, dann bleibe einfach der, den wir hier kennengelernt haben.«

Tedamöh nickte zustimmend, und Jeels goss Krischan neuen Branntwein in den Krug. Die Kerze auf dem Tisch flackerte vom Luftzug. Sie warf Licht auf das Gesicht des Hünen, über dessen Wangen nun zur Überraschung aller Tränen rollten.

»Ich hätt's schon eher rauslassen sollen, was?«, schniefte Krischan. »Tut einfach gut, all die Qualen auf den Tisch zu legen. Und dass ich jetzt rührselig werde, das kommt nur vom Branntwein.«

Onnos Neugierde war noch nicht ganz befriedigt. »Sag mal, Krischan, hast du eigentlich in all den Jahren, wo du den Strand abgesucht hast, auch mal was Ordentliches gefunden? Einen Schatz oder so?«

Krischan wischte sich mit dem Ärmel die Tränen vom Gesicht. In seine Augen trat ein Glänzen. »Einmal, nach einer stürmischen Nacht im März, lagen am Strand zwei zugenietete Kisten. Sie blitzten schon von weitem in der Morgensonne. Und was glaubst du, was drin war?« Onno hing an Krischans Lippen. »Bester schwarzer Tee, direkt aus China. Als ich ihn aufbrühte, da ging mir das Herz auf. Schon die Teeblätter rochen so gut wie nur was, und es schmeckte! Dreißig Pfund Tee hatte ich damals. Und am selben Tag fand ich unweit der Stelle eine Blechkiste voll von bestem Pfeifentabak. Da war ich für kurze Zeit ein reicher Mann! Ein anderes Mal wurde eine Holzkiste mit Eiern angeschwemmt, alle noch frisch und brauchbar. Doch wenn ich Obst und Gemüse fand, sei es auch verpackt in Kisten, so schmeckte es zumeist nach Salz und Meer.«

»Ich glaube, ich werde jetzt auch zum Strandsucher«, sagte Onno spitzbübisch. »Vielleicht spuckt er ja für mich zumindest mal eine Flasche Branntwein aus.«

»Irgendwie sind wir doch alle Strandläufer auf der Suche

nach dem Glück«, sagte Wemke mit einem entrückten Lächeln. »Doch was das Leben für uns an Land schwemmt, das weiß keiner. Uns bleibt nur, das Gute und das weniger Gute anzunehmen und das Beste daraus zu machen.«

»Ich meine, das ist ein gutes Schlusswort für diese Nacht«, sagte Tedamöh bestimmt. »Meine Knochen wollen nicht mehr und mein Kopf ist …«

»…voller Branntwein?«, ergänzte Onno. Die anderen lachten.

Tedamöh gab ihm kopfschüttelnd einen leichten Klaps auf den Arm. »Mein Kopf ist voller Geschichten«, schloss sie nachdrücklich und schob den Stuhl zurück. »Ich glaube, trotz Regen und Kälte werde ich heute Nacht gut schlafen.«

»Und braust des Nachts das Meer mit Wut, so kommt doch der Morgen und macht alles gut«, sagte Krischan und begab sich zur Tür. »Eine geruhsame Nacht, alle miteinander.«

21

Der Regen hatte über Nacht nachgelassen, doch der Wind war mit Anbruch des Tages noch heftiger geworden. Er jagte um das Haus, pfiff durch den Schornstein und brachte immer wieder die Scheiben zum Klirren.

Wemke hatte kaum Schlaf gefunden. Manchmal war ihr vor lauter Erschöpfung der Kopf auf die Brust gesunken, aber sobald Freya sich bewegt oder einen Laut von sich gegeben hatte, war sie wieder hochgeschreckt. In der Nacht war das Fieber noch einmal gestiegen. Ständig hatte Wemke die Wickel erneuert und dem Kind das schweißnasse Gesicht abgewischt. Zwischendurch war Jeels herübergekommen, um nach der Kleinen zu schauen.

Jetzt ordnete Wemke die Kissen so, dass Freya nicht aus dem Kojenbett fallen konnte. Mit den langen Wimpern und den blonden Locken sah die Kleine aus wie ein schlafender Engel. Nur das hochrote, erhitzte Gesicht wollte nicht so recht dazu passen. Freya wimmerte leise vor sich hin, und Wemke strich ihr mitleidig über den Arm.

In dem Moment klopfte es leise an die Tür und Jeels trat ein, um nach seiner kleinen Patientin zu sehen. Als er die Hand von Freyas Stirn nahm, nickte er zufrieden. »Ich glaube, das Schlimmste ist nun überstanden. Das Fieber ist endlich gesunken. Es kann nur noch bergauf gehen!«

Wemke spürte, wie ihr vor Erleichterung Tränen in die Augen schossen. »Ich hab schon nicht mehr daran geglaubt.« Sie lehnte sich völlig erschöpft gegen den Sekretär. Einen winzigen Moment nur wollte sie ausruhen, ganz bei sich sein.

Doch sie war nicht allein. Plötzlich wurde ihr Jeels' Nähe überdeutlich bewusst. In den Stunden des Erzählens in der Küche wie auch in denen des Bangens in der Nacht war sie für seine Anwesenheit dankbar gewesen und hatte die Befangenheit ihm gegenüber verdrängt. Doch jetzt, in diesem Moment völliger Erschöpfung, gestand Wemke es sich ein: Diesem Mann, der ihr ohne Fragen zu stellen zur Seite gestanden und ihr nun die gewaltigste Last von allen, die Sorge um ihre Schwester, von den Schultern genommen hatte, diesem Mann gehörte ihr Herz. Sie liebte Jeels van Voss.

Noch gab es keine Tat, für die sie jemand strafen oder verdammen konnte. Da war nur diese Liebe in ihrem Herzen, von der niemand wissen durfte. Sie ließ sich nicht steuern, nicht verhindern. Und doch musste sie versuchen, ihr nicht nachzugeben. Wemke spürte Jeels' Hand an ihrem Ellenbogen.

»Du bist völlig erschöpft. Du solltest dich ausruhen.«

Mit geschlossenen Augen verharrte sie und genoss die Berührung seiner Finger auf ihrer Haut.

»Es wird alles gut«, flüsterte Jeels. Wemke sog tief die Luft ein. Benommen lehnte sie den Kopf an seine Schulter. Ihr Körper erbebte vor krampfartigen Schluchzern, und Jeels hielt sie fest. Eine kleine Ewigkeit lang weinte sie so in seinen Armen. Dann beruhigte Wemke sich etwas. Sie löste sich von ihm, und Jeels wischte ihr mit der Hand die Tränen vom Gesicht.

»Ist alles in Ordnung?«, fragte er leise.

»Es war eine lange, dunkle Nacht«, erwiderte sie.

Die Spannung im Raum war jetzt fast greifbar. Sanft strich Jeels Wemke eine feuchte Haarsträhne aus dem Gesicht und blickte sie ernst an. »Kann ich dir helfen?«

Wemke schüttelte hastig den Kopf. »Es geht vorbei«, sagte sie und senkte den Blick…

Bevor Jeels fragen konnte, was sie meinte, steckte Krischan den Kopf zur Tür herein. »Tedamöh meint, sie muss nun dringend nach Hause zu ihrem Federvieh. Vorher will sie aber noch Dina einen Krankenbesuch abstatten.«

»Ich komme mit«, sagte Jeels sofort. Er blickte Wemke entschuldigend an, warf sich einen Mantel über und griff nach seinem Arztkoffer. Wemke wusste nicht, ob sie über das jähe Ende des vertrauten Moments traurig oder erleichtert sein sollte. Wahrscheinlich war es besser so gewesen, denn dass sie über ihre Gefühle nicht die geringste Kontrolle mehr zu besitzen schien, machte ihr Angst. Sie folgte Jeels und Krischan in die Küche, wo Tedamöh schon wartete. Auf ihrem Rücken trug die Hebamme eine Kiepe – ihre ganz eigene Art von Arztkoffer. Onno lehnte neben seiner Oma am Küchentisch und sah noch ziemlich verschlafen aus.

»Ich begleite euch. Hab noch was im Dorf zu erledigen«, sagte Krischan. Sein Haar war ungekämmt und stand nach allen Richtungen ab. Er warf sich eine warme Jacke über das in der Eile falsch geknöpfte Hemd und setzte die Wollmütze auf. Dann setzten die vier dick vermummten Gestalten sich in Bewegung.

Als sie vor die Tür traten, blies ihnen kalter Wind hart ins Gesicht. Mit gierigen Händen griff er nach Mänteln und Mützen und schüttelte die Freunde wie Puppen hin und her. Jeels schauderte und wusste nicht, ob vor Kälte oder vor Unbehagen. Obwohl er viele Male den Weg zum Strand gegangen war, kam es ihm vor, als gleite er nun durch eine fremde Welt. Das Bild, das sich ihnen am Wasser bot, spiegelte in nichts die Jeels bislang so vertraute Welt des Insellebens wider. Wo waren die leise plätschernden Wellen, der sanfte Wind im Dünengras und die schwerelos am Himmel schwebenden Möwen nur geblieben?

Wangerooge war Jeels plötzlich völlig fremd. Auf einer hohen Düne stehend schaute er zusammen mit Krischan auf das Meer hinaus und konnte kaum mehr die Augen abwenden. Die See erhob sich schäumend und warf sich mit lautem Tosen gegen den Dünenwall. Wellen rollten züngelnd und leckend auf die Insel zu. Hinter ihnen türmten sich schon neue Wogen auf. Der starke Wind fegte weißgraue Schaumflocken wie Rauch über die Insel. Scheinbar zum Greifen nahe hingen zerfetzte Wolken über dem Wasser wie eine geschlagene Armee. Vereinzelte Sonnenstrahlen, die ihren Weg durch die aufgerissene Wolkendecke fanden, verliehen dem Ganzen eine Atmosphäre von Unwirklichkeit.

Am Meeressaum sah Jeels einige Männer in Langschäftern stehen. Sie versuchten ein Holzhäuschen vor den gierigen Fingern des Wassers zu retten. Brodelnde Gischt tanzte um sie herum. Über ihnen auf den Dünen waren gekrümmte Gestalten zu erkennen, die wild gestikulierten.

Krischan wies mit ausgestrecktem Finger auf zwei in die Dünen geschlagene Breschen. Er beugte sich zu Jeels vor und rief: »Stand schon bei der letzten Sturmflut auf der Kippe mit dem Haus vom Segelflicker. Muss heute Nacht von der Flut mitgerissen worden sein.«

Jeels fragte sich, ob die Rettung des Baumaterials das Risiko wert war, das die Männer eingingen.

Schreie drangen zu ihnen herüber, als ein langer tosender Wall aus Wasser heranrollte. Ein Krachen und Bersten ertönte. Die Insulaner flohen rennend vor dem Wasser und krochen die Dünenwand hinauf. Immer wieder löste sich der Sand unter ihren Füßen und brach ins Meer. Hände streckten sich den Männern entgegen, man zog sie hinauf. Mit einem ächzenden Laut riss die See das Häuschen aus dem Sand und zerrte es mit sich fort.

Jeels spürte, wie sein Herz gegen die Rippen hämmerte.

Der Anblick des Meeres, die gespenstische Szene, das alles erschreckte ihn, stieß ihn ab. Es zog ihn aber gleichzeitig auch wie magisch an. Er hatte in den letzten Monaten das Leben an der See lieben gelernt. Doch jetzt erkannte Jeels, dass es noch ganz andere Gesichter des Meeres gab. Es konnte gnadenlos sein.

Die Menschen hatten versucht, das Meer zu erobern, doch es war unzähmbar. Jeels sog bebend den Atem ein. Hier auf der Insel war man vom Wasser umzingelt, der See voll und ganz ausgeliefert. Wie konnte man diese Hilflosigkeit nur ertragen?

Krischan schien die innere Erregung seines Freundes zu spüren. Er griff nach Jeels' Arm und nickte in Richtung der Männer, die nun mit hängenden Köpfen oben auf der Düne standen. Es ist gutgegangen, sagte sein Blick. Langsam beruhigte sich Jeels' Herzschlag wieder.

Jemand zupfte ihn am Ärmel. Onno war zu ihnen hinaufgestiegen.

»Seht nur, was die Jungen da treiben«, rief er gegen den Wind und zeigte auf zwei kleine Gestalten, der Größe nach vielleicht acht oder neun Jahre alt, die unbemerkt von den anderen Insulanern eine Düne hinabglitten. Die Kinder gestikulierten in Richtung eines Bootes, das in Strandnähe auf dem Wasser trieb.

»Mein Gott, die wollen bei diesem Wetter ins Wasser und den Kahn holen!«, schrie Krischan.

Durch eine Anhöhe waren die Jungen vor den Blicken der anderen Insulaner verborgen.

Jeels zog sich der Magen zusammen, und eine eisige Kälte breitete sich in ihm aus.

»Onno, du bleibst bei Tedamöh«, befahl er mit fester Stimme. Dann rannte er los. Der Weg durch die Dünen zum Wasser kam ihm länger vor als jede Strecke, die er auf der Insel bisher zurückgelegt hatte. Sich mit Händen und Füßen abstoßend glitt Jeels den Dünenwall hinunter. Krischan war ihm dicht auf den Fersen. Keuchend vor Anstrengung erreichten die Männer den Strand. Die Kinder waren längst tief in die aufgewühlte See gewatet. Einer der Jungen hatte sich schon in das Boot geschwungen, und hielt ein Ruder fest umklammert. Sein Kumpan stand bis zur Hüfte im Wasser. Wie er sich überhaupt noch auf den Füßen halten konnte, war Jeels ein Rätsel, denn das Meer zerrte abwechselnd an dem Jungen und warf ihm wütend schaumgekrönte Wellen entgegen.

»Kommt zurück!«, brüllte Krischan gegen den Wind.

Die Köpfe der Kinder flogen in seine Richtung. Unsicherheit war auf ihren Gesichtern zu lesen. Der im Wasser Stehende ließ das Boot los und wandte sich ihnen zögernd zu.

»Ich nehm den Jungen«, schrie Jeels Krischan zu. »Versuche du, das Boot zu erwischen!«

Jeels watete ins Wasser, dem Kind entgegen. Die Kälte ließ ihn nach Luft schnappen. In Sekundenschnelle hatte sich seine Kleidung vollgesogen. Das Wasser zerrte an ihm, und er kam nur mühsam voran. Schließlich hatte Jeels das Kind fast erreicht und streckte die Arme nach ihm aus. Da riss ihn eine hohe Welle ganz plötzlich von den Füßen. Er hörte den Jungen schreien. Wasser schlug über seinem Kopf zusammen, drang in seine Lunge. Für einen Moment überkam ihn Panik. Doch dann rappelte Jeels sich hustend und keuchend wieder auf. Seine Augen suchten die Wasseroberfläche ab. Wo war der Junge? Jeels zwang seine Füße voran. Mit den Händen durchwühlte er fieberhaft das Wasser. Und dann bekam er einen Arm zu fassen. Jeels zog, und der Kopf des Jungen tauchte aus dem Wasser auf. Er hustete und schrie und klammerte sich panisch an Jeels fest, der den Kleinen schützend an sich drückte.

Jeels holte tief Atem, dann wandte er sich um. Mit dem einen Arm hielt er den Jungen fest, unter Zuhilfenahme des anderen kämpfte er sich durch die Wellen. Langsam und unter

Aufbietung all seiner Kraft gelang es ihm, zum Strand zurückzuwaten.

Insulaner kamen ihm schreiend entgegen. Vielleicht hatte Onno sie informiert. Eine Frau rannte weinend ins Wasser und riss ihm das Kind aus den Armen. Andere wiesen mit weit aufgerissenen Augen aufs Meer. Jeels wandte sich erneut der See zu. Krischan stand weit draußen im Wasser und hielt sich mit rudernden Armen mühsam aufrecht. Immer wieder brachten die heranrollenden Wellen ihn aus dem Gleichgewicht. Das kleine Boot mit dem schreienden Kind hatte sich weiter von ihm und der Insel entfernt. Krischan hieb mit den Fäusten in die Luft, als wolle er das Wetter beschwören, doch den Wellen konnte er nicht Einhalt gebieten.

Eine Frau rang die Hände. »Es ist mein Dertlef«, rief sie fassungslos und brach in Tränen aus. »So helft ihm doch!«

»Wir werden es versuchen.« Ein grauhaariger Alter legte ihr beruhigend eine Hand auf die Schulter. Schneller als Jeels es für möglich gehalten hätte, wurde ein Boot herbeigeschafft und zu Wasser gelassen. Innerhalb kürzester Zeit hatten sich fast alle Insulaner am Strand eingefunden. Für die Rettungsaktion wurden kräftige Männer gesucht. Krischan watete schwankend aus dem Wasser und ging dann entschieden auf die Männer zu, die das Boot besteigen wollten. Sein Gesicht war weiß wie eine Wand, doch seine Stimme klang fest.

»Ich will mitfahren!«

Auf einen Wink hin vervollständigte er die Mannschaft. Jeels' Augen hingen an dem bärtigen Hünen. Er wusste sofort, welche Bilder seinem Freund gerade durch den Kopf gehen mussten. Erst gestern hatten all die schrecklichen Erinnerungen an die Nacht, als sein Vater starb, in ihm emporgedrängt. Welche Überwindung musste ihn jetzt dieser Schritt kosten.

»Diesmal will er nicht machtlos danebenstehen«, ging es Jeels durch den Sinn.

Unter anfeuernden Rufen legten sich die Männer ins Zeug. Von den Zuschauern hielten viele die Augen geschlossen, weil die Spannung schier unerträglich war. Andere pressten angstvoll ihre Fäuste gegen die Wangen.

Das Boot kämpfte sich durch ein Meer aus Schaum und Gischt vor, doch so sehr die Männer sich auch bemühten, der Abstand zu dem schreienden Jungen verringerte sich kaum. Immer wieder warf die vom Wind aufgepeitschte See sie zurück. Ein Aufstöhnen ging durch die Menge am Strand, als beide Boote von einer besonders hohen Welle überspült wurden.

Es schien, als sei alle Mühe umsonst, doch dann – ganz plötzlich – schien das Meer nachzugeben. Die See beruhigte sich, der Wind wurde schwächer. Jetzt fiel das Rudern leichter. Mit wenigen Schlägen erreichten die Männer das Boot mit dem Kind. Krischan und ein anderer Insulaner kletterten zu Dertlef hinüber. Ruder wurden ihnen gereicht, und innerhalb kürzester Zeit kehrten beide Boote unbeschadet zum Strand zurück.

Dort wurde der verängstigte Junge von seiner Mutter in die Arme geschlossen. Er zitterte und schluchzte immer noch. »Wir wollten doch nur so mutig sein wie die Großen und das Boot retten.«

Niemand brachte es übers Herz, mit den Jungen zu schimpfen. Dafür waren die Insulaner viel zu glücklich über den guten Ausgang des Abenteuers.

Die Ruderer waren vor Anstrengung grau im Gesicht. Schweißgebadet und erschöpft von der Anstrengung hatte Krischan sich in den Sand fallen lassen. Als er schließlich aufstand und sich schwankend den anderen Insulanern zuwandte, lief Dertlefs Mutter auf ihn zu und warf ihm die Arme um den Hals.

»Danke für das Leben meines Sohnes!« Sie küsste ihn auf die

Wange. »Gott segne dich und die anderen mutigen Männer.« Tränen standen in ihren Augen.

Krischan war sprachlos. Dertlef, der sich ein wenig beruhigt hatte, sah den Hünen mit großen Augen an. »Ich hatte solche Angst, dass die See mich holen würde«, sagte er mit bebender Stimme.

Krischan versuchte den Kloß in seinem Hals hinunterzuschlucken. »Aber jetzt bist du in Sicherheit«, krächzte er. Dann wandte er sich langsam ab und ging mit schweren Schritten auf die Dünen zu.

Obwohl er mitgeholfen hatte, ein Menschenleben zu retten, wurde Krischan plötzlich von Trauer überwältigt. Er musste alleine sein. Es war unwichtig, wohin er ging und was die anderen denken mochten. Blind für die Sonne, die jetzt durch die Wolken brach, und taub für die Stimmen um ihn herum entfernte er sich immer weiter von den am Strand versammelten Insulanern.

Irgendwann konnte Krischan nicht mehr weitergehen und sank in die Knie. Tränen rannen aus seinen Augen, und mit ihnen floss die lang verdrängte Trauer um den Vater in den Sand. Der Sturm und der in Seenot geratene Junge kamen ihm plötzlich wie Schicksal vor. Offenbar war es nach all den Jahren an der Zeit gewesen, dass er sich der See und der Vergangenheit stellte. Endlich konnte Krischan sich selbst verzeihen, und die Schuld, die ihn all die Jahre wie betäubt durchs Leben hatte wandeln lassen, fiel von ihm ab. In der Vergangenheit hatte er sich niemals seinen Gefühlen hingegeben, doch jetzt erkannte Krischan, dass die Trauer zuzulassen der einzige Weg war, um wieder heil und ganz zu werden. Zu lange hatte er alles in sich vergraben. Er rollte sich am Boden zusammen und ergab sich der Traurigkeit um all das, was ihm vor langer Zeit die See geraubt hatte.

Krischan wusste nicht, wie lange er so dagelegen hatte. Sonnenstrahlen streichelten sein Gesicht, und plötzlich wurde ihm wieder bewusst, wo er war. Seine Kleidung war feucht, aber das störte ihn nicht. Die Erleichterung, die er in seinem Inneren spürte, war wichtiger. Krischan öffnete die Augen und nahm den salzigen Geruch des Meeres tief in sich auf. Er sah jetzt die Dinge mit einer Klarheit, die ihn erschreckte, aber auch ermutigte. So viele Jahre hatte alles im Dunkeln gelegen. All die Zeit hier auf der Insel war er wie seelenlos herumgeirrt.

Möwen zogen kreischend ihre Bahnen über dem Meer. Krischan lauschte ihren vertrauten Schreien und ein Gefühl tiefen Friedens durchströmte sein Herz.

Als Schritte an sein Ohr drangen, schaute er auf und sah Onno auf sich zukommen. Sonnenlicht tauchte den Jungen in einen hellen Schein. Als Onno den Freund erkannte, fing er an zu rennen.

»Mensch, Krischan, wir suchen dich schon überall! Was ist passiert? Bist du gestürzt?«

Der Hüne schüttelte den Kopf. »Es ist alles gut«, sagte er mit schwerer Stimme. Er fühlte sich befreit, aber auch leer, wie ein Gefäß, das neu gefüllt werden muss. »Weißt du, Onno, es war das Meer, das mich gefangen hielt. Als ich helfen konnte, Dertlef aus seinen Fängen zu befreien, da habe ich auch mich befreit.«

Onno sagte kein Wort, aber ein Strahlen breitete sich auf seinem Gesicht aus. Er reichte seinem Freund die Hand, um ihm hochzuhelfen.

Krischan rappelte sich auf, stieg auf eine Anhöhe und blickte noch einmal aufs Meer hinaus. So viele Jahre seines Lebens hatte es ihm gestohlen, doch jetzt durchströmte ihn beim Anblick des großen grauen Wassers zum ersten Mal ein Gefühl des Friedens und der Versöhnung.

27

Der Herbst ging weiter, wie er begonnen hatte. Ein Regenwetter jagte das nächste. Steife Winde fegten über die Insel. Waren die Möwen kurzzeitig zurückgekehrt, so ergriffen sie jetzt wieder die Flucht.

Auch die Hofrätin hatte es nicht mehr auf Wangerooge gehalten. Als sie von den Windpocken genesen war, packte sie Mann und Maus zusammen und verschwand. Das Ehepaar Bartling besaß ein Häuschen auf dem Festland, in dem sie gewöhnlich den Winter verbrachten. Mit ihnen hatten auch die letzten Gäste die Insel verlassen.

Am Abend vor der Abreise hatte die Frau Geheime alle Insulaner zu sich bestellt. Dies sei das beste Inseljahr ihrer Ära gewesen, posaunte sie jedem, der es hören oder auch nicht hören wollte, ins Ohr. Unter ihrer Leitung würde es auch im nächsten Jahr vorangehen. Und deshalb sollten die Einheimischen die ruhige Winterzeit nutzen, um Hand an ihre Häuser zu legen. Die geheime Hofrätin hatte viele Vorschläge, wie alles der neusten Mode gemäß ausstaffiert werden sollte und versprach sogar, einen Teil der dafür aufgewendeten Kosten zu erstatten.

Jeels hatte beschlossen, dass es Zeit war, nach Bremen zurückzukehren. Hildes Briefe wurden von Mal zu Mal eindringlicher. In ihrem letzten hatte sie gedroht, ihn eigenhändig holen zu kommen. Sie verstand nicht, warum Jeels immer noch auf dem – wie Hilde es nannte – verteufelten Eiland war.

Und auch er selbst fand keine Ausreden mehr, die sein Bleiben rechtfertigten.

Anfangs hatte er insgeheim darauf gehofft, Wemke den Händen des Badearztes entreißen zu können. Doch dieser Wunsch war verschwunden, als er Dr. Hoffmann kennengelernt hatte. Er sah den Wohlstand des Mannes, den Wemke geheiratet hatte, und wusste nun auch um dessen Großherzigkeit. Dr. Hoffmann brachte ihm unbedingtes Vertrauen und Freundschaft entgegen. Wie einen Sohn behandelte er Jeels, der jederzeit und mit allen Fragen zu ihm kommen konnte.

»Sagen Sie mir, was Sie brauchen, und ich gebe es Ihnen«, hatte er gestern noch geäußert.

Jeels war fast in Versuchung geraten zu erbitten, was er wirklich wollte. Doch selbst das große Herz des Badearztes würde nicht so weit reichen, ihm die Frau an seiner Seite zu überlassen. Er hatte beobachtet, wie liebevoll der Arzt Wemkes Hand nahm, wie sich sein Gesicht veränderte, wenn er mit ihr oder über sie sprach. Dr. Hoffmann liebte seine Frau, und auch Freya schloss diese Liebe ein.

Wer war er, dies alles zerstören zu wollen? Außerdem verriet Wemkes Verhalten keinerlei Gefühle ihm gegenüber. Seit sie nicht mehr bei ihm wohnte, sahen sie sich zwar noch ab und zu, doch war es nie wieder zu einer solchen Vertrautheit zwischen ihnen gekommen wie damals am Strand oder an dem stürmischen Tag in seiner Wohnstube. Es war, als sei Wemke zufrieden mit der Sicherheit, die der Badearzt ihr bot. Er hingegen spürte jeden Tag schmerzlich die Leere, die sie in seiner Kate hinterlassen hatte. Vielleicht war alles, was er sich zusammenreimte, nur der Traum eines unreifen Kindes. Hatte es die Momente der Zweisamkeit überhaupt gegeben? Jeels wusste es nicht mehr. Er wusste nur eins: Er musste fort von hier, um sie vergessen zu können!

Krischan hatte versucht, ihn zum Bleiben zu überreden.

Als er nur stures Kopfschütteln erntete, drängte er schließlich: »Aber zumindest bis Weihnachten musst du bleiben, und auch den *Olljahrsavend* darfst du nicht verpassen.« Am letzten Tag des Jahres wurde, seinen Worten zufolge, auf der Insel allerhand an Schabernack getrieben.

Krischan setzte sich durch, und so hatte Jeels als Abreisetermin den ersten Tag des neuen Jahres gewählt.

Nachdem die Hofrätin die Insel verlassen hatte, waren Wemke und Freya wieder zu Konrad zurückgekehrt. Die Kleine hatte getobt, als sie Jeels' Kate verließen. Sie wollte bei Krischan und den Tieren bleiben. Der bärtige Hüne konnte ihren Kummer nicht mit ansehen und hatte Freya schon einige Male zu einem Besuch abgeholt. Der Schaukelseehund bräuchte wieder einmal Auslauf, befand er dann und wurde stets mit Jubel begrüßt.

Konrad hatte beschlossen, den Winter auf Wangerooge zu verbringen und seine Pläne für die Zukunft auf das nächste Frühjahr verschoben. Sein Gesundheitszustand hätte eine Reise auch kaum zugelassen. Obwohl der Badearzt von den Windpocken genesen war, ging es ihm nicht gut. Immer noch war er fiebrig, und schon nach leichter körperlicher Anstrengung fühlte er sich schwach und zerschlagen. Es gelang ihm kaum, das Bett zu verlassen. Starke Hustenanfälle schüttelten seinen Körper. Jeels hatte eine Verschlimmerung seiner Asthmaerkrankung diagnostiziert, vermochte aber nichts dagegen zu tun. Wemke war froh, dass Hubert ihrem Mann zur Seite stand. Ihr selbst hatte die Hofrätin Gerlind überlassen.

Wemke pflegte Konrad liebevoll und versuchte ihn wo es ging aufzuheitern, doch das Herz war ihr schwer. Die Abwesenheit der Frau Geheimen war das Einzige, was ihr Leben erleichterte. Wie ein bleiernes Gewicht lastete die heimliche Liebe zu Jeels auf ihren Schultern. Es war, als ob sie etwas Unrechtes täte, Konrad jeden Tag betrog. Dabei hielt sie sich auch weiterhin bewusst von Jeels fern.

Tagsüber gelang es ihr zumeist, die Gedanken an ihn zu verdrängen. Sie war beherrscht und verriet sich nie. Doch in den Nächten konnte sie ihre Empfindungen kaum im Zaum halten. Es gelang ihr nicht, den Gefühlen einen Riegel vorzuschieben. Und so träumte sie sich Nacht für Nacht an Jeels' Seite. Seine dunkle weiche Stimme trug sie auf Wolkenflügeln zu ihm. Es war, als sei etwas in ihr lebendig geworden, von dem sie zuvor nie etwas geahnt hatte. Und nun war es da und ließ sich nicht mehr vertreiben. Die Macht ihrer Gefühle war stärker als alles andere, stärker auch als ihr Verstand.

Dieser Zustand nagte an Wemke, und fast wünschte sie sich in diesen Tagen die Unruhe der Sommerzeit zurück, an denen sie abends vor lauter Erschöpfung wie tot in den Schlaf gefallen war.

Die Insulaner genossen die Winterruhe, in der sie wieder unter sich und frei von den Zügeln der geheimen Hofrätin waren, in vollen Zügen. Die kurzen Tage und langen Nächte kamen ihnen entgegen. Es wurde gut gekocht in dieser Zeit, und an den Abenden traf man sich zum Geschichtenerzählen. Natürlich spielte auch der heilige St. Nikolaus darin eine Rolle. Kurz vor Weihnachten, am 23. Dezember, wurde auf der Insel zu seinen Ehren ein Fest gefeiert.

»Er reitet auf einem weißen Schimmel durch die Lüfte und jagt dabei Stürme vor sich her, die den Winter aus dem Land treiben«, berichteten die Alten ihren Enkeln.

Die Kinder warteten gespannt auf den Abend, denn dieser hielt noch ein weiteres besonderes Ereignis für die Insulaner bereit.

Als Jeels am späten Nachmittag des 23. Dezember mit Benno am Strand entlangspazierte, erinnerte nichts an den steifen

Wind, der noch vor wenigen Tagen die Wellen strudelnd in die Höhe getrieben hatte. Das Wetter hatte sich beruhigt, und die Welt war eine andere. Sanft glitten die Wellen an den Strand, und die sinkende Sonne tauchte das Watt in einen rötlichen Glanz. Weiße Wolken schwebten leicht und unbeschwert am Himmel.

Seit Tagen schon war für Jeels jeder Spaziergang ein Abschiednehmen. Er suchte die alten Plätze auf, die ihm so viel bedeuteten. Bald würde er ohne das Rauschen der Wellen erwachen. Es war ihm unvorstellbar. Das Leben als Arzt in Bremen schien ihm so fern. Und doch würde er gehen. Als der Abend anbrach und die Sonne ihre letzten Strahlen über das Wasser schickte, kam ihm eine Gestalt am Strand entgegen. Sie schien ganz in Gedanken versunken.

»Wemke«, schoss es Jeels heiß durch den Sinn.

Für einen Augenblick überlegte er umzukehren, sich einfach abzuwenden. Er fühlte sich innerlich so wund und zerrissen, dass ein Abschiednehmen von ihr ihm unmöglich schien. Doch dann war der Moment der Entscheidung vorbei.

»Guten Abend«, begrüßte sie ihn mit einem etwas verkrampften Lächeln. »Ihr beide nehmt wohl Abschied.«

Jeels nickte traurig. »Es spricht sich also schon auf der Insel herum, dass ich Wangerooge bald verlassen werde.«

»Konrad bedauert es sehr. Du kennst ja seine Pläne, im kommenden Jahr fortzugehen. Und da hätte er dich gerne als seinen Nachfolger gesehen.«

»Mit dir zusammen wäre das der Traum meines Lebens!«, schrie sein Herz ihr zu. Aber über seine Lippen kam kein Wort.

Wemke bückte sich und streichelte den Schäferhund, der ihr im Gegenzug die Hand leckte. »Ich werde euch beide vermissen. Bis wann kannst du noch bleiben?«

»Ich werde am ersten Tag des neuen Jahres fahren.«

Niemand sonst war außer ihnen am Strand. Um sie herum

wehte einsam der Wind, raschelte durch den Strandhafer und wirbelte Sandkörner auf. Es war, als wären sie ganze alleine auf der Welt. Eine Trauer stand zwischen ihnen, die fast greifbar war.

»Wirst du jemals zurückkommen?« Mit zitternden Händen strich Wemke ihren Mantel glatt.

Jeels tat einen tiefen Atemzug. »Vielleicht im nächsten Sommer. Aber ich bin mir noch nicht sicher.«

Das Herz wollte ihm zerspringen bei der Vorstellung, Wemke nie wiederzusehen. Er hob den Kopf und sah sie an. Für einen Moment glaubte er in ihren Augen eine Spiegelung seiner eigenen Empfindungen zu erkennen. Die Sehnsucht in ihren Augen verwirrte ihn. Sie wollte nicht passen zu den nüchternen Worten, die sie miteinander gewechselt hatten. Er wies auf zwei große, nahe beieinanderliegende Steine. »Wollen wir uns nicht setzen und gemeinsam die letzten Sonnenstrahlen auskosten?«

Die Wärme der Sonne, die durch ihren dicken Mantel drang, tat gut. Es war Wemke, als gäbe es nur sie beide auf der Welt, und den Wind und die Möwen als Gesellschaft. Zu ihren Füßen lag ein Paar winziger gelber Muscheln, die noch zusammenhingen und wie ein Schmetterling aussahen. Jeels hob sie auf und reichte sie Wemke ohne ein Wort.

»Ein Abschiedgeschenk«, dachte sie, und ihre Finger schlossen sich um das Kleinod. »Die Muscheln sind wie wir«, kam es ihr in den Sinn. »Sie gehören zusammen, und doch passiert es ständig, dass eine der anderen verlorengeht.«

Sie spürte, wie eine unendliche Niedergeschlagenheit von ihr Besitz ergriff. Bedrückt sah sie Jeels an, und in seinen Augen lag die gleiche tiefe Traurigkeit, die ihr eigenes Herz umklammert hielt. Scheu hob er jetzt seine Hand und strich über Wemkes Wange. Dann schob er sanft die blonden Locken zurück, die der Wind ihr ins Gesicht blies.

Ohne zu überlegen beugte sich Wemke näher zu ihm. Tränen stiegen ihr in die Augen. Sie hätten alles füreinander sein können.

»Zu spät!«, hämmerte es in ihrem Kopf.

Ihre Tränen flossen über Jeels' Hand, die immer noch auf ihrer Wange ruhte. Zitternd rückte Wemke wieder von ihm ab. Sie musste sich zusammenreißen!

»Es tut mir leid«, murmelte sie mit erstickter Stimme und schlug wie haltsuchend die Arme um sich.

»Und mir tut es auch leid«, sagte Jeels leise.

In dem Moment, da ihre Blicke sich trafen und einander festhielten, wussten sie es beide. Da war die Gewissheit, zueinander zu gehören und doch bald getrennt zu sein.

Es gab im Leben magische Momente, und Wemke spürte ganz deutlich, dass dieser Augenblick dazugehörte. Ein Zauber schien sich über sie zu legen, und einen Herzschlag lang verloren sie sich, fern vom Hier und Jetzt, ineinander. Das Meer im Hintergrund, glitzernde Wellen im Schein der Abendsonne. Diese Weite und die wilde Schönheit der Insel. Es war bittersüß und qualvoll.

Jeels musste sich zwingen, den Zauberbann zu durchbrechen. Er durfte nicht zulassen, dass Wirklichkeit wurde, was ihn schon in den Nächten nicht zur Ruhe kommen ließ. Und so nahm er all seine Kraft zusammen, stand auf und streckte ihr die Hand entgegen. »Es ist Zeit zu gehen. Ich wünsche dir Glück, Wemke!«

Sie zog sich hoch und erwiderte den Händedruck. Dann wandte sie sich mit einem Schluchzen von ihm ab und ging mit schnellen Schritten davon.

Als Jeels die Kate erreichte, stand Krischan mit schiefgelegtem Kopf vor dem Haus, als lauschte er auf etwas. »Es geht schon los!« Er legte einen Finger an die Lippen.

Lautes Scheppern und Klirren klang zu ihnen herüber. Es hörte sich an, als sei eine Horde Kühe von der Weide ausgebrochen und liefe durch das Dorf. Aber das Vieh der Insulaner stand schon längst friedlich im Stall.

»Was geht los?« Jeels' Augen suchten nach dem Ursprung des Lärms. Vom Strand her zog eine Kette hell leuchtender Punkte seine Aufmerksamkeit auf sich.

Krischan konnte nur mit dem Kopf schütteln. »Sag mal, Jeels, kennt ihr da in Bremen eigentlich gar nichts? Kein Osterfeuer, kein Eierbicken, nicht einmal das Lichteinläuten durch den *Sünnerklaas*?«

Als Jeels ihn nur verständnislos anschaute, schnaubte sein Freund verächtlich. »Armes Stadtvolk. Zum Abschluss des Nikolaustages zieht heute Abend der *Sünnerklaas*, wie wir den Nikolaus hier nennen, mit seinen Gehilfen von Haus zu Haus. Er ruft die Kinder raus und fragt, ob sie artig gewesen sind. Natürlich gibt es hier nur liebe Kleine. Sie trällern ihm ein Liedchen vor oder sagen ein Gedicht auf und versprechen, während des kommenden Jahres ihren Eltern nur Freude zu machen. Der *Sünnerklaas* reißt dann seinen Sack auf, und es gibt Zwieback und Kringel. Musst aber nicht glauben, dass der Bursche nur für die Kinder da ist. Nein! Er erbittet für jedes Haus und alle, die darin wohnen, Segen für das kommende Jahr.« Krischan legte nachdenklich die Stirn in Falten. »Ich sag's dir lieber gleich, bevor du nachher wie *Hein Dussel* dastehst: Du solltest am Ende deinen Geldbeutel zücken. Weißt du, sie sammeln für eine gute Sache. Nur einen ganz kleinen Teil des Geldes behalten sie selbst, als Lohn für ihre Mühe sozusagen. Manchmal bekommen die Lichtträger eine Tasse Tee angeboten, öfter aber einen Schnaps. Ist schon vorgekommen, dass sie sich am Ende des Abends gegenseitig stützen mussten.« Er lachte in sich hinein.

»Und du meinst, die Männer verirren sich auch bis zu uns?«

Krischan nickte ernst. »Für jedes Haus, ob mit oder ohne Kinder, wird um Wärme und Licht für das neue Jahr gebeten.«

Als das Rasseln und Scheppern näher kam, gesellte sich Benno zu den beiden Männern. Verwirrt blickte er auf die größer werdenden Lichtpunkte, zog den Schwanz ein und begann zu knurren.

»Schscht. Das sind nur Männer aus Fleisch und Blut, auch wenn es nicht so aussieht«, beruhigte Jeels ihn.

Nach einiger Zeit konnten sie Pechfackeln erkennen, die die Dunkelheit durchbrachen. Getragen wurden sie von furchteinflößend aussehenden Wesen. Allen voran schritt ein hoher schlanker Mann, der eine große Laterne an einem Stab vor sich her trug. Um die Schultern hatte er sich eine Kuhhaut geschlungen. Sein Gesicht war hinter einer holzgeschnitzten Maske verborgen, die den ganzen Kopf bedeckte. Die dämonischen Züge der Maske stellten eine Kreatur dar, die halb Tier, halb Mensch war. Auf dem Schädel ragten zwei Hörner aus einer Wolke von Haaren. Dem Anführer folgte ein Knecht, der ebenfalls eine Maske trug und mit Schaffellen bedeckt war. Ein schwerer Sack baumelte über seiner rechten Schulter. Zwei weitere Gesellen mit Laternen hielten sich im Hintergrund. Die Schar schleppte lange Ketten hinter sich her, an denen Kuhglocken befestigt waren, die bei jedem Schritt ein eigentümliches Geläut von sich gaben.

Benno begann wie wild zu bellen und die Zähne zu fletschen. Krischan tätschelte ihm besänftigend das Fell, und nachdem der Hund den Anführer beschnüffelt hatte, wedelte er mit dem Schwanz und beruhigte sich.

»Guten Abend, werte Herren«, rief Jeels den Männern zu. »Darf ich euch in meine bescheidene Hütte bitten?«

Mit zustimmendem Brummen folgten der *Sünnerklaas* und sein Gefolge der Aufforderung und traten ein. Während Jeels den Branntwein hervorholte, nahmen die Männer Platz. Krischan schenkte ein. Jeels schnitt dicke Scheiben Käse und Würste auf. Beim Essen und Trinken schoben die Männer ihre Masken ein Stück weit hoch, so dass der Mund frei wurde. Nachdem die Gesellen sich gestärkt hatten, fingerte der mit dem Sack für Jeels und Krischan Kringel heraus und überreichte sie mit einer Verbeugung. Jeels seinerseits zückte die Börse und spendete reichlich. Daraufhin fing die ganze Meute an, mit den Glocken zu scheppern und ließ ein merkwürdiges Geheul hören, das nach einem Rudel Wölfe klang. Der *Sünnerklaas* rammte gebieterisch seinen Laternenstock mehrmals fest auf den Boden und Stille trat ein.

»Glück und Segen allerwegen,
Ohne Klage alle Tage,
Wärme, Sonne, lauter Wonne,
Das wünschen wir,
von Herzen dir.
Bis wiederkommt der Tag,
da *Sünnerklaas* hier einkehren mag.«

Die anderen Lichtträger johlten zustimmend. Jeels versuchte, anhand der Stimmen zu erkennen, wer die Männer waren, doch zu sehr verfremdeten die Masken den Klang. Schließlich zog er vier Geldstücke aus seiner Börse und hielt sie hoch.

»Ich bin neugierig darauf, was sich hinter den Masken verbirgt. Lasst mich sehen, wer mir Glück gewünscht hat.«

»Der *Sünnerklaas* natürlich«, schallte es ihm von dem Mann, der den Sack trug, entgegen. Seinem Tonfall nach gefiel es ihm nicht, dass die Masken gelüftet werden sollten. Seine Faust fuhr protestierend in die Höhe, als die anderen begannen, an ihren Verkleidungen zu fingern. »Lasst das sein! Es ist gegen den Brauch.«

»Ach was! Warum sollen wir uns nicht zu erkennen geben.

Hier gibt's doch keine Kinder, die wir täuschen müssen.« Der *Sünnerklaas* machte den Anfang, und auch seine beiden Gesellen schoben die Masken zur Seite. Lachende Mienen mit blitzenden Augen kamen zum Vorschein. Hinrichs Luts, der Zimmermann, und ein junger Fischer namens Tido bildeten das Gefolge des *Sünnerklaas*. In dem Pastor der kleinen Inselgemeinde erkannte Jeels zu seinem großen Erstaunen den Nikolaus selbst. Dieser zuckte ob Jeels' ungläubigem Gesicht nur gut gelaunt die Schultern.

»Wie vielleicht unschwer zu erkennen ist, stammt dieser Brauch noch aus alter vorchristlicher Zeit. Der *Sünnerklaas* hieß früher Wotan und war die damals führende Gottheit. Indem ich meinen Segen zu diesen heidnischen Riten gebe, bekommen sie eine christliche Färbung. Ich bete auf meine Weise bei jedem Haus um Licht und Wärme für das neue Jahr. Und wer will das verdammen?«

Krischan schlug dem Geistlichen auf die Schulter, und Jeels nickte ihm lachend zu. Der Mann gefiel ihm.

Unter vielen Verbeugungen steckten die Lichtträger das Geld ein, riefen noch ein »Hurra dem Fuchs«, mit dem natürlich Jeels gemeint war, formierten sich wieder und marschierten davon. Der Mann mit dem Sack hatte als Einziger seine Maske nicht gelüftet.

»Der Stiesel, der verkleidet geblieben ist, das muss der Wiltert gewesen sein«, erklärte Krischan entschieden.

»Jetzt wo du's sagst! Donnerwetter, hast du scharfe Augen, mein Freund!«

»Das hast du gut gemacht, Jeels. Bald wird jeder im Dorf wissen, dass du den Brauch ehrst und die Lichtträger bewirtet hast. Es ist wirklich eine Schande, dass du Wangerooge verlassen willst. Du kriegst es noch fertig, dass alle Insulaner dich mögen.«

Jeels seufzte schwer. »So weit ist es noch lange nicht. Ich

kann nicht in kurzer Zeit vergessen machen, was jahrzehntelang in den Köpfen gespukt hat.«

Die hellen Lichtpunkte verschwanden in der Dunkelheit, und die beiden Männer gingen zurück ins warme Haus, wo bald der Duft von Bratäpfeln die Küche durchzog. Irgendwann schallte das Geläut der Glocken wieder von ferne zu ihnen herüber. Dann begann es zu schneien. Der trockene Schnee erstickte jeden Laut. Sogar das Meeresrauschen drang nur mehr als ein Wispern bis zu ihnen. Draußen war es jetzt so still, dass Jeels fast glaubte, die vorangegangenen stürmischen Tage seien nur ein Spuk gewesen.

Für Wiltert allerdings begann der Spuk gerade erst. Der Abend des Lichteinläutens war überhaupt nicht so verlaufen, wie er es sich vorgestellt hatte. Und als sie ihre Runde beendet hatten und im *Ankerplatz* saßen, geriet er auch noch mit den anderen in Streit. Mit einem Krug Bier vor der Nase fühlte Wiltert sich stark. Er machte dem Pastor lauthals Vorwürfe.

»Zumindest Sie hätten mich unterstützen müssen, wenn schon auf euch Deppen kein Verlass ist.« Er nickte den beiden anderen Männern zu. »Ihr braucht ja nur das Geld blinkern sehen, um anzubeißen.«

Hinrich Luts lachte. »Nun hab dich nicht so. Er hat es gut gemacht, der van Voss, und warum sollten wir ihm den kleinen Gefallen nicht tun?«

»Wir werden seine Münzen zum Kirchgeld legen«, bestimmte der Pastor. »Und die restliche Ausbeute können wir meinetwegen wie jedes Jahr teilen. Es liegt dann bei euch, ob ihr mein Kirchensäcklein für die Armen damit füllt oder es behaltet.«

»Ich für meinen Teil werde diesmal nicht ein Geldstück von meinem Lohn abgeben!« Mit wütender Miene griff Wiltert in seine Hosentasche und holte mit einer schnellen Bewegung die Barschaft heraus, die ihm zugesteckt worden war. Auch die anderen machten ihre Taschen leer. Die Ausbeute war deutlich geringer als in den Jahren zuvor, und das ließ den Pastor stutzig werden. Als Wiltert aufstand und ein Münzenklirren verriet, dass er nicht alle Spenden auf den Tisch gelegt hatte, kannte der Zorn der anderen keine Grenzen.

»Sollen wir etwa glauben, dass das ein Zufall ist? Sag, wie viel hast du in all den anderen Jahren heimlich eingesteckt?«, empörte sich der Fischer Tido.

»Her damit«, befahl der Pastor, und auch seiner Stimme war die Wut anzuhören.

Wiltert tat das Einzige, was ihm einfiel: Er rannte davon. Die Schanktür fiel mit lautem Krachen hinter ihm zu. Die anderen setzten dem Flüchtenden nach, und bald hatten sie den Gasthofsohn eingeholt. Unter Rufen und Schreien musste es sich Wiltert gefallen lassen, dass ihm Hemd und Hose ausgezogen und die Kleidungsstücke eingehend durchsucht wurden, bis auch wirklich nicht die kleinste Münze mehr zu finden war. Auf die Kälte und den Schneefall nahmen die Lichtträger dabei keine Rücksicht.

Schließlich jagten sie ihn halbnackt quer durchs Dorf. Es war nur dem Gastwirt zu verdanken, der ein gutes Wort einlegte und einen großzügigen Betrag zur Wiedergutmachung anbot, dass sein Sohn nicht zum Strand getrieben und in die eiskalten Fluten getaucht wurde.

Am Ende der Strafaktion strich der Pastor auch noch Wilterts Anteil des Bargeldes ein. »Mein Sohn, du solltest in dich gehen, was dein Tun hier auf Erden betrifft. Ich nehme einstweilen diese Gaben als ein erstes Zeichen von Reue an mich.«

Dass die anderen ihn lächerlich gemacht hatten, ärgerte Wiltert mächtig, aber dass er kein Geld bekam, trieb ihn zur Weißglut. Denn hinter Geld war er her wie der Teufel hinter einer armen Seele. Der Lohn beim Lichteinläuten war einer der Gründe, die ihn all die Jahre bei diesem Firlefanz dabei sein ließen. Außerdem machte es ihm Spaß, die Kinder einzuschüchtern, und es bot sich immer Gelegenheit, sich an die jungen Mädchen heranzumachen. Niemand schrie: »Fass mich nicht an!«, wenn der Knecht des *Sünnerklaas* seine Hände zum Einsatz brachte oder die Maske anhob und einen Kuss forderte. Rasend vor Wut schwor Wiltert bittere Rache.

Doch zunächst einmal tauchte er in der Gaststube der Eltern unter. Es herrschte noch reger Betrieb, und das bewahrte ihn davor, auch noch dem Vater Rede und Antwort stehen und dessen Vorwürfe über sich ergehen lassen zu müssen. Wiltert verzog sich in seine Kammer und schloss mit einem Knall die Tür hinter sich.

Wenn dieser rothaarige Teufel nicht gewesen wäre, dann hätte der Abend einen anderen Ausgang genommen! Dieser verdammte Jeels van Voss trug die Schuld daran, dass alles so gekommen und er leer ausgegangen war. Wilterts Hass auf ihn wuchs ins Unermessliche.

28

In der Nacht erwachte Jeels von einem Geräusch, das er zuerst nicht zuordnen konnte. Er schob es auf den Wind, der sich scheinbar bemühte, wieder Sturmstärke zu erreichen, doch dann spürte er eine unerklärliche Furcht in sich aufsteigen. Vielleicht war es die Macht des Mondes, der durch das Fenster leuchtete und ihn schon seit Tagen in Unruhe versetzte. Es rauschte in seinen Ohren und er fühlte, wie sein Herz gegen die Rippen hämmerte. Da stimmte doch was nicht! Und dann hörte er das Geräusch wieder. Lauter noch als das Heulen des Windes und das Rauschen des Meeres.

Er setzte sich auf und horchte. Seine Sinne waren jetzt hellwach. Benno! Der Hund schlug an. Jeels schob rasch die Vorhänge des Alkovens zur Seite und sprang aus dem Bett. In Windeseile zog er sich an, warf eine Jacke über und stürzte zur Tür, wo er fast mit Krischan zusammenstieß.

»Der Benno ist kein Dummer. Wenn der jault, dann gibt es auch einen Grund«, rief dieser ihm entgegen.

Sie stolperten nach draußen. Benno sauste mit gefletschten Zähnen an ihnen vorbei. Sofort roch Jeels den Qualm und nahm nun auch das Heulen der Tiere in der Scheune wahr. Sein Gesicht wurde aschfahl. Fassungslos starrte Jeels in die gelblichroten Rauchschwaden, die vom Dach des Stalls aus in die Höhe gewirbelt wurden. Ein Feuer hatte das obere Stockwerk erfasst. Das Nebengebäude brannte lichterloh!

Derweil hatte Wiltert, entgegen seinem eigentlichen Plan, das Weite gesucht. Er fluchte vor sich hin. Dieser verdammte Köter! Alles war verdorben durch sein Geheul. Mit seinem Gekläffe hatte das Mistvieh womöglich die Männer geweckt. Da war es besser gewesen zu verschwinden. Zu schade!

Er wäre so gerne an Ort und Stelle gewesen, um zu sehen, wie Stall und Kate in Flammen aufgingen und wie Jeels van Voss bei lebendigem Leibe verbrannte! Jetzt waren dieser Rotfuchs und Krischan natürlich gewarnt. Vielleicht würden sie den Brand sogar noch rechtzeitig löschen können.

Wiltert knirschte vor Wut mit den Zähnen. Alles, was er gegen diesen Kerl unternahm, misslang. Selbst den Verdacht, der Brandstifter zu sein, hatte Jeels van Voss abschütteln können. Nun, die anderen Insulaner mochten sich von ihm narren lassen, aber er nicht! Mit seinem Arztkoffer und Tedamöh auf den Fersen hatte dieser Fremde sie alle eingewickelt. Ihm war gelungen, was seine Vorfahren nicht geschafft hatten. Wie leichtgläubig die anderen waren! Alle van Voss hatten Unglück über die Insel gebracht! Mit ihren Zauberkräften frevelten sie gegen die gottgegebene Ordnung. Wäre doch nur wieder ein rechtschaffener Kirchenmann hier, der das erkannte und diese Teufel bekämpfte. Doch der neue Prediger machte ja sogar noch mit bei den alten heidnischen Bräuchen. Der alte Pastor würde sich im Grab umdrehen, wenn er von alldem wüsste. Unter ihm wäre es nie so weit gekommen!

Wiltert schritt den Weg zum Dorf hinunter. Im Mondlicht lagen die Dünen geisterhaft weiß vor ihm. Die dünne Schneedecke verstärkte noch die Helligkeit. Der Schnee knirschte unter seinen Stiefeln, doch der Laut drang nicht in sein Bewusstsein. Im Inneren hörte er eine Stimme, die alle anderen Geräusche übertönte. Sie gehörte dem alten Inselpastor, dem Mann, der seine Kindheit geprägt hatte. Der Brandstifter zuckte zusammen. Diese Stimme erreichte ihn sonst nur in seinen dunkelsten Träumen. Hart und unerbittlich dröhnten die Worte des Kirchenmannes in seinem Kopf.

»Jeder Mensch auf Erden hat eine Aufgabe, und meine ist es, diesen Teufeln den Garaus zu machen. Die van Voss sind ein Fluch, der meinem Blut gesandt wurde. Ich und die Meinen werden nur Ruhe finden, wenn diese teuflische Saat ausgemerzt ist.« Fast vermeinte Wiltert, die krallenartige Hand wieder um seinen Arm zu spüren, sah vor seinem geistigen Auge die hässliche rote Narbe, an der Tede van Voss die Schuld trug.

Seit dem Tag, an dem Jeels von Voss seinen Fuß auf die Insel gesetzt hatte, hörte er wieder die Stimme seines Vaters. Die Träume seiner Kindheit waren zu ihm zurückgekehrt. Und sie hatten ihn unerbittlich an seine Aufgabe erinnert. Bislang hatte er versagt! Vor dem Toten und vor sich selbst. Ja sogar vor Gott. Der Teufel hatte wieder einmal gewonnen. Wiltert hieb mit der geballten Rechten in die Luft. Jeels van Voss war sein Schicksal. Seit dieser Mann auf der Insel weilte, wollte ihm, dem sonst alles gelang, nichts mehr glücken. Aber noch war nicht alles verloren, waren nicht alle Karten ausgespielt.

Mit langen Schritten lief Wiltert durch die Dünen. Doch dann verharrte er, drehte sich um und lauschte. Spielte ihm sein Verstand einen Streich? Da meinte er doch, wieder den verdammten Köter kläffen zu hören. Eine Gänsehaut lief ihm über den Rücken. Tatsächlich, das Gebell kam näher. Er stolperte einige Schritte rückwärts, und im nächsten Moment sah er den Schäferhundrüden um eine Wegbiegung kommen und auf sich zuhechten. Die Augen des Tieres schienen zu glühen, zumindest sah es aus der Ferne so aus. Panische Angst überfiel Wiltert. Er wandte sich um und begann zu rennen.

Vor ihnen loderte eine Stichflamme in die Höhe, die der Hölle zu entstammen schien. Der Wind trieb sein Spiel mit den Flammen. Rote Knospen öffneten sich funkensprühend.

Über Jeels' Kopf stand der helle Mond, unter den Füßen spürte er den weichen Dünensand, doch auf seinen Schultern lag eine Last, die ihn fast zu Boden drückte.

»Krischan!« Jeels' gellender Schrei ging im Sturmesbrausen unter. Brennende Reetbündel fielen ihm entgegen. Er konnte gerade noch ausweichen. »Hilf mir, schnell! Wir müssen die Tiere retten!«

Blindlings rannte Jeels auf die Stalltür zu. Das Heulen des Sturms vermischte sich mit dem Zischen und Prasseln des Feuers. Der Rauch trieb ihm die Tränen in die Augen. Er griff nach einem alten Lumpen und hielt ihn sich vor das Gesicht. Dann scheuchte er die Kühe vor sich her ins Freie. Hinter ihm sprengten die Flammen die Fensterscheiben des Stalls.

Krischan rannte nach Wasser, Sand und Decken. Es zischte, wenn das Wasser auf die Flammen traf und verdampfte. Der Wind schürte das Feuer noch. Wild loderten die grellen Flammen in den Himmel hinauf.

Anfangs war der Abstand zwischen Benno und dem Brandstifter noch groß gewesen, doch der Rüde holte beständig auf. Immer wieder sah Wiltert sich mit vor Entsetzen geweiteten Augen um. Todesangst stieg in ihm hoch. Er war ganz allein mit diesem Tier, in dessen Augen die Mordlust stand!

Ein Schrei entrang sich seiner Kehle, als er über eine Wurzel stolperte und der Länge nach hinfiel. Mit einem Satz war Benno bei Wiltert und stürzte sich knurrend auf ihn. Der Rüde schien nicht erst seit heute zu wissen, dass dieser Mann sein Gegner war. Die gefletschten Zähne des Hundes versanken tief im Oberschenkel des Brandstifters.

Mit gellenden Schreien versuchte Wiltert, das Tier abzuschütteln. Er war zwar verletzt, aber nicht zu schwach, um sich zu wehren. Er zog das Messer, das er immer bei sich trug, und stach zu. Ein Gefühl des Triumphs überkam ihn, als Benno aufheulte. Für einen Moment ließ der Hund von ihm ab. Hoffentlich hatte er den Kläffer erledigt! Wiltert rappelte sich auf und hastete unter Schmerzen davon. Doch der Köter gab sich nicht geschlagen. Hinkend nahm er die Verfolgung wieder auf.

Das Feuer war weithin zu sehen. Laut gellte das Horn durch die Dunkelheit, und endlich kamen die Menschen aus dem Dorf herbeigeströmt. Ohne große Worte bildeten sie eine Kette und halfen Krischan und Jeels.

Letzterer war nicht mehr imstande zu fühlen oder zu denken. Es gab für ihn nur noch das rhythmische Weiterreichen des Wassers aus der Zisterne. Mit lautem Zischen prallten Feuer und Wasser aufeinander und lieferten sich einen erbitterten Kampf.

Verbissen arbeiteten die Menschen, bis endlich nur noch leichter Rauch von der Brandstelle aufstieg. Die Männer ließen einer nach dem anderen die Arme sinken und blickten erschöpft auf den Trümmerhaufen. Nicht einmal die Mauern des Stalls waren stehen geblieben.

Jeels trat wankend zur Seite und wischte sich mit dem Ärmel über das rußige Gesicht. Seine Augen wanderten zu der rauchgeschwärzten Menschengruppe. Langsam spürte er wieder Leben in sich zurückkehrten.

»Ich danke euch allen«, rief er mit bebender Stimme. »Ohne eure Hilfe hätte das Feuer vielleicht auf die Kate übergegriffen. Wir haben alle Tiere retten können, selbst die Hühner. Das hätte schlimmer ausgehen können.«

Einige nickten nur und scharrten verlegen mit den Füßen. Andere klopften Jeels auf die Schulter. »War doch selbstverständlich.«

»Was um alles in der Welt ist denn hier geschehen?«, ertönte eine entsetzte Stimme. Tedamöh kam im Laufschritt auf die

Kate zugerannt. Ihr Gesicht war kreidebleich und ihre Augen suchten nach Jeels und Krischan. Erleichterung zeichnete sich auf ihren Zügen ab, als sie beide unversehrt vorfand. Onno folgte ihr auf dem Fuß. Er riss Mund und Augen auf, als er den Trümmerhaufen sah, brachte aber kein Wort hervor.

Jeels lächelte müde. »Es ist nicht so schlimm, wie es aussieht. Wir sind alle gesund und munter. Nur etwas rußig.« Er fuhr sich mit einem Finger durch das schmutzige Gesicht. »Einzig meine Tiere haben das Dach über dem Kopf verloren.«

Tedamöh ließ ihre Augen über den rauchenden Aschehaufen gleiten. »Mach dir wegen der Tiere keine Sorgen. Bei mir steht der Stall schon lange genug leer.«

Onno war immer noch stumm. Mit fassungslosem Gesicht betrachtete er den Platz, wo gestern noch der Stall gestanden hatte. Das Geschehene schien ihn hart zu treffen.

»Ich wäre schon eher da gewesen«, flüsterte Tedamöh. »Hatte noch nicht geschlafen. Doch dieser junge Bengel«, sie nickte zu Onno hinüber, »den würden nicht einmal die Trompeten von Jericho aus dem Tiefschlaf aufrütteln. Und als er dann endlich wach war und begriff, dass etwas passiert sein musste, da hat ihn die Angst um euch beide fast lahmgelegt. Dauerte etwas, bis ich ihn in den Klamotten hatte und wir kommen konnten.«

Jeels ging auf Onno zu und legte ihm einen Arm um die Schulter. »Es ist alles gut. Niemandem ist etwas geschehen.«

»Aber es war knapp«, flüsterte der Junge, dessen Augen immer wieder zwischen dem Haus und den Überresten des Stalls hin und her wanderten. Jeels sah Tränen in seinen Augen glitzern.

»Da können wir dem lieben Gott dankbar sein«, stimmte der Vogt zu, der neben die beiden getreten war.

»Na, das haben wir wohl eher dem Benno zu verdanken«, kam es trocken von Krischan, der keuchend auf einem umgedrehten Fass saß und von dem Wasser trank, das herumgereicht wurde. »Und wenn mich nicht alles täuscht, dann ist der brave Bursche just in diesem Augenblick dem Teufelsbraten, der hier am Werk war, dicht auf den Fersen. Hab gesehen, wie es ihn getrieben hat. Der hat nur einmal geschnüffelt, und dann ist er los wie ein Blitz. Hoffentlich erwischt er den Saukerl und springt ihm an die Gurgel!«

»Wenn das so ist, dann müssen wir sofort hinterher«, rief der Inselvogt aufgeregt. »Dem Brandteufel muss das Handwerk gelegt werden. Aber lebendig sollte er besser noch sein, wenn ich ihn dem Richter überantworte.« Er wandte sich den andern zu. »Was meint ihr? Wollen wir uns aufteilen und suchen?«

Zum Glück leistete der Mond ihnen in dieser Nacht gute Dienste. Er sandte sein helles Licht auf die Erde, und schließlich war es Onno, der die Blutspuren auf der leichten Schneedecke entdeckte.

»Hier ist was«, schrie er den anderen zu. Die Versteinerung war von ihm abgefallen, und ein entschlossener Ausdruck lag auf seinem Gesicht. Er wollte um alles in der Welt, dass der Täter gefasst würde.

Die Spuren führten tief in die Dünen hinein. Und dann hörten sie von weitem auch schon den Hund, dessen wütendes Bellen sich fast überschlug. Er saß vor dem größten Baum der Insel. Oben im Geäst hockte Wiltert und hielt sich wimmernd und mit schmerzverzerrtem Gesicht das Bein.

»Schaff um Gottes Willen den Köter weg«, schrie er Jeels zu. »Er bringt mich sonst noch um. Das Vieh ist ja gemeingefährlich.«

»Du bist gemeingefährlich«, rief Onno erbost.

»Komm sofort runter«, sagte der Vogt mit ernster Stimme.

Wiltert zeigte auf Benno und schüttelte furchtsam den Kopf.

Die Insulaner, die nach und nach den Ort des Geschehens erreichten, wiesen mit ausgestreckten Fingern auf ihn. Etliche schlugen die Hände vor den Mund. Immer wieder flogen ihre Blicke zwischen Wiltert und den vermeintlichen Brandstiftern Onno, Jeels und Krischan hin und her. Mit zerknirschter Miene wurden Entschuldigungen gemurmelt. Krischan schlug man wohlwollend auf die Schulter, und Onno wurde die Hand gereicht.

Jeels bekam von der Unruhe um ihn herum wenig mit. Er spürte wieder diese unbändige Wut in sich aufsteigen, mit der er schon einmal Wiltert gegenübergetreten war. Mit fast unmenschlicher Anstrengung gelang es ihm, ruhig zu bleiben.

»Benno, bei Fuß«, sagte er bestimmt, und mehr brauchte es nicht, um den zähnefletschenden Schäferhund von der Stelle zu bewegen.

Jeels tätschelte ihm liebevoll den Kopf. »Gut gemacht!«

Der Hund drängte sich eng an Jeels und begann, seine Wunde zu lecken, die zum Glück nicht tief zu sein schien.

Jeels kämpfte immer noch mit der Wut in seinem Herzen. Bewusst entfernte er sich ein Stück von der Menge. Er fühlte sich ausgelaugt und leer. Zu viel war geschehen in dieser Nacht. Nachdenklich schaute er zu den Sternen auf. Was trieb einen Menschen dazu, anderen den Tod zu wünschen? Welcher Zorn wütete in Wilterts Herz? Gab es eine Möglichkeit, ihm zu helfen? Wollte er überhaupt, dass diesem Kerl geholfen wurde? Im Augenblick würde er ihn mit Vergnügen erwürgen! Seine Augen suchten den Himmel nach Antworten ab. Die Sterne starrten zurück. Kalt, fast schon feindselig. Konnte es möglich sein, dass Gott dort oben in dieser Kälte wohnte? Als Kind hatte er sich den Himmel anders vorgestellt. Hell, warm und gold geschmückt. Doch im wahren Leben würde die Kälte dort oben manches erklären. Zumindest, dass ein Mensch so werden konnte wie Wiltert.

Dieser ließ sich vor Schmerzen stöhnend und ohne Widerspruch vom Vogt abführen. Er schien erleichtert, den scharfen Zähnen des Hundes entkommen zu sein. Im Triumphzug folgte die Menge ihnen.

Der Inselvogt waltete in dieser Nacht seines Amtes nicht gerne. Das merkte man ihm an.

»Du hast schwere Verbrechen begannen, über die der Richter urteilen muss«, sagte er mit tonloser Stimme zu Wiltert. »Sobald es möglich ist, werde ich dich zum Festland fahren lassen. Bis dahin wirst du im Turm bleiben müssen.«

Als Wiltert hörte, was mit ihm geschehen sollte, schrie er Zeter und Mordio. Es schien, als habe er völlig den Verstand verloren.

»Ich soll eingesperrt werden?« Seine Stimme überschlug sich fast. »Ihn musst du festsetzen!« Er wies anklagend auf Jeels. Dann wandte er sich zu den anderen um. »Begreift ihr denn nicht, dass er Böses über uns alle bringt? Wer hat die Fluten gelockt? Wer hat die Krankheiten auf die Insel gebracht? Alles Unglück kommt von ihm!«

»Von ihm?«, ereiferte sich der Bäcker. »Ja wer hat denn die Feuer gelegt und Mensch und Tier in tödliche Gefahr gebracht? Sollen wir dir etwa auch noch auf die Schulter klopfen und dankbar sein? Meinst du nicht, dass die meisten von uns dich am liebsten ins Meer werfen würden? Ich bedauere nur deine armen Eltern!«

Im Dorf angekommen, schickte der Vogt die Insulaner nach Hause. Einzig Jeels blieb bei ihm, als er sich mit Wiltert auf den Weg zum Gasthof machte. So sehr es Jeels auch widerstrebte, er musste sich überwinden und Wilterts Wunde versorgen. Als Arzt war das seine Pflicht. Um sich den Umweg zur Kate zu sparen, würde er an der Vogtei haltmachen. Dort gab es Verbandsmaterial, das er verwenden konnte.

Krischan war bereits zur Kate zurückgekehrt, um noch in der Nacht die Tiere zu Tedamöh zu bringen. Jeels würde später zu ihm stoßen. Diese Nacht taugte ohnehin nicht mehr zum Schlafen. Und morgen war Weihnachten! Jeels rieb sich mit der Hand die schmerzende Stirn.

Dem Inselvogt schmerzte der Kopf sicher kaum weniger als Jeels. Ihm fiel das bittere Los zu, Wilterts Eltern über den Brand und seine Ursache aufzuklären. Er tat sich nicht leicht damit, dem schockierten Gastwirt und seiner Frau gegenüberzutreten. Aber schließlich war alles gesagt. Am Verhalten der Wirtin erkannte Jeels, dass zumindest diese etwas geahnt haben musste. Sie schlug einfach nur die Hände vor das Gesicht und weinte. Dem Wirt dagegen stand das Entsetzen ins Antlitz geschrieben.

»Das kann doch nicht wahr sein«, rief er fassungslos. »Wiltert, sag, dass es nicht stimmt!«

Doch Wiltert blieb stumm. Der Wirt wandte sich an den Vogt. »Ich bitte dich, das muss alles ein furchtbarer Irrtum sein.«

»Dein Sohn ist ohne Zweifel der Täter. Ich habe es dir ja schon erklärt«, seufzte der Vogt mit schmerzlich verzogenem Gesicht. »Wir müssen ihn dem Richter übergeben. Und bis dahin werde ich Wiltert im Turm festhalten.« Jetzt war seine Stimme ganz amtlich.

»Bitte lass meinen Sohn zumindest bis zur Verhandlung hier bei uns bleiben. Ich werde achtgeben, dass nichts geschieht«, flehte der Gastwirt.

Wiltert hatte den Dialog mit verächtlichem Gesichtsausdruck verfolgt. Jetzt betrachtete er den Wirt angeekelt. Mit der Überführung als Brandstifter schien jegliche Maske von ihm abgefallen zu sein. Er ließ ein freudloses Lachen hören.

»Lass meinen Sohn hierbleiben«, äffte er die Stimme des Vaters nach. »Du hast doch überhaupt keinen Sohn!« Seine

Augen funkelten böse. »Ja, reiß nur das Maul auf. Ich bin nicht von deinem Blut! Eigentlich wollte ich diese gute Botschaft noch eine Weile für mich behalten. Aber warum soll ich mir nicht eine kleine Freude gönnen. Wo doch jetzt alle Welt gegen mich und für den Teufel ist. Und was dieses Weib hier neben dir betrifft«, fügte er mit wegwerfender Handbewegung in Richtung seiner Mutter hinzu. »Weißt du, dass sie eine Hure ist?«

Die Wirtin zuckte zusammen. »Was sagst du da?« Jegliche Farbe war aus ihrem Gesicht gewichen.

»Ja, eine Hure!«, tönte Wiltert triumphierend. »Da schaust du entsetzt, dass ich es weiß. Hast es mit dem Pastor getrieben. Das war noch ein richtiger Mann, der konnte Söhne zeugen. Nicht so ein Schwächling wie er hier!« Wiltert nickte zum Wirt hin.

Dessen Gesicht war jetzt totenbleich. Seine Frau sank mit einem Seufzer auf den nächsten Stuhl.

»Wiltert, wie hab ich dich all die Jahre geliebt!« Ihre Worte waren nur ein Hauch.

»So also denkst du über uns«, sagte der Wirt und legte seiner Frau schützend die Hand auf die Schulter. »Dabei haben wir all die Jahre versucht, dir gute Eltern zu sein. Aber wenn du meinst, einen Keil zwischen deine Mutter und mich treiben zu können, dann hast du dich geirrt. Es stimmt, du bist nicht mein Sohn. Der Pastor ist dein Vater. Glaub nicht, dass ich das nicht weiß. Deine Mutter und ich hatten niemals Geheimnisse voreinander. Im Gegenteil. Wir haben uns immer geliebt. Schon von Kindesbeinen an. Dem Pastor war das ein Dorn im Auge. Er hasste alles, was aus Liebe geboren wurde. Und so versuchte er uns auseinanderzubringen.

Er verging sich an deiner Mutter, eine Woche, nachdem wir das Aufgebot bestellt hatten. Dieser Mistkerl glaubte wohl, ich würde sie dann fallenlassen. Doch da kannte er mich schlecht!

In ihrer Not ist deine Mutter sofort zu mir gekommen. Ich habe keinen Moment gezögert, sie bei der Hand genommen und bin mit ihr auf schnellstem Weg zum Festland gefahren. Dort sind wir Mann und Frau geworden. Niemals hätte ich es diesem Teufel überlassen, die heilige Handlung vorzunehmen. Später bin ich zu ihm und habe ihm mit dem Tod gedroht, wenn er nur noch ein einziges Mal die Hand gegen deine Mutter erheben oder uns Steine in den Weg legen würde. Ich mag gutmütig aussehen, aber da unterschätzt mich mancher.« Er seufzte schwer. »Ach Wiltert, wir hatten so sehr gehofft, dass die Schlechtigkeit deines Vaters nicht auf dich kommen würde. Ich habe dich all die Jahre geliebt wie einen eigenen Sohn. Aber jetzt haben wir keinen Sohn mehr.« Trauer hatte sich in seine Stimme geschlichen.

Er half seiner Frau auf und legte seinen Arm um ihre Hüfte. »Komm, Liebes, wir haben einander, und das muss uns genügen.«

Ohne ein weiteres Wort verließen die beiden den Schankraum, und die drei Männer blieben alleine zurück.

Wiltert ballte die Hände zu Fäusten und starrte ihnen mit kreidebleichem Gesicht nach. Diesen Augenblick hatte er sich anders vorgestellt. Hasserfüllt glitten seine Augen zu Jeels. Seine Niederlagen, seine Demütigungen – alles ging auf das Konto dieses Mannes. Es musste ihm gelingen, diesen Satan zu vernichten!

Grimmige Entschlossenheit legte sich auf sein Gesicht. Jedes Mittel würde ihm recht sein. Er hatte ohnehin nichts mehr zu verlieren.

Jeels hatte noch in der Gaststube einen Blick auf Wilterts Bein geworfen, und ihm war wieder einmal bewusstgeworden, welch leidenschaftlichen Beschützer er in Benno besaß. Die Zähne des Rüden hatten eine tiefe Wunde gerissen. Sie musste genäht werden, und so beschloss Jeels seufzend, doch noch seinen Arztkoffer zu holen. Nachdem Wiltert sich seinen eigenen Eltern gegenüber so niederträchtig und unberechenbar verhalten hatte, wollte Jeels den Vogt allerdings nur ungern mit dem Gefangenen alleine lassen. So begleitete er die beiden Männer zum Turm und machte sich von dort aus auf den Weg zurück zur Kate.

Tief in Gedanken versunken schritt er durch die mondhelle Nacht. Wiltert hatte also, genau wie er, einen Ziehvater besessen. Der Wirt und seine Frau waren herzensgute Menschen, und sie hatten Wiltert geliebt. Er hätte trotz seiner Herkunft ein guter Mensch werden können. Und doch war es nicht so gekommen. Wiltert hatte sich anders entschieden.

Plötzlich stieg in Jeels eine Erkenntnis auf: Auch ihm stand es frei, sich zu entscheiden. Das Erbe der Van-Voss-Männer mochte unberechenbar sein und es flößte ihm auch immer noch Angst ein, aber dennoch konnte er der Mensch bleiben, der er war, zu dem Thomas Hanken ihn erzogen hatte. Es lag in seiner Hand, das Erbe anzunehmen oder auszuschlagen. Jeels sog tief die kalte Nachtluft ein und stieß sie langsam wieder aus. Trotz der schrecklichen Geschehnisse und trotz der tiefen Traurigkeit, die seit dem Abschied von Wemke sein ständiger Begleiter war, erfüllte ihn in diesem Moment tiefer Frieden.

Das Gefängnis der Insel war im Erdgeschoss des alten Turms untergebracht. Der Eingang befand sich an der Südseite: eine schwere Tür, die von außen verschlossen werden konnte. Das war auch gut so – zumindest in diesem Fall, befand der Vogt. Mit grimmiger Genugtuung schob er Wiltert, dessen Miene wie versteinert war, in den Raum. Dieser ließ sich sogleich auf einem der beiden wackeligen Stühle nieder. Außer diesen Möbelstücken gab es in dem Turmzimmer noch einen kleinen ausgesonderten Tisch sowie ein uraltes freistehendes Bett. Sonst deutete nichts darauf hin, dass hier jemals ein Mensch seine Zeit verbracht hatte.

Solange der Vogt zurückdenken konnte, war das Erdgeschoss kaum einmal zu seinem eigentlichen Zweck genutzt worden. Vor Jahren hatte einer der Arbeiter der Salzsiederei im Rausch einen Insulaner bedroht und zwei Nächte im Turm verbracht. Doch ansonsten ging es auf Wangerooge alles in allem eher friedlich zu. Um die Räumlichkeiten nicht brachliegen zu lassen, nutzten die Insulaner das Erdgeschoss zum Unterbringen von sperrigem Strandgut.

In dieser Nacht war der Vogt froh darüber, dass es auf der Insel ein Gefängnis gab. Die Kälte in Wilterts Augen ließ ihn erschaudern. Wer konnte schon wissen, wozu der Gastwirtssohn noch alles fähig war.

29

Wemke setzte sich mit einem Ruck im Bett auf. Sie hörte das Feuerhorn und wusste sofort, dass etwas Schreckliches passiert sein musste. Und im gleichen Augenblick überfiel sie die Gewissheit, dass dieser Vorfall mit Jeels zu tun hatte. Seit ihrer Begegnung am Strand war sie unruhig gewesen. Ihr Verstand hatte ihre Befürchtungen als Unsinn abgetan. Die Traurigkeit über den Abschied von Jeels und dem, was zwischen ihnen hätte sein können, brachte sie durcheinander. Und doch hatte sie die bösen Vorahnungen nicht ganz abschütteln können. Jetzt brachte das Feuerhorn die Bestätigung, dass ihre Gefühle sie nicht getrogen hatten.

Wemke schwang entschlossen die Füße aus dem Bett. Ihr Herz raste. Nackte Angst schien sich wie eine Fessel um sie zu legen. Jeels! Sie musste zu ihm, sofort. Musste sich überzeugen, dass er noch lebte. Alleine die Vorstellung, ihn nie mehr wiederzusehen, brachte sie fast um den Verstand. Und dabei hatte sie ihm gestern erst Lebewohl gesagt in dem Wissen, dass es genau so kommen würde, dass sich ihre Wege hier auf immer trennten. Jetzt, da sie ihn in Gefahr wähnte, erkannte Wemke, wie absolut unerträglich der Gedanke war, ohne ihn zu sein. Niemals würde sie damit leben können! Sie gehörten zusammen. Und daran konnten weder ihr Pflichtgefühl noch Konrads liebevolle Art etwas ändern. Sie würde sich dem stellen müssen. Wenn es noch die Möglichkeit dazu gab!

Ihre Hände zitterten und es gelang ihr kaum, das Kleid

überzustreifen. Doch endlich war es geschafft. Wemke trat auf den Flur und griff nach dem Mantel. Nun noch eine Laterne, dann konnte sie gehen.

Aus dem Nebenraum klangen Geräusche zu ihr herüber. Auch Konrad schien von dem Feuerhorn geweckt worden zu sein. Wemke hörte ihn stöhnen. Den Geräuschen nach zu urteilen stemmte er sich aus dem Bett. Wemke hörte den Stuhl, an dem er sich festhielt, über den Boden scharren. Hoffentlich wurde Freya davon nicht wach.

»Wemke!« Konrads Stimme rief laut und flehend nach ihr.

Sie ballte die Hände zu Fäusten. Nein! Dieses eine Mal würde sie ihm nicht helfen können. Sie musste gehen. Sofort!

Entschlossen griff Wemke nach der Laterne, doch da öffnete sich Konrads Schlafzimmertür. Wie ein verschrecktes Reh sah Wemke ihm entgegen. Dann schloss sie verzweifelt die Augen. Sie hatte zu lange gezögert.

»Wemke, hast du mich denn nicht gehört?«, keuchte Konrad.

Wemkes Gedanken rasten. Sie würde ihm sagen, dass sie fort musste. Würde ihn vertrösten auf später. Für Erklärungen blieb jetzt keine Zeit.

»Gerade wollte ich …«

»Du willst ins Dorf, das kann ich mir denken. Ich komme mit!« Seine müden Augen leuchteten entschlossen auf. »Wer weiß, was geschehen ist. Vielleicht können wir helfen. Aber alleine werde ich es nicht einmal schaffen, mich anzuziehen.« Seine Stimme klang verbittert. »Ich bin es so leid, auf Hilfe angewiesen zu sein. Was ist es nur, das mich so schwächt? Verdammt!«

Wemke zuckte zusammen. Sie hatte Konrad noch nie fluchen gehört.

Er ballte die Fäuste. »Wie kann ein Mensch nur über Wochen hinweg so müde sein? Als ob ich nicht längst des Schlafes und der Ruhe um mich herum überdrüssig wäre.«

Wemke spürte wieder die Ungeduld in sich aufsteigen. Sie fühlte sich hin- und hergerissen. Es blieb ihr nicht die Zeit für Konrads Verzweiflung. Alles in ihr strebte fort. Sie musste gehen, jetzt gleich. Nicht ins Dorf, sondern zu Jeels' Kate. Und doch schienen eiserne Ketten sie hier festzuhalten. Sie konnte diesen Mann nicht einfach im Stich lassen.

Mit aller Kraft konzentrierte sie sich darauf, Konrad zu antworten. »Es ist ja nicht nur die Müdigkeit, die dich schwächt. Du bist immer noch nicht ganz gesund, nicht fieberfrei. Irgendetwas steckt noch in deinem Körper und quält dich. Du musst Geduld haben. Und vor allem solltest du besser im Bett bleiben.« Wie ruhig ihre Stimme klang. Dabei bebte sie innerlich. Wemke schloss für einen Moment die Augen und betete, dass er es einsehen würde.

»Nein! Ich will nicht länger wie ein nutzloser Greis hier im Bett ausharren. Du wirst mir helfen, und ich werde die Zähne zusammenbeißen und ins Dorf gehen.« Noch nie hatte Wemke ihn so reden hören. Tränen glitzerten in seinen Augen.

»Entschuldige, meine Liebe.« Er streckte ihr die Hand entgegen. »Was mute ich dir zu. Fluche über meine Lage, als ob es nichts Wichtigeres gäbe. Aber du verstehst mich, nicht wahr?«

Wemke nickte. Sie wünschte, Konrad würde nicht gerade jetzt versuchen, sich gegen die Schwäche aufzulehnen. Doch er stand entschlossen vor ihr, um sich sogleich wankend wieder in einen Stuhl fallen zu lassen.

»Bitte hilf mir.« Seine Stimme bebte vor unterdrückter Verzweiflung. »Geh und wecke schon mal Hubert. Er soll uns begleiten. Und vielleicht Gerlind, damit sie auf Freya aufpassen kann. Und dann werden wir sehen, ob es etwas für mich zu tun gibt.«

Wemke wollte verzweifelt »Nein!« schreien. Stattdessen stieß sie einen tiefen Seufzer aus und tat, worum Konrad sie gebeten hatte.

Es dauerte lange, bevor der Badearzt in der Lage war, das Haus zu verlassen. Wemke fühlte sich fiebrig. Die Angst um Jeels ließ sie nicht mehr klar denken. Jeder Handgriff, jedes Wort entsprangen der Gewohnheit, ansonsten hätte sie nichts davon bewältigen können. Den Bediensteten Anweisungen erteilen, Gerlind rufen, Konrad stützen. All das tat Wemke ganz selbstverständlich, doch in ihrem Inneren war sie längst ganz woanders. Und ihr Kopf sang nur einen Namen: Jeels, Jeels, Jeels. Als könnte sie ihre Gedanken schon vorausschicken.

Kalte Luft schlug ihnen entgegen, als sie das Badehaus verließen. Der Mond hüllte alles in ein fahles Grau. Der Frost ließ Wemke bald jegliches Gefühl in den Händen verlieren. Ihr Körper schien zu Eis erstarrt, die Kleider boten keinen Schutz mehr, sondern waren nur eine kalte Hülle. Die Luft legte Haar und Haut einen feinen Mantel aus Salzkristallen an. Aber Wemke empfand die Gefühllosigkeit ihres Körpers in diesem Moment als Geschenk.

Das Horn war längst verstummt. Brandgeruch lag noch in der Luft, doch kein Feuer war mehr zu sehen. Der Brand schien gelöscht, doch wo war Jeels?

»Zur Kirche. In Unglücksfällen versammelt sich alles dort«, keuchte Konrad, der von Hubert gestützt wurde.

Doch beim Turm trafen sie nur auf den Inselvogt »Es ist keiner verletzt«, rief er ihnen entgegen und erzählte in wenigen Worten, was geschehen war. »Die Insulaner liegen sicherlich schon in ihren Nestern. Jeels wird gleich wieder hier sein. Er ist zur Kate zurück, um seinen Arztkoffer zu holen. Dieser Schweinehund da drinnen ist verwundet, und Jeels hat versprochen, ihn zu verarzten. Man kann ja selbst den Teufel nicht verbluten lassen.«

Wemke stand ganz still. Sie schloss für einen Moment die Augen und atmete tief durch. Jeels ging es gut. Er war mit dem Leben davongekommen. Für einen Moment fürchtete sie, die

Beine würden unter ihr nachgeben. Dann erst realisierte sie, dass Wiltert die Brände zu verantworten hatte. Ein Schauer lief Wemke über den Rücken. Das passte zu ihrer Einschätzung von dem Kerl. Wie gut, dass er jetzt gefangen war.

»Was für eine Nacht!«, seufzte der Vogt und fuhr sich erschöpft mit der Hand durchs Haar. »Da lebt man jahreslang neben so einem Menschen her und weiß gar nicht, was sich hinter der Hülle verbirgt. Das ist schon erschreckend. Ihr hättet erleben sollen, wie der mit seinen Eltern umgesprungen ist. Also, ich bin froh, wenn wir diesen Burschen auf dem Festland haben. Da liegt jetzt so was in seinen Augen, das mir unheimlich ist.« Er runzelte die Stirn. »Ich werde mich ihm nur noch bewaffnet nähern und niemandem erlauben, das Gefängnis alleine zu betreten. Ist viel zu gefährlich.«

»Ich werde Wilterts Behandlung übernehmen.« Konrad schien die letzten Sätze des Vogtes gar nicht wahrgenommen zu haben, so sehr war er darauf konzentriert, sich aufrechtzuhalten. Sein Atem rasselte wie nach einem langen anstrengenden Lauf, doch seine Stimme klang entschlossen. »Ein Arzt kann sich seine Aufgabe nicht aussuchen, und in diesem Fall bin ich gerne bereit, meine Pflicht zu tun, wenn ich Jeels van Voss damit einen Gefallen tue. Das bin ich ihm einfach schuldig!«

Der Inselvogt nickte überrascht. »Das wird er Ihnen zu danken wissen. Ich kann nicht sagen, dass ihm die Aussicht, diesen Halunken zu verarzten, Freude bereitet hat.«

»Wemke, kannst du Jeels diese Nachricht überbringen?« Konrad drehte sich mit bittender Miene zu ihr um. »Schaffst du es alleine bis zur Van-Voss-Kate? Ich würde Hubert gerne hierbehalten, damit er später mir nach Hause helfen kann. Und auch Sie, lieber Vogt, mit einer Waffe vor der Tür zu wissen, wäre tröstlich. Wer weiß, wozu dieser Kerl da drinnen imstande ist.«

»Ich kann auch meine Frau aus dem Haus rufen oder einen der anderen …«, begann der Vogt.

»Nein, ich kann alleine gehen«, sagte Wemke schnell. »Das ist überhaupt kein Problem.«

Sie griff nach der Laterne und machte sich auf den Weg. In Sichtweite der Männer zwang sie sich noch zu Ruhe und Gelassenheit. Mit weit ausgreifenden Schritten schlug sie den Pfad durch die Dünen ein. Als jedoch die ersten Hügel sie vor den Augen der anderen verbargen, zerbrach Wemkes mühsam aufrechterhaltene Fassade. Ihre Lippen bebten, und Tränen rannen über ihre Wangen. Sie begann zu rennen. Schneller und immer schneller, wie um die verlorene Zeit noch aufzuholen. Sie musste ihn einfach sehen, berühren, sich vergewissern, dass ihm auch wirklich nichts geschehen war! Wemke lief gegen den Wind an, als ginge es um ihr Leben.

Ihr tränenverschleierter Blick glitt über die gespenstische Insellandschaft. Wie Wolkenberge wirkten die Dünen im fahlen Licht des Mondes. Nirgends gab es einen Farbtupfer. Alles war formlos weiß. Wemke fühlte sich wie auf einem fremden Stern, und doch war da ein Ziel, auf das sie zusteuerte. Mit sicheren Schritten durchquerte sie die frostige Weite, und langsam wich die Eiseskälte aus ihrem Inneren. Gleich würde sie Jeels in die Arme schließen können.

Jeels war unendlich müde. Jeder Knochen im Leib tat ihm weh. Niemand hatte ihn bei der Kate erwartet. Krischan schien noch mit dem Vieh unterwegs zu sein. Tedamöh würde ihn auch nicht ohne eine gute Tasse Tee zurückschicken, so viel war sicher. Ein Tee wäre ihm jetzt auch recht gewesen, doch wohl oder übel musste er ins Dorf zurück. Seine Augen streiften bedauernd die Schlafbutze. Wie gerne würde er sich einfach nur ausruhen. Doch das musste noch warten. Mit grimmiger Entschlossenheit, die Schmerzen und die Müdigkeit unterdrückend, suchte Jeels zusammen, was er brauchte.

Er war nicht nur erschöpft von den Erlebnissen dieser Nacht. Der Schmerz in seinem Inneren rührte von der Trauer in seinem Herzen her, die ihn seit gestern nicht mehr hatte verlassen wollen. Nun, wo das Feuer gelöscht und der Täter gefasst und überführt war, wanderten seine Gedanken wieder zu Wemke. Sein Herz war ihm so schwer. Jeels seufzte tief auf und hielt einen Moment inne.

Dass jemand seinen Namen rief, nahm er zunächst gar nicht wahr. Als das Geräusch schließlich bis an sein Ohr vordrang, schrak er zusammen. Gerade noch hatte er an Wemke gedacht, und nun war sie es, die dort draußen nach ihm rief. Wieso war sie hier? Noch dazu ausgerechnet jetzt, da er sich so verletzlich fühlte.

Dann flog die Tür auf, und Wemke trat über die Schwelle. Ihr Haar hatte sich gelöst und hing ihr wirr über die Schultern. Er sah, dass sie geweint hatte. Sie sah ihn an, und er fühlte, wie Wärme in ihm aufstieg. Eine tiefe Zärtlichkeit lag in ihrem Blick. Jeels hielt den Atem an. Er wollte sich erklären, sagen, dass er ins Dorf zurück musste. Doch ein Windstoß ließ die Tür zuschlagen, und der Knall riss ihm die Worte von den Lippen.

Wemke tat einen Schritt auf ihn zu. Er erkannte in ihren Augen die Angst, die sie um ihn ausgestanden hatte. Als sei es das Selbstverständlichste von der Welt, huschte ihre Hand zu seinem Gesicht und wischte ihm einen Rußfleck von der Stirn.

Und plötzlich waren beide gefangen in diesem einzigartigen Augenblick. Die Stille um sie herum schien alle Empfindungen noch hervorzuheben. Die Dunkelheit, nur durchbrochen von dem flackernden Licht der Lampe, bot Raum für ein Feuerwerk aus Gefühlen. Sanft streckte Jeels seine Hand aus und strich ihr über die Wange und das seidig weiche Haar. Sie drehte ganz leicht den Kopf und drückte ihre Lippen auf die Innenfläche seiner Rechten.

Das Feuer, das Brausen des Windes, die Geräusche der Brandung – all das schien sehr weit fort. Sie waren gemeinsam an einem anderen Ort, zu dem niemand außer ihnen Zugang hatte. Für diesen Moment, für diese kurze Ewigkeit. Beide wussten um die Gefühle des anderen, obwohl sie nie darüber gesprochen hatten. Ihre Augen sagten mehr, als die Lippen jemals preisgeben konnten.

Und als dann nicht nur ihre Augen und Hände, sondern auch ihre Lippen sich fanden, da schienen ihre Gefühle über ihnen zusammenzuschlagen wie Wellen während eines Sturms. Wärme floss durch ihre Körper, vertrieb alle Angst, alle Traurigkeit, und die tödliche Kälte, die beide seit dem Abschied am Strand erfüllt hatte, wich.

Die Worte kamen aus Wemkes Mund, als hätten sie nur darauf gewartet, endlich ausgesprochen zu werden: »Ich liebe dich!«

Jeels holte tief Luft und atmete dabei den süßen Duft ihres Haares ein. »Ich liebe dich auch. Wemke, ich will nie wieder ohne dich sein. Bitte komm mit mir nach Bremen. Lass uns gemeinsam ein neues Leben anfangen.«

Wemke senkte den Blick und schwieg. Jeels krampfte sich das Herz zusammen. Er glaubte, ihre Antwort zu kennen, und eine schreckliche Leere breitete sich in ihm aus.

»Ich werde mit dir kommen.« Ihre Worte waren nur ein Flüstern, kaum zu verstehen, doch augenblicklich füllten sie die Leere in Jeels' Herz aus und ließen dort für nichts anderes mehr Platz.

30

Strandgut übte auf die meisten Bewohner Wangerooges einen großen Reiz aus. Woher kamen die Schätze, die das Meer auf den Strand warf? Welches Schicksal hatte gerade diesen oder jenen Gegenstand auf ihre Insel gebracht? Geschichten wurden um die einzelnen Fundstücke gesponnen und boten Kurzweil an den langen Winterabenden. Was zu schade für das Meer war, aber auch keine augenblickliche Verwendung an Land fand, wurde im Erdgeschoss des Turms gelagert. Dort fand man Wrackgut, Trümmerteile oder sonstige Dinge, die vom Meeresgrund heraufgebracht worden waren. Dazwischen war Platz für unzählige Steine, Muscheln und glattgeschliffenes Glas.

Es war daher nicht verwunderlich, dass der Badearzt bei seinem Eintreten Wiltert inmitten all der angehäuften Schätze fast übersehen hätte. Er hockte auf einem der Stühle, das verletzte Bein auf einem Stapel Holz hoch gelagert. Auf dem Tisch standen eine Lampe, ein Krug mit Wasser, eine Waschschüssel und ein Teller mit einem Kanten Brot. Der Raum wurde nur erhellt von der Petroleumlampe, in deren Schein die verschiedenen Gegenstände gespenstische Schatten warfen. Die beklemmende Atmosphäre wurde durch den heftiger werdenden Wind, dessen Heulen hier im Turm unheimlich klang, noch verstärkt.

Wiltert blickte dem Eintretenden herausfordernd und mit einem gewissen Trotz entgegen. Sein Gesicht war schneeweiß, aber in den Augen lag ein merkwürdig kalter Glanz.

»Sieh an! Sogar unser hoch geschätzter Badearzt ist aus seinem Bett gekrochen, um mir seine Aufwartung zu machen.« Er lüftete einen nicht vorhandenen Hut. »Wie rührend. Und seinen Hofstaat hat er auch mitgebracht.« Höhnisch funkelte er Hubert und den Vogt, die hinter Dr. Hoffmann den Raum betraten, an. »Bin ich urplötzlich so gefährlich, dass ihr Holzköpfe ihm Geleitschutz geben müsst? Glaubt ihr vielleicht, ich würde ihm unversehens an die Gurgel springen, oder was?«

»Hör auf, dich aufzuspielen«, sagte der Vogt ruhig. »Dr. Hoffmann ist so freundlich, dich verarzten zu wollen. Da brauche ich Jeels van Voss nicht mehr zu bemühen. Das wird er zu schätzen wissen, denke ich.«

Bei der Nennung von Jeels' Namen stieß Wiltert einen knurrenden Laut aus. Dann schlich sich etwas Lauerndes in seinen Blick.

»Er brütet schon wieder irgendeine Teufelei aus«, ging es dem Vogt durch den Sinn. Wie gut, dass sie ihn hinter Schloss und Riegel gebracht hatten. Nun konnte er wenigstens keinen weiteren Schaden anrichten.

»Ihr könnt mir eine weitere Lampe bringen und mich dann mit ihm alleine lassen. Dieser Mann ist auf mich angewiesen und wird sich hüten, mich anzugreifen.« Der Arzt ließ sich auf dem zweiten Stuhl in Wilterts Nähe nieder. Er sackte für einen Moment in sich zusammen und schloss stöhnend die Augen. Dann fasste er sich wieder. »Mir liegt daran, die Wunden rasch zu versorgen. Noch habe ich die Kraft dazu.«

Mit merklichem Unwillen entfernte sich der Vogt. »Wir warten vor der Tür, bis Sie fertig sind. Ein Ruf genügt, und ich bin wieder drinnen!«

An den Schweißperlen, die sich auf der Stirn des Arztes sammelten, war erkennbar, welche Anstrengung dieses Unterfangen ihn kostete. Nur mit Mühe überwand er einen erneuten Schwächeanfall. Dann griff er entschlossen nach seiner Tasche.

»Sie sehen mehr tot als lebendig aus«, bemerkte Wiltert ohne eine Spur von Mitleid. »Schafft die junge Braut Sie so sehr?«

Dr. Hoffmann rückte die Lampe zurecht, bückte sich über das hoch gelagerte Bein seines Patienten und zog es mit einer ruckartigen Bewegung näher zu sich heran. Wiltert schrie auf. Für einen winzigen Moment legte sich ein Ausdruck der Genugtuung auf die Züge des Arztes. Von diesem Kerl würde er sich nicht beleidigen lassen.

»Na, zumindest wirst du jetzt nicht davonlaufen können«, sagte er trocken und fingerte in seinem Koffer nach Utensilien und Verbandsmaterial.

Wiltert schoss wütende Blicke auf den Älteren. »Ihnen wird das Lachen noch vergehen. Ihr junges Liebchen wartet doch nur darauf, dass Sie ins Gras beißen.« Ein listiger Ausdruck huschte über Wilterts Gesicht. »Wer weiß, vielleicht sind Sie gar nicht wirklich krank. Was, wenn Ihre Schwäche willentlich herbeigeführt ist? Die Kleine legt Sie mit Hilfe ihres Liebhabers lahm, um Ihren gierigen Fingern zu entkommen.«

Der Arzt arbeitete konzentriert und ließ sich von Wilterts Worten nicht beirren. Diesen stachelte das scheinbare Desinteresse des Älteren nur noch mehr an. Es war, als spüre er den Schmerz, den Nadel und Faden ihm bereiteten, gar nicht.

»Wissen Sie, wer ihr Liebhaber ist?«

Die Nadel rutschte seitlich ab, und Wiltert schrie auf. Für einen Moment schien es, als wolle er sich doch noch an seinem Helfer vergreifen. Doch dann ließ er sich keuchend zurücksinken.

»Ha, Sie hören mir also doch zu. Ist wohl neu für Sie, dass Ihre Frau Ihnen Hörner aufsetzt.«

Dr. Hoffmann gab keine Antwort. Eine Weile herrschte Schweigen. Der Arzt arbeitete verbissen weiter. Er wollte diese Arbeit möglichst schnell hinter sich bringen. Wollte fort von hier, fort von den Lügen und dem Gift in Wilterts Stimme.

Und er musste sich ausruhen, unbedingt. Mehr und mehr zitterte die Hand, die den Faden führte. Doch schließlich war der letzte Stich getan. Gekonnt verband der Arzt das Bein. Dann richtete er sich seufzend auf. Sein Gesicht war grau, und er schien um Jahre gealtert.

»Es ist geschafft. Auf deinen Dank, der ohnehin nicht kommt, will ich gerne verzichten.« Mühsam stand der Ältere auf.

»Warten Sie!« Wilterts drängende Worte ließen den Arzt herumfahren. Der Jüngere stemmte sich hoch und die Männer standen einander Auge in Auge gegenüber. »Eins will ich Ihnen noch mitgeben, damit Sie auf Ihrem Nachtlager auch was zum Nachdenken haben: Der Liebhaber Ihrer Frau, das ist dieser rothaarige Teufel. Ein Quacksalber, genau wie Sie. Und ich sage Ihnen noch was: Er kann zaubern! Ich weiß es. Nur so lässt es sich erklären, dass Ihr schönes Weib sich ihm hingibt.« Wilterts Augen funkelten und seine flüsternde Stimme klang beschwörend. »Es ist keine Lüge! Ich hab die beiden mit eigenen Augen gesehen. Am Strand haben sie es miteinander getrieben. Nicht weit vom Badehaus entfernt. Sozusagen direkt vor Ihren Augen. Schamlos hat sie ihr Kleid geöffnet, das Haar gelöst und ihre Fesseln gezeigt. Wer wollte da schon widerstehen? Auch ich habe kurz überlegt. Aber eine Hure des roten Teufels fass ich mit der Heugabel nicht mehr an.« Wiltert war derart in seine Fantasien versunken, dass er den immer starrer werdenden Blick des Arztes nicht einmal bemerkte. Erst als ein heftiger Schlag ins Gesicht seinen Kopf ruckartig zur Seite fliegen ließ, erwachte Wiltert aus seiner Entrücktheit und schrie vor Schmerzen auf. Fassungslos sah er in das wutverzerrte Gesicht des Arztes.

»Ich lasse meine Frau nicht länger beleidigen. Behalt deine schmutzigen Lügen für dich.« Schwer atmend taumelte Dr. Hoffmann zur Tür.

»Na was denn?« Wiltert hielt sich die gerötete Wange. »Eine Hand wäscht die andere. Du hilfst mir, und ich helfe dir. Du Pfuscher solltest lieber froh sein, dass ich dir die Augen geöffnet habe. Unser Liebespaar wartet doch nur noch darauf, dass du den letzten Seufzer tust. Jetzt bist du gewarnt und kannst ihnen einen Strich durch die Rechnung machen. Das wird mir eine kleine Genugtuung sein.«

»Macht auf, es ist alles getan«, schrie der Arzt laut und verschwand ohne ein Wort.

Um Wiltert herum wurde es still. Eine kleine Weile blieb er reglos auf seinem Stuhl sitzen. Wie hatte es nur geschehen können, dass er in diesem elenden Loch hockte und nicht heraus konnte? Er lachte bitter auf. Dabei besaß er einen Schlüssel für diese Turmkammer. Wenn er ihn nur eingesteckt hätte! Jetzt lag er nutzlos in seinem Zimmer in der Gaststube.

Wiltert seufzte. Alles war schiefgelaufen, sein hochfliegender Plan geplatzt. Ein angenehmes Leben hatte er hier führen wollen, doch diese Möglichkeit gab es nicht mehr. Dabei hing er mit jeder Faser seines Herzens an Wangerooge. Deshalb hatte er all die Jahre auf den Tod des Stiefvaters gewartet und ganz bewusst den großen Augenblick hinausgeschoben. Und natürlich, um diesem in die Schuhe zu schieben, was ein anderer getan hatte.

Wieder und wieder war er zum Turm geschlichen, hatte sich hier verborgen, um in Gedanken schon zu erleben, was einmal sein würde. Er sah sich schon als Besitzer des Gasthofes, Erbe eines großen Vermögens. Im geheimen Versteck warteten nicht nur Schmuck und Gold auf ihn, sondern auch Urkunden, die ihm den Besitz von Ländereien zusicherten.

Mehr und mehr würde er die Insel Wangerooge für sich vereinnahmen. Die Zeit der Hofrätin wäre vorbei und er an ihrer Stelle der ungekrönte König des Inselreiches. Sein Erbe würde ihm den Weg ebnen. Woher der Reichtum kam, würden sich die Insulaner fragen und den toten Wirt verdächtigen, sich in all den Jahren unrechtmäßig bereichert zu haben. Sollten sie doch! Ein Toter konnte sich nicht mehr gegen Unrecht wehren. Er, Wiltert, wäre ein gemachter Mann.

Jetzt aber war plötzlich alles anders. Und daran trug nur dieser rothaarige Teufel die Schuld. Wiltert ballte die Hände. Wenn dieser Kerl nur hier wäre! Jeden Knochen im Leib würde er ihm brechen.

Doch niemand war da. Nicht einmal *sie*! Er hatte mit den Augen alles abgesucht, ohne Erfolg. Vor einigen Tagen hatten die Insulaner Treibholz eingelagert. Wenn sie nun dem sperrigen Strandgut hatte weichen müssen? War sie etwa dem Meer übergeben worden? Nein, das würde niemand wagen! Oder doch? Fiebrige Hitze schoss ihm durch die Glieder. Wenn sie fort war, dann war er verloren! All die Jahre des Wartens, all die Träume, umsonst. Er stöhnte auf und barg seinen Kopf in den Händen. Fast schien es, als ob sein Geist in Dunkelheit versinken wollte. Wiltert glaubte Stimmen zu hören, die ihn verhöhnten, Fratzen zu sehen, die ihn auslachten. Doch dann merkte er, dass es nur der Wind war. Er heulte um den Turm. Wiltert presste die Hände auf die Ohren und verharrte einige Zeit zusammengekauert. Das Wetter schien sich mit den Insulanern verbündet zu haben und ihn zu verhöhnen.

Hass stieg in Wiltert auf. Er wünschte sich plötzlich, die ganze verdammte Insel mit allen Menschen darauf würde im Meer versinken. Wenn er fort musste, dann sollten auch die anderen nicht bleiben dürfen. Eine heftige Böe ließ ihn erneut die Ohren verschließen. Was für ein schreckliches Gefühl, bei diesem Wetter hier im Turm eingesperrt zu sein. Seine Hände begannen in einem wilden Rhythmus auf den Holztisch zu schlagen. Raus! Er wollte hier raus! Doch nichts geschah, niemand hörte ihn.

Wiltert atmete tief ein und versuchte, sich zu beruhigen. Er hob den Kopf und konzentrierte sich auf das Licht der Lampe. Er durfte jetzt nicht wahnsinnig werden, sich nicht zermürben lassen. Den Gefallen würde er ihnen nicht tun! Wiltert straffte die Schultern. Was konnten ihm diese verdammten Inselratten und dieses elende Turmloch schon anhaben? Er war im Recht, und noch gab es Hoffnung auf Freiheit für ihn. Er musste *sie* finden, und dann würde er die Insel verlassen.

Doch nicht, um dem Richter ins Gesicht zu sehen. Grimmig lachte Wiltert auf. Weiß Gott, dazu würde es nicht kommen! War er nicht der Sohn seines Vaters? Es gab Möglichkeiten für ihn, von denen der Vogt nichts wusste. Der Vogt ahnte ja nicht einmal, auf welchem Pulverfass er saß.

Damals, in seiner Kinderzeit, war er oft mit dem Vater hier gewesen. Wiltert schloss die Augen, und unversehens fühlte er sich zurückversetzt in jene Zeit. Sah den Triumph auf dem Gesicht des Predigers, spürte aber mehr noch, wie die Wärme ihn umfing, die von *ihr* ausging. Immer hatte sie rechts neben der Tür gestanden und auf ihn gewartet. Damals hatte keiner der Insulaner je den Mut besessen, sie zu berühren, geschweige denn ihren Standort zu verändern. Sie blieb auf der Insel als Mahnung an alle, dass der falsche Glaube und der Verstoß gegen die Gebote das Höllenfeuer nach sich zogen. Keiner der Insulaner wusste, dass der Prediger seinen ganz eigenen Grund hatte, sie nicht dem Meer zu übergeben.

Auf dem Sterbebett hatte er den Schlüssel zur Tür des Turms seinem Sohn übergeben. Es war nicht der einzige Schlüssel. Auch der Vogt konnte sich Einlass verschaffen. Aber von dem Schlüssel des Predigers wusste niemand.

In den Jahren danach hatte es Wiltert immer wieder zu ihr getrieben. Er hatte den Schatz gepflegt, ihn durch kleine Diebereien noch gemehrt und, in dem Bewusstsein, dass sie kommen würde, auf seine Zeit gewartet.

Sein Vater hatte in seiner Gier, immer mehr zu horten, zu lange gewartet. Irgendwann war es zu spät gewesen. Er hatte seine Träume mit ins Grab genommen.

Wilterts Hände umklammerten die Stuhllehnen, bis die Knöchel weiß hervortraten. Er musste sich Gewissheit verschaffen, ob sie noch hier war.

Vorsichtig hievte der Gefangene sich aus dem Stuhl. Die Wunde brannte wie Feuer. Übelkeit stieg in ihm auf, doch Wiltert biss die Zähne zusammen. Er nahm einen alten Holzstab zur Hilfe und tastete sich vorwärts. Immer wieder musste er keuchend innehalten. Die Schmerzen brachten ihn einer Ohnmacht nahe. Dieser verdammte Köter! Er würde dran glauben müssen, genauso wie Jeels van Voss, und wenn es seine letzte Tat auf der Insel wäre. Doch jetzt war keine Zeit für Rachegedanken. Er musste sie finden!

Wiltert durchsuchte Stück für Stück den Raum. Er kroch auf Händen und Füßen umher, und Flüche begleiteten sein Tun. Dann, endlich, leuchteten seine Augen auf.

Verhängt mit einem stockfleckigen Laken stand sie verborgen hinter einem Haufen alter Netze und einem Berg aus Treibholz. Das Licht der Lampe gab dem aufgetürmten Strandgut ein seltsam bedrohliches Aussehen. Es erinnerte Wiltert an einen alten Mann, der das Heiligtum bewachte und ihm mit einer Waffe drohte. Sein Herz klopfte wie wild, doch dann trat ein belustigtes Grinsen auf sein Gesicht. Wiltert schüttelte über sich selbst den Kopf. Wie konnte man sich nur so narren lassen! Bei dem Kopf des Schatzhüters handelte es sich um einen alten Hummerkorb, der auf dem Holzstoß thronte. Algen und Muscheln ließen ihn wie ein Gesicht mit Mund, Nase und Augen aussehen. Die Waffe war nichts weiter als ein langer Holzstab, der aus dem Stapel ragte.

Als ob an den Kindermärchen etwas dran wäre! Früher hatte er sich noch beeindrucken lassen, wenn die Alten ihre

Geschichten von den Götterwächtern Odins, geschaffen aus Treibholz, zum Besten gaben. Alles Hirngespinst! Es gab nur eine Göttin, die für ihn zählte. Und sie hatte er nun gefunden!

Ein triumphierendes Lächeln stahl sich auf Wilterts Gesicht, als er das Laken zur Seite warf und seine Hände über den behauenen Findling gleiten ließ. Der Stein war kalt, doch von dem Gesicht der Statue ging eine Liebe aus, die bis in sein Innerstes drang und ihn wärmte. Erleichtert lehnte Wiltert für einen Moment seinen Kopf an den Stein. Dann trat er einen Schritt zurück und ließ seine Augen über die Gestalt gleiten. Sie war lebensgroß. Eine stehende Frauenfigur, eingehüllt in einen weiten, mit großem Kragen versehenen Mantel. Die Gestalt trug eine Haube, nicht unähnlich denen der Insulanerinnen. An ihrer rechten Seite war ein Horn des Überflusses dargestellt, aus dem Obst quoll, und an der linken Seite ragte ein Ruder aus dem Mantel. Wilterts Hände fuhren liebevoll über die Inschrift: *Neeltje Jans*. Wie ihn dieses heidnische Wesen faszinierte! Sie war die Göttin der Nordsee und Hüterin der Schiffer.

Für seinen Vater hatte sie nicht mehr dargestellt als einen guten Hort für das Diebesgut eines christlichen Priesters. Zumindest hatte er das immer behauptet. Obwohl Wiltert ein kleiner Junge gewesen war, konnte er sich noch genau an den Tag erinnern, als der Pastor die Statue der Meeresgöttin nach dem Tod eines uralten Insulaners in dessen Kate entdeckt hatte. Wochenlang hatten die Menschen seinen Predigten über den Götterglauben und das Höllenfeuer lauschen müssen und waren zur Umkehr beschworen worden. Fasziniert hatte er als Kind die Geschehnisse verfolgt. Eine seltsame Anziehungskraft war immer schon von der Göttin ausgegangen. Er hatte sich gefragt, welche Macht sie besaß, dass selbst ein Geistlicher sie zu fürchten schien? War es die Wärme, die sie ausstrahlte, die Güte auf ihrem Gesicht, die allen galt? Diese Göttin war das

Gegenstück zu seinem Vater, seine Nebenbuhlerin. Fürchtete er deshalb ihre Macht und verbannte sie in den Turm?

Angeblich hatten die anderen Insulaner von dem ganz eigenen Altar des verstorbenen Fischers, dessen Herzstück die Statue gewesen war, nichts gewusst. Mit unnachgiebiger Härte hatte sein Vater nach der Herkunft der Gottheit geforscht. Nur zögernd war ihm Auskunft erteilt worden.

Schon vor mehr als hundert Jahren habe man bei eintretender Ebbe nach einer stürmischen Brandung Trümmer von Säulen und Altären heidnischer Götter gefunden. Woher sie gekommen waren, wusste niemand zu sagen. Der damalige Prediger ließ das heidnische Strandgut weit hinaus aufs Meer bringen. Einem Vorfahren des verstorbenen Insulaners jedoch war es mit der Hilfe seiner beiden Söhne gelungen, heimlich eine Statue in seine Fischerkate zu schleppen.

Warum hatte sein Vater die Figur nicht zerstört? Diese Frage war ihm als Kind immer wieder durch den Sinn gegangen. Eines Nachts war er einer einsamen brennenden Fackel bis zum Turm gefolgt. Zu seiner großen Verwunderung hatte er den Prediger dabei beobachten können, wie dieser die Tür aufschloss und sich für einige Zeit im Turm aufhielt. Damals hatte er sich in seiner Fantasie ausgemalt, wie der Gottesmann mit der weiblichen Göttin rang, und er hatte sich gefragt, ob der Prediger immer Sieger blieb. Dann wieder war es ihm gewesen, als ob sein Vater selbst die Göttin verehrte und Sehnsucht nach der Sanftmut und Güte in ihrem Antlitz hatte. Da war dieser selige Gesichtsausdruck, wenn er den Turm wieder verließ.

Doch beide Vermutungen hatten sich als falsch erwiesen. Denn eines Tages war ihm unverhofft das Geheimnis der Figur offenbart worden. In jener Nacht war er wieder einmal heimlich der Fackel gefolgt. Der Prediger hatte die Tür aufgeschlossen, war dann aber wieder in der Dunkelheit verschwunden. Wiltert nutzte die Gelegenheit, um sich in den

Raum zu schleichen und ein Versteck zwischen dem Strandgut zu suchen. Nur kurze Zeit später kehrte der Geistliche zurück, doch er war nicht alleine gewesen. Wiltert schoss noch heute das Blut ins Gesicht, wenn er daran dachte, was sein Vater mit der jungen Magd, die ihm den Haushalt führte, getrieben hatte. Er hatte sich durch einen Laut verraten, und das Herz war ihm aus Angst vor der Wut des Pastors in die Hose gerutscht. Doch der erwartete Zornesausbruch kam nicht. Es schien, als ob das Wissen um einen Beobachter die Wollust des Priesters noch steigerte. Auch später, als die Frau weinend gegangen war, hatte der Pastor ihn nicht gestraft oder sich an ihm vergriffen. Im Gegenteil. Der Geistliche wusste oder ahnte wohl damals schon, dass er sein Sohn war, und hatte ihn zu seinem Vertrauten gemacht. Noch in der gleichen Nacht war er in das Geheimnis der Statue eingeweiht worden.

Die Steinfigur barg in ihrem Inneren einen Hohlraum, und in diesem hortete der Kirchenmann besondere Schätze.

»Die Toten fragen nicht mehr nach ihrem Schmuck und Geld«, hatte der Geistliche ihm später erzählt. »Und die Hinterbliebenen tun gut daran, nicht gerade den Prediger des Diebstahls zu beschuldigen.«

Und so hatte sein Vater nach und nach ein Vermögen angehäuft. Nicht zuletzt durch den Tod Reemke van Voss'. Auch davon hatte er ihm erzählt. Zu der Zeit hatten sie sich gemeinsam an dem irdischen Reichtum ergötzt, und der Prediger hatte den Sohn in seine Pläne eingeweiht. Er würde das Vermögen dazu nutzen, sich alsbald auf dem Festland den Platz, der ihm zustand, zu erkaufen. Er wollte eine große Rolle in der Kirchenwelt spielen, glaubte, dass wichtigere Aufgaben auf ihn warteten, als dummen uneinsichtigen Insulanern den Glauben zu predigen oder in den Leib zu prügeln. Doch für ein solches Unterfangen brauchte es den nötigen Mammon. Und auch Wiltert würde nicht leer ausgehen, das versprach er dem Sohn.

Wie lange das alles her zu sein schien. Beim Eintauchen in die Vergangenheit hatten Wilterts Hände auf der Figur verharrt, doch nun ließ er die Finger seiner Rechten zu dem Füllhorn gleiten. Er umfasste einen steinernen Apfel und zog mit sanfter Gewalt daran. Die Frucht glitt zur Seite, und eine faustgroße Öffnung wurde sichtbar. Vorsichtig glitt seine Hand in das Innere. Mit leuchtenden Augen begutachtete er die Schätze, die seine Finger ertasteten und hervorzauberten. Goldmünzen, Schmuckstücke, ein Medaillon an einer Kette.

Einer inneren Regung folgend streifte er sich den Schmuck über. Verborgen unter seinem Hemd schien das Medaillon Wärme zu verströmen. Genussvoll seufzte Wiltert auf. Er griff nach einem Ring, schob ihn sich auf den Finger und beobachtete fasziniert, wie die Edelsteine, mit denen er besetzt war, im Licht der Lampe aufleuchteten.

Das tiefe Rot der Rubine erinnerte ihn an Blut. Ja, er würde den Schatz notfalls mit seinem eigenen Blut verteidigen. Das hatte er sich schon damals geschworen, als ihm klarwurde, dass Jeels der Erbe eines Großteils dieses Vermögens war. Zum Glück wusste der Kerl nichts von den Reichtümern und dem rechtmäßigen Anspruch, den er darauf hatte. Doch ließ ihn die Tatsache einmal mehr zum Gegner werden. Es gab genügend Gründe, warum er diesen Knochenflicker von der Insel vertreiben musste.

Das Glitzern des Edelsteins schien Wiltert wie ein Versprechen. Vorfreude erfüllte ihn. Der Zeitpunkt der Rache würde kommen. Und er würde vorbereitet sein.

Wieder ließ Wiltert die Hand in das Versteck gleiten. Nach einigem Herumtasten zog er einen Beutel hervor und hielt ihn gegen das Licht. Er öffnete die Bänder, und eine Pistole kam zum Vorschein. Gut gepflegt von ihm, wann immer er die Göttin aufgesucht hatte. Es war die Waffe seines Vaters. Sie würde ihm zur Flucht verhelfen.

Wilterts Finger tasteten in dem Beutel nach den Reinigungsutensilien. Alles war vorhanden. Er versteckte den Schmuck und das Gold wieder in der Steinfigur. Mit dem Beutel in der Hand kehrte Wiltert vorsichtig zum Tisch zurück. Die Nacht war noch lang. Seine Finger glitten über die Flasche mit dem Waffenöl. Er hatte Zeit genug, den Schlitten, die Führung und alle anderen beweglichen Teile zu reinigen.

Der Wind, der immer stärker um den Turm pfiff, klang wie ein wild jaulender Wolf, doch diesmal erschreckten die Geräusche Wiltert nicht. Er spürte, wie ein Gefühl unglaublichen Triumphes in ihm aufstieg. Seine Selbstsicherheit kehrte wieder. Er würde es schaffen!

Das Pochen seiner Wunde brachte Wiltert in die Realität zurück. Stöhnend lagerte er sein Bein hoch. Bei der Suche nach der Statue hatte er die Schmerzen kaum mehr gespürt, doch nun wurde ihm bewusst, dass er nicht sogleich sein Vorhaben in die Tat umsetzen konnte. Es brauchte Zeit. Das Wetter schien ihm jetzt wie ein Verbündeter. Solange der Wind so stark blies, würde die Fähre nicht verkehren, und das verschaffte ihm eine Atempause. Er wandte seine Aufmerksamkeit wieder der Waffe zu. Sie war der Schlüssel zur Freiheit, und das gehortete Vermögen würde alle anderen Türen und Tore öffnen.

31

Schon am frühen Morgen des 24. Dezember türmten sich über der Insel schwarze Wolken aufeinander und verdeckten bald den Himmel. Der kalte Wind, der den Insulanern nachts um die Ohren geblasen hatte, wurde zum Sturm und peitschte das Meer auf.

Während Krischan den Brandplatz aufräumte, war Jeels kaum in der Lage, etwas halbwegs Vernünftiges zu tun. Zu sehr hielten ihn die Gedanken an Wemke davon ab. Seit gestern war alles anders! Sie würde die Insel und ihren Mann verlassen und mit ihm gehen. Er musste sich auf die Lippen beißen, um einen Freudenschrei zu unterdrücken. Alles würde gut werden. Er schloss die Augen und spürte ihre zarte Hand auf seiner Wange, spürte ihre Wärme und Stärke. Sie würde einen Weg finden, sich im Guten von Konrad zu trennen. Es musste einfach so sein. Sie würden glücklich werden, bald schon.

Für einen Moment glaubte Jeels wieder das Salz ihrer Tränen auf seinen Lippen zu schmecken. Gestern, als er sie gehalten und Wemke den Kopf an seine Schulter gelegt hatte, war ihm die Frage, ob ihr Tun falsch sei, nicht in den Sinn gekommen. Denn wenn was sie empfanden falsch war, was um alles in der Welt konnte dann richtig sein?

Ein Geräusch riss Jeels aus seinen Träumen. Jetzt erst wurde ihm wieder bewusst, wie stark der Wind zugenommen hatte. Als Krischan die Tür öffnete, riss ihm eine Böe die Klinke aus der Hand und fuhr ins Haus. Das Glas im Schrank klirrte und die Balken über ihnen knarrten. Mit aller Kraft drückte Krischan die Tür zu und sperrte den Sturm wieder aus.

»Tja, Jeels, der Stall ist einmal gewesen. Da werde ich mir im Frühjahr wohl was einfallen lassen müssen. Gut, dass Tedamöh die Tiere genommen hat.«

»Um die Tiere mache ich mir weniger Sorgen. Hoffentlich beruhigt sich die See wieder, sonst fürchte ich um die Häuser in Nähe der Dünen.«

»Wir hatten schon öfter so ein Wetter.« Krischan griff gelassen nach dem Teekessel. »Wenn es schlimmer wird, dann werden sie die Häuser abbrechen müssen. Baumaterial ist schwer zu kriegen. Aber vielleicht haben wir diesmal Glück. Der Herrgott wird es doch wohl nicht an Weihnachten auf uns abgesehen haben.«

»Dein Wort in Sein Ohr«, sagte Jeels zweifelnd.

Er hatte für seine Freunde kleine Geschenke mit dem Schiff vom Festland kommen lassen. Doch vor Tagen schon hatte Krischan ihn darüber informiert, dass auf Wangerooge am Weihnachtstag keine Gaben verteilt wurden und auch kein Festessen anstand. Über Jeels' Verwunderung konnte er nur den Kopf schütteln.

»Am 24. Dezember hat doch das Jesuskind Geburtstag. Da geht es doch nicht an, dass wir Erdenkinder ›Hier!‹ schreien. Dafür ist der Tag zu heilig. Zumindest finden wir Insulaner das.«

Hier mischte Onno sich in das Gespräch ein. »Aber Jeels, am 2. Weihnachtsabend, da sind wir an der Reihe. Es gibt Geschenke, und du sollst mal sehen, was alles Leckeres aufgefahren wird. Die ganze Inselgemeinde ist auf den Beinen und kommt in der Kirche zum festlichen Schmausen zusammen.« Voller Vorfreude hatte der Junge sich die Hände gerieben.

In diesem Jahr stürmte es so heftig, dass die Kinder allesamt ganz zappelig wurden und sich Sorgen um den Überbringer der Geschenke machten. Die Alten erzählten ihnen wie jedes

Jahr, dass der Heilige Christ den Stephanus mit Gaben auf die Erde schickte. Dieser käme auf einem weißen Pferd übers Watt und versteckte sich so lange im Turm, bis die Zeit der Bescherung gekommen war.

»Na, heute würde selbst der Heilige Stephanus nicht gegen den Wind können«, meinte Krischan. »Und an seiner Stelle sitzt ja jetzt der Wiltert im Turm. Schönes Weihnachten dieses Jahr.«

Um die Menschen zu beruhigen, hatte der Pastor beschlossen, nicht nur ein gemeinsames Festessen am zweiten Tag zu veranstalten, sondern schon am 24. Dezember vormittags einen Gottesdienst abzuhalten. Konnte es etwas Besseres geben, als einem Sturm mit gemeinsamen Gebeten und Gesängen zu trotzen?

Natürlich wollten Krischan und Jeels auch dabei sein. Der bärtige Riese zwängte sich in seinen besten Zwirn und trieb Jeels zur Eile an.

»Komm schon, wir müssen los! Ich war jahrelang nicht mehr an Weihnachten in der Kirche. Da will ich nun heute nicht ausgerechnet auch noch zu spät kommen.«

Jeels konnte trotz des Wetters, das ihm die Sorgenfalten auf die Stirn trieb, ein Lächeln nicht unterdrücken. Wie hatte sein Freund sich verändert! Er sonnte sich in der Achtung und Anerkennung der anderen Insulaner und holte nach, was er jahrelang vermisst hatte. Sie baten ihn zum Besuch, und Krischan nahm eifrig alle Einladungen an. Gestern hatte Jeels bei einer Tasse Tee, zu der die Schwestern Hilde und Berta Brandt sie eingeladen hatten, sogar den Eindruck gehabt, dass sein Freund als Heiratskandidat ins Auge gefasst wurde. Dies war Krischan selbst allerdings nicht aufgefallen – und das war sicherlich gut so. Es hätte den Armen vielleicht erschreckt und ihm die Unbeschwertheit im Umgang mit den Schwestern genommen.

Die beiden Freunde wählten den sicheren Weg durch die

Dünen. Je näher sie dem Dorf kamen, desto heftiger wurde das Tosen der See und immer lauter das Brüllen des Windes.

»Teufelsspucke auf dem Wasser!« Krischans Stimme übertönte für einen Moment das Brausen. Er deutete auf die weißen Schaumkronen. »Zeigt an, dass schlimmes Wetter aufkommt.«

»Noch schlimmer kann es doch wohl kaum werden.« Jeels schloss den Mantel höher und zog die Mütze tief in die Stirn. Seine Augen hingen an der Dünenkette, dem einzigen Schutz des Dorfes gegen die sich auftürmende See. Waren sie ihm sonst wie ein großes Bollwerk erschienen, so muteten die Hügel jetzt winzig an und das Meer gewaltig. Fast, als ob David und Goliath einander gegenüberstünden. Der Himmel über dem Schauspiel wirkte fahl.

Jeels wünschte sich, sie wären zu Hause geblieben und säßen in der Kate bei einem heißen Tee zusammen. Doch dann, als ob sie seine Bedenken zerstreuen wollte, brach für einen winzigen Moment die Sonne durch die Wolken.

Vor ihnen lag das Dorf. Die Inselhäuser trugen Mützen aus Schnee, und trotz des stürmischen Wetters waren viele Menschen auf dem Weg zur Kirche. Vielleicht könnten ihre Gebete den Herrgott umstimmen, und Weihnachten würde doch noch ein ruhiges Fest werden. Wer wusste schon zu sagen, was hinter der Stirn des Einen vorging.

Und so strömten die Insulaner aus ihren Häusern und wanderten gemeinsam mit Jeels und Krischan zum Turm, der die Kirche beherbergte. Grüße schallten hin und her. Der Himmel wurde mit angstvollen Blicken beäugt. Die Menschen hatten sich die Mützen und Hauben tief ins Gesicht gezogen. Nur die Münder, und manchmal ein dunkler Bart, lugten darunter hervor. Die Kinder waren dick vermummt und wurden bei der Hand genommen, als könnte der Sturm sie packen und mit sich hinfortnehmen.

Der Vogt gesellte sich zu Jeels und Krischan. »Dr. Hoffmann hat sich bei der Versorgung von Wiltert wohl doch sehr verausgabt«, teilte er ihnen besorgt mit. »Ich habe mit Hubert gesprochen. Der Doktor hat das Bett seitdem nicht verlassen können.«

Jeels zog sich der Magen zusammen. »Ich werde zu ihm gehen.«

Der Vogt zuckte die Achseln. »Ob Dr. Hoffmann dich allerdings zu sich lässt, weiß ich nicht. Hubert hat erzählt, dass er selbst seiner Frau den Besuch verweigert. Aber ich wäre froh, wenn du mal nach Wiltert schauen könntest.«

Ein kleiner Junge unterbrach das Gespräch, indem er den Vogt an der Jacke zupfte. »Stimmt es, dass der Wiltert im Turm einsitzt?« Als der Vogt ernst nickte, fügte er hinzu: »Hoffentlich hat er den Stephanus und sein Pferd in Ruhe gelassen. Was, wenn er ihm nun alle Geschenke für uns abgenommen und verbrannt hat?« Seine Augen blickten riesengroß unter der Mütze hervor.

Der Vogt fuhr ihm mit der Hand beruhigend über die Wange. »Du sollst dein Teil wohl kriegen, Peter. Da mach dir mal keine Sorgen.«

Er wandte sich wieder Jeels zu. »Den Verband von Wiltert hat meine Frau gestern gewechselt. Dr. Hoffmann hatte mir eine Salbe dafür gegeben. Der Kerl benimmt sich merkwürdig, das kann ich dir sagen. Als sei ich sein Gefangener und er hätte das Sagen. Ich hab kein Auge von ihm gelassen, während meine Frau ihm die Wunde auswusch, und war froh, als sich der Schlüssel wieder im Schloss drehte.«

Sie näherten sich jetzt ihrem Ziel. Von weitem sah es aus, als ob sich die kleinen Häuser rund um den alten Turm hinter den Dünen niederduckten. Der Pavillon für die Badegäste war verwaist, und nichts deutete mehr auf das rege Treiben der Sommermonate hin. Jeels hielt nach Wemke Ausschau, doch er fand sie nicht.

Krischan half gerade einem kleinen Mädchen dabei, die vierundzwanzig steinernen Stufen zum Kirchenraum zu erklimmen. Sie suchten sich einen Sitzplatz in der hintersten Reihe. Tedamöh und Onno betraten den Raum und gesellten sich zu ihnen.

Jeels' Augen suchten die Reihen der Bänke ab und glitten dann nach oben zu den Logen. Wo war Wemke? Die Worte des Inselvogts hatten ihn beunruhigt. Was war nur los?

Um sich vom Grübeln abzulenken, betrachtete Jeels die Kirchgänger. Der Raum füllte sich allmählich. Alle, die nicht krank oder uralt waren, kamen. Jeels sah Gesichter so rund und rot wie Äpfel. Langhaarige Mädchen in Tracht und spitzbübische Jungen. Aber auch verrunzelte Alte, die dem Tod näher waren als dem Leben. Sie alle gehörten hierher, zu dieser Insel. Plötzlich fühlte er sich unendlich verbunden mit den Menschen. Wenn er nur für immer bleiben könnte. Mit Wemke an seiner Seite. Jeels spürte einen Stich in seinem Herzen, doch dann riss er sich zusammen. Die Entscheidung war gefallen, und er würde nicht alleine gehen müssen. Das war Geschenk genug. Er wollte nicht gierig sein.

Die Orgel setzte ein, und der Gottesdienst begann. Der Pastor hielt an diesem Morgen natürlich eine Predigt über die Geburt des Heilands. Er sprach aber auch von den Ereignissen der vergangenen Tage, hielt den Insulanern vor Augen, dass nicht nur Wiltert ein sündiger Mensch war. Zuletzt bat er angesichts des heftigen Wetters den Patron der Schiffer inständig um Hilfe. Er möge doch dem Sturm bald ein Ende bereiten und den Menschen das Leben und die Heimstätte erhalten.

Doch noch wies nichts darauf hin, dass der Sturm ein Einsehen haben würde. Im Gegenteil. Draußen wurde es immer dunkler, und die Augen der Menschen hingen häufiger am Fenster als an der Kanzel.

Während des Lieds, das auf die Predigt folgte, schien das

Wetter sie verhöhnen zu wollen. Die Wolken teilten sich und ließen Blitze niederzucken. Danach folgte ein ohrenbetäubendes Krachen. Die Menschen schrien auf, Alte schlossen die Hände ergeben zum Gebet, Kinder fingen an zu weinen und pressten die Gesichter gegen die Röcke der Mütter. Andere klammerten sich angstvoll aneinander. Einige abergläubische Alte sahen in dem Geschehen ein böses Omen und jammerten laut. Wenn selbst der Schutzheilige der Schiffer seine Hand von ihnen nahm, was sollte dann nur werden? Finster wurden ihre Gesichter, und sorgenvoll schüttelten sie die Köpfe.

»Stehe der Herrgott uns bei«, murmelte Janohm, ein alter Fischer. »Der Teufel will uns holen!«

Tedamöh konnte darüber nur den Kopf schütteln. »Nu mach dir mal nicht gleich in die Hose. Weihnachten oder nicht, wir haben schon ganz anderes Wetter überstanden. Das geht auch wieder vorbei. Bete lieber, dass die Dünen hoch genug sind.«

Sie erhob sich und begann mit lauter Stimme »Ein feste Burg ist unser Gott« zu singen. Nach und nach setzten die anderen ein, und die Unruhe legte sich wieder. Dankbar nickte der Pastor ihr zu.

Schaurig klang das Geläut durch das Brausen des Windes, als die Menschen den Gottesdienst verließen.

»Wie ein Trauergeläut für die ganze Insel«, flüsterte Janohm.

Voller böser Ahnungen versammelten sich die Insulaner vor dem Turm. Ihre Augen schweiften in Richtung Meer und blieben am Himmel hängen. Einige Männer rannten, sich gegen den Wind stemmend, zum Strand. Kurze Zeit später kamen sie mit ernsten Gesichtern wieder zurück.

»Der Sturm nimmt noch zu«, berichtete der Schuster. Er sprach so emotionslos, als erzähle von den Schuhen, die noch besohlt werden mussten. Doch Jeels sah, dass seine Hände zitterten. »Ein mächtiger West-Nordwest peitscht hohe Wogen gegen den Dünenwall. Und das Wasser läuft noch auf.«

»Ich denke, es wird das Beste sein, wenn wir jetzt sofort vorsorglich die Häuser in den Randdünen abbrechen«, schlug Tedamöh in resolutem Tonfall vor. »Die Familien müssen auf die höher gelegenen Häuser im Südwesten verteilt werden. Wir müssen auch die Tiere aus den Ställen treiben.« Sie blickte sich eindringlich um. In einigen Gesichtern zuckte es, doch niemand begann zu weinen. Einige Frauen seufzten laut auf und fingen wohl in Gedanken schon an, ihr Hab und Gut zusammenzupacken.

»Was ist mit dir, Piet?« Der Vogt wandte sich an einen älteren Graubart, der verzweifelt zum Himmel schaute. »Dein Haus ist doch beim letzten Mal, als der Schutzwall brach, schon fast weggerissen worden.«

»Ich bin ganz allein und werde es nicht schaffen«, antwortete der Mann. »Kann ja nicht mal mehr eine Kiepe tragen und fünf Schritte damit gehen, ohne dass mein Herz stolpert.«

»Wir helfen dir.« Der Schuster schlug ihm auf die Schulter. »Es ist doch ein Leichtes, deine kleine Hütte abzubrechen und das Material für den Wiederaufbau zu sichern. Es soll nicht an Händen dafür fehlen. Das ist hier auf Wangerooge doch ein ungeschriebenes Gesetz.« Er wandte sich den andern zu und erntete Kopfnicken.

»Von mir könnt ihr Pferde und Wagen haben. In solch einem Fall natürlich ohne Bezahlung«, mischte sich der Vogt ein.

Jeels drehte sein Gesicht der Menge zu. »Sofern noch jemand unterkommen möchte: Bei uns ist noch Platz. Bis zu meiner Kate verirrt sich das Meer bestimmt nicht.«

»Und der Piet kann zu mir kommen«, erbot sich Tedamöh.

»Was ist mit Hilfe vom Festland?«, fragte eine Stimme aus der Runde.

»Das Amt in Tettens weiß längst, in welcher Gefahr wir schweben«, antwortete der Vogt und machte eine verächtliche Handbewegung. »Schon beim letzten Sturm habe ich ja um

Hilfe gebeten. Ihr wisst es. Der Großherzog wird uns höchstens auffordern, Wangerooge zu verlassen.«

Nach der Nacht, in der das Haus des Segelflickers ins Meer gebrochen war, hatte man das Amt in Tettens über die Sachlage informiert. Die Bruchstellen in den Dünen waren daraufhin zwar notdürftig geflickt worden, doch ansonsten kam keine Hilfe.

»Eine Einladung aufs Festland wird wohl in der Tat die einzige Unterstützung sein, auf die wir hoffen können«, regte sich Tedamöh auf. »Doch wo sollen wir denn hin, ohne etwas Bares in Händen? Die Armenhäuser dort füllen, oder was? Na, da bleibe ich lieber hier!«

»An seinem Hof wird er dich wohl nicht aufnehmen wollen«, bestätigte Jeels und zwinkerte ihr zu.

»Da würden mich so oder so keine zehn Pferde hinbringen«, schnaubte Tedamöh. »Wir werden uns also wie immer selber helfen müssen.«

»Wenn es recht ist, dann nehme ich eure Hilfe an.« Piet fiel das Sprechen sichtlich schwer. »Wer kommt mit und räumt schon mal den Hausrat aus?«

Etliche schlossen sich ihm an.

»Mein Bodenraum ist noch leer«, sagte der Pastor. »Ihr könnt ihn bis unters Dach füllen.«

»Was ist mit Grete?« Der Bäcker nickte in Richtung einer alten Insulanerin, die sich duckte, als ob sie Angst vor Schlägen hätte.

»Ich geh nicht aus meinem Haus«, sagte sie und trat einen Schritt vor. »Schon im Herbst hab ich es vergebens abgebrochen und mühsam mit Hilfe junger Hände wieder aufgebaut. Ich bin alt, mir fehlt die Kraft dazu. Ich hoffe lieber auf einen gnädigen Gott, der mich verschont.«

»Da kannst du lange hoffen.« Das Mitleid in Tedamöhs Augen strafte ihre harten Worte Lüge. »Grete, wir helfen dir! Und wenn du willst, dann findest du auch noch ein Unterkommen bei mir«, sagte sie mit beschwörender Stimme.

Doch die Alte schüttelte nur den Kopf und wandte sich zum Gehen.

»Wir fangen jetzt erst mal bei denen an, die Hilfe annehmen«, ordnete der Vogt entschlossen an.

Und so geschah es, dass am zweiten Weihnachtstag des Jahres 1854 die Insulaner nicht zum Schmausen beisammensaßen, sondern der Not gehorchend einen nicht geringen Teil der Inselbevölkerung umquartierten. Das Wetter trieb die Menschen zur Eile an. Als die Flut am höchsten stand, wälzten sich mächtige Wogen gegen den Schutzwall und schlugen große Breschen hinein. Wellen überströmten die Insel und rissen vierzehn Inselhäuser mit sich – oder vielmehr das, was von ihnen nach dem Abbruch noch übrig geblieben war.

Das Haus der alten Grete konnte nicht mehr gerettet werden. Die Möbel wurden hinausgetragen, während die See schon gegen die Mauern schlug.

»Das Haus hat fürchterlich geknarrt«, erzählte Krischan später. »Als ob es sich gegen die Fluten zur Wehr setzen wollte. Wir mussten die alte Grete genauso aus dem Haus tragen wie all die anderen Sachen, und schließlich konnten wir nicht einmal mehr zur Tür heraus. Im letzten Moment sind wir aus den Fenstern gesprungen. Noch keine fünfzehn Schritte waren wir entfernt, da sahen wir, wie das Haus den Dünenhang hinunterbrach. Und dann war Gretes Zuhause einfach weg. Kein Krümelchen vom Haus mehr zu sehen. Unheimlich war das, kann ich euch sagen.«

Später dann, als alle erschöpft in ihren Butzen lagen, viele unter fremden Dächern, legte der heftige Wind die Schwingen nieder, und das Meer rauschte sanfter, so als ob die See zufrieden wäre mit der Ausbeute des Tages. Die Menschen waren es nicht. Manche Träne floss an diesem Abend in die Kissen. Und doch konnten sich die Insulaner glücklich schätzen, denn die Weihnachtsflut hatte kein Menschenleben gefordert.

Jeels und Krischan waren den ganzen Tag über nicht zum Verschnaufen gekommen. Jeder helfenden Hand hatte es bedurft. Jetzt aber, als Jeels erschöpft unter seiner Decke lag, kehrten die Fragen zurück. Warum war Wemke nicht zum Gottesdienst gekommen? Hatte sich Konrads Zustand so sehr verschlechtert, dass sie ihn nicht alleine lassen konnte? Wäre nur noch Zeit gewesen, nach dem Badearzt zu sehen. Morgen, ja morgen. Jeels seufzte tief auf. Er schickte seine Gedanken zu Wemke auf die Reise, bis er erschöpft einschlief.

Wiltert, der den ganzen Tag in einem Zustand entsetzten Grauens verbracht hatte, saß kerzengerade und gespannt wie eine Feder auf seinem Stuhl. Hungrig aß er das Brot und trank von dem Wasser, das ihm gebracht worden war. Fast hatte er geglaubt, sein Verstand käme ihm abhanden. Bilder waren in ihm aufgestiegen. Wasser hatte die Insel überflutet, war bis zum Dorf vorgedrungen, um schließlich den alten Turm zu erreichen. Es war höher und höher gestiegen, bis endlich die Kammer vollständig gefüllt war mit brackigem Nass. Er sah sich selbst als Leichnam. Sein aufgeschwemmter Leib donnerte wieder und wieder gegen die geschlossene Tür.

Nun, da das Wetter sich beruhigt hatte, konnte er wieder klar denken. Seine rechte Hand griff nach dem Medaillon, das er um den Hals trug. Seine Linke tastete nach der Waffe. Schussbereit lag sie in greifbarer Nähe. Er konnte es kaum noch erwarten, sie zum Einsatz zu bringen. Und dann wäre er endlich wieder frei.

32

Wemke wanderte unglücklich in ihrem Zimmer auf und ab. Sie brannte darauf, mit Konrad zu sprechen, doch er ließ sie nicht zu sich. Die Verzweiflung schien sein Herz erreicht zu haben und drohte ihn zu lähmen. Wie anders ließ es sich erklären, dass Konrad weder sie noch Freya mehr sehen wollte? Er aß kaum noch und ließ sich immer wieder nur Wein bringen. Was um alles in der Welt mochte diesen Zusammenbruch herbeigeführt haben?

Wemke seufzte verzweifelt auf. Könnte sie doch einfach Freya bei der Hand nehmen und gemeinsam mit Jeels davonlaufen. Sie würde es tun. Bis ans Ende der Welt würde sie mit ihm gehen. Doch es ließ sich nicht mit ihrem Gewissen vereinbaren. Sie war gekettet an Konrad, und erst, wenn er sie freigab, würde sie glücklich werden können. Doch gerade das war nun in unerreichbare Ferne gerückt. Tränen rannen ihr über die Wangen.

Statt Ruhe zu finden, war sie von Alpträumen gequält worden. Nachdem der Sturm gewütet und sie fast zu Tode geängstigt hatte, war es auf der Insel in der Nacht ruhiger geworden. Nicht aber in ihren Träumen. Wemke schauderte, wenn sie daran dachte. Sie, ganz alleine, mit einem kleinen Boot auf hoher See, und das bei schlimmem Wetter. Der Sturm wirbelte sie wie Däumling in der Walnussschale über das Wasser. Ihr Herz hatte wie rasend geschlagen, als sie mitten in der Nacht schweißgebadet aufgeschreckt war.

Und jetzt, am Morgen, fühlte sie sich immer noch wie auf einem Schiff, das haltlos auf den Abgrund zutrieb. Es gelang ihr nicht, die Richtung zu ändern, das Ruder herumzureißen. So sehr sie es sich auch wünschte.

Ein Klopfen an der Tür ließ Wemke zusammenzucken. Gerlind steckte den Kopf ins Zimmer.

»Dr. van Voss ist da, um nach Ihrem Mann zu sehen.«

Wemke stieg das Blut in die Wangen. Sie bemühte sich um einen ruhigen Tonfall. »Bring ihn erst mal zu mir.«

»Bin schon da.« Jeels schob die Tür weiter auf und trat ein.

Das Mädchen verschwand mit einem Knicks und schloss die Tür hinter sich. Trotz der allgegenwärtigen Sorgen stieg bei Jeels' Anblick eine unbändige Freude in Wemke auf, und ihr Herz flog ihm zu.

Jeels schien es zu bemerken, und er lächelte. »Ich habe lange überlegt, ob ein Besuch angebracht ist. Aber nun, da es Konrad offenbar so schlechtgeht …«

In seinen Augen stand die Frage, ob Wemke mit Konrad gesprochen hatte. Ob dies der Grund für die Verschlechterung seines Zustands sei. Kaum merklich schüttelte Wemke den Kopf.

»Jeels, ich weiß nicht, was er hat. Außer Hubert lässt er niemanden zu sich. Selbst Freya, die weinend vor seiner Tür stand, hat er zurückgewiesen.« Sie knetete nervös die Hände. »Heute Morgen habe ich überlegt, gewaltsam den Raum zu betreten. Doch seine Stimme klang so kalt und hart, dass ich es nicht gewagt habe. Es kommt mir vor, als ob ihn etwas vergiftet hätte. Das ist nicht mehr der Konrad, den ich kenne. Er verdammt alles und jeden, sein ganzes Leben, und wünscht sich nichts sehnlicher als den Tod.«

Jeels schüttelte verständnislos den Kopf. Doch dann, urplötzlich, war es, als ob ein Blitzschlag ihn träfe.

»Wiltert«, sagte er leise. Dann wurde seine Stimme aufgeregt. »Wemke, er hat Wiltert verarztet und mit ihm gesprochen. Es ist das Gift dieses verdammten Lügners, das ihn um den Verstand bringt.«

Jegliche Farbe wich aus Wemkes Gesicht. »Du meinst, er hat Anschuldigungen gegen uns erhoben? Uns Dinge unterstellt …«

Jeels nickte hektisch. »Wir müssen ihm die Wahrheit sagen. Er wird damit besser umgehen können als mit den Lügen, die Wiltert ihm eingeflößt hat.« Jeels' Stimme brach und verriet dadurch, dass er nicht so gefestigt war, wie es den Anschein erweckte.

Wemkes Hände zitterten. Sie hielt die Falten ihres Kleides fest und hob den Kopf. »Wie könnte er es verstehen? Was soll ich ihm nur sagen? Wie soll ich ihm begreiflich machen, dass er, der beste Freund, den ich im Leben je hatte, von mir verlassen wird. Dass ich ihm das Kind, an dem er unendlich hängt, nehmen werde? Konrad liebt mich. Wie soll er verschmerzen, dass meine Liebe einem anderen Mann gilt, und mir dazu auch noch seinen Segen geben?« Sie schwieg. Jeels zog sie an sich.

»Er wird es tun, wenn er dich wirklich liebt. Wemke, er wird darüber hinwegkommen. Ich glaube fest daran.«

Ihre Schultern bebten. »Es fällt mir so schwer, davon anzufangen, jetzt, wo er so krank und verbittert ist. Ich habe Angst, dass mir die Worte fehlen werden.«

Jeels wiegte sie sacht in seinen Armen. Sie barg das Gesicht an seinem Hals und weinte.

Unbemerkt von den beiden hatte sich auf der anderen Seite des Zimmers eine Hand auf die Klinke gelegt. Konrad war es nicht verborgen geblieben, dass Jeels das Haus betreten hatte. Mit einem Ruck öffnete er die Tür und sah Jeels und Wemke eng umschlungen dastehen.

»Ich fürchte, ich komme gerade recht!« Seine Stimme war

eiskalt. Mit zusammengekniffenen Augen betrachtete er das Bild, das sich ihm bot.

Erschrocken ließen Jeels und Wemke einander los und drehten sich zu ihm um. Doch in dem kurzen Augenblick, bevor sie sein Kommen bemerkten, hatte Konrad die glühende Liebe, die zwischen den beiden herrschte, erfasst. So war es also doch wahr, was Wilterts böse Zunge behauptet hatte. Bis zuletzt hatte sein Herz sich der Wahrheit verweigert und sich an einen Rest von Hoffnung geklammert. Doch nun erkannte Konrad mit plötzlicher Gewissheit, dass Wemke ihn niemals so lieben würde wie diesen Mann. Etwas zerbrach in ihm, und sein Herz erstarrte zu Eis.

»Betrogen. Betrogen und verraten!«, hämmerte es hinter seinen Schläfen.

Eine Ewigkeit sprach niemand ein Wort. Schließlich konnte Wemke die eisige Stille nicht mehr ertragen.

»Konrad!« Sie trat einen Schritt auf ihn zu, wollte nach seiner Hand fassen, doch er wich zurück. »Es ist nicht so, wie du vielleicht denkst …«

»Geht mir aus den Augen«, sagte er tonlos. Die leisen Worte hallten in Wemkes Ohren wie Donnerschläge. »Alle beide!«

»Sie hat nichts getan. Hören Sie uns bitte an …«, bat Jeels flehend.

Doch Konrad holte mit dem Arm aus und wies zur Tür.

»Raus!«

Auf wackligen Beinen verließ Konrad den Raum. Allein stand er nun in seiner Kammer. Er zitterte und wusste nicht, ob vor Kälte oder Erregung. Ohne nachzudenken griff er nach einem Wollumhang und hüllte sich darin ein. Die Vorhänge flatterten unruhig im kühlen Windhauch, der durch das offene Fenster drang. Es war vielleicht nicht klug, den Raum noch kälter werden zu lassen, aber er brauchte frische Luft. Konrad stöhnte. Er glaubte wieder die Stimmen der Bediensteten zu hören, das Mitleid in ihren Augen zu sehen. Sie hatte ihn mit Jeels betrogen. Sie war zu jung, zu hübsch für ihn, hatte ihn nie geliebt. Sicher hatten sie sich hinter seinem Rücken über seine törichte Liebe amüsiert. Konrad erschauderte. Er schüttelte abwehrend den Kopf, als könne er so die Gedanken vertreiben. Dann setzte er sich auf das Bett und barg den Kopf in den Händen. Sollte er denn mit einem Schlag alles verlieren? Er würde es nicht ertragen, noch dazu in seinem Zustand. Er warf sich aufs Bett und legte die Hände vor die Augen.

»Lieber Gott, ich habe sie geliebt«, stöhnte er in die kalte Luft. »War es zu viel verlangt, auf Gegenliebe zu hoffen? War ich zu vermessen?«

Sein Kopf war erfüllt von der Erinnerung an Wemkes Anblick, als sie ihm an ihrem Hochzeitstag entgegengekommen war. Eine wunderschöne Braut in einem dunklen, mit winzigen hellen Blüten übergossenen Kleid. Er sah das zaghafte Lächeln auf ihrem Gesicht, das ihm galt. Er hatte ihr seine Hand und sein Herz gereicht, und sie war unter den Mantel seiner Obhut geschlüpft. Nie hätte er an Wemkes Loyalität gezweifelt.

Das Bild verschwand vor seinen Augen und machte einem anderen Platz. Er sah sie vor sich, in Jeels' Armen liegend. Ihren Körper eng an seinen geschmiegt.

»Warum?«, flüsterte Konrad in seine Hände und drückte sie noch fester gegen sein Gesicht. »Warum?«

Wemke saß regungslos in der Stille ihres Zimmers, während Freya vor dem lodernden Kamin mit Holzklötzen spielte. Sie trug ein schwarzgraues Wollkleid, eine düstere Tracht, die zu ihrer Stimmung passte. Immer wieder hatte sie den schrecklichen Augenblick durchlebt. Tausendmal hatte sie sich verflucht, denn nichts war die bittere Qual wert, die sie in Konrads Augen gesehen hatte. Das erzwungene Schweigen, das seither um sie war, zehrte an Wemkes Nerven.

Jeels hatte wieder und wieder versucht sie zu überreden, mit ihm zu kommen. Doch Wemke war zu keinem Schritt fähig. Sie fühlte sich wie gelähmt. Erschöpft lehnte sie den Kopf gegen die Lehne des Stuhls und schloss die Augen. Es gelang ihr zu keiner Stunde, Ruhe zu finden. Sie musste mit Konrad sprechen, doch er verweigerte jeden Kontakt mit ihr.

Ihr Grübeln wurde durch ein herrisches Klopfen an der Tür unterbrochen. Ohne Wemkes Antwort abzuwarten betrat Konrad den Raum. Gerlind folgte ihm und rief Freya zu sich herüber. Unbekümmert warf sich die Kleine in ihre offenen Arme.

»Ich entführe Freya eine Weile, ja?« Sie warf Wemke einen wissenden Blick zu und verschwand.

Wemkes Herz begann wie wild zu klopfen. Verzweiflung und Hoffnung hielten sich die Waage. Es gab keinen Weg ohne Schmerzen aus dieser Lage, das war ihr klar. Wemke erhob sich und trat Konrad entgegen. Vielleicht hatte er sich so weit beruhigt, dass er sie anhören würde. Wenn sie ihn nur erreichen könnte. Wie gerne würde sie seinen Schmerz mildern. Er sah schrecklich aus. Seine tief in den Höhlen liegenden Augen zeigten, dass er kaum geschlafen hatte. Die Haut war fahl und hing schlaff an seinem hageren Körper.

»Konrad, es tut mir leid. Ich …«

»Sei still!«, unterbrach er sie mit kühler Stimme. »Ich will nichts davon hören.«

Wemke biss die Zähne zusammen. Sie hatte gewusst, dass dieser Moment kommen würde und deshalb hier, in Konrads Nähe, ausgeharrt. Sie spannte die Rückenmuskeln an und wartete.

Konrad ging durch den Raum und ließ sich schwer atmend auf einen der Stühle fallen. Die Sorge um ihn schnürte Wemke die Kehle zu. Was tat sie ihm nur an!

»Hattest du von Anfang an vor, mich zu betrügen?« Mühsam kamen die Worte über seine Lippen.

»Nein!« Wemke konnte nur schwer die Tränen zurückhalten. Sie sah ihm ins Gesicht. Dies war ihre einzige Chance. »Konrad, wir beide haben das nicht gewollt.«

Der Arzt lachte bitter auf. »Ihr seid also beide völlig unschuldig, was? Ich habe dich gesehen, in seinen Armen.« Er betonte jedes Wort einzeln.

Wemke starrte ihn verzweifelt an. »Bei unserer Hochzeit, da war es mein größter Wunsch, dir eine gute Partnerin zu sein. Ich wollte ein Heim schaffen für uns beide und Freya. Wie war ich glücklich, dass sie dir ihr Herz schenkte.« Sie schwieg. »Aber du weißt auch, dass mein Herz dir nicht gehörte. Unsere Ehe war ein Handel. Und dann habe ich mich in Jeels verliebt. Das ist mein ganzes Verbrechen. Konrad, ich konnte einfach nichts dagegen tun!«

»Du machst es dir leicht.« Die Kälte in seiner Stimme zeigte ihr, wie tief seine Verletzung sein musste. »Es ist Verrat. Ich habe gelernt, dich zu lieben, und du hattest mir ein Versprechen gegeben. Dein Ehrenwort, vor Gott und der Welt.«

Wemke schluckte. »Ich wollte dich niemals verletzen. Das wäre das Letzte …«

»Du wolltest es nicht?«, fiel Konrad ihr ins Wort. Sein Gesicht war leichenblass. »Ich habe dir vertraut. Grenzenlos. Ich habe dir meine Liebe gestanden, von einer gemeinsamen Zukunft geträumt. Du weißt es. Hast du geglaubt, dein Tun würde mich nicht verletzen? Gib es zu, du hast nicht an mich gedacht, sondern immer nur an ihn und an dich selbst.«

Hitze stieg in Wemke auf. So war es nicht gewesen! Sie bemühte sich um Ruhe. »Das ist nicht wahr. Ich habe jeden Tag an dich und deine Gefühle gedacht. In meinem ganzen Leben bin ich noch nie so im Zwiespalt gewesen, das musst du mir einfach glauben. Vor wenigen Tagen erst bin ich zu der Überzeugung gelangt, meinem Herzen folgen zu müssen. Ich wollte es dir sagen, doch du warst immer so krank, und dann hast du dich so furchtbar verändert.«

»Ach, du wolltest es mir sagen. Soll ich dankbar für diese noble Geste sein? Dankbar dafür, dass du nicht einfach ohne ein Wort gehen wolltest?« Mit geballten Händen stand er vor ihr. »Sag mir die Wahrheit: Hast du ihm mehr geschenkt, als ich jemals besaß?« Brennende Eifersucht lag jetzt in seiner Stimme.

»Nein!« Wemke schrie es fast. Die Tränen liefen nun ungehemmt über ihre Wangen. Das hier war schlimmer als alles, was sie sich vorgestellt hatte. Sie ließ sich weinend zu seinen Füßen auf den Boden sinken. »Du bist der wunderbarste Mensch, den ich kenne, auch wenn ich dich nicht so lieben kann, wie du es dir wünschst. Ich habe es, weiß Gott, versucht. Mein Wille wollte sich für ein Leben mit dir entscheiden, doch mein Herz sprach für Jeels. Konrad, Liebe hat viele Gesichter. Ich empfinde anders für dich, aber nicht weniger tief.«

Konrad sackte auf seinem Stuhl in sich zusammen. »Wemke, wenn du gehst, dann bleibt mir nichts mehr, gar nichts. Wenn ich dich und Freya nicht mehr habe, dann …«

Er beendete den Satz nicht, sondern bedeckte das Gesicht mit den Händen.

Sein Schmerz zerriss ihr das Herz. Wemke trat auf ihn zu, wollte ihn in ihre Arme nehmen, doch er wehrte sie ab, scheuchte sie hinaus.

Mit tränenüberströmtem Gesicht verließ Wemke das Zimmer.

33

Die Tage nach dem Weihnachtssturm verbrachten die Menschen in rastloser Unruhe. Sie arbeiteten bis zum Umfallen, schauten kaum zum Himmel hoch. Die Insulaner duckten sich, als sei dem Wetter nicht zu trauen.

Und sie hatten Recht. Mal brauste der Wind stürmisch über die Insel hinweg, dann wieder war es totenstill. Nach der Weihnachtsflut war der Sturm abgeflaut und der Wasserstand zunächst gesunken, aber dann zog ein neues Gewitter auf. Blitze zuckten, Donner krachte und Eis fiel vom Himmel. Gegen Abend drehte der Wind, und erst am übernächsten Tag, dem 28. Dezember, fingen die Menschen an zu glauben, dass sich das Wetter endlich bessern würde. Aber am Nachmittag entlud sich ein neues Gewitter, und wieder stieg der Wasserstand. Selbst die alten Insulaner wussten nicht, was sie von alldem halten sollten.

Da das Wetter unberechenbar war, wurde der Fährbetrieb zunächst nicht wieder aufgenommen. Wiltert musste im Turm ausharren, der Vogt wurde seinen Gefangenen nicht los. Notgedrungen kümmerte sich Jeels um den Verletzten. Mit ausdruckloser Miene ließ Wiltert es über sich ergehen. Seine Eltern taten alles, um die Schande, die der Sohn über sie gebracht hatte, abzuwerfen. Sie versteckten sich nicht, wie der Vogt es befürchtet hatte, sondern halfen Stunde um Stunde den vom Sturm Bedrohten.

Doch so deutlich seine Hände auch zu den Menschen sprachen, so stumm blieb der Mund des Wirts. Bleich stand er hinter seinem Tresen und niemand traute sich, ihn auf die Ereignisse anzusprechen. Die Insulaner zeigten ihr Mitgefühl, indem sie ihm freundschaftlich zunickten und, soweit das Wetter und ihre Arbeit es zuließen, den Gasthof aufsuchten. Er wurde zum Mittelpunkt des Insellebens. Man aß und trank dort gemeinsam und beratschlagte, was geschehen sollte. Welche Häuser als nächstes abgebrochen werden mussten. Wohin das Vieh geschafft werden sollte. Welche Wälle verstärkt und Durchbrüche versorgt werden mussten.

Die Wirtin servierte mit rotgeränderten Augen und ohne große Worte Speisen und Getränke. Die Gäste taten, als sähen sie ihre Tränen nicht. Manch einer legte der Frau tröstend einen Arm um die Schulter, andere strichen ihr mitleidig über die Wange.

»Sie werden darüber hinwegkommen«, sagte der Vogt. »Wenn nur der Wiltert erst von der Insel ist.«

Der Wirt hatte Jeels aufgesucht und erboten, für die Kosten des Brandes aufzukommen. Es sei ihm eine Verpflichtung und würde sein Herz erleichtern. Und so nahm Jeels das Angebot dankend an. Auch bei den anderen Insulanern, die durch Brände Hab und Gut verloren hatten, sprach der Wirt vor. Die Insulaner empfingen ihn freundlich und mit offenen Armen. Sie waren der Meinung, er und seine Frau hätten genug gelitten und man dürfe dies nicht noch mehren.

Der Neujahrstag näherte sich, doch die Menschen fieberten dem Jahreswechsel nicht wie sonst entgegen. In diesem Jahr waren keine Feierlichkeiten geplant. Sie würden sich nur hohl ausnehmen angesichts des Unglücks, das viele getroffen hatte. Und so warteten die Insulaner auf die Wiederaufnahme des Fährbetriebes. Entgegen besserem Wissen hofften sie immer noch auf die Hilfe der Regierung. Einige dachten sogar im Stillen daran, auf das Festland überzusiedeln, trauten sich aber nicht, die Gedanken preiszugeben.

Am Strand sah es übel aus. Die zuvor flach auslaufenden Dünen waren nun an der Seeseite glatt und ragten steil in die Höhe. Es sah aus, als habe ein Riese mit seinem Brotmesser die Dünen vom Scheitel bis zum Fuß abgeschnitten. Wurzeln von Strandhafer, blauem Helm und anderem Gestrüpp lugten aus der Schnittkante und wehten traurig im Wind. Holz, das auf dem Wasser tanzend hinausgetrieben war, wurde nun zum Teil wieder angespült. Die Insulaner luden ihre Karren voll und brachten das Baumaterial in Sicherheit. Die Dünendurchbrüche wurden notdürftig wieder geflickt, doch die Menschen waren nicht mit dem Herzen bei der Sache. Die Angst trieb sie und das unbestimmte Wissen, dass der Kampf noch nicht zu Ende war. Die Bewohner des nördlichen Inselstrandes fingen an, ihre Habseligkeiten zu packen und brachten sie zu den südlichen Häusern. Die Dünen boten nicht mehr genügend Schutz. Viele Insulaner, die schon umgezogen waren, sahen sich zum zweiten Mal vertrieben. Am Ende war fast das ganze nördliche Dorf abgebrochen, und eine verlassene trostlose Einöde blieb an seiner Stelle zurück.

Jeels sah Frauen am Meeressaum stehen und weinen. Männer hoben die Fäuste und spuckten in die See, verfluchten sie. Doch weder das eine noch das andere rührte die graue Fläche. Unschuldig und leise rauschend trieb das Meer seine Wellen an den Strand.

Am Nachmittag, nach langen arbeitsreichen Stunden, wanderte Jeels mit Benno am Wasser entlang. Ein scharfer Wind blies ihm um die Ohren. Die Schaumkronen der Wellen umspülten den Strand und luden immer noch mehr als nur Seetang und Muschelschalen ab.

Jeels ließ sich auf einen großen Stein sinken und sah auf das Meer hinaus. Er wünschte sich, Wemke wäre jetzt hier. Warum nur hatte sie nicht einfach mit ihm kommen können? Er sah keine Schuld an ihr, nichts, dessentwegen sie noch bei

Konrad hätte ausharren müssen. Wemke hoffte immer noch auf eine Aussprache mit ihm, sehnte sich nach seinem Segen. Doch Jeels konnte sich eine solche Wende nicht vorstellen. Nicht nach dem, was Konrad beobachtet hatte und zu wissen glaubte.

Das Badehaus, in dem sich Konrads und Wemkes Wohnung befand, lag in Strandnähe. Bislang hatten die Dünen es geschützt, doch schon bei der Weihnachtsflut war es in Gefahr gewesen. Der Vogt hatte Wemke geraten, das Haus zu verlassen, doch sie wollte nicht ohne Konrad gehen. Und dieser verschloss sich allen Bitten.

Jeels seufzte tief. Er sorgte sich schrecklich um Wemke, um ihre Sicherheit und die des Kindes. Doch er wollte sie zu nichts zwingen. Sie wusste, dass ihr seine Tür Tag und Nacht offen stand. Ihm blieb nichts anderes übrig, als auf sie zu warten.

Am späten Abend des Neujahrstags drehte der Wind auf Nordwest. Er nahm von Stunde zu Stunde an Heftigkeit zu. Mit aufkommendem Hochwasser brachen die Wellen erneut durch die mühsam geflickten Stellen in den Dünen. Sie überspülten alle Niederungen der Insel und verwandelten Wangerooge in eine wilde Wasserwüste. Vereinzelt ragten Dünenhügel und Erhöhungen aus der glatten nassen Fläche hervor. Währenddessen lagen die meisten Insulaner schon unruhig schlafend in ihren Alkoven und bekamen von dem Ausmaß der Katastrophe nichts mit.

Krischan hatte während des ganzen Tages immer wieder sorgenvoll das Wetter beobachtet und hing auch jetzt am Fenster. Von den Dünendurchbrüchen ahnte er allerdings nichts. Auch die alte Lene, der Netzknüpfer Ode Pleins und Dodo Lammers, denen Jeels' Kate zum Unterschlupf geworden war, waren noch wach und saßen um den Küchentisch versammelt.

Im Kamin brannte ein Feuer und beschien ihre sorgenvollen Gesichter. Ein Rauschen und Brausen ging über das Haus hinweg und ließ die Balken ächzen.

»Nach dem Kalender hätten wir Ebbe kriegen müssen, aber der Sturm hat nicht aufgehört zu toben. Und jetzt steht das nächste Hochwasser schon an. Kinder, mir ist bange!«, sagte Krischan vom Fenster aus.

»Wenn wir nur inständig genug beten, dann wird alles gut«, sagte Lene mit ihrer demütigsten Altweiberstimme und tupfte sich mit einem Taschentuch über die Augen. »Alles geschieht, wie der Herr es will.« Sie faltete die zitternden Hände.

»Pah, der Herr!«, schnaubte Ode Pleis. »Mir ist egal, wem wir dieses verdammte Wetter zu verdanken haben, ob dem Mond, dem blanken Hans, Neptun oder irgendeinem anderen Gott. Ich will nur eins: nicht ersaufen!«

»Versündige dich nicht!« Lene hob mahnend den Zeigefinger. »Du sollst keine anderen Götter haben neben mir. Das Leben ist wie Ebbe und Flut, ein Kommen und Gehen. Der Herrgott weiß, was er tut. Und er weiß auch, warum er uns dieses wilde Wasser schickt.«

Der abfällige Blick, mit dem Ode sie bedachte, sagte mehr als Worte. »Es ist aus mit uns, das glaub ich eher. Und kein Gott kümmert sich einen Deut darum. Da ist der da oben nicht besser als die Regentschaft auf dem Festland.«

Dodo Lammers ignorierte das Streitgespräch der beiden. Er hatte fiebrig mit den Füßen scharrend in der Nähe des Feuers gesessen. Jetzt sprang er ruckartig auf und ergriff Jeels' Arm.

»In der Nacht habe ich schwer geträumt, und den ganzen Tag schon ist in mir drin eine seltsame Unruhe.« Er legte eine Hand auf sein Herz. »Da stimmt was nicht mit dem Wetter, das rieche ich. Ich glaube, dass wir uns ins Dorf hin aufmachen sollten, solange noch Zeit ist. Das Meer wird sich wohl nicht bis zu uns verirren, aber vielleicht werden wir vom Wasser eingeschlossen oder die anderen brauchen unsere Hilfe. Lasst uns Essbares zusammenpacken, Decken, Mäntel, und losmarschieren. Auf dem Weg dahin können wir alle, die noch in ihren Betten liegen, wecken. Ich mein wohl, dass wir dem Pastor seine Kirche als Festung nehmen sollen. So haben wir es sonst auch gehalten. Im Turm, da kann das Wasser uns nichts.«

Jeels dachte bei sich, dass es an ihm gewesen wäre, diesen Vorschlag zu machen. War er nicht in gewisser Weise verantwortlich für die Menschen, die bei ihm Zuflucht gesucht hatten?

Lene war die Einzige, die protestierte. Sie wollte bleiben und sich in Gottes Hände geben, doch Jeels ließ es nicht zu. Wenn, dann würden alle gehen.

Nachdem die Entscheidung gefallen war, suchten sie alles Nötige zusammen, löschten das Feuer und machten sich auf den Weg.

Ein scharfer kalter Wind blies ihnen entgegen. Benno bellte aufgebracht und wandte sich mit gefletschten Zähnen der See zu, folgte ihnen dann aber winselnd und mit eingezogenem Schwanz.

Wie Perlen an einer Schnur aufgereiht wankten die Wanderer über die Insel dem Dorf zu. Dass sie alle über eine gute Kenntnis der Wege verfügten, war jetzt sehr hilfreich. Sie wählten einen Pfad durch die höheren Dünen.

Innerhalb von Minuten schien sich das Wetter drastisch zu verschlechtern. Der Wind brauste immer heftiger, und das Meer tobte. Sie hörten es mit dumpfem Dröhnen gegen die Dünen anstürmen. Jeels war es, als zittere die Erde.

Krischan stand auf einer Anhöhe und winkte den anderen, ihm zu folgen.

»Seht doch nur«, schrie er mit weit aufgerissenen Augen gegen den Wind. »Die See ist durch die Dünen gebrochen.«

Jeels folgte mit den Augen seinem ausgestreckten Arm. Ihm

blieb fast das Herz stehen. Von ferne sah er, wie das Wasser wild durch den Durchbruch schoss und sogleich wieder zurückgezogen wurde, um erneut gegen den Schutzwall gepeitscht zu werden. Schaum sprühte über die ganze Insel.

Der Sturm schien zu triumphieren, ihnen ins Gesicht zu lachen und zu brüllen: »Wohin wollt ihr fliehen, ihr Narren, vor der See? Es gibt keinen sicheren Ort mehr hier!«

Jeels spürte eine nie gekannte Angst in sich aufsteigen. Nicht ihm selbst galt dieses Gefühl, sondern Wemke. Wo war sie in all diesem Tosen? Hoffentlich schon im Turm. Waren die Wege überhaupt noch begehbar zwischen Dorf und Badehaus? Was, wenn Konrad sie nicht hatte gehen lassen? Was, wenn Wemke die Gefahr nicht erkannte und bei ihrem Ehemann ausharrte? Jeels biss sich auf die Lippen. Dann würde er sie holen müssen! Das Herz schlug ihm bis zum Hals. Er spürte das Blut in seinen Ohren rauschen und beschleunigte seine Schritte. Die Ungewissheit trieb ihn voran.

»Hoffentlich ist nicht schon das ganze Dorf überflutet«, schrie Krischan.

Als Antwort schallte ihnen Geläut entgegen. Schaurig klang es durch die Nacht. Ein Sturmgeläut in der Not, das die Menschen zu sich rief.

»Und das ist nun Wangerooge sein Totengesang.« Dodos Stimme zitterte. »Weh uns! Und ade, du schöne Seehundjagd.«

Wie um seine Worte noch zu bestätigen, fegte ein besonders heftiger Windstoß dem Jäger die Mütze vom Kopf und nahm sie mit sich. Krischans Blick folgte der Kopfbedeckung. Plötzlich blieb er stehen und wies aufgeregt zum Friedhof hinüber.

»Schaut nur mal an!« Das Grauen in seiner Stimme war nicht zu überhören. »Herrgott im Himmel, die Särge schauen aus der Düne. Sie werden auf den Strand rutschen. Heut finden selbst die Toten keinen Frieden!«

»Kommt schon, weiter«, trieb Dodo sie voran. Er schien

wieder neuen Mut gefasst zu haben. »Selbst wenn das Wasser die Leichname aus ihren Wohnstätten reißt, wir können da nix dran tun. Noch bin ich quicklebendig, und das soll auch so bleiben!«

»Ein nasses Grab anstelle von weichem Dünensand«, dachte Jeels und schauderte bei der Vorstellung von halbverwesten Leichen, die auf das offene Meer hinausgetrieben wurden. Hoffentlich würde ihnen dieser Anblick erspart bleiben.

Auf der nächsten Anhöhe suchten seine Augen im Mondlicht nach einer Grenze zwischen Insel und Meer, doch er fand sie kaum mehr. Es gab nur noch Wasser, das drohend anstieg. Die Massen türmten sich übereinander und fraßen sich weiter und immer weiter voran. Das Geheul des Sturmes ließ selbst die alte Lene ihre Hände an die Ohren legen.

Das Wasser reichte ihnen in den Senken der Dünen schon bis zu den Knien. Es machte das Vorwärtskommen schwer. Obwohl seine Füße nass waren, spürte Jeels die Kälte nicht. Er spürte kaum noch etwas außer dem Drang, so schnell wie möglich voranzukommen.

Benno hielt sich eng an die Menschen. Ihm blieb nichts anderes übrig als durch die Senken zu schwimmen. Seine treuen Augen blickten verstört auf das tosende Grauen um sie her.

Je näher die Flüchtenden ihrem Ziel kamen, desto mehr Menschen schlossen sich ihnen an. Zum Glück leuchtete der Mond dem traurigen Zug. Väter und Mütter trugen Bettzeug auf den Köpfen und Lebensmittel in Säcken oder Kiepen auf dem Rücken. Die Männer brüllten den Frauen zu, die Kinder gut festzuhalten, damit niemand ins Meer getrieben würde. Die Frauen schrien wiederum die Kinder an, die nicht wussten, wie ihnen geschah und nur lautstark weinten. Jeels schaute in entsetzte und gleichzeitig entschlossene Gesichter. Die Insulaner waren darauf gefasst, was kommen konnte, und sie wollten nur eins: ihr Leben retten!

Im Dorf sah es fürchterlich aus. Das Wasser hatte sich eine breite Schneise bis zum Turm gebrochen. Die tiefer gelegenen Gärten und Straßen waren schon vollständig überflutet. Menschen rannten weinend und schreiend aus ihren Häusern, viele mit nichts als dem, was sie am Leib trugen. Das Wasser hatte das Herz der Insel erreicht. Es war weiter vorgedrungen, als es sich die Insulaner in ihren schlimmsten Träumen hätten vorstellen können. Manche versuchten letzte Habseligkeiten zu retten, bevor ihr Heim mit mächtigem Krachen zu einem traurigen Trümmerhaufen zusammenstürzte, der von den Fluten davongetragen wurde. Anderen öffneten die Tore der Ställe, um den Tieren die Möglichkeit zur Flucht zu geben. Grausig schallte das angsterfüllte Brüllen des Viehs durch das Dorf.

Der Park des Konversationshauses hatte sich in einen See verwandelt. Gespenstisch wogten die Bäume und Sträucher hin und her und bogen sich im Sturm wie schlanke Gerten.

So als habe ihn nie ein Dünengürtel umgeben, stand der alte Turm frei im Sand, mehrere Fuß hoch im Wasser. Die Hügel waren mitsamt den Häusern, die darauf gestanden hatten, hinweggerissen worden.

Von der Kirchentreppe schallten ihnen Rufe entgegen. »Kommt hierher ins Trockene!« Hände streckten sich nach den Ankömmlingen aus.

»Und Wangerooge ward hinweggefegt, und seine Stätte kennt man nicht mehr«, lamentierte Janohm weinerlich und zog die Decke enger um sich. Er saß auf einer Kirchenbank und wiegte sich vor und zurück.

»Du lernst *mich* gleich erst mal richtig kennen, wenn nicht bald Ruhe ist mit diesem Trauergesang«, zischte Tedamöh ihm zu. »Als ob deine Klagelieder uns weiterhelfen würden. Fass lieber mit an und hilf Dina. Sie hat sich an der Hand verletzt. Oder nimm eines der verschreckten Kinder auf den Schoß.«

»Onno«, sagte sie zu ihrem Enkel, der bislang an der Kirchentür gestanden und Ankömmlingen geholfen hatte, ihr Hab und Gut zu bergen, »geh mal dem Hinrich Luts zur Hand. Er schafft zusammen mit dem Pastor Bettstätten für die Gebrechlichen.«

»Leute, könnt ihr mal mit anfassen. Unten steht die Wirtin mit Flüssignahrung«, drang die laute Stimme des Bäckers zu ihnen herüber. Er schleppte Säcke voller Brot und Backwaren in die Kirche.

Nach und nach hatten sich alle Inselbewohner in der Turmkirche eingefunden. Sie waren dem Läuten der Glocke gefolgt und verteilten sich auf die Bänke und Logen. Die Wachskerzen in den Leuchtern auf dem Altar spendeten ein tröstliches Licht. Viele Augenpaare hingen an dem Ölgemälde an der Kanzelwand, das das Abbild Jesu zeigte. Der Organist hatte versucht, mit seinem Spiel das Heulen des Sturms zu übertönen. Doch obwohl er alle Register zog, wollte es ihm nicht gelingen.

Alte Menschen, in wärmende Decken gehüllt, sowie in Bettzeug gewickelte Kinder und Säuglinge wurden von geschäftig umhereilenden Männern und Frauen versorgt. Krüge mit Wasser und Bier wurden gereicht, dazu Schmalzbrote. Für die Kinder gab es Milch. Leises Weinen klang aus verschiedenen Ecken des Kirchenraums. Jemand übergab sich vor lauter Angst in einen Eimer, und man tätschelte ihm beruhigend den Rücken. Einige Menschen beteten. Etliche trugen nichts als dünnes Nachtzeug und zitterten vor Kälte und Nässe. Manche hatten Schreckliches erlebt und standen unter Schock.

Eine alte Frau war in eine tiefe Wassersenke geraten und hatte nur mit Hilfe des Seils eines Nachbarn gerettet werden können.

»Wie der Teufel hat mich der Sog gepackt«, erzählte sie. »Tief heruntergezogen hat es mich und so herumgewirbelt, dass ich nicht mehr wusste, wo oben und unten war. Meine Lungen wollten wohl platzen. Doch dann war da plötzlich das Seil. Ich habe es zwischen die Hände genommen und mich daran festgekrallt. Konnte es auch später nicht so einfach wieder loslassen. Ich habe es mit hierhergeschleppt, in die Kirche. Wie festgefroren hingen meine Finger daran.« Sie hielt ihre Hände hoch. Die Finger waren zu Krallen gebogen, blutig und blau angelaufen.

Ein anderer Insulaner hatte in letzter Minute einen Säugling, den der Sturm der Mutter aus dem Arm gerissen hatte, aus den Fluten gerettet. Mit dem Kind in den Armen und der fassungslos weinenden Mutter als Nachhut kam er im Kirchenraum an. Seine Hose war aufgerissen, das Baumwollhemd hing ihm zerfetzt vom Körper. Seewasser rann aus seinen Haaren und verdünnte das Blut, das ihm aus vielen kleinen Schnitten quoll. Hustend krümmte er sich zusammen und würgte. Helfende Hände zogen ihm das triefnasse Hemd vom Körper, reichten ihm Salben und wärmende Kleidung.

Solche Geschichten gab es viele. Und es war noch nicht zu Ende. Hilflos mussten die Menschen mit ansehen, wie die See mit gierigen Händen nach ihren Häusern und Gärten griff.

»Ist doch schlimm, das mit unseren Tieren«, raunte Onno Tedamöh leise zu. »Wenigstens sind die Kühe und Hühner alle zu den höheren Dünen gelaufen, aber die Ziege ist einfach zu dumm. Wieso wollte sie sich denn nicht aus dem Stall bewegen? Hast du gehört, wie sie noch einmal ›Mäh‹ gerufen hat, als wir gegangen sind? Als wollte sie uns Lebwohl sagen.« Tränen rannen ihm jetzt aus den Augen. »Und die Kaninchen! Meine lieben Kaninchen«, schniefte er. »Die können ja nichts sagen. Sind einfach in den Ställen sitzen geblieben und haben mit großen Augen geguckt.«

»Ach Onno.« Die Großmutter strich ihm über den Kopf. »Vielleicht haben sie sich ja doch noch retten können …« Sie schwieg einen Moment und legte dann einen Arm um ihren weinenden Enkelsohn. »Zumindest sind wir beide hier. Das muss uns genügen.«

Trotz der schrecklichen Geschehnisse um sie her lag eine verhaltene Stille über dem Kirchraum. Es gab weder laute Schreie noch fiel jemand in Raserei. Selbst als irgendwo im Turm Fenster klirrend zu Bruch gingen, blieb es ruhig. Die Menschen hatten begriffen, was auf sie zukam. Die Dünen waren durchbrochen, das Wasser stand hoch, hatte schon Teile der Insel überschwemmt, und immer noch stieg es. Da half weder jammern noch klagen. Sie würden entweder alle miteinander überleben, geborgen hier im Kirchraum, oder gemeinsam in den Tod gehen. Letzteres schien immer wahrscheinlicher. Windwogen spuckten Äste, Sand und Treibgut gegen das Mauerwerk und die Fenster des Turms. Der Boden unter ihren Füßen schien zu schwanken.

Auch Wiltert befand sich unter den Flüchtlingen. Schon vor Stunden war Wasser in die untere Kammer gedrungen, und so war dem Vogt nichts anderes übriggeblieben, als ihn aus seinem Gefängnis zu befreien.

»Wir können ja den Kerl nicht einfach ersaufen lassen«, hatte er befunden.

Nun saß der Brandstifter, bewacht von zwei kräftigen Insulanern, dicht vor dem Altar und stierte vor sich hin. Die Arme hatte er um den Körper geschlungen. Das Haar hing ihm wirr ins Gesicht. Anfangs hatte er seine Mutter, die sich ihm nähern wollte, laut beschimpft und von sich gewiesen, doch mittlerweile beachtete er die Menschen und das Treiben um ihn her überhaupt nicht mehr. Wiltert schien sich in einer anderen, ganz eigenen Welt zu befinden.

Jeels war, seit er mit Krischan die Kirche betreten hatte, auf der Suche nach Wemke. Doch weder unten im Raum noch auf einer der Emporen fand er sie.

Als die Hebamme ihm über den Weg lief, griff er nach ihrem Arm. »Tedamöh!« Seine Stimme war drängend. »Was ist mit den Leuten aus dem Badehaus?«

Die Alte schüttelte den Kopf. »Sind, glaube ich, die Einzigen, die noch fehlen. Der Vogt ist mit einigen Männern unterwegs, ihnen entgegen. Mein Junge, du kannst nichts Besseres tun, als hier zu warten. Außerdem gibt es Arbeit für dich.« Sie nickte zu Dina, einer älteren Insulanerin, die mit schmerzverzerrtem Gesicht in der Kirchenbank saß und sich den Arm hielt. Am liebsten hätte Jeels sich der Bitte um Hilfe verweigert und wäre dem Vogt hinterhergeeilt. Stattdessen seufzte er tief auf und wandte sich Dina zu.

»Ich bin umgeknickt und wollte mich an meinem Vordermann festhalten«, schluchzte sie leise. »Und mit einem Mal tat mir ganz fürchterlich der Daumen weh. Als wenn jemand mit einem Messer zugestochen hätte.«

Jeels griff vorsichtig nach ihrer Hand. Dinas Daumen stand schief.

»Kannst du ihn bewegen?«

Die Ältere versuchte es, um dann mit einem Schmerzenslaut in sich zusammenzusinken. »Es geht, tut aber höllisch weh«, wimmerte sie.

»Dann ist es gut«, beruhigte Jeels sie. »Es ist nichts gebrochen. Ich denke, das Glied ist ausgekugelt. Schau nur, neben dem Gelenkknochen unmittelbar an der Daumenwurzel ist eine Schwellung zu sehen. Ich werde versuchen, deinen Daumen wieder zu richten.«

Vorsichtig untersuchte Jeels das Gelenk, das zusehends anschwoll. Es musste schnell etwas geschehen, das wusste er. »Tedamöh, reich mir mal meine Tasche herüber.« Er salbte sich die Hände. »Dina, du musst jetzt ein bisschen die Zähne zusammenbeißen!«

Jeels bedeutete ihr, sich auf den Boden zu setzen. Er platzierte den verletzten Arm vorsichtig auf der glatten Oberfläche der Bank. Dann schloss er die Augen. Dinas leises Keuchen drang an sein Ohr. Jeels wartete, bis er nichts mehr wahrnahm außer seinem eigenen Herzschlag. Er holte tief Luft. Ziehen, rucken und loslassen. Dina schrie, doch im gleichen Moment glitt der Daumen zurück und saß wieder richtig im Gelenk.

Tränen liefen über die welken Wangen der Frau. »Es tut noch immer weh, aber die Stiche wie von glühend heißen Nadeln sind fort.« Vorsichtig wackelte sie mit dem Daumen. Dann lächelte sie unter Tränen. »Wenn ich nicht vom Pastor wüsste, dass es keine Zauberer gibt …«

Als Jeels das Gesicht verzog, ließ sie den Satz unvollendet ausklingen.

Nun, da es seiner Patientin wieder besserging, kehrte Jeels' eigene Unruhe zurück. Als der Vogt in den Gottesraum drängte, eilte Jeels ihm entgegen. Seine Augen suchten nach Wemke, doch er konnte sie nirgends entdecken.

»Wo sind Dr. Hoffmann und …«

Der Vogt schüttelte den Kopf. »Eine breite Wasserschneise hat uns zum Umkehren gezwungen.« Er ließ den Kopf hängen, als ob er sich vor den anderen schämte. »Wir haben es nicht gewagt, sie zu überqueren. Vielleicht hätten wir es dann nicht mehr zurückgeschafft.«

Jeels hörte die letzten Worte gar nicht mehr. Er griff nach einem Seil, das am Boden lag, und stob zur Treppe. Krischan fluchte laut auf, um ihm dann stehenden Fußes zu folgen.

34

Wenn der Herr Doktor in seiner Kammer ersaufen will, dann ist das seine Sache«, sagte Gerlind mit resoluter Stimme. »Hubert und ich werden jetzt sofort aufbrechen. Und das sollten Sie auch tun.« Sie umfasste Wemkes Arm und nickte zu der geschlossenen Tür. »Der da drinnen wird nicht mehr vernünftig! Sie stehen hier doch schon eine geschlagene Stunde und betteln. Denken Sie an die arme Kleine. Das Wetter wird immer schlechter, das Wasser steigt. Bald ist der Weg ins Dorf nicht mehr zu schaffen. Die Glocke läutet schon seit einer ganzen Weile!«

Wemke hob bittend die Hand, um das Mädchen zum Schweigen zu bringen, doch Gerlind beachtete sie nicht. »Der Herr Doktor wird sich nicht bitten lassen, auch wenn Sie die Tür einschlagen. Wir Dienstboten haben Augen und Ohren und wissen, was er sich zusammendichtet. Der Herr fühlt sich in seiner Ehre gekränkt. Männer!«, schloss sie abfällig, als sei mit diesem Wort alles geklärt.

Als Wemke sich nicht von der Tür fortziehen ließ, zuckte Gerlind die Schultern. »Wenn Sie nicht wollen, dann werden wir alleine gehen. Dem Herrn Doktor wäre es in seinem verbohrten Zustand wahrscheinlich am liebsten, wenn Sie hier ersaufen täten. Das sähe er sicherlich als gerechte Strafe.« Wemke zuckte zusammen. »Frau Doktor, Sie sind noch jung. Wollen Sie wirklich ins Gras beißen, nur weil dieser sture Bock es sich wünscht? Also ich tät es nicht!«

In dem darauffolgenden Schweigen drang das Tosen des Sturms noch deutlicher zu ihnen durch. Ein gewaltiges Brausen mischte sich in den pfeifenden Gesang des Windes. Draußen schien die Welt unterzugehen, dessen war sich Wemke bewusst. Und doch konnte sie sich nicht dazu entschließen, Konrad alleine zu lassen.

»Bitte, Gerlind, nehmt Freya mit«, bat sie flehend.

Mit einem Seufzen wandte sich die Bedienstete von ihr ab, um der Kleinen Mantel und Schuhe anzuziehen.

Doch als sie Freyas Hand umfasste und diese begriff, dass ihre Schwester nicht mitkommen würde, klammerte sie sich an Wemkes Rock fest. »Will bei Wemma bleiben.«

Hubert warf sich seinen Seesack über den Rücken und öffnete die Außentür. Geläut klang schwach zu ihnen herüber. Dann riss eine Böe Hubert die Klinke aus der Hand und die Worte fast von den Lippen.

»Gerlind, nun komm endlich. Die Fluten haben an einigen Stellen die Dünen durchbrochen. Das Wasser läuft uns schon über die Füße. Wir müssen dringend los.«

Die Dienstbotin wandte sich mit einem letzten bittenden Blick Wemke zu, doch diese schüttelte nur traurig den Kopf. »Ich kann nicht.«

Als Gerlind in die Hocke ging und die Arme nach Freya ausstreckte, versteckte sich das Kind hinter Wemkes Beinen und ließ sich nicht hervorlocken. Mit bebenden Lippen eilte Gerlind hinaus. Die Tür fiel hinter ihr ins Schloss.

»Konrad, bitte mach auf!« Wemke hämmerte gegen das Holz. »Alle sind fort und bringen sich in Sicherheit. Wir müssen das auch tun. Ich flehe dich an, komm mit uns! Wir müssen ins Dorf zu den anderen, oder wir werden ertrinken.«

Es kam keine Antwort. Dann, als ob sie es Wemke abgeschaut hätte, schlug Freya mit ihren kleinen Fäusten auf die Tür ein.

»Feia will nicht ertrinken«, sprach sie Wemke nach. Dann rief sie ganz laut: »Nicht Wasser, hopp hopp!« So sagte Krischan immer, wenn er die Kleine auf dem Schaukelseehund reiten ließ.

Für einen Augenblick wurde es ganz still. Selbst der Sturm schien den Atem anzuhalten. Dann, unendlich langsam, öffnete sich die Tür einen Spaltbreit. Konrads Blick wanderte zu dem Kind hinab. Entsetzen lag auf dem bleichen Gesicht des Arztes. Er sah fiebrig aus und seine Hände zitterten, doch Freyas Stimme schien ihn endlich aus seiner Erstarrung gelöst zu haben.

»Freya«, flüsterte er und sah Wemke vorwurfsvoll an. »Warum hast du sie nicht mit Hubert fortgeschickt?«

»Freya wollte nicht ohne mich gehen. Und ich gehe nicht ohne dich. Konrad, bitte!« Wemke fing an zu weinen. »Noch können wir es gemeinsam schaffen. Tu es für das Kind!«

Konrad hob Freya hoch, die sich eng an ihn schmiegte und ihm Küsschen auf die Wange drückte. Ihre Liebe riss ihn aus seiner Verbitterung, öffnete ihm die Augen für das Wesentliche. War er des Wahnsinns, das Leben dieses kleinen Wesens für seine gekränkte Ehre aufs Spiel zu setzen? Mit zitternden Fingern strich er ihr über das Gesicht. Gott im Himmel, was war er für ein Narr gewesen.

Noch vor einer Stunde hatte er die drohende Sturmflut freudig begrüßt. Sie schien ihm von Gott gesandt. Er hatte nichts anderes herbeigesehnt als düstere Nacht und Tod. Es war ihm gewesen, als seien er und das Meer eines Sinns und hätten befunden, dass Wemke und Jeels ein gerechtes Schicksal ereilen würde. Und sein Leben war ihm sowieso nichts mehr wert. Doch an Freya hatte er nicht gedacht.

Jetzt erst ging Konrad auf, dass es auch Unschuldige treffen würde. Sein geliebtes Kind durfte nicht ertrinken. Wie hatte er glauben können, eins mit dem Meer zu sein? Es nahm sich einfach, wonach immer es ihm verlangte. Und was die See nicht haben konnte, wurde zerstört. So wie er die Liebe zwischen Jeels und Wemke hatte zerstört sehen wollen. Konrad stellte das Kind vorsichtig wieder auf den Boden und fuhr sich mit zitternden Händen durchs Haar. Was hatte die Eifersucht nur aus ihm gemacht? Wollte er so wirklich sein? Grausam und rachsüchtig?

In all den Jahren hatte er seine eigenen Gefühle niemals höher bewertet als die anderer. Ihn entsetzte, welch zerstörerische Macht enttäuschte Liebe haben konnte. Sie hatte ihn blind gemacht. Doch jetzt sah er wieder klar. Freya und Wemke mussten in Sicherheit gebracht werden. Sofort.

»Komm!«, forderte er Wemke auf und ging entschlossen zur Wohnungstür. Dort schlüpfte er in seinen Mantel und nahm Freya auf den Arm. Wemke stolperte schluchzend hinter den beiden her.

Ihr entfuhr ein Schrei angesichts der Hölle, die sie draußen vorfanden. Auch Konrad starrte fassungslos auf die scheinbar unendliche graue Fläche. Es gab kein Land mehr, nur vereinzelt ragten noch höhere Dünen aus dem Wasser hervor. Der Himmel hing so tief, dass er die Wassermassen fast zu berühren schien. Graue Wolken schwebten wie zerrissene Vorhänge über das wütend tobende Wasser. Das donnernde Tosen riss Konrad aus seiner tranceartigen Versteinerung.

Er setzte sich Freya auf die Schultern. »Halt dich fest, Liebes!«, rief er. Er wusste nicht, ob seine Worte die Kleine durch den Sturm erreicht hatten, doch sie umklammerte ihn instinktiv mit ihren Beinchen.

Wasser schoss von den Dünen kommend auf sie zu und ließ den Arzt fast in die Knie gehen, doch er fing sich wieder. Alle Benommenheit glitt von ihm ab, und mit ihr schwand jeglicher Hass aus seinem Herzen. Während seine Füße nach einem Weg durch den Morast suchten, überschlugen sich in seinem Kopf die Gedanken.

Wie hatte er die Menschen, die er am meisten auf der Welt liebte, nur dieser Gefahr aussetzen können? Könnte er nur die Uhr zurückdrehen. Und wäre er nur nicht so geschwächt. Was, wenn sie alle drei umkommen würden?

»Dann möge Gott mir vergeben«, murmelte er leise.

Auf einer Anhöhe blieb Konrad keuchend stehen. Er ergriff Wemkes Arm und schaute ihr fest in die Augen. »Ich werde mir das hier nie verzeihen können, Wemke. Bitte vergib mir mein selbstsüchtiges Verhalten. Ich war in den letzten Tagen nicht ich selbst. Doch jetzt kann ich wieder klar denken.«

»Ich soll dir vergeben?« Wemke umschlang ihn und fing leise an zu weinen. Für einen Moment verharrten sie so. Dann löste Wemke sich von Konrad und sah ihn an. »Ich danke Gott dafür, dass du wieder der Konrad bist, den ich kenne. Es gibt nichts zu verzeihen!«

Ein Lächeln gelang ihm und er drückte sie noch einmal fest an sich. »Wir müssen weiter«, drängte er dann.

Der alte Turm mitten im Dorf, der von der hohen Düne aus gut zu sehen war, schien der einzige Halt, das einzig Sichere zwischen Himmel und Wasser. Konrads Augen suchten nach dem bestmöglichen Weg dorthin. Mit vorsichtigen Schritten tasteten sie sich durch den Schlamm und die Wassermassen voran.

So wie der Sturm beständig an Stärke zunahm, so stieg auch das Wasser mit rasender Geschwindigkeit an. Es führte Sträucher und Holzstücke mit sich, die ihnen gegen die Beine schlugen. Jeder Schritt wurde zur großen Anstrengung. Sie liefen wie durch unbekanntes Revier. Wo gestern noch Häuser gestanden hatten, ragten nun nur mehr Trümmer hervor. Das Wasser strömte durch offene Balkengerüste. Einzig das Näherkommen des Turms war ein Ansporn, sich bis zum Äußersten abzumühen.

Wemke hielt sich dicht hinter Konrad. Manchmal schwankte er, und sie konnte daran ermessen, wie viel Kraft ihn dieser Weg kostete. Weißflockige Gischt flog ihnen ins Gesicht. Wasser spritzte um sie her auf und nahm Wemke fast die Sicht.

Plötzlich hörte sie Konrad schreien. Er umfasste ihren Arm und zwang sie zum Stehenbleiben.

Entsetzt wies er auf eine reißende Schneise, die ihnen den Weg abschnitt. Mit unglaublicher Wucht schossen schäumende Wassermassen durch die Senke und rissen Sand, Steine und Muscheln mit sich fort. Die reißende Flut wurde immer breiter und überschwemmte zunehmend das Land. »Ihr könnt hier nicht vorbei«, schien sie ihnen gurgelnd zuzuraunen.

Wemkes Herz drohte auszusetzen. Verzweiflung griff nach ihr. Ohne Freya hätten sie vielleicht springen können. Aber die Kleine würde es nicht schaffen. Sie saßen in der Falle!

Konrad drehte sich um und seine Augen wanderten gehetzt über die Wasserwüste, die sich hinter ihnen erstreckte. Er wandte sich wieder der Schneise zu. Dann reichte er Freya zu Wemke herüber und griff nach einem Holzstab, der im Wasser schwamm. Er ließ sich in die Hocke nieder und senkte die Latte ins Wasser.

»Brusthoch!«, rief er. »Ich versuche es!« Der Sturm schleuderte die Worte zu Wemke herüber.

Mit weit aufgerissenen Augen starrte sie ihn an. »Was versuchst du?«

»Ich steige ins Wasser und hebe Freya hinüber. Du musst springen.«

»Nein, Konrad! Der Sog wird dich mit sich reißen.« Ihre gellenden Worte wurden vom Sturm zerfetzt. Ein Brausen, als ob die Welt unterginge, füllte ihre Ohren.

Konrads Augen drückten seine Entschlossenheit aus. Er glitt, sich auf Händen und Füßen vortastend, ins Wasser, und Wemke sah ihn nach Luft schnappen. Für einen schrecklichen

Moment wirkte es auf sie, als würde er gleich ohnmächtig werden. Doch schwankend hielt er auf dem sandigen, sich bei jeder Woge auflösenden Boden das Gleichgewicht.

»Gib mir jetzt die Kleine und spring«, schrie er.

Seine Hände griffen nach Freya. Das Kind weinte laut und streckte in einer verzweifelten Geste die Arme nach Wemke aus. Die schier unmenschliche Anstrengung stand ihm ins Gesicht geschrieben, als der Arzt die Kleine auf die andere Seite hob. Wemke nahm im gleichen Moment Anlauf und setzte mit einem Schrei über die Senke. Sie fiel, spürte, wie die Nässe all ihre Kleiderschichten durchdrang, und rappelte sich keuchend wieder auf. Ihre Hände packten das Kind. Sie presste Freya fest an sich. Vorsichtig ließ Wemke sich in die Hocke sinken und streckte Konrad ihre freie Hand entgegen.

Doch ihn schienen alle Kräfte verlassen zu haben. Das Wasser riss an ihm, und er konnte sich offenbar kaum noch aufrecht halten.

»Wemke, du musst fliehen! Ich schaffe es nicht mehr.« Der Wind verzerrte seine eindringlichen Worte.

»Ich gehe nicht ohne dich! Konrad, komm, versuche es nochmal!« Tränen liefen ihr über die Wangen. Ihre zitternde Hand hielt die seine, während das Wasser ihn umtoste. Schon merkte sie, wie seine Finger sich lösten.

»Rette dich, Wemke. Du sollst noch lange leben und glücklich sein. Geh mit Gottes Segen und meinem. Geh, und denke im Guten an mich.«

Vor lauter Tränen konnte Wemke fast nichts mehr sehen. Plötzlich merkte sie, dass jemand sie zur Seite drängte.

»Wemke, mach Platz!« Jeels' Stimme ließ sie vor Erleichterung fast ohnmächtig werden.

Kräftige Arme griffen nach Konrad und zogen den Arzt mit einem mächtigen Ruck aus der Schneise. Das Wasser riss ihm die Schuhe und Socken von den Füßen.

»Dr. Hoffmann, ich halte Sie!«, brüllte Krischan. Er stützte den entkräfteten Konrad, während dieser keuchend wieder zu Atem kam.

Dodo, der Robbenjäger, griff nach Freya, die ihr Gesicht an Wemkes Schulter barg. »Kannst ruhig zum alten Dodo kommen und dich an ihm festklammern, du kleine Wassermaus«, brüllte er ihr ins Ohr. »Hab schon so manchen Seehund aus dem Nass gezogen und soll dich wohl auch noch heil ins Trockene bringen.«

Jeels hatte nur noch Augen für Wemke. Er drängte sich an den anderen vorbei und zog sie in seine Arme. »Gott sei Dank, ihr lebt! Ich glaubte schon, dich verloren zu haben.«

Sein Mund war dicht an ihrem Ohr, und Wemke hörte in seiner Stimme die Qualen, die er ausgestanden hatte. Sie spürte seine Nähe, fühlte sein Herz kraftvoll und stetig gegen ihres schlagen. Es war ein Augenblick schierer Glückseligkeit. Wemke lächelte unter Tränen. Mit beiden Armen umklammerte sie ihn, presste ihren Kopf an seinen Hals. Und langsam, ganz langsam beruhigte sich auch ihr eigener Herzschlag. Jeels war bei ihr. Jetzt würde alles gut.

»Ich konnte nicht einfach gehen und Konrad zurücklassen«, sagte sie, und ihre Stimme brach.

Er nickte nur. »Ich weiß. Gerlind und die anderen Dienstboten sprachen davon. Sie sind uns begegnet. Die drei haben es über die Wasserschneise geschafft und sind sicherlich schon wohlbehalten im Turm angekommen. Ist mit dir alles in Ordnung?«

Wemke nickte nur. Sprechen konnte sie nicht. Sie waren gerettet!

35

Wemke hatte jegliches Gefühl für Raum, Zeit und sich selbst verloren. An Jeels' Seite saß sie im Turm und wachte über Konrad, den Jeels auf ein Lager aus Stroh gebettet hatte. Krischan und Dodo kümmerten sich derweil liebevoll um Freya, und auch Benno wich nicht von ihrer Seite. Nur ab und zu kam er und beschnupperte Jeels, als wollte er sich davon überzeugen, dass dieser auch tatsächlich da war. Es schien, als hätte das Erlebnis den Hund noch mehr mit den Menschen, zu denen er gehörte, verbunden.

Konrad hielt die Augen geschlossen. Sein Atem ging schwach. Hohes Fieber hatte Besitz von ihm ergriffen und schüttelte seinen ganzen Körper. Doch außer trockener Kleidung und kühlenden Tüchern gab es nichts, was sie dagegen tun konnten. Sein Zustand, der schon zuvor besorgniserregend gewesen war, verschlechterte sich zusehends.

Während Konrad seinen eigenen Kampf ausfocht, schwemmte Woge auf Woge über die Insel hinweg. Irgendwann rissen das Donnern der brechenden Wellen und das Krachen von berstendem Holz Wemke aus ihrer Versunkenheit. Onno starrte mit Augen groß wie Wagenräder aus dem Fenster.

»Nun muss es sich zeigen«, sagte Tedamöh mit zusammengekniffenen Lippen.

»Der Herr steh uns bei!«, betete der Pastor. Er schloss eines der weinenden Kinder in seine Arme und barg dessen Kopf an seiner Brust. Sacht wiegte er den kleinen Jungen.

Wemke setzte sich auf und schaute hinaus. Im ersten Grau des Morgens sah sie eine Wasserwand, so hoch wie ein riesiger Wal, auf den Turm zurasen. Stöhnen erklang um sie her, jemand schrie auf, andere bargen die Gesichter in den Händen. Die Angst der Menschen erreichte einen neuen Höhepunkt. Würde die Flutwelle den Turm mit sich reißen? Es konnte kaum anders kommen! Manche füllten die Lungen noch einmal mit Luft und hofften, dass das Ende schnell und gnädig sein würde.

Für Minuten bestand alles um sie her nur aus ohrenbetäubendem Donner, weißer Gischt und strudelndem Wasser. Der Sturm gab Töne von sich, die den Menschen die Haare zu Berge stehen ließen. Die Sturzwelle gierte nach dem Turm, warf sich gegen die steinernen Wände und riss mit einem gewaltigen Ruck die schwere Tür aus den Angeln. Die Menschen schrien, weinten und stießen Gebete hervor. Der Turm erbebte unter dem furchtbaren Stoß – doch er hielt stand!

Wiltert, der zusammenkauert vor einem der Fenster gehockt hatte, sprang auf. Auch die beiden Männer, die seine Bewachung übernommen hatten, waren sofort auf den Füßen, bereit, ihn wenn nötig zu ergreifen. »Das Tor«, stieß der Gefangene zwischen zusammengebissenen Zähnen hervor. »Die Kammer ist auf!«

»Soll sich das Meer doch in aller Seelenruhe mit unserem angehäuften Strandgut vergnügen. Hauptsache, es lässt den Turm stehen und uns überleben,« erwiderte der Vogt.

Wilterts unruhige Augen huschten über die Gegenstände, die das Wasser in rasenden Strömen mit sich ins Freie riss. Er machte ein paar Schritte in Richtung Treppe, doch die Wachen legten ihm die Hände auf die Schulter und hielten ihn zurück. Wiltert keuchte auf und schüttelte die Hände ab. »Ich muss runter!«

Der Vogt wandte sich ihm fassungslos zu. »Was willst du?«

Wiltert zog unbewusst, wie um Halt zu finden, etwas aus seinem Hemd hervor. Seine Finger schlossen sich um ein Schmuckstück. Für den Bruchteil einer Sekunde sah Jeels das Medaillon. Er wusste später nicht zu sagen warum, aber ihm war sofort klar, dass dieser Schmuck seiner Großmutter gehört hatte.

»Woher hast du das?« Er trat auf Wiltert zu und wies auf das Kleinod.

»Das wüsstest du wohl gerne, was? Es gehört mir.« Herausfordernd blickte der Brandstifter Jeels an. Seine Hand zerrte an der Kette, bis sie zerriss. Dann ließ er das Schmuckstück triumphierend vor Jeels' Augen baumeln. »Hast wohl geglaubt, dass dir alles in den Schoß fällt, hä? Doch das hier wirst du nicht bekommen. Es gehört mir, verstehst du, mir allein. So wie alles andere.« Sein Gesicht war dem von Jeels ganz nahe.

Jeels riss ihm das Medaillon aus den Händen und ließ mit einer schnellen Bewegung den Deckel des Schmuckstückes aufschnappen. Es enthielt das Bildnis eines jungen Mannes. Im Deckel des Anhängers stand ein Name: Jeelke.

»Es gehörte meiner Großmutter und somit mir«, sagte Jeels mit fester Stimme.

»Dir gehört gar nichts hier auf der Insel«, schrie Wiltert wutentbrannt. »Deine Mutter war eine Hure, und es stand meinem Vater zu, ihr Hab und Gut an sich zu nehmen. Ich bin sein Erbe!« Er drehte sich zu den anderen um, die näher gekommen waren. Der Streit lenkte sie von dem Geschehen vor dem Fenster ab. Gemeinsam mit Tedamöh und Krischan stellte sich auch Wemke an Jeels' Seite.

»Ja, stiert nur, Holzköpfe, die ihr seid!«, brüllte Wiltert und schlug sich gegen die Brust. Seine blutunterlaufenen Augen rollten in ihren Höhlen hin und her. »Mein Vater hat mich bestens versorgt. Ihr Narren habt heute Nacht alles verloren, aber ich werde als König diese verdammte Insel verlassen.«

»Jetzt ist er völlig verblödet«, sagte Dodo, der neben Krischan getreten war. »Da kann sich der Richter das Urteilen sparen und ihn gleich in die Anstalt geben.«

Ein zweiter Wellenangriff ließ den Turm erneut erzittern und die Menschen aufschreien. Wiltert fuhr zum Fenster herum. Mit den Fäusten hämmerte er auf die Steinmauer ein.

»Aufhören«, schrie er gegen das Tosen der Flut. »Lass deine gierigen Finger von *ihr*!«

»Von wem redest du?« Dem Vogt war unbehaglich zumute.

»Von *ihr* da unten!« Wilterts Lippen bebten und Speichel rann aus einem Mundwinkel. Er packte den Vogt beim Kragen. »Wir müssen *sie* retten!«

»Wen, um Gottes willen?« Entsetzt stieß der Vogt ihn von sich. »Es ist niemand mehr in der verdammten Kammer. Wir sind alle hier oben.«

»Nein«, flüsterte Wiltert und schüttelte wie irre den Kopf. »*Sie* ist da unten.« Er stieß seinen Kopf gegen die Mauer des Turms.

»Ja, wer denn?«, rief der Vogt aufgebracht, während die anderen den Kreis um Wiltert enger schlossen.

»Neeltje Jans«, kam es zischend aus dessen Mund.

Atemlose Stille folgte seinen Worten. Tedamöh trat näher. Sie schaute Wiltert lauernd an. »Meinst du die Statue der heidnischen Göttin, die unter all dem Treibgut begraben ist?«

Wiltert nickte. »Schlaue alte Hexe. Wir müssen sie raufholen.«

Die beiden Wachen begannen leise zu lachen. »Völlig durchgedreht«, sagte der eine und tippte sich an die Stirn.

Wiltert fuhr herum. Niemand wusste später zu sagen, wie es geschehen konnte, aber plötzlich hielt er eine Waffe in der Hand und bedrohte damit die Menschen in seiner Nähe.

»Niemand macht sich ungestraft über mich lustig.« Er nickte seinen Bewachern sowie Krischan und Jeels zu. »Ihr vier steigt jetzt in die Kammer hinunter und holt Neeltje Jans herauf.«

»Bist du nicht ganz gescheit? Das geht nicht!« Tedamöh, die sich auch von einer Pistole nicht so ohne weiteres einschüchtern ließ, baute sich vor Wiltert auf. »Schau doch mal nach draußen. Das Wasser wird ihnen bis zum Hals gehen, und der Sog wird sie hinaus aufs Meer treiben.«

Wiltert lachte böse und fuchtelte mit der Pistole herum. »Wenn ihnen ihr Leben lieb ist, dann werden sie für mich die Göttin retten.«

Mit einem plötzlichen Satz war er bei Wemke, ergriff sie und hielt ihr die Waffe an die Schläfe. »Dies mag vielleicht Ansporn sein. Zumindest für einen von euch.«

»Lass sie los!« Jeels wollte Wiltert an die Kehle springen, doch Krischan hielt ihn zurück.

»Ganz ruhig, mein Freund«, raunte er eindringlich. Besser, sie taten, was dieser Verrückte wollte. Sonst würde es vielleicht noch ein weiteres Unglück geben in dieser Nacht.

»Jeels!«, rief in dem Moment Wemke. »Hör nicht auf ihn. Es ist zu gefährlich! Du wirst da unten ertrinken!« Offenbar war ihr kaum bewusst, in welcher Gefahr sie selbst schwebte. Dann gaben ihre Beine nach, und sie sank zu Boden. Wiltert packte Wemke unter den Armen und riss sie wieder hoch.

»Ich habe lange auf diesen Moment warten müssen, aber ich werde für alles entschädigt werden, wenn das hier vorbei ist!« Er lachte wie über einen guten Scherz. Dann drückte er die Waffe fester gegen Wemkes Schläfe. »Vielleicht nehme ich dich mit, mein Herzchen. Wir beide werden ein gutes Leben haben, im Geld schwimmen. Diesmal wird der schlaue Jeels van Voss mir nicht dazwischenfunken!«, triumphierte er. »Er wird das bekommen, was er verdient. Ein kühles Grab!« Mit der freien Hand umklammerte er Wemkes Hals. Diese versuchte verzweifelt, mit den Fingern den Griff um ihre Kehle zu lockern.

Jeels spürte, wie unkontrollierbare Wut in ihm aufstieg. Der Kerl war ja völlig verrückt. Er konnte sich nicht länger zurückhalten. »Du lässt Wemke jetzt sofort los, oder…«

»Oder was? Wenn du mich angreifst, Schwachkopf, dann bringe ich sie um!«

Wiltert sah Jeels hasserfüllt an. Doch dieser war nicht mehr Herr seiner selbst. In seinem Kopf explodierte die Wut. Er stürzte sich auf Wiltert. Ein Schuss löste sich. Die Waffe fiel Wiltert aus der Hand, und Krischan packte sie. Alle schrien durcheinander. Diesen Moment der Verwirrung nutzte Wemke, um sich aus Wilterts Fängen zu befreien. Fluchend wehrte dieser sich gegen Jeels' Angriff. Weitere Männer stürzten sich auf ihn, und Wiltert wurde zu Boden gerissen. Wie eine Schlange entwand er sich den Händen der anderen, rappelte sich auf und rannte zum Ausgang. Der Vogt setzte ihm nach.

In dem Moment griff eine riesige Welle nach dem Turm und ließ ihn erneut erzittern. Die Menschen hielten den Atem an und verharrten reglos. Wiltert stand auf der obersten Stufe der in die Außenwand eingelassenen Treppe und presste sich eng an die Mauer. Seine Augen hingen wie gebannt an dem Gegenstand, den die Wellen nun mit sich aus dem Turm rissen.

»Nein!«, schallte sein irrer Schrei durch den Turm.

Der Vogt griff nach Wilterts Arm, doch dieser riss sich los und hastete an die Wand gepresst die Treppe hinunter. Der Kopf einer Statue tauchte aus dem Wasser auf.

»Neeltje Jans!« Wiltert löste sich von der Mauer und stolperte die restlichen Stufen hinab. Wasser umfing seine Füße, seine Beine, seine Hüften. Er griff mit beiden Armen nach der Göttin, die aus den Fluten ragte.

»Sie gehört mir!« Für einen winzigen Moment schwieg der Sturm und seine Worte hallten bis zum Kirchraum hinauf.

»Wiltert, nein!« Die Wirtin stand oben im Treppengang und streckte die Arme nach ihm aus.

Doch das Meer schert sich nicht um die Worte von Menschen, um die Gefühle einer Mutter. Eine hohe Woge peitschte erneut gegen den Turm. Sie jagte das Wasser die Treppe hoch und zog den Mann, der die Figur umschlungen hielt, mit sich. Einmal noch sahen die Insulaner Wilterts Kopf und den Körper der Statue emportauchen, hörten einen gellenden Schrei, der sogar Sturm und Wellenbrausen übertönte, dann sog das Meer beide gurgelnd hinfort.

Als ob das Opfer die See besänftigt hätte, schlug das Wetter innerhalb kürzester Zeit um. Die Menschen begriffen es nur langsam. Als ihnen klarwurde, dass die Gefahr vorüber war, dass sie überlebt hatten, sanken viele erst einmal in einen erschöpften Schlaf. Auch Freya schlummerte selig. Wemke dagegen fand keine Ruhe. In eine Wolldecke gehüllt saß sie still und wie gelähmt neben Jeels. Nach dem tobenden Inferno herrschte jetzt eine fast unwirkliche Lautlosigkeit um sie herum. Die Stille war kaum besser auszuhalten als das Tosen der See in der Nacht. Wemkes Augen ruhten auf Konrad, der zu ihren Füßen gebettet lag.

»Sein Zustand ist unverändert«, flüsterte Jeels.

In dem Moment regte der Kranke sich. »Wemke«, flüsterte er heiser.

»Ich bin hier, bei dir.« Sie schälte sich aus der Decke und glitt an seine Seite. Ihre Hand legte sich auf die seine. Wemkes Lächeln zerfloss zu Tränen, als sie in das vertraute Gesicht sah. Es schien völlig blutleer zu sein.

Wangerooge hatte der Flut die Stirn geboten, obwohl die See mit Haifischzähnen über sie hergefallen war und die Insel schier in Stücke gerissen hatte. Hier im Turm entschied sich jetzt ein anderer Kampf. Das Leben schien aus Konrads Körper zu entweichen. Es grenzte an ein Wunder, dass dieser die Nacht überstanden hatte und noch bei Bewusstsein war.

»Jeels!«, sagte Konrad jetzt.

Dieser kniete an dem Krankenlager nieder. Konrad versuchte zu sprechen, und schließlich gelang es ihm. »Die Menschen hier auf der Insel brauchen einen Arzt. Sie sind der richtige Mann dafür.« Er streckte dem Jüngeren seine Linke entgegen.

Jeels zögerte, doch dann wurde ihm klar, dass der Ältere eine Antwort brauchte. Er lebte jetzt schon nur noch mit geborgter Zeit.

»Ich werde mein Bestes geben«, sagte Jeels mit gepresster Stimme.

Dr. Hoffmann lächelte ihm schwach zu. »Das wird genug sein. Da ist noch was.« Er schluckte und schloss die Augen, um dann erneut Jeels' Blick zu suchen. »Ich möchte Ihnen nicht nur meine Patienten anvertrauen.« Er richtete sich etwas auf und führte Jeels' und Wemkes Hände zusammen. »Werdet glücklich miteinander und gebt gut auf meinen kleinen Augenstern acht.«

Erschöpft ließ er sich zurücksinken. Seine Kräfte waren verbraucht. Wemke gab einen kleinen Schrei von sich und nahm ihn in ihre Arme. Unaufhörlich rannen Tränen über ihre Wangen. Sie presste Konrad fest an sich und wiegte ihn.

Konrads Lider flackerten auf und seine glasig werdenden Augen lächelten sie an. »Nicht weinen«, sagte er mit klarer Stimme. »Es ist hell dort, meine Liebe. Ich spüre schon das Sonnenlicht!«

Ein Seufzer kam über seine Lippen. Dann sackte sein Kopf kraftlos in Wemkes Schoß.

Als die Flut zum Stehen kam und das Wasser allmählich wieder zurückging, wagten der Vogt und einige andere Männer sich aus dem Turm, um das Zerstörungswerk zu betrachten. Ein schreckliches Bild bot sich ihren Augen:

Die Mauern der meisten Häuser standen nicht mehr. Alle Hausratssachen waren weggeschwemmt, ein großer Teil des Viehs ertrunken. In den Niederungen stand immer noch das Wasser.

»Da tummeln sich jetzt Fische, wo früher die feinen Damen spazieren gegangen sind.« Onno wies auf den ehemaligen Garten der herrschaftlichen Anlagen. »Wenn das Wasser versickert, dann werden sich Aal und Hering aber wundern. Und wir haben was für den Kochtopf, und das ganz ohne Netz und Boot.«

Den anderen gelang es in diesem Moment weniger gut, der Situation etwas Positives abzugewinnen. Krischan wies mit betroffener Miene zu einer Baumgruppe, die immer noch fußhoch von Meerwasser umspült war. »Sollt mich wundern, wenn dort noch jemals wieder was Grünes wächst.«

Die Männer wankten stumm durch den Morast bis zum Strand. Die Niedergeschlagenheit auf den Gesichtern der Insulaner sprach Bände.

»Wenn der Turm nicht gewesen wäre, dann hätten viele von uns in dem wilden Wasser ihr Grab gefunden«, sagte der Bäcker in die betroffene Stille hinein.

»Es grenzt an ein Wunder, dass er nicht gestürzt ist«, erwiderte der Vogt mit grauem Gesicht. »Der Sand um ihn herum ist mehrere Fuß tief weggeschwemmt.«

»Dem Herrn sei es gedankt.« Der Pastor faltete die Hände. »Auch dass er uns in der letzten Nacht den Mond leuchten ließ. Ohne sein Licht hätte die Flucht nicht gelingen können.«

»Hoffentlich schickt er uns jetzt auch noch Hilfe von der Regierung. Ich weiß nicht, was sonst werden soll. So viele haben in der letzten Nacht ihre Bleibe und das Vieh verloren. Und an einen Badebetrieb ist wohl im nächsten Jahr auch nicht zu denken. Wovon sollen wir nur leben?« Die Worte des Vogts klangen bitter.

Er sprach aus, was alle dachten. Mit verzweifelten Gesichtern blickten die Männer über den Strand. Er war durch die Sturmflut etliche Fuß niedriger geworden. Überreste von Viehtränken und Brunnenteile lugten aus dem Sand.

»Da hat das Wasser sich ordentlich ins Zeug gelegt, damit wir was zum Gucken haben.« Krischan bückte sich und hob eine Tonscherbe auf.

»Das müssen Überreste einer alten Besiedlung sein.« Der Pastor wies mit dem Finger auf die Kleischichten, die zu Tage getreten waren. »Vielleicht sind hier früher Weiden gewesen.« Er schritt weiter. »Seht nur, hier ist ein Sandstein freigespült.«

»Den Menschen damals ist es wohl nicht besser ergangen als uns«, seufzte der Bäcker. Er breitete die Arme aus. »Ihr könnt sagen, was ihr wollt, aber hier gibt es keine Bleibe mehr für uns. Wir müssen entweder auf das Festland übersiedeln oder auf der Ostseite, wo die Dünen höher sind, ein neues Dorf aufbauen. So sehe ich das jedenfalls.«

Jeels war tief in Gedanken versunken hinter den anderen zurückgeblieben. Seine Hand hielt das Medaillon umschlossen, das er Wiltert abgerungen hatte. Mit den Augen nahm er die Verheerungen durch die Sturmflut wahr, die schaurige Wüstenei. Doch in seinem Inneren sah er andere Bilder. Seine Finger berührten fast zärtlich die glatte Fläche des Schmuckstückes. Es barg das Herz seiner Großmutter, ihre Liebe. Jeelkes Schicksal ging ihm durch den Sinn. Es hatte zu allen Zeiten Leid auf der Insel gegeben, nicht nur vom Meer verursacht. Weder seine Großmutter noch seine Mutter waren davon verschont geblieben. Deutlich sah er jetzt Reemkes Gesicht vor sich, das rote Haar, die glücklichen Augen. Die Inselrose hatte sich durch nichts und niemanden von Wangerooge vertreiben lassen.

Jeels atmete tief durch und schloss zu den anderen auf. Seine Stiefel versanken im Morast, und es roch nach Moder.

»Für die Übersiedlung aufs Festland wird der Landesherr

vielleicht noch seinen Geldsack zücken, aber glaubt mir, wer hierbleiben will, der muss sich selbst helfen«, hörte er den Vogt gerade sagen. »Die Oldenburger sitzen auf dem Geld wie eine Glucke auf ihren Eiern. Ob ein paar Insulaner umkommen, ist ihnen egal!«

»Die rücken ihre Reichstaler nur raus, um uns von dannen zu kriegen. Wir sollen einen Vorschuss haben, um nach dem Festland überzusiedeln. Aber ich tu's nicht!«, sagte Dodo bestimmt.

»Ich bleibe auch auf Wangerooge. Keine zehn Pferde kriegen mich hier weg«, schloss Krischan sich ihm an.

»Meine Oma wird sich auch nicht vertreiben lassen!« Onno bückte sich, zog einen sich windenden Aal aus dem Schlamm und schwang ihn wie ein Lasso. »An ihr würde sich selbst der olle Großherzog die Zähne ausbeißen«, rief er.

Der Vogt nickte ihnen anerkennend zu. »Das macht mir Mut! Der harte Kern bleibt also, mich eingeschlossen. Da wird einiges an Arbeit auf uns zukommen. Aber das Meer nimmt und gibt. Gestern haben wir ihm einen ordentlichen Tribut zahlen müssen. Dafür ist es uns etwas schuldig. Und darauf will ich vertrauen und auf bessere Zeiten hoffen.«

Jeels war neben ihn getreten und hob einen zerbrochenen Krug auf, der zu seinen Füßen lag. Er streckte das Gefäß wie zum Gruß der Sonne entgegen, die gerade durch die Wolken brach. Sie tauchte das Meer in einen goldenen Schein.

»Zu allen Zeiten haben Sturmfluten diese Insel bedroht«, sagte er nachdenklich. »Unglück ist über die Menschen gekommen, damals wie heute. Dieser Krug erzählt davon. Und doch haben die Wangerooger immer wieder einen neuen Anfang gewagt. Wollen wir etwa weniger mutig sein als sie?«

»Nein!« Die Männer umringten ihn.

Der Vogt klopfte Jeels auf die Schulter. »Recht hast du. Wir wollen neu beginnen!«

Die Luft, die vom Meer herwehte, schmeckte nach Salz und Fisch. Über ihnen zogen Möwen ihre Kreise und schrien voller Freiheit und Lebensmut gegen den Wind an.

»Jau!«, rief Krischan und schwenkte seinen Hut. »So soll es sein.«

Lächelnd betrachtete Jeels die Insulaner. Gemeinsam würden sie es schaffen!

Epilog

Wangerooge, August 1863

Jeels formte aus Muscheln einen lachenden Mund für die Meerjungfrau aus Sand. Er trat zurück, um die Wirkung zu begutachten. Freya klatschte begeistert in die Hände. Sie rannte zum Meeressaum und kam mit der leeren Eihülle eines Rochens zurück.

»Seht nur, eine Nixentasche!«

Wemke beobachtete die beiden mit einem glücklichen Lächeln. Sie trat an Jeels' Seite und tastete nach seiner Hand. Der Sand schmiegte sich um ihre Füße, das leise Rauschen der Wellen umhüllte sie sanft, und ein warmer Wind streichelte ihre Haut.

Mit allen Sinnen nahm Wemke die Insel in sich auf. Wangerooge war ihre Heimat geworden. Sie konnte sich nicht mehr vorstellen, jemals woanders gelebt zu haben. Mit in den Nacken gelegtem Kopf schaute sie zum Himmel hinauf. Das Licht war heute besonders intensiv. Alle Farben schienen deutlicher hervorzutreten. Sie stand in strahlendem Sonnenschein, und Wärme durchflutete sie. Kälte und Einsamkeit gab es in ihrem Leben schon lange nicht mehr.

Tief aus ihrem Inneren stieg ein Freudenschrei in ihr auf und sie sprang hoch in die Luft. Dann breitete sie die Arme aus und rannte los, immer am Wasser entlang. Freya folgte jauchzend ihrem Beispiel.

Jeels pfiff nach Benno und schlenderte den beiden langsam hinterher. Er beobachtete sie mit einem Lächeln auf dem Gesicht. Was für ein glücklicher Mann er war! Die Entscheidung, auf Wangerooge zu bleiben, hatte er nie bereut. Sogar Hilde gefiel es hier. Sie war nach der verheerenden Flut zu ihnen auf die Insel gekommen. Keine drei Wochen nach der Wiederaufnahme des Fährbetriebes stand sie urplötzlich vor ihm, die Hände in die Hüften gestemmt.

»Wenn der Prophet nicht zum Berg kommt …« Ihre Worte klangen strafend, doch ihre Augen hatten gelacht. Dann waren sie einander glücklich in die Arme gefallen, und auch Benno hatte sich vor Freude kaum fassen können. Und jetzt würde nichts und niemand Hilde wieder nach Bremen schaffen können. Sie hatte ihr Herz an die Insel und nicht zuletzt an Freya verloren, mit der sie endlose Stunden am Strand verbrachte. Jeels musste lachen, wenn er daran dachte, welch große Abneigung die Haushälterin einmal gegen Wangerooge gehegt hatte.

Er wurde wieder ernst, als er an die schwere Zeit nach der Neujahrsflut zurückdachte. Zum Lachen hatte es damals keinen Grund gegeben. Seine Kate war eine der wenigen, die von den Fluten verschont geblieben war. Männer der Regierung hatten der Insel einen Besuch abgestattet, um die Verheerungen der Sturmflut zu begutachten. Der Bau eines Leuchtturmes im Südosten war beschlossen worden und die Anlage eines neuen Friedhofes im Osten. Konrad hatte nach einem bewegenden Gottesdienst dort die letzte Ruhe gefunden. Die herrschaftliche Badeanstalt war nicht wieder aufgebaut worden. Weder der Landesherr noch die Regierung hatten ein Etablissement in den Ostdünen eröffnen wollen. Viele Wangerooger waren daraufhin dem Wunsch der Regentschaft gefolgt und auf das Festland gezogen.

Der Großteil der verbliebenen Insulaner war erst in diesem Jahr zum Ostdorf übergesiedelt.

Mit einer kümmerlichen Unterstützung durch die Obrigkeit hatten sie rund um den neuen Turm ihre Häuser errichtet. Mit den neuen Wohnstätten hatten sich auch wieder erste Gäste eingefunden. Menschen, die nicht die Geschäftigkeit eines großen Seebades suchten, sondern Ruhe und Zurückgezogenheit. Die Vermietung und Bewirtung war wieder aufgenommen worden. Bescheiden zwar, aber dafür mussten sich die Insulaner künftig auch nicht mehr die Gängeleien einer Hofrätin gefallen lassen.

An all das dachte Jeels, während er langsam durch den warmen Sand hinter Wemke und Freya her schritt. Ab und zu blieb er stehen, um auf Benno zu warten, dem lange Wege nicht mehr so leichtfielen. Das Anwesen in Bremen hatte er verkauft und neben der alten Kate, die jetzt von Krischan bewohnt wurde, ein neues Haus bauen lassen. Dort lebte er mit den Menschen, die er liebte. Ein Teil des Gebäudes diente ihm zur Behandlung seiner Patienten, weitere Räumlichkeiten wurden im Sommer an Gäste vermietet.

Seine besonderen Fähigkeiten hatten sich bis zum Festland herumgesprochen. Es setzten sogar Menschen für ein oder zwei Tage mit der Fähre über, nur um sich von ihm helfen zu lassen. Wemke unterstützte ihn in all seinem Tun. Sie hatte das Malen und Musizieren wieder aufgenommen und gestaltete für die Gäste Abende im *Ankerplatz.* Die Gaststube war als eines der ersten Häuser fertiggestellt worden, und auch im neuen Dorf war sie Angelpunkt für dörfliche Treffen und geselliges Beisammensein.

Vor Jeels' Augen tauchte der neue Leuchtturm auf, um den sich die Häuser schmiegten. Eine Kirche, ja, die fehlte im Dorf noch. Bei seiner Trauung mit Wemke hatte es keines Gotteshauses bedurft. Auf ihr beider Wunsch war die Vermählung unter freiem Himmel abgehalten worden. Hier, am Strand, in der warmen Sonne des letzten Augusttages vor acht Jahren. Wemke hatte in ihrem Hochzeitskleid wie ein schimmernder Schmetterling an seinem Arm geschwebt. Sie trug einen Kranz, den die Insulanerinnen ihr nach altem Brauch geflochten hatten. Handbreite Seidenbänder waren daran festgeknotet und hingen ihr bis zur Taille hinab. Freya schritt mit glücklichem Lächeln vor ihnen her und streute Blumen auf den weißen Sand. Die Zeremonie war schlicht und wunderschön. Keine Orgelmusik, nur das leise Rauschen der Wellen begleitete die Trauung.

Danach wartete Ailt mit der festlich geschmückten Kutsche des Vogtes auf sie und bestand darauf, mit ihnen über die Insel zu fahren. Benno ließ sich nicht lange bitten und sprang mit einem Satz mit auf den Kutschbock, und so folgten sie lachend seinem Beispiel. Die anderen Gäste winkten dem Hochzeitswagen mit fröhlichen Gesichtern hinterher.

Die Insulaner richteten die Feier aus, allen voran Hannes, der Wirt. Stolz gab er bei ihrer Rückkehr von der Rundfahrt dem Orchester ein Zeichen, das sie daraufhin mit einem Hochzeitslied begrüßte.

»Ist ja nicht, dass nur die Hofrätin was kann!« Unter dem Applaus der Gäste verbeugte er sich tief, um dann Wemke zu küssen und Freya durch die Luft zu wirbeln.

Onno, im roten Gewand, spielte den Clown und zog Blumen aus dem Ärmel. Er hielt sich viel bei den Wirtsleuten auf, die ihn im Laufe der Zeit ins Herz geschlossen hatten.

Jeels seufzte bei dem Gedanken an die tiefe Zufriedenheit, die er später, als Wemke zu ihrem ersten Tanz in seine Arme geglitten war, empfunden hatte. Und diese Zufriedenheit hatte ihn bis heute nicht wieder verlassen.

»Jeels!«

Wemkes Rufen rüttelte ihn aus der Verzauberung. Sie winkte ihm zu. Er sollte den beiden in die Dünen folgen. Seine Füße fanden wie von selbst den Weg. Die warme Luft war vom Duft der Inselblumen erfüllt. Jeels' Augen blieben an den

Strandastern hängen, deren von kleinen lilafarbenen Blättern umgebene Blüten leuchteten wie kleine Sonnen.

»Bist du glücklich?«, hatte sein Vater ihn einmal gefragt. Damals, in einem anderen Leben. Heute wusste er, was mit Glück gemeint war. Es bedeutete zu wissen, woher man kam und wohin man gehörte. Und damit war nicht nur ein Ort gemeint, nicht nur die Insel Wangerooge. Es schloss auch die Menschen ein, die man liebte.

»Glück«, dachte er. »Ich habe es gefunden. Alles Glück der Welt.«

Er drehte sich um, blinzelte in die Sonne und ließ von den Dünen aus seinen Blick über die grün funkelnden Wellen schweifen. Das Leben lag vor ihnen, weit, strahlend und geheimnisvoll wie das Meer um Wangerooge.

Schlusswort

Wenn man als Schriftstellerin das Netz seiner Fantasie auswirft, geschieht es manchmal, dass Handlungen, die man festgelegt hat, sich plötzlich während des Schreibens verändern. Man sieht Pläne vom Weg abkommen, Helden ganz andere Rollen übernehmen und Winzigkeiten wichtig werden. Das sind Augenblicke, in denen mich ein Gefühl von Demut beschleicht und für die ich wirklich dankbar bin.

Ich plante eine Reise in die Vergangenheit der Insel Wangerooge, wollte die Anfänge des Tourismus mit den Augen einer Außenstehenden erkunden und fand mich unversehens in den Sog der Geschichte hineingezogen. Ich brach auf, um den Zauber dieser Insel spürbar zu machen und fühlte mich von den Geschehnissen selbst bei der Hand genommen. Sie setzten sich wie ein Mosaik zusammen, dessen Teile ich, als Autorin, nach und nach finden und einpassen durfte. Das fertige Bild bringt mich selbst zum Staunen, und das macht den Reiz des Schreibens aus.

Ich habe festgestellt, dass nichts vorhersehbar ist. Das gilt für das Schreiben eines Romans, aber auch für die Reise durch das Leben. Da nützen weder gutes Kartenmaterial noch intensive Vorbereitungen. Letztlich mag es besser sein, alle Planung über Bord zu werfen. Vielleicht finden wir so viel einfacher unseren Weg. Denn jeder von uns hat seine eigene Geschichte. Wir alle sind winzige Sandkörnchen eines großen Strandes.

Zumindest steht mir dieses Bild vor Augen, wenn meine

Füße auf Wangerooge über den weichen Sand laufen. Aus wie vielen Muschelschalen, Krebsgehäusen, Bauteilen einstigen Lebens mag er entstanden sein? Was birgt und verbirgt er alles in sich? Tausende von Geschichten. Und wenn meine Augen dann über das weite Meer blicken und in den unendlichen Himmel, wird etwas spürbar, das mehr bedeutet als unser Gestern und Heute. Wo Himmel und Erde sich berühren, wo der Sand tausender Geschichten meine Füße wärmt, da scheinen Endlichkeit und Ewigkeit ineinanderzufließen.

Inspiration

Die Ostfriesischen Inseln – vom Meer geformte Reiche. Auf ihnen lebten noch vor gar nicht langer Zeit die Menschen völlig abgeschnitten von der Außenwelt. Die Insulaner waren nur von einem abhängig – der See. Ihr lieferten sie sich auf Gedeih und Verderb aus, lebten von ihren Gaben, aber auch von ihrer Gunst.

Dies änderte sich erst Anfang des 19. Jahrhunderts, als die Inseln für den Tourismus entdeckt wurden. Erste Erholungssuchende strömten auf die Eilande. Zunächst mit Skepsis betrachtet, entpuppte es sich bald als einträgliches Geschäft für die Insulaner, dem sie sich nicht verschließen konnten.

Das Leben auf den Inseln bekam ein neues Gesicht, das Meer aber blieb sich treu. Wie zu allen Zeiten bedrohten Sturmfluten die Inseln. Die Bewohner fühlten sich durch die natürlichen Dünen geschützt. Doch nicht immer ließ und lässt das Meer sich seine Beute streitig machen.

Bei meinem Roman ließ ich mich inspirieren von der Geschichte Wangerooges, nicht zuletzt von der der geheimen Hofrätin Westing, ihrem Gatten und dem Badearzt Dr. Chemnitz. Vieles habe ich ihrem ganz eigenen »Regiment« abgeschaut und in meine Geschichte verwoben. Die Charakterisierung der Figuren meines Romans entspringt jedoch ausschließlich meiner Fantasie. So wie ich auch einige tatsächliche Begebenheiten etwas verändert und der Handlung angepasst habe.

Jeels verfügt über die Fähigkeiten eines sogenannten *Knochenbrechers*. So nennt man hierzulande Personen, die die Gabe besitzen, bei Verletzungen durch Verheben, Verrenken, Verdrehen oder Verstauchen die Glieder, Gelenke, Sehnen und Adern wieder in die richtige Lage zu bringen. Den *Knochenbrechern* fehlt häufig die Berechtigung, ihre Tätigkeit offiziell auszuüben, doch ihre Hilfe ist immer noch so gefragt wie in alter Zeit.

Bei der Geschichte um *Neeltje Jans* ließ ich mich anregen von Bruchstücken eines Tempels zu Ehren dieser Göttin, die bei Colijnsplaat (Niederlande) von Fischern aus dem Meer gezogen wurden. Die Herkunft des Namens ist ungewiss. Sie wurde in alter Zeit als Göttin der See verehrt. Es wird vermutet, dass *Neeltje Jans* gleichbedeutend ist mit der römischen Göttin Nehalennia, die auf See fahrenden Reisenden Schutz bieten sollte.

Die geschichtlichen Hintergründe des Romans

Beginnen möchte ich mit der napoleonischen Herrschaft, die 1813 zu Ende ging. Das gesamte Jeverland, und somit auch Wangerooge, wurde wieder russisch. Der Zar im fernen St. Petersburg überließ es seiner Verwandtschaft vor Ort, die Verwaltung des kleinen Lands an der Nordseeküste zu übernehmen. 1819 wurde es endgültig an Oldenburg abgetreten.

Das Wangerooger Seebad erlebte seinen ersten Aufschwung, nachdem die Regierung im gleichen Jahr fünftausend Taler für den Ausbau der Seebadeanstalt ausgegeben hatte. Am Scheunenanbau der Vogtei wurde ein Logierhaus mit anfänglich fünf Zimmern (später erweitert) und in Verlängerung der Vogtei selbst ein Konversationshaus erbaut. Wangerooge diente in den kommenden Jahren zeitweilig als Sommerresidenz der Oldenburger Regenten.

Es war der Herzog Peter Friedrich, der eine kleine Anzahl Badekutschen anschaffen und aus einer alten französischen Kaserne ein Badehaus mit kalten und warmen Seebädern entstehen ließ. Die Insulaner bekamen Beihilfen, wenn sie annehmbare Übernachtungsmöglichkeiten in ihren kleinen Häusern schufen.

Der in Jever tätige Arzt Dr. Chemnitz wurde zum Hof- und Badearzt berufen. Er war eine Kapazität auf seinem Gebiet und wurde so etwas wie ein erster Kurdirektor. Der Badearzt machte die Insel bekannt. Er gab um 1821 eine kleine Schrift unter dem Titel »Wangeroge und das Seebad« heraus.

Der Badebetrieb war noch recht bescheiden. Dies änderte sich mit Regierungsantritt des Großherzogs Paul Friedrich August im Jahre 1829. Er legte Wert auf Repräsentation und fürstlichen Glanz. Die gesamte Einrichtung wurde in herrschaftliche Verwaltung genommen und auf Bestreben des Großherzogs ein verantwortlicher Badekommissar ernannt. Die Wahl fiel auf den geheimen Hofrat Westing aus Oldenburg, der mit seiner Frau Bernhardine und dem Arzt Dr. Chemnitz nunmehr das Direktorium des Badeetablissements bildete.

Die Einrichtung wurde laufend modernisiert, insbesondere das neue Logierhaus. Es war damals schon mit einem Nichtraucherzimmer ausgestattet und bot alle Arten der Zerstreuung. Man leistete sich sogar ein Roulette aus Frankreich, das von einem Pariser Kunsttischler gefertigt wurde.

1830 zählte man auf der Insel vierzig Badekarren am Strand, in denen sich vorwiegend Frauen und Kinder umzogen. Zum Eintauchen ins Meer wurden die Badekarren in die dafür nötige Wassertiefe gezogen. Das Baden selbst fand für Männer, Frauen und Kinder an getrennten Plätzen statt.

Das Baden bestimmte den Tagesablauf entscheidend, doch die gesellschaftlichen Vergnügungen boten den Höhepunkt des Badelebens. Den Gästen wurde der Aufenthalt so angenehm wie möglich gestaltet. An den Abenden gab es Zerstreuungen durch Vortragskünstler, Sänger, Artisten und Musiker, die zum Tanz aufspielten.

In den Monaten Juli und August traf sich die Oldenburger Gesellschaft, einschließlich des gesamten Hofstaates, auf der Insel. An der Spitze der Großherzog mit seiner Ehefrau Cäcilie, der eine besondere Liebe für Wangerooge nachgesagt wird. Neben dem Oldenburger Hofstaat fanden sich natürlich auch noch andere gutbetuchte Gäste im Seebad ein.

Insbesondere dem Geschick der Geheimen Hofrätin Westing verdankt das Seebad seine Blütezeit. Sie führte ein strenges Regiment. Die Insulaner fügten sich, doch immer wieder sorgte die Gegensätzlichkeit zwischen ihrem kargen Leben und dem mondänen Badebetrieb für Konfliktstoff.

Hatte schon im Februar 1825 die See einen ersten entscheidenden Angriff auf die Dünenkette der Insel unternommen, so setzte um Weihnachten 1854 erneut ein heftiger Sturm ein und peitschte hohe Wellen gegen den Wall. Bei Durchbrüchen wurden weite Flächen der Insel überflutet. Häuser wurden abgebrochen und das Material gesichert. Etliche Behausungen wurden ein Raub der Fluten.

Am Neujahrstag des Jahres 1855 schwoll das Meer erneut an. Durch die Dünendurchbrüche floss das Wasser über alle Niederungen der Insel. Von den fünfundsiebzig Wohnungen des alten Dorfes wurden einundzwanzig ein Opfer der Fluten. Viele andere wurden stark beschädigt oder zerstört. Rund um den alten Turm, wo vorher ein hoher Schutzwall lag, war jetzt freier Strand.

Das »alte« Wangerooge gab es bald nicht mehr. Die meisten Insulaner zogen auf das Festland. 1863 wurde das Dorf im Süden der Insel gänzlich aufgegeben. Übrig blieb einzig der Turm, der später »Westturm« genannt wurde. Einige mutige Insulaner entschlossen sich, am damaligen Ostende ein neues Dorf zu gründen. 1856 wurde dort auch ein Leuchtturm fertiggestellt. Dies ist der heutige »Alte Leuchtturm« beim Bahnhof.

Der »Westturm« – einzige Erinnerung an die Zeit vor 1854 – hatte noch bis 1914 Bestand und wurde dann aus militärischen Gründen gesprengt.

Literatur, die mir hilfreich war

Aschenbeck, Nils (Zusammenstellung), *Wangerooge, Eine Insel erzählt Geschichte*. Isensee Verlag (Oldenburg 2002)

Buurmann, Heinrich, *Als Norderney Seebad wurde*. Soltau-Kurier Norden (Norden 1985)

Chemnitz, Joh. Ludwig *Wangeroge und das Seebad*. Unveränderter Nachdruck der Ausgabe des Verlags Schuster, Leer (Jever 1833)

Grimm, Jacob, *Deutsche Mythologie*. Marix Verlag (Wiesbaden 2007)

Hartung, W. (Hrsg.), *Wangeroog – wie es wurde, war und ist*. Neue Bearbeitung im Auftrag des Oldenburger Landesvereins für Geschichte, Natur- und Heimatkunde. Edo Dieckmann Verlag (Oldenburg 1951)

Hederich, Benjamin, *Das gründliche mythologische Lexikon* (Leipzig, 1770). Wissenschaftliche Buchgemeinschaft Darmstadt (Repr. 1996)

Jürgens, Hans-Jürgen, *Wangerooge, Zeugnisse aus alter Zeit*. Rhode-Druck-Verlag OHG (Hasewinkel 1977)

Kohls, H., *200 Jahre Nordseebad Wangerooge, 1804 bis 2004*. Herausgegeben zur 200-Jahr-Feier im Juli 2004 von der Gemeinde Nordseeheilbad Wangerooge. Print Media GMBH (Wiesmoor 2004)

Kramer, Johann, *Sturmfluten, Küstenschutz zwischen Ems und Weser*. Soltau GmbH (Norden 1982)

Kuckuck, Dr. Paul, *Der Strandwanderer*. Fünfte, völlig durchgesehene und ergänzte Auflage, bearbeitet von Prof. Dr. A. Hagmeier, herausgegeben von der Preuß. Biolog. Anstalt auf Helgoland. J. F. Lehmanns Verlag (München 1933)

Lasius, Georg Sigismund Otto, *Beschreibung der zum Herzogthum Oldenburg gehörigen Insel Wangeroge und ihrer Seebade-Anstalt nebst von herzoglicher Regierung approbiertes Police- und Bade-Reglement*. 1821, gedruckt in der Schulz'schen Buchdruckerey, Oldenburg; Faksimileausgabe bei Carl. Ed. Schünemann KG (Bremen 1975)

Littmann, Dr. Enno, *Friesische Erzählungen aus Alt-Wangerooge*. Verlag von Ad. Littmann (Oldenburg 1922)

Ostfriesland – Ein Lesebuch, Band 2. Herausgegeben von der Ostfriesischen Landschaft zu Aurich. Schlütersche Verlagsanstalt und Druckerei (Hannover 1986)

Ostfriesland Magazin: 8/1984, 10/1985, 2/1989, 7/1989, 1/1991, 7/1991, 1/1993, 7/1993, 3/1996, 6/1996, 10/1996, 5/1997, 11/1999, 3/2001, 8/2002, 6/2004, 8/2007

Ostfriesland Kalender: 1928, 1970, 1972, 1974, 1975, 1976, 1979, 1981, 1982, 1986, 1987, 1989, 1992, 1999, 2005, 2008

Pott, Richard, *Farbatlas Nordseeküste und Nordseeinseln*. Verlag Ulmer GMbH und Co (Wemding 1995)

Rapsch, Hans-Jürgen / Niemeyer, Hans Dieter / Peters, Klaas-Heinrich. *Wider den Blanken Hans. Der Kampf an der Nordsee um Land und Leben*. Wachholtz Verlag (Neumünster 2006)

Richter, Dr. Adolph Leopold, *Die Seebäder auf Norderney, Wangerooge und Helgoland*, Verlag Theod. Christ. Friedr. Erslin (Berlin 1833)

Schmedes, Theodor H. D., *Herrschaftliches Badeleben und verheerende Sturmfluten, »Die Insel Wangerooge nach ihrem früheren und gegenwärtigen Zustande (1855)«*. Herausgegeben von Nils Aschenbeck. Verlag Atelier im Bauernhaus (Fischerhude 1996)

Siebs, Benno Eide, *Die Wangeroger. Eine Volkskunde*. Verlag Schuster (Leer 1974)

Unser Ostfriesland: 8/1987, 11/1994, 11/1995, 12/1998, 2/2006, 14/2007
Westing, Bernhardine, *Die Wangeroger Küche*. Unveränderter Nachdruck der verb. Auflage im Verlag Schuster (Leer 185/7
Wrazidlo, Isolde, *Unterwegs auf Wangerooge*. Herausgegeben vom Nationalpark-Haus »Rosenhaus« (Wangerooge 1997)
www.inselrundgang.de (»Virtual Wangerooge«)

Mein besonderer Dank gilt Hans-Jürgen Jürgens, dem unermüdlichen Inselchronisten von Wangerooge, für die Durchsicht des Manuskriptes im Hinblick auf die historische Genauigkeit und die Überlassung sonst unerreichbarer Dokumente. Das persönliche Kennenlernen war ein Erlebnis!

Quelle der Zeichnung »Wangeroge – Von der Düne links von der Einfahrt aus« ist das Buch von Hans-Jürgen Jürgens: *Wangerooge – Zeugnisse aus alter Zeit.*

Die andere Schreibweise des Inselnamens auf der Zeichnung resultiert daraus, dass *Wangerooge* im Laufe der Epochen unterschiedlich geschrieben wurde (Wanger Oog, Wangeroge, Wangeroog, Wangerooge).

WANGEROGE,

Von der Düne links, von der Einfahrt aus.